CZAS ZABIJANIA

John Grisham

ZAKLINACZ DESZCZU

CZAS ZABIJANIA

KOMORA

FIRMA

ŁAWA PRZYSIĘGŁYCH

MALOWANY DOM

BRACTWO

WEZWANIE

RAPORT PELIKANA

KLIENT

WSPÓLNIK

OBROŃCA ULICY

KRÓL AFER

CZUWANIE

WIELKI GRACZ

TESTAMENT

NIEWINNY

OMINĄĆ ŚWIĘTA

OSTATNI SĘDZIA

APELACJA

John Grisham

Czas zabijania

Przekład
BOGUMIŁA NAWROT

Tytuł oryginału
A Time to Kill

Korekta
Elżbieta Steglińska

Druk
DRUK-INTRO SA, Inowrocław

Serię przygotowało Wydawnictwo Amber
na zlecenie Polskie Media Amer.Com SA

ISBN 978-83-241-3348-2

Warszawa 2009

Renée,
kobiecie niezwykłej urody,
lojalnemu przyjacielowi,
sprawiedliwemu krytykowi,
troskliwej matce,
idealnej żonie

Rozdział 1

Billy Ray Cobb był młodszy i niższy od swego kumpla. Miał dwadzieścia trzy lata, a zdążył już zaliczyć trzyletni pobyt w więzieniu stanowym w Parchman za „przywłaszczenie z zamiarem odprzedaży". Był chudym, żylastym chłystkiem, któremu udało się przeżyć w pudle dzięki temu, że zawsze wytrzasnął skądś narkotyki, którymi handlował, a czasem dawał za darmo czarnym i strażnikom w zamian za ochronę. Po wyjściu na wolność rozwinął swój interes i wkrótce dzięki temu drobnemu handelkowi stał się jednym z zamożniejszych mieszkańców okręgu Ford. Był prawdziwym przedsiębiorcą, zatrudniającym ludzi, zaciągającym zobowiązania, zawierającym transakcje – nie płacił jedynie podatków. W Clanton, miasteczku leżącym w południowej części okręgu Ford, słynął z tego, że jako jedyny w ciągu ostatnich kilku lat kupił za gotówkę nową furgonetkę. Zapłacił szesnaście tysięcy za wykonanego na zamówienie forda z napędem na cztery koła, luksusowe auto koloru kanarkowego. Błyszczące, chromowane dekle i opony terenowe wytargował dodatkowo. Tylną szybę zasłonił flagą konfederatów, ukradzioną jakiemuś pijanemu studentowi podczas meczu piłki nożnej między drużynami uniwersyteckimi. Furgonetka stanowiła przedmiot największej dumy Billy'ego Raya. Siedział teraz na klapie z tyłu wozu i paląc skręta, popijał piwo. Przyglądał się, jak jego kumpel Willard zabawia się z murzyńską dziewczynką.

Willard, starszy od niego o cztery lata, nie miał takiej bujnej przeszłości. W zasadzie był nieszkodliwym typem. Nigdy jeszcze nie znalazł się w prawdziwych opałach i nigdzie nie zagrzał miejsca. Miał na swoim koncie parę bijatyk, które skończyły się pobytem w areszcie, ale nic takiego, co by go w jakiś sposób wyróżniało spośród innych. Twierdził, że jest drwalem, ale ze względu na kłopoty z kręgosłupem na ogół trzymał się z dala od lasów. Kręgosłup uszkodził sobie, pracując na platformie wydobywczej w Zatoce; przedsiębiorstwo wypłaciło mu niezłe odszkodowanie, ale stracił je na rzecz swej eks-żony, która oskubała go dokumentnie. Głównym zajęciem Willarda była teraz praca na pół etatu u Billy'ego Raya Cobba; wprawdzie ten niewiele mu płacił, ale za to nie skąpił trawki. Po raz pierwszy od lat Willard dostał stałą posadę. A trzeba powiedzieć, że potrzeby miał duże. Zrobił się taki po wypadku na platformie.

Dziesięcioletnia Murzynka była mała, nawet jak na swój wiek. Leżała na wznak, z nienaturalnie szeroko rozłożonymi nogami, ręce okręcili jej z tyłu żółtą, nylonową linką. Prawą stopę mocno przywiązali do małego dębu, a lewą – do zmurszałego, chylącego się do ziemi, zaniedbanego płotu. Sznur przeciął skórę na kostkach dziewczynki, nogi pokrywała zakrzepła krew. Jej zapuchnięta twarz też była zakrwawiona. Jedno oko miała podbite, ale spod na wpół opuszczonej powieki drugiego widziała białego mężczyznę, siedzącego na klapie ciężarówki. Nie patrzyła na tego, który leżał na niej. Ciężko dyszał i przeklinał, pokrywał go lepki pot. Sprawiał jej ból.

Kiedy skończył, uderzył ją mocno i roześmiał się, a jego kompan mu zawtórował. Zaczęli głośno rechotać i tarzać się w trawie obok ciężarówki, wrzeszcząc przy tym jak opętani. Odwróciła głowę i zaczęła pochlipywać cichutko, by nie usłyszeli. Zbili ją tak, bo płakała i krzyczała. Powiedzieli, że ją zatłuką na śmierć, jeśli nie będzie cicho.

Gdy się zmęczyli śmiechem, wgramolili się na tył wozu i Willard wytarł się bluzką dziewczynki, przesiąkniętą krwią i potem. Cobb podał mu zimne piwo z samochodowej lodówki i zrobił uwagę na temat panującej w powietrzu wilgoci. Przyglądali się małej Murzynce, która łkała i wydawała dziwne, stłumione odgłosy; po chwili umilkła. Cobb wypił już swoje piwo do połowy. Ponieważ zrobiło się ciepłe, rzucił puszką w dziewczynkę. Trafił ją w brzuch. Biała piana rozbryzgnęła się, a puszka potoczyła po ziemi i zatrzymała obok innych. Obrzucili ją już tuzinem częściowo opróżnionych puszek, ciesząc się przy tym jak dzieci. Willard miał kłopoty z trafieniem w małą, ale Cobbowi szło zupełnie nieźle. Nie należeli do ludzi lubiących marnować piwo, ale cięższymi puszkami łatwiej było wcelować, a poza tym ogromną radość sprawiał im widok rozpryskującej się wszędzie piany.

Piwo mieszało się z ciemną krwią i ściekało po twarzy i szyi dziewczynki, tworząc pod jej głową niewielką kałużę. Dziecko leżało bez ruchu.

Willard spytał Cobba, czy przypadkiem nie wykorkowała. Cobb otworzył następne piwo i wyjaśnił, że nie ma obawy, bo czarnuchy nie umierają po zainkasowaniu kilku kopniaków, pobiciu lub zgwałceniu. Żeby pozbyć się czarnucha, trzeba czegoś więcej, na przykład noża, spluwy lub stryczka. Chociaż sam nigdy nie brał udziału w takich porachunkach, spędził z czarnuchami kilka lat w więzieniu i dobrze ich poznał. Wciąż się między sobą tłukli, ale kiedy chcieli ostatecznie rozprawić się z przeciwnikiem, zawsze sięgali po broń. Ci, którzy byli tylko bici i gwałceni, nigdy nie umierali. Czasami zdarzało się, że skatowano lub zgwałcono białego. Kilku z nich umarło. Ale nie słyszał jeszcze, by wykorkował z takiego powodu jakiś czarnuch. Są twardsi. Willard sprawiał wrażenie usatysfakcjonowanego tymi wyjaśnieniami.

Spytał, co Coob zamierza z małą zrobić teraz, gdy już z nią skończyli. Tamten zaciągnął się dymem, wypił łyk piwa i oświadczył, że jeszcze z nią nie skończył. Zeskoczył na ziemię i chwiejnym krokiem przeszedł przez niewielką polankę do miejsca, gdzie leżała związana dziewczynka. Zaczął przeklinać i wrzeszczeć, by ją obudzić, w końcu wylał jej na twarz zimne piwo, śmiejąc się przy tym jak szaleniec.

Obserwowała, jak obszedł drzewo rosnące po prawej stronie i spojrzał między jej nogi. Kiedy zaczął spuszczać spodnie, odwróciła twarz i zacisnęła powieki. Znów poczuła ból.

Otworzyła oczy i ujrzała kogoś – jakiś mężczyzna biegł na przełaj przez zarośla. To był jej tatuś; krzyczał i wskazywał na nią, spiesząc na ratunek. Zawołała go i wtedy zniknął. Znów zemdlała.

Kiedy się ocknęła, jeden z mężczyzn leżał w cieniu samochodu, a drugi pod drzewem. Spali. Ręce i nogi miała zdrętwiałe. Krew, piwo i mocz zmieszały się z ziemią i utworzyły kleistą maź, która zaschnęła, a teraz pękała z cichym trzaskiem pod drobnym ciałem dziewczynki, gdy tylko się poruszyła. Chciała uciec, ale choć wytężyła wszystkie siły, udało się jej przesunąć zaledwie kilka centymetrów w prawo. Nogi miała przywiązane tak wysoko, że pośladkami ledwo dotykała ziemi. Nogi i ręce zdrętwiały jej do tego stopnia, że nie poddawały się jej woli.

Zaczęła znów wypatrywać między drzewami swojego tatusia i nawet cichutko go zawołała. Czekając aż się pojawi, usnęła.

Kiedy się obudziła, mężczyźni już nie spali. Wyższy, ściskając w ręku mały nóż, zbliżył się do niej chwiejnym krokiem. Chwycił ją za kostkę lewej nogi i zaczął zawzięcie piłować linkę nożykiem, póki jej nie przeciął. Następnie uwolnił drugą nogę dziewczynki. Mała natychmiast zwinęła się w kłębek, plecami do nich.

Cobb przerzucił sznur przez grubą gałąź wiązu i na jednym końcu zrobił pętlę. Złapał dziewczynkę i założył jej pętlę na szyję. Ujął drugi koniec liny i ruszył przez polankę. Usiadł z tyłu wozu, obok Willarda, który palił świeżego skręta i z uśmieszkiem obserwował poczynania swego kumpla. Cobb szarpnął za linę, a następnie wrzeszcząc przeraźliwie, ciągnął ją, przyglądając się, jak dziewczynka szoruje nagim ciałem po ziemi. Gdy znalazła się pod konarem, przestał ciągnąć za sznur. Dziewczynka zaczęła się krztusić i kaszleć, więc łaskawie poluzował linę, by darować małej jeszcze kilka minut życia. Przywiązał postronek do zderzaka i otworzył następne piwo.

9

Siedzieli z tyłu furgonetki, żłopiąc piwo, i gapili się na nią. Większość dnia spędzili nad jeziorem, na łodzi przyjaciela Cobba. Zaprosili parę fajnych dziewczyn; wydawało im się, że są łatwe, ale okazały się niedotykalskie. Cobb nie żałował piwa i skrętów, lecz dziewczyny nie odwdzięczyły im się tak, jak tego oczekiwali. Rozczarowani opuścili towarzystwo i gdy jechali gdzieś bez celu, przypadkowo natknęli się na tę małą Murzynkę. Szła żwirową drogą, niosąc siatkę z zakupami.

– Zrobisz to? – spytał Willard, spoglądając na Cobba przekrwionymi, szklanymi oczami.

Ten zawahał się przez chwilę.

– Nie, ty to zrób. Ostatecznie to był twój pomysł.

Willard zaciągnął się, potem splunął i powiedział:

– Mój pomysł? Przecież to ty jesteś ekspertem od zabijania czarnuchów. Pokaż, co potrafisz.

Cobb odwiązał linę i szarpnął nią. Na dziewczynkę posypały się kawałki kory. Nie spuszczała wzroku z mężczyzn. Zakaszlała.

Nagle usłyszała coś – jakby ostry dźwięk klaksonu. Obaj mężczyźni odwrócili się gwałtownie i spojrzeli w kierunku pobliskiej szosy. Zaklęli i zaczęli zwijać się jak w ukropie. Jeden zatrzasnął tylną klapę, drugi pobiegł w stronę dziewczynki. Potknął się i upadł jak długi tuż obok niej. Mężczyźni zaczęli się obrzucać wyzwiskami. Chwycili małą, zdjęli jej pętlę z szyi, powlekli do furgonetki i wrzucili na tył wozu. Cobb uderzył dziewczynkę i zagroził, że ją zabije, jeśli piśnie choć słówko. Powiedział, że jak będzie cicho, to odwiezie ją do domu. W przeciwnym razie ją zatłucze. Zatrzasnęli drzwiczki i ruszyli pełnym gazem. Jechała do domu. Znów straciła przytomność.

Mijając na wąskiej drodze firebirda, który ich tak wystraszył klaksonem, Cobb i Willard pomachali jego pasażerom. Willard zerknął na tył wozu, by się upewnić, że dziewczynka nie wychyla głowy. Cobb wjechał na szosę i przyspieszył.

– Co teraz? – nerwowo spytał Willard.

– Nie wiem – odparł równie zdenerwowany Cobb. – Ale musimy szybko coś wymyślić, zanim zapaskudzi mi cały wóz. Spójrz tylko, wszystko już wymazała na czerwono.

Willard, popijając piwo, zamyślił się głęboko.

– Zrzućmy ją z mostu – zaproponował w końcu, niezwykle z siebie dumny.

– Dobry pomysł. Cholernie dobry pomysł. – Cobb nacisnął gwałtownie na hamulec. – Daj mi piwo – polecił Willardowi, który wygramolił się z szoferki i poszedł na tył wozu po dwie puszki.

– Zabrudziła nawet lodówkę – zameldował, gdy znów ruszyli.

Gwen Hailey ogarnęły okropne przeczucia. Zazwyczaj wysyłała do sklepu jednego z chłopców, ale ojciec kazał wszystkim trzem za karę pleć ogród. Tonya już wcześniej chodziła sama do odległego o półtora kilometra sklepu spożywczego i udowodniła, że potrafi sobie dać radę. Ale kiedy minęły dwie godziny, a jej wciąż nie było, Gwen posłała chłopców na poszukiwanie siostry. Myśleli, że może poszła do Poundersów, żeby pobawić się z ich dziećmi, albo odwiedziła swą najlepszą przyjaciółkę Bessie Pierson.

Od pana Batesa dowiedzieli się, że wyszła ze sklepu godzinę temu. Jarvis, średni syn, znalazł na poboczu drogi siatkę z zakupami.

Gwen zadzwoniła do męża do papierni, a potem z Carlem Lee juniorem wsiadła do samochodu i zaczęła przeszukiwać szutrowe drogi w pobliżu sklepu. Pojechała do osiedla starych domów na plantacji Grahamów, by sprawdzić, czy nie zastanie przypadkiem dziewczynki u ciotki. Zatrzymała się przed innym przydrożnym sklepem, półtora kilometra od sklepu Batesa, ale dowiedziała się od grupki starszych ludzi, że nie widzieli tu jej córki. Sprawdziła wszystkie drogi i dróżki w promieniu tysiąca pięciuset metrów od domu.

Cobb nie mógł znaleźć mostu, który nie byłby okupowany przez czarnuchów z wędkami. Na balustradzie każdego, do którego się zbliżał, siedziało czterech, pięciu Murzynów w wielkich słomkowych kapeluszach, z bambusowymi kijami w ręku, a na brzegu rzeki widać było siedzących na wiaderkach kolejnych wędkarzy w identycznych słomkowych nakryciach głowy. Tkwili bez ruchu, od czasu do czasu odganiając jedynie natrętną muchę lub zabijając komara.

Miał teraz porządnego pietra. Willard usnął i Cobb nie mógł liczyć na jego pomoc. Musiał sam pozbyć się dziewczynki, i to w taki sposób, by nic się nie wydało. Willard chrapał, a Cobb jeździł jak szalony bocznymi drogami, poszukując mostu albo rampy, gdzie mógłby się zatrzymać i wrzucić dziewczynkę do rzeki, nie mając przy tym za świadków kilku czarnuchów w słomkowych kapeluszach. Spojrzał w lusterko i zauważył, że mała próbuje wstać. Gwałtownie nacisnął hamulec, aż upadła tuż obok siedzenia pod oknem. Willard odbił się od deski rozdzielczej i zwaliwszy się pod fotel, dalej chrapał. Cobb przeklinał ich oboje.

Jezioro Chatulla było wielkim, płytkim sztucznym zbiornikiem; wzdłuż jego jednego krańca ciągnęła się półtorakilometrowa grobla porośnięta trawą. Leżało w południowo-zachodniej części okręgu Ford. Wiosną stawało się największym akwenem w stanie Missisipi. Ale późnym latem, po długim okresie bezdeszczowym, wystawione na promienie palącego słońca, zamieniało się w duże bajoro wypełnione rudobrązową wodą, a jego linia brzegowa cofała się znacznie. Ze wszystkich stron zasilane było niezliczonymi strumieniami, rzeczkami i potokami oraz kilkoma na tyle dużymi dopływami, że można je było nazwać rzekami. Istnienie tych wszystkich cieków zmusiło do zbudowania w pobliżu jeziora licznych mostów.

I właśnie przez te mosty przemykała żółta furgonetka, a Cobb na próżno wypatrywał odpowiedniego miejsca, w którym mógłby pozbyć się kłopotliwej pasażerki. Doprowadzony do rozpaczy przypomniał sobie wąski, drewniany mostek na rzeczce Foggy. Dojeżdżając do niego, ujrzał czarnuchów z wędziskami, więc skręcił w boczną drogę i zatrzymał wóz. Otworzył tylną klapę, wyciągnął dziewczynkę i wrzucił ją do małego jaru porośniętego gęstymi krzakami.

Carl Lee Hailey nie spieszył się do domu. Gwen łatwo wpadała w panikę i często wydzwaniała do niego do papierni, bo wydawało się jej, że ktoś porwał dzieci. Odbił kartę zegarową i do oddalonego o pół godziny jazdy samochodem domu przyjechał dokładnie po trzydziestu minutach. Coś go tknęło dopiero wtedy, gdy skręcił na żwirowy podjazd i ujrzał zaparkowany przed domem wóz policyjny. Na podwórzu stały samochody należące do członków rodziny Gwen. Zauważył również jedno auto, którego nie znał. Przez jego boczne okna sterczały wędki, a w środku siedziało co najmniej siedmiu mężczyzn w słomkowych kapeluszach.

Gdzie jest Tonya i chłopcy?

Gdy otworzył frontowe drzwi, usłyszał płacz Gwen. Na prawo, w małym pokoju dziennym dostrzegł tłum ludzi, stłoczonych wokół drobnej postaci, leżącej na kanapie. Przykryte mokrymi ręcznikami dziecko otaczali lamentujący krewniacy. Kiedy skierował się w ich stronę, zebrani przestali płakać i odsunęli się na bok. Przy dziewczynce została tylko Gwen. Delikatnie głaskała ją po włosach. Uklęknął obok kanapy i dotknął ramienia córeczki. Przemówił do niej, a ona próbowała się uśmiechnąć. Jej twarz była krwawą miazgą, pokrytą guzami i skaleczeniami. Oczy miała podbite. Gdy tak patrzył na jej drobne ciało przypominające jedną krwawiącą ranę, poczuł napływające do oczu łzy.

Spytał Gwen, co się stało. Zaczęła się trząść i głośno lamentowała, więc jej brat wyprowadził ją do kuchni. Carl Lee wstał, odwrócił się w stronę zebranych i zażądał wyjaśnień.

Odpowiedziało mu milczenie.

Spytał po raz trzeci. Zastępca szeryfa, Willie Hastings, kuzyn Gwen, powiedział, że jacyś ludzie łowiący ryby nad rzeczką Foggy, natknęli się na środku drogi na Tonyę. Powiedziała im, jak się nazywa jej tatuś, więc przywieźli ją do domu.

Hastings urwał i wbił wzrok w podłogę. Carl Lee patrzył na niego i czekał. Wszyscy wstrzymali oddechy i spuścili głowy.

– Co z nią zrobili, Willie? – wrzasnął w końcu, spoglądając na zastępcę szeryfa.

Hastings, wyglądając przez okno, zaczął wolno powtarzać, co Tonya powiedziała matce o białych mężczyznach, o furgonetce, o linie na drzewach, o tym, jak ją bolało, gdy na niej leżeli. Urwał na dźwięk syreny karetki pogotowia.

Zebrani w milczeniu ruszyli w kierunku frontowych drzwi; obserwowali sanitariuszy, którzy wyciągnąwszy nosze, skierowali się w stronę domu. Obsługa karetki zatrzymała się, ujrzawszy na progu Carla Lee z córką na rękach. Szeptał coś do niej, a wielkie jak groch łzy spływały mu po brodzie. Wsiadł do karetki. Sanitariusze zamknęli drzwiczki, delikatnie wzięli od ojca dziewczynkę i położyli na noszach.

Rozdział 2

Ozzie Walls był jedynym czarnym szeryfem w stanie Missisipi. W ciągu ostatnich kilku lat paru Murzynów pełniło tę funkcję, ale teraz tylko on piastował taki urząd.

Był bardzo z tego dumny, ponieważ okręg Ford w siedemdziesięciu czterech procentach zamieszkiwali biali. Inni czarni szeryfowie działali w okręgach, gdzie odsetek ludności murzyńskiej był znacznie wyższy. Od czasów „odbudowy" po wojnie secesyjnej w żadnym białym okręgu Missisipi nie wybrano na szeryfa czarnego.

Pochodził z tych stron i był spokrewniony z większością czarnych i niektórymi białymi mieszkańcami okręgu Ford. Po wprowadzeniu pod koniec lat sześćdziesiątych desegregacji został uczniem pierwszej mieszanej klasy maturalnej w szkole średniej w Clanton. Zamierzał grać w drużynie futbolowej na pobliskim uniwersytecie Ole Miss, ale należało już do niej dwóch czarnych zawodników. Został więc gwiazdą zespołu uniwersytetu stanowego Alcorn, gdzie występował jako obrońca, ale po kontuzji kolana wrócił do Clanton. Choć brakowało mu meczów futbolowych, lubił swój urząd szeryfa, szczególnie w okresie wyborów, gdy więcej białych głosowało na niego niż na jego białych kontrkandydatów. Białe dzieciaki szalały za nim, bo był bohaterem, występującą w telewizji gwiazdą futbolu, a jego zdjęcia zamieszczano w czasopismach. Ich rodzice szanowali Ozziego i głosowali na niego, ponieważ okazał się twardym glinarzem, który jednakowo traktował czarnych i białych chuliganów. Biali politycy udzielali mu poparcia, bo odkąd został szeryfem, Departament Sprawiedliwości nie musiał się zajmować okręgiem Ford. Czarni zaś uwielbiali go, gdyż był ich Ozziem, jednym z nich.

Zrezygnował z kolacji i czekał w swoim biurze na przyjazd Hastingsa od Haileyów. Miał już jednego podejrzanego. Billy Ray Cobb był częstym gościem w biurze szeryfa. Ozzie wiedział, że Cobb handluje narkotykami – po prostu nie udało mu się go jeszcze przyłapać. Wiedział też, że Cobb zdolny jest do najgorszego.

Radiooperator wezwał wszystkich funkcjonariuszy i kiedy się pojawili w biurze, Ozzie polecił im, by odszukali Billy'ego Raya Cobba, ale nie aresztowali go. Miał dwunastu ludzi – dziewięciu białych i trzech czarnych. Rozjechali się po całym okręgu, wypatrując żółtego forda furgonetki z flagą konfederatów za tylną szybą.

Kiedy tylko pojawił się Hastings, Walls pojechał z nim do szpitala okręgowego. Jak zwykle prowadził Hastings, a Ozzie wydawał przez radio rozkazy. W poczekalni na pierwszym piętrze natknęli się na cały klan Haileyów. Ciotki, wujowie, dziadkowie, przyjaciele i ludzie zupełnie obcy tłoczyli się w małej salce, niektórzy czekali w wąskim korytarzu. Słychać było szepty i ciche pochlipywanie. Tonya leżała na oddziale intensywnej terapii.

Carl Lee siedział na taniej plastikowej kozetce stojącej w ciemnym kącie poczekalni. Obok niego przycupnęła Gwen, a po jej drugiej stronie – chłopcy. Carl wbił wzrok w podłogę i nie zwracał uwagi na obecnych. Gwen położyła mu głowę na ramieniu i cichutko popłakiwała. Chłopcy siedzieli sztywno, z rękami na kolanach, od czasu do czasu spoglądając na ojca, jakby oczekując od niego słów otuchy.

Ozzie, torując sobie drogę wśród tłumu, ściskał niektórym dłonie, poklepywał mężczyzn po ramieniu, zapewniał, że złapie sprawców. Uklęknął przed Carlem Lee i Gwen.

– Jak się czuje? – spytał.

Carl Lee milczał, patrząc niewidzącymi oczami. Gwen zaczęła głośniej łkać, a chłopcy pociągać nosami i ocierać łzy. Ozzie poklepał Gwen po kolanie i wstał. Jeden z jej braci wyszedł razem z Ozziem i Hastingsem na korytarz. Uścisnął dłoń szeryfowi i podziękował mu za przyjście.

– Jak się czuje mała? – spytał Ozzie.

– Niezbyt dobrze. Jest na oddziale intensywnej terapii i prawdopodobnie pobędzie tam jeszcze jakiś czas. Ma połamane kości i doznała silnego wstrząsu. Nieźle ją skatowali. Na szyi widoczne są ślady sznura, jakby próbowali ją powiesić.

– Zgwałcili ją? – spytał, wiedząc, co usłyszy.

– Tak. Powiedziała, że robili to na zmianę, i że bardzo ją bolało. Lekarze potwierdzili jej słowa.

– W jakim stanie są Carl i Gwen?

– Są wstrząśnięci. Myślę, że doznali szoku. Carl Lee nie powiedział ani słowa, odkąd się tu znalazł.

– Znajdziemy tych dwóch łobuzów, i to już wkrótce, a kiedy będziemy ich mieli, zamkniemy w miejscu, z którego już się nie wymkną – zapewnił Ozzie.

– Dla bezpieczeństwa tych gnojków trzeba by ich zamknąć w areszcie w innym mieście – zasugerował brat Gwen.

Pięć kilometrów od Clanton Ozzie wskazał na wysypany żwirem podjazd.

– Wjedź tam – polecił Hastingsowi, który posłusznie zjechał z szosy i skierował się na plac przed zniszczonym wozem mieszkalnym. W środku było ciemno.

Ozzie wziął swoją pałkę i zaczął gwałtownie łomotać w drzwi frontowe.

– Otwieraj, Bumpous!

Wóz zatrząsł się i Bumpous pobiegł do łazienki, by wyrzucić świeżego skręta.

– Otwieraj, Bumpous! – Ozzie nie przestawał walić. – Wiem, że tam jesteś. Otwieraj albo rozwalę drzwi.

Bumpous pospiesznie otworzył drzwi i Ozzie wszedł do środka.

– Zabawne, że za każdym razem, kiedy składam ci wizytę, czuję jakiś dziwny zapach i słyszę, jak spuszczasz wodę w klozecie. Zarzuć coś na siebie. Mam dla ciebie robotę.

– C-c-co?

– Wyjaśnię ci na dworze, bo tu nie sposób oddychać. Ubieraj się, i to migiem.

– A jeśli odmówię?

– Twoja wola. Jutro spotkam się z twoim kuratorem.

– Zaraz się ubiorę.

Ozzie uśmiechnął się i wrócił do samochodu. Bardzo lubił Bobby'ego Bumpousa. Dwa lata temu został zwolniony warunkowo i od tej pory prowadził prawie uczciwe życie. Jedynie od czasu do czasu ulegał pokusie łatwego zarobku, sprzedając narkotyki. Ozzie pilnie go obserwował i wiedział o tych transakcjach, a Bumpous zdawał sobie sprawę z tego, że Ozzie wie. Dlatego też Bumpous zazwyczaj bardzo chętnie pomagał swemu przyjacielowi szeryfowi Wallsowi. Szeryf zamierzał dzięki niemu przyłapać Billy'ego Raya Cobba na handlu narkotykami, ale na razie musiał to odłożyć na później.

Po paru minutach Bumpous wyłonił się z wozu, wsuwając koszulę w spodnie i zapinając rozporek.

– O kogo chodzi?

– O Billy'ego Raya Cobba.

– To żaden problem. Może go pan znaleźć bez mojej pomocy.

– Nie mądrzyj się, tylko słuchaj. Podejrzewamy, że Cobb nieźle dziś narozrabiał. Dwóch białych zgwałciło czarną dziewczynkę i myślę, że jednym z nich był Cobb.

– Szeryfie, to nie jest działka Cobba. Przecież pan wie, że on robi w narkotykach.

– Przymknij się wreszcie. Znajdź Cobba i spędź z nim parę godzin. Pięć minut temu zauważono jego ciężarówkę przed knajpą Hueya. Postaw mu piwo. Pograjcie sobie w bilard albo w kości, w co tam chcecie. Dowiedz się, co dziś robił. Z kim był. Gdzie. Wiesz, jaki z niego gaduła, no nie?

– Tak.

– Kiedy go znajdziesz, zadzwoń do dyżurnego na posterunek. On mnie zawiadomi. Będę gdzieś w pobliżu. Zrozumiałeś?

– Jasne, szeryfie. Nie ma sprawy.

– Jakieś pytania?

– Tak. Jestem spłukany. Kto za to wszystko zapłaci?

Ozzie wręczył mu dwadzieścia dolarów i wrócił do wozu patrolowego. Pojechali w stronę zalewu, tam, gdzie była knajpa Hueya.

– Jesteś pewny, że można mu ufać? – spytał Hastings.

– Komu?

– Temu Bumpousowi.

– Całkowicie. Od czasu zwolnienia warunkowego można na nim polegać. Dobry z niego dzieciak i na ogół stara się przestrzegać prawa. Popiera swego szeryfa i zrobi wszystko, o co go poproszę.

– Dlaczego?

– Bo rok temu przyłapałem go z trzystoma gramami marihuany. Najpierw, mniej więcej dwanaście miesięcy po wyjściu Bumpousa z więzienia, złapałem jego brata z trzydziestoma gramami trawki. Powiedziałem, że grozi mu trzydzieści lat. Zaczął płakać i biadolić, mazał się przez całą noc. Nad ranem był gotów. Wyznał, że dostawcą jest jego brat Bobby. Wypuściłem go i pojechałem do Bobby'ego. Kiedy pukałem do drzwi, słyszałem, jak leci woda w klozecie. Ponieważ mi nie otwierał, wyważyłem drzwi. Znalazłem go w łazience w samej bieliźnie. Próbował przepchać zatkaną rurę. Wszędzie poniewierała się trawka. Nie wiem, ile tego świństwa udało mu się wrzucić do kibla, ale większość wypływała z powrotem. Napędziłem mu wtedy takiego stracha, że aż się posikał w majtki.

– Żartujesz?

– Nie, naprawdę się zlał. To był piękny widok – stał w mokrych gaciach, z przepychaczką w jednym ręku, trawką w drugim, a z kibla lała się na podłogę woda.

– Co zrobiłeś?

– Zagroziłem, że go zabiję.

– A co on na to?

– Zaczął płakać. Beczał jak małe dziecko. Płakał za mamusią i ze strachu przed więzieniem. Obiecał, że to się już nigdy nie powtórzy.

– Aresztowałeś go?

– Nie, po prostu nie mogłem. Nieźle mu nagadałem i jeszcze go trochę nastraszyłem. Właśnie wtedy wyznaczyłem mu okres próbny. Od tamtej pory świetnie mi się z nim pracuje.

Przejechali obok knajpy Hueya i na wysypanym żwirem placu parkingowym, wśród innych furgonetek i wozów z napędem na cztery koła, zobaczyli furgonetkę Cobba. Zaparkowali na wzgórzu za kościołem, skąd mieli dobry widok na spelunę Hueya, przez stałych bywalców nazywaną pieszczotliwie Budą. Drugi wóz patrolowy stał za drzewami po przeciwnej stronie szosy. Wkrótce nadjechał Bumpous i skręcił na parking. Zahamował gwałtownie, wzbijając tumany kurzu, a potem cofnął wóz i zatrzymał go tuż obok ciężarówki Cobba. Rozejrzał się wkoło i niedbałym krokiem wszedł do środka. Trzydzieści minut później dyżurny zameldował Ozziemu przez radio, że informator znalazł poszukiwanego osobnika, białego mężczyznę, w barze Hueya, znajdującym się niedaleko zalewu, przy szosie numer 305. Po paru minutach dwa kolejne auta patrolowe zatrzymały się w pobliżu. Czekali.

– Czemu sądzisz, że to Cobb? – spytał Hastings.

– Nie sądzę, jestem pewny. Dziewczynka powiedziała, że ciężarówka miała błyszczące koła i wielkie opony.

– To ogranicza liczbę podejrzanych wozów do dwóch tysięcy.

– Mówiła również, że była żółta, wyglądała na nową, a za tylną szybą wisiała duża flaga.

– To zawęża liczbę wozów do dwustu.

– Znacznie mniej. Ilu właścicieli podobnych ciężarówek jest tak zdemoralizowanych jak Billy Ray Cobb?

– A jeśli to nie on?

– On.

– A jeśli nie?

– Wkrótce będziemy wiedzieli. Lubi dużo gadać, szczególnie gdy sobie popije.

Przez dwie godziny czekali, obserwując parkujące i odjeżdżające samochody. Kierowcy ciężarówek, drwale, robotnicy fabryczni i rolni zatrzymywali swoje furgonetki i dżipy na żwirowym placyku i dumnie wkraczali do budy, by się napić, pograć w bilard, posłuchać muzyki, ale głównie po to, by poderwać jakąś cizię. Niektórzy wychodzili i wstępowali do sąsiedniego lokalu U Anny. Zabawiali tam kilka minut i znów wracali do Hueya. Knajpa U Anny była słabiej oświetlona na zewnątrz i w środku, nie wisiały przed nią kolorowe reklamy piwa, nie występował tam zespół muzyczny, dzięki któremu lokal Hueya cieszył się taką popularnością wśród okolicznej ludności. U Anny handlowało się narkotykami, podczas gdy u Hueya było wszystko – muzyka, kobiety, automaty do gry, kości, tańce i co chwila bójki. Właśnie obserwowali, jak grupka podochoconych gości wybiegła na plac parkingowy; zaczęli się kopać i okładać pięściami, a kiedy nieco ochłonęli, wrócili do przerwanej gry w kości.

– Mam nadzieję, że nie zawieruszył się wśród nich Bumpous – mruknął szeryf.

Toalety u Hueya były małe i brudne, więc większość gości załatwiała się między zaparkowanymi samochodami. Szczególnie ożywiony ruch przed knajpą notowano w poniedziałki, kiedy z czterech okręgów ściągali tu liczni amatorzy „wieczoru z piwem za dziesiątaka". W te dni każdą ciężarówkę na parkingu obsikano przynajmniej trzy razy. Mniej więcej raz na tydzień jakiś oburzony właściciel czy właścicielka przejeżdżającego przypadkowo auta zgłaszali, że na parkingu dzieją się niedopuszczalne rzeczy i wtedy Ozzie musiał kogoś aresztować. Poza tym starał się nie nękać bywalców knajpy.

W obu lokalach łamano przepisy. Uprawiano tu hazard, handlowano narkotykami, sprzedawano na lewo whisky, obsługiwano nieletnich, przedłużano godziny otwarcia i temu podobne. Kiedy Ozzie został po raz pierwszy wybrany na szeryfa, wkrótce po elekcji popełnił błąd. Chciał się wywiązać z nieprzemyślanej obietnicy, złożonej w czasie kampanii, a dotyczącej zamknięcia wszystkich spelunek w okręgu. Był to poważny błąd. Nasiliła się przestępczość. Areszt pękał w szwach. Sąd miał pełne ręce roboty. Stali bywalcy knajp zmówili się i ściągali ze wszystkich stron na główny plac Clanton. Były ich setki. Zjeżdżali się co wieczór, po czym pili, urządzali bijatyki, rozkręcali radia na cały regulator, a na widok przerażonych mieszkańców miasteczka przeklinali, ile wlezie. Każdego ranka plac przypominał wysypisko śmieci, wszędzie poniewierały się butelki i puszki. Ozzie zamknął również wszystkie podejrzane knajpy dla czarnych i w ciągu jednego miesiąca potroiła się liczba włamań, rabunków i morderstw. Dochodziło do dwóch zabójstw w tygodniu.

W końcu kilku miejscowych pastorów spotkało się potajemnie z Ozziem i zaczęło go błagać, by dał sobie spokój z knajpami. Grzecznie przypomniał im, jak to podczas kampanii nalegali, by je zamknąć. Przyznali się, że popełnili błąd, i poprosili, by z powrotem otworzył wszystkie knajpy. Obiecali mu swoje poparcie podczas następnych wyborów. Ozzie łaskawie się zgodził i życie w okręgu Ford znów zaczęło się toczyć normalnie.

Ozzie wcale nie był zadowolony, że takie przybytki świetnie prosperują w jego okręgu, ale nie miał najmniejszych wątpliwości, że jego przestrzegający prawa wyborcy są znacznie bezpieczniejsi, kiedy wszystkie te budy są otwarte.

O dziesiątej trzydzieści radiooperator zameldował, że ma na drugiej linii informatora, który domaga się spotkania z szeryfem. Ozzie powiedział, gdzie stoi jego wóz. Minutę później zobaczyli, jak Bumpous wytoczył się z knajpy i chwiejnym krokiem zbliżył się do swego samochodu. Koła zabuksowały, żwir wyprysnął spod opon i wóz pomknął w kierunku wzgórza.

– Jest pijany – zauważył Hastings.

Bumpous wjechał na parking przed kościołem i z piskiem opon zatrzymał się kilkadziesiąt centymetrów od wozu policyjnego.

– Czołem, szeryfie! – wrzasnął na całe gardło.

Ozzie podszedł do furgonetki.

– Coś tam tak długo robił?

– Powiedział pan, że mam czas do rana.

– Znalazłeś go dwie godziny temu.

– To prawda, szeryfie, ale czy próbował pan kiedyś wydać dwadzieścia dolców na piwo, kiedy jedna puszka kosztuje pięćdziesiąt centów?

– Piłeś?

– Nie, tylko się trochę zabawiłem. Czy mogę poprosić o drugą dwudziestkę?

– Czego się dowiedziałeś?

– O czym?

– O Cobbie!

– Ach, o nim. Jest w środku.

– Wiem, że tam jest! Co jeszcze?

Bumpous przestał się już uśmiechać i spojrzał na widoczną w oddali knajpę.

– Kpi sobie z tego, szeryfie. Uważa to za świetny kawał. Powiedział, że w końcu znalazł Murzynkę, która była dziewicą. Ktoś spytał, ile miała lat, na co Cobb stwierdził, że osiem lub dziesięć. Wszyscy ryczeli ze śmiechu.

Hastings zamknął oczy i spuścił głowę. Ozzie zacisnął zęby i spojrzał w bok.

– Co jeszcze mówił?

– Ma nieźle w czubie. Rano nic nie będzie pamiętał. Powiedział, że fajna z niej małolata.

– Kto był razem z nim?

– Pete Willard.

– Czy też tam teraz jest?

– Tak, obaj się świetnie bawią.

– Gdzie siedzą?

– Po lewej stronie, zaraz obok automatów do gry w bilard.

Ozzie uśmiechnął się z triumfem.

– Dzięki, Bumpous. Nieźle się spisałeś. A teraz zmykaj stąd.

19

Hastings wezwał dyżurnego i podał mu nazwiska obu mężczyzn. Radiooperator przekazał wiadomość Looneyowi, czekającemu w samochodzie zaparkowanym przed domem sędziego okręgowego Percy'ego Bullarda. Looney nacisnął dzwonek u drzwi i wręczył sędziemu dwa złożone pod przysięgą oświadczenia oraz dwa nakazy aresztowania. Bullard pospiesznie podpisał je i oddał Looneyowi, który dwadzieścia minut później wręczył nakazy czekającemu w pobliżu kościoła Ozziemu.

Punktualnie o jedenastej zespół przerwał utwór w pół taktu, kości do gry zniknęły, tańczący znieruchomieli, bile przestały się toczyć. Ktoś włączył światło. Oczy wszystkich utkwione były w potężnej sylwetce szeryfa, który razem ze swymi ludźmi szedł wolno w kierunku automatów do gry w bilard. Przy zastawionym pustymi puszkami po piwie stoliku siedzieli Cobb, Willard i jeszcze jakichś dwóch facetów. Ozzie zbliżył się i uśmiechnął do Cobba.

– Najmocniej pana przepraszam, ale tutaj czarnuchom wstęp wzbroniony – powiedział Cobb i cała czwórka zarechotała radośnie.

Ozzie nie przestał się uśmiechać.

Kiedy przestali ryczeć, Ozzie spytał:

– Dobrze się bawisz, Billy Ray?

– O, tak.

– Właśnie widzę. Przykro mi, że muszę wam przeszkodzić, ale ciebie i Willarda zabieram ze sobą.

– A niby dokąd to? – spytał Willard.

– Na przejażdżkę.

– Nigdzie się nie ruszę – oświadczył Cobb.

Dwóch przygodnych towarzyszy Cobba chyłkiem oddaliło się od stolika i dołączyło do pozostałych gapiów.

– Jesteście obaj aresztowani – powiedział Ozzie.

– Macie nakazy? – spytał Cobb.

Hastings wyciągnął nakazy, a Ozzie rzucił je między puszki po piwie.

– Tak, mamy nakazy. A teraz zbierajcie się.

Willard spojrzał rozpaczliwie na sączącego piwo Cobba.

– Nigdzie nie pójdę – oświadczył Cobb.

Lonney wręczył Ozziemu najdłuższą i najczarniejszą pałkę, jaka była kiedykolwiek używana w okręgu Ford. Willarda ogarnęła panika. Ozzie walnął w sam środek stołu. Puszki z piwem poleciały na wszystkie strony, rozpryskując pianę.

Willard skoczył na równe nogi, złożył ręce i wyciągnął je w stronę Looneya, który już czekał z kajdankami. Wywlekli go z sali i wepchnęli do auta.

Ozzie uderzał lekko pałką w lewą dłoń i uśmiechał się do Cobba.

20

- Masz prawo nic nie mówić. Wszystko, co powiesz, może zostać wykorzystane w sądzie przeciwko tobie. Masz prawo do adwokata. Jeśli cię na niego nie stać, przysługuje ci obrońca z urzędu. Jakieś pytania?
- Tak, która godzina?
- Nadeszła ta, byś posiedział w areszcie, chojraku.
- Idź do diabła, czarnuchu.

Ozzie chwycił go za włosy i wyciągnął zza stolika, a potem powalił twarzą do podłogi. Wcisnął mu kolano w kręgosłup, wsunął pałkę pod brodę i pociągnął ją do góry, kolanem wciąż przyduszając go do ziemi. Cobb zaskowyczał, gdy pałka zaczęła mu miażdżyć krtań.

Założono mu kajdanki i Ozzie, trzymając go za włosy, powlókł przez całą salę, aż do drzwi, a potem przez wysypany żwirem plac do wozu patrolowego, tam wepchnął Cobba na tylne siedzenie, obok Willarda.

Wiadomość o gwałcie rozeszła się lotem błyskawicy. Jeszcze więcej przyjaciół i krewnych tłoczyło się w poczekalni i sąsiadujących z nią korytarzach. Stan Tonyi określono jako krytyczny. Ozzie poinformował brata Gwen, że aresztowano sprawców. Tak, jest pewien, że to oni ją dopadli.

ROZDZIAŁ 3

Jake Brigance przeturlał się nad żoną i chwiejnym krokiem przeszedł do małej łazienki, by po omacku odszukać terkoczący budzik. W końcu znalazł go tam, gdzie wczoraj zostawił, i gwałtownym ruchem wyłączył dzwonek. Była środa, 15 maja, piąta trzydzieści rano.

Przez chwilę stał w ciemnościach, zdyszany, otępiały, z walącym sercem, wpatrując się w fosforyzujące cyfry na tarczy zegarka, którego tak nienawidził. Jego przeraźliwy terkot słychać było chyba na całej ulicy. Każdego ranka o tej porze, gdy to draństwo zaczynało dzwonić, myślał, że dostanie zawału serca. Czasami, mniej więcej dwa razy w roku, udawało mu się zepchnąć Carlę na podłogę, a ona, nim znowu wskoczyła do łóżka, wyłączała sygnał. Ale na ogół nie okazywała swemu mężowi takiego zrozumienia. Uważała, że to szaleństwo wstawać o takiej godzinie.

Zegar stał na parapecie, więc Jake musiał się trochę nagimnastykować, nim go wyłączył. A kiedy już wstał z łóżka, nie pozwalał sobie z powrotem wsunąć się pod koc. Była to jedna z jego zasad. Kiedyś budzik stał na szafce nocnej, a dzwonek był ściszony. Carla jednym ruchem ręki wyłączała sygnał, jeszcze zanim Jake cokolwiek usłyszał. Spał wtedy do siódmej lub ósmej i miał zmarnowany cały dzień. Nie zjawiał się w biurze o siódmej, co było jego kolejną zasadą. Dlatego teraz budzik stał w łazience, by należycie spełniać swoją funkcję.

Jake pochylił się nad umywalką i ochlapał zimną wodą twarz i włosy. Zapalił światło i z przerażeniem spoglądał na swoje odbicie w lustrze. Proste, brązowe włosy sterczały mu na wszystkie strony, nie mówiąc już o tym, że przez noc czoło powiększyło mu się przynajmniej o pięć centymetrów. Oczy miał matowe i podpuchnięte, a w ich kącikach mnóstwo jakiegoś białego świństwa. Na lewym policzku widoczna była czerwona pręga odciśnięta w czasie snu. Dotknął jej, a potem zaczął pocierać, zastanawiając się, czy zniknie. Prawą ręką zgarnął włosy do góry i przypatrzył im się uważnie. W wieku trzydziestu dwóch lat nie miał ani jednego siwego włosa. Nie musiał się martwić siwizną. Jego głównym problemem było łysienie. Tę skłonność odziedziczył po obojgu rodzicach oraz ich przodkach. Marzył o bujnej, gęstej czuprynie, wyrastającej trzy centrymetry nad linią brwi. Carla mówiła mu, że wciąż jeszcze ma dużo włosów, ale biorąc pod uwagę tempo, w jakim je traci, nie nacieszy się nimi już długo. Zapewniała go jednak, że jest przystojny jak niegdyś, i wierzył jej całkowicie. Tłumaczyła, że wysokie czoło dodaje mu powagi, co w przypadku młodego adwokata jest niezwykle istotne. W to również wierzył bez zastrzeżeń.

Ale co zrobi, gdy będzie starym łysym adwokatem czy nawet łysym adwokatem w średnim wieku? Czemu włosy nie chcą odrastać, kiedy się już ma zmarszczki i siwe bokobrody i wygląda wystarczająco statecznie bez łysiny?

Jake dumał nad tym wszystkim, stojąc pod prysznicem. Zawsze brał krótki tusz, szybko się golił i ubierał. Być w barze o szóstej – to jego kolejna zasada. Zapalił światło i głośno walił szufladami komody oraz trzaskał drzwiami garderoby, próbując obudzić Carlę. Latem, gdy nie uczyła w szkole, stanowiło to część porannego rytuału. Wielokrotnie tłumaczył jej, że ma cały dzień, by ewentualnie odespać wczesne wstawanie, a te ranne chwile powinni spędzać wspólnie. Jęczała i jeszcze głębiej zagrzebywała się pod kocami. Kiedy był już ubrany, rzucał się na łóżko i całował ją w ucho, w szyję i twarz, póki nie zaczynała się przed nim opędzać. Wtedy ściągał z niej koce i śmiał się, gdy drżąc z zimna, zwijała się w kłębek i błagała, by ją okrył. Trzymając koce, podziwiał jej śniade, opalone, szczupłe, niemal idealnie zgrabne nogi. Koszula nocna nie zasłaniała niczego poniżej pępka i setki lubieżnych myśli przebiegały mu przez głowę.

Mniej więcej raz w miesiącu ten rytuał ulegał zakłóceniu. Carla nie tylko nie protestowała, ale jeszcze pomagała Jake'owi ściągnąć koce. W takie ranki Jake rozbierał się jeszcze szybciej, niż przed chwilą ubierał, i łamał przynajmniej trzy swoje zasady. Właśnie w ten sposób poczęta została Hanna.

Ale dziś wszystko odbyło się bez niespodzianek. Okrył swoją żonę, pocałował ją czule i zgasił światło. Odetchnęła z ulgą i po chwili usnęła. Ostrożnie otworzył drzwi do pokoju Hanny. Ukląkł przy jej łóżeczku. Miała cztery latka, była jedynaczką i już nią zostanie. Spała wśród lalek i pluszowych zwierzątek. Pocałował ją lekko w policzek. Była równie piękna jak jej matka, i przypominała ją też z zachowania. Miały wielkie, szaroniebieskie oczy, które w każdej chwili mogły być pełne łez. Identycznie czesały swoje ciemne włosy, strzyżone zawsze w tym samym czasie i przez tę samą fryzjerkę. Nawet ubierały się podobnie.

Jake ubóstwiał dwie kobiety swego życia. Pocałował Hannę na do widzenia i poszedł do kuchni, by zaparzyć kawę dla Carli. Wychodząc z domu, wypuścił na dwór psa. Max jednocześnie załatwiał się i obszczekiwał kota mieszkającej obok pani Pickle. Jake Brigance był jednym z niewielu, którzy rozpoczynali dzień tak wcześnie. Szybkim krokiem przeszedł do końca podjazdu, by wziąć poranną prasę dla Carli. Panował jeszcze mrok, powietrze było czyste i chłodne, choć czuło się już gwałtownie nadchodzące lato.

Spojrzał na pogrążoną w ciemnościach ulicę Adamsa, po czym odwrócił się, by pozachwycać się swoim domem. Tylko dwa budynki w okręgu Ford wpisano do krajowego Rejestru Obiektów Zabytkowych, a właścicielem jednego z nich był Jake Brigance. Choć dom miał poważnie obciążoną hipotekę, Jake'a i tak rozpierała duma, że jest jego właścicielem. Była to dziewiętnastowieczna budowla w stylu wiktoriańskim, wzniesiona przez emerytowanego kolejarza, który umarł podczas pierwszych spędzonych tu świąt Bożego Narodzenia. Wielka ściana szczytowa od strony ulicy miała dach, który osłaniał szeroki, cofnięty przedsionek. Nad wejściem wznosił się mały portyk, pokryty ozdobnymi deskami. Podtrzymywało go pięć okrągłych kolumn, pomalowanych na biało i ciemnoniebiesko. Każda ozdobiona była ręcznie wykonanymi motywami roślinnymi, przedstawiającymi żonkile, irysy i słoneczniki. Balustrada między kolumnami przywodziła na myśl koronkę. Trzy okna na piętrze wychodziły na mały balkon, na lewo od niego sterczała ośmioboczna wieża z witrażami. Wznosiła się ponad szczyt domu i była zwieńczona kutym w żelazie kwiatonem. Pod wieżą, na lewo od wejścia, ciągnęła się szeroka wiata dla samochodów, otoczona identyczną, ozdobną balustradą co portyk. Fronton domu pokrywała kompozycja wykonana z tandetnych błyskotek, cedrowych gontów, muszelek, rybich łusek oraz drobnych, wymyślnych elementów architektonicznych.

Carla specjalnie pojechała do konsultanta do Nowego Orleanu, który doradził, by zastosowali sześć oryginalnych kolorów – głównie różne odcienie błękitu, morskiej zieleni, żółci i bieli. Odmalowanie domu zajęło dwa miesiące i kosztowało Jake'a pięć tysięcy dolarów, nie licząc wielu godzin, które spędził razem z Carlą na drabinie, zeskrobując z ram starą

farbę. I choć niektórymi kolorami nie był zachwycony, nigdy nie odważyłby się zaproponować pomalowania domu na nowo.

Jak każdy budynek w stylu wiktoriańskim, również ich dom był absolutnie jedyny w swoim rodzaju. Miał w sobie coś prowokującego, niejedno-
znacznego, pociągającego, co wynikało z naiwnej, radosnej, niemal dziecię-
cej beztroski tworzenia. Carli spodobał się od pierwszego spojrzenia. Kiedy
mieszkający w Memphis właściciel umarł i dom wystawiono na sprzedaż,
kupili go za półdarmo, gdyż nie było innych chętnych. Przez dwadzieścia lat
stał niezamieszkany. Zaciągnęli duże pożyczki w dwóch bankach i kolejne
trzy lata spędzili, remontując i dopieszczając swoje gniazdko. Teraz przejeżdżający tędy ludzie przystawali, by zrobić sobie zdjęcia na tle ich domu.

W trzecim miejscowym banku Jake wziął kredyt na samochód. Był
właścicielem jedynego saaba w okręgu Ford i do tego czerwonego. Wytarł rosę z przedniej szyby i otworzył drzwiczki. Max swym szczekaniem obudził
kolonię sójek, mieszkających na klonie u pani Pickle. Zaczęły skrzeczeć, a kiedy Jake uśmiechnął się i zagwizdał, pożegnały go radosnym wrzaskiem. Wyjechał tyłem na ulicę Adamsa i ruszył na wschód. Po minięciu dwóch przecznic skręcił w Jeffersona, która kilkadziesiąt metrów dalej łączyła się z ulicą
Waszyngtona. Jake często zastanawiał się, dlaczego każde miasteczko na południu miało ulice Adamsa, Jeffersona i Waszyngtona, natomiat żadne – Lincolna czy Granta. Ulica Waszyngtona biegła ze wschodu na zachód przy północnej pierzei głównego placu Clanton.

Ponieważ Clanton było siedzibą okręgu, posiadało oczywiście plac,
na środku którego wznosił się gmach sądu. Generał Clanton zaprojekto-
wał miasto z rozmachem; plac był długi i szeroki, na trawniku przed budynkiem sądu rosły w równym szeregu, w jednakowej odległości od siebie, potężne dęby. Gmach sądu w okręgu Ford liczył dobrze ponad sto lat,
zbudowany został wkrótce po tym, jak Jankesi spalili poprzedni. Zwrócony
wyzywająco frontem na południe, dawał do zrozumienia tym z Północy, by
go grzecznie pocałowali w dupę. Był wiekowy i majestatyczny, z białymi kolumnami wzdłuż frontu i czarnymi okiennicami. Wzniesiono go z czerwonej
cegły, którą już dawno temu pomalowano na biało; co cztery lata skauci w ra-
mach tradycyjnej akcji letniej nakładali kolejną grubą warstwę błyszczącej farby. Dzięki kilku emisjom obligacji zdobyto środki na rozbudowę i renowację
gmachu. Trawnik wokół budynku był wysprzątany i starannie przystrzyżony.
Jego pielęgnacją dwa razy w tygodniu zajmowali się aresztanci.

W Clanton znajdowały się trzy bary – dwa dla białych i jeden dla czarnych, i wszystkie mieściły się na placu. Białym nie broniono wstępu do baru czarnych U Claude'a, po zachodniej stronie placu. Czarni również mogli
bezpiecznie coś przekąsić w Tea Shoppe po południowej stronie albo w Coffee Shop przy ulicy Waszyngtona. Nie robili tego jednak, choć jeszcze w la-

tach siedemdziesiątych orzeczono, że wolno im tam chodzić. W każdy piątek Jake zamawiał U Claude'a potrawy z rożna, jak czyniła to większość białych liberałów w Clanton. Ale sześć razy w tygodniu był stałym klientem Coffee Shop.

Zaparkował saaba przed swym biurem na ulicy Waszyngtona i minął trzy budynki, dzielące go od baru czynnego od godziny, o tej porze tętniącego już życiem. Kelnerki uwijały się, roznosząc kawę i zestawy śniadaniowe, nieprzerwanie zagadując farmerów, robotników i pracowników biura szeryfa, którzy byli stałymi klientami. Urzędnicy schodzili się nieco później w Tea Shoppe, by rozprawiać o polityce międzynarodowej, tenisie, golfie i rynku papierów wartościowych. W Coffee Shop rozmawiano o polityce lokalnej, futbolu i łowieniu ryb. Jake był jednym z nielicznych jajogłowych, którym pozwalano tu jadać. Robotnicy lubili go i szanowali. Większość z nich od czasu do czasu składała mu wizytę w biurze w związku z testamentem, umową notarialną, rozwodem czy tysiącem innych problemów albo prosząc, by Jake podjął się ich obrony w sądzie. Krytykowali go i opowiadali sobie złośliwe kawały o adwokatach, ale nie przejmował się tym. Podczas śniadania prosili go o wyjaśnienie orzeczeń Sądu Najwyższego oraz innych ciekawych procesów prawnych, a on udzielał w barze mnóstwa bezpłatnych porad. Jake potrafił odrzucić wszystko co zbędne i skupić się na sednie zagadnienia. Doceniali to. Nie zawsze się z nim zgadzali, ale zawsze otrzymywali uczciwą odpowiedź. Czasami się z nim sprzeczali, ale nigdy nie nosili w sobie długo urazy.

O szóstej przekroczył próg baru i przez pięć minut pozdrawiał wszystkich, ściskał ręce, poklepywał po ramieniu znajomych, wymieniał grzeczności z kelnerkami. Zanim dotarł do swego stolika, Dell, kelnerka, którą najbardziej lubił, już postawiła kawę i śniadanie: grzanki, galaretkę i kaszę kukurydzianą. Zawsze poklepywała go po ręku, nazywała swym kochasiem albo lubym i nadskakiwała mu, jak potrafiła. Na innych warczała i pokrzykiwała, ale wobec Jake'a zachowywała się całkiem inaczej.

Siedział razem z Timem Nunleyem, mechanikiem z warsztatu Chevroleta, i z dwoma braćmi, Billem i Bertem Westami, pracującymi w fabryce obuwia na północy miasta. Dodał trzy krople tabasco do kukurydzy i zgrabnie wymieszał ją z kawałkiem masła. Na grzankę nałożył centymetrową warstwę galaretki truskawkowej domowej roboty. Kiedy już wszystko przygotował, spróbował kawę i zaczął jeść. Jedli powoli, rozprawiając o tym, jak biorą ryby.

Przy stoliku pod oknem, kilka kroków od Jake'a, rozmawiali ze sobą trzej zastępcy szeryfa. Najpotężniejszy z nich, Prather, odwrócił się w pewnej chwili do Brigance'a i spytał głośno:

— Powiedz no, Jake, czy to nie ty broniłeś kilka lat temu Billy'ego Raya Cobba?

W barze natychmiast zapanowała cisza i oczy wszystkich skierowały się w stronę prawnika. Zdziwiony nie tyle pytaniem, ile reakcją obecnych, Jake przełknął kaszę i spróbował skojarzyć sobie usłyszane nazwisko.

– Billy Ray Cobb? – powtórzył. – A co to była za sprawa?

– Narkotyki – powiedział Prather. – Mniej więcej cztery lata temu przyłapano go na handlu narkotykami. Spędził jakiś czas w Parchman. Wyszedł w zeszłym roku.

Jake przypomniał sobie.

– Nie, nie reprezentowałem go. Zdaje się, że miał jakiegoś adwokata z Memphis.

Prather sprawiał wrażenie usatysfakcjonowanego tym wyjaśnieniem i powrócił do swych naleśników. Jake odczekał chwilę, w końcu się odezwał:

– Dlaczego pytasz? Co takiego teraz zbroił?

– Zatrzymaliśmy go dziś w nocy za gwałt.

– Gwałt?

– Tak, jego i Pete'a Willarda.

– Kogo zgwałcili?

– Pamiętasz tego czarnucha Haileya, którego broniłeś kilka lat temu podczas procesu o morderstwo?

– Lester Hailey. Pewnie, że pamiętam.

– Znasz jego brata Carla Lee?

– Jasne. Bardzo dobrze. Znam wszystkich Haileyów. Reprezentowałem większość z nich.

– No więc chodzi o jego córeczkę.

– Żartujesz?

– Nie.

– Ile ona ma lat?

– Dziesięć.

Jake nagle stracił apetyt. Bawił się filiżanką, przysłuchując się rozmowom o łapaniu ryb, o japońskich samochodach, a potem znów o rybach. Kiedy bracia Westowie wyszli, dosiadł się do stolika zastępców szeryfa.

– Jak ona się czuje?

– Kto?

– Dziewczynka Haileyów.

– Kiepsko – powiedział Prather. – Jest w szpitalu.

– Jak to się stało?

– Nie znamy szczegółów. Nie mogła dużo mówić. Matka wysłała ją do sklepu. Haileyowie mieszkają przy Craft Road, za sklepem spożywczym Batesa.

– Wiem, gdzie mieszkają.

– W jakiś sposób zwabili ją do furgonetki Cobba, wywieźli gdzieś w głąb lasu i zgwałcili.

– Obaj?

– Tak, i to nie raz. Skopali ją i porządnie zbili. Była tak skatowana, że niektórzy krewni nie mogli jej poznać.

Jake potrząsnął głową.

– To okropne.

– Tak. Jeszcze czegoś takiego nie widziałem. Próbowali ją zabić. Porzucili nieszczęsne dziecko, myśląc, że umrze, nim ją ktoś znajdzie.

– Ktoś ją znalazł?

– Grupka czarnuchów, którzy wybrali się na ryby nad rzeczkę Foggy. Natknęli się na nią na środku drogi. Miała związane z tyłu ręce. Nie powiedziała im dużo – jedynie, jak się nazywa jej ojciec. Odwieźli ją do domu.

– Skąd wiecie, że to Billy Ray Cobb?

– Powiedziała matce, że wieźli ją żółtą furgonetką z flagą konfederatów za tylną szybą. Ozziemu to wystarczyło. Zanim znalazła się w szpitalu, wiedział, kogo szukać.

Prather pilnował się, by nie powiedzieć za dużo. Lubił Jake'a, ale zawsze był to adwokat, który prowadził już wiele spraw karnych.

– A kto to taki ten Pete Willard?

– Kumpel Cobba.

– Gdzie ich znaleźliście?

– U Hueya.

– Wszystko pasuje. – Jake dopił kawę i pomyślał o Hannie.

– Straszne, straszne, straszne – mruczał Looney.

– Jak się czuje Carl Lee?

Prather otarł z wąsów syrop.

– Nie znam go osobiście, ale nigdy nie słyszałem o nim złego słowa. Ciągle jeszcze są w szpitalu. Zdaje się, że Ozzie był z nimi przez całą noc. Oczywiście dobrze ich zna, zresztą tak jak wszystkich. Hastings jest nawet w jakimś stopniu spokrewniony z dziewczynką.

– Kiedy odbędzie się przesłuchanie wstępne?

– Bullard wyznaczył je dziś na pierwszą. Dobrze mówię, Looney?

Looney skinął głową.

– A co z kaucją?

– Jeszcze jej nie wyznaczono. Bullard chce zaczekać do przesłuchania. Jeśli dziewczynka umrze, oskarżą ich o zabójstwo, prawda?

Jake skinął głową.

– W takiej sprawie nie można wyznaczyć kaucji, co, Jake? – spytał Looney.

– Teoretycznie można, ale nigdy się z czymś takim nie spotkałem. Wiem, że jeśli będą oskarżeni o zabójstwo, Bullard nie wyznaczy kaucji, a nawet jeśli wyznaczy, nie będą w stanie jej wpłacić.

– Jeśli mała przeżyje, ile mogą dostać? – spytał Nesbit, trzeci z obecnych pracowników biura szeryfa.

Wszyscy z uwagą słuchali wyjaśnień Jake'a.

– Za gwałt grozi im nawet dożywocie. Przypuszczam, że zostaną również oskarżeni o porwanie i ciężkie uszkodzenie ciała.

– Już zostali o to oskarżeni.

– Mogą dostać dwadzieścia lat za porwanie i dwadzieścia za ciężkie uszkodzenie ciała.

– Dobra, ale ile z tego odsiedzą? – spytał Looney.

Jake pomyślał chwilę.

– Przypuszczalnie po trzynastu latach otrzymają zwolnienie warunkowe. Odsiedzą siedem za gwałt, trzy za porwanie i trzy za pobicie. Oczywiście zakładając, że zostaną uznani za winnych tych wszystkich czynów i otrzymają maksymalne wyroki.

– A Cobb? Przecież już raz siedział.

– Tak, ale nie jest traktowany jako recydywista, jeśli nie był już wcześniej dwukrotnie skazany.

– Trzynaście lat – powtórzył Looney, kręcąc głową.

Jake patrzył przez okno. Plac ożywiał się, w miarę jak furgonetki z owocami i warzywami zatrzymywały się obok chodnika biegnącego wokół trawnika przed gmachem sądu, a starzy farmerzy w spłowiałych kombinezonach starannie ustawiali na klapach i maskach wozów małe koszyki z pomidorami, ogórkami i dyniami. Arbuzy z Florydy umieszczali bezpośrednio na ziemi, tuż obok zakurzonych, łysych opon, po czym udawali się na poranne spotkanie u stóp pomnika ofiar wojny wietnamskiej, gdzie rozsiadali się na ławkach, przeżuwając tytoń i najświeższe plotki. Prawdopodobnie rozmawiają o gwałcie, pomyślał Jake. Zrobiło się już widno i nadeszła pora, by pójść do biura. Zastępcy szeryfa skończyli jeść i Jake, przeprosiwszy ich, odszedł od ich stolika. Uścisnął Dell, zapłacił rachunek i przez chwilę pomyślał, czy nie wrócić do domu, by sprawdzić, jak się ma Hanna.

Za trzy siódma otworzył drzwi do swego biura i zapalił światło.

Carlowi Lee niewygodnie spało się na kozetce w poczekalni.

Stan Tonyi był poważny, ale nie ulegał pogorszeniu. Widzieli ją o północy. Lekarze ostrzegli, że nie wygląda najlepiej. Nie przesadzali. Gwen ucałowała drobną, obandażowaną buzię, a Carl Lee stał w nogach łóżka, milcząc i nie poruszając się, niezdolny do niczego poza tępym wpatrywaniem się w drobną figurkę, otoczoną aparaturą medyczną i pielęgniarkami. Gwen zaaplikowano później środek uspokajający i odwieziono do jej matki w Clanton. Chłopcy pojechali z bratem Gwen do domu.

Koło pierwszej ludzie się rozeszli i Carl Lee został sam. O drugiej Ozzie przyniósł kawę i pączki i powiedział Carlowi Lee wszystko, co wiedział o Cobbie i Willardzie.

Biuro Jake'a mieściło się w jednopiętrowym budynku, jednym z kilku podobnych domów naprzeciwko gmachu sądu po północnej stronie placu, zaraz obok baru. Został zbudowany w latach dziewięćdziesiątych ubiegłego wieku przez rodzinę Wilbanksów, do których należał wówczas okręg Ford. Od dnia jego ukończenia aż do roku 1979, roku skreślenia Luciena z listy adwokatów, zawsze jakiś Wilbanks prowadził tu praktykę adwokacką. W budynku na prawo urzędował agent ubezpieczeniowy, którego Jake zaskarżył o nieuczciwe żądanie odszkodowania od Tima Nunleya, mechanika z warsztatu Chevroleta. Z drugiej strony mieścił się bank, który udzielił Jake'owi pożyczki na saaba. Wszystkie budynki wokół placu z wyjątkiem tych, w których miały siedzibę banki, były jednopiętrowymi domami z cegły. Jedynie bank sąsiadujący z biurem Jake'a, też zbudowany przez Wilbanksów, był jednopiętrowy, ale już ten na południowo-wschodnim narożniku placu – dwupiętrowy, a najnowszy, na południowo-zachodnim narożniku, miał cztery kondygnacje.

Jake prowadził praktykę w pojedynkę, i to już od 1979 roku, od kiedy Wilbanks został wykluczony z grona adwokatów. Odpowiadał mu taki styl pracy, tym bardziej że w Clanton nie było drugiego równie kompetentnego prawnika, z którym mógłby do spółki prowadzić praktykę. W mieście urzędowało kilku dobrych prawników, ale większość z nich zatrudniała kancelaria adwokacka Sullivana, mieszcząca się w trzypiętrowym budynku bankowym. Jake nie cierpiał firmy Sullivana. Nie znosili jej wszyscy prawnicy, z wyjątkiem tych, którzy tam pracowali. Było ich ośmiu. Ośmiu najbardziej napuszonych i aroganckich palantów, z jakimi kiedykolwiek się zetknął. Dwaj z nich skończyli Harvard. Reprezentowali bogatych farmerów, banki, agencje ubezpieczeniowe, kolej – wszystkich, którzy mieli pieniądze. Pozostałych czternastu prawników w okręgu zadowalało się resztkami i reprezentowało ludzi – żywe istoty, z których większość miała bardzo mało pieniędzy. Byli „ludzkimi adwokatami" – pomagali tym, którzy popadli w tarapaty. Jake odczuwał dumę z tego powodu, że jest „ludzkim adwokatem".

Używał tylko pięciu pomieszczeń z dziesięciu, które liczył budynek jego olbrzymiego biura. Na dole były: recepcja, duża sala konferencyjna, kuchnia i mała pakamera, służąca za magazynek. Na piętrze znajdowały się przestronny gabinet Jake'a oraz mniejszy pokój, nazywany pokojem sztabowym. Nie miał okien, nie było w nim telefonów ani nic, co mogłoby zakłócać spokój. Trzy pomieszczenia na górze i dwa na parterze stały puste. Mieszczący się na piętrze gabinet Jake'a był ogromny: miał dziewięć metrów na dziewięć, sufit wykładany drewnem, drewniany parkiet, wielki kominek i trzy biurka – jedno do pracy, w rogu małe biurko konferencyjne, a naprzeciwko niego, pod portretem Williama Faulknera, biurko z żaluzjowym zamknięciem. Te dębowe antyki stały tu od ponad stu lat, podobnie jak książki na półkach, zajmujących całą jedną ścianę. Za oknem rozciągał się imponujący widok na plac z gmachem sądu. Jake szczycił się najwspanialszym biurem w Clanton. Nawet jego najwięksi wrogowie z firmy Sullivana musieli mu to przyznać.

Za to olbrzymie, luksusowo umeblowane biuro Jake płacił właścicielowi i swemu byłemu szefowi, Lucienowi Wilbanksowi, zaledwie czterysta dolarów miesięcznie.

Przez dziesięciolecia rodzina Wilbanksów rządziła okręgiem Ford. Byli to dumni, zamożni ludzie – farmerzy, bankierzy, politycy, a przede wszystkim prawnicy. Wszyscy mężczyźni w rodzinie Wilbanksów kształcili się na najsłynniejszych uniwersytetach. Zakładali banki, wznosili kościoły i szkoły, kilku z nich zostało urzędnikami państwowymi. Firmę Wilbanks & Wilbanks przez wiele lat uważano za najbardziej prestiżową i wpływową kancelarię w północnej części stanu Missisipi.

Potem na świat przyszedł Lucien. Był jedynym chłopcem w tym pokoleniu Wilbanksów. Miał siostrę i kilka kuzynek, ale od nich oczekiwano jedynie, by dobrze wyszły za mąż. Wielkie nadzieje pokładano w Lucienie, i to od najmłodszych lat. Ale już gdzieś od trzeciej klasy szkoły podstawowej stało się oczywiste, że będzie inny niż dotychczasowi Wilbanksowie. Kancelarię adwokacką odziedziczył w 1965 roku, po tragicznej śmierci ojca i wuja w katastrofie lotniczej. Chociaż miał wtedy czterdzieści lat, zaledwie kilka miesięcy wcześniej ukończył korespondencyjnie studia prawnicze i jakimś cudem zdał egzamin adwokacki. Przejął kontrolę nad firmą, ale klienci zaczęli uciekać. Wszyscy wielcy klienci, tacy jak agencje ubezpieczeniowe, banki i bogaci farmerzy, przeszli do nowo powstałej kancelarii Sullivana. Sullivan, dopóki Lucien go nie wyrzucił, był młodszym wspólnikiem Wilbanksów. Odszedł, zabierając ze sobą innych młodszych wspólników i większość klientów. Potem Lucien zwolnił pozostałych pracowników, asystentki, kancelistów, wszystkich prócz Ethel Twitty, ulubionej sekretarki jego zmarłego ojca.

Ethel i John Wilbanks przez całe lata byli bardzo blisko ze sobą zaprzyjaźnieni. Nawiasem mówiąc, młodszy syn Ethel był niezwykle podobny do Luciena. Biedny facet większość życia spędzał w rozmaitych domach wariatów. Lucien żartobliwie nazywał go swym opóźnionym w rozwoju bratem. Po katastrofie lotniczej opóźniony w rozwoju brat pojawił się w Clanton i zaczął wszem wobec rozgłaszać, że jest nieślubnym synem Johna Wilbanksa. Ethel czuła się upokorzona, ale nie potrafiła na niego wpłynąć. W Clanton cieszono się ze skandalu. Firma Sullivana, występując w imieniu opóźnionego w rozwoju brata, zażądała dla niego części majątku. Lucien wpadł w szał. Doszło do procesu, podczas którego Lucien zażarcie bronił swego honoru i dobrego imienia rodziny. Równie gorliwie bronił majątku ojca, który w całości został zapisany jemu i jego siostrze. Podczas procesu przysięgli dostrzegli uderzające podobieństwo między Lucienem i synem Ethel, który był kilka lat młodszy od Wilbanksa. Opóźnionego w rozwoju brata specjalnie posadzono tak blisko Luciena, jak to tylko było możliwe. Prawnicy od Sullivana pouczyli go, by chodził, mówił, siedział i robił wszystko tak, jak Wilbanks. Nawet ubrali go w takie same rzeczy, jakie nosił Lucien. Ethel i jej mąż zaprzeczyli, by chłopak był w jakimkolwiek stopniu spokrewniony z Wilbanksami, ale przysięgli mieli inne zdanie. Orzeczono, że jest spadkobiercą Johna Wilbanksa, i przyznano mu jedną trzecią majątku. Lucien zwymyślał przysięgłych i spoliczkował nieszczęsnego chłopaka, za co wyprowadzono go z sali sądowej i osadzono w areszcie. Podczas apelacji unieważniono decyzję przysięgłych i oddalono powództwo, ale Lucien bał się ewentualnych dalszych rozpraw na wypadek, gdyby Ethel zmieniła zdanie. Dlatego też Ethel Twitty pozostała w firmie Wilbanksa.

Lucien czerpał satysfakcję z tego, że firma się rozpadła. Nigdy nie zamierzał prowadzić praktyki adwokackiej, tak jak czynili to jego przodkowie. Pragnął bronić w sprawach karnych, a dawną klientelę stanowiły wyłącznie instytucje. Chciał występować w procesach o gwałty, morderstwa, znęcanie się nad dziećmi, prowadzić rozmaite nieprzyjemne sprawy, których nikt nie lubił się podejmować. Zamierzał specjalizować się w prawie cywilnym i walczyć o swobody obywatelskie. Ale przede wszystkim pragnął być radykałem, stać się największym radykałem wśród adwokatów, prowadzić najbardziej niepopularne sprawy i skupiać na sobie uwagę wszystkich.

Zapuścił brodę, rozwiódł się z żoną, przestał chodzić do kościoła, wypisał się z miejscowego klubu, wstąpił do NAACP i ACLU*, zrezygnował z funkcji w zarządzie banku i stał się czarną owcą Clanton. Wnosił skargi przeciwko gubernatorowi za warunki panujące w więzieniu, przeciwko miastu za odmowę wybrukowania ulic w dzielnicy murzyńskiej, przeciwko bankom, bo nie zatrudniały czarnych kasjerów, przeciwko władzom stanu za dopuszczanie stosowania kary śmierci, przeciwko fabrykom nieuznającym

---

* NAACP – National Association for the Advancement of Coloured People – Krajowe Stowarzyszenie Podniesienia Poziomu Kulturalnego Kolorowych; ACLU – American Civil Liberties Union – Amerykański Związek Swobód Obywatelskich (przyp. tłum.).

związków zawodowych. Podejmował się obrony w wielu sprawach karnych i wygrywał, i to nie tylko w okręgu Ford. Stał się znany i zdobył mnóstwo zwolenników wśród czarnych, białej biedoty i członków nielicznych związków zawodowych, działających w północnej części stanu Missisipi. Trafiło mu się kilka intratnych spraw o dochodzenie szkód osobistych i niesłusznie orzeczone wyroki śmierci. Doprowadził do paru korzystnych ugód. Kancelaria osiągała większe zyski niż kiedykolwiek. Lucien nie potrzebował pieniędzy. Urodził się w bogatej rodzinie i nigdy nie przywiązywał wagi do mamony. Jej liczeniem zajmowała się Ethel.

Praca była całym jego życiem. Nie mając rodziny, stał się prawdziwym tytanem pracy. Piętnaście godzin dziennie, siedem dni w tygodniu Lucien z pasją oddawał się praktyce adwokackiej. Poza tym nie interesowało go nic z wyjątkiem alkoholu. Pod koniec lat sześćdziesiątych popadł w uzależnienie od Jasia Wędrowniczka. Na początku lat siedemdziesiątych stał się pijakiem, a kiedy w 1978 roku zatrudnił Jake'a, był już nieuleczalnym alkoholikiem. Ale nigdy nie dopuszczał do tego, by wódka przeszkadzała mu w prowadzeniu praktyki; nauczył się jednocześnie pić i pracować. Lucien zawsze miał trochę w czubie i w tym stanie okazywał się niezwykle niebezpiecznym przeciwnikiem. Z natury zuchwały i nieprzebierający w środkach, pod wpływem alkoholu robił się naprawdę nieobliczalny. Podczas procesów wprawiał w zakłopotanie swych oponentów, znieważał sędziego, obrażał świadków, a potem przepraszał przysięgłych. Nikomu nie okazywał szacunku i nie dawał się zastraszyć. Bano się go, bo mógł powiedzieć i zrobić wszystko. Ludzie obchodzili go z daleka. Wiedział o tym i sprawiało mu to ogromną radość. Robił się coraz bardziej ekscentryczny. Im więcej pił, tym bardziej stawał się szalony, wtedy ludzie jeszcze częściej o nim mówili, a więc pił coraz więcej.

Między 1966 a 1978 rokiem Lucien przyjął, a potem zwolnił, jedenastu współpracowników. Zatrudniał czarnych, Żydów, Latynosów, kobiety, ale nikt nie wytrzymywał tempa, które narzucał. Był w biurze tyranem, bezustannie przeklinał i wymyślał młodym prawnikom. Niektórzy zwalniali się po miesiącu. Jeden wytrzymał całe dwa lata. Trudno było się przyzwyczaić do szaleństw Luciena. Miał pieniądze i mógł sobie pozwolić na ekstrawagancje – jego pracownicy nie.

Brigance zatrudnił się u niego w 1978 roku, gdy tylko skończył prawo. Jake pochodził z Karaway, liczącego dwa i pół tysiąca mieszkańców miasteczka, położonego niespełna trzydzieści kilometrów na zachód od Clanton. Był prostolinijnym konserwatystą i szczerym prezbiterianinem, miał śliczną żonę, która marzyła o gromadce dzieci. Lucien zatrudnił chłopaka, by się przekonać, czy uda mu się go zdeprawować. Jake przyjął pracę, choć miał do niej wiele zastrzeżeń, ale nie otrzymał żadnej innej propozycji w okolicy.

Rok później Luciena pozbawiono prawa praktyki. Była to tragedia dla tych nielicznych, którzy darzyli go sympatią. Mały związek zawodowy w fabryce obuwia na północy miasta ogłosił strajk. Związek ten założył Lucien i on też reprezentował jego interesy. Zakłady zaczęły zatrudniać na miejsce strajkujących nowych robotników i sytuacja się zaostrzyła. Lucien pojawił się na pikiecie, by podtrzymać swych ludzi na duchu. Był bardziej pijany niż zwykle. Kiedy grupa łamistrajków próbowała przedrzeć się przez pikietę, doszło do bijatyki. Kierującego atakiem Luciena aresztowano. Sąd skazał go za naruszenie nietykalności osobistej i chuligańskie zachowanie. Ten odwołał się, ale przegrał, znów się odwołał i znów przegrał.

Stanowe Stowarzyszenie Adwokatów już od dawna miało dosyć Wilbanksa. Na żadnego innego adwokata nie przychodziło tyle skarg, co na niego. Stosowano wobec Luciena upomnienia w cztery oczy i publiczne, zawieszano mu prawo wykonywania zawodu, ale wszystko na próżno. Teraz wydział skargi i komisja dyscyplinarna zadziałały niezwykle szybko. Został skreślony z listy adwokatów za skandaliczne zachowanie, nielicujące z godnością przedstawiciela palestry. Kolejne odwołania, jakie składał, nie przyniosły efektu.

Lucien był zdruzgotany. Jake znajdował się akurat w jego gabinecie na górze, kiedy nadeszła wiadomość z Jackson, że Sąd Najwyższy podtrzymał decyzję o wykluczeniu Wilbanksa z grona adwokatów. Lucien odwiesił słuchawkę i podszedł do okna balkonowego, wychodzącego na plac. Jake przyglądał mu się uważnie, lada chwila spodziewając się tyrady. Ale Lucien milczał. Wolno zszedł po schodach, zatrzymał się przed płaczącą Ethel, a potem spojrzał na Jake'a. Otworzył drzwi i powiedział:

– Zajmij się biurem. Do zobaczenia.

Podbiegli do frontowego okna i obserwowali, jak odjeżdża z placu swym starym, poobijanym porsche. Przez kilka miesięcy nie dawał znaku życia. Jake sumiennie zajął się sprawami pozostawionymi przez Luciena, a Ethel starała się utrzymać w biurze jaki taki ład. Jake w kilku przypadkach doprowadził do ugody, parę spraw przekazał innym prawnikom, a niektóre skierował do sądu.

Sześć miesięcy później, gdy Jake wrócił do biura po męczącym dniu w sądzie, natknął się na Luciena śpiącego na perskim dywanie w dużym gabinecie.

– Lucien! Dobrze się czujesz? – spytał.

Lucien zerwał się z podłogi i usiadł w wielkim skórzanym fotelu za biurkiem. Był trzeźwy, opalony, odprężony.

– Jake, mój drogi chłopcze, jak się masz? – wykrzyknął serdecznie.

– Bardzo dobrze, dziękuję. Gdzieżeś ty się podziewał?

– Byłem na Kajmanach.

– Coś tam robił?

– Piłem rum, siedziałem na plaży i uganiałem się za miejscowymi ślicznotkami.

– Widzę, że nieźle się bawiłeś. A dlaczego stamtąd wyjechałeś?

– Znudziło mi się.

Jake przysiadł na skraju biurka.

– Cieszę się, że cię widzę, Lucien.

– Ja również się cieszę ze spotkania z tobą. A co tu słychać?

– Dużo roboty. Ale ogólnie nieźle.

– Czy doprowadziłeś do ugody w sprawie Medleya?

– Tak. Zapłacił osiemdziesiąt tysięcy.

– Bardzo dobrze. Cieszył się?

– Wyglądał na zadowolonego.

– A czy sprawa Crugera trafiła do sądu?

Jake spuścił wzrok.

– Wynajął Fredriksa. Zdaje się, że rozprawa odbędzie się w przyszłym miesiącu.

– Powinienem był z nim porozmawiać przed wyjazdem.

– Jest winny, prawda?

– Tak. Nieważne, kto będzie go reprezentował. Większość oskarżonych jest winna – zapamiętaj to sobie. – Lucien podszedł do okna balkonowego i spojrzał na gmach sądu. – Jakie masz plany na przyszłość, Jake?

– Chciałbym tu dalej pracować. A co ty zamierzasz?

– Jesteś niezły, Jake, i cieszę się, że chcesz zostać. Jeśli chodzi o mnie, to jeszcze nie wiem, co będę robił. Myślałem o wyjeździe na stałe na Karaiby, ale się rozmyśliłem. To dobre miejsce na urlop. Właściwie nie mam żadnych konkretnych planów. Może sobie trochę pojeżdżę po świecie. Przepuszczę trochę pieniędzy. Wiesz, że forsy mam jak lodu.

Jake wiedział. Lucien odwrócił się i zatoczył ręką koło.

– Jake, chcę, żebyś to wszystko przejął, został tu i przynajmniej stwarzał pozory, że firma funkcjonuje dalej. Przenieś się do tego gabinetu; korzystaj z biurka, które mój dziadek kupił w Wirginii po wojnie domowej. Zatrzymaj akta, sprawy, klientów, książki, wszystko.

– Jesteś bardzo wspaniałomyślny, Lucien.

– Większość klientów i tak odejdzie. Nie odbieraj tego jako zarzutu pod twoim adresem – pewnego dnia będziesz wspaniałym prawnikiem. Ale większość moich klientów przez lata szła za mną.

Jake'owi nie zależało na klientach Luciena.

– A co będzie z czynszem?

– Płać mi tyle, na ile cię stać. Z początku nie będzie ci łatwo, ale na pewno ci się uda. Zresztą, mnie nie są potrzebne pieniądze, a tobie – tak.

- Jesteś bardzo uprzejmy.
- Bo w gruncie rzeczy niezły ze mnie chłop.

Obaj roześmieli się nieco zażenowani.

Pierwszy spoważniał Jake.

- A co z Ethel?
- Zostawiam decyzję tobie. Jest dobrą sekretarką, która więcej zapomniała, niż ty kiedykolwiek umiałeś. Wiem, że jej nie lubisz, ale trudno ci będzie znaleźć kogoś na jej miejsce. Jeśli chcesz, wyrzuć ją. Jest mi to obojętne.

Lucien skierował się w stronę wyjścia.

- Dzwoń do mnie, jeśli będziesz potrzebował mojej rady. Będę na miejscu. Chcę, żebyś się wprowadził do tego gabinetu. Należał do mojego ojca i dziadka. Moje szpargały wrzuć do kartonów, zabiorę je przy okazji.

Cobb i Willard obudzili się z bólem głowy i czerwonymi, podpuchniętymi oczami. Ozzie coś do nich wykrzykiwał. Siedzieli we dwóch w małej celi. Po prawej stronie przylegała do niej cela, w której trzymano skazanych, czekających na przewiezienie do Parchman. Kilkunastu czarnych opierało się o kraty i obserwowało, jak dwóch białych chłystków przeciera oczy. Z lewej strony była mniejsza cela, też pełna czarnych. Zbudźcie się, wrzeszczał Ozzie, i siedźcie cicho, bo inaczej zamknę was wszystkich razem.

Od siódmej aż do przyjścia Ethel, która pojawiała się o ósmej trzydzieści, Jake miał czas wyłącznie dla siebie. Zazdrośnie strzegł tych swoich godzin. Zamykał drzwi frontowe, nie odbierał telefonów i z nikim się w tym czasie nie spotykał. Drobiazgowo planował dzień pracy. Do ósmej trzydzieści nagrywał wystarczającą ilość pism do przepisania i poleceń dla Ethel, by miała zajęcie do południa i nie zawracała mu głowy. O dziewiątej albo szedł do sądu, albo na spotkanie z klientem. Do jedenastej nie pozwalał łączyć ze sobą żadnych rozmów, a potem skrupulatnie telefonował do wszystkich, którzy próbowali się z nim rano skontaktować. Nigdy nie zwlekał z oddzwonieniem – była to jego kolejna zasada. Jake pracował systematycznie i wydajnie, nie lubił marnować czasu. Nie nauczył się tego bynajmniej od Luciena.

O ósmej trzydzieści pojawiała się w biurze Ethel. Parzyła świeżą kawę i segregowała pocztę, niezmiennie od czterdziestu jeden lat. Miała sześćdziesiąt cztery lata, ale wyglądała na pięćdziesiąt. Była przy kości, ale nie gruba, dobrze się trzymała, nie należała jednak do kobiet atrakcyjnych. Żuła przyniesioną z domu bułkę z tłustą kiełbasą i przeglądała pocztę Jake'a.

Jake usłyszał czyjś głos. Ethel rozmawiała z jakąś kobieta. Sprawdził w terminarzu – do dziesiątej nie miał żadnych spotkań.

- Dzień dobry, panie Brigance – rozległ się w interkomie głos Ethel.

35

– Dzień dobry, Ethel. – Wołała, gdy się do niej zwracano „pani Twitty".
Mówili tak do niej wszyscy, nawet Lucien. Ale Jake, od czasu, gdy wkrótce
po skreśleniu Wilbanksa z listy adwokatów wylał ją z roboty, zwracał się do
niej po imieniu.

– Jakaś pani chce się z panem zobaczyć.

– Nie jest umówiona.

– Wiem, proszę pana.

– Umów ją na jutro po dziesiątej trzydzieści. Jestem teraz zajęty.

– Dobrze, proszę pana, ale ona mówi, że to pilne.

– Kto to taki? – warknął. Wszyscy, którzy pojawiali się niezapowie-
dziani, mówili, że sprawa jest pilna, jakby spotkać się z adwokatem to było
to samo, co wpaść do pralni. Pewnie znów chodzi o jakieś pytanie dotyczące testamentu wuja Johna albo sprawy, którą sąd miał rozpatrywać za trzy
miesiące.

– Niejaka pani Willard – odparła Ethel.

– A jak jej na imię?

– Earnestine. Earnestine Willard. Nie zna jej pan. Aresztowano jej syna.

Jake punktualnie stawiał się na spotkania z klientami, ale osoby, które
nie były umówione, traktował odmiennie. Ethel albo się ich pozbywała, albo
wyznaczała im spotkanie za dzień czy dwa. Pan Brigance jest bardzo zajęty,
wyjaśniała, ale spróbuje znaleźć dla pana chwilkę czasu jutro. To wywierało
na ludziach wrażenie.

– Powiedz jej, że nie jestem zainteresowany.

– Mówi, że musi znaleźć adwokata. Dziś o pierwszej jej syn stanie
przed sądem.

– Poradź jej, by zgłosiła się do Drew Jacka Tyndale'a, obrońcy z urzędu. Jest dobry i nic ją to nie będzie kosztowało.

Ethel powtórzyła kobiecie jego słowa.

– Ale, panie Brigance, ona chce wynająć pana. Ktoś jej powiedział,
że w naszym okręgu jest pan najlepszym adwokatem do spraw karnych. –
W głosie Ethel słychać było rozbawienie.

– Powiedz jej, że to prawda, ale nie jestem zainteresowany sprawą jej
syna.

Ozzie założył Willardowi kajdanki i wyprowadził go na korytarz, a potem zabrał do swojego gabinetu znajdującego się we frontowej części aresztu okręgowego. Zdjął mu kajdanki i posadził na twardym krześle stojącym
na środku pokoju. Sam zajął miejsce w wielkim fotelu za biurkiem i spojrzał
na oskarżonego.

– Panie Willard, tu stoi porucznik Griffin z drogówki. Tam oficer dochodzeniowy z mojego biura, Rady, a obok moi zastępcy Looney i Prather,

36

których spotkał pan już ostatniej nocy, ale wątpię, by ich pan pamiętał. A ja nazywam się Walls i jestem tu szeryfem.

Willard bojaźliwie odwracał głowę, by spojrzeć na przedstawianych sobie mężczyzn. Czuł się osaczony. Drzwi były zamknięte. Na biurku szeryfa stały obok siebie dwa magnetofony.

– Chcielibyśmy panu zadać kilka pytań, dobrze?

– Nie wiem.

– Zanim zacznę, chcę się upewnić, czy zna pan przysługujące mu prawa. Po pierwsze, ma pan prawo milczeć. Jasne?

– Uhm.

– Może pan nic nie mówić, ale gdyby się pan zdecydował, wszystko, co pan powie, może zostać wykorzystane w sądzie przeciwko panu. Jasne?

– Uhm.

– Czy potrafi pan czytać i pisać?

– Tak.

– Świetnie. W takim razie proszę to przeczytać i podpisać. Jest tu napisane, że został pan poinformowany o przysługujących panu prawach.

Willard złożył podpis. Ozzie wcisnął czerwony guzik jednego z magnetofonów.

– Wie pan, że został włączony magnetofon?

– Uhm.

– I że jest środa, 15 maja, godzina ósma czterdzieści trzy rano?

– Skoro pan tak mówi...

– Proszę nam podać pełne imiona i nazwisko.

– James Louis Willard.

– A pod jakim imieniem i nazwiskiem jest pan powszechnie znany?

– Pete. Pete Willard.

– Adres?

– Route 6, skrytka pocztowa 14, Lake Village, Missisipi.

– Ulica?

– Bethel.

– Z kim pan mieszka?

– Z mamą, Earnestine Willard. Jestem rozwiedziony.

– Zna pan Billy'ego Raya Cobba?

Willard zawahał się i zaczął się gapić na swe nogi. Buty zostawił w celi. Białe skarpetki były brudne, a na dużych palcach miały dziury. Niegroźne pytanie, pomyślał.

– Tak, znam go.

– Czy widział się pan z nim wczoraj?

– Uhm.

– Gdzie byliście?

- Nad jeziorem.
- O której godzinie stamtąd odjechaliście?
- Koło trzeciej.
- Jaki samochód pan prowadził?
- To nie ja prowadziłem.
- Jakim samochodem pan jechał?

Znów się zawahał i zaczął się przyglądać palcom u nóg.

- Nie mam już ochoty więcej mówić.

Ozzie nacisnął inny guzik i taśma się zatrzymała. Nie spuszczając wzroku z Willarda, odetchnął głęboko.

- Byłeś kiedyś w Parchman?

Willard pokręcił głową.

- Wiesz, ilu czarnych siedzi w Parchman?

Willard znów pokręcił głową.

- Jakieś pięć tysięcy. A wiesz, ilu tam jest białych?
- Nie.
- Około tysiąca.

Willard spuścił nisko głowę, brodą dotykając piersi. Ozzie pozwolił mu zastanowić się przez minutę, a potem mrugnął na porucznika Griffina.

- Czy wiesz, co ci czarni zrobią białemu chłopakowi, który zgwałcił murzyńską dziewczynkę?

Willard milczał.

- Poruczniku Griffin, proszę powiedzieć panu Willardowi, jak traktowani są w Parchman biali.

Griffin podszedł do biurka Ozziego i usiadł na skraju blatu. Spojrzał na Willarda.

- Jakieś pięć lat temu biały chłopak z okręgu Helena, w delcie rzeki, zgwałcił czarną dziewczynkę. Miała dwanaście lat. Kiedy pojawił się w Parchman, czekał już na niego komitet powitalny. Wiedzieli o jego przyjeździe. Pierwszej nocy jakichś trzydziestu czarnych przywiązało go do dwustupięćdziesięciolitrowego kontenera i dało mu szkołę. Strażnicy przyglądali się temu wszystkiemu pobłażliwie. Dla gwałcicieli nie ma współczucia. Przez trzy miesiące co noc brali go w obroty, a potem zabili. Znaleziono go wykastrowanego w kontenerze.

Willard skulił się, a potem odchylił głowę do tyłu i zaczął głęboko oddychać.

- Słuchaj no, Pete – odezwał się Ozzie – nie chodzi nam o ciebie. Chcemy mieć Cobba. Odkąd wyszedł z Parchman, próbuję go przyłapać. Jeśli nam pomożesz załatwić Cobba, zrobię wszystko, co będę mógł, by ci pomóc. Niczego nie obiecuję, ale mam niezłe układy z prokuratorem okręgowym. Pomóż mi załatwić Cobba, to ja wstawię się za tobą u prokuratora. Powiedz nam tylko, co wczoraj zaszło.

– Chcę adwokata – powiedział Willard.

Ozzie spuścił głowę i jęknął.

– Co ci pomoże adwokat, Pete? Osłoni cię przed czarnymi więźniami? Próbuję ci pomóc, a ty udajesz mądralę.

– Powinieneś posłuchać szeryfa, synu. Chce ci uratować życie – powiedział Griffin.

– Masz duże szanse wykpić się kilkoma latami w miejscowym więzieniu – zauważył Rady.

– Tu jest znacznie bezpieczniej niż w Parchman – dodał Prather.

– Wybór należy do ciebie, Pete – powiedział Ozzie. – Możesz trafić do Parchman i tam zginąć albo kiblować tutaj. Jeśli się będziesz odpowiednio zachowywał, mogę ci nawet wydać opinię wzorowego więźnia.

Willard spuścił głowę i zaczął pocierać czoło.

– Dobra.

Ozzie wcisnął czerwony guzik.

– Gdzie spotkaliście dziewczynkę?

– Na jakiejś polnej drodze.

– Na której?

– Nie wiem. Byłem pijany.

– Dokąd ją zabraliście?

– Nie wiem.

– Było was tylko dwóch, ty i Cobb?

– Tak.

– Kto ją zgwałcił?

– Obaj to zrobiliśmy. Ale Billy Ray był pierwszy.

– Ile razy?

– Nie pamiętam. Paliłem trawkę i piłem.

– Obaj ją zgwałciliście?

– Tak.

– Gdzie ją zostawiliście?

– Nie pamiętam. Przysięgam, że nie pamiętam.

Ozzie wcisnął klawisz „stop".

– Spiszemy to i damy ci do podpisu.

Willard desperacko pokręcił głową.

– Tylko nie mówcie nic Billy'emu Rayowi.

– Nie powiemy – obiecał szeryf.

Rozdział 4

Percy Bullard kręcił się niespokojnie na skórzanym fotelu za olbrzymim, podniszczonym dębowym biurkiem w pokoju sędziowskim, tuż za salą rozpraw wypełnioną już tłumem ciekawskich. W niewielkiej salce znajdującej się zaraz obok zebrali się wokół automatu z kawą adwokaci, plotkując na temat wczorajszego gwałtu.

Mała, czarna toga Bullarda wisiała w rogu pokoju, przy oknie wychodzącym na ulicę Waszyngtona. Siedząc, ledwo dotykał nogami podłogi. Był drobnym, neurastenicznym mężczyzną, cieżko przeżywającym przesłuchania wstępne i wszystkie inne rutynowe czynności. Choć od trzynastu lat zasiadał w fotelu sędziego, nie potrafił opanować zdenerwowania. Na szczęście nie musiał prowadzić poważnych procesów; te były zastrzeżone dla sądu objazdowego. Bullard był jedynie sędzią sądu pierwszej instancji i chyba osiągnął szczyt swych możliwości.

Do drzwi zapukał Pate, wiekowy woźny sądowy.

– Proszę! – odezwał się Bullard.

– Dzień dobry, panie sędzio.

– Ilu przyszło czarnych? – spytał obcesowo Bullard.

– Zajmują połowę sali.

– Czyli jakaś setka! Nawet procesy o morderstwo nie ściągają tylu ciekawskich. Czego oczekują?

Pate wzruszył ramionami.

– Widocznie myślą, że będziemy dziś sądzić tych chłopaków – powiedział Bullard.

– Uważam, że są po prostu zaniepokojeni – nieśmiało zauważył Pate.

– Zaniepokojeni? Czym? Przecież nie puszczę ich wolno. To jedynie przesłuchanie wstępne. – Umilkł i zaczął się gapić przez okno. – Przyszła rodzina ofiary?

– Myślę, że tak. Rozpoznałem kilku, ale nie znam jej rodziców.

– Jakie przedsięwzięto środki ostrożności?

– Szeryf zgromadził w pobliżu sali sądowej wszystkich zastępców, a nawet ściągnął siły rezerwowe. Publiczność była przy wejściu dokładnie kontrolowana.

– Znaleziono coś?

– Nie, proszę pana.

– Gdzie są obaj aresztowani?

– Pod opieką szeryfa. Pojawią się tu lada moment.

Sędzia sprawiał wrażenie usatysfakcjonowanego. Pate położył na biurku odręcznie napisaną notatkę.

– A to co takiego?

Woźny Pate wziął głęboki oddech.

– To prośba ekipy telewizyjnej z Memphis o zgodę na filmowanie przesłuchania.

– Co? – Bullard poczerwieniał i zatrząsł się gwałtownie na obrotowym fotelu. – Kamery! Na mojej sali sądowej! – krzyknął.

Podarł kartkę i rzucił strzępy w kierunku kosza na śmieci.

– Gdzie są teraz?

– W rotundzie.

– Każ im opuścić gmach sądu.

Woźny pospiesznie wyszedł z pokoju.

Carl Lee Hailey siedział w przedostatnim rzędzie. Dziesiątki krewnych i znajomych zajmowały miejsca na wyścielanych ławkach po prawej stronie sali. Lewa strona była pusta. Uzbrojeni zastępcy szeryfa kręcili się nerwowo, spoglądając w kierunku tłumu czarnych, a szczególnie Carla Lee, który siedział pochylony, i wsparłszy łokcie na kolanach, patrzył tępo w podłogę.

Jake wyjrzał przez okno na plac i spojrzał na tyły gmachu sądu zwróconego frontem na południe. Była pierwsza. Zwykle nie jadał lunchu i nie miał teraz żadnej sprawy na mieście, ale poczuł nieprzepartą potrzebę odetchnięcia świeżym powietrzem. Przez cały dzień nie opuszczał biura i chociaż nie miał ochoty wysłuchiwać szczegółów dotyczących gwałtu, nie mógł opuścić przesłuchania wstępnego. Sala sądowa musiała być pełna, bo wokół placu nie było ani skrawka wolnego miejsca niezajętego przez zaparkowane samochody. Garstka dziennikarzy i fotoreporterów czekała niecierpliwie obok drewnianych drzwi na tyłach sądu, którymi zostaną wprowadzeni Cobb i Willard.

Areszt mieścił się dwie przecznice za południową stroną placu, przy trasie przelotowej. Za kierownicą siedział Ozzie, Cobba i Willarda umieszczono z tyłu. Przed nimi jechało jedno auto policyjne, a małą procesję zamykało drugie. Pojazdy skręciły z ulicy Waszyngtona w krótki podjazd biegnący wzdłuż tarasu gmachu sądu. Podejrzani, w otoczeniu sześciu zastępców szeryfa, minęli dziennikarzy. Po chwili zniknęli za drzwiami i udali się tylnymi schodami na górę, do małego pokoiku tuż obok sali rozpraw.

Jake porwał płaszcz i bez słowa wypadł na ulicę. Wbiegł po tylnych schodach, minął niewielki hol przed pokojem przysięgłych i bocznymi drzwiami wpadł na salę sądową akurat w chwili, gdy Pate prowadził sędziego na jego miejsce.

– Proszę wstać, sąd idzie! – powiedział głośno woźny Pate.

Wszyscy się podnieśli. Bullard wszedł na podwyższenie i usiadł.

– Proszę siadać! – krzyknął. – Gdzie są podejrzani? Gdzie? W takim razie proszę ich wprowadzić.

Z małej poczekalni wyłonili się zakuci w kajdanki Cobb i Willard. Byli nieogoleni, brudni, wymięci i oszołomieni. Willard zaczął się gapić na tłum Murzynów, Cobb od razu odwrócił się do nich tyłem. Looney zdjął im kajdanki i posadził obok Drew Jacka Tyndale'a, obrońcy przydzielonego im z urzędu, przy długim stole, zarezerwowanym dla obrony. Zaraz obok znajdował się drugi stół, za którym siedział miejscowy prokurator Rocky Childers. Notował coś z ważną miną.

Willard obejrzał się za siebie. W pierwszym rzędzie, tuż za nim, siedziała jego matka i matka Cobba oraz dwóch zastępców szeryfa przydzielonych kobietom dla bezpieczeństwa. Na widok tylu ludzi szeryfa Willard poczuł się nieco raźniej. Cobb nie obejrzał się ani razu.

Carl Lee, zajmujący miejsce w ostatnim rzędzie, dwadzieścia pięć metrów dalej, podniósł głowę i spojrzał na siedzących tyłem do niego dwóch mężczyzn, którzy zgwałcili jego córkę. Nigdy przedtem nie widział tych nędznych, zarośniętych, brudnych gnojków. Ukrył twarz w dłoniach i pochylił się do przodu. Za nim stali zastępcy szeryfa; opierali się plecami o ścianę i obserwowali każdy jego ruch.

– Pragnę zwrócić uwagę – oświadczył głośno Bullard – że jest to jedynie przesłuchanie wstępne, a nie rozprawa. Jego celem jest ustalenie, czy istnieją wystarczające dowody na to, że zostało popełnione przestępstwo, i czy są podstawy, by przekazać sprawę do rozpoznania przez wielką ławę przysięgłych. Podejrzani mają prawo zrezygnować z niniejszego przesłuchania wstępnego.

Wstał Tyndale.

– Wysoki Sądzie, pragniemy, by kontynuowano przesłuchanie.

– Bardzo dobrze. Mam przed sobą kopie oświadczeń, podpisanych przez szeryfa Wallsa, w których zarzuca się obu podsądnym zgwałcenie, porwanie i pobicie nieletniej osoby płci żeńskiej. Panie Childers, proszę wezwać pierwszego świadka.

– Wysoki Sądzie, wzywam szeryfa Ozziego Wallsa.

Jake usiadł na miejscu dla przysięgłych, obok kilku innych adwokatów, udających, że studiują jakieś ważne dokumenty. Zaprzysiężono Ozziego, który następnie zajął miejsce dla świadków, na lewo od Bullarda, kilka kroków od ławy przysięgłych.

– Czy może się nam pan przedstawić?

– Nazywam się Ozzie Walls i jestem szeryfem.

– Jest pan szeryfem w okręgu Ford?

– Tak.

– Wiem, kim jest – mruknął Bullard, kartkując akta.

– Panie szeryfie, czy wczoraj po południu zgłoszono do pańskiego biura fakt zaginięcia dziecka?

– Tak, około wpół do piątej.

– Jakie kroki podjął pan w związku z tym zgłoszeniem?

– Wysłałem swego zastępcę, Williego Hastingsa, do domu Gwen i Carla Lee Haileyów, rodziców zaginionej dziewczynki.

– Gdzie to jest?

– Na ulicy Craft, jakieś półtora kilometra za sklepem spożywczym Batesa.

– Co stwierdził Hastings?

– Porozmawiał w domu z panią Gwen Hailey, która zgłosiła zaginięcie dziecka. Potem zaczął objeżdżać okolice w poszukiwaniu dziewczynki.

– Czy ją znalazł?

– Nie. Kiedy jakiś czas później wrócił do domu Haileyów, dziecko już tam było. Natknęli się na nie jacyś ludzie łowiący ryby i odwieźli do domu.

– W jakim stanie była dziewczynka?

– Została zgwałcona i pobita.

– Czy była przytomna?

– Tak. Mogła trochę mówić.

– Co powiedziała?

Tyndale zerwał się na nogi.

– Wysoki Sądzie, wiem, że w przesłuchaniach tego typu dopuszczalne jest powoływanie się na czyjeś słowa, ale w tym wypadku byłaby to już relacja z trzecich ust.

– Odrzucam wniosek. Proszę usiąść. Panie Childers, może pan kontynuować przesłuchanie świadka.

– Co powiedziała?

– Powiedziała, że zrobili to dwaj biali w żółtej furgonetce z flagą konfederatów za tylną szybą. I to prawie wszystko. Nie bardzo mogła mówić. Miała połamane kości szczęk i zmasakrowaną twarz.

– Co zaszło później?

– Mój zastępca natychmiast wezwał karetkę pogotowia i zabrano dziecko do szpitala.

– W jakim jest teraz stanie?

– Z tego co wiem, w krytycznym.

– Co się działo później?

– Na podstawie tego, czego się już dowiedziałem, wytypowałem podejrzanego.

– I co pan zrobił?

– Odszukałem informatora, osobę godną zaufania, i poleciłem, by udał się do piwiarni nad jeziorem.

Childers nie należał do ludzi rozwodzących się nad drobiazgami, szczególnie w obecności Bullarda. Jake, podobnie zresztą jak Tyndale, wiedział o tym. Bullard każdą sprawę przekazywał do oceny wielkiej ławie przysięgłych, a więc przesłuchanie wstępne było jedynie formalnością. Bez względu na to, czego dotyczyła sprawa, bez względu na fakty, dowody i wszystko inne, Bullard kierował ją do rozpatrzenia przez wielką ławę przysięgłych. Jeśli dowody są niewystarczające, to niech ich uwolni ława, Bullard tego nie robił. Urząd, który piastował, obsadzano w drodze wyborów. Wyborcy nie lubią, gdy kryminalistów puszcza się wolno. Większość adwokatów w okręgu rezygnowała z przesłuchań wstępnych prowadzonych przez Bullarda. Jake – nie. Uważał je za najlepszy i najszybszy sposób zapoznania się z zarzutami wobec zatrzymanych. Tyndale również rzadko rezygnował z przesłuchania wstępnego.

– Do której piwiarni?

– Hueya.

– Czego się dowiedział?

– Przekazał, że słyszał, jak siedzący tu obaj podejrzani, Cobb i Willard, przechwalali się, iż zgwałcili czarną dziewczynkę.

Cobb i Willard wymienili spojrzenia. Kto był informatorem? Niewiele pamiętali z tego, co zaszło u Hueya.

– Jakie w związku z tym zostały podjęte czynności?

– Aresztowaliśmy Cobba i Willarda, a następnie przeszukaliśmy furgonetkę zarejestrowaną na nazwisko Billy'ego Raya Cobba.

– I co znaleźlicie?

– Odholowaliśmy ją i dziś rano dokładnie obejrzeliśmy. Stwierdziliśmy liczne ślady krwi.

– Co jeszcze?

– Znaleźliśmy zakrwioną koszulkę bawełnianą.

– Czyja to koszulka?

– Tonyi Hailey, zgwałconej dziewczynki. Dziś rano rozpoznał ją Carl Lee Hailey, ojciec dziecka.

Carl Lee usłyszał swoje nazwisko i podniósł głowę. Ozzie patrzył prosto na niego. Jake odwrócił się i po raz pierwszy tego dnia zobaczył Carla Lee.

– Proszę nam opisać ten samochód.

– To nowy żółty ford, półtonowa furgonetka. Ma wielkie chromowane koła i opony terenowe. Za tylną szybą wisi flaga konfederatów.

– Do kogo należy wóz?

Ozzie wskazał w stronę oskarżonych.

– Do Billy'ego Raya Cobba.

– Czy zgadza się z opisem podanym przez dziewczynkę?

– Tak.

Childers zrobił przerwę i zajrzał do notatek.

– Panie szeryfie, jakie inne dowody ma pan przeciwko podejrzanym?

– Dziś rano przesłuchaliśmy Pete'a Willarda. Przyznał się do winy.

– Coś ty zrobił! – warknął Cobb.

Willard skulił się i rozejrzał, jakby wypatrując kogoś, kto by go obronił.

– Spokój! Spokój! – krzyknął Bullard, postukując młotkiem.

Tyndale rozdzielił swych klientów.

– Czy pan Willard został poinformowany o przysługujących mu prawach?

– Tak.

– Czy je zrozumiał?

– Tak.

– Czy podpisał stosowne oświadczenie?

– Tak.

– Kto był obecny podczas składania przez pana Willarda tych wyjaśnień?

– Ja, moi dwaj zastępcy, oficer dochodzeniowy i porucznik Griffin z wydziału drogowego.

– Czy ma pan oświadczenie zatrzymanego, w którym przyznaje się do winy?

– Tak.

– Proszę je odczytać.

Na sali zapanowała cisza. Ozzie odczytał krótkie oświadczenie. Carl Lee tępo patrzył na obu podejrzanych. Cobb spoglądał na Willarda, który ścierał błoto z butów.

– Dziękuję panu – powiedział Childers, gdy Ozzie skończył czytać. – Czy pan Willard podpisał oświadczenie, w którym przyznał się do winy?

– Tak, w obecności trzech świadków.

– Wysoki Sądzie, nie mam więcej pytań.

– Panie Tyndale, świadek jest do pańskiej dyspozycji – powiedział Bullard.

– Wysoki Sądzie, nie mam żadnych pytań.

Dobry ruch, pomyślał Jake. Ze względów strategicznych najlepiej było, by obrona podczas przesłuchania wstępnego nie zabierała głosu. Należało jedynie słuchać, robić notatki, pozwolić stenografowi sądowemu zapisać wyjaśnienia świadków i milczeć. Przecież i tak sprawę będzie rozpatrywała wielka ława przysięgłych, więc po co się wysilać? I nigdy nie należy pozwolić mówić podejrzanym. Ich zeznania na nic się nie zdadzą, a tylko mogą im zaszkodzić podczas procesu. Jake wiedział, że zatrzymani nie będą zabierali głosu, bo znał Tyndale'a.

– Proszę wezwać następnego świadka – polecił sędzia.

– Nie mamy więcej świadków, Wysoki Sądzie.

– Dobrze. Proszę usiąść. Panie Tyndale, czy ma pan jakichś świadków?

45

– Nie, Wysoki Sądzie.

– Dobrze. Sąd stwierdza, że istnieją wystarczające dowody na to, że podejrzani dopuścili się szeregu przestępstw, i zarządza, by Billy Ray Cobb i Pete Willard zostali zatrzymani w areszcie do czasu zebrania się wielkiej ławy przysięgłych, co zaplanowane jest na poniedziałek, 27 maja. Czy są jakieś pytania?

Tyndale wolno uniósł się z krzesła.

– Tak. Wysoki Sądzie, prosimy o wyznaczenie kaucji...

– Nie ma mowy – warknął Bullard. – W chwili obecnej odmawiam wyznaczenia kaucji. Jeśli dobrze zrozumiałem, stan dziewczynki jest krytyczny. Jeżeli dziecko umrze, dojdą jeszcze inne oskarżenia.

– W takim razie, Wysoki Sądzie, w nadziei, że stan dziewczynki się poprawi, proszę o wyznaczenie terminu posiedzenia w sprawie wyznaczenia kaucji za kilka dni od dziś.

Bullard uważnie przyjrzał się Tyndale'owi. Niezły pomysł, pomyślał.

– Zgoda. Wyznacza się przesłuchanie w sprawie określenia wysokości kaucji na najbliższy poniedziałek, 20 maja. Do tego czasu podejrzani pozostaną w areszcie. Na tym zamykam posiedzenie sądu.

Bullard stuknął młotkiem i zniknął. Zastępcy szeryfa otoczyli podejrzanych, założyli im kajdanki, po czym wyprowadzili z sali do poczekalni obok; stamtąd zeszli tylnymi schodami na dół, minęli dziennikarzy i wsiedli do wozu policyjnego.

Przesłuchanie było typowe dla Bullarda – trwało niespełna dwadzieścia minut. Na tej sali sprawiedliwość potrafiła być rychliwa.

Jake zaczął rozmawiać z innymi adwokatami, obserwując jednocześnie milczący tłum, kierujący się w stronę olbrzymich drewnianych drzwi na końcu sali. Carl Lee nie spieszył się z wyjściem. Skinął na Jake'a, by poszedł za nim. Spotkali się w rotundzie.

Carl Lee chciał z nim porozmawiać, więc przeprosił znajomych, obiecując, że zobaczy się z nimi w szpitalu. Zszedł z Jakiem kręconymi schodami na parter.

– Naprawdę bardzo mi przykro, Carl Lee – powiedział Jake.

– Mnie też.

– Jak mała?

– Wyzdrowieje.

– Jak się czuje Gwen?

– Myślę, że dobrze.

– A ty?

Ruszyli wolno korytarzem w kierunku tylnego wyjścia z gmachu.

– Chyba jeszcze to do mnie w pełni nie dotarło. Bo posłuchaj tylko – dwadzieścia cztery godziny temu wszystko było w największym porządku.

A teraz sam popatrz: moja córeczka leży w szpitalu, cała oplątana jakimiś rurkami; moja żona szaleje z rozpaczy, chłopcy są śmiertelnie przerażeni, a ja myślę jedynie o tym, jak dostać w swoje ręce tych łobuzów.

– Chciałbym ci jakoś pomóc, Carl Lee.

– Możesz się jedynie modlić za nią i za nas.

– Wiem, że przeżywasz ciężkie chwile.

– Masz córeczkę, prawda, Jake?

– Tak.

Carl Lee umilkł. Po chwili Jake, zmieniając temat, spytał:

– Dokąd wyjechał Lester?

– Do Chicago.

– Co porabia?

– Pracuje w stalowni. Ma dobrą robotę. Ożenił się.

– Żartujesz? Lester się ożenił?

– Tak, poślubił białą dziewczynę.

– Białą dziewczynę? Co mu strzeliło do głowy?

– Och, przecież znasz Lestera. Zawsze był zarozumiały. Właśnie jest w drodze do nas. Będzie tu dziś późnym wieczorem.

– Dlaczego przyjeżdża?

Zatrzymali się przed tylnym wyjściem.

– Dlaczego Lester przyjeżdża? – powtórzył pytanie Jake.

– W sprawach rodzinnych.

– Planujecie coś?

– Nie. Po prostu chce zobaczyć swoją bratanicę.

– Nie dajcie się ponieść emocjom.

– Dobrze ci radzić, Jake.

– Wiem.

– A co ty byś zrobił, Jake?

– Nie rozumiem.

– Masz córeczkę. Przypuśćmy, że to ona leży w szpitalu, skatowana i zgwałcona. Co byś zrobił?

Jake wyjrzał przez szybę w drzwiach. Nie potrafił odpowiedzieć na to pytanie. Carl Lee czekał.

– Tylko nie zrób jakiegoś głupstwa, Carl Lee.

– Odpowiedz mi na pytanie. Co ty byś zrobił?

– Nie wiem. Nie wiem, co bym zrobił.

– Spytam inaczej. Gdyby to chodziło o twoją córeczkę i dwóch czarnuchów i gdybyś ich dostał w swoje ręce, co byś zrobił?

– Zabiłbym ich.

Carl Lee uśmiechnął się, a po chwili roześmiał na cały głos.

– No widzisz, Jake. A potem wynająłbyś jakiegoś cwanego adwokata, który próbowałby wszystkim wmówić, że straciłeś głowę. Tak jak ty postąpiłeś na procesie Lestera.

– Nie mówiłem, że Lester stracił głowę. Stwierdziłem jedynie, że Bowie zasłużył sobie na śmierć.

– Wybroniłeś Lestera, prawda?

– No pewnie.

Carl Lee podszedł do schodów i uniósł wzrok.

– Czy to tędy prowadzą ich na salę rozpraw? – spytał, nie patrząc na Jake'a.

– Kogo?

– Podejrzanych.

– Tak. Na ogół prowadzą ich tędy. Tak jest szybciej i bezpieczniej. Mogą zatrzymać wóz policyjny tuż przed wejściem, a potem wbiec z nimi na górę.

Carl Lee podszedł do tylnych drzwi i wyjrzał przez szybę na taras.

– Ile razy broniłeś oskarżonych o morderstwo, Jake?

– Trzy. Lestera i jeszcze dwóch.

– Ilu z nich było Murzynami?

– Wszyscy trzej.

– Ile spraw wygrałeś?

– Wszystkie trzy.

– Dobry jesteś w te klocki, co?

– Sądzę, że tak.

– Co byś powiedział na jeszcze jedną taką sprawę?

– Carl Lee, nie rób tego. Nie warto. Co będzie, jeśli zostaniesz skazany i trafisz do komory gazowej? Co się stanie z dzieciakami? Kto je wychowa? Te dranie nie są tego warte.

– Dopiero co mi powiedziałeś, że gdybyś był na moim miejscu, zabiłbyś ich.

Jake podszedł do drzwi i stanął obok Carla Lee.

– Ja to co innego. Prawdopodobnie udałoby mi się wybronić.

– W jaki sposób?

– Jestem biały, a to okręg białych. Przy odrobinie szczęścia trafiliby mi się sami biali przysięgli, którzy oczywiście odnosiliby się do mnie ze współczuciem. To nie Nowy Jork ani Kalifornia. Tutaj uważa się, że mężczyzna powinien bronić swojej rodziny. Przysięgli zrozumieliby mnie.

– A w moim przypadku?

– Jak już powiedziałem, to nie Nowy Jork ani nie Kalifornia. Niektórzy biali byliby pełni podziwu dla ciebie, ale większość chciałaby cię ujrzeć na szubienicy. O wiele trudniej byłoby uzyskać uniewinnienie.

– Ale ty mógłbyś tego dokonać, co, Jake?

– Carl Lee, nie rób tego.

– Nie mam wyboru, Jake. Nie zasnę spokojnie, póki te skurwiele będą chodziły po świecie. Jestem to winien mojej córeczce i moim przyjaciołom. Nikt i nic mnie nie powstrzyma.

Otworzyli drzwi, przeszli wzdłuż tarasu, a potem przez plac, w stronę ulicy Waszyngtona i biura Jake'a. Uścisnęli sobie ręce. Jake obiecał, że wpadnie następnego dnia do szpitala, by spotkać się z Gwen i całą rodziną.

– Jeszcze jedno, Jake. Czy przyjdziesz do mnie do więzienia, kiedy mnie aresztują?

Jake, zanim pomyślał, skinął głową. Carl Lee uśmiechnął się i ruszył chodnikiem do swego wozu.

ROZDZIAŁ 5

Lester Hailey ożenił się ze Szwedką mieszkającą w Wisconsin i choć wciąż zapewniała, że go kocha, podejrzewał, iż odmienność koloru jego skóry zaczynała tracić w jej oczach swój urok. Panicznie bała się Missisipi i kategorycznie odmawiała towarzyszenia Lesterowi w podróży na Południe, chociaż ją zapewniał, że nic jej nie grozi. Nigdy jeszcze nie widziała jego rodziny. Mówiąc szczerze, im też specjalnie nie zależało na tym, by ją poznać. Dla czarnych z Południa nie było niczym niezwykłym przenieść się na Północ i poślubić białą kobietę, ale do tej pory żaden Hailey nie zrobił czegoś takiego. W Chicago mieszkało wielu Haileyów, większość z nich należała do ich rodziny, ale wszyscy mieli czarne żony. Jasnowłosa małżonka Lestera nie zrobiła na jego krewnych specjalnego wrażenia.

Wyruszył do Clanton swym nowym cadillakiem. W środę, późnym wieczorem, pojawił się w szpitalu. W poczekalni na pierwszym piętrze natknął się na kilku kuzynów przeglądających czasopisma. Objął Carla Lee. Nie widzieli się od świąt Bożego Narodzenia, kiedy to połowa czarnych z Chicago ściągała w rodzinne strony, do Missisipi i Alabamy.

Wyszli na korytarz, by móc spokojnie porozmawiać.

– Jak się czuje? – spytał Lester.

– Lepiej. Znacznie lepiej. Może nawet pod koniec tygodnia ją wypiszą.

Lester odetchnął z ulgą. Kiedy jedenaście godzin temu opuszczał Chicago, zgodnie z tym, co usłyszał od kuzyna, który zadzwonił do niego w środku nocy, była umierająca. Zapalił koola pod tabliczką „Palenie wzbronione" i spojrzał na swego starszego brata.

– A ty dobrze się czujesz?

Carl Lee skinął głową i odwrócił wzrok.

– A Gwen?

– Bardziej rozhisteryzowana niż zwykle. Jest teraz u swojej matki. Sam przyjechałeś?

– Tak – odparł Lester.

– To dobrze.

– Daj spokój. Nie jechałem cały dzień, by słuchać bzdur na temat swojej żony.

– Dobra już, dobra. Ciągle masz wiatry?

Lester zachichotał. Od dnia ślubu ze swą Szwedką cierpiał na zaburzenia jelitowe. Przygotowywała dania, których nazw nie potrafił nawet wymówić, a jego organizm reagował na te potrawy niezwykle gwałtownie. Brakowało mu kapusty, grochu, ketmii, smażonych kurczaków, wieprzowiny z rożna i słoniny.

Na drugim piętrze znaleźli małą poczekalnię ze składanymi krzesłami i niskim stolikiem. Lester przyniósł z automatu dwa kubeczki pozbawionej aromatu, mętnej kawy, wsypał śmietankę w proszku i zamieszał płyn palcem. Słuchał uważnie szczegółowej relacji Carla Lee o gwałcie, aresztowaniu sprawców oraz ich przesłuchaniu. Lester znalazł gdzieś serwetki i naszkicował rozkład pomieszczeń aresztu i gmachu sądu. Od jego procesu o morderstwo minęły już cztery lata i nie wszystko dokładnie pamiętał. W areszcie spędził tylko tydzień, do czasu wpłacenia kaucji, a po uniewinnieniu nie odwiedzał gmachu sądu. Prawdę mówiąc, wkrótce po procesie wyjechał do Chicago. Jego ofiara miała rodzinę.

Układali plany, które następnie odrzucali i wymyślali nowe; skończyli rozmawiać dobrze po północy.

W czwartek w południe Tonyę przeniesiono z oddziału intensywnej opieki do izolatki. Lekarze odetchnęli i oświadczyli, że jej stan się nie pogarsza. Rodzina zaczęła znosić dziewczynce słodycze, zabawki i kwiaty. Mając połamane kości obu szczęk i buzię pełną drutów, mogła jedynie patrzeć na łakocie. Zostały w większości zjedzone przez jej braci. Nie odstępowali łóżka siostry i trzymali ją za rękę, jakby chcieli ją ochraniać i dodawać jej otuchy. Tłum wciąż wypełniał pokój. Wszyscy poklepywali dziewczynkę i mówili, jaka jest kochana, traktowali jak kogoś wyjątkowego, kogoś, kto przeżył coś strasznego. Gości wpuszczano grupkami; kiedy jedni wychodzili na korytarz, w pokoju pojawiali się następni. Wszystko to działo się pod czujnym okiem pielęgniarek.

Od czasu do czasu bardziej ją bolało i wtedy płakała. Co godzinę pielęgniarki torowały sobie drogę wśród tłumu odwiedzających, by dotrzeć do pacjentki i podać jej kolejną dawkę środka uśmierzającego ból.

Wieczorem zebrani uciszyli się na moment, kiedy stacja z Memphis podała wiadomość o gwałcie. Pokazano zdjęcia obu białych mężczyn, ale Tonya nie widziała ich zbyt dobrze.

Gmach sądu w okręgu Ford otwierano codziennie o ósmej rano, a zamykano o siedemnastej, z wyjątkiem piątków, kiedy pracę kończono już o szesnastej trzydzieści. W piątek o szesnastej trzydzieści, gdy zamykano budynek, Carl Lee ukrył się w toalecie na parterze. Przez godzinę siedział bez ruchu na sedesie, nasłuchując. Żadnych woźnych. Nikogo. Wkoło panowała cisza. Przeszedł szerokim, pogrążonym w półmroku korytarzem w kierunku tylnych drzwi i wyjrzał przez szybę. Nikogo. Nasłuchiwał jeszcze przez moment. Gmach sądu był puściuteńki. Odwrócił się i spojrzał przez długi korytarz, pośrodku którego była rotunda, w stronę odległego o sześćdziesiąt metrów wejścia frontowego.

Zapoznał się z rozkładem pomieszczeń w budynku. Dwoje tylnych drzwi otwierało się do środka, na wielki, prostokątny hol wejściowy. Na jego obu krańcach znajdowały się schody. Dalej hol zwężał się i łączył z korytarzem. Carl Lee wyobraził sobie, że jest oskarżonym. Złożył ręce do tyłu i dotknął plecami drzwi.

Skierował się na prawo i po przejściu mniej więcej dziesięciu metrów dotarł do schodów; pokonał dziesięć stopni, na małym podeście zrobił obrót w lewo; potem kolejne dziesięć stopni i znalazł się w poczekalni, tak jak powiedział Lester. Było to niewielkie pomieszczenie, cztery i pół metra na cztery i pół, które miało jedno okno i dwoje drzwi. Otworzył pierwsze z brzegu i wszedł do przestronnej sali rozpraw; przed sobą ujrzał rzędy wyścielanych ławek. Ruszył do przejścia i usiadł w pierwszym rzędzie. Rozglądając się po sali, zauważył zaraz przed sobą balustradę czy też barierkę, jak ją nazywał Lester, oddzielającą publiczność od części sali, gdzie zasiadali sędzia, przysięgli, świadkowie, obrońcy i protokolanci.

Ruszył wzdłuż przejścia i dotarł do tylnych drzwi, uważnie się rozglądając. Sala wydawała mu się teraz zupełnie inna niż w środę. Wrócił do poczekalni i otworzył drugie drzwi. Prowadziły do części sali za barierką. Przymierzył się do długiego stołu, za którym kiedyś siedział Lester, a teraz mieli zasiąść Cobb i Willard. Na prawo znajdowało się miejsce prokuratora. Za stołami był rząd twardych krzeseł, potem barierka z wahadłowymi bramkami na obu końcach. Sędzia siedział na podwyższeniu, plecami do ściany, pod wyblakłym portretem Jeffersona Davisa, spoglądającego chmurnie na wszystkich obecnych na sali. Miejsca dla ławy przysięgłych znajdowały się pod drugą ścianą, po lewej ręce sędziego, pod pożółkłymi podobiznami innych zapomnianych bohaterów Konfederacji Południa. Świadkowie zajmowali miejsce obok podium sędziowskiego, oczywiście znacznie niżej, naprzeciw

51

ławy przysięgłych. Na lewo od Carla Lee, vis-à-vis miejsc dla przysięgłych, stał długi, odgrodzony od reszty sali stół z wielkimi czerwonymi rejestrami spraw wniesionych do sądu. Podczas procesu właśnie tu kręcili się urzędnicy sądowi i prawnicy. Z tyłu, za ścianą, była poczekalnia.

Carl Lee stanął, wciąż udając, że jest w kajdankach, i ruszył wolno przez małą wahadłową bramkę w barierce, a następnie przez pierwsze drzwi do poczekalni; potem zszedł po dziesięciu stopniach wąskiej, mrocznej klatki schodowej i zatrzymał się. Z półpiętra widział tylne drzwi do gmachu sądu i większą część holu wejściowego. U podnóża schodów, po prawej stronie, zauważył jeszcze jakieś drzwi. Otworzył je. Prowadziły do zagraconego schowka. Zamknął drzwi za sobą i rozejrzał się po małym pokoiku. Był ciemny, zakurzony, trzymano w nim miotły oraz wiadra i najwyraźniej rzadko do niego zaglądano. Lekko uchylił drzwi i spojrzał w górę schodów.

Następna godzina upłynęła mu na włóczeniu się po gmachu sądu. Inne tylne schody prowadziły do drugiej poczekalni znajdującej się zaraz za ławą przysięgłych. Pierwsze drzwi łączyły ją z salą sądową, następne – z pokojem sędziów przysięgłych. Schody biegły wyżej, na drugie piętro, gdzie – tak jak powiedział Lester – mieściła się biblioteka prawnicza i dwa pokoje dla świadków.

W górę i na dół, w górę i na dół, wchodził i schodził, próbując wyobrazić sobie każdy krok, jaki uczynią tu gwałciciele jego córki.

Rozparł się w fotelu sędziego i obejrzał sobie jego królestwo. Zajął miejsce w ławie przysięgłych i pobujał się na jednym z wygodnych foteli. Usiadł na miejscu dla świadków i dmuchnął w mikrofon. O siódmej, kiedy zrobiło się zupełnie ciemno, Carl Lee otworzył okno w toalecie zaraz obok schowka dozorcy i cicho prześlizgnąwszy się między krzakami, zniknął w mroku.

– Komu o tym powiesz? – spytała Carla, zamykając pudło od wielkiej pizzy i nalewając sobie jeszcze trochę lemoniady.

Jake bujał się leniwie w wiklinowej huśtawce ogrodowej i patrzył, jak Hanna skacze przez skakankę.

– Ej, słyszysz mnie? – spytała.

– Nie.

– Kogo o tym powiadomisz?

– Nie zamierzam nikogo powiadamiać – odparł.

– Uważam, że powinieneś.

– A ja myślę, że nie.

– Czemu nie?

Zaczął się szybciej bujać. Łyknął nieco lemoniady.

– Po pierwsze, nie mam żadnej pewności, że planowane jest jakieś przestępstwo – stwierdził spokojnie. – Powiedział to, co powiedziałby każdy ojciec, i jestem pewny, że przychodzą mu do głowy takie same myśli jak wszystkim ojcom. Ale nie sądzę, żeby rzeczywiście zamierzał popełnić przestępstwo. Po drugie, to, co usłyszałem, zostało mi powierzone w zaufaniu, jak adwokatowi. Jeśli mam być szczery, prawdopodobnie naprawdę uważa się za mojego klienta.

– Ale nawet jeśli jesteś jego adwokatem i wiesz, że planuje jakieś przestępstwo, masz obowiązek o tym zameldować, prawda?

– Tak. Jeśli jestem tego pewien. A wcale nie jestem.

Nie wyglądała na przekonaną.

– Uważam, że powinieneś to zgłosić.

Jake nic nie odpowiedział. I tak nie miałoby to żadnego znaczenia. Zjadł ostatnią okruszynkę pizzy i próbował nie zwracać uwagi na Carlę.

– Chcesz, żeby Carl Lee to zrobił, prawda?

– Żeby co zrobił?

– Zabił tych facetów.

– Nie, nie chcę. – Nie zabrzmiało to przekonująco. – Ale jeśliby to zrobił, nie potępiłbym go, bo sam postąpiłbym tak samo.

– Nie zaczynaj wszystkiego od początku.

– Mówię zupełnie poważnie i dobrze o tym wiesz. Zrobiłbym to.

– Jake, przecież nie mógłbyś zabić człowieka.

– Dobra. Dajmy już temu spokój. Nie mam zamiaru się z tobą sprzeczać. Już raz to roztrząsaliśmy.

Carla krzyknęła na Hannę, by odsunęła się od jezdni. Usiadła obok niego i zakołysała szklanką, aż zadzwoniły kostki lodu.

– Broniłbyś go?

– Mam nadzieję, że tak.

– Czy przysięgli skazaliby go?

– A ty?

– Nie wiem.

– Pomyśl o Hannie. Spójrz tylko na to kochane, małe, niewinne dziecko bawiące się skakanką. Jesteś matką. A teraz wyobraź sobie dziewczynkę Haileyów, jak leży gdzieś w lesie, skatowana, zakrwawiona i wzywa rodziców…

– Przestań, Jake!

Uśmiechnął się.

– Odpowiedz mi na pytanie. Siedzisz w ławie przysięgłych. Czy głosowałabyś za skazaniem ojca?

Odstawiła szklankę na parapet i nagle zainteresowała się wyglądem swych paznokci. Jake poczuł, że wygrał.

– No, dalej. Jesteś członkiem ławy przysięgłych. Skażesz go czy uniewinnisz?

– Ciągle albo zmuszasz mnie, bym zasiadała w ławie przysięgłych, albo bierzesz w krzyżowy ogień pytań.

– Skażesz go czy uniewinnisz?

Spojrzała na niego.

– Trudno by mi było go skazać.

Uśmiechnął się triumfalnie.

– Ale nie rozumiem, jak może ich zabić, skoro są w areszcie.

– To łatwe. Nie siedzą tam przecież cały czas. Pojawiają się w sądzie i są wożeni w tę i z powrotem. Przypomnij sobie Oswalda i Jacka Ruby'ego. Poza tym, jeśli sędzia wyznaczy kaucję, mogą ich zwolnić z aresztu.

– Kiedy mają o tym zadecydować?

– Kaucja zostanie wyznaczona w poniedziałek. Jeśli ją wpłacą, będą odpowiadać z wolnej stopy.

– A jeśli nie?

– Pozostaną do rozprawy w areszcie.

– Kiedy będzie rozprawa?

– Prawdopodobie pod koniec lata.

– Uważam, że powinieneś to zgłosić.

Jake zeskoczył z huśtawki i poszedł pobawić się z Hanną.

ROZDZIAŁ 6

K.T. Bruster, znany powszechnie jako Cat Bruster, uważał, że jest jedynym jednookim czarnym milionerem w Memphis. Był właścicielem knajp z toplessem, odwiedzanych przez czarnych (wszędzie działały legalnie), wybudował dwa kościoły na południu Memphis, też zupełnie legalnie. Był dobroczyńcą, wspierającym rzesze czarnych, przyjacielem polityków i bohaterem dla swoich.

Cat przywiązywał dużą wagę do utrzymania popularności, ponieważ wiedział, że wkrótce znów zostanie o coś oskarżony i będzie sądzony, a potem najprawdopodobniej – tak jak przedtem – uniewinniony przez współobywateli, z których połowa była czarna. Władze okazały się bezsilne i nie potrafiły doprowadzić do skazania Cata za zabójstwo, paserstwo czy handel takimi towarami, jak kobiety, kokaina, karty kredytowe, talony żywnościowe z opieki społecznej, nieopodatkowany alkohol i broń, nie wyłączając lekkiej artylerii.

Miał tylko jedno oko. Drugie zostało gdzieś na poletku ryżowym w Wietnamie. Stracił je w 1971 roku, tego samego dnia, kiedy jego kumpel Carl Lee Hailey został trafiony w nogę. Carl Lee niósł go dwie godziny, zanim natknęli się na swoich. Po wojnie wrócił do Memphis, przywożąc z sobą kilogram haszyszu. Za uzyskane z jego sprzedaży pieniądze kupił mały bar przy South Main i niemal przymierał głodem, nim wygrał w pokera prostytutkę od jakiegoś alfonsa. Oświadczył jej, że może zerwać ze swym dotychczasowym procederem, jeśli zgodzi się rozbierać i tańczyć u niego w barze. Z dnia na dzień zaczął mieć więcej gości, niż mógł pomieścić, więc kupił drugi lokal i zatrudnił więcej tancerek. Idealnie trafił w zapotrzebowanie społeczne i w ciągu dwóch lat stał się człowiekiem zamożnym.

Miał biuro nad jednym z należących do niego klubów, zaraz obok South Main, między Vance i Beale, w najbardziej zakazanej dzielnicy Memphis. Szyld nad chodnikiem oferował budweisera i topless, ale wewnątrz, za czarnymi szybami, można było dostać znacznie więcej.

Carl Lee i Lester znaleźli ten lokal – nazywał się Brown Sugar – koło południa. Usiedli w barze, zamówili budweisera i popatrzyli sobie na nagie tancerki.

– Czy jest Cat? – spytał Carl Lee barmana. Ten odburknął mu coś i odwrócił się do zlewu, by umyć kufle. Carl Lee spoglądał na niego, popijając piwo i zerkając na tancerki.

– Jeszcze jedno piwo – powiedział głośno Lester, nie spuszczając oczu ze striptizerek.

– Czy jest Cat? – spytał ostro Carl Lee, kiedy barman podał im piwo.

– A kto pyta?

– Ja.

– To znaczy?

– To znaczy, że ja i Cat jesteśmy starymi kumplami. Walczyliśmy razem w Wietnamie.

– Nazwisko?

– Hailey. Carl Lee Hailey z Missisipi.

Barman zniknął i minutę później wyłonił się między dwoma lustrami za półkami z alkoholem. Skinął na Haileyów. Przeszli za nim przez małe drzwi, minęli toalety, a potem po schodach na górę. W gabinecie panował półmrok. Na podłodze była złocista wykładzina, na ścianach – czerwona, a na suficie – zielona.

Zielony, włochaty sufit. W obu oknach z przyciemnionymi szybami zainstalowano cienkie, stalowe kraty, a od samego sufitu do podłogi zwieszały się ciężkie, zakurzone, ciemnoczerwone kotary, przechwytujące każdy promień światła dziennego, któremu udało się przedrzeć przez zamalowane szyby. Mały chromowany żyrandol z lustrzanymi płytkami obracał się wolno na samym środku sufitu, tuż nad ich głowami. Nie dawał zbyt dużo światła.

Dwaj goryle w identycznych czarnych garniturach z kamizelkami odprawili barmana, wskazali Carlowi Lee i Lesterowi krzesła i stanęli za nimi.

Bracia podziwiali urządzenie gabinetu.

– Przyjemnie tu, no nie? – powiedział Lester. Z ukrytych głośników stereofonicznych rozległo się ciche zawodzenie B.B. Kinga.

Nagle w zamaskowanych drzwiach za marmurowo-szklanym biurkiem pojawił się Cat. Rzucił się w stronę Carla Lee.

– Na Boga! Toż to Carl Lee Hailey! – wykrzyknął i objął go. – Ale się cieszę, że cię widzę, Carl Lee! Ale się cieszę, że cię widzę!

Carl Lee wstał i obaj się uścisnęli.

– Jak ci leci, stary? – spytał Cat.

– Świetnie, Cat, po prostu świetnie. A tobie?

– Wspaniale! Wspaniale! A to kto? – Odwrócił się do Lestera i dotknął palcem jego piersi. Lester gwałtownie potrząsnął ręką Cata.

– To mój brat Lester – przedstawił go Carl Lee. – Mieszka w Chicago.

– Miło mi cię poznać, Lester. Ja i ten oto wielki człowiek jesteśmy parą dobrych kumpli. Bardzo dobrych kumpli.

– Opowiadał mi o tobie – powiedział Lester.

Cat z nieukrywaną radością spoglądał na Carla Lee.

– No, no, Carl Lee. Dobrze wyglądasz. Jak tam noga?

– Świetnie, Cat. Nieco mi sztywnieje, kiedy zbiera się na deszcz, ale ogólnie biorąc, nieźle.

– Jesteśmy parą dobrych kumpli, prawda?

Carl Lee uśmiechnął się i skinął głową. Cat zwolnił uścisk.

– Napijecie się czegoś?

– Ja dziękuję – powiedział Carl Lee.

– A ja poproszę piwo – odezwał się Lester.

Cat pstryknął palcami i goryle zniknęli. Carl Lee opadł na krzesło, a Cat usiadł na skraju biurka, wymachując nogami jak dzieciak. Uśmiechnął się do Carla Lee, który aż się skręcał pod jego pełnym uwielbienia spojrzeniem.

– Czemu nie przeniesiesz się do Memphis i nie weźmiesz u mnie jakiejś roboty? – spytał Cat. Carl Lee spodziewał się tego pytania. Cat od dziesięciu lat proponował mu pracę.

– Dziękuję ci, Cat, ale jestem zupełnie zadowolony z tego, co mam.

– No to fajnie. Jaki masz do mnie interes?

Carl Lee otworzył usta, zawahał się, skrzyżował nogi i zmarszczył brwi. W końcu skinął głową i powiedział:

– Przyszedłem prosić cię o przysługę, Cat. Drobną przysługę.

Cat rozpostarł ramiona.

– Dla ciebie zrobię wszystko, wszystko, czego tylko zechcesz.

– Pamiętasz te M-16, których używaliśmy w Wietnamie? Potrzebny mi jeden. I to bardzo pilnie.

Cat opuścił ręce i skrzyżował je na piersi. Uważnie przyjrzał się swemu kumplowi.

– To niebezpieczna broń. Wybierasz się na polowanie?

– Może.

Cat przyjrzał się im obu. Wiedział, że na nic nie zda się wypytywanie. Chodziło o coś poważnego, inaczej Carl Lee nie przyszedłby do niego.

– Może być karabin samopowtarzalny?

– Nie.

– Będzie cię to drogo kosztowało.

– Ile?

– Wiesz, że to nielegalne?

– Gdybym mógł go kupić w domu towarowym, nie przyjeżdżałbym z tym do ciebie.

Cat znów się uśmiechnął.

– Na kiedy go potrzebujesz?

– Na dziś.

Przyniesiono piwo dla Lestera. Cat usiadł za biurkiem, na fotelu z pomarańczowego winylu.

– Tysiąc dolców.

– Dobra.

Cat zdziwił się nieco, ale nie okazał tego po sobie. Jakim cudem ten prostak z małego miasteczka gdzieś w Missisipi skombinował tysiąc dolarów? Musiał pożyczyć od swego brata.

– Tysiąc dla wszystkich innych, ale nie dla ciebie, stary.

– Więc ile?

– Nic, Carl Lee, nic. Jestem ci winien coś, co jest warte więcej niż pieniądze całego świata.

– Jestem gotów ci zapłacić.

– Nie chcę nawet o tym słyszeć. Karabin jest twój.

– Dzięki, Cat.

– Mogę ci ich podarować nawet pięćdziesiąt.

– Potrzebny mi tylko jeden. Kiedy mogę go mieć?

– Zaraz sprawdzę. – Cat wykręcił jakiś numer i niewyraźnie rzucił do słuchawki parę zdań, po czym oświadczył, że zajmie to około godziny.

– Zaczekamy – powiedział Carl Lee.

Cat zdjął przepaskę z lewego oka i wytarł chusteczką pusty oczodół.

– Mam lepszy pomysł. – Skinął na swych goryli. – Przygotujcie wóz. Pojedziemy i sami odbierzemy broń.

Poszli za Catem przez ukryte przejście, a potem ciemnym korytarzem.

– Mieszkam tutaj. – Wskazał na jedne drzwi. – Tam stoi moje wyrko. Zazwyczaj trzymam pod ręką kilka panienek.

– Chętnie bym je sobie obejrzał – powiedział Lester.

– Uspokój się – przystopował go Carl Lee.

Kilka kroków dalej Cat wskazał na masywne, czarne, błyszczące, stalowe drzwi na końcu krótkiego korytarzyka. Zatrzymał się, jakby je podziwiał.

– A tam przechowuję forsę. Na okrągło siedzi za nimi strażnik.

– Ile tego jest? – spytał Lester, pociągając łyk piwa.

Cat spojrzał na niego i ruszył dalej. Carl Lee popatrzył spod oka na swego brata i pokręcił głową z dezaprobatą. Na końcu korytarza weszli wąskimi schodami na trzecie piętro. Było tu jeszcze ciemniej, ale Catowi udało się jakoś znaleźć po omacku przycisk. Odczekali w milczeniu kilka sekund, aż ściana przed nimi rozsunęła się i ukazała się jasno oświetlona, wyłożona czerwonym dywanem winda z tabliczką „Palenie wzbronione".

– Trzeba najpierw wejść po schodach, by móc zjechać windą w dół – powiedział rozbawionym tonem. – Względy bezpieczeństwa.

Skinęli ze zrozumieniem głowami.

Zjechali do garażu. Jeden z goryli czekał już obok otwartych drzwiczek śnieżnobiałej limuzyny. Cat zaprosił swych gości do środka. Ruszyli wolno, mijając szereg cadillaców, rollsa i cały wybór europejskich wozów najwyższej klasy.

– To wszystko moje – powiedział z dumą Cat.

Kierowca nacisnął klakson i ciężkie drzwi uniosły się, a za nimi ukazała się jednokierunkowa uliczka.

– Jedźcie wolno! – wrzasnął Cat do szofera i goryla siedzących z przodu, a do swych gości powiedział: – Chcę wam przy okazji coś niecoś pokazać.

Carl Lee odbył już taką przejażdżkę kilka lat temu, podczas swej ostatniej wizyty u Cata. Bruster pokazał mu wtedy szeregi odrapanych, rozsypujących się ruder, które nazywał swymi czynszówkami. Wiekowe magazyny z czerwonej cegły, z zamalowanymi na czarno lub zabitymi deskami oknami (nie mówił, co przechowuje w środku). Kościół, nawet w całkiem niezłym stanie, i drugi, kilka przecznic dalej. Chełpił się, że parafianie też należą do niego. Dziesiątki narożnych knajp, przed którymi siedziały na ławkach grupki czarnych, popijając piwo z litrowych butelek. Z dumą pokazał mu wypalony budynek w pobliżu Beale i z zapałem opowiedział historię konkurenta, który próbował zdobyć mocną pozycję w toplessowym biznesie. Oświadczył, że nie ma teraz rywali. Pokazał mu również kluby, lokale o takich nazwach jak Anioły, Dom Cata albo Czarny Raj, gdzie można było nieźle zjeść i wypić, posłuchać dobrej muzyki, popatrzeć na striptiz i robić jeszcze wiele innych rzeczy. Dzięki klubom został bogatym człowiekiem. Miał ich razem osiem.

Zobaczyli wszystkie. I chyba większość nieruchomości w południowej części Memphis. Na końcu ślepej uliczki bez nazwy, gdzieś w pobliżu rzeki, kierowca skręcił gwałtownie między dwa magazyny z czerwonej cegły i ruszył wąską drogą aż do otwartej bramy po prawej stronie. Kilka metrów dalej, tuż obok rampy, znajdował się wjazd. Drzwi otworzyły się i limuzyna zniknęła w głębi budynku.

Zatrzymali się i goryl wysiadł.

– Zostańcie w wozie – powiedział Cat. Ktoś otworzył bagażnik, a po chwili go zamknął. Niespełna minutę później limuzyna znów znalazła się na ulicach Memphis.

– A co powiecie na lunch? – spytał Cat. Zanim zdążyli otworzyć usta, krzyknął do kierowcy: – Zadzwoń do Czarnego Raju i powiedz, że jedziemy do nich na lunch.

– Nigdzie w Memphis nie podają lepszych żeberek niż w moim klubie. Oczywiście, nie przeczytacie o tym w żadnej gazecie. Dziennikarze mnie unikają. Wyobrażacie sobie?

– Wygląda mi to na dyskryminację – zauważył Lester.

– Nie mam najmniejszych wątpliwości. Ale nie wykorzystam tego, póki nie zostanę o coś oskarżony.

– Dawno nic nie było o tobie słychać, Cat – odezwał się Carl Lee.

Od ostatniego procesu minęły trzy lata. Oszustwa podatkowe. Policja federalna przez trzy tygodnie przedstawiała dowody, a przysięgli po dwudziestu siedmiu minutach obrad wrócili na salę, by wypowiedzieć najpiękniejsze słowo, jakie istnieje w naszym języku: „Niewinny".

– Wiem, jak to jest, sam to kiedyś przeżyłem – wtrącił Lester.

Przed wejściem czekał już na nich portier. Kilku jednakowo ubranych goryli odeskortowało wielkiego bossa i jego gości do loży w głębi sali. Napoje i potrawy podawała cała brygada kelnerów. Lester przerzucił się na szkocką i kiedy przyniesiono żeberka, miał już nieźle w czubie. Carl Lee pił mrożoną herbatę i wspominał z Catem wojenne przeżycia.

Kiedy zjedli, znów pojawił się goryl i szepnął coś Catowi na ucho. Ten uśmiechnął się i spojrzał na Carla Lee.

– Przyjechaliście czerwonym cadillakiem eldorado na numerach Illinois?

– Tak. Ale został przed tamtą knajpą.

– Jesteś tego pewien? Wyjrzyj na ulicę.

– Czyżbyś... – zaczął Lester i urwał. – Jakim cudem...

Cat zarechotał i klepnął go w ramię.

– Nie pytaj, stary, lepiej o nic nie pytaj. Zająłem się nim. Cat może wszystko.

Sobotnie przedpołudnia, po zjedzeniu śniadania w barze, Jake zazwyczaj spędzał w pracy. Lubił panujący wówczas spokój – bez telefonów, bez Ethel. Zamykał drzwi, nie zwracał uwagi na dzwoniący telefon, unikał klientów.

Porządkował akta, zapoznawał się z ostatnimi decyzjami Sądu Najwyższego i jeśli w najbliższym czasie czekał go proces, opracowywał strategię postępowania. Podczas tych spokojnych sobotnich poranków przychodziły mu do głowy najlepsze pomysły.

O jedenastej zadzwonił do aresztu.

– Jest szeryf? – spytał dyżurnego.

– Zaraz sprawdzę – usłyszał krótką odpowiedź.

Po kilku sekundach w słuchawce rozległ się głos szeryfa:

– Mówi Walls.

– Ozzie, tu Jake Brigance. Jak się masz?

– Świetnie. A ty?

– Dziękuję, dobrze. Długo jeszcze będziesz w biurze?

– Parę godzin. A bo co?

– Drobiazg. Chciałbym z tobą zamienić kilka słów. Wpadnę do ciebie za pół godziny.

– Będę czekał.

Jake i szeryf lubili się i szanowali nawzajem. Jake, kilka razy przesłuchując Ozziego jako świadka, potraktował go bezpardonowo, ale szeryf uważał, że Jake po prostu robił to, co do niego należało, i nie dopatrywał się w tym jakichś osobistych wycieczek. Jake prowadził kampanię Ozziego, a Lucien ją finansował, więc Ozzie nie miał pretensji o tych kilka sarkastycznych i złośliwych pytań zadanych mu podczas procesów. Lubił obserwować Jake'a podczas rozpraw. I lubił żartować sobie z niego i pewnego meczu. W 1969 roku, kiedy Jake był w drugiej klasie szkoły średniej, grał jako kapitan w drużynie Karaway. Ozzie był w klasie maturalnej i występował w zespole Clanton jako obrońca. Obie reprezentacje – dotąd niepokonane – spotkały się w meczu finałowym, walcząc o tytuł mistrza. Przez cztery długie ćwiartki Ozzie terroryzował znacznie mniejszych niż jego chłopcy obrońców Karaway, prowadzonych przez odważnego, ale bardzo już potłuczonego kapitana. Pod koniec czwartej ćwiartki, przy wyniku 44 do 0, Ozzie złamał Jake'owi nogę.

Od lat groził, że złamie mu drugą. Zawsze oskarżał Jake'a, że udaje i specjalnie kuleje, a także dopytywał się, jak tam jego noga.

– Co cię gnębi, stary? – spytał Ozzie, gdy usiedli już w jego ciasnym gabinecie.

– Carl Lee. Trochę się o niego martwię.

– Dlaczego?

– Słuchaj, Ozzie, wszystko, co ci powiem, zachowaj wyłącznie dla siebie. Nie chcę, by ktokolwiek dowiedział się o tej rozmowie.

– Wygląda to na coś poważnego.

– Masz rację. W środę, po przesłuchaniu, rozmawiałem z Carlem Lee. Zupełnie stracił głowę i nawet go rozumiem. Gdybym był na jego miejscu, czułbym się tak samo. Napomknął coś o zabiciu tych chłystków, sprawiał wrażenie, jakby wcale nie żartował. Pomyślałem sobie, że powinieneś o tym wiedzieć.

– Nic im nie grozi, Jake. Carl Lee, choćby nawet nie wiem jak chciał, nie dostanie ich w swoje ręce. Mieliśmy już kilka telefonów, oczywiście anonimowych, z różnego typu pogróżkami. Czarni mieszkańcy okręgu są bardzo poruszeni. Ale tamci są bezpieczni. Siedzą w celi tylko we dwóch i naprawdę zachowujemy wszelkie środki ostrożności.

– To dobrze. Carl Lee nie zatrudniał mnie jeszcze, ale reprezentowałem już kilku Haileyów i nie wiedzieć czemu Carl Lee uważa mnie również za swojego adwokata. Myślę, że powinieneś o tym wiedzieć.

– Nie przejmowałbym się zbytnio, Jake.

– Dobrze. Pozwól, że cię o coś zapytam. Mam córkę, ty też, prawda?

– Nawet dwie.

– Co sobie myśli Carl Lee jako ojciec?

– To samo, co ty byś sobie myślał.

– To znaczy co?

Ozzie odchylił się w fotelu i skrzyżował ręce. Pomyślał przez chwilę.

– Zastanawia się, czy wszystko z nią w porządku, mam na myśli jej stan fizyczny. Jeśli przeżyje, to czy kiedykolwiek będzie mogła mieć dzieci. Poza tym martwi się, czy wszystko z nią w porządku pod względem psychicznym i emocjonalnym i jak to wpłynie na jej przyszłe życie. Po trzecie, pragnie zabić tych łobuzów.

– A ty zrobiłbyś to?

– Łatwo powiedzieć, że tak, ale człowiek nigdy do końca nie wie, jak by postąpił. Ale sądzę, że o wiele bardziej jestem potrzebny swym dzieciakom w domu niż w Parchman. A co ty byś sobie myślał, Jake?

– Sądzę, że to samo, co ty. Nie wiem, co bym zrobił. Prawdopodobnie bym zwariował. – Urwał i wbił wzrok w blat biurka. – Ale myślę, że bardzo serio rozważałbym możliwość zamordowania sprawcy. Byłoby mi trudno zasnąć ze świadomością, że on wciąż żyje.

– A co zrobiłaby ława przysięgłych?

– To zależy od tego, kto by w niej zasiadał. Jeśli uda ci się wybrać właściwych ludzi, możesz być spokojny, lecz jeśli to prokurator okręgowy wybierze odpowiednie osoby, proces może się skończyć komorą gazową. Wszystko zależy od przysięgłych, ale w naszym okręgu można dobrać właściwych sędziów przysięgłych. Ludzie mają dosyć gwałtów, rabunków i morderstw. A przynajmniej biali.

– Nie tylko biali, wszyscy.

– Według mnie ojciec, który wziąłby sprawę w swoje ręce, cieszyłby się znaczną sympatią. Ludzie nie mają zaufania do wymiaru sprawiedliwości.

Sądzę, że przynajmniej udałoby mi się doprowadzić do tego, by choć kilku przysięgłych nie podzielało zdania większości. Wystarczyłoby tylko przekonać jednego czy dwóch, że te łobuzy powinny umrzeć.

– Tak jak Monroe Bowie.

– Tak. Monroe Bowie był czarnuchem, którego należało zabić, i Lester to zrobił. À propos, Ozzie, jak myślisz, dlaczego Lester przyjechał z Chicago?

– Jest bardzo zżyty ze swym bratem. Też mamy go na oku.

Zmienili temat rozmowy, a na koniec Ozzie zagadnął go o nogę. Uścisnęli sobie dłonie i Jake wyszedł. Pojechał prosto do domu, gdzie Carla czekała już na niego ze spisem spraw do załatwienia.

Nie miała nigdy pretensji o sobotnie przedpołudnia spędzane w biurze, pod warunkiem że o dwunastej wracał do domu i całkowicie poddawał się jej rozkazom.

W niedzielę po południu w szpitalu zebrał się tłum. Wszyscy podążali za Haileyami. Carl Lee pchał Tonyę na wózku aż na parking. Tam delikatnie wziął córkę na ręce i umieścił z przodu samochodu. Siedziała między rodzicami, a jej trzej bracia zajmowali miejsca z tyłu. Odjechali, a za nimi ruszyli przyjaciele, krewni i wielu nieznajomych. Kawalkada pojazdów skierowała się na przedmieścia.

Tonya siedziała z przodu, jakby była już zupełnie dużą dziewczynką. Ojciec się nie odzywał, matka była zapłakana, a bracia – milczący i sztywni.

Przed domem również zebrało się sporo ludzi. Na widok podjeżdżających samochodów wbiegli na ganek. Po chwili wozy zatrzymały się na trawniku na długim podwórzu. Wszyscy zamilkli, gdy Carl Lee, trzymając Tonyę na rękach, wszedł po schodach, przeniósł ją przez próg i położył na kanapie. Cieszyła się, że wróciła do domu, ale męczyły ją te tłumy. Matka trzymała ją za nóżki, a kuzyni, wujowie, ciotki, sąsiedzi i nie wiadomo kto jeszcze podchodzili do niej, głaskali i uśmiechali się, niektórzy przez łzy, nic nie mówiąc. Tatuś wyszedł przed dom i rozmawiał z wujkiem Lesterem i jakimiś ludźmi. Bracia byli w kuchni razem z tłumem gości i pałaszowali stosy jedzenia.

ROZDZIAŁ 7

Rocky Childers był prokuratorem w okręgu Ford dłużej, niż chciałby pamiętać. Stanowisko to przynosiło mu piętnaście tysięcy dolarów rocznie i pochłaniało większość jego czasu. Zamknęło mu również drogę do praktyki adwokackiej, którą miał kiedyś nadzieję otworzyć. W wieku czterdziestu dwóch lat nie liczył się już jako prawnik, trzymając się kurczowo posady, która teoretycznie powinna pochłaniać parę godzin, a okazała się zajęciem na pełny etat; wybierano go regularnie co cztery lata. Na szczęście miał dobrze zarabiającą żonę, mogli więc jeździć nowymi buickami, stać ich było na opłacanie składek w miejscowym klubie i prowadzenie życia na takim poziomie, jaki przystoi białemu mieszkańcowi okręgu Ford. Kiedy był młodszy, miał nawet pewne ambicje polityczne, ale wyborcy go zawiedli. Nie ukrywał rozgoryczenia z powodu tego, że nie zrobił kariery. Oskarżał pijaków, drobnych złodziejaszków i nieletnich przestępców, a do tego wszystkiego był wiecznie obrażany przez sędziego Bullarda, którym pogardzał. Od czasu do czasu, dzięki takim typom jak Cobb i Willard, jego praca stawała się bardziej odpowiedzialna. W takich wypadkach Rocky, zgodnie z przysługującymi mu uprawnieniami, zajmował się przesłuchaniami wstępnymi, zanim sprawy nie przekazano wielkiej ławie przysięgłych, a potem do sądu objazdowego i prawdziwego prokuratora, wielkiego prokuratora, prokuratora okręgowego, pana Rufusa Buckleya z okręgu Polk. To właśnie Buckley zwichnął Rocky'emu karierę polityczną.

Zazwyczaj przesłuchanie w sprawie ustalenia wysokości kaucji nie było niczym specjalnym, ale tym razem rzecz wyglądała nieco inaczej. Od środy Childers otrzymał dziesiątki telefonów od czarnych, z których wszyscy byli wyborcami albo się za nich podawali, bardzo zaniepokojonych możliwością wypuszczenia Cobba i Willarda z aresztu. Domagali się, by podejrzani pozostali w zamknięciu, podobnie jak czarni, którzy popadali w konflikt z prawem i nie mieli szansy wyjść za kaucją przed procesem. Childers obiecał, że zrobi wszystko, co w jego mocy, informując jednocześnie, że wysokość kaucji ustali miejscowy sędzia, Percy Bullard, którego numer również widnieje w książce telefonicznej. Mieszka przy ulicy Bennigtona. Obiecywali, że przyjdą w poniedziałek na salę rozpraw, by obserwować poczynania jego i Bullarda.

W poniedziałek o dwunastej trzydzieści Childers został wezwany do pokoju sędziego, gdzie czekali już na niego szeryf i Bullard. Sędzia tak się denerwował, że nie mógł usiedzieć na miejscu.

– Jakiej kaucji pan zażąda? – warknął do Childersa.

– Nie wiem, panie sędzio. Nie zastanawiałem się nad tym.

– Nie uważa pan, że już najwyższa pora, by o tym pomyśleć?

Chodził szybko wzdłuż biurka, potem podszedł do okna, znów wrócił do biurka. Ozzie, rozbawiony, milczał.

– Właściwie nie – cicho odparł Childers. – Decyzja należy do pana. To pan jest sędzią.

– Wielkie dzięki, że mi pan o tym przypomniał! O ile pan wystąpi?

– Zawsze proszę o więcej, niż się spodziewam uzyskać – chłodno odpowiedział Childers, upajając się zdenerwowaniem sędziego.

– To znaczy o ile?

– Nie wiem. Jeszcze o tym nie myślałem.

Kark Bullarda zrobił się purpurowoczerwony. Sędzia spojrzał na szeryfa.

– A co pan sądzi, szeryfie?

– Cóż – wycedził Ozzie – sugerowałbym dość wysoką kaucję. Ci chłopcy dla swego własnego bezpieczeństwa powinni pozostać w areszcie. Czarni mieszkańcy są wzburzeni. Mogliby się poczuć urażeni, gdyby wypuszczono podejrzanych za kaucją. Lepiej wyznaczyć wysoką.

– Ile mają pieniędzy?

– Willard jest spłukany. Jeśli chodzi o Cobba, nic nie mogę powiedzieć. Trudno określić, ile zarabia na handlu narkotykami. Niewykluczone, że zdoła uzbierać dwadzieścia-trzydzieści tysięcy. Słyszałem, że wynajął jakiegoś głośnego adwokata z Memphis. Ma dziś tu być. Czyli że Cobb musi mieć trochę forsy.

– Cholera, czemu nic o tym nie wiedziałem? Kogo wynajął?

– Bernarda. Petera K. Bernarda – powiedział Childers. – Dzwonił do mnie dziś rano.

– Nigdy o nim nie słyszałem – odparł Bullard z udawanym lekceważeniem, jakby znał na pamięć kompletne wykazy wszystkich prawników, i zaczął z uwagą obserwować drzewa za oknem.

Szeryf i prokurator mrugnęli do siebie porozumiewawczo.

Kaucje jak zwykle będą wyśrubowane. Poręczyciele kochali Bullarda za jego horrendalne kaucje. Z zachwytem obserwowali, jak zdesperowane rodziny gromadziły pieniądze, zastawiając co się tylko dało, by zebrać na opłatę w wysokości dziesięciu procent kaucji, pobieraną za wystawienie poręczenia. Bullard wyznaczał wysokie kaucje i nie przejmował się, co o nim mówią. Ze względów politycznych lepiej było zatrzymywać przestępców w areszcie. Czarni to doceniali, co było dość istotne, nawet jeśli siedemdziesiąt cztery procent ludności okręgu stanowili biali. Był co nieco winien czarnym.

– Niech będzie sto tysięcy za Willarda i dwieście za Cobba. To powinno ich usatysfakcjonować.

– Usatysfakcjonować kogo? – spytał Ozzie.

– No... ludzi, publiczność zgromadzoną na sali. Jak pan myśli?

– Jeśli o mnie chodzi, nie mam uwag – powiedział Childers. – Ale co będzie z przesłuchaniem? – spytał z uśmieszkiem.

– Będą mieli przesłuchanie, uczciwe przesłuchanie, a potem ustalę wysokość kaucji na sto i dwieście tysięcy.

– I domyślam się, że chce pan, bym wystąpił o trzysta od łebka, żeby dobrze pan wypadł? – spytał Childers.

– Nie obchodzi mnie, o ile pan wystąpi! – wrzasnął sędzia.

– Nie mam żadnych zastrzeżeń – powiedział Ozzie, kierując się w stronę drzwi. – Czy będzie mnie pan wzywał na świadka? – spytał Childersa.

– Nie, nie będziemy pana fatygowali. Nie sądzę, byśmy kogokolwiek wzywali, skoro mamy zagwarantowane takie uczciwe przesłuchanie.

Opuścili pokój i Bullard został sam. Zamknął za nimi drzwi na klucz i wyjął z teczki ćwiartkę wódki. Pociągnął zdrowo z butelki. Pate czekał na zewnątrz. Pięć minut później Bullard pojawił się w zatłoczonej sali.

– Proszę wstać, sąd idzie! – krzyknął Pate.

– Siadać! – wrzasnął sędzia, zanim ktokolwiek zdążył się podnieść. – Gdzie są podejrzani? Gdzie?

Wprowadzono Cobba i Willarda i posadzono za stołem obrony. Nowy adwokat Cobba uśmiechnął się do swego klienta, kiedy zdejmowano Cobbowi kajdanki. Tyndale, obrońca z urzędu Willarda, zignorował go.

Obecni byli ci sami czarni, którzy przyszli w ubiegłą środę, ale dziś przyprowadzili jeszcze swych znajomych. Pilnie obserwowali każdy, nawet najmniejszy ruch dwóch białych chłopaków. Lester widział oskarżonych po raz pierwszy. Carla Lee nie było w sali sądowej.

Bullard policzył ze swego miejsca zastępców szeryfa – była cała dziewiątka. To chyba rekord. Potem spróbował porachować czarnych – były ich setki, stłoczonych razem, wpatrzonych w dwóch gwałcicieli siedzących za jednym stołem między swymi adwokatami. Wódka dobrze mu zrobiła. Napił się z plastikowego kubeczka łyk czegoś, co wyglądało jak zimna woda, i uśmiechnął się lekko. Poczuł w środku przyjemne ciepło, policzki mu się zaróżowiły. Powinien wyrzucić z sali zastępców szeryfa i zostawić Cobba i Willarda na pożarcie czarnuchom. Niezły byłby to widok, a zarazem sprawiedliwości stałoby się zadość. Wyobrażał sobie tęgie Murzynki skaczące ciężko po leżących na ziemi podejrzanych, podczas gdy mężczyźni siekali ofiary nożami sprężynowymi i maczetami. Po skończonej robocie zebraliby się i grzecznie wymaszerowali z sali sądowej. Uśmiechnął się sam do siebie.

Skinął na woźnego, który podszedł do podium.

– W szufladzie biurka mam ćwiartkę zimnej wody – szepnął mu. – Proszę mi jej trochę nalać do plastikowego kubeczka.

Pate kiwnął głową i zniknął.

– Przystępujemy do przesłuchania w kwestii wyznaczenia kaucji – rozległ się donośny głos Bullarda. – Nie zamierzam go zbytnio przeciągać. Czy obrona jest gotowa?

– Tak, proszę pana – powiedział Tyndale.

– Tak, Wysoki Sądzie – odezwał się Bernard.

– A oskarżenie?

– Jestem gotów, Wysoki Sądzie – powiedział Childers, nie wstając.

– Świetnie. Proszę wezwać pierwszego świadka.

– Wysoki Sądzie – odezwał się Childers – oskarżenie nie będzie powoływało żadnych świadków. Pan sędzia dobrze wie, o co podejrzani są ci dwaj zatrzymani, ponieważ osobiście prowadził w ubiegłą środę przesłuchanie wstępne. O ile wiem, ofiara jest już w domu, więc nie przewidujemy postawienia dalszych zarzutów. W najbliższy poniedziałek zwrócimy się do wielkiej ławy przysięgłych o rozpatrzenie zasadności oskarżenia obu zatrzymanych o dokonanie gwałtu, porwania i pobicia. W związku z charakterem tych czynów, ze względu na wiek ofiary oraz z uwagi na to, że podsądny Cobb był już raz skazany, proszę o wyznaczenie kaucji w maksymalnej wysokości i ani centa mniej.

Bullard niemal się zachłysnął swoją wodą. Jakie maksimum? Nie ma czegoś takiego, jak maksymalna kaucja.

– Jaką kwotę pan proponuje, panie Childers?

– Pół miliona od osoby! – oświadczył z mocą Childers i usiadł.

Pół miliona! Wykluczone, pomyślał Bullard. Znów się napił, patrząc na prokuratora. Pół miliona! Postawił go w niezręcznej sytuacji, i to na oczach wszystkich. Posłał woźnego po kolejną szklaneczkę zimnej wody.

– Oddaję głos obronie.

Nowy adwokat Cobba wstał, odchrząknął i zdjął okulary w rogowej oprawce, których używał do czytania.

– Proszę Wysokiego Sądu, nazywam się Peter K. Bernard. Jestem z Memphis i zostałem zatrudniony przez pana Cobba, by go reprezentować...

– Czy ma pan uprawnienia do prowadzenia praktyki w Missisipi? – przerwał mu Bullard.

Zaskoczył Bernarda.

– No więc cóż... niezupełnie, Wysoki Sądzie.

– Rozumiem. Czy mówiąc „niezupełnie" ma pan na myśli coś innego niż „nie"?

Kilku prawników, siedzących w ławie przysięgłych, parsknęło śmiechem. Bullard był znany z tego, że nienawidził adwokatów z Memphis. Zawsze żądał, by przed pojawieniem się w jego sali sądowej brali sobie na współpracowników miejscowych prawników.

Dawno temu, kiedy jeszcze sam prowadził praktykę adwokacką, jakiś sędzia z Memphis wyrzucił go z sali, bo nie miał uprawnień do występowania w Tennessee. Od dnia, kiedy został wybrany na sędziego, nigdy nie przegapił okazji, by wziąć odwet.

— Wysoki Sądzie, nie mam uprawnień w stanie Missisipi, ale mogę prowadzić praktykę na terenie Tennessee.

— Spodziewam się – padło z fotela sędziego. Od strony miejsc dla przysięgłych dobiegły dalsze stłumione śmiechy.

— Czy zapoznał się pan z regulaminem obowiązującym w okręgu Ford? – spytał sędzia.

— Eee... tak, proszę pana.

— Czy ma pan kopię tego regulaminu?

— Tak, proszę pana.

— I przeczytał go pan uważnie, zanim wszedł pan na tę salę rozpraw?

— Eee... tak, proszę pana, zapoznałem się z nim.

— Czy zrozumiał pan artykuł 14, gdy go pan czytał?

Cobb podejrzliwie spojrzał na swojego nowego adwokata.

— Hm... nie przypominam sobie tego artykułu – przyznał się po chwili Bernard.

— Tak myślałem. Artykuł 14 mówi o tym, że obrońcy z innych stanów, którzy nie mają uprawnień do prowadzenia praktyki w naszym stanie, obowiązani są pojawiać się na tej sali razem z miejscowym adwokatem.

— Tak jest, proszę pana.

Sądząc po wyglądzie i zachowaniu, Bernard był dobrym prawnikiem, a przynajmniej za takiego uchodził w Memphis. Jednak teraz miał zostać całkowicie poniżony i upokorzony przez jakiegoś małomiasteczkowego, prowincjonalnego sędziego o niewyparzonym języku.

— Co to znaczy „Tak jest, proszę pana"? – warknął Bullard.

— Tak, proszę pana, słyszałem o tym artykule.

— W takim razie, gdzie jest miejscowy adwokat?

— Nie nawiązałem jeszcze współpracy z żadnym, ale zamierzam...

— Czyli że przyjechał pan tu aż z Memphis, uważnie przeczytał pan regulamin, a potem rozmyślnie go pan zlekceważył, tak?

Bernard spuścił głowę i wbił wzrok w żółty notatnik leżący na stole.

Tyndale podniósł się wolno.

— Wysoki Sądzie, niniejszym zgłaszam do protokołu, że jestem gotów wystąpić w charakterze miejscowego współpracownika mecenasa Bernarda podczas dzisiejszego przesłuchania.

Bullard uśmiechnął się z uznaniem. Zgrabne posunięcie, Tyndale, zgrabne posunięcie. Zimna woda rozgrzała go i poczuł miłe odprężenie.

— Świetnie. Proszę wezwać pierwszego świadka.

Bernard znów wstał. Przechylił głowę na bok.

— Wysoki Sądzie, w imieniu pana Cobba chciałbym wezwać na świadka jego brata, pana Freda Cobba.

— Tylko streszczaj się pan – mruknął Bullard.

Zaprzysiężono Freda Cobba i posadzono go na miejscu dla świadków. Bernard wszedł na podium i zaczął długie, szczegółowe przesłuchanie. Był dobrze przygotowany. Udowadniał, że Billy Ray Cobb ma dobrą pracę, posiada w okręgu Ford nieruchomość, wychował się w Clanton, tu mieszka większość jego krewnych i znajomych. Nie ma żadnego powodu, by stąd wyjeżdżać. Jest człowiekiem, któremu można zaufać, że stawi się w sądzie. Człowiekiem, którego można wypuścić za niską kaucją.

Bullard pociągnął łyk, postukał piórem w blat i spojrzał na twarze czarnej publiczności.

Childers nie miał pytań. Bernard poprosił matkę Cobba, Corę, która powtórzyła to, co jej syn Fred powiedział już o swym bracie Billym Rayu. Uroniła kilka łez i Bullard pokręcił głową.

Następny był Tyndale. Przeprowadził podobną rozmowę z rodziną Willarda.

Kaucja w wysokości pół miliona! Jeśli wyznaczy mniej, na pewno nie spodoba się to czarnym. Sędzia miał nowy powód, by nienawidzić Childersa. Lubił czarnych, bo ostatnim razem to dzięki nim wygrał wybory. Otrzymał pięćdziesiąt jeden procent ogółu głosów, w tym wszystkie głosy czarnych.

– Jeszcze coś? – spytał, kiedy Tyndale skończył.

Trzej prawnicy spojrzeli po sobie, a potem na sędziego. Bernard wstał.

– Wysoki Sądzie, chciałbym podsumować stanowisko mego klienta w sprawie wyznaczenia rozsądnej kaucji…

– Wystarczy. Dosyć się już nasłuchałem opinii pana i pańskiego klienta. Proszę usiąść.

Bullard zawahał się, a potem niespodziewanie oświadczył:

– Niniejszym wyznaczam kaucję w wysokości stu tysięcy dolarów za Pete'a Willarda i dwustu tysięcy dolarów za Billy'ego Raya Cobba. Podejrzani do chwili wpłacenia kaucji pozostaną w areszcie. Na tym zamykam posiedzenie sądu. – Stuknął młotkiem i zniknął w swoim pokoju, gdzie dokończył napoczętą ćwiartkę i otworzył następną.

Lester był zadowolony z wysokości kaucji. Kiedy został oskarżony o zabójstwo Monroe'a Bowiego, zażądano za wypuszczenie go z aresztu pięćdziesięciu tysięcy. Bowie był czarny i na ogół kaucje w takich przypadkach były niższe. Tłum przesuwał się wolno w stronę tylnych drzwi, ale Lester się nie poruszył. Obserwował uważnie, jak zastępcy szeryfa zakładają podejrzanym kajdanki i wyprowadzają ich do poczekalni. Kiedy zniknęli mu z oczu, ukrył twarz w dłoniach i zmówił krótką modlitwę. Potem zaczął nasłuchiwać.

Przynajmniej dziesięć razy w ciągu dnia Jake wychodził na balkon, by popatrzeć na centrum Clanton. Czasami zapalał tanie cygaro i wypuszczał nad ulicą Waszyngtona chmurę dymu. Nawet latem zostawiał okna w dużym gabinecie otwarte. Odgłosy małego miasta stanowiły odpowiednie tło, gdy musiał popracować nad czymś w skupieniu. Czasami był zdumiony liczbą decybeli wytwarzanych na ulicach wokół gmachu sądu, kiedy indziej podchodził do okna, by sprawdzić, dlaczego jest tak cicho.

W poniedziałek, dwudziestego maja, wyszedł na balkon tuż przed drugą i zapalił cygaro. Centrum Clanton spowijała martwa cisza.

Cobb zstępował po schodach pierwszy, bardzo ostrożnie, z rękami skutymi z tyłu; za nim szli Willard i zastępca szeryfa, Looney. Dziesięć stopni, potem półpiętro, zwrot w prawo i następne dziesięć stopni na parter. Pozostali trzej zastępcy szeryfa czekali na zewnątrz, obok wozów policyjnych, paląc papierosy i obserwując dziennikarzy.

Kiedy Cobb dotarł do przedostatniego stopnia, a Willard znajdował się trzy stopnie wyżej, Looney zaś na pierwszym stopniu za półpiętrem, otworzyły się gwałtownie małe, obskurne, zapomniane przez wszystkich drzwi do schowka dozorcy i z mroku wyskoczył Carl Lee Hailey, ściskając w rękach M-16. Zaczął strzelać prosto przed siebie. Głośna, urywana, terkocząca seria wystrzałów wstrząsnęła budynkiem. Gwałciciele znieruchomieli na moment, a gdy dosięgły ich pierwsze kule – najpierw Cobba w brzuch i pierś, a potem Willarda w twarz i szyję – zaczęli krzyczeć. Odwrócili się do tyłu, bezbronni, zakuci w kajdanki, i rzucili do ucieczki potykając się o siebie, obryzgując nawzajem krwią.

Looney dostał w nogę, ale udało mu się jakoś wdrapać po schodach i ukryć w poczekalni; przykucnął, nasłuchując krzyków i jęków Cobba i Willarda, a także szaleńczego śmiechu Carla Lee. Kule odbijały się rykoszetem od ścian wąskiej klatki schodowej. Looney, patrząc w stronę podestu, widział krew obryzgującą ściany i skapującą na podłogę.

Krótkie, szybkie serie z M-16, po siedem, osiem strzałów każda, odbijały się głośnym echem i przetaczały bez końca przez gmach sądu. Poprzez terkot karabinu i odgłosy kul uderzających o ściany klatki schodowej wyraźnie przebijał wysoki, piskliwy śmiech Carla Lee.

Kiedy przestał strzelać, rzucił karabin na dwa martwe ciała i zaczął uciekać. Dotarł do toalety, zablokował drzwi krzesłem, przecisnął się przez okno, a potem prześlizgnął między krzakami na chodnik. Nonszalancko podszedł do swojej furgonetki i pojechał do domu.

Na odgłos strzałów Lester znieruchomiał. Serię z broni maszynowej było wyraźnie słychać w całym gmachu. Pani Willard i pani Cobb zaczęły krzyczeć, zastępcy szeryfa pobiegli do poczekalni, ale nie odważyli się wejść na schody. Lester z uwagą nasłuchiwał, czy nie rozlegną się strzały z broni krótkiej. Nie słysząc ich, spokojnie opuścił gmach sądu.

Na odgłos pierwszego strzału Bullard chwycił ćwiartkę i wlazł pod biurko, a Pate zamknął drzwi na klucz.

Cobb, a raczej to, co z niego pozostało, leżał nieruchomo na Willardzie. Ich krew zmieszała się i ściekała po stopniach coraz niżej. Wkrótce na dole utworzyła się ogromna, czerwona kałuża.

Jake pognał przez ulicę w stronę tylnego wejścia do gmachu sądu. Przed drzwiami kucał Prather z bronią gotową do strzału, przeklinając napierających na niego dziennikarzy. Pozostali zastępcy szeryfa klęczeli lękliwie na stopniach obok wozów policyjnych. Jake pobiegł do drzwi frontowych, gdzie inni zastępcy szeryfa strzegli wejścia, wypuszczając pracowników i publiczność z dopiero co zakończonego przesłuchania. Tłumy ludzi wylewały się na schody frontowe. Jake przecisnął się przez ogarniętych paniką ludzi i wpadł do rotundy, gdzie Ozzie dyrygował ewakuacją budynku, wrzeszcząc na wszystkie strony. Skinął na adwokata i razem przeszli korytarzem do tylnych drzwi, gdzie stało kilku funkcjonariuszy z bronią w ręku. Spoglądali w milczeniu w kierunku schodów. Jake'a ogarnęły mdłości. Willardowi prawie udało się dotrzeć do półpiętra. Zamiast czoła miał dziurę, przez którą wypłynął galaretowaty mózg. Cobb zdążył się odwrócić i kule trafiły go w plecy. Leżał z twarzą wciśniętą w brzuch Willarda, stopą dotykając czwartego stopnia od dołu. Z ciał wciąż wyciekała krew, pokrywając całkowicie sześć ostatnich stopni. Czerwona kałuża na samym dole rozlewała się szybko. Zastępcy szeryfa wolno cofali się w stronę drzwi. Karabin leżał na piątym stopniu między nogami Cobba, i też był cały we krwi.

Wszyscy stali w milczeniu, jakby zahipnotyzowani widokiem dwóch trupów, z których wciąż sączyła się krew. Gęsta chmura gryzącego dymu unosiła się nad schodami, przesuwając się w stronę korytarza i rotundy, gdzie zastępcy szeryfa kierowali ludzi ku frontowemu wyjściu.

– Jake, lepiej stąd idź – powiedział Ozzie, nie odrywając wzroku od ciał zabitych.

– Dlaczego?

– Po prostu stąd idź.

– Ale dlaczego?

– Bo musimy porobić zdjęcia i zebrać dowody; twoja obecność tutaj jest teraz zbędna.

– Zgoda. Ale nie zadawajcie mu żadnych pytań pod moją nieobecność, dobrze?

Ozzie skinął głową.

Zrobiono zdjęcia, zebrano dowody, usunięto ciała, posprzątano i w dwie godziny później Ozzie wyjechał z miasta, a za nim pięć wozów policyjnych.

Prowadził Hastings. Kawalkada pojazdów skierowała się w stronę zalewu, minęła sklep spożywczy Batesa i skręciła w ulicę Craft. Przed domem Haileyów stał jedynie samochód Gwen, furgonetka Carla Lee i czerwony cadillac z Illinois.

Choć Ozzie nie przewidywał żadnych problemów, auta policyjne zaparkowały szeregiem na podwórzu, zastępcy szeryfa przykucnęli za otwartymi drzwiami, obserwując, jak Walls samotnie idzie w stronę domu. Zatrzymał się. W drzwiach frontowych ukazała się rodzina Haileyów. Carl Lee, trzymając Tonyę na rękach, stanął na samym skraju ganku. Spojrzał na swego przyjaciela szeryfa i na zaparkowane na podwórzu auta. Po prawej ręce miał Gwen, a po lewej – trzech synów. Najmniejszy cicho popłakiwał, ale starsi trzymali się dzielnie. Za nimi stał Lester.

Spoglądali na siebie w milczeniu, czekając kto pierwszy się odezwie, pragnąc odwlec to, co było nieuniknione. Słychać było tylko ciche pochlipywania dziewczynki, jej matki i najmłodszego chłopca.

Dzieci próbowały zrozumieć, co się stało. Tatuś wyjaśnił im, co zrobił i dlaczego. Wydawało im się, że to rozumieją, ale nie mogły pojąć, dlaczego musi zostać aresztowany i zabrany do więzienia.

Ozzie kopał grudkę ziemi, spoglądając to na Haileyów, to na swoich ludzi. W końcu powiedział:

– Chodź ze mną.

Carl Lee skinął lekko głową, ale nie ruszył się z miejsca. Lester wziął od niego Tonyę. Gwen i najmłodszy syn zaczęli głośniej szlochać. Carl Lee ukłęknął przed trójką chłopców i powtórzył im szeptem, że musi teraz iść, ale wkrótce wróci. Uścisnął ich, a oni płacząc, przywarli do niego. Odwrócił się i pocałował żonę, a potem zszedł po schodach i zbliżył się do szeryfa.

– Czy założysz mi kajdanki, Ozzie?

– Nie, Carl Lee. Wsiadaj do wozu.

Rozdział 8

Jake rozmawiał cicho w gabinecie Ozziego z pierwszym zastępcą szeryfa, Mossem Juniorem Tatumem, podczas gdy pozostali zastępcy, funkcjonariusze rezerwy, strażnicy i wszyscy pracownicy aresztu zebrali się w wielkiej, zagraconej sali tuż obok, czekając niecierpliwie na przybycie nowego więźnia. Dwaj zastępcy spoglądali przez żaluzje na dziennikarzy i kamerzystów, stojących na placyku między szosą i aresztem. Wozy transmisyjne z Memphis, Jackson i Tupelo zaparkowane były bezładnie między innymi pojazdami.

Mossowi nie podobało się to, więc wyszedł i polecił przedstawicielom prasy, by zebrali się w jednym miejscu, a kierowcom wozów transmisyjnych, aby zjechali na bok.

– Czy złoży pan oświadczenie? – krzyknął jeden z reporterów.

– Tak. Proszę usunąć wozy transmisyjne.

– Czy może nam pan coś powiedzieć o morderstwach?

– Tak, zostali zabici dwaj mężczyźni.

– Czy możemy poznać bliższe szczegóły?

– Nie. Nie było mnie przy tym.

– Czy kogoś podejrzewacie?

– Tak.

– Kogo?

– Powiem, kiedy zostaną usunięte wasze wozy.

Samochody natychmiast odjechały na bok, a wzdłuż chodnika zgromadzili się dziennikarze z kamerami i mikrofonami. Moss dyrygował pojazdami. W końcu, zadowolony z rezultatów akcji, zbliżył się do tłumu dziennikarzy. Spokojnie gryzł wykałaczkę. Kciuki wsunął za pasek spodni, tuż pod wydatnym brzuchem.

– Kto jest mordercą?

– Czy został aresztowany?

– Czy w sprawę zamieszana jest rodzina dziewczynki?

– Czy obaj nie żyją?

Moss uśmiechnął się i pokręcił głową.

– Nie wszyscy naraz. Tak, mamy podejrzanego. Został aresztowany i za chwilę tu będzie. Proszę, by samochody nie blokowały podjazdu. To na razie wszystko, co mogę powiedzieć. – Moss wrócił do budynku aresztu, nie zważając na dalsze pytania reporterów. Wszedł do zatłoczonej sali.

– Jak się czuje Looney? – spytał.

– Prather odwiózł go do szpitala. Nic mu nie jest, został lekko draśnięty w nogę.

– Tak, i doznał lekkiego zawału serca – powiedział ironicznie Moss.

Na sali rozległ się śmiech.

– Jadą! – krzyknął jeden z obecnych i wszyscy podbiegli do okien, obserwując, jak rząd niebieskich pulsujących świateł wolno zbliża się w kierunku parkingu. Pierwszy wóz prowadził Ozzie. Carl Lee, bez kajdanek, siedział obok niego, na przednim siedzeniu. Z tyłu rozparł się Hastings, machając do kamer, kiedy samochód lawirował między przepychającymi się dziennikarzami. Minąwszy wozy transmisyjne, zajechali od tyłu pod budynek aresztu. Ozzie zatrzymał auto i cała trójka niedbałym krokiem weszła do środka. Carla Lee przekazano profosowi aresztu, a Ozzie ruszył korytarzem w stronę swego gabinetu, gdzie czekał już na niego Brigance.

- Za chwilę będziesz się mógł z nim zobaczyć, Jake – powiedział.
- Dziękuję. Jesteś pewny, że to on zrobił?
- Tak, całkowicie.
- Nie przyznał się, prawda?
- Nie, w ogóle nie był zbyt rozmowny. Chyba Lester go pouczył, jak się ma zachowywać.

Wszedł Moss.

- Ozzie, ci dziennikarze chcą z tobą porozmawiać. Powiedziałem, że za chwilę do nich wyjdziesz.
- Stokrotne dzięki, Moss. – Ozzie westchnął.
- Czy ktoś go widział?

Ozzie wytarł czoło czerwoną chustką do nosa.

- Tak, Looney może go zidentyfikować. Znasz Murphy'ego, tego małego kalekę, który sprząta gmach sądu?
- Pewnie. Strasznie się jąka.
- Wszystko widział. Siedział na schodach po drugiej stronie, zaraz naprzeciwko miejsca zdarzenia. Właśnie jadł lunch. Tak się przeraził, że przez godzinę nie mógł wydusić z siebie ani słowa. – Ozzie urwał i spojrzał na Jake'a. – Czemu ci to wszystko mówię?
- A co za różnica? I tak wcześniej czy później bym się dowiedział. Gdzie mój klient?
- W areszcie. Muszę mu zrobić zdjęcia i uporać się ze wszystkimi formalnościami. Zajmie to jakieś pół godziny.

Ozzie wyszedł, a Jake skorzystał z jego telefonu. Zadzwonił do Carli i przypomniał jej, by obejrzała wiadomości i nagrała je dla niego.

Ozzie zbliżył się do mikrofonów i kamer.

- Nie będę odpowiadał na żadne pytania. Podejrzany przebywa w areszcie. Nazywa się Carl Lee Hailey i mieszka w okręgu Ford. Został aresztowany pod zarzutem popełnienia dwóch zabójstw.
- Czy to ojciec dziewczynki?
- Tak.
- Skąd wiadomo, że to właśnie on strzelał?
- Jesteśmy bardzo bystrzy.
- Czy są jacyś naoczni świadkowie?
- O ile nam wiadomo, nie.
- Czy zatrzymany przyznał się do winy?
- Nie.
- Gdzie go znaleźliście?
- W jego domu.
- Czy jeden z pańskich zastępców został postrzelony?
- Tak.

– W jakim jest stanie?

– W dobrym. Przebywa obecnie w szpitalu, ale nic mu nie będzie.

– Jak się nazywa?

– Looney. DeWayne Looney.

– Kiedy odbędzie się przesłuchanie wstępne?

– Nie jestem sędzią.

– A jak pan myśli?

– Może jutro, może w środę. Proszę nie zadawać mi więcej pytań. W chwili obecnej nic więcej nie mogę powiedzieć.

Strażnik aresztu odebrał Carlowi Lee portfel, pieniądze, zegarek, klucze, obrączkę, scyzoryk i wypełnił formularz depozytowy, który następnie Carl Lee podpisał, opatrując datą. W małym pokoiku obok sfotografowano go i zdjęto mu odciski palców, tak jak uprzedził go Lester. Ozzie czekał przed drzwiami – zaprowadził go do małego pomieszczenia, gdzie zabierano pijaków, by ustalić zawartość alkoholu w ich krwi. Jake usadowił się przy małym stoliku tuż obok alkomatu. Ozzie przeprosił ich i wyszedł.

Adwokat i jego klient siedzieli po obu stronach stołu, uważnie się sobie przyglądając. Uśmiechali się, jeden – dumnie, drugi – z podziwem, ale żaden nie powiedział słowa. Ostatni raz rozmawiali ze sobą pięć dni temu, w środę po przesłuchaniu wstępnym, dzień po dokonaniu gwałtu na Tonyi.

Carl Lee nie był teraz taki przygnębiony jak wtedy. Twarz miał pogodną, wzrok spokojny. W końcu się odezwał:

– Nie myślałeś, że to zrobię, co, Jake?

– Właściwie nie. Naprawdę to zrobiłeś?

– Wiesz, że tak.

Jake uśmiechnął się, skinął głową i skrzyżował ręce na piersiach.

– I jak się teraz czujesz?

Carl Lee odprężył się i usiadł wygodniej na składanym krześle.

– Lepiej. Nie powiem, że jestem zadowolony z całej tej afery. Wolałbym, żeby nigdy do tego nie doszło. Ale wolałbym też, żeby mojej córce również nic się nie stało. Nic nie miałem przeciwko tym chłopakom, zanim jej nie skrzywdzili. Teraz mają to, na co sobie zasłużyli. Żal mi ich matek i ojców.

– Boisz się?

– Czego?

– Na przykład komory gazowej?

– Nie, Jake, przecież mam ciebie. Nie zamierzam iść do żadnej komory gazowej. Widziałem, jak wybroniłeś Lestera, teraz wybronisz mnie. Wiem, że potrafisz tego dokonać, Jake.

– To nie jest takie proste, jak ci się wydaje, Carl Lee.

– Dlaczego?

74

– Po prostu gdy zabija się człowieka czy ludzi z zimną krwią, nie można później oświadczyć przysięgłym, że tamci zasłużyli sobie na śmierć, po czym jak gdyby nigdy nic opuścić salę sądową.

– W przypadku Lestera tak właśnie było.

– Ale każda sprawa jest inna. A największa różnica polega na tym, że ty zastrzeliłeś dwóch białych, podczas gdy Lester zabił czarnucha. To wiele zmienia.

– Boisz się, Jake?

– Dlaczego miałbym się bać? To nie mnie grozi komora gazowa.

– Nie sprawiasz wrażenia osoby pewnej siebie.

Ty głupolu, pomyślał Jake. Jak można być w takiej chwili pewnym siebie? Ciała ofiar jeszcze nie ostygły. Zanim doszło do tego zabójstwa, rzeczywiście był pewny siebie, ale teraz sytuacja diametralnie się zmieniła. Jego klientowi groziła komora gazowa za zbrodnię, której popełnienia wcale się nie wypierał.

– Skąd wziąłeś broń?

– Od kumpla z Memphis.

– Dobra. Czy Lester ci pomagał?

– Nie. Wiedział, co zamierzam zrobić, i nawet chciał mi pomóc, ale nie pozwoliłem mu.

– W jakim stanie jest Gwen?

– Teraz już zupełnie straciła głowę, ale jest z nią Lester. O niczym nie wiedziała.

– A dzieciaki?

– Wiesz, jakie są dzieciaki. Nie chcą, by ich tatuś siedział w więzieniu. Są zaniepokojone, ale przejdzie im to. Lester się nimi zajmie.

– Wraca do Chicago?

– Na razie nie. Jake, kiedy rozpocznie się sprawa?

– Przesłuchanie wstępne powinno odbyć się jutro lub w środę. Wszystko zależy od Bullarda.

– To on będzie sądził?

– Poprowadzi przesłuchanie wstępne. Rozprawa odbędzie się przed sądem objazdowym.

– A kto jest tam sędzią?

– Omar Noose z okręgu Van Buren; ten sam, który prowadził sprawę Lestera.

– To dobrze. To porządny facet, co?

– Tak, jest dobrym sędzią.

– Kiedy można się spodziewać rozprawy?

– Pod koniec lata albo wczesną jesienią. Buckley postara się przyspieszyć proces.

– A kto to jest Buckley?

– Rufus Buckley. Prokurator okręgowy. Ten sam, który wniósł oskarżenie przeciwko Lesterowi. Pamiętasz go – potężny, hałaśliwie się zachowujący facet...

– Tak, tak, pamiętam. Duży, niedobry Rufus Buckley. Zupełnie o nim zapomniałem. Należy do osób raczej bezwzględnych, prawda?

– Zna się na swojej robocie. Skorumpowany i ambitny. Będzie się delektował tą sprawą z uwagi na jej rozgłos.

– Pokonałeś go, prawda?

– Tak, ale on mnie też.

Jake otworzył teczkę i wyciągnął skoroszyt. W środku była umowa, którą dawał do podpisu swoim klientom. Przeczytał uważnie jej tekst, choć znał go na pamięć. Swoje honoraria ustalał w zależności od możliwości finansowych klientów. Czarni na ogół płacili mało, chyba że mieli dobrze zarabiającego i hojnego bliskiego krewnego w St. Louis lub Chicago. Ale takie sytuacje należały do rzadkości. Carl Lee miał jeszcze jednego brata w Kalifornii. Pracował na poczcie, ale kiedy aresztowano Lestera, nie chciał czy też nie mógł pomóc. W okolicy mieszkało kilka ich sióstr, ale one miały własne problemy i służyły Lesterowi jedynie wsparciem moralnym. Gwen pochodziła z licznej rodziny, która unikała popadania w konflikty z prawem, ale nie powodziło im się najlepiej. Carl Lee miał kawałek ziemi wokół domu, ale wziął pod jego zastaw pożyczkę, by pomóc Lesterowi zapłacić za usługi Jake'a. Brigance policzył Lesterowi za reprezentowanie go w procesie o morderstwo pięć tysięcy; połowę tej kwoty otrzymał przed rozprawą, a resztę – w rozłożonych na trzy lata ratach.

Jake nie znosił rozmowy o wysokości honorarium. Była to dla niego najtrudniejsza część praktyki adwokackiej. Klienci chcieli natychmiast wiedzieć, ile ich będzie kosztował adwokat, i każdy reagował inaczej. Niektórych szokowała wysokość honorarium, inni z trudem przełykali informację, kilku gwałtownie opuściło jego kancelarię. Inni próbowali negocjować warunki finansowe, ale większość płaciła lub obiecywała, że zapłaci.

Przeglądał uważnie akta i umowę, rozmyślając rozpaczliwie nad wysokością rozsądnego honorarium. Znał adwokatów w okolicy, którzy przyjęliby taką sprawę niemal za grosze. Liczył się rozgłos, jaki zdobyliby dzięki temu procesowi. Myślał o działce Carla Lee i jego pracy w papierni, i o rodzinie. W końcu powiedział:

– Moje honorarium wynosi dziesięć tysięcy.

Carl Lee siedział nieporuszony.

– Lesterowi policzyłeś pięć tysięcy.

Jake był na to przygotowany.

– Wobec ciebie wysunięto trzy oskarżenia, wobec Lestera jedno.
– Ile razy mogę pójść do komory gazowej?
– Punkt dla ciebie. Ile możesz zapłacić?
– Teraz mogę ci dać tysiąc – oświadczył dumnie. – Pożyczę, ile tylko będę mógł, pod zastaw ziemi i wszystko dam tobie.
Jake zastanowił się przez moment.
– Mam lepszy pomysł. Ustalimy wysokość mojego honorarium. Teraz zapłacisz tysiąc, a na resztę wystawisz weksel. Weźmiesz pożyczkę pod zastaw ziemi i wykupisz weksel.
– Ile chcesz? – spytał Carl Lee.
– Dziesięć tysięcy.
– Zapłacę ci pięć.
– Stać cię na zapłacenie więcej.
– A ty możesz się podjąć tej sprawy za mniej niż dziesięć.
– Dobra, niech będzie dziewięć.
– W takim razie daję sześć.
– Osiem.
– Siedem.
– Siedem i pół.
– Tak, sądzę, że tyle mogę zapłacić. To zależy od tego, ile mi pożyczą pod zastaw ziemi. Chcesz, bym teraz zapłacił ci tysiąc, a na sześć i pół wystawił weksel?
– Tak jest.
– Umowa stoi.
Jake wypełnił puste miejsca w umowie i na wekslu, a Carl Lee podpisał się na obu dokumentach.
– Jake, ile zażądałbyś od człowieka, który ma dużo pieniędzy?
– Pięćdziesiąt tysięcy.
– Pięćdziesiąt tysięcy! Mówisz poważnie?
– Tak.
– Człowieku, przecież to kupa forsy. Dostałeś kiedyś tyle?
– Nie, ale niezbyt często trafiają się ludzie bogaci, których się oskarża o popełnienie morderstwa.

Carl Lee chciał się dowiedzieć wszystkiego o kaucji, wielkiej ławie przysięgłych, procesie, świadkach, kto zasiądzie w ławie przysięgłych, kiedy go wypuszczą z aresztu, czy Jake mógłby przyspieszyć termin rozprawy, kiedy będzie mógł przedstawić własną wersję wypadków. Zasypał go setką pytań. Jake oświadczył, że będą jeszcze mieli dużo czasu na rozmowy. Obiecał, że zadzwoni do Gwen i jego szefa w papierni.

Wyszedł, a Carla Lee umieszczono w areszcie, tuż obok celi dla więźniów stanowych.

Saab zablokowany był przez wóz transmisyjny. Jake poszedł się dowiedzieć, do kogo należy zawalidroga. Większość dziennikarzy odjechała, ale kilku kręciło się w pobliżu, czekając nie wiadomo na co. Zapadł już zmrok.

– Czy pracuje pan w biurze szeryfa? – spytał jeden z reporterów.

– Nie, jestem adwokatem – odpowiedział nonszalancko Jake, udając, że nie jest zainteresowany rozmową.

– Adwokatem Haileya?

Jake odwrócił się i obrzucił reportera obojętnym spojrzeniem. Pozostali dziennikarze podeszli bliżej i zaczęli nasłuchiwać.

– Tak się akurat składa.

– Czy odpowie pan na kilka pytań?

– Proszę, niech pan pyta, ale nie obiecuję, że odpowiem.

– Czy mógłby pan tu podejść?

Jake z udawaną irytacją zrobił parę kroków w stronę mikrofonów i kamer. Ozzie i jego zastępcy obserwowali wszystko ze środka.

– Jake ubóstwia kamery – powiedział Walls.

– Tak jak wszyscy prawnicy – dodał Moss.

– Czy mógłby nam się pan przestawić?

– Nazywam się Jake Brigance.

– I jest pan adwokatem pana Haileya.

– Zgadza się – chłodnym tonem przyznał Jake.

– Pan Hailey jest ojcem dziewczynki zgwałconej przez dwóch mężczyzn, którzy zostali dzisiaj zabici?

– Tak.

– Kto zabił tych mężczyzn?

– Nie wiem.

– Może pan Hailey?

– Powiedziałem już, że nie wiem.

– O co został oskarżony pański klient?

– Został aresztowany za zabójstwo Billy'ego Raya Cobba i Pete'a Willarda. Nie został jeszcze formalnie o nic oskarżony.

– Czy spodziewa się pan formalnego oskarżenia pana Haileya o te dwa morderstwa?

– Pozostawiam to pytanie bez komentarza.

– Dlaczego?

– Czy rozmawiał pan z Haileyem? – zapytał inny reporter.

– Tak, przed chwilą.

– Jak on się czuje?

– Nie rozumiem.

– No, w jakim jest nastroju?

– Chodzi panu o to, czy podoba mu się w areszcie? – spytał Jake z lekkim uśmieszkiem.

– No, tak.

– Pozostawiam to bez komentarza.

– Kiedy zostanie postawiony przed sądem?

– Prawdopodobnie jutro lub w środę.

– Czy przyzna się do winy?

Jake uśmiechnął się i odpowiedział:

– Oczywiście, że nie.

Po zimnej kolacji usiedli na huśtawce ogrodowej i obserwując drobne kropelki wody, padające ze zraszacza na trawnik przed domem, rozmawiali o sprawie. Zabójstwo było wielkim wydarzeniem w całym kraju i Carla zarejestrowała tyle reportaży telewizyjnych, ile mogła. Dwie sieci telewizyjne przeprowadziły audycje na żywo, zrealizowane przez swych współpracowników z Memphis, a stacje w Memphis, Jackson i Tupelo kilka razy pokazywały, jak Cobba i Willarda prowadzono do gmachu sądu w otoczeniu zastępców szeryfa, a później, jak ich wynoszono, okrytych białymi prześcieradłami. Jedna ze stacji odtworzyła odgłos strzelaniny na tle ujęć zastępców, szukających schronienia przed kulami.

Rozmowa z Jakiem odbyła się zbyt późno, by zmieściła się w wieczornych wiadomościach, więc razem z Carlą czekali, z magnetowidem w pogotowiu, na wydanie o dziesiątej. Pokazali go, z teczką w ręku, elegancko ubranego; w dobrej formie. Był przystojny, arogancki i bardzo niezadowolony z tego, że reporterzy go nagabują. Jake uważał, że prezentuje się wspaniale na ekranie, bardzo lubił występować przed kamerami. Po uniewinnieniu Léstera telewizja nadała krótką migawkę z Jakiem i stali goście w barze kawowym pokpiwali sobie z niego przez kilka miesięcy.

Był w świetnym humorze. Rozkoszował się zdobytym już rozgłosem i spodziewał się znacznie większego zainteresowania ze strony środków masowego przekazu. Bardzo trudno było wyobrazić sobie inną sprawę, inną konfigurację faktów, inny scenariusz wydarzeń, który mógłby wzbudzić większe zainteresowanie niż proces Carla Lee Haileya. A uniewinnienie Murzyna, oskarżonego o zamordowanie dwóch białych, którzy zgwałcili jego córkę, i to przez samych białych przysięgłych w rolniczym stanie Missisipi...

– Czemu się uśmiechasz? – przerwała mu Carla.

– Tak sobie.

– Dobrze, dobrze. Wiem, że wyobrażasz sobie ten proces i kamery, tłumy dziennikarzy, uniewinnienie oskarżonego, i jak wychodzisz z gmachu sądu, obejmując Carla Lee, reporterzy biegną za wami, kamery szumią, ludzie poklepują cię po plecach, zewsząd słychać gratulacje. Dokładnie wiem, o czym myślisz.

– To po co pytasz?

– Żeby się przekonać, czy się do tego przyznasz.

– Dobra, przyznaję się. Dzięki tej sprawie mogę stać się sławny, a w perspektywie – zarobić milion dolców.

– Jeśli wygrasz.

– Tak, jeśli wygram.

– A jeśli przegrasz?

– Wygram.

– Ale jeśli ci się nie uda?

– Trzeba być optymistą.

Zadzwonił telefon i Jake przez dziesięć minut konferował z wydawcą, właścicielem i jedynym dziennikarzem „Kroniki Clanton". Po chwili znów rozległ się dzwonek i Jake odbył rozmowę z dziennikarzem z gazety porannej z Memphis. Kiedy skończył, zatelefonował do Lestera i Gwen, a potem do majstra z papierni.

Piętnaście po jedenastej telefon znów zadzwonił i po raz pierwszy jakiś anonimowy rozmówca zagroził Jake'owi śmiercią. Nazwał go zakochanym w czarnuchach skurwysynem, który nie pożyje długo, jeśli Carla Lee puszczą wolno.

ROZDZIAŁ 9

We wtorkowy ranek, nazajutrz po strzelaninie w gmachu sądu, Dell Perkins podała więcej kaw i śniadań niż zwykle. Wszyscy stali klienci i nie tylko zeszli się skoro świt, by przejrzeć gazety i porozmawiać o wczorajszych wypadkach, które rozegrały się niespełna sto metrów stąd. U Claude'a i w Tea Shoppe również było tłoczno. Na pierwszej stronie gazety z Tupelo widniało zdjęcie Jake'a, natomiast dzienniki z Memphis i Jackson opublikowały fotografie Cobba i Willarda oraz zdjęcie, na którym uchwycono moment, kiedy ich zwłoki umieszczano w ambulansie. W żadnej nie ukazała się fotografia Carla Lee. Wszystkie trzy dzienniki zdawały szczegółową relację o wydarzeniach ostatnich sześciu dni w Clanton.

W całym mieście panowało powszechne przekonanie, że zabójstwa dokonał Carl Lee, ale wkrótce zaczęły krążyć plotki, że Hailey miał wspólników, a przy jednym stoliku w Tea Shoppe opowiadano sobie nawet o całym gangu rozwścieczonych czarnuchów, którzy przypuścili atak na bezbronnego Cobba i Willarda. Zastępcy szeryfa, bywalcy Coffee Shop, choć nie byli zbyt rozmowni, zdementowali tę pogłoskę i starali się utrzymywać kontrolę nad sytuacją. Looney też należał do stałych klientów baru i wszyscy goście nie ukrywali zaniepokojenia stanem jego zdrowia, tym bardziej że okazało się, iż rana jest poważniejsza, niż początkowo sądzono. Looneya zatrzymano w szpitalu. Złożył formalne oświadczenie, że strzelał do niego brat Lestera Haileya.

Jake pojawił się w barze o szóstej i dosiadł się do kilku farmerów zajmujących miejsca w pobliżu okna. Skinął na powitanie Pratherowi i drugiemu zastępcy, ale udawali, że go nie widzą. Pomyślał, że wszystko wróci do normy po wyjściu Looneya ze szpitala. Padło kilka uwag na temat zdjęcia Jake'a na pierwszej stronie gazety, ale nikt nie wypytywał go o jego nowego klienta ani o wczorajszą strzelaninę. Wyczuł pewien chłód ze strony niektórych stałych gości. Szybko zjadł śniadanie i wyszedł.

O dziewiątej Ethel zameldowała Jake'owi, że dzwoni Bullard.

– Dzień dobry, panie sędzio. Jak się pan czuje?

– Okropnie. Pan reprezentuje Carla Lee Haileya?

– Tak, proszę pana.

– Kiedy chciałby pan, by odbyło się przesłuchanie wstępne?

– Dlaczego mnie pan pyta, panie sędzio?

– Słuszna uwaga. Pogrzeby ofiar odbędą się jutro przed południem i myślę, że najlepiej będzie, jeśli poczekamy, aż pochowają tych łobuzów. A pan?

– Zgadzam się, panie sędzio. Uważam, że to dobry pomysł.

– Jak panu pasuje jutro o drugiej po południu?

– Świetnie.

Bullard zawahał się przez moment.

– Jake, proponuję, by rozważył pan ewentualność zrezygnowania z przesłuchania wstępnego i przekazania sprawy od razu do rozstrzygnięcia przez wielką ławę przysięgłych.

– Panie sędzio, wie pan, że nigdy nie rezygnuję z przesłuchania wstępnego.

– Tak, wiem. Pomyślałem, że może wyświadczy mi pan tę drobną przysługę. Nie będę prowadził procesu i nie mam ochoty być zamieszany w całą tę aferę. Do zobaczenia jutro.

Godzinę później w interkomie znów rozległ się głos Ethel.

– Panie Brigance, przyszli do pana jacyś dziennikarze.

Jake nie posiadał się z radości.

– Skąd są?

– Zdaje się, że z Memphis i Jackson.

– Wprowadź ich do sali konferencyjnej. Zaraz zejdę.

Poprawił krawat, przyczesał włosy i wyjrzał na ulicę, by sprawdzić, czy stoją tam wozy transmisyjne. Postanowił, że każe trochę na siebie poczekać. Po przeprowadzeniu kilku nieistotnych rozmów telefonicznych zszedł na dół i nie patrząc na Ethel, wkroczył do sali konferencyjnej. Z uwagi na oświetlenie poproszono go, by zajął miejsce na końcu długiego stołu. Odmówił, postanawiając sobie w duchu, że to on będzie decydował, i usiadł plecami do półek z grubymi księgami prawniczymi w kosztownych oprawach.

Ustawiono przed nim mikrofony, zmieniono oświetlenie i w końcu bardzo atrakcyjna dziennikarka z Memphis z jaskrawopomarańczowymi smugami na czole i pod oczami odchrząknęła i przystąpiła do pytań.

– Panie Brigance, reprezentuje pan Carla Lee Haileya?

– Tak.

– Pański klient jest podejrzany o zamordowanie Billy'ego Raya Cobba i Pete'a Willarda?

– Zgadza się.

– A Cobb i Willard oskarżeni byli o zgwałcenie córki pana Haileya?

– Tak jest.

– Czy pan Hailey zaprzecza, że zabił Cobba i Willarda?

– Nie przyznał się do tego czynu.

– Czy zostanie również oskarżony o postrzelenie zastępcy szeryfa, pana Looneya?

– Tak. Spodziewamy się trzeciego oskarżenia, o czynną napaść na funkcjonariusza policji przy użyciu niebezpiecznego narzędzia.

– Czy broniąc oskarżonego, będzie się pan powoływał na niepoczytalność sprawcy?

– Nie chciałbym teraz rozmawiać na temat linii obrony, ponieważ mój klient nie został jeszcze formalnie oskarżony.

– Czy chce pan przez to powiedzieć, że istnieje szansa, iż nie zostanie formalnie oskarżony?

Jake właśnie czekał na to pytanie. Wielka ława przysięgłych może podtrzymać oskarżenie albo od niego odstąpić, a jej członkowie zostaną wybrani dopiero wówczas, gdy zakończy się posiedzenie sądu objazdowego, zaplanowane na poniedziałek, 27 maja. To oznaczało, że przyszli członkowie wielkiej ławy przysięgłych chodzili sobie teraz ulicami Clanton, pilnowali swoich sklepów, pracowali w fabrykach, krzątali się po domach, czytali gazety, oglądali telewizję i dyskutowali, czy należy oskarżyć Haileya, czy też nie.

– Tak, uważam, że istnieje spore prawdopodobieństwo, iż nie zostanie oskarżony. Zależy to od decyzji wielkiej ławy przysięgłych, która zostanie zaprzysiężona po zakończeniu przesłuchania wstępnego.

– Na kiedy wyznaczono przesłuchanie wstępne?

– Na jutro, na drugą po południu.

– Czy spodziewa się pan, iż sędzia Bullard przekaże sprawę do rozstrzygnięcia wielkiej ławie przysięgłych?

– Jest to wysoce prawdopodobne – odpowiedział Jake, wiedząc, że Bullard będzie poruszony tą odpowiedzią.

– Kiedy zbierze się wielka ława przysięgłych?

– Nowa wielka ława przysięgłych zostanie zaprzysiężona w poniedziałek rano. Może zająć się tą sprawą jeszcze tego samego dnia po południu.

– Kiedy, według pana przewidywań, rozpocznie się proces?

– Zakładając, że mój klient zostanie formalnie oskarżony, proces może się rozpocząć pod koniec lata albo wczesną jesienią.

– Przed jakim sądem będzie się toczył?

– Przed sądem objazdowym okręgu Ford.

– Kto będzie sędzią?

– Omar Noose.

– Skąd jest pan Noose?

– Z Chester w Missisipi, z okręgu Van Buren.

– Czy to oznacza, że proces odbędzie się w Clanton?

– Tak, jeśli nie ulegnie zmianie właściwość miejscowa sądu.

– Czy będzie się pan domagał zmiany właściwości miejscowej sądu?

– To bardzo dobre pytanie, na które w tej chwili nie jestem w stanie odpowiedzieć. Za wcześnie jeszcze mówić o strategii obrony.

– W jakim celu domagałby się pan zmiany właściwości miejscowej sądu?

Żeby znaleźć okręg z większą liczbą czarnych mieszkańców, pomyślał Jake. Po krótkim namyśle odpowiedział:

– Z oczywistych powodów. Sprawa zyskała rozgłos już przed procesem.

– Kto decyduje o zmianie właściwości miejscowej sądu?

– Sędzia Noose. Decyzja należy wyłącznie do niego.

– Czy ustalono już wysokość kaucji?

– Nie, i prawdopodobnie nie nastąpi to do czasu sporządzenia aktu oskarżenia. Zatrzymany ma prawo domagać się wyznaczenia kaucji w rozsądnej wysokości, ale w naszym okręgu przyjęło się, że w sprawach o przestępstwo zagrożone karą śmierci nie określa się wysokości kaucji przed sporządzeniem formalnego aktu oskarżenia i postawieniem podejrzanego przed sądem okręgowym. Oznacza to, że kaucja zostanie wyznaczona przez sędziego Noose'a.

– Czy może nam pan powiedzieć coś o panu Haileyu?

Jake odprężył się i pomyślał przez chwilę, podczas gdy kamery cały czas pracowały. Kolejna okazja, by zasiać kilka ziarenek.

– Ma trzydzieści siedem lat, jest od dwudziestu lat żonaty z tą samą kobietą. Mają czworo dzieci – trzech chłopców i dziewczynkę. Miły facet z czystą kartoteką. Nigdy przedtem nie popadał w konflikt z prawem. Został odznaczony za udział w wojnie wietnamskiej. Pracuje pięćdziesiąt godzin tygodniowo w papierni w Coleman. Nie zalega z rachunkami, posiada kawałek ziemi. Co niedziela razem z rodziną chodzi do kościoła. Nie wtrąca się w cudze sprawy i chciałby, aby jego też zostawiono w spokoju.

– Czy nie ma pan nic przeciwko temu, byśmy z nim porozmawiali.

– Oczywiście, że mam.

– Czy to nie jego brat kilka lat temu miał sprawę o morderstwo?

– Tak, i został uniewinniony.

– Czy to pan był jego adwokatem?

– Tak.

– Bronił pan już kilku oskarżonych o morderstwo w okręgu Ford, prawda?

– Tak, trzech.

– Ilu z nich uniewinniono?

– Wszystkich trzech – odparł spokojnie.

– Czyżby ława przysięgłych w Missisipi nie dysponowała innymi możliwościami? – spytała dziennikarka z Memphis.

– Owszem, dysponuje. W sprawach o przestępstwa zagrożone karą śmierci przysięgli mogą orzec, że oskarżony jest winien nieumyślnego spowodowania śmierci, co pociąga za sobą karę dwudziestu lat pozbawienia wolności, albo że dopuścił się zabójstwa, i wtedy, w zależności od decyzji ławy przysięgłych, grozi mu dożywotnie więzienie lub kara śmierci. Przysięgli mogą również dojść do wniosku, że oskarżony jest niewinny. – Jake uśmiechnął się do kamery. – Znów zakładają państwo, że mój klient został już formalnie oskarżony.

– Jak się czuje dziewczynka Haileyów?

– Jest już w domu. Wypisano ją ze szpitala w niedzielę.

Dziennikarze spojrzeli po sobie, zastanawiając się, o co by jeszcze zapytać Brigance'a. Jake wiedział, że to niebezpieczny moment, bo gdy reporterzy nie wiedzą, o co jeszcze zapytać, zaczynają wymyślać dziwaczne pytania.

Wstał i zapiął marynarkę.

– Dziękuję państwu za rozmowę. Na ogół staram się znaleźć czas dla dziennikarzy, proszę mnie tylko nieco wcześniej uprzedzić, a z przyjemnością jeszcze się z państwem spotkam.

Podziękowali mu i wyszli.

W środę o dziesiątej rano w miejscowym domu pogrzebowym wyprawiono podwójny pogrzeb ofiar zabójstwa. Młody pastor rozpaczliwie szukał słów pocieszenia, którym mógłby uraczyć nieliczną grupkę żałobników, zebraną nad dwiema trumnami. Nabożeństwo było krótkie, nikt specjalnie nie ronił łez.

Furgonetki i brudne chevrolety ruszyły wolno za karawanem; mała procesja opuściła miasto i skierowała się na wieś. Zaparkowali obok małego kościółka z czerwonej cegły. Ciała złożono na wieczny odpoczynek na przeciwległych krańcach malutkiego, zarośniętego cmentarza. Po kilku dodatkowych wzniosłych słowach pastora żałobnicy opuścili cmentarz.

Rodzice Cobba rozeszli się, kiedy ich syn był jeszcze mały. Ojciec Billy'ego przyjechał na pogrzeb z Birmingham. Zaraz po ceremonii zniknął. Pani Cobb mieszkała w małym, schludnym, drewnianym domku w pobliżu osady Lake Village, piętnaście kilometrów na południe od Clanton. Jej dwaj synowie zebrali się razem z kuzynami i przyjaciółmi na podwórzu pod dębem, podczas gdy kobiety kręciły się koło pani Cobb. Mężczyźni rozmawiali i wspominali dawne czasy, kiedy Murzyni znali swoje miejsce. Teraz władze ich rozpieszczały i chroniły, a biali nic nie mogli na to poradzić. Jeden z kuzynów miał przyjaciela czy kogoś, kto kiedyś aktywnie działał w Ku-
-Klux-Klanie, i oświadczył, że mógłby do niego zadzwonić. Przypomniał, że dziadek Cobba w młodości też należał do Klanu. Kiedy Billy Ray był jeszcze mały, staruszek opowiadał im, jak to w okręgach Ford i Tyler wieszano czarnuchów. Teraz oni powinni zrobić to samo, co ten czarnuch, ale jakoś nie było chętnych. Może sprawą zainteresuje się Klan. Kapituła zbierała się w pobliżu Jackson, niedaleko okręgu Nettles, i kuzyn gotów był się z nią skontaktować.

Kobiety przygotowały lunch. Mężczyźni zjedli w milczeniu, a potem znów powrócili do picia whisky w cieniu drzewa. Ktoś przypomniał, że o drugiej będzie przesłuchanie tego czarnucha. Załadowali się do wozów i pojechali do Clanton.

Istniały dwa różne miasta Clanton – jedno z czasów przed zabójstwem, a drugie z okresu po nim – i miały minąć miesiące, nim różnice między nimi się zatrą. Jedno dramatyczne, krwawe wydarzenie, które trwało niespełna piętnaście sekund, zmieniło spokojne południowe miasteczko, liczące osiem tysięcy mieszkańców, w mekkę dziennikarzy, reporterów, kamerzystów i fotografów. Niektórzy przybyli z sąsiednich miast, inni – z agencji ogólnokrajowych. Kamerzyści i reporterzy telewizyjni wpadali na siebie na chodniku wokół placu, po raz setny pytając przechodniów, co myślą na temat czynu Haileya i jak by głosowali, gdyby zasiadali w ławie przysięgłych. Ludzie nie mieli jeszcze wyrobionego zdania. Wielkie wozy transmisyjne telewizji kręciły się po mieście, razem z małymi importowanymi, opatrzonymi tytułami gazet samochodami dziennikarzy, szukających inspiracji do wstępniaków, reportaży i wywiadów. Na początku ich ulubieńcem był Ozzie. Nazajutrz po strzelaninie kilka razy proszono go wypowiedź dla środków masowego przekazu, aż w końcu wymówił się brakiem czasu i zaczął wszystkich kierować do Mossa Juniora, który ubóstwiał przekomarzać się z dziennikarzami.

Potrafił odpowiedzieć na dwadzieścia pytań i nie wyjawić żadnego istotnego szczegółu. Poza tym dużo zmyślał, a zdezorientowani przybysze z innych stron nie potrafili odróżnić jego łgarstw od prawdy.

– Proszę pana, czy są jakieś dowody na to, że sprawca nie działał sam?
– Tak.
– Naprawdę? Kto był jego wspólnikiem?
– Mamy podstawy sądzić, że zabójstwo było inspirowane i finansowane przez odłam Czarnych Panter – odparł Moss, nie mrugnąwszy nawet okiem.

Połowę dziennikarzy zatkało, patrzyli tępo na Mossa, podczas gdy pozostali powtarzali to, co usłyszeli przed chwilą, notując gorączkowo.

Bullard nie opuszczał gabinetu i nie odbierał telefonów. Ponownie zadzwonił do Jake'a, błagając go, by zrezygnował z przesłuchania wstępnego. Jake odmówił. Reporterzy czekali na sędziego w holu na parterze, ale Bullard skrył się za zamkniętymi drzwiami swego pokoju i dodawał sobie animuszu wódką.

Chciano sfilmować pogrzeb. Bracia Cobba zgodzili się, ale za pieniądze, pani Willard zaś stanowczo sprzeciwiła się tej propozycji. Reporterzy czekali przed domem pogrzebowym i nagrywali wszystko, co się dało. Potem wyruszyli za orszakiem pogrzebowym na cmentarz, utrwalill moment grzebania ciał, a następnie udali się za żałobnikami do domu pani Cobb, gdzie Freddie, najstarszy syn, sklął ich i kazał im się wynieść.

W środę w Coffee Shop panowała niezwykła cisza. Stali goście, nie wyłączając Jake'a, obserwowali obcych, którzy dokonali inwazji na ich sanktuarium. Większość przybyszów nosiła brody, mówiła z dziwnym akcentem i nie zamawiała kaszy z masłem.

– Czy to pan jest adwokatem pana Haileya? – krzyknął jeden z nich z drugiego krańca sali.

Jake w skupieniu jadł grzankę i nic nie odpowiedział.

– Proszę pana! Czy jest pan adwokatem Haileya?
– A nawet jeśli tak, to co? – wybuchnął Jake.
– Czy Hailey przyzna się do winy?
– Teraz jem śniadanie.
– Przyzna się?
– Pozostawiam to pytanie bez komentarza.
– Dlaczego?
– Dlatego.
– Ale dlaczego?
– Bo nie mam zwyczaju omawiać takich spraw przy śniadaniu.
– Czy mogę porozmawiać z panem później?
– Tak, termin spotkania proszę ustalić z moją sekretarką. Liczę sobie sześćdziesiąt dolców za godzinę wywiadu.

Bywalcy baru wrzasnęli z ukontentowaniem, ale obcy nie zwracali na to uwagi.

Jake zgodził się udzielić wywiadu w środę, za darmo, dla gazety z Memphis, a potem zabarykadował się w swoim pokoju sztabowym i zaczął przygotowywać do przesłuchania wstępnego. W południe odwiedził w areszcie swego klienta. Carl Lee był wypoczęty i odprężony. Ze swojej celi widział pojawiające się na parkingu i znikające samochody dziennikarzy.

– Jak tam w areszcie? – spytał Jake.

– Nie najgorzej. Jedzenie niczego sobie. Jadam razem z Ozziem w jego gabinecie.

– Coś takiego!

– Tak. Grywamy też w karty.

– Żartujesz chyba, Carl Lee.

– Nie. Oglądam też telewizję. Wczoraj wieczorem widziałem cię w wiadomościach. Zupełnie dobrze wypadłeś. Zostaniesz dzięki mnie sławny, co, Jake?

Jake nic nie odpowiedział.

– A kiedy pokażą mnie? Ja ich zabiłem, a tymczasem ty i Ozzie zdobywacie sławę. – Uśmiechnął się

– Dziś, mniej więcej za godzinę – poważnie powiedział Jake.

– Tak, słyszałem, że zabierają mnie do sądu. Po co?

– Na przesłuchanie wstępne. To nie będzie nic specjalnego, przynajmniej niczego takiego się nie spodziewam. Tyle tylko, że wkoło będzie mnóstwo kamer.

– Co mam mówić?

– Nic! Do nikogo nie odezwiesz się ani słowem. Ani do sędziego, ani do prokuratora, ani do dziennikarzy, do nikogo. Będziemy tylko słuchać. Wysłuchamy prokuratora, by się zorientować, jakimi dowodami dysponuje. Podobno mają naocznego świadka. Ozzie też będzie zeznawał, powie sędziemu o broni, o odciskach palców i o Looneyu...

– Jak się ma Looney?

– Nie wiem. Gorzej niż się na początku wydawało.

– Mam wyrzuty sumienia z powodu Looneya. Nawet go nie widziałem.

– Oskarżą cię o czynną napaść na Looneya z użyciem broni. Tak czy inaczej, przesłuchanie wstępne to formalność. Ma ono umożliwić sędziemu stwierdzenie, czy są wystarczające dowody, by przekazać twoją sprawę wielkiej ławie przysięgłych. Bullard zawsze tak robi, dlatego w tym przypadku to tylko formalność.

– W takim razie po co nam to wszystko?

– Możemy zrezygnować z przesłuchania wstępnego – odparł Jake, myśląc o tych wszystkich kamerach, przed którymi by nie wystąpił. – Ale nie lubię tego robić. Przesłuchanie wstępne to dobra okazja, by się przekonać, jakie atuty ma oskarżenie.

– Słuchaj, Jake, sprawa jest chyba oczywista, nie?

– Tak. Ale nie zaszkodzi posłuchać. Taką przyjmujemy strategię podczas przesłuchania wstępnego, jasne?

– Nie mam nic przeciwko temu. Rozmawiałeś wczoraj z Gwen lub Lesterem?

– Nie, dzwoniłem do nich w poniedziałek późnym wieczorem.

– Wpadli wczoraj do biura Ozziego. Powiedzieli, że będą dziś w sądzie.

– Myślę, że dziś wszyscy pojawią się w sądzie.

Jake wyszedł. Na parkingu otarł się o kilku reporterów, którzy czekali na wyjazd Carla Lee z aresztu. Nie miał im nic do powiedzenia, podobnie jak tym, którzy czekali przed jego biurem. Nie miał teraz czasu na rozmowy, ale świetnie zdawał sobie sprawę z obecności kamer. O wpół do drugiej poszedł do sądu i ukrył się w bibliotece prawniczej na trzecim piętrze.

Ozzie, Moss Junior i zastępcy szeryfa obserwowali parking i przeklinali pod nosem zgraję reporterów i kamerzystów. Była za piętnaście druga, pora, by przewieźć Carla Lee do sądu.

– Przypominają mi stado sępów czekających na padlinę – zauważył Moss Junior, spoglądając przez żaluzie.

– Najgorzej wychowani ludzie, z jakimi się kiedykolwiek zetknąłem – dodał Prather. – Nie przyjmują do wiadomości odpowiedzi odmownej. Wyobrażają sobie, że będzie wokół nich skakało całe miasto.

– A to jeszcze nie wszyscy – pozostali czekają w gmachu sądu.

Ozzie nie zabierał głosu. W jednej z gazet skrytykowano go za to, co się stało w sądzie, niedwuznacznie dając do zrozumienia, że środki bezpieczeństwa zaniedbano specjalnie. Miał już dosyć dziennikarzy. W środę dwa razy wypraszał reporterów z budynku aresztu.

– Mam pomysł – powiedział.

– Jaki? – spytał Moss Junior.

– Czy Curtis Todd siedzi jeszcze w areszcie?

– Tak. Wychodzi w przyszłym tygodniu.

– Jest podobny do Carla Lee, prawda?

– W jakim sensie?

– No, jest prawie tak samo czarny jak Carl Lee, są mniej więcej tego samego wzrostu i tuszy, no nie?

– Tak, i co z tego? – spytał Prather.

Moss Junior uśmiechnął się i spojrzał na Ozziego, który nie odrywał wzroku od okna.

– Ozzie, nie zrobisz tego.

– Czego? – spytał Prather.

– No, czas na nas. Sprowadźcie Carla Lee i Curtisa Todda – polecił Ozzie. – Podstaw mój wóz przed tylne wejście. Dajcie mi tu na chwilę Todda.

Dziesięć minut później drzwi frontowe aresztu otworzyły się i kilku zastępców szeryfa wyprowadziło aresztowanego. Dwóch policjantów szło z przodu, dwóch z tyłu i po jednym z obu stron mężczyzny w okularach przeciwsłonecznych, z kajdankami na rękach. Kiedy grupa znalazła się w pobliżu dziennikarzy, dało się słyszeć szum kamer i pstrykanie aparatów fotograficznych. Rozległy się pytania:

– Czy przyzna sie pan do winy?

– Czy nie przyzna się pan do winy?

– Czy przyzna się pan?

– Panie Hailey, czy będzie pan utrzymywał, że był pan niepoczytalny?

Aresztant uśmiechał się i wolno kroczył chodnikiem w stronę czekającego wozu policyjnego. Zastępcy szeryfa eskortowali go z ponurymi minami, nie zwracając uwagi na tłum dziennikarzy. Fotoreporterzy uwijali się, próbując uzyskać najlepsze ujęcie najsłynniejszego w tej chwili aresztanta w kraju.

Nagle, na oczach całego narodu, mimo że otaczali go zewsząd zastępcy szeryfa, choć dziesiątki reporterów rejestrowały każdy jego krok, aresztant wyrwał się i zaczął uciekać. Szarpnął się, podskoczył, obrócił, skulił i pobiegł jak szalony przez parking, przesadził rów, przeciął szosę, dotarł do skupiska drzew i zniknął z oczu. Reporterzy zaczęli krzyczeć, złamali szeregi, kilku z nich przez moment próbowało go nawet gonić. Najdziwniejsze jednak było to, że zastępcy szeryfa jak gdyby nigdy nic wrócili do gmachu aresztu i zatrzasnęli za sobą drzwi, pozostawiając dziennikarzy krążących wkoło niczym sępy. W lesie więzień zdjął sobie kajdanki i udał się do domu. Curtis Todd został zwolniony warunkowo tydzień wcześniej.

W tym czasie Ozzie, Moss Junior i Carl Lee szybko wyszli tylnymi drzwiami i pojechali boczną uliczką do gmachu sądu, gdzie czekali już inni zastępcy szeryfa, by odeskortować aresztanta na salę sądową.

– Ilu przyszło czarnych? – wrzasnął Bullard do pana Pate.

– Mnóstwo.

– Wspaniale! Mnóstwo czarnych. Spodziewam się, że zjawiło się również mnóstwo białych?

– Przyszło ich trochę.

– Czy sala sądowa jest pełna?

– Wypełniona do ostatniego miejsca.

– Mój Boże, a to przecież dopiero przesłuchanie wstępne! – zakrzyknął Bullard. Dokończył ćwiartkę wódki, a woźny podał mu następną.

– Proszę się uspokoić, panie sędzio.

– To wszystko wina tego Brigance'a. Gdyby tylko chciał, mógłby zrezygnować z przesłuchania wstępnego. Prosiłem go o to. Dwa razy go prosiłem. Wie, że przekażę sprawę wielkiej ławie przysięgłych. Wszyscy prawnicy o tym wiedzą. A teraz doprowadzę do wściekłości wszystkich czarnuchów, bo nie puszczę go wolno, i wszystkich białych, bo nie każę go z miejsca powiesić. Ale Brigance mi za wszystko zapłaci. Chce się popisywać przed kamerami. Tymczasem ja muszę się martwić, by mnie ponownie wybrali na sędziego, prawda?

– Prawda, panie sędzio.

– Ilu funkcjonariuszy policji jest na sali?

– Masa. Szeryf wezwał rezerwy stanowe. Nic panu nie grozi.

– A co z dziennikarzami?

– Zajęli miejsca w pierwszym rzędzie.

– Tylko żadnych kamer!

– Tak jest, żadnych kamer.

– Czy jest już Hailey?

– Tak, proszę pana. Siedzi na sali razem z Brigance'em. Wszyscy już są, czekają tylko na pana.

Pan sędzia nalał sobie do plastikowego kubeczka wódkę.

– Dobra, idziemy.

Tak jak w dawnych czasach, jeszcze nim nastały lata sześćdziesiąte, na sali rozpraw panowała pełna segregacja, biali siedzieli po jednej stronie głównego przejścia, a czarni – po drugiej. Policjanci stali w przejściu i pod ścianami sali sądowej. Szczególną uwagę zwracali na grupkę lekko podchmielonych białych, siedzących w dwóch rzędach na samym przodzie. Rozpoznano wśród nich braci i kuzynów zmarłego Billy'ego Raya Cobba. Obserwowano ich uważnie. Dwa pierwsze rzędy zajmowało kilkunastu dziennikarzy. Niektórzy robili jakieś notatki, inni sporządzali rysunki oskarżonego, jego adwokata, a teraz również sędziego.

– Wykreują tego czarnucha na bohatera – mruknął jeden z białych, na tyle głośno, by usłyszeli go reporterzy.

Kiedy Bullard zajął swoje miejsce, zastępcy szeryfa zamknęli drzwi na końcu sali.

– Proszę wezwać swojego pierwszego świadka – rzucił sędzia w stronę Rocky'ego Childersa.

– Wzywam szeryfa Ozziego Wallsa.

Zaprzysiężono szeryfa i zaprowadzono go na miejsce dla świadków. Rozsiadł się wygodnie i rozpoczął szczegółową relację, w której opisał miejsce strzelaniny, ofiary, obrażenia, jakich doznali, użytą broń, odciski palców na broni i odciski palców zatrzymanego. Childers przedstawił oświadczenie Looneya złożone w obecności szeryfa i Mossa Juniora. Ozzie potwierdził prawdziwość podpisu Looneya i odczytał dokument, w którym Looney stwierdzał, że w strzelającym rozpoznał Carla Lee.

– Panie szeryfie, czy wiadomo panu coś o innych naocznych świadkach tego wydarzenia? – spytał Childers bez entuzjazmu w głosie.

– Tak. Wszystko widział Murphy, dozorca.

– Jak brzmi jego pełne imię i nazwisko?

– Nikt tego nie wie. To po prostu Murphy.

– Dobrze. Czy rozmawiał pan z nim?

– Nie, ale odbył z nim rozmowę mój oficer dochodzeniowy.

– Kto jest pańskim oficerem dochodzeniowym?

– Rady.

Zaprzysiężono Rady'ego i posadzono na krześle dla świadków. Woźny przyniósł sędziemu kubeczek zimnej wody z jego pokoju. Jake zapisał w notatniku już kilka stron. Nie będzie wzywał żadnych świadków. Niekiedy świadkowie oskarżenia, występujący podczas przesłuchania wstępnego, plątali się w swych kłamstwach. Jake pytał ich wtedy tak, by uwypuklić rozbieżności występujące w ich relacji. Później, podczas procesu, kiedy znów przyłapał kogoś na kłamstwie, prosił o odczytanie treści ich zeznań podczas przesłuchania wstępnego, czym wprawiał nieszczęśników w jeszcze większe zakłopotanie. Ale dziś postanowił powstrzymać się od zadawania pytań świadkom.

– Proszę pana, czy miał pan okazję rozmawiać z Murphym? – spytał Childers.

– Z jakim Murphym?

– Nie wiem… po prostu z Murphym, dozorcą.

– Ach, z nim. Tak, proszę pana.

– Dobrze. Co panu powiedział?

– O czym?

Childers spuścił głowę. Rady był nowicjuszem i zaledwie parę razy występował w charakterze świadka. Ozzie uważał, że nadarza się dobra okazja, by nabrał wprawy.

– O strzelaninie! Proszę nam powiedzieć, co panu mówił o strzelaninie w gmachu sądu.

Jake wstał.

– Wysoki Sądzie, zgłaszam sprzeciw. Wiem, że podczas przesłuchań wstępnych dopuszcza się dowody ze słyszenia, ale Murphy może osobiście stawić się w tej sali. Pracuje na miejscu, w gmachu sądu. Dlaczego nie powołano go na świadka?

– Bo się jąka – odparł Bullard.

– Co takiego?

– Zacina się. A nie chcę przez następne pół godziny słuchać jego jąkania. Odrzucam sprzeciw. Proszę kontynuować, panie Childers.

Jake usiadł, nie wierząc własnym uszom. Bullard pstryknął na woźnego, który wyszedł po następny kubeczek zimnej wody.

– A więc, panie Rady, co Murphy powiedział panu na temat strzelaniny?

– Cóż, trudno go było zrozumieć, bo był bardzo podniecony, a w takim stanie zacina się jeszcze bardziej. Chciałem powiedzieć, że zawsze się jąka, ale…

– Proszę nam zrelacjonować, czego się pan od niego dowiedział! – krzyknął Bullard.

– Dobrze. Powiedział, że widział Murzyna strzelającego do dwóch białych i zastępcy szeryfa.

– Dziękuję – powiedział Childers. – Gdzie był podczas tego zdarzenia?

– Kto?

– Murphy!

– Siedział na schodach naprzeciwko klatki schodowej, gdzie doszło do strzelaniny.

– I wszystko widział?

– Powiedział, że tak.

– Czy rozpoznał strzelającego?

– Tak, pokazaliśmy mu zdjęcia dziesięciu Murzynów i rozpoznał siedzącego tu oto oskarżonego.

– Dobrze. Dziękuję. Wysoki Sądzie, to wszystko.

– Czy ma pan jakieś pytania, panie Brigance? – spytał sędzia.

– Nie, Wysoki Sądzie – powiedział Jake, wstając.

– Czy chce pan przedstawić jakichś świadków?

– Nie, Wysoki Sądzie.

– Ma pan jakieś życzenia, wnioski, cokolwiek?

– Nie, Wysoki Sądzie.

Jake wiedział, że lepiej nie występować z wnioskiem o wyznaczenie kaucji. Po pierwsze, i tak na nic by się to nie zdało. Bullard nie wyznaczy kaucji na podejrzanego o przestępstwo zagrożone karą śmierci. Po drugie, tylko zaszkodziłby tym sędziemu w oczach części mieszkańców.

– Dziękuję panu, panie Brigance. Sąd stwierdza, że istnieją wystarczające podstawy, by sprawę przekazać do rozstrzygnięcia wielkiej ławie przysięgłych okręgu Ford. Pan Hailey pozostanie w areszcie, nie wyznacza się kaucji. Zarządzam przerwę w obradach sądu.

Carlowi Lee szybko założono kajdanki i wyprowadzono z sali rozpraw. Teren wokół tylnego wyjścia był otoczony i pilnie strzeżony. Umieszczone na zewnątrz kamery uchwyciły moment, gdy oskarżonego prowadzono do czekającego wozu policyjnego. Zanim publiczność opuściła salę sądową, Hailey był już w areszcie.

Zastępcy szeryfa polecili, by najpierw wyszli biali, a dopiero po nich – czarni.

Reporterzy zwrócili się do Jake'a o kilka słów komentarza. Poprosił, by się zebrali w rotundzie. Postanowił, że każe im trochę na siebie poczekać. Najpierw zajrzał do pokoju sędziego i przekazał Bullardowi wyrazy poważania. Potem udał się na drugie piętro, by sprawdzić coś w książce. Kiedy budynek sądu opustoszał i Jake uznał, że dziennikarze już dosyć się na niego naczekali, przeszedł przez tylne drzwi i skierował się do rotundy, by stanąć przed kamerami.

Podsunięto mu pod nos mikrofon z czerwonymi literami stacji telewizyjnej.

– Dlaczego nie wystąpił pan o wyznaczenie kaucji? – spytał dziennikarz.

– Mamy jeszcze na to czas.

– Czy obrona wystąpi z wnioskiem o uznanie pana Haileya za niepoczytalnego?

– Jak już mówiłem, za wcześnie jeszcze, by odpowiedzieć na to pytanie. Musimy zaczekać na decyzję wielkiej ławy przysięgłych – może mój klient wcale nie zostanie postawiony w stan oskarżenia. Jeśli będzie oskarżony, wtedy zaczniemy opracowywać strategię obrony.

– Pan Buckley, prokurator okręgowy, stwierdził, że spodziewa się wyroku skazującego. Jak by pan to skomentował?

– Obawiam się, że pan Buckley często wygłasza opinie, których nie powinien rozpowszechniać. To nierozsądne z jego strony zabierać głos w sprawie, która nie została jeszcze rozpatrzona przez wielką ławę przysięgłych.

– Powiedział również, iż zdecydowanie sprzeciwi się żądaniu zmiany właściwości miejscowej sądu.

– Nikt jeszcze z takim wnioskiem nie wystąpił. Panu Buckleyowi jest właściwie obojętne, gdzie toczy się proces. Może to mieć miejsce nawet na pustyni, pod warunkiem że przybędą tam przedstawiciele prasy.

– Czy można powiedzieć, że między panem i prokuratorem okręgowym istnieją animozje?

– Możecie sobie państwo myśleć, co chcecie. Pan Buckley jest dobrym prokuratorem i godnym przeciwnikiem. Tyle tylko, że mówi wtedy, kiedy powinien milczeć.

Odpowiedział jeszcze na kilka różnych pytań, po czym przeprosił dziennikarzy i opuścił gmach sądu.

W środę, późnym wieczorem, lekarze amputowali Looneyowi nogę poniżej kolana. Zadzwonili do Ozziego do biura, a ten przekazał tę wiadomość Carlowi Lee.

ROZDZIAŁ 10

Rufus Buckley przejrzał poranną prasę i z wielkim zainteresowaniem przeczytał relację z przesłuchania wstępnego w okręgu Ford. Pękał z dumy, widząc swoje nazwisko, wymienione przez reporterów i adwokata. Fakt, że ton wypowiedzi był lekceważący, nie miał znaczenia, najważniejsze, że o im wspomniano. Nie lubił Brigance'a, ale cieszyło go, że Jake mówił o nim przed kamerami. Przez dwa dni prasa całą uwagę poświęcała Brigance'owi i oskarżonemu; najwyższy czas, by napomknięto o prokuratorze okręgowym. Brigance nie powinien nikogo krytykować za szukanie rozgłosu. Lucien Wilbanks napisał książkę na temat manipulowania prasą, zarówno przed procesem, jak i w czasie jego trwania, i dobrze wyszkolił Jake'a. Ale Buckley nie żywił do Brigance'a urazy. Rozkoszował się myślą o długim, trudnym procesie, podczas którego po raz pierwszy będzie miał okazję zaprezentować w pełni swoje możliwości. Nie mógł się już doczekać poniedziałku, pierwszego dnia majowej sesji sądu w okręgu Ford.

Miał czterdzieści jeden lat i kiedy dziewięć lat temu wybrano go po raz pierwszy, był najmłodszym prokuratorem okręgowym w Missisipi. Sprawował swój urząd trzecią kadencję i ambicja nie dawała mu spokoju. Nadszedł czas, by objąć inne stanowisko publiczne, na przykład prokuratora generalnego, a może nawet gubernatora. A potem wejść do Kongresu. Wszystko już sobie zaplanował, sęk w tym, że nie znano go poza Dwudziestym Drugim Okręgiem Sądowym, obejmującym okręgi Ford, Tyler, Polk, Van Buren i Milburn. Ludzie powinni więcej o nim słyszeć i częściej go widzieć. Potrzebny mu był rozgłos. A najbardziej przydałby się Rufusowi wielki, kontrowersyjny, dobrze nagłośniony proces o morderstwo, zakończony wyrokiem skazującym.

Okręg Ford leżał na północ od Smithfield, stolicy okręgu Polk, gdzie mieszkał Rufus. Wychował się w okręgu Tyler, w pobliżu Tennessee, na północ od okręgu Ford. Miał niezłą pozycję wyjściową do kariery politycznej. Był dobrym prokuratorem. Podczas wyborów przechwalał się, że w dziewięćdziesięciu przypadkach na sto uzyskuje wyrok skazujący i wysłał więcej ludzi do celi śmierci niż jakikolwiek inny prokurator w całym stanie. Był hałaśliwy, napastliwy, świętoszkowaty. Reprezentował społeczeństwo stanu Missisipi i poważnie traktował swoje posłannictwo. Ludzie czuli wstręt do zbrodni, on także czuł wstręt do zbrodni i wspólnymi siłami mogli je wyeliminować.

Potrafił przemawiać do ławy przysięgłych; och, jak potrafił! Umiał prawić kazanie, modlić się, przekonywać, prosić, błagać. Udawało mu się rozpalić przysięgłych do tego stopnia, że wprost trudno im się było doczekać, kiedy rozpoczną obrady i głosowanie, a następnie wrócą na salę rozpraw z postronkiem, na którym zawiśnie oskarżony. Wiedział, jak trafić do przekonania i czarnym, i białym, i to wystarczało, by zadowolić większość przysięgłych w Dwudziestym Drugim Okręgu. A w okręgu Ford przysięgli zawsze byli mu przychylni. Lubił Clanton.

Kiedy Rufus pojawił się w swoim biurze w gmachu sądu okręgu Polk, z radością spostrzegł czekającą na niego w recepcji ekipę z telewizji. Spoglądając na zegarek, wyjaśnił, że jest bardzo zajęty, ale znajdzie chwilkę, by odpowiedzieć na kilka pytań.

Zaprosił ich do gabinetu i zasiadł w skórzanym fotelu obrotowym za biurkiem. Reporter z Jackson przystąpił do zadawania pytań:

– Panie Buckley, czy współczuje pan Haileyowi?

Uśmiechnął się niewyraźnie, najwidoczniej głęboko pogrążony w myślach.

– Tak. Żywię współczucie dla każdego rodzica, któremu zgwałcono dziecko. Stwierdzam to z największym przekonaniem. Ale nie mogę się zgodzić na samosądy, i nasz system prawny też tego nie toleruje.

– Czy jest pan ojcem?

Tak. Mam synka i dwie córki, jedną w wieku dziewczynki Haileyów; doznałbym głębokiego wstrząsu, gdyby jedna z moich córek została zgwałcona. Ale wierzyłbym, że nasz wymiar sprawiedliwości szybko rozprawi się z gwałcicielem. Żywię całkowite zaufanie do naszego systemu prawnego.

– A więc przewiduje pan, że Hailey zostanie skazany?

– Oczywiście. Zazwyczaj uzyskuję wyrok skazujący, jeśli o taki występuję, a w tym procesie będę domagał się wyroku skazującego.

– Czy zażąda pan kary śmierci?

– Tak, odnoszę wrażenie, że mamy tutaj do czynienia z klasycznym morderstwem z premedytacją. Uważam, że komora gazowa będzie w tym wypadku całkowicie usprawiedliwiona.

– Czy spodziewa się pan skazującego werdyktu przysięgłych?

– Naturalnie. Sędziowie przysięgli z okręgu Ford zawsze orzekają karę śmierci, kiedy występuję z takim wnioskiem i kiedy jest on uzasadniony. Mamy tam bardzo dobrych przysięgłych.

– Pan Brigance, adwokat oskarżonego, oświadczył, że wielka ława przysięgłych może odstąpić od formalnego oskarżenia jego klienta.

Buckley zaśmiał się cicho.

– Cóż, pan Brigance nie jest chyba aż taki naiwny. Sprawa zostanie przedstawiona wielkiej ławie przysięgłych w poniedziałek i jeszcze tego samego dnia po południu będziemy mieli formalną decyzję o oskarżeniu zatrzymanego. Ręczę za to głową. I pan Brigance też dobrze o tym wie.

– Myśli pan, że proces odbędzie się w okręgu Ford?

– Obojętne mi, gdzie się odbędzie. I tak zakończy się wyrokiem skazującym.

– Czy spodziewa się pan, iż obrona wystąpi z wnioskiem o uznanie sprawcy za niepoczytalnego?

– Wszystko możliwe. Pan Brigance dał się już poznać jako bardzo zdolny adwokat w procesach karnych. Nie wiem, jaką przyjmie linię obrony, ale na wszystko będziemy mieli gotowe kontrargumenty.

– Czy bierze pan pod uwagę ugodę w wyniku przyznania się oskarżonego do winy?

– Nie bardzo wierzę w negocjacje między stronami. Podobnie zresztą jak Brigance. Nie spodziewam się takiego obrotu sprawy.

– Pan Brigance powiedział, że jeszcze nigdy nie przegrał z panem procesu o morderstwo.

W jednej chwili uśmiech z twarzy Buckleya zniknął. Pochylił się do przodu i spojrzał nieprzyjemnie na dziennikarza.

– To prawda, ale założę się, że nie wspomniał o rozbojach z bronią w ręku ani o wielkich kradzieżach, prawda? Ja też mam na swoim koncie zwycięstwa. Żeby nie być gołosłownym, przypomnę, że wygrałem dziewięćdziesiąt procent spraw, w których byłem oskarżycielem.

Wyłączono kamerę i dziennikarz podziękował Buckleyowi za poświęcony im czas. Żaden problem, odparł Buckley. Zawsze z największą przyjemnością rozmawia z dziennikarzami.

Ethel wdrapała się po schodach i stanęła przed ogromnym biurkiem Jake'a.

– Panie Brigance, ja i mój mąż odebraliśmy wczoraj wieczorem obrzydliwy telefon, a przed chwilą podobny przyjęłam w biurze. Nie podoba mi się to wszystko.

Wskazał jej krzesło.

– Siadaj, Ethel.

– Właściwie nie wymyślali nam, tylko grozili. Grozili dlatego, że u pana pracuję. Powiedzieli, że pożałuję, iż pracuję dla czarnuchów. Ten, który dzwonił tutaj, groził, że zrobi krzywdę panu i pańskiej rodzinie. Zwyczajnie się boję.

Jake był również zaniepokojony, ale wobec Ethel nie okazał tego, a jedynie wzruszył ramionami. Już w środę zadzwonił do Ozziego i poinformował go o tych telefonach.

– Zmień numer, Ethel. Pokryję koszty.

– Nie chcę zmieniać numeru. Mamy go od siedemnastu lat.

– Zrobisz, jak będziesz chciała. Ale nieraz zmieniałem swój numer domowy, to nic wielkiego.

– Ale ja nie chcę.

– Świetnie. Co jeszcze?

– Myślę, że nie powinien pan podejmować się obrony w tej sprawie. Myślę, że…

– Nie obchodzi mnie, co myślisz! Nie płacę ci za to, żebyś myślała o moich sprawach. Jeśli będę chciał poznać twoją opinię, zapytam cię. Póki cię nie pytam, siedź cicho.

Żachnęła się i wyszła. Jake ponownie zadzwonił do Ozziego.

Godzinę później w interkomie znów rozległ się głos Ethel.

– Dziś rano dzwonił Lucien. Prosił, by mu zrobić dossier kilku ostatnich spraw. Chce, by mu je pan dostarczył dziś po południu. Powiedział, że minęło już pięć tygodni od pana ostatniej wizyty.

– Cztery. Przygotuj dossier, zawiozę mu je.

Lucien raz w miesiącu wpadał do biura lub dzwonił. Zapoznawał się z aktami spraw i bieżącymi wydarzeniami sądowymi. Poza piciem whisky i graniem na giełdzie (jedno i drugie czynił lekkomyślnie) nie miał nic więcej do roboty. Był pijakiem, większość czasu spędzał, sącząc alkohol i przeglądając akta spraw na werandzie swego wielkiego, białego domu na wzgórzu, z widokiem na Clanton, osiem przecznic od placu.

Wyraźnie podupadł na zdrowiu od czasu skreślenia go z listy adwokatów. Zatrudniona na pełny etat pokojówka pełniła również rolę pielęgniarki. Od południa do północy przynosiła mu na werandę drinki. Mało spał, niewiele jadł, całymi godzinami bujał się w fotelu.

Jake odwiedzał go przynajmniej raz w miesiącu. Składał mu te wizyty w pewnym sensie z dużego poczucia obowiązku. Lucien stał się zgorzkniałym, schorowanym starcem, który przeklinał prawników, sędziów, a szczególnie Stanowe Stowarzyszenie Adwokatów. Jake był jego jedynym przyjacielem i słuchaczem, którego potrafił zatrzymać przy sobie wystarczająco długo, by wygłosić swe monologi. Oprócz prawienia kazań, bezpłatnie i z własnej woli udzielał Jake'owi porad w sprawach, które ten prowadził, co było czasami niezwykle irytujące. Wiedział wszystko o jego klientach. Jake zachodził czasem w głowę, skąd tamten wie aż tak dużo. Rzadko widywano go w centrum czy w innych częściach Clanton, często bywał tylko w sklepie w dzielnicy czarnych.

Jake zaparkował saaba za brudnym, poobijanym porsche i wręczył akta sprawy Lucienowi. Nie było żadnego „dzień dobry" czy innych słów powitania, po prostu dał Lucienowi dokumenty. Usiedli w wiklinowych fotelach bujanych na długiej werandzie i spoglądali na Clanton. Ostatnie piętro gmachu sądu górowało nad innymi budynkami i drzewami wokół placu.

Lucien zaproponował mu kolejno whisky, wino i piwo. Jake podziękował. Carla nie lubiła, gdy pił, i Lucien dobrze o tym wiedział.

– Moje gratulacje.

- Z jakiego powodu? – spytał Jake.
- Sprawy Haileya.
- Dlaczego mi gratulujesz?
- Nigdy nie prowadziłem takiej wielkiej sprawy, choć broniłem w paru sławnych procesach.
- Pod jakim względem sławnych?
- Po prostu sławnych. Właśnie na tym to wszystko polega, Jake. Jeśli cię nie znają, przymierasz głodem. Kiedy ludzie popadają w tarapaty, dzwonią do adwokata, ale do takiego, o którym słyszeli. Jeśli nie obsługujesz firm, musisz umieć się ludziom sprzedać. Oczywiście zupełnie co innego, jeśli pracujesz dla wielkiej spółki akcyjnej lub agencji ubezpieczeniowej. Wtedy siedzisz na tyłku i liczysz sobie stówkę za godzinę, po dziesięć godzin dziennie, machając ręką na zwykłych ludzi i...
- Lucien – przerwał mu cicho Jake – mówiliśmy już o tym wiele razy. Porozmawiajmy o sprawie Haileya.
- Dobrze już, dobrze. Mogę się założyć, że Noose odmówi zmiany właściwości miejscowej sądu.
- A kto powiedział, że wystąpię z takim wnioskiem?
- Byłbyś głupcem, gdybyś tego nie zrobił.
- Dlaczego?
- Zajrzyj tylko do rocznika statystycznego! W naszym okręgu ludność murzyńska stanowi dwadzieścia sześć procent mieszkańców. W każdym innym z okręgów w Dwudziestym Drugim Okręgu Sądowym jest przynajmniej trzydzieści procent czarnych, w Van Buren nawet czterdzieści procent. To oznacza więcej czarnych przysięgłych, potencjalnych przysięgłych. Jeśli proces zostanie przeniesiony gdzie indziej, będziesz miał większe szanse na czarnych w ławie przysięgłych. Jeśli proces odbędzie się tutaj, ryzykujesz, że wystąpisz przed białymi przysięgłymi, a wierz mi, dosyć już napatrzyłem się w tym okręgu na ławy przysięgłych składające się tylko z białych. Wystarczy ci jeden czarny, który nie podzieli zdania większości przysięgłych, by uzyskać unieważnienie procesu.
- Ale wtedy będzie ponowna rozprawa.
- Wtedy znów doprowadź do takiej samej sytuacji. Po trzech próbach się poddadzą. Sąd przysięgłych, który nie osiągnął jednomyślności, to dla Buckleya to samo co przegrana. Po trzeciej rozprawie zrezygnuje.
- Może po prostu powiem Noose'owi, że chcę, by przeniesiono rozprawę do bardziej czarnego okręgu, żebym miał szansę na więcej czarnych wśród przysięgłych.
- Możesz, jeśli chcesz, ale na twoim miejscu bym tego nie robił. Powołałbym się na zwykłe bzdury – o rozgłosie, jaką zyskała sprawa przed procesem, uprzedzeniu miejscowej ludności i tak dalej.

- Chyba nie myślisz, że Noose to kupi.
- Nie. Ta sprawa już zrobiła się głośna, a będzie jeszcze głośniejsza. We wszystko włączyła się prasa i już rozpoczęła proces. Wszyscy, i to nie tylko w okręgu Ford, słyszeli o tym, co zrobił Hailey. W całym stanie nie znajdziesz osoby, która już z góry nie wyrobiła sobie opinii na temat winy lub niewinności oskarżonego. Po co w takim razie przenosić ją gdzie indziej?
- Dlaczego więc każesz mi wystąpić z takim wnioskiem?
- Bo kiedy ten biedak zostanie skazany, będzie ci potrzebny jakiś argument, żeby móc się odwołać od wyroku. Możesz twierdzić, że nie wyrażając zgody na zmianę właściwości miejscowej sądu, odmówiono mu uczciwego procesu.
- Dzięki za wiarę w moje możliwości. Jakie są szanse przeniesienia procesu do innego okręgu sądowego, na przykład gdzieś w delcie rzeki?
- Zapomnij o tym. Możesz wystąpić o zmianę właściwości miejscowej sądu, ale nie możesz żądać, by rozprawa odbyła się w jakimś konkretnym miejscu.

Jake nie wiedział o tym. Podczas tych wizyt zawsze się czegoś uczył. Skinął głową i przyjrzał się uważnie starcowi z długą, brudną, siwą brodą. Jeszcze się nie zdarzyło, by zabił Lucienowi klina, jeśli chodziło o prawo karne.

- Sallie! - wrzasnął Lucien, wyrzucając w krzaki resztki kostek lodu.
- Kto to jest Sallie?
- Moja pokojówka - odpowiedział. Wysoka, atrakcyjna Murzynka otworzyła drzwi na werandę i uśmiechnęła się do Jake'a.
- Słucham, Lucien? - zwróciła się do Wilbanksa.
- Napełnij mi kieliszek.

Z gracją przeszła wzdłuż werandy i wzięła jego kieliszek. Nie miała jeszcze trzydziestu lat, była zgrabna, ładna i bardzo ciemna. Jake poprosił o mrożoną herbatę.

- Skąd ją wytrzasnąłeś? - spytał.

Lucien gapił się na gmach sądu.

- Skąd ją wytrzasnąłeś?
- Nie wiem.
- Ile ma lat?

Lucien milczał.

- Mieszka tu?

Żadnej odpowiedzi.

- Ile jej płacisz?
- A co cię to obchodzi? Więcej niż ty płacisz Ethel. Wiedz, że jest też pielęgniarką.

Pewnie, pomyślał Jake, uśmiechając się nieznacznie.

- Założę się, że może się poszczycić wieloma umiejętnościami.

99

- Już ty się o to nie martw.
- Widzę, że niezbyt wierzysz w moje szanse uzyskania uniewinnienia Haileya.

Lucien zastanowił się przez moment. Pokojówka-pielęgniarka wróciła, niosąc whisky i herbatę.

- Zgadza się. To będzie trudne.
- Dlaczego?
- Wygląda to na zbrodnię z premedytacją. Z tego co wiem, wszystko zostało z góry zaplanowane. Mam rację?
- Tak.
- Jestem pewny, że wystąpisz z wnioskiem o uznanie go za niepoczytalnego.
- Nie wiem jeszcze.
- Musisz tak zrobić. – Lucien przybrał mentorski ton. – Nie można przyjąć innej linii obrony. Nie możesz twierdzić, że był to wypadek. Nie da się też powiedzieć, że zastrzelił tych skutych w kajdanki i nieuzbrojonych chłopaków, działając w obronie własnej!
- To prawda.
- Nie stworzysz mu alibi i nie wmówisz przysięgłym, że był w tym czasie w domu, razem ze swą rodziną.
- Pewnie, że nie.
- W takim razie, co ci pozostaje? Musisz utrzymywać, że oszalał!
- Ależ Lucien, wiesz, że był przy zdrowych zmysłach i nigdzie nie znajdę psychiatry, który orzeknie, że jest inaczej. Hailey skrupulatnie, w najdrobniejszych szczegółach, wszystko sobie zaplanował.

Lucien uśmiechnął się i pociągnął łyk.

- I dlatego wpadłeś w tarapaty, mój drogi chłopcze.

Jake odstawił herbatę na stół i zaczął się wolno bujać. Lucien delektował się tą chwilą.

- Dlatego wpadłeś w tarapaty... – powtórzył.
- A przysięgli? Wiesz, że będą mu współczuli.
- I właśnie dlatego musisz powołać się na niepoczytalność. Musisz dać przysięgłym jakąś furtkę. Musisz dostarczyć im jakiegoś pretekstu, by mogli orzec, że jest niewinny. Musisz obrać taką linię obrony, by – jeśli okażą mu współczucie i będą go chcieli uniewinnić – mieli taką możliwość. Nieważne, czy uwierzą w te bzdury na temat niepoczytalności. Podczas obrad przysięgłych to się w ogóle nie liczy. Ważne, by mieli podstawę do uniewinnienia go, oczywiście przy założeniu, że zechcą go uniewinnić.
- A czy zechcą?
- Niektórzy tak, choć pamiętaj, że Buckley przedstawi to jako oczywiste zabójstwo z premedytacją. Jest dobry. Pod wpływem jego słów całe ich

współczucie dla oskarżonego zniknie. Kiedy Buckley przystąpi do akcji, Hailey stanie się kolejnym czarnym oskarżonym o zabicie białego.

Lucien poruszył szklanką, kostki lodu zagrzechotały. Zapatrzył się na brązowy płyn.

– Mamy jeszcze tego zastępcę szeryfa. Napaść z zamiarem zabicia stróża porządku zagrożona jest dożywociem, bez możliwości zwolnienia warunkowego. Pomyśl, co z tym fantem zrobić.

– Było to działanie niezamierzone.

– Wspaniale. Zabrzmi to niezwykle przekonująco, gdy to biedaczysko dokuśtyka do miejsca dla świadków i pokaże swój kikut.

– Kikut?

– Tak, kikut. Wczoraj wieczorem amputowano mu nogę.

– Looneyowi?

– Tak, temu samemu, do którego strzelał pan Hailey.

– Myślałem, że nic mu nie będzie.

– Och, czuje się świetnie. Tyle tylko, że nie ma jednej nogi.

– Skąd wiesz?

– Mam swoje źródła informacji.

Jake przeszedł na skraj werandy i oparł się o kolumnę. Był zdruzgotany. Znów przez Luciena stracił całą pewność siebie. Wilbanks był mistrzem w wyszukiwaniu słabych punktów w każdej sprawie, w której bronił Jake. Traktował to jak zabawę, ale zazwyczaj miał rację.

– Słuchaj, Jake, nie chciałem, by zabrzmiało to tak beznadziejnie. Tę sprawę można wygrać – nie będzie to łatwe, ale jest zupełnie możliwe. Potrafisz go wybronić, ale musisz uwierzyć w siebie. Nie bądź tylko zbyt zarozumiały. Na razie już dosyć powiedziałeś dziennikarzom. Daj sobie teraz z nimi spokój i zabierz się do roboty.

Lucien podszedł na skraj werandy i splunął w stronę zarośli.

– Ani przez chwilę nie zapominaj, że Hailey jest winny, winny jak sto diabłów. Podobnie zresztą, jak większość oskarżonych w sprawach karnych. Postanowił wyręczyć wymiar sprawiedliwości i zamordował dwóch ludzi. Wszystko sobie drobiazgowo zaplanował. Nasze prawodawstwo nie akceptuje wymierzania kary na własną rękę. Możesz wygrać tę sprawę, i jeśli ci się to uda, sprawiedliwość zatriumfuje. Ale jeśli przegrasz, będzie to również oznaczało zwycięstwo sprawiedliwości. Myślę, że to dosyć dziwna sprawa. Żałuję, że jej nie mogę prowadzić.

– Mówisz serio?

– Naturalnie. Taki proces to marzenie każdego prawnika. Jeśli go wygrasz, staniesz się sławny. Będziesz największym adwokatem w tych stronach. Dzięki tej sprawie możesz stać się bogaty.

– Będzie mi potrzebna twoja pomoc.

– Masz ją. Muszę się czymś zająć.

Po kolacji, kiedy Hanna już usnęła, Jake powiedział Carli o telefonach do biura. Już kiedyś dostawali dziwne telefony, było to podczas jednego z poprzednich procesów o morderstwo, ale wtedy im nie grożono, jedynie dawano wyraz swemu niezadowoleniu. Tym razem było inaczej. Anonimowi rozmówcy zapowiadali, że się zemszczą na Jake'u i jego rodzinie, jeśli Carl Lee zostanie uniewinniony.

– Niepokoisz się? – spytała.

– Właściwie nie. To prawdopodobnie jacyś gówniarze albo przyjaciele Cobba. A ty się boisz?

– Wolałabym, żeby nie dzwonili.

– Każdy otrzymuje takie telefony. Ozzie miał ich już setki. Bullard, Childers, wszyscy. Niezbyt się tym przejmuję.

– A co będzie, jeśli te pogróżki staną się poważniejsze?

– Carlo, nigdy nie naraziłbym swojej rodziny na niebezpieczeństwo. Nic nie jest tego warte. Jeśli dojdę do wniosku, że pogróżki są realne, wycofam się ze sprawy. Obiecuję ci.

Nie zrobiło to na niej wrażenia.

Lester wyłuskał dziewięć banknotów studolarowych i dumnie położył je na biurku Jake'e.

– To tylko dziewięćset – powiedział Jake. – Umówiliśmy się na tysiąc.

– Gwen musiała kupić coś do jedzenia.

– Jesteś pewny, że to nie Lester musiał kupić whisky?

– Daj spokój, Jake, wiesz, że nie okradałbym własnego brata.

– Dobra już, dobra. Kiedy Gwen wybiera się do banku, by pożyczyć resztę?

– Prosto od ciebie idę do banku. Do Atcavage'a?

– Tak, idź do Stana Atcavage'a Security Bank. To mój dobry znajomy. Już raz wam udzielił pożyczki, na twoją obronę. Masz wszystkie papiery?

– Tak. Jak sądzisz, ile nam da?

– Nie mam pojęcia. Idź i sam się przekonaj.

Lester wyszedł, a dziesięć minut później zadzwonił Atcavage.

– Jake, nie mogę tym ludziom pożyczyć pieniędzy. Co będzie, jeśli Hailey zostanie skazany... nie chcę cię urazić, wiem, że jesteś dobrym prawnikiem... nie zapomniałem mojej sprawy rozwodowej... ale jak mi odda pieniądze, siedząc w celi śmierci?

– Słuchaj, Stan, jeśli ci nie zapłaci, będziesz miał cztery hektary ziemi.

- Tak, tyle że z chałupą. Cztery hektary ziemi z drzewami, zaroślami i starą chałupą. Właśnie to, o czym marzy moja obecna żona. Daj spokój, Jake.
- To ładny dom i prawie spłacony.
- To chałupa, schludna chałupa. Nie jest nic warta, Jake.
- Musi być coś warta.
- Jake, nie chcę jej. Bank też jej nie chce.
- Przedtem udzieliłeś im pożyczki.
- Ale pamiętaj, że przedtem to nie on był w więzieniu, tylko jego brat. Hailey pracował w papierni. Miał dobrą robotę. Teraz grozi mu Parchman.
- Wzrusza mnie zaufanie, jakim mnie obdarzasz.
- Daj spokój Jake, wierzę w twoje zdolności, ale to nie jest podstawa do udzielenia pożyczki. Tylko ty możesz go z tego wyciągnąć. I mam nadzieję, że ci się to uda. Ale nie mogę im dać pożyczki. Rewidenci podnieśliby straszny raban.

Lester spróbował w Peoples Bank i w Ford National, ale rezultat był identyczny. Mieli nadzieję, że jego brat zostanie uniewinniony, ale co się stanie, jeśli go skażą?

Wspaniale, pomyślał Jake. Dziewięćset dolarów za sprawę o przestępstwo zagrożone karą śmierci.

ROZDZIAŁ 11

Claude nigdy nie widział potrzeby wręczania klientom spisu dań. Przed laty, kiedy otworzył swój pierwszy lokal, nie było go stać na wydrukowanie menu, a teraz, gdy mógł sobie już na to pozwolić, nie musiał, bo większość ludzi i tak wiedziała, co serwuje. Na śniadanie gotował wszystko, prócz ryżu i grzanek. Nie miał ustalonych cen. Na piątkowy lunch szykował łopatkę wieprzową i żeberka z rożna, wszyscy o tym wiedzieli. W tygodniu trafiali mu się czasem biali klienci, ale w piątkowe południa, tydzień w tydzień, jego mały lokal w połowie wypełniali biali. Claude od jakiegoś już czasu wiedział, że biali lubią potrawy z rożna nie mniej niż czarni; nie umieli tylko ich przygotowywać.

Jake i Atcavage znaleźli mały stolik w pobliżu kuchni. Claude osobiście podał im dwie porcje żeberek i sałatkę z kapusty. Pochylił się nad Jakiem i powiedział cicho:
- Życzę ci powodzenia. Mam nadzieję, że go z tego wyciągniesz.
- Dziękuję, Claude. Mam nadzieję, że zasiądziesz w ławie przysięgłych.

Claude roześmiał się i powiedział nieco głośniej:

– Można się zgłosić na ochotnika?

Jake zabrał się do jedzenia, napadając jednocześnie na Atcavage'a za to, że nie udzielił pożyczki Haileyom. Bankier był nieugięty, ale zaproponował, że pożyczy im pięć tysięcy, jeśli Jake też się podpisze na wekslu. To byłoby nieetyczne, wyjaśnił Jake.

Na chodniku utworzyła się kolejka; oczekujący zaglądali do środka przez okna frontowe, częściowo pokryte napisami. Claude dwoił się i troił, przyjmował zamówienia, wydawał potrawy, obracał rożen, liczył pieniądze, pokrzykiwał, przeklinał, witał jednych klientów i prosił innych, by już opuścili lokal. W piątki gościom wolno było siedzieć dwadzieścia minut od chwili podania jedzenia, a potem Claude żądał, by zapłacili i wyszli, gdyż chciał obsłużyć kolejnych amatorów potraw z rożna.

– Przestańcie gadać i jedzcie! – wrzeszczał.

– Mamy jeszcze dziesięć minut, Claude.

– Siedem.

W środy smażył ryby i dawał trzydzieści minut, ze względu na ości. Biali unikali baru Claude'a w środy, i Claude dobrze wiedział dlaczego: z powodu tłuszczu stosowanego zgodnie z przepisem przekazanym mu przez babkę. Był ciężkostrawny i kleisty i czynił spustoszenie w przewodach pokarmowych białych ludzi. Nie szkodził natomiast czarnym, którzy w każdą środę zjeżdżali się całymi rodzinami.

W pobliżu kasy siedziało dwóch nietutejszych i z niepokojem obserwowało Claude'a dyrygującego ruchem. Najprawdopodobniej dziennikarze, pomyślał Jake. Za każdym razem, gdy Claude zbliżał się i spoglądał na nich, posłusznie chwytali żeberka i je ogryzali. Nigdy przedtem nie jedli żeberek i dla wszystkich było oczywiste, że przyjechali z północy. Poprosili o sałatkę, ale Claude zaklął i powiedział, by wzięli coś z rożna albo się wynieśli. Potem ryknął na cały głos, że ci głupcy chcieli sałatkę.

– Oto wasze jedzenie. Pospieszcie się – nakazał, stawiając przed nimi półmiski.

– Nie podaje się tu noży do mięsa? – zauważył złośliwie jeden z nich.

Claude wywrócił oczy i odszedł, mrucząc coś pod nosem.

Jeden z nieznajomych zauważył Jake'a. Wpatrywał się w niego przez parę minut, wreszcie podszedł do stolika i przykucnął obok.

– Czy mam przyjemność z panem Jakiem Brigance'em, adwokatem pana Haileya?

– Tak, to ja. A kim pan jest?

– Robert McKittrick z „New York Timesa".

– Miło mi pana poznać – powiedział Jake, uśmiechając się uprzejmie.

– Piszę o procesie Haileya i chciałbym z panem zamienić parę słów. Najszybciej, jak to tylko będzie możliwe.

– Jasne. Nie mam dziś zbyt wiele roboty. Rozumie pan – piątek.

– Świetnie. A więc o której?

– Może o czwartej?

– Dobrze – powiedział szybko McKittrick, spostrzegłszy Claude'a wyłaniającego się z kuchni. – A więc do czwartej.

– No, koleś, czas minął – wrzasnął Claude na McKittricka. – Płać i zjeżdżaj.

Jake i Atcavage zjedli w ciągu kwadransa i czekali na słowny atak ze strony Claude'a. Oblizali palce, zrobili zadowolone miny i pochwalili żeberka.

– Dzięki tej sprawie staniesz się sławny, prawda? – spytał Atcavage.

– Mam nadzieję. Natomiast nie przyniesie mi ona pieniędzy.

– A tak poważnie, Jake, nie pomoże ci ona w twojej praktyce?

– Jeśli wygram, zacznę mieć więcej klientów, niż zdążę obsłużyć. Z pewnością mi to pomoże. Będę mógł wtedy przebierać w sprawach i klientach.

– A finansowo także zyskasz?

– Nie mam pojęcia. Nie da się przewidzieć, kogo albo co może to w przyszłości przyciągnąć. Będę miał więcej spraw do wyboru, a to oznacza więcej forsy. Będę mógł przestać się martwić kosztami prowadzenia biura.

– Chyba teraz też nie musisz się nimi specjalnie przejmować.

– Słuchaj, Stan, wcale mi się tak dobrze nie powodzi. Dyplom prawnika nie jest już tyle wart, co kiedyś – jest nas zbyt wielu. Czternastu w takiej małej mieścinie. Panuje ostra konkurencja, nawet w Clanton – za mało dobrych spraw, zbyt wielu prawników. W wielkich miastach jest jeszcze gorzej, a co roku uniwersytety wypuszczają następnych absolwentów, z których wielu nie może znaleźć pracy. Rok w rok dziesięciu chętnych puka do moich drzwi, szukając pracy. Wielka firma prawnicza w Memphis parę miesięcy temu zwolniła kilku ludzi. Wyobrażasz to sobie? Zupełnie jak w fabryce, po prostu ich zwolniono. Zgłosili się więc do pośredniaka i stali w kolejce razem z robotnikami. Prawnicy, nie sekretarki czy kierowcy ciężarówek, tylko prawnicy.

– Przepraszam, że o to zapytałem.

– Oczywiście, że się martwię. Koszty utrzymania biura wynoszą cztery tysiące miesięcznie, a prowadzę praktykę sam. To oznacza pięćdziesiąt tysięcy rocznie, nim zarobię na czysto dziesiątaka. Jedne miesiące są dobre, inne – kiepskie. Tego się nie da przewidzieć. Nie potrafiłbym ocenić, ile zarobię brutto w przyszłym miesiącu. Oto, czemu ta sprawa jest tak ważna. Druga taka już mi się nie trafi. Będzie największa w mojej karierze. Mogę prowadzić praktykę przez resztę swego życia i nigdy już nie spotkać dziennikarza z „New York Timesa", który zaczepi mnie w restauracji, prosząc o wywiad. Jeśli wygram, znajdę się wśród najbardziej rozrywanych adwokatów w naszym stanie. Wtedy będę mógł zapomnieć o kosztach.

– A jeśli przegrasz?

– Zdobędę rozgłos bez względu na wynik. Czy wygram, czy przegram, sprawa ta pomoże mi rozwinąć praktykę. Ale jeśli przegram, będzie to dotkliwy cios. Każdy prawnik w naszym okręgu życzy mi w głębi ducha przegranej. Chcą, by Haileya skazano. Zazdroszczą mi, boją się, że stanę się zbyt wielki i zabiorę im klientów. Prawnicy są niezwykle zawistni.

– Ty też?

– No pewnie. Weź na przykład kancelarię Sullivana. Pogardzam każdym prawnikiem, który u niego pracuje, ale jednocześnie im zazdroszczę. Chciałbym mieć niektórych ich klientów, honoraria, zabezpieczenie na przyszłość. Wiedzą, że co miesiąc otrzymują czek na okrągłą sumkę, i mają niemal jak w banku, że na Gwiazdkę dostaną wysoką premię. Reprezentują stare potęgi finansowe, stabilne potęgi. Chętnie bym się z nimi na jakiś czas zamienił miejscami. Ja reprezentuję przed sądem pijaków, bandytów, damskich bokserów, krewkie małżonki, ofiary wypadków; większość mych klientów ma bardzo mało pieniędzy albo nie ma ich wcale. I nigdy nie wiem, ilu z nich pokaże się w moim biurze.

– Słuchaj, Jake – przerwał mu Atcavage – bardzo chciałbym dokończyć tę rozmowę, ale Claude właśnie spojrzał na zegarek, a następnie na nas. Wydaje mi się, że nasze dwadzieścia minut minęło.

Rachunek Jake'a wyniósł siedemdziesiąt jeden centów więcej niż Atcavage'a, a ponieważ zamawiali to samo, poprosił Claude'a o wyjaśnienie. To jasne, odparł, dostałeś jedno żeberko więcej.

McKittrick był przystojny, pedantyczny, sumienny i pewny siebie. Przyjechał do Clanton w środę, by dowiedzieć się wszystkiego o najgłośniejszej w tej chwili zbrodni w kraju i napisać o niej reportaż. Rozmawiał już z Ozziem i Mossem Juniorem, a oni zasugerowali, by spotkał się z Jakiem. Rozmawiał z Bullardem przez zamknięte drzwi – i sędzia też zasugerował, by spotkał się z Jakiem. Przeprowadził wywiad z Gwen i Lesterem, ale nie pozwolono mu zobaczyć się z dziewczynką. Pogawędził sobie z bywalcami Coffee Shop i Tea Shoppe, zajrzał też do Hueya i klubu U Anny. Rozmawiał z matką Willarda i jego byłą żoną, pani Cobb nie zgodziła się z nim spotkać. Jeden z braci Cobba zaproponował, że udzieli mu wywiadu odpłatnie. McKittrick zrezygnował. Pojechał do papierni i spotkał się z kumplami Haileya z pracy, a także do Smithfield, gdzie przeprowadził wywiad z prokuratorem okręgowym. Zamierzał pozostać w mieście jeszcze kilka dni, a później wrócić tu na proces.

Pochodził z Teksasu i kiedy mu to było na rękę, mówił z południowym, przeciągłym akcentem, co robiło wrażenie na tutejszych mieszkańcach i sprawiało, że stawali się bardziej otwarci. Od czasu do czasu mówił nawet „wyście" i „wszyscyście", co odróżniało go od większości dziennikarzy, którzy posługiwali się poprawnym, literackim, sterylnie czystym językiem.

– Co to? – McKittrick wskazał na środek biurka Jake'a.

– Magnetofon – odparł Jake.

McKittrick postawił na biurku swój magnetofon i spojrzał na Jake'a.

– Czy mogę zapytać, dlaczego tu stoi?

– Może pan. To mój gabinet, ja udzielam wywiadu i jeśli chcę go nagrać, nikt mi nie zabroni.

– Czy obawia się pan jakichś kłopotów?

– Próbuję im zapobiec. Nie znoszę, gdy przekręca się moje wypowiedzi.

– Do tej pory nikt mi jeszcze czegoś takiego nie zarzucił.

– To dobrze. W takim razie chyba nie będzie panu przeszkadzało, jeśli obaj nagramy tę rozmowę.

– Nie ufa mi pan, prawda, panie Brigance?

– Ależ skądże znowu. A poza tym na imię mi Jake.

– Dlaczego mi pan nie ufa, Jake?

– Bo jest pan dziennikarzem i pisuje do nowojorskiej gazety. Szuka pan sensacji i jeśli zrobi to, czego od pana oczekują, wysmaży jakiś dobrze opracowany, pełen morałów artykuł, w którym będzie masa bzdur, a my wyjdziemy na bandę ciemnych kmiotów i rasistów.

– Myli się pan. Po pierwsze, pochodzę z Teksasu.

– Ale pisze pan do nowojorskiej gazety.

– Lecz uważam się za Południowca.

– Kiedy pan stąd wyjechał?

– Jakieś dwadzieścia lat temu.

Jake uśmiechnął się pobłażliwie i pokiwał głową, jakby chciał powiedzieć: zbyt dawno.

– I nie pisuję do gazety, która szuka sensacji.

– Zobaczymy. Do procesu jest jeszcze kilka miesięcy. Będziemy mieli czas przeczytać pańskie historyjki.

– Uważam, że to dosyć uczciwe postawienie sprawy.

Jake wcisnął w swoim magnetofonie guzik „nagrywanie", McKittrick zrobił to samo.

– Czy Carl Lee Hailey może liczyć na uczciwy proces w okręgu Ford?

– A dlaczego miałoby być inaczej? – spytał Jake.

– Cóż, jest czarny. Zabił dwóch białych i będzie sądzony przez białych przysięgłych.

- Chce pan powiedzieć, że będzie sądzony przez bandę białych rasistów?
- Nie, tego nie powiedziałem ani nie dałem podstaw do takiej interpretacji. Dlaczego z góry pan zakłada, że uważam was za bandę rasistów?
- Bo to prawda. Ludzie myślą stereotypami, dobrze pan o tym wie.

McKittrick wzruszył ramionami i zapisał coś w swoim notatniku.
- Czy odpowie mi pan na pytanie?
- Tak. Hailey będzie miał uczciwy proces w okręgu Ford, jeśli tu zostanie sądzony.
- Czy chce pan, by proces toczył się tutaj?
- Na pewno będziemy się starali, by odbył się gdzie indziej.
- Gdzie?
- Nie możemy sugerować żadnego konkretnego miejsca. Wybór leży w gestii sędziego.
- Skąd Hailey miał broń?

Jake uśmiechnął się i spojrzał na magnetofon.
- Nie wiem.
- Czy Hailey zostałby postawiony w stan oskarżenia, gdyby był biały?
- Jest czarny i jak dotąd formalnie go nie oskarżono.
- Ale gdyby był biały, czy sporządzono by akt oskarżenia?
- Według mnie tak.
- Czy zostałby skazany?
- Może cygaro? - Jake otworzył szufladę biurka i wyciągnął roitana. Odwinął go, a potem zapalił.
- Nie, dziękuję.
- Według mnie, gdyby był biały, nie zostałby skazany. Ani w Missisipi, ani w Teksasie, ani w Wyoming. Nie mam pewności co do Nowego Jorku.
- Dlaczego?
- Czy ma pan córkę?
- Nie.
- W takim razie nie zrozumie pan tego.
- Nie zgadzam się z panem. Czy pan Hailey zostanie skazany?
- Prawdopodobnie tak.
- Czyli że nasz system nie jest dla czarnych tak łaskawy jak dla białych?
- Czy rozmawiał pan z Raymondem Hughesem?
- Nie. A kto to taki?
- Ostatnim razem ubiegał się o urząd szeryfa, ale na swoje nieszczęście miał za przeciwnika Ozziego Wallsa. Jest, w przeciwieństwie do Ozziego, biały. Jeśli się nie mylę, otrzymał trzydzieści jeden procent głosów. W okręgu, gdzie biali stanowią siedemdziesiąt cztery procent mieszkańców. Dlaczego nie zapyta pan Hughesa, czy system tak samo traktuje czarnych i białych?

– Miałem na myśli wymiar sprawiedliwości.

– Nie ma różnicy. Kto według pana zasiada w ławie przysięgłych? Ci sami ludzie, którzy wybrali Ozziego Wallsa.

– W takim razie, jeśli biały nie zostałby skazany, a pan Hailey prawdopodobnie będzie skazany, proszę mi wyjaśnić, dlaczego twierdzi pan, że biali i czarni traktowani są jednakowo.

– Obawiam się, że nie nadążam za tokiem pańskiego rozumowania. Cały system jest odzwierciedleniem stosunków, jakie panują w społeczeństwie. Nie zawsze jest sprawiedliwy, ale jest sprawiedliwy w Nowym Jorku, jak w Massachusetts czy Kalifornii. Jest taki, jakim potrafili go stworzyć ludzie, kierujący się emocjami i pełni uprzedzeń.

– I uważa pan, że pan Hailey będzie potraktowany równie uczciwie tutaj jak w Nowym Jorku?

– Twierdzę, że Nowy Jork jest nie mniej rasistowski niż Missisipi. Weźmy na przykład nasze szkoły państwowe – podobnie jak gdzie indziej, nie ma w nich segregacji.

– Na polecenie władz.

– Oczywiście, ale proszę tylko popatrzeć, co się dzieje w Nowym Jorku. Całe lata wytykaliście nas palcami, domagając się, byśmy odstąpili od segregacji. Zrobiliśmy to i świat się nie zawalił. Ale jednocześnie zapomnieliście, bo jest wam tak wygodnie, o sytuacji we własnych szkołach, o nieprawidłowościach w waszym prawie wyborczym, o waszych wyłącznie białych ławach przysięgłych i radach miejskich. Postępowaliśmy niesłusznie i drogo za swój błąd zapłaciliśmy. Ale czegoś się nauczyliśmy, i choć zmiany następują wolno i opornie, przynajmniej próbujemy. A tymczasem wy w dalszym ciągu wytykacie nas palcami.

– Nie miałem zamiaru ponownie staczać bitwy pod Gettysburgiem.

– Przepraszam. Jaką przyjmiemy linię obrony? Jeszcze nie wiem. Naprawdę, po prostu jeszcze na to za wcześnie. Mój klient przecież nawet nie jest formalnie oskarżony.

– Ale oczywiście będzie?

– Jeszcze nie wiemy. Najprawdopodobniej tak. Kiedy ukaże się pański artykuł?

– Może w niedzielę.

– Właściwie i tak nie ma to znaczenia. Nikt tutaj nie czyta pańskiej gazety. Tak, zostanie formalnie oskarżony.

McKittrick spojrzał na zegarek i Jake wyłączył magnetofon.

– Proszę mi wierzyć, że nie jestem takim złym facetem – powiedział McKittrick. – Może wybierzemy się kiedyś na piwo i dokończymy tę rozmowę?

– Mówiąc między nami, nie piję. Ale przyjmuję zaproszenie.

Pierwszy Prezbiteriański Kościół w Clanton był naprzeciwko Pierwszego Kościoła Metodystów miasta Clanton, a oba znajdowały się w pobliżu znacznie większego Pierwszego Kościoła Baptystów. Baptyści mieli więcej wyznawców i pieniędzy, ale za to prezbiterianie i metodyści wcześniej w niedziele kończyli nabożeństwo i wygrywali z baptystami wyścig do restauracji na niedzielny obiad. Baptyści pojawiali się o wpół do pierwszej i stali w kolejce, podczas gdy prezbiterianie i metodyści delektowali się już jedzeniem, machając wesoło do baptysów.

Jake cieszył się, że nie jest baptystą. Byli według niego nieco zbyt ograniczeni i rygorystyczni, ciągle namawiali wszystkich do uczestniczenia w niedzielnych wieczornych nabożeństwach, których Jake nie cierpiał. Carla wychowywała się jako baptystka, Jake był metodystą: w okresie narzeczeństwa poszli na kompromis i oboje stali się prezbiterianami. Lubili swój kościół i rzadko opuszczali nabożeństwa. Gdy w niedzielę zajęli miejsca w swojej ławce, z Hanną śpiącą między nimi, nie zwracali uwagi na słowa pastora. Jake, obserwując kaznodzieję, wyobrażał sobie swoją konfrontację z Buckleyem w sądzie, przed dwunastką prawych i uczciwych obywateli, na oczach całego narodu. Carla, patrząc na pastora, w myślach przestawiała meble w pokoju stołowym. Podczas nabożeństwa Jake zauważył kilka ciekawskich spojrzeń, skierowanych na niego, i doszedł do wniosku, że inni wierni odczuwali dziwną bojaźń, widząc obok siebie taką znakomitość. Spostrzegł kilka obcych twarzy i pomyślał, że to albo skruszeni parafianie, którzy po długiej nieobecności powrócili na łono Kościoła, albo dziennikarze. Kiedy jeden z nieznajomych przez dłuższy czas nie odrywał od niego wzroku, uznał, że oni wszyscy są dziennikarzami.

– Bardzo mi się podobało dzisiejsze kazanie, wasza wielebność – skłamał Jake, wymieniając na stopniach przed świątynią uścisk dłoni z pastorem.

– Cieszę się, że cię widzę, Jake – odpowiedział duchowny. – Przez cały tydzień oglądaliśmy cię w telewizji. Moje dzieciaki strasznie się ekscytowały za każdym razem, gdy cię pokazywali.

– Dziękuję. Proszę się za nas modlić.

Na niedzielny obiad pojechali do Karaway, do rodziców Jake'a. Gene i Eva Brigance'owie mieszkali w starym domu od dawna należącym do rodziny. Był to rozległy wiejski dom na dwuhektarowej, porośniętej drzewami działce w centrum Karaway, trzy przecznice od głównej ulicy i dwie – od szkoły, do której Jake i jego siostra uczęszczali przez dwanaście lat. Rodzice Jake'a byli już emerytami, ale czuli się jeszcze na tyle młodo, że podróżowali po kontynencie z przyczepą kempingową. W poniedziałek wybierali się do Kanady i mieli wrócić dopiero na początku września. Starsza córka, siostra Jake'a, mieszkała w Nowym Orleanie.

Niedzielny obiad, przygotowany przez Evę, był prawdziwą ucztą. Składały się na nią typowe południowe dania: pieczone mięsa, świeże warzywa – gotowane, w cieście, pieczone i surowe, bułeczki i biskwity domowej roboty, dwa rodzaje sosów, arbuzy, melony, napój brzoskwiniowy, placek cytrynowy i rożki z truskawkami. Niewiele z tego zjadano, a co zostało – było porządnie pakowane przez Evę i Carlę i zabierane do Clanton, gdzie wystarczało na cały tydzień.

– Jak się czują twoi rodzice, Carlo? – spytał pan Brigance, podając bułeczki.

– Dziękuję, dobrze. Nie dalej jak wczoraj rozmawiałam z matką.

– Są jeszcze w Knoxville?

– Nie, przenieśli się już, jak każdego lata, do Wilmington.

– Pojedziecie do nich w odwiedziny? – spytała Eva, nalewając herbatę z półlitrowego porcelanowego dzbanka.

Carla spojrzała na Jake'a, który mieszał fasolę na talerzu Hanny. Nie miał ochoty rozmawiać o Carlu Lee Haileyu. Od poniedziałku mówił o nim przy każdym posiłku i nie chciało mu się jeszcze raz odpowiadać na te same pytania.

– Tak, wybieramy się. Wszystko zależy od Jake'a. Dla niego może to być pracowite lato.

– Właśnie słyszeliśmy – powiedziała wolno Eva, dając do zrozumienia synowi, że nie zadzwonił do nich od dnia strzelaniny w gmachu sądu.

– Czy coś się stało z waszym telefonem, synu? – spytał pan Brigance.

– Nie. Zmieniliśmy tylko numer.

Dorośli jedli wolno, delektując się potrawami, podczas gdy Hanna spoglądała niecierpliwie na rożki z truskawkami.

– Tak, wiem. Mówiła nam telefonistka. Macie teraz zastrzeżony numer.

– Przepraszam. Byłem bardzo zajęty. Miałem urwanie głowy.

– Czytaliśmy o tym, co się stało w Clanton – powiedział ojciec.

Eva przestała jeść i odchrząknęła.

– Jake, czy naprawdę wierzysz, że go z tego wyciągniesz?

– Niepokoję się o twoją rodzinę – dodał ojciec. – To może być bardzo niebezpieczna sprawa.

– Zastrzelił ich z zimną krwią – zauważyła Eva.

– Zgwałcili jego córkę, mamo. Co wy byście zrobili, gdyby ktoś zgwałcił Hannę?

– Co to znaczy „zgwałcić"? – spytała Hanna.

– Nieważne, kochanie – zlekceważyła pytanie córki Carla. – Czy moglibyśmy zmienić temat rozmowy? – Spojrzała stanowczo na troje Brigance'ów. Znów zaczęli jeść. Ich mądra synowa jak zwykle miała rację.

Jake uśmiechnął się do matki.

– Po prostu nie chcę mówić o tej sprawie, mamo. Jestem już zmęczony gadaniem o niej.

– Czuję, że będziemy musieli wszystkiego dowiedzieć się z prasy – skwitował pan Brigance.

Zaczęli rozmawiać o Kanadzie.

Mniej więcej wtedy, kiedy Brigance'owie kończyli obiad, kościół baptystów trząsł się i kołysał, a pastor Ollie Agee doprowadzał wiernych do ekstazy. Diakoni tańczyli. Starsi Kościoła śpiewali. Kobiety mdlały. Mężczyźni krzyczeli i wznosili ręce do nieba, a dzieci bojaźliwie spoglądały w górę. Członkowie chóru słaniali się, rzucali i podrygiwali, by w końcu wybuchnąć na cały głos, wykrzykując różne zwrotki tej samej pieśni. Organista grał jedno, pianista – drugie, a chór śpiewał jeszcze co innego. Pastor, zlany potem, podskakiwał wokół ambony w powłóczystej białej szacie z purpurową lamówką, krzycząc, modląc się i wzywając Boga.

Wrzawa narastała i cichła. Dzięki latom doświadczeń Agee dokładnie wiedział, kiedy nastrój osiągnie apogeum, kiedy zmęczenie przezwyciężaży zapał i kiedy zgromadzonym potrzebna będzie chwila wytchnienia. Dokładnie w tym momencie podbiegł do ambony i uderzył w nią z siłą Boga wszechmocnego. Muzyka natychmiast zamarła, konwulsje urwały się, nieprzytomni odzyskali zmysły, dzieci przestały płakać i wszyscy pokornie zajęli miejsca w ławkach. Nadeszła pora kazania.

Duchowny miał już zacząć przemawiać, gdy tylne drzwi otworzyły się i do kaplicy wmaszerowali Haileyowie. Mała Tonya szła samodzielnie, nieco utykając, trzymała matkę za rękę. Jej bracia postępowali z tyłu, a za nimi wuj Lester. Wolno kroczyli przejściem, póki nie znaleźli wolnych miejsc w pierwszych rzędach. Pastor skinął na organistę, który zaczął cicho grać, wkrótce do niego przyłączył się chór, nucąc i kołysząc się w takt melodii. Po chwili podnieśli się diakoni, kiwając się tak jak chór. Starsi, nie chcąc zostać w tyle, dołączyli do śpiewających. Wtedy – coś takiego! – zemdlała siostra Crystel. Jej omdlenie okazało się zaraźliwe, kolejne siostry padały jak muchy. Starszyzna starała się przekrzyczeć chór, więc członkowie chóru mało nie popękali z wysiłku, nie chcąc dać za wygraną. Śpiewający zagłuszyli organy, więc muzyk zwiększył siłę głosu instrumentalnego. Dołączył się pianista, grając zupełnie co innego niż organista. Organy dudniły. Pastor Agee sfrunął z podwyższenia i tanecznym krokiem zbliżył się do Haileyów. Za nim ruszyli pozostali – chór, diakoni, starszyzny, płaczące dzieci – wszyscy podążyli za duchownym, by powitać dziewczynkę Haileyów.

Carl Lee nie narzekał na warunki w areszcie. W domu było przyjemniej, ale biorąc pod uwagę okoliczności, życie w areszcie okazało się zupełnie znośne. Budynek wzniesiono całkiem niedawno za pieniądze federalne i spełniał wszelkie wymagania bezpieczeństwa i wygody. Jedzenie szykowały dwie tęgie Murzynki, które umiały nie tylko gotować, ale również fałszować czeki. Kwalifikowały się do wcześniejszego zwolnienia, lecz Ozzie nie kwapił się, by im o tym powiedzieć. Trzynastu więźniów powinno siedzieć w Parchman, ale chwilowo nie było tam miejsc. A więc czekali, nie wiedząc, czy nazajutrz nie okaże się, iż mają wyruszyć do rozległego, otoczonego parkanem kompleksu więziennego w delcie rzeki, gdzie jedzenie nie było tak dobre, łóżka – takie wygodne, brakowało klimatyzacji i latały chmary ogromnych, nienasyconych komarów, a do tego niewystarczająca liczba toalet sprawiała, że były one wiecznie pozapychane.

Cela Carla Lee sąsiadowała z celą numer 2, gdzie czekali więźniowie stanowi. Wszyscy, oprócz dwóch, byli czarni i – bez żadnych wyjątków – gwałtowni. Ale do Carla Lee czuli szacunek. Dzielił swoją celę numer 1 z dwójką sklepowych złodziejaszków, którzy nie tylko czuli respekt, ale wprost paniczny lęk przed swym sławnym towarzyszem z celi. Każdego wieczoru prowadzono go do gabinetu Ozziego, gdzie razem z szeryfem jadł kolację i oglądał wiadomości. Był znakomitością i rozkoszował się swą sławą niemal tak samo jak jego adwokat i prokurator okręgowy. Chciał wyjaśnić wszystko dziennikarzom, opowiedzieć im o swej córce i wytłumaczyć, dlaczego nie powinien siedzieć w areszcie, ale jego prawnik kategorycznie się temu sprzeciwiał.

Kiedy w niedzielę, późnym popołudniem, wyszli Gwen i Lester, Ozzie, Moss Junior i Carl Lee wyślizgnęli się tylnym wyjściem i pojechali do szpitala. Był to pomysł Carla Lee, ale Ozzie nie widział w tym nic złego. Kiedy pojawili się we trójkę w izolatce Looneya, był akurat sam. Carl Lee rzucił okiem na nogę zastępcy szeryfa, a potem zaczął się wpatrywać w jego twarz. Uścisnęli sobie dłonie. Carl Lee, z oczami pełnymi łez, łamiącym się głosem oświadczył, że bardzo mu przykro, że nie miał zamiaru nikogo skrzywdzić, chciał tylko ukarać tamtych chłystków i modlił się, by mógł naprawić to, co uczynił Looneyowi. Looney bez chwili wahania przyjął przeprosiny.

Kiedy cichcem wrócili do aresztu, w gabinecie Ozziego zastali Brigance'a. Ozzie i Moss Junior wyszli, zostawiając oskarżonego sam na sam z Jakiem.

– Gdzie byliście? – podejrzliwie spytał Jake.

– Pojechaliśmy do szpitala zobaczyć się z Looneyem.

– Co takiego!?

– Przecież to nic złego!

– Czy mógłbyś skontaktować się ze mną, zanim ponownie wybierzesz się do kogoś z wizytą?

– A cóż w tym złego, że odwiedziłem Looneya?

– Kiedy będą cię próbowali wysłać do komory gazowej, Looney stanie się głównym świadkiem oskarżenia. To wszystko. On nie jest po naszej stronie i wszelkie twoje rozmowy z Looneyem powinny się odbyć w obecności twojego adwokata. Jasne?

– Niezupełnie.

– Nie mogę uwierzyć, że Ozzie zrobił coś takiego – mruknął Jake.

– To był mój pomysł – przyznał Carl Lee.

– Jeśli będziesz miał jeszcze jakieś pomysły, bądź tak dobry i poinformuj mnie o nich, dobrze?

– Dobrze.

– Rozmawiałeś ostatnio z Lesterem?

– Tak, był tu dziś z Gwen. Przynieśli mi wałówkę. Powiedzieli o bankach.

Jake zamierzał twardo postawić sprawę swego honorarium: nie ma mowy, by reprezentował Carla Lee za dziewięćset dolarów. Ta sprawa pochłonie go całkowicie przynajmniej przez najbliższe trzy miesiące i dziewięćset dolarów to będzie mniej niż minimalna pensja. To nie fair wobec niego i jego rodziny, by pracował za półdarmo. Carl Lee musi po prostu zebrać pieniądze. Miał mnóstwo krewnych. Niech się poświęcą, może sprzedadzą kilka samochodów, może trochę ziemi, ale Jake chce dostać swoje honorarium. W przeciwnym razie Carl Lee będzie sobie musiał poszukać innego adwokata.

– Oddam ci moją ziemię – zaproponował Carl Lee.

Jake jęknął.

– Carl Lee, nie chcę twojej ziemi. Chcę pieniądze. Sześć i pół tysiąca dolarów.

– Powiedz mi, skąd mam je wziąć. Ostatecznie to ty jesteś prawnikiem i znasz różne sposoby. Zrobię, co mi każesz.

Jake został pokonany i dobrze o tym wiedział.

– Carl Lee, nie mogę się podjąć twojej obrony za dziewięćset dolarów. Nie mogę pozwolić, by ta sprawa doprowadziła mnie do bankructwa. Jestem prawnikiem. Muszę zarabiać pieniądze.

– Jake, zapłacę ci. Obiecuję. Może to trochę potrwa, ale zapłacę ci. Zaufaj mi.

Dobrze, tylko co będzie, jak się znajdziesz w celi śmierci, pomyślał Jake. Zmienił temat.

– Wiesz, że jutro zbiera się wielka ława przysięgłych?

– Czy to znaczy, że stanę przed sądem?

– Nie, jutro zostaniesz formalnie oskarżony. W gmachu sądu zaroi się od gapiów i dziennikarzy. Przyjedzie sędzia Noose, by otworzyć majową sesję. Buckley będzie biegał, polując na kamery i popisując się przed nimi. Czeka nas wielki dzień. Po południu Noose rozpocznie proces w sprawie rozboju z bronią w ręku. Jeśli cię jutro oskarżą, w środę lub w czwartek staniesz przed sądem, by wysłuchać aktu oskarżenia.

– Czego?

– Aktu oskarżenia. W procesie o przestępstwo zagrożone karą śmierci wymaga się, by sędzia odczytał akt oskarżenia na jawnej rozprawie, wobec Boga i ludzi. Zrobią z tego wielkie wydarzenie. Nie przyznasz się do winy i Noose wyznaczy datę rozprawy. Poprosimy o wyznaczenie rozsądnej kaucji, ale nam odmówi. Kiedy powiem o kaucji, Buckley zacznie się wydzierać i pajacować. Im więcej o nim myślę, tym bardziej go nienawidzę. Niezły z niego kawał drania.

– Dlaczego nie wypuszczą mnie za kaucją?

– W sprawach o przestępstwo zagrożone karą śmierci sędzia nie ma obowiązku wyznaczać kaucji. Może, jeśli chce, ale większość z nich tego nie robi. Zresztą, nawet gdyby Noose wyznaczył kaucję, nie mógłbyś jej zapłacić, więc nie zaprzątaj sobie tym głowy. Do procesu pozostaniesz w areszcie.

– Wiesz, że straciłem robotę?

– Nie. Od kiedy?

– W piątek Gwen pojechała do papierni po wypłatę. Powiedzieli jej, że już nie pracuję. Ładnie, nie ma co. Człowiek pracuje jedenaście lat, opuszcza pięć dni i natychmiast go wyrzucają. Pewnie myślą, że już nie wrócę.

– Przykro mi, Carl Lee. Naprawdę mi przykro.

ROZDZIAŁ 12

Szanowny Omar Noose nie zawsze był taki czcigodny. Zanim został sędzią objazdowym Dwudziestego Drugiego Okręgu Sądowego, był adwokatem o dość miernych umiejętnościach i skromnej praktyce, ale jednocześnie nadzwyczaj zręcznym politykiem. Pięć kadencji we władzach ustawodawczych Missisipi skorumpowało go i nauczyło sztuki oszukiwania i manipulacji. Senatorowi Noose'owi świetnie się powodziło na stanowisku przewodniczącego senackiej komisji finansowej i niewielu ludzi w okręgu Van Buren zadawało sobie pytanie, jakim cudem Noose wraz z rodziną żył tak dostatnio ze swych diet wynoszących siedem tysięcy dolarów rocznie.

Jak większość urzędników we władzach ustawodawczych Missisipi, o jeden raz za dużo ubiegał się o ponowny wybór i latem 1971 roku został pokonany przez nikomu nieznanego oponenta. Rok później zmarł pan Loopus, poprzednik Noose'a na stanowisku sędziego. Omar Noose przekonał swych wpływowych przyjaciół, by namówili gubernatora, żeby mianował go następcą Loopusa do końca kadencji. W taki oto sposób były senator stanowy Noose został sędzią okręgowym Noose'em. W 1975 roku objął już to stanowisko w wyniku wygrania wyborów, podobnie jak w latach 1979 i 1983.

Skruszony, odmieniony i bardzo upokorzony swym nagłym odsunięciem od władzy sędzia Noose nadrobił braki w wykształceniu prawniczym i choć wystartował niepewnie, szybko dorósł do piastowanej funkcji. Otrzymywał sześćdziesiąt tysięcy rocznie, więc mógł sobie pozwolić na to, by postępować uczciwie. Teraz, w wieku sześćdziesięciu trzech lat, był starym, mądrym sędzią, poważanym zarówno przez większość prawników, jak i przez stanowy Sąd Najwyższy, który rzadko podważał jego decyzje. Należał do osób zrównoważonych, a jednocześnie czarujących, cierpliwych, ale rygorystycznych. Natura obdarzyła go potężnym nochalem, bardzo długim i spiczastym; służył mu jako miejsce oparcia dla okularów w czarnej, ośmiokątnej oprawce, które stale nosił, choć tak naprawdę nigdy z nich nie korzystał. Wśród prawników zyskał sobie przezwisko Ichabod*.

Za plecami nie mówiono o nim inaczej, jak Ichabod Noose, szanowny Ichabod Noose.

Zajął miejsce na ławie sędziowskiej, a zebrany w sali rozpraw tłum na stojąco wysłuchał chaotycznej i niewyraźnie wypowiedzianej przez Ozziego oficjalnej formułki, otwierającej majową sesję sądu objazdowego w okręgu Ford. Następnie miejscowy pastor wygłosił długie, kwieciste kazanie i w końcu zebrani mogli usiąść. Kandydaci na przysięgłych zajmowali jedną stronę sali. Oskarżeni, strony w procesach cywilnych, ich rodziny oraz znajomi, dziennikarze i ciekawscy wypełnili drugą część pomieszczenia. Noose wymagał, by w otwarciu sesji uczestniczyli wszyscy prawnicy okręgu; wystrojeni członkowie palestry z ważnymi minami tkwili w ławie przysięgłych. Buckley i jego zastępca, D.R. Musgrove, zajęli miejsca za stołem oskarżenia, godnie reprezentując stan Missisipi. Jake siedział nieco z boku, na drewnianym krześle tuż obok barierki. Kanceliści i sprawozdawcy sądowi stali za stołem, na którym leżały olbrzymie, czerwone rejestry sądowe, i razem z innymi obserwowali z uwagą, jak Ichabod sadowi się na swym krześle na podwyższeniu, wygładza togę i poprawia swe szkaradne okulary, po czym spogląda sponad nich na zgromadzonych.

– Dzień dobry – zaskrzeczał piskliwym głosem. Przybliżył mikrofon do ust i odchrząknął. – Miło mi znów znaleźć się w okręgu Ford na majowej sesji sądu. Widzę, że większość członków palestry znalazła czas, by zaszczy-

---

* Ichabod! – (z hebr. niesława, hańba) – okrzyk wyrażający żal za utraconą chwałą; biblijna synowa Helego, umierając, nazwała tak swego nowo narodzonego syna na wieść o tym, że Filistyni uprowadzili Arkę Przymierza, a jej mąż i teść zginęli (przyp. tłum.).

cić nas swą obecnością. Jak zwykle zwracam się do pani sekretarz z prośbą o zanotowanie nazwisk nieobecnych adwokatów, bym mógł później osobiście z nimi porozmawiać. Widzę wielu potencjalnych przysięgłych i dziękuję im za przybycie. Zdaję sobie sprawę z tego, że nie mogli państwo odmówić, ale chcę podkreślić, iż spełniacie niezwykle istotną rolę w naszym wymiarze sprawiedliwości. Za chwilę powołamy wielką ławę przysięgłych, a następnie wybierzemy kilka zwykłych ław przysięgłych, które będą obradować w tym i przyszłym tygodniu. Mam nadzieję, że każdy członek palestry ma kopię rejestru spraw sądowych, który – sami państwo widzą – jest bardzo długi. Jak się wstępnie zorientowałem, w ciągu najbliższych dwóch tygodni będziemy mieli codziennie przynajmniej dwie rozprawy, choć przypuszczam, że większość spraw karnych zakończy się ugodą w wyniku przyznania się oskarżonego do winy. Niemniej będziemy mieli dużo pracy i liczę na dobrą współpracę z członkami palestry. Z chwilą przystąpienia nowo wybranej wielkiej ławy przysięgłych do pracy będę wyznaczał – w miarę sporządzenia formalnych aktów oskarżenia – terminy ich odczytywania i pierwszego stawiennictwa stron w sądzie. Może zaczniemy od szybkiego zapoznania się z rejestrem spraw, najpierw karnych, następnie cywilnych; potem adwokaci będą mogli opuścić salę, a my wybierzemy wielką ławę przysięgłych.

– Sprawa z oskarżenia publicznego przeciwko Warrenowi Moke'owi, włamanie z bronią w ręku, rozprawa wyznaczona na dzisiejsze popołudnie.

Buckley podniósł się wolno, z namysłem.

– Oskarżenie jest gotowe do procesu, Wysoki Sądzie – ogłosił dumnie wobec zgromadzonej publiczności.

– Obrona również – powiedział Tyndale, adwokat z urzędu.

– Jak długo, według panów przewidywań, będzie trwał proces? – spytał sędzia.

– Półtora dnia – odpowiedział Buckley, a Tyndale skinął twierdząco głową.

– Dobrze. Wybierzemy ławę przysięgłych i rozpoczniemy rozprawę dziś o pierwszej. Sprawa z oskarżenia publicznego przeciwko Williamowi Daalowi, sześć zarzutów o fałszerstwo, termin procesu wyznaczony na jutro.

– Wysoki Sądzie – odezwał się D.R. Musgrove – ta sprawa będzie załatwiona na drodze negocjacji między stronami.

– Dobrze. Sprawa z oskarżenia publicznego przeciwko Rogerowi Homtonowi, dwa zarzuty o zabór mienia znacznej wartości, zaplanowana na jutro.

Noose odczytywał kolejne sprawy. Za każdym razem powtarzało się to samo. Wstawał Buckley i oświadczał, że oskarżenie jest gotowe do rozprawy, albo podnosił się Musgrove i spokojnie informował sąd, że negocjowana jest ugoda między stronami. Adwokaci wstawali i skinieniem głowy potwierdzali swoją gotowość do procesu. Jake nie miał w majowej sesji żadnych spraw. Starał się przybrać maksymalnie znudzoną minę, choć w rzeczywistości lubił uczestniczyć w odczytywaniu rejestru spraw, bo dzięki temu dowiadywał się, kto czym się zajmuje i co porabia konkurencja. Była to również okazja, by dobrze wypaść przed niektórymi mieszkańcami. Połowa pracowników kancelarii Sullivana była obecna i oni również sprawiali wrażenie znudzonych. Siedzieli wszyscy razem w pierwszym rzędzie ławy przysięgłych. Starsi współpracownicy firmy Sullivana za nic nie pojawiliby się podczas odczytywania rejestru spraw. Okłamywali później Noose'a, że mieli w tym czasie rozprawę przed Sądem Federalnym w Oxford albo przed Sądem Najwyższym w Jackson. Duma nie pozwalała im pokazywać się razem ze zwykłymi członkami palestry, ale by usatysfakcjonować Noose'a, wysyłali młodszych pracowników, których jedynym zadaniem było wnioskowanie, aby wszystkie sprawy cywilne, prowadzone przez firmę, odroczono, przełożono albo przesunięto. Kancelaria mogła je wówczas ciągnąć w nieskończoność i wystawiać swym klientom kolejne rachunki. Reprezentowali głównie firmy ubezpieczeniowe, które na ogół wolały nie występować przed sądem i dlatego płaciły wielkie kwoty wyłącznie w celu niedopuszczenia do tego, by sprawą zajęła się ława przysięgłych. Znacznie taniej i uczciwiej byłoby zapłacić rozsądne odszkodowanie i w ten sposób uniknąć zarówno sprawy sądowej, jak i pasożytniczych firm w rodzaju Sullivan & O'Hare, ale agencje ubezpieczeniowe oraz ich rzeczoznawcy byli zbyt głupi i zakłamani, by na to przystać. Dzięki temu prawnicy, w rodzaju Jake'a Brigance'a, zarabiali na życie, pozywając firmy ubezpieczeniowe przed sąd i zmuszając je do zapłacenia większych sum, niż mogłyby wypłacić, gdyby od samego początku postępowały uczciwie. Jake nienawidził firm ubezpieczeniowych i adwokatów reprezentujących ich interesy, a szczególnie nienawidził młodych pracowników kancelarii Sullivana; wszyscy byli w jego wieku, każdy z nich z radością poderżnąłby gardło jemu, swym współpracownikom i przełożonym oraz tym, którzy stali im na przeszkodzie, by sami mogli zostać wspólnikami, zarabiać dwieście tysięcy rocznie i nie uczestniczyć w uroczystym otwarciu sesji sądu.

Jake najbardziej nie znosił Lotterhouse'a. L. Winstona Lotterhouse'a, jak widniało na papierze firmowym, małego gogusia w okularach, absolwenta Harvardu, pyszałkowatego zarozumialca, który wkrótce miał zostać wspólnikiem i z tego względu przez ostatnie dwanaście miesięcy pałał do wszystkich szczególną nienawiścią. Siedział z zadowoloną miną między dwójką innych pracowników Sullivana. Teraz prowadził siedem spraw, za każdą z nich cykało mu sto dolarów za godzinę.

Noose przystąpił do odczytywania rejestru spraw cywilnych.

– Collins przeciwko towarzystwu ubezpieczeniowemu Royal Consolidated General Mutual.

Lotterhouse podniósł się wolno. Sekundy składały się na minuty. Z minut powstawały godziny. Godziny oznaczały honoraria, premie, awanse.

– Wysoki Sądzie, ta sprawa miała być rozpatrywana w przyszłą środę.

– Wiem o tym – powiedział Noose.

– No więc, Wysoki Sądzie, niestety muszę prosić o przełożenie. W tę środę mam w Sądzie Federalnym Memphis naradę przedwyborczą, sędzia nie wyraził zgody na jej przesunięcie. Bardzo mi przykro, że tak wyszło. Złożyłem dziś rano wniosek o odroczenie procesu.

Gardner, adwokat powoda, zerwał się wściekły.

– Wysoki Sądzie, ta sprawa już kilkakrotnie była odraczana. Najpierw wyznaczono ją na luty, ale w rodzinie żony pana Lotterhouse'a ktoś umarł. Potem miała być rozpatrywana w listopadzie, ale umarł wuj pana Lotterhouse'a. Następny termin wypadł w sierpniu i znów na przeszkodzie stanął czyjś pogrzeb. Uważam, że powinniśmy dziękować Bogu, że tym razem nikogo z bliskich pana Lotterhouse'a śmierć nie zabrała.

Na sali rozpraw rozległ się chichot. Lotterhouse się zaczerwienił.

– Co za dużo, to niezdrowo – ciągnął Gardner. – Pan Lotterhouse chciałby w nieskończoność odwlekać rozprawę. Sprawa dojrzała do tego, by ją rozpatrzyć przed sądem, i mój klient ma do tego pełne prawo. Stanowczo sprzeciwiamy się dalszym wnioskom o odroczenie procesu.

Lotterhouse uśmiechnął się do sędziego i zdjął okulary.

– Wysoki Sądzie, jeśli mi wolno…

– Nie, nie wolno panu, panie Lotterhouse – przerwał mu Noose. – Nie zgadzam się na kolejne przesunięcie terminu. Proces wyznacza się na przyszłą środę. I odbędzie się tak, jak zaplanowano.

Alleluja, pomyślał Brigance, uśmiechając sie do Lotterhouse'a. Noose na ogół był łaskaw dla pracowników Sullivana.

Dwie sprawy cywilne, które prowadził Jake, zostały przesunięte na sesję sierpniową. Noose skończył czytanie wokandy spraw cywilnych i pozwolił adwokatom opuścić salę. Teraz całą swą uwagę zwrócił na przyszłych przysięgłych. Wyjaśnił znaczenie wielkiej ławy przysięgłych, rolę, jaką miała do spełnienia, i zasady jej funkcjonowania. Podkreślił różnice między wielką a zwykłą ławą przysięgłych. Uczestnictwo w pracach tej drugiej nie było tak czasochłonne. Potem Noose zaczął zadawać pytania, dziesiątki pytań, większość z nich była zawarta w przepisach, a wszystkie dotyczyły zdolności prawnej kandydatów do występowania w charakterze przysięgłych, ich wieku, stanu zdrowia fizycznego i psychicznego, ewentualnych podstaw do zwolnienia ze sprawowania tej funkcji. Niektóre pytania wydawały się zupełnie anachroniczne, ale wciąż zadawano je zgodnie z jakimś przedpotopowym regulaminem.

– Czy są wśród państwa hazardziści lub nałogowi pijacy?

Rozległy się śmiechy, ale nikt nie przyznał się do takich słabostek. Ci, którzy przekroczyli sześćdziesiąty piąty rok życia, mogli być na własną prośbę skreśleni z listy kandydatów na przysięgłych. Noose uwzględnił usprawiedliwienia paru osób dotyczące chorób, nagłego wypadku i ciężkiej sytuacji materialnej, ale przychylił się tylko do kilku z wielu wniosków o zwolnienie z funkcji przysięgłych ze względu na charakter wykonywanej pracy zawodowej. Zabawnie było obserwować, jak kandydaci na przysięgłych wstawali, jeden po drugim, i nieśmiało wyjaśniali sędziemu, że kilka dni pełnienia tej obywatelskiej funkcji fatalnie odbije się na efektywności gospodarstwa rolnego, drogerii albo tartaku. Noose nie dał się omamić, wygłosił nawet kilka uwag na temat odpowiedzialnej postawy obywatelskiej, krytykując próby wykręcenia się od pełnienia zaszczytnej funkcji przysięgłych.

Spośród około dziewięćdziesięciu osób zostanie wyłoniona licząca osiemnastu członków wielka ława przysięgłych, a z pozostałych – będzie wybranych kilka składów zwykłych ław. Kiedy Noose zakończył przepytywanie kandydatów, pani sekretarz wyciągnęła osiemnaście karteczek z nazwiskami i położyła je przed sędzią. Noose przystąpił do odczytywania. Wywołani wstawali kolejno i wolno podchodzili do bramki w barierce, a następnie zajmowali miejsca w miękkich, obrotowych fotelach za stołem dla przysięgłych. Foteli było czternaście – tuzin dla przysięgłych i dwa dla „rezerwowych". Kiedy ława się zapełniła, Noose wywołał jeszcze cztery osoby, które zasiadły na drewnianych krzesłach, stojących przed ławą przysięgłych.

- Proszę wstać i złożyć ślubowanie – polecił Noose.

Pani sekretarz zatrzymała się przed ławą przysięgłych i odczytała rotę ślubowania z małej czarnej książeczki zawierajacej teksty wszystkich przyrzeczeń.

– Proszę podnieść prawą rękę – poleciła. – Czy uroczyście przysięgacie, że sumiennie wypełnicie swoje obowiązki przysięgłych, że uważnie wysłuchacie i uczciwie rozważycie wszystkie fakty i opinie wam zaprezentowane?

Odpowiedziało jej chóralne „przysięgamy" i wielka ława przysięgłych zajęła miejsca. Wśród pięciorga czarnych były dwie kobiety, a wśród trzynaściorga białych – osiem kobiet. Większość przysięgłych mieszkała w Clanton. Z całej osiemnastki Jake znał z widzenia siedem osób.

– Panie i panowie – rozpoczął swoje zwyczajowe przemówienie Noose – zostaliście wybrani i zaprzysiężeni na członków wielkiej ławy przysięgłych okręgu Ford i będziecie sprawować tę funkcję do czasu wyborów następnej wielkiej ławy, które odbędą się w sierpniu. Chciałbym jeszcze raz podkreślić, że obowiązki te nie pochłoną wam zbyt dużo czasu. W tym tygodniu będziecie się spotykać codziennie, a potem, aż do września, kilka godzin w miesiącu. Do waszych obowiązków należy zapoznawanie się z poszczególnymi sprawami karnymi, wysłuchiwanie przedstawicieli wymiaru sprawiedliwości i decydowanie, czy istnieją uzasadnione podstawy, by sądzić, że zatrzymany dopuścił się przestępstwa. Jeśli tak, wniesiecie formalne oskarżenie przeciwko podejrzanemu. Jest was osiemnaścioro. Jeśli przynajmniej dwanaścioro z was będzie zdania, że zatrzymany dopuścił się przestępstwa, zostanie sporządzony odpowiedni akt oskarżenia. Korzystacie z dosyć znacznych prerogatyw. Zgodnie z prawem możecie rozpatrywać każdy czyn przestępczy, przesłuchać każdego obywatela podejrzanego o naruszenie prawa, każdego funkcjonariusza państwowego; właściwie możecie wezwać każdego i rozpatrywać wszystko, co wyda się wam podejrzane. Możecie zbierać się, kiedy zechcecie, ale zazwyczaj będziecie się spotykać wtedy, gdy poprosi was o to prokurator okręgowy, pan Buckley. Macie prawo wzywać do stawiennictwa w sądzie świadków w celu złożenia zeznań lub przedstawienia dowodów. Wasze obrady odbywają się za zamkniętymi drzwiami w obecności prokuratora okręgowego i jego współpracowników oraz świadków. Oskarżonym nie wolno przed wami stawać. Zabrania się ujawniania czegokolwiek, co zostanie powiedziane lub co się wydarzy podczas obrad wielkiej ławy przysięgłych.

Panie Buckley, czy byłby pan łaskaw wstać? Dziękuję. Oto pan Rufus Buckley, prokurator okręgowy. Jest ze Smithfield w okręgu Polk. Będzie ściśle z wami współpracował. Dziękuję, panie Buckley. Panie Musgrove, proszę wstać. To pan D.R. Musgrove, asystent prokuratora okręgowego, również ze Smithfield. Pomoże panu Buckleyowi podczas waszych obrad. Dziękuję, panie Musgrove. Obaj panowie reprezentują stan Missisipi i będą przedstawiali sprawy do rozpatrzenia przez wielką ławę przysięgłych.

Na koniec jeszcze jedna uwaga: wybory do poprzedniej wielkiej ławy przysięgłych w okręgu Ford miały miejsce w lutym, a jej przewodniczącym został biały. Zgodnie więc z tradycją i zaleceniami Departamentu Sprawiedliwości wyznaczę na przewodniczącą niniejszej ławy Murzynkę. Spójrzmy na listę. Laverne Gossett. Która to z pań? Aha, to pani, dziękuję. Jest pani nauczycielką, tak? Dobrze. Jestem pewien, że podoła pani swym nowym obowiązkom. No, pora, byście państwo przystąpili do pracy. Z tego co wiem, macie rozpatrzyć ponad pięćdziesiąt spraw. Proszę, by udali się państwo za panami Buckleyem i Musgrove'em do małej sali rozpraw, która służy nam jako miejsce pracy wielkiej ławy przysięgłych. Dziękuję i życzę państwu owocnych obrad.

Buckley dumnie wyprowadził swoją nową wielką ławę przysięgłych z sali sądowej do holu. Skinął reporterom, ale oświadczył, że na razie nie ma im nic do powiedzenia. W małej sali rozpraw przysięgli zasiedli wokół dwóch długich, składanych stołów. Sekretarka wtoczyła wózek z aktami spraw. Wiekowy, na wpół sparaliżowany i głuchy emerytowany zastępca szeryfa w wyblakłym mundurze zajął miejsce obok drzwi. Tym samym zagwarantowano, by nikt niepowołany nie zakłócił prac wielkiej ławie. Buckley po namyśle przeprosił zebranych i wyszedł na korytarz, by spotkać się z dziennikarzami. Tak, oświadczył, sprawa Haileya zostanie rozpatrzona dziś po południu. Prawdę powiedziawszy, przyszedł ich powiadomić, że zwołuje konferencję prasową. Odbędzie się o szesnastej, przed głównym wejściem do gmachu sądu. Przedstawi na niej formalny akt oskarżenia Haileya.

Po lunchu komendant posterunku policji w Karaway zasiadł przy jednym końcu długiego stołu i zaczął nerwowo wertować dokumenty. Starał się nie patrzeć na członków wielkiej ławy przysięgłych, którzy niespokojnie czekali na swoją pierwszą sprawę.

– Proszę się przedstawić! – warknął prokurator okręgowy.

– Nazywam się Nolan Earnhart i jestem komendantem posterunku policji w Karaway.

– Ile ma pan spraw?

– Pięć.

– Posłuchajmy, czego dotyczy pierwsza z nich.

– Oczywiście, już mówię – wyjąkał niewyraźnie policjant, kartkując akta. – A więc pierwsza sprawa dotyczy Fedisona Bulowa, dwudziestopięcioletniego Murzyna, który 12 kwietnia o drugiej nad ranem włamał się do sklepu spożywczego Griffina w Karaway. Zadziałał cichy alarm, przyłapaliśmy Bulowa na gorącym uczynku. Dobrał się do kasy, brakowało też trochę nawozów na półkach. Pieniądze i towar znaleźliśmy w zaparkowanym w pobliżu samochodzie, zarejestrowanym na Bulowa. W areszcie złożył trzystronicowe zeznanie, oto jego kopie.

Buckley niedbałym krokiem przeszedł się po sali, uśmiechając się do wszystkich.

– Wnioskuje pan, by wielka ława przysięgłych oskarżyła Fedisona Bulowa o włamanie do budynku sklepowego i o kradzież? – podpowiedział.

– Tak, proszę pana.

– A więc, członkowie wielkiej ławy przysięgłych, możecie zadawać panu Earnhartowi pytania. To przesłuchanie prowadzicie wy. Czy są jakieś pytania?

– Tak. Czy Below był już notowany? – spytał Mack Loyd Crowell, bezrobotny kierowca ciężarówki.

– Nie – odparł policjant. – To jego pierwsze przestępstwo.

– Dobre pytanie, proszę zawsze je zadawać, bo jeżeli zatrzymani byli już uprzednio notowani, może się okazać, że należy ich potraktować jako zawodowych przestępców – pouczył Buckley. – Czy są jeszcze jakieś pytania? Nie? W takim razie proszę, by ktoś poddał pod głosowanie wniosek o sporządzenie formalnego aktu oskarżenia przeciwko Fedisonowi Bulowowi.

Zapanowała cisza. Cała osiemnastka spuściła wzrok, czekając aż ktoś inny wystąpi z wnioskiem. Buckley czekał. Cisza. Wspaniale, pomyślał. Ładna mi wielka ława przysięgłych. Gromada nieśmiałych poczciwców, bojących się otworzyć usta. Liberałowie. Czemu nie trafiła mu się ława przysięgłych żądna krwi, ochoczo formułująca wnioski o oskarżenie każdego za cokolwiek?

– Pani Gossett, ponieważ jest pani przewodniczącą, może zechce pani złożyć pierwszy wniosek?

– Zgłaszam wniosek – powiedziała pani Gossett.

– Dziękuję – odparł Buckley. – Teraz przeprowadzimy głosowanie. Kto głosuje za oskarżeniem Fedisona Bulowa o włamanie do budynku sklepowego i dopuszczenie się kradzieży, proszę podnieść rękę.

Osiemnaście rąk znalazło się w górze i Buckley odetchnął z ulgą.

Komendant przedstawił cztery pozostałe sprawy z Karaway. W każdej z nich wina zatrzymanych była równie oczywista jak w przypadku Bulowa, i przeciwko wszystkim jednogłośnie uchwalono akty oskarżenia. Buckley stopniowo uczył wielką ławę przysięgłych obowiązujących procedur. Sprawił, że poczuli się ważni, obdarzeni władzą, obarczeni odpowiedzialnością za utrzymanie ładu i porządku. Stali się dociekliwi.

– Czy był już notowany?

– Jaka mu za to grozi kara?

– Kiedy zostanie wypuszczony?

– Ile możemy wysunąć przeciwko niemu zarzutów?

– Kiedy będzie sądzony?

– Czy obecnie przebywa na wolności?

Po pięciu wnioskach o oskarżenie zakończonych pięcioma formalnymi aktami oskarżenia uchwalonymi jednogłośnie, gdy wielka ława przysięgłych z niecierpliwością czekała na następną sprawę, obojętne jaką, Buckley uznał, że nadszedł odpowiedni moment. Otworzył drzwi i skinął na stojącego w holu Ozziego, który rozmawiał cicho ze swym zastępcą i obserwował dziennikarzy.

– Najpierw przedstaw sprawę Haileya – szepnął mu Buckley, kiedy mijali się w drzwiach.

– Panie i panowie, oto szeryf Walls. Jestem pewien, że większość z was go zna. Ma do zaprezentowania kilka spraw. Która będzie pierwsza, szeryfie?

Ozzie zaczął grzebać w papierach, zgubił to, czego szukał, w końcu wyrzucił z siebie:

– Sprawa Carla Lee Haileya.

Przysięgli umilkli. Buckley obserwował ich uważnie, próbując ocenić reakcję. Większość znów spuściła wzrok. Ozzie kartkował akta, a następnie przeprosił na moment zebranych i wyszedł, by przynieść drugą teczkę. Nie planował prezentacji sprawy Haileya w pierwszej kolejności.

123

Buckley szczycił się tym, że potrafi rozszyfrować przysięgłych, że na podstawie obserwacji ich twarzy dokładnie wie, jakie opinie wygłoszą. Podczas rozpraw nie spuszczał oczu z przysięgłych, wyobrażając sobie, co który z nich akurat myśli. Umiał zadawać pytania świadkowi obrony, ani na moment nie odrywając wzroku od ławy przysięgłych. Czasami stawał twarzą do przysięgłych, zadawał świadkowi pytanie i obserwował ich twarze, by zobaczyć reakcję na odpowiedź przesłuchiwanego. Mając za sobą setki procesów, potrafił czytać w myślach przysięgłych i od razu wyczuł, że ze sprawą Haileya będzie miał problemy. Pięciu czarnych członków ławy zjeżyło się, jakby szykując się do odparcia ataku. Przewodnicząca, pani Gossett, siedziała z miną nabożnisi, Ozzie, mrucząc coś pod nosem, przerzucał kartki. Większość białych spoglądała z rezerwą, tylko Mack Loyd Crowell, mężczyzna w średnim wieku, sprawiający wrażenie człowieka bezkompromisowego, zachowywał się równie wyzywająco jak czarni. Crowell odsunął krzesło i podszedł do okna wychodzącego na północny dziedziniec sądowy. Buckley wiedział, że z Crowellem nie poradzi sobie łatwo.

– Szeryfie, ilu świadków ma pan w sprawie przeciwko Haileyowi? – spytał nieco nerwowo prokurator.

Ozzie przestał szeleścić papierami i powiedział:

– Cóż, jestem tylko ja. Jeśli trzeba będzie, możemy poprosić jeszcze jedną osobę.

– Dobrze już, dobrze – przerwał mu Buckley. – Proszę nam zreferować sprawę.

Ozzie przechylił się na krześle, skrzyżował nogi i odrzekł:

– Daj spokój, Rufus, wszyscy ją znają. Od tygodnia trąbi o niej prasa i telewizja.

– Proszę przedstawić nam fakty.

– Fakty. Dobra. Tydzień temu Carl Lee Hailey, czarny, lat trzydzieści siedem, zastrzelił niejakiego Billy'ego Raya Cobba i Pete'a Willarda, a także postrzelił funkcjonariusza służb porządkowych, DeWayne'a Looneya, który wciąż przebywa w szpitalu po amputacji nogi. Sprawca użył automatu typ M-16, którego posiadanie jest nielegalne. Odciski palców na broni zgadzają się z odciskami Haileya. Mam pisemne oświadczenie Looneya, mego zastępcy, w którym stwierdza pod przysięgą, że strzelającym był Carl Lee Hailey. Mamy też naocznego świadka, Murphy'ego, kalekę, który sprząta gmach sądu. Bardzo się jąka, ale mogę go tu poprosić, jeśli sobie państwo tego życzą.

– Czy są jakieś pytania? – przerwał mu Buckley.

Prokurator okręgowy nerwowo obserwował przysięgłych, którzy równie niespokojnie przyglądali się szeryfowi. Crowell stał tyłem do wszystkich, wyglądając przez okno.

– Czy są jakieś pytania? – powtórzył Buckley.

– Tak – odezwał się Crowell i odwrócił się od okna. Spojrzał najpierw na prokuratora okręgowego, a potem na Ozziego. – Ci dwaj, których zastrzelił, zgwałcili jego córkę, prawda, szeryfie?

– Jesteśmy niemal pewni, że tak – odpowiedział Ozzie.

–. Jeden z nich przecież się przyznał, prawda?

– Tak.

Crowell przeszedł przez pokój wolnym, ale pewnym krokiem, i stanął u drugiego krańca stołu. Spojrzał na Ozziego.

– Ma pan dzieci, szeryfie?

– Tak.

– Ma pan córkę?

– Tak.

– Przypuśćmy, że zostałaby zgwałcona i dostałby pan w swoje ręce człowieka, który się tego dopuścił. Co by pan zrobił?

Ozzie niepewnie spojrzał na Buckleya, którego kark przybrał purpurowy kolor.

– Nie muszę odpowiadać na to pytanie – odparł Ozzie.

– Czyżby? Stawił się pan przed wielką ławą przysięgłych, by zeznawać, prawda? Jest pan świadkiem, prawda? Proszę odpowiedzieć na moje pytanie.

– Nie wiem, co bym zrobił.

– No, dalej, szeryfie. Proszę nam uczciwie odpowiedzieć. Proszę mówić prawdę. Co by pan zrobił?

Ozzie poczuł zakłopotanie, zmieszanie i złość na tego nieznajomego. Chciałby wyznać prawdę i wyjaśnić ze szczegółami, z jaką radością wykastrowałby, okaleczył i zabił każdego zboczeńca, który odważyłby się tknąć jego córkę. Ale nie mógł tego powiedzieć. Wielka ława przysięgłych mogłaby podzielić jego zdanie i odmówić formalnego oskarżenia Carla Lee. Nie pragnął jego oskarżenia, ale zdawał sobie sprawę z tego, że jest ono konieczne. Spojrzał zakłopotany na zlanego potem Buckleya.

Crowell natarł na szeryfa z zapałem i gorliwością prawnika, który właśnie przyłapał świadka na kłamstwie.

– No dalej, szeryfie – zaczął ironicznie. – Czekamy. Proszę powiedzieć prawdę. Co zrobiłby pan gwałcicielowi? Proszę nam to wyznać. Słuchamy.

Buckley był bliski paniki. Groziło mu, że przegra największą sprawę w swojej pięknej karierze i to nie podczas procesu, ale w czasie obrad wielkiej ławy przysięgłych, w pierwszej rundzie, a do tego przez jakiegoś bezrobotnego kierowcę ciężarówki. Wstał i z trudem wydusił z siebie:

– Świadek nie musi odpowiadać na to pytanie.

Crowell odwrócił się do Buckleya i wrzasnął na niego:

– Niech pan się zamknie i siada! Nie będzie nam pan tu rozkazywał! To my decydujemy, czy należy wystąpić z aktem oskarżenia, prawda? Buckley usiadł i spojrzał tępo na Ozziego. Crowell zachowywał się niezgodnie z regułami gry. Ktoś musiał mu zapłacić. Za dużo wiedział. To prawda, że wielka ława przysięgłych mogła oskarżyć, kogo chciała.

Crowell znów podszedł do okna. Zebrani przyglądali mu się w milczeniu, póki nie nabrali przekonania, że już skończył swoje wystąpienie.

– Czy jest pan zupełnie pewny, że to on, Ozzie? – spytała Lemoyne Frady, daleka kuzynka Gwen Hailey.

– Tak, jestem całkowicie pewny – wolno odpowiedział Ozzie, nie spuszczając oczu z Crowella.

– I chce pan, żebyśmy o co go oskarżyli? – spytała pani Frady, ku niewysłowionej uldze szeryfa.

– O popełnienie przestępstwa zagrożonego karą śmierci i dopuszczenie się czynnej napaści na funkcjonariusza porządku publicznego.

– Ile lat mu za to grozi? – spytał Barney Flaggs, jeszcze jeden czarny.

– Za zabójstwo – komora gazowa. Za napaść na zastępcę szeryfa – dożywotnie więzienie bez możliwości zwolnienia warunkowego.

– I właśnie tego pan chce, Ozzie? – spytał Flaggs.

– Tak, panie Barney, uważam, że wielka ława przysięgłych powinna formalnie oskarżyć pana Haileya. Mówię to z całym przekonaniem.

– Są jeszcze jakieś pytania? – wtrącił się Buckley.

– Nie tak prędko – odezwał się Crowell, odwracając się od okna. – Odnoszę wrażenie, że próbuje pan wywierać na nas presję, i stanowczo się temu sprzeciwiam. Chciałbym jeszcze o tej sprawie trochę podyskutować. Niech pan siada, a jeśli będziemy czegoś od pana chcieli, to się do pana zwrócimy.

Buckley spojrzał roziskrzonym wzrokiem i krzyknął:

– Nikt mi nie może kazać usiąść i nikt mi nie może zabronić mówić!

– Myli się pan, panie Buckley – lodowatym tonem odezwał się Crowell, zjadliwie się uśmiechając. – Jeśli się pan nie uciszy, możemy kazać panu opuścić salę, prawda, panie Buckley? Możemy poprosić, by pan stąd wyszedł, a jeśli pan odmówi, możemy się zwrócić z tą sprawą do sędziego. Już on zmusi pana do wyjścia, nieprawdaż, panie Buckley?

Rufus stał nieruchomo, oszołomiony, nie mogąc wydusić słowa. Czuł, jak go coś ściska w żołądku, nogi miał jak z waty i stał niczym przykuty do podłogi.

– A więc jeśli chce pan wysłuchać dalszego ciągu naszych obrad, proszę usiąść i nie zabierać głosu.

Buckley usiadł obok zastępcy szeryfa, który się właśnie obudził.

– Dziękuję – powiedział Crowell. – Chciałbym zadać państwu jedno pytanie. Ilu z was zrobiłoby lub chciałoby zrobić to, co uczynił pan Hailey, gdyby ktoś zgwałcił waszą córkę albo żonę, albo na przykład matkę? Ilu? Proszę podnieść ręce.

Uniosło się siedem czy osiem rąk i Buckley spuścił głowę.

Crowell uśmiechnął się i ciągnął:

– Podziwiam Haileya za to, co zrobił. To wymaga charakteru. Mam nadzieję, że miałbym odwagę zrobić to, co on, bo – na Boga! – chciałbym umieć tak postąpić, gdybym się znalazł w jego sytuacji. Czasami po prostu człowiek musi zrobić to, co do niego należy. Ten człowiek zasługuje na medal, a nie na więzienie.

Crowell obchodził wolno stoły, rozkoszując się tym, że znalazł się w centrum uwagi.

– Zanim przystąpicie do głosowania, chcę, byście coś zrobili. Pomyślcie o tej nieszczęsnej dziewczynce. Zdaje się, że ma dziesięć lat. Spróbujcie wyobrazić ją sobie leżącą na leśnej polance, z rękami związanymi na plecach, zapłakaną, wzywającą swego tatusia. I pomyślcie o tych dwóch pijanych bandziorach, znajdujących się pod wpływem narkotyków, na zmianę gwałcących ją i katujących. Próbowali ją nawet zabić. Pomyślcie o swych własnych córkach. Wyobraźcie je sobie na miejscu dziewczynki Haileyów. Czy nie sądzicie, że spotkało ich to, na co sobie zasłużyli? Powinniśmy się cieszyć, że są martwi. Czuję się bezpieczniej, wiedząc, że tych obu sukinsynów nie ma już wśród nas, że nie zgwałcą już ani nie zabiją żadnego dziecka. Pan Hailey wyświadczył nam wielką przysługę. Nie oskarżajmy go. Pozwólmy mu wrócić do domu, do rodziny, bo tam jest jego miejsce. To dobry człowiek, który postąpił ze wszech miar właściwie.

Crowell zamilkł i znów podszedł do okna. Buckley przyglądał mu się bojaźliwie, a gdy nabrał pewności, że tamten skończył, podniósł się znowu.

– Proszę pana, skończył pan?

Nie otrzymał odpowiedzi.

– Dobrze. Panie i panowie, chciałbym wyjaśnić jedną kwestię. Wielka ława przysięgłych nie jest powołana, by rozstrzygać o winie. To należy do obowiązków zwykłej ławy przysięgłych. Pan Hailey będzie miał uczciwy proces, w obecności dwunastu sprawiedliwych, bezstronnych przysięgłych, i jeśli jest niewinny, zostanie uniewinniony. Ale o jego winie czy niewinności nie decyduje wielka ława przysięgłych. Do państwa należy stwierdzenie, po wysłuchaniu przedstawionej przez oskarżenie wersji wydarzeń, czy istnieją mocne przesłanki pozwalające założyć, że dopuszczono się przestępstwa. Niniejszym oświadczam, że Carl Lee Hailey dopuścił się przestępstwa. A dokładniej – trzech przestępstw. Zabił dwie osoby, a jedną zranił. Mamy na to naocznego świadka.

Buckley w miarę mówienia rozgrzewał się coraz bardziej. Znów wróciła mu pewność siebie.

127

– Obowiązkiem wielkiej ławy przysięgłych jest postawienie go w stan oskarżenia, a jeśli Carl Lee ma coś na swoją obronę, przedstawi to podczas procesu. Oskarżono go o popełnienie przestępstwa i w czasie procesu musimy dowieść, że je popełnił. Jeśli będzie miał coś na swoją obronę i jeśli uda mu się przekonać ławę przysięgłych, zapewniam państwa, że zostanie uniewinniony. Wielka ława przysięgłych nie ma prawa rozstrzygać o winie bądź niewinności Haileya. Jeszcze będzie na to czas, prawda, szeryfie?

Ozzie skinął głową i powiedział:

– Zgadza się. Wielka ława przysięgłych ma formalnie oskarżyć zatrzymanego na podstawie przedstawionych dowodów. W trakcie procesu nie zostanie skazany, jeśli oskarżenie nie będzie mu potrafiło niczego udowodnić, albo jeśli oskarżony będzie się potrafił obronić przed postawionymi zarzutami. Wielka ława przysięgłych nie powinna martwić się takimi problemami.

– Czy są jeszcze jakieś pytania? – dodał niespokojnie Buckley. – Dobrze, w takim razie proszę o sformułowanie wniosku.

– Wnioskuję, byśmy o nic go nie oskarżali – wrzasnął Crowell.

– Popieram wniosek – mruknął Barney Flaggs.

Pod Buckleyem ugięły się kolana. Spróbował coś powiedzieć, ale mu się nie udało. Ozzie z trudem ukrywał swoje rozbawienie.

– Głosujemy nad wnioskiem – odezwała się pani Gossett. – Kto za, proszę podnieść rękę.

W górze znalazły się ręce całej piątki czarnych i Crowella. Sześć głosów. Wniosek upadł.

– Co mamy zrobić teraz? – spytała pani Gossett.

– Niech ktoś zgłosi wniosek, by oskarżyć pana Haileya o dwa przestępstwa zagrożone karą śmierci oraz o czynną napaść na funkcjonariusza porządku publicznego – odezwał się szybko Buckley.

– Zgłaszam wniosek – powiedział jeden z białych.

– Popieram – odezwał się inny.

– Wszyscy, którzy są za wnioskiem, proszę podnieść rękę – powiedziała pani Gossett. – Naliczyłam dwanaście rąk. Kto się sprzeciwia? Pięć osób i ja szósta. Dwanaście do sześciu. Co to oznacza?

– To oznacza, że Hailey został oskarżony – triumfalnie oświadczył Buckley. Znów mógł normalnie oddychać, jego twarz odzyskała naturalny kolor. Szepnął coś do protokolantki, a następnie zwrócił się do wielkiej ławy przysięgłych. – Proponuję dziesięć minut przerwy. Mamy jeszcze do rozpatrzenia około czterdziestu spraw, więc proszę wrócić na czas. Chciałbym przypomnieć państwu to, co powiedział dziś rano sędzia Noose. Te obrady są całkowicie tajne. Nie wolno państwu z nikim rozmawiać o tym, co dzieje się w tej sali...

- Pan Buckley pragnie powiedzieć – przerwał mu Crowell – że nie możemy nikomu wyjawić, że zabrakło jednego głosu do oddalenia oskarżenia. Dobrze mówię, Buckley?

Prokurator okręgowy pospiesznie opuścił pokój, zatrzaskując za sobą drzwi.

Otoczony przez dziesiątki operatorów kamer i dziennikarzy, Buckley stał na schodach przed gmachem sądu i wymachiwał kopiami aktów oskarżenia. Perorował, pouczał, moralizował, wychwalał wielką ławę przysięgłych, wygłaszał płomienne mowy przeciwko przestępstwom w ogóle i wymierzaniu sprawiedliwości na własną rękę oraz potępiał Carla Lee Haileya. Będzie proces. W ławie zasiądą przysięgli. Gwarantował wyrok skazujący. Gwarantował wyrok śmierci. Był nieprzyjemny, napastliwy, arogancki, obłudny. Był sobą. Część dziennikarzy odeszła, ale on dalej tokował. Wychwalał siebie oraz swoje umiejętności, przypomniał, że może się poszczycić dziewięćdziesięcioma, nie, dziewięćdziesięcioma pięcioma procentami wyroków skazujących. Kolejni dziennikarze oddalili się, wyłączono dalsze kamery. Wychwalał sędziego Noose'a za jego mądrość i sprawiedliwość. Wychwalał mądrość i sprawiedliwość przysięgłych z okręgu Ford.

W końcu wszystkim sprzykrzyło się wysłuchiwanie Buckleya; zostawili go samego na stopniach przed gmachem sądu.

ROZDZIAŁ 13

Stump Sisson był Wielkim Wizardem, czyli szefem Klanu w stanie Missisipi. Zwołał spotkanie w małym domku, w głębi sosnowego lasu w okręgu Nettles, prawie czterysta kilometrów na południe od okręgu Ford. Nie było powłóczystych płaszczy, tradycyjnych rytuałów ani przemówień. Mała grupka członków Klanu omawiała z Freddiem Cobbem, bratem zamordowanego Billy'ego Raya Cobba, wypadki w okręgu Ford. Freddie zadzwonił do znajomego, który z kolei zadzwonił do Stumpa, a ten zorganizował spotkanie.

Czy formalnie oskarżono czarnucha? Cobb nie był pewien, ale słyszał, że proces ma się odbyć pod koniec lata albo wczesną jesienią. Najbardziej niepokoiły go pogłoski o tym, że czarnuch chce się powołać na niepoczytalność i mają go na tej podstawie puścić wolno. To by było niesprawiedliwe. Ten czarnuch zabił jego brata z zimną krwią, wszystko sobie z góry zaplanował. Ukrył się w pomieszczeniu gospodarczym i czekał tam na Billy'ego

Raya. To było morderstwo z premedytacją, a teraz zaczyna się przebąkiwać, że mają go puścić wolno. Co mógłby w tej sprawie zrobić Ku-Klux-Klan? W dzisiejszych czasach wszyscy bronią czarnuchów – powstały NAACP, ACLU i tysiące innych organizacji walczących o prawa obywatelskie, że nie wspomni już o sądach i władzach. Do diabła, biali nie mają teraz żadnych szans. Został im tylko Klan. Kto poza nim stanie w obronie białych ludzi? Wszystkie prawa faworyzują czarnuchów, a zakochani w czarnuchach liberalni politycy uchwalają kolejne przepisy, wymierzone przeciwko białym mieszkańcom kraju. Wreszcie ktoś musi stanąć w ich obronie. Oto, czemu do nich zadzwonił.

Czy czarnuch siedzi w areszcie? Tak, i traktują go po królewsku. Mają w Clanton czarnego szeryfa, niejakiego Wallsa, który darzy tego czarnucha sympatią. Aresztant korzysta ze specjalnych przywilejów i ma zapewnioną dodatkową ochronę. W ogóle z tym naszym szeryfem to odrębna historia. Ktoś powiedział, że w tym tygodniu Hailey może wyjść z aresztu za kaucją. Ale to tylko plotka. Pobożne życzenia niektórych.

No, a ten twój brat, czy rzeczywiście ją zgwałcił? Nie wiem, zapewne nie. Willard, ten drugi, przyznał się do gwałtu, ale nie Billy Ray. Miał tyle kobiet, ile chciał. Czemu miałby gwałcić tę czarną dziewczynkę? A nawet jeśli, to wielka mi rzecz.

Kto reprezentuje czarnucha? Brigance, miejscowy prawnik. Młody, ale niezły. Bronił już w wielu sprawach karnych i cieszy się dobrą opinią. Wygrał już parę procesów o morderstwo.

Kto będzie sędzią? Jeszcze nie wiem. Sędzią okręgowym jest Bullard, ale chodzą słuchy, że rozprawa zostanie przeniesiona do innego okręgu, więc nie wiadomo, kto będzie sądził.

Sisson i członkowie Klanu uważnie słuchali tego ciemnego kmiota. Podobał im się fragment o NAACP, rządzie i politykach, ale czytali gazety, oglądali telewizję i dobrze wiedzieli, że jego brat otrzymał to, na co sobie zasłużył. Tyle tylko, że z rąk czarnucha. A to było niedopuszczalne.

Sprawa mogła stać się prawdziwą bombą zapalającą. Ponieważ proces miał się odbyć za kilka miesięcy, mieli dosyć czasu, by dobrze zaplanować akcję protestacyjną. W dzień mogliby maszerować wokół budynku sądu w swych białych płaszczach i spiczastych, osłaniających twarz kapturach. Mogą przemawiać do tłumów i paradować przed kamerami. Dziennikarzom się to spodoba – nienawidzili ich, ale ubóstwiali wszelkie manifestacje i draki. A nocami mogą terroryzować mieszkańców płonącymi krzyżami i telefonami z pogróżkami. Nie sprawi im kłopotu wytypowanie osób, które staną się celem ich ataków i niczego nie będą podejrzewały. Zamieszki są nieuniknione. Umieli je prowokować. W pełni zdawali sobie sprawę z tego, jak widok procesji w białych płaszczach wpływa na tłumy nabuzowanych czarnuchów.

Okręg Ford może stać się terenem zabawy w chowanego, błyskawicznych wypadów, chuligańskich wybryków. Będą mieli czas wszystko zorganizować i ściągnąć posiłki z innych stanów. Który członek Klanu chciałby przegapić taką cudowną okazję? A co z rekrutami? Przecież ta sprawa może na nowo rozpalić rasistowskie ognie i wyprowadzić z kryjówek na ulice zaciekłych wrogów czarnuchów. Liczba członków Klanu malała. Dzięki Haileyowi przyciągną do siebie nowych sympatyków.

– Panie Cobb, czy mógłby nam pan dostarczyć nazwiska i adresy: tego czarnucha, jego rodziny, adwokata, sędziego i przysięgłych? – poprosił Sisson.

Cobb zastanowił się przez moment.

– Tak, ale z wyjątkiem przysięgłych. Nie zostali jeszcze wybrani.

– Kiedy pozna pan ich nazwiska?

– Nie mam zielonego pojęcia. Przypuszczam, że podczas procesu. A czemu pytacie?

– Nie jesteśmy jeszcze pewni, ale najprawdopodobniej Klan włączy się w tę sprawę. Musimy utrzymywać dobrą formę, a to może być niezła okazja do potrenowania naszych umiejętności.

– Czy mógłbym jakoś pomóc? – spytał żarliwie Cobb.

– Oczywiście, ale musi pan wstąpić do organizacji.

– Nie ma u nas Ku-Klux-Klanu. Rozpadł się dawno temu. Mój dziadek do niego należał.

– Czy dobrze zrozumieliśmy? Czy dziadek ofiary był członkiem Klanu?

– Tak – z dumą stwierdził Cobb.

– W takim razie musimy zająć się tą sprawą. – Członkowie Klanu byli podekscytowani. Wyjaśnili Cobbowi, że gdyby zebrał pięciu, sześciu znajomych o podobnych do swoich poglądach i motywacji, by wstąpić do Klanu, mogą zorganizować wielką, potajemną ceremonię w lasach okręgu Ford, z olbrzymim płonącym krzyżem i wszystkimi bajerami. Staną się pełnoprawnymi członkami Ku-Klux-Klanu. Będą tworzyć sekcję w okręgu Ford. Wszyscy się zjednoczą i urządzą podczas procesu Carla Lee Haileya prawdziwą hecę. Tego lata w okręgu Ford narobią tyle zamieszania, że żadnemu przysięgłemu z odrobiną oleju w głowie nawet przez myśl nie przejdzie, by głosować za uniewinnieniem tego czarnucha. A jeśli zbierze jeszcze kilku – mianują go szefem organizacji w okręgu Ford.

Cobb powiedział, że ma dosyć kuzynów, by sformować oddział Klanu w rodzinnych stronach. Opuścił zebranych pijany z podniecenia na myśl, że tak jak jego dziadek będzie członkiem Ku-Klux-Klanu.

Buckley źle obrał sobie moment działania. Wieczorne dzienniki zignorowały jego przedstawienie dla dziennikarzy, zorganizowane o czwartej przed gmachem sądu. Jake przerzucił wszystkie kanały na małym, czarno-białym odbiorniku w biurze i zaśmiał się na cały głos, bo ani stacje ogólnokrajowe, ani lokalne z Memphis, Jackson i Tupelo nie podały informacji o formalnym oskarżeniu Haileya. Wyobrażał sobie rodzinę Buckleya: wszyscy skupieni wokół telewizora, przekręcają z desperacją gałkę, wypatrując swego bohatera, podczas gdy on wrzeszczy na nich, żeby byli cicho. O siódmej, po prognozie pogody z Tupelo, ostatniej wieczornej prognozie pogody, rodzina wycofała się, zostawiając go samego. Łudził się jeszcze, że może pokażą coś o dziesiątej.

O dziesiątej Jake i Carla siedzieli po ciemku na kanapie, mocno przytuleni do siebie, i czekali na wiadomości. W końcu go pokazali, stał na schodach, wymachując jakimiś papierami i wykrzykiwał niczym uliczny kaznodzieja, podczas gdy reporter z Kanału 4 wyjaśniał, że to Rufus Buckley, prokurator okręgowy, który wystąpi w procesie formalnie dziś oskarżonego Carla Lee Haileya. Po wyjątkowo niekorzystnym ujęciu Buckleya, kamera zatoczyła koło, ukazując prześliczną panoramę centrum Clanton, a potem znów dziennikarza, który powiedział dwa zdania na temat rozprawy przewidzianej na koniec lata.

– Jest odrażający – stwierdziła Carla. – Dlaczego zwołał konferencję prasową, by poinformować o formalnym oskarżeniu?

– Jest prokuratorem. My, uczciwi adwokaci, nienawidzimy dziennikarzy.

– Właśnie to zauważyłam. Mój zeszyt z wycinkami prasowymi gwałtownie się zapełnia.

– Koniecznie zrób kopie dla mamy.

– Czy opatrzysz je dla niej swym autografem?

– Tylko za opłatą. Tobie dam autograf za darmo.

– Świetnie. A kiedy przegrasz, przyślę ci rachunek za spinacze i klej.

– Moja droga, przypominam ci, że jeszcze nigdy nie przegrałem sprawy o morderstwo. Dokładnie mówiąc, jest 3:0.

Carla nacisnęła guzik w pilocie i głos spikera przekazującego prognozę pogody umilkł.

– Wiesz, czego najbardziej nie znoszę, podczas gdy bronisz mordercy? – Zrzuciła poduszkę z nóg.

– Krwi, rzezi, okrucieństwa?

– Nic. – Rozpuściła swe sięgające do ramion włosy i pozwoliła, by opadły na oparcie kanapy.

– Czyjegoś straconego życia, choćby nie wiem jak mało znaczącego?

– Nie. – Miała na sobie jedną z jego starych, obszernych, rozpinanych do samego dołu koszul. Zaczęła się bawić guzikami.

– Okropnej wizji niewinnego człowieka, któremu grozi komora gazowa?

– Nie. – Zaczęła je odpinać. Niebieskoszare światło bijące z ekranu telewizora błyskało w ciemnym pokoju jak stroboskop, kiedy spiker z uśmiechem pożegnał się z widzami, życząc im dobrej nocy.

– Lęku młodej rodziny, gdy jej ojciec wkracza na salę rozpraw, by zmierzyć się z obywatelami zasiadającymi w ławie przysięgłych?

– Nie. – Rozpięła już wszystkie guziki i Jake zobaczył jej gołe, śniade ciało w staniku z połyskującego, białego jedwabiu.

– Ukrytej niesprawiedliwości naszego systemu sądownictwa?

– Nie. – Zaczęła przesuwać swoją smukłą nogę coraz wyżej, aż położyła ją na oparciu kanapy.

– Nieetycznego i pozbawionego skrupułów działania glin i prokuratorów mającego na celu przygwożdżenie niewinnie oskarżonych?

– Nie. – Rozpięła jedwabny stanik, ukazując niemal idealne piersi.

– Ferworu, złości, zaciekłości, niekontrolowanych emocji, zmagania się ludzkiego ducha, nieokiełznanych pasji?

– No, blisko – powiedziała. Koszula i szorty rykoszetem odbiły się od lamp i niskich stolików, a dwa ciała zagrzebały się głęboko w poduszki. Stara kanapa, prezent od jej rodziców, zaskrzypiała i zakołysała się na zabytkowym parkiecie. Była solidna i przyzwyczajona do takiego traktowania. Kundel Max pobiegł korytarzem i stanął na warcie pod drzwiami pokoju Hanny.

Rozdział 14

Harry Rex Vonner, potężne, zwaliste chłopisko, był prawnikiem specjalizującym się w procesach rozwodowych; zawsze trzymał w areszcie jakiegoś kretyna za niepłacenie alimentów. Należał do osób cynicznych i złośliwych, a jego usługi cieszyły się ogromnym wzięciem wśród rozwodzących się par okręgu Ford. Potrafił wytargować dla swego klienta dzieci, dom, gospodarstwo rolne, magnetowid, kuchenkę mikrofalową i całą resztę. Jakiś zamożny farmer płacił mu stałą pensję, by jego obecna żona w razie rozwodu nie mogła go zaangażować. Harry Rex przekazywał Jake'owi sprawy karne, natomiast Jake oddawał mu sprawy rozwodowe. Byli przyjaciółmi i nienawidzili innych prawników, a szczególnie tych z firmy Sullivana.

We wtorek rano Harry Rex wparował do biura Brigance'a i warknął do Ethel:

– Jest Jake?

Skinęła twierdząco głową, wiedząc, że lepiej nie pytać, czy jest umówiony. Już ją kiedyś zwymyślał. Wszystkich kiedyś przynajmniej raz zwymyślał.

Schody zatrzęsły się, gdy ciężko wtaczał się na górę. Wszedł zziajany do gabinetu Jake'a.

– Dzień dobry, Harry Rex. Znów ci się udało?

- Czemu nie przeniesiesz gabinetu na dół? – spytał, próbując złapać oddech.
- Trochę gimnastyki dobrze ci zrobi. Gdyby nie te schody, ważyłbyś już chyba ze sto czterdzieści kilogramów.
- Dzięki za troskę o moje zdrowie. Właśnie wracam z sądu. Noose chciałby się z tobą zobaczyć o wpół do jedenastej, jeśli to możliwe. Pragnie porozmawiać z tobą i Buckleyem o sprawie Haileya; ustalić termin odczytywania aktu oskarżenia, datę rozpoczęcia procesu i wszystkie te bzdety. Prosił mnie, bym ci to przekazał.
- Dziękuję. Przyjdę.
- Spodziewam się, że słyszałeś, jak przebiegały obrady wielkiej ławy przysięgłych?
- No pewnie. Mam przed sobą kopię formalnego oskarżenia.
Harry Rex uśmiechnął się szeroko.
- Nie, nie, miałem na myśli przebieg głosowania nad wnioskiem o oskarżenie Haileya.
Jake znieruchomiał i spojrzał zaintrygowany na swego gościa. Harry Rex krążył nad okręgiem Ford niczym groźna chmura. Był niewyczerpanym źródłem plotek i pogłosek, choć szczycił się tym, że mówi wyłącznie prawdę. Pierwszy wiedział niemal o wszystkim. Legenda Harry'ego Reksa zaczęła się dwadzieścia lat temu, podczas jego pierwszego procesu z udziałem ławy przysięgłych. Kolej, którą w imieniu klienta skarżył o milionowe odszkodowanie, nie zgodziła się zapłacić ani centa. Po trzech dniach procesu przysięgli udali się na obrady. Gdy nie wrócili szybko z werdyktem na korzyść kolei, reprezentujący ją prawnicy zaczęli się trochę niepokoić. Kiedy obrady przeciągnęły się na następny dzień, zaproponowali Harry'emu Reksowi dwadzieścia pięć tysięcy, by załatwić sprawę polubownie. Zachowując zimną krew, powiedział im, by się wynieśli do diabła. Jego klient był skłonny się zgodzić. Oznajmił więc swemu klientowi, by też się wyniósł do diabła. Upłynęło jeszcze ładnych kilka godzin, nim ledwo żywi ze zmęczenia przysięgli wrócili z werdyktem: sto pięćdziesiąt tysięcy. Harry Rex pokazał prawnikom kolei figę i udał się do baru w Best Western. Postawił wszystkim drinka i podczas długiego wieczoru wyjaśnił ze szczegółami, jak to założył w pokoju przysięgłych podsłuch i dzięki temu dokładnie wiedział, co zamierza ława. Wkrótce mówiło o tym całe miasto. Murphy rzeczywiście znalazł w kanałach centralnego ogrzewania, przechodzących przez salę przysięgłych, jakieś druty. Stanowe Stowarzyszenie Adwokatów zaczęło węszyć, ale niczego nie wykryło. Niemniej od dwudziestu lat sędziowie polecali urzędnikom sądowym, by dokładnie sprawdzali pokój przysięgłych, gdy rozpatrywano sprawy, z którymi miał do czynienia Harry Rex.
- Skąd znasz wyniki głosowania? – podejrzliwie spytał Jake.

– Mam swoje źródła.

– Dobra; a więc jak głosowano?

– Dwanaście do sześciu... Jeden głos mniej i nie trzymałbyś tego aktu oskarżenia.

– Dwanaście do sześciu – powtórzył Jake.

– Buckley mało nie wykorkował. Niejaki Crowell, biały, przypuścił atak i niemal przekonał przysięgłych, by nie wysuwali oskarżenia przeciwko twojemu klientowi.

– Znasz tego Crowella?

– Dwa lata temu prowadziłem jego sprawę rozwodową. Mieszkał w Jackson, póki jego pierwszej żony nie zgwałcił jakiś czarnuch. Zupełnie jej odbiło i się rozwiedli. Wkrótce podcięła sobie żyły. Crowell przeniósł się do Clanton i ożenił z jakąś dziewuchą. Małżeństwo przetrwało rok. Nieźle sobie poczynał z Buckleyem. Powiedział mu, by siadał i się zamknął. Żałuję, że tego nie widziałem.

– Mówisz tak, jakbyś przy tym był.

– Nie. Mam jedynie dobrych informatorów.

– Kto to taki?

– Jake, daj spokój.

– Znów założyłeś podsłuch?

– Nie. Nadstawiłem jedynie uszu. To dobry znak, prawda?

– Niby co?

– Taki wynik głosowania. Sześciu z osiemnastu było za tym, by go puścić. Pięciu czarnuchów i Crowell. To dobry znak. Wystarczy, żebyś miał wśród przysięgłych kilku czarnuchów, którzy nie podzielą zdania większości. Mam rację?

– To nie takie proste. Jeśli Hailey będzie sądzony w naszym okręgu, istnieje duże prawdopodobieństwo, że trafi na samych białych przysięgłych. To się u nas zdarza stosunkowo często, a jak sam dobrze wiesz, biali są wciąż niezwykle pryncypialni. A ten Crowell pojawił się tu nie wiadomo skąd.

– Tego samego zdania jest Buckley. Szkoda, że nie widziałeś tego dupka. Krąży teraz po gmachu sądu dumny jak paw, gotów rozdawać wszystkim autografy po swym wczorajszym wielkim wystąpieniu telewizyjnym. Nikt nie chce z nim rozmawiać, więc próbuje napomknąć o sprawie przy każdej okazji. Zachowuje się zupełnie jak dzieciak błagający o chwilę uwagi.

– Bądź dla niego miły. Może zostać twoim gubernatorem.

– Wykluczone, jeśli zawali sprawę Haileya. A przegra ją. Dobierzemy sobie odpowiednią ławę przysięgłych, dwunastu dobrych i uczciwych obywateli, a potem sobie ich kupimy.

– Nie słyszałem tej uwagi.

– Ten sposób nigdy nie zawodzi.

Parę minut po wpół do jedenastej Jake pojawił się w pokoju sędziego na tyłach sali rozpraw i chłodno uścisnął dłonie Buckleyowi, Musgrove'owi i Ichabodowi. Czekali na niego. Noose skinął mu ręką, by usiadł, a sam zajął miejsce w fotelu za biurkiem.

– Jake, to potrwa zaledwie parę minut. – Spojrzał na niego uważnie. – Chciałbym, żeby Carl Lee Hailey stawił się w sądzie o dziewiątej rano. Czy ci to odpowiada?

– Tak, idealnie – odpowiedział Jake.

– Rano przedstawimy jeszcze kilka innych aktów oskarżenia, a o dziesiątej rozpoczniemy proces w sprawie włamania, dobrze, Rufus?

– Oczywiście, proszę pana.

– Świetnie. Teraz może porozmawiajmy o terminie procesu pana Haileya. Jak wiecie, następna sesja sądu rozpoczyna się pod koniec sierpnia – dokładnie w trzeci poniedziałek – i jestem pewien, że rejestr spraw będzie równie długi jak teraz. Z uwagi na charakter tej sprawy i mówiąc szczerze, ze względu na jej rozgłos uważam, że proces powinien się rozpocząć najszybciej, jak to tylko będzie możliwe.

– Im szybciej, tym lepiej – wtrącił Buckley.

– Jake, ile czasu potrzebuje pan, by się przygotować do procesu?

– Dwa miesiące.

– Dwa miesiące! – powtórzył z niezadowoleniem Buckley. – Dlaczego aż tyle?

Jake zignorował jego słowa i obserwował, jak Ichabod poprawia okulary do czytania i studiuje kalendarz.

– Czy należy zakładać, że wystąpicie z wnioskiem o zmianę właściwości miejscowej sądu? – spytał.

– Tak.

– Nie będzie to miało żadnego znaczenia – powiedział Buckley. – Wszędzie uzyskamy wyrok skazujący.

– Zostaw te uwagi dla dziennikarzy – spokojnie poradził mu Jake.

– Patrzcie, patrzcie, któż to mówi o dziennikarzach! Dobrze wiem, że sam lubisz występować przed kamerami – odgryzł się Buckley.

– Panowie, proszę – powiedział Noose. – Jakich innych wniosków przedprocesowych możemy się spodziewać ze strony obrony?

Jake pomyślał chwilę, a potem stwierdził:

– Tak, wniesiemy jeszcze inne wnioski.

– Czy mogę wiedzieć jakie? – spytał Noose z lekką irytacją.

– Panie sędzio, naprawdę nie chciałbym teraz zdradzać linii obrony. Dopiero otrzymaliśmy akt oskarżenia i jeszcze nie omawiałem go z moim klientem. Ale nie mam wątpliwości, że czeka nas mnóstwo pracy.

– Ile czasu wam potrzeba?

– Sześćdziesięciu dni.

– Przecież to kpiny! – krzyknął Buckley. – Czy to ma być żart? Oskarżenie może przystąpić do procesu choćby jutro, panie sędzio. Dwa miesiące! Dobre sobie!

Jake'a zaczął ogarniać gniew, ale nic nie powiedział. Buckley podszedł do okna, mrucząc coś pod nosem z niedowierzaniem.

Noose przestudiował swój kalendarz.

– Dlaczego akurat sześćdziesiąt dni?

– To może być skomplikowana sprawa.

Buckley roześmiał się i pokiwał głową.

– Czyli że możemy oczekiwać wniosku o uznanie sprawcy za niepoczytalnego? – spytał sędzia.

– Tak, proszę pana. I będziemy potrzebowali czasu, by pan Hailey mógł zostać przebadany przez psychiatrę. Potem oczywiście oskarżenie zażyczy sobie, by został przebadany również przez ich specjalistów.

– Rozumiem.

– Mogą również wyniknąć inne kwestie. To duża sprawa i chcę mieć czas, by się odpowiednio do niej przygotować.

– Co pan na to, panie Buckley?

– Jest nam to obojętne. Oskarżeniu nie robi to żadnej różnicy. Jesteśmy gotowi. Możemy przystąpić do procesu nawet jutro.

Noose nagryzmolił coś w swoim kalendarzu i poprawił okulary, nasadzone na sam czubek swego wielkiego nochala. Utrzymywały się tam dzięki małej brodawce, znajdującej się dokładnie na środku nosa. Ze względu na rozmiary swego organu powonienia i niezwykły kształt głowy pan sędzia potrzebował dla siebie okularów specjalnej konstrukcji. Wcale nie używał ich do czytania; miały tylko odwracać uwagę od rozmiarów i kształtu jego nosa. Jake od dawna to podejrzewał, ale brakowało mu odwagi, by poinformować pana sędziego, że karykaturalne, ośmiokątne, zabarwione na pomarańczowo szkła odwracały uwagę od reszty postaci Noose'a i skupiały ją właśnie na tym nieszczęsnym nochalu.

– Jake, czy według pana długo będzie trwał proces? – spytał Noose.

– Trzy, cztery dni. Ale samo ustalenie składu ławy przysięgłych może zająć trzy dni.

– A według pana, panie Buckley?

– Uważam tak samo. I nie rozumiem, dlaczego potrzeba aż dwóch miesięcy, by przygotować się do trzydniowego procesu. Według mnie rozprawa powinna się odbyć wcześniej.

– Nie denerwuj się, Rufus – spokojnie powiedział Jake. – Dziennikarze stawią się i za sześćdziesiąt dni, a nawet za dziewięćdziesiąt. Nie zapomną o tobie. Możesz przez ten czas udzielać wywiadów, zwoływać konferencje prasowe, prawić kazania i co tylko chcesz. Więc się uspokój. Będziesz miał swoją szansę.

Buckley zmrużył oczy, twarz mu poczerwieniała. Zrobił trzy kroki w stronę Jake'a.

– Jeśli się nie mylę, panie Brigance, w ostatnim tygodniu udzielił pan więcej wywiadów i częściej pokazywał się pan przed kamerami niż ja.

– Wiem o tym. Zazdrości mi pan, prawda?

– Nie, nie zazdroszczę! Gwiżdżę na dziennikarzy...

– Od kiedy?

– Panowie, proszę – przerwał im Noose. – Zanosi się na długą, rozpalającą emocje sprawę. Oczekuję od panów, byście się zachowywali jak zawodowcy. Z mojego kalendarza wynika, że jedynym wolnym terminem dysponuję w tygodniu rozpoczynającym się 22 lipca. Czy to panom odpowiada?

– Akceptujemy tę datę – powiedział Musgrove.

Jake uśmiechnął się do Buckleya i zerknął do swego kalendarzyka.

– Nie mam zastrzeżeń.

– Świetnie. Wszystkie wnioski muszą być przedstawione, a sprawy przedprocesowe załatwione do poniedziałku, 8 lipca. Odczytanie aktu oskarżenia odbędzie się jutro o dziewiątej. Są jakieś pytania?

Jake wstał, uścisnął dłoń Noose'owi i Musgrove'owi, po czym wyszedł.

Po lunchu spotkał się ze swym klientem w gabinecie Ozziego. Carlowi Lee doręczono już wcześniej kopię aktu oskarżenia. Miał parę pytań do swojego adwokata.

– Co to jest zabójstwo pierwszego stopnia?

– Najgorszy z możliwych rodzaj zabójstwa.

– A ile ich w ogóle jest?

– W zasadzie trzy. Nieumyślne spowodowanie śmierci, zwykłe zabójstwo i zabójstwo z premedytacją.

– Ile grozi za nieumyślne spowodowanie śmierci?

– Dwadzieścia lat.

– A za zwykłe zabójstwo?

– Od dwudziestu do dożywocia.

– A za zabójstwo pierwszego stopnia?

– Komora gazowa.

– A za czynną napaść przy użyciu niebezpiecznego narzędzia na funkcjonariusza policji?

– Dożywotnie więzienie bez możliwości zwolnienia warunkowego.

Carl Lee uważnie przyjrzał się aktowi oskarżenia.

– Czyli że czeka mnie dwa razy komora gazowa i raz dożywocie?

– Niezupełnie. Masz prawo do procesu. Nawiasem mówiąc, jego datę wyznaczono na 22 lipca.

– To za dwa miesiące! Dlaczego tak późno?

– Potrzebujemy dużo czasu. Po pierwsze, niełatwo będzie znaleźć psychiatrę, który orzeknie, że byłeś niepoczytalny. Potem Buckley skieruje cię do Whitfield, by przebadali cię inni specjaliści. Oni stwierdzą, że byłeś najzupełniej normalny. Wystąpimy z różnymi wnioskami. Buckley też zgłosi swoje wnioski, odbędzie się kilka przesłuchań. Potrzeba na to czasu.

– Nie można tego załatwić szybciej?

– Nie chcemy przyspieszać terminu rozprawy.

– Nie chcemy? A może ja chcę? – warknął Carl Lee.

Jake przyjrzał mu się uważnie.

– O co ci chodzi, stary?

– Muszę stąd wyjść i to szybko.

– Jeśli dobrze pamiętam, powiedziałeś, że w areszcie nie jest znów tak źle.

– Zgoda, ale muszę wracać do domu. Gwen nie ma pieniędzy, nie może znaleźć pracy. Brat ma problemy z żoną. Bez przerwy do niego wydzwania, więc Lester długo już tu nie posiedzi. Nie chcę zwracać się o pomoc do rodziny.

– Przecież chętnie by ci pomogli, prawda?

– Niektórzy tak. Ale wszyscy mają swoje kłopoty. Musisz mnie stąd wydostać, Jake.

– Słuchaj, jutro o dziewiątej rano zostanie ci odczytany akt oskarżenia. Rozprawa wyznaczona jest na 22 lipca i ta data nie ulegnie zmianie, więc nie zaprzątaj sobie tym głowy. Mówiłem ci już, jak przebiega odczytywanie aktu oskarżenia?

Carl Lee pokręcił przecząco głową.

– Nie będzie to trwało dłużej niż dwadzieścia minut. Staniemy przed sędzią Noose'em w wielkiej sali rozpraw. Najpierw zada kilka pytań tobie, a potem mnie. Odczyta na jawnym posiedzeniu akt oskarżenia i spyta, czy otrzymałeś jego kopię. Następnie zada pytanie, czy przyznajesz się do winy. Kiedy nie przyznasz się do popełnienia zarzucanych ci czynów, ogłosi termin procesu. Usiądziesz sobie i wtedy ja z Buckleyem zaczniemy spierać się o wysokość kaucji. Noose odmówi wyznaczenia kaucji i odwiozą cię z powrotem do aresztu, gdzie pozostaniesz do czasu rozprawy.

– A potem?

Jake się uśmiechnął.

– A po procesie nie wrócisz już do aresztu.

– Obiecujesz?

– Nie. Żadnych obietnic. Masz jakieś pytania co do jutrzejszego dnia?

– Nie. Słuchaj, Jake, ile ode mnie dostałeś?

Jake zawahał się, przeczuwając jakieś problemy.

- Dlaczego pytasz?
- Tak sobie.
- Dziewięćset plus weksel.

Gwen miała niecałe sto dolarów. Musiała popłacić rachunki i kupić coś do jedzenia. Kiedy była u niego w niedzielę, ryczała przez całą godzinę. Histeria stanowiła nieodłączną część jej życia, usposobienia, charakteru. Wiedział, że są bankrutami, a ona zupełnie straciła głowę. Jej rodzina niewiele im pomoże – dadzą nieco warzyw z ogródka, kilka dolców na mleko i jajka. Można było na nich polegać, jeśli chodziło o pogrzeby i choroby. Nie szczędzili wtedy czasu, rozpaczali i zawodzili koncertowo. Ale kiedy w grę wchodziły pieniądze, rozpierzchali się jak kurczęta. Więc nie będą mieli specjalnej pociechy z jej rodziny, podobnie zresztą jak i z jego.

Chciał prosić Jake'a o sto dolarów, ale postanowił zaczekać, póki Gwen zostanie bez grosza. Wtedy będzie mu łatwiej.

Jake kartkował swój notatnik i czekał, aż Carl Lee poprosi go o pieniądze. Klienci w sprawach karnych, szczególnie czarni, zawsze prosili o zwrot części honorarium, gdy już je zapłacili. Wątpił, czy kiedykolwiek ujrzy coś więcej poza tymi dziewięcioma stówami, i nie miał zamiaru oddawać mu ani centa. Zresztą czarni zawsze jakoś sobie radzili. Mają krewnych, na pewno włączy się też kościół. Nikt nie będzie głodował.

Odczekawszy chwilę, wsunął notatnik i dokumenty do teczki.

- Masz jeszcze jakieś pytania, Carl Lee?
- Tak. Co mam jutro mówić?
- A co chcesz powiedzieć?
- Chcę powiedzieć sędziemu, dlaczego zastrzeliłem tych gówniarzy. Zgwałcili moją córkę. Zasłużyli sobie na śmierć.
- I chcesz to jutro wyjaśnić sędziemu?
- Tak.
- I uważasz, że na tej podstawie od razu cię uwolni?

Carl Lee nic nie odpowiedział.

- Słuchaj, Carl Lee, wynająłeś mnie jako swego adwokata. A wynająłeś właśnie mnie, bo masz do mnie zaufanie, prawda? Jeśli będę chciał, byś jutro coś powiedział, poinformuję cię. Kiedy w lipcu rozpocznie się proces, zdążysz wyjaśnić wszystkim, dlaczego ich zabiłeś. A na razie pozwól, że ja będę mówił.
- Dobra.

Lester i Gwen wsadzili chłopców i Tonyę do czerwonego cadillaca i pojechali do przychodni przyszpitalnej. Od gwałtu minęły dwa tygodnie. Choć Tonya jeszcze nieco utykała, chciała pobiec razem z braćmi i sama zejść ze schodów. Ale matka trzymała ją za rękę. Otarcia na nogach i pośladkach

140

niemal zniknęły, skaleczenia ładnie się goiły. W ubiegłym tygodniu lekarze zdjęli jej bandaże i pozostawili jedynie opatrunek między nogami.

Kiedy znalazły się w małym pokoju, Tonya rozebrała się i usiadła na miękkiej kozetce. Matka tuliła ją i okrywała, by dziewczynka nie zmarzła. Lekarz zajrzał jej do buzi i pomacał kości szczęki. Obejrzał ręce i nogi. Potem kazał jej się położyć i zaczął ją badać między nogami. Rozpłakała się i kurczowo chwyciła pochylającą się nad nią matkę.

Znów poczuła ból.

ROZDZIAŁ 15

Była środa, piąta rano. Jake pił kawę w swoim gabinecie, wyglądając przez okno na ciemny plac przed budynkiem sądu. Źle spał, w końcu poddał się i wysunął z ciepłej pościeli, by odszukać opis pewnego procesu sprzed kilku lat. Proces ów toczył się w Georgii, a Brigance słyszał o nim jeszcze podczas studiów. Jeśli dobrze pamiętał, obrona uzyskała zwolnienie za kaucją dla oskarżonego o zabójstwo pierwszego stopnia, motywując wniosek tym, że zatrzymany nie był wcześniej notowany, miał nieruchomość na terenie okręgu, stałą pracę i mnóstwo krewnych w okolicy. Mimo usilnych starań, Jake'owi nie udało się na nią natrafić. Natomiast natknął się na opisy kilkunastu spraw toczonych w Missisipi, z których w sposób jasny i jednoznaczny wynikało, że sędzia zazwyczaj odrzucał wnioski o wyznaczenie kaucji w przypadku takich oskarżonych jak Hailey. Taka była powszechna praktyka i Jake dobrze o tym wiedział, ale potrzebował czegoś, by móc ją przełamać. Bał się chwili, w której wystąpi o wyznaczenie kaucji dla Carla Lee. Buckley będzie wrzeszczeć, wznosić ręce do nieba i przytaczać dobrze znane precedensy, a Noose przysłuchując się temu z uśmiechem, ostatecznie odmówi zwolnienia za kaucją. Jake zaraz w pierwszym starciu dostanie po nosie.

– Coś wcześnie dziś przyszedłeś, skarbie – powiedziała Dell do swego ulubionego klienta, nalewając mu kawę.

– Ale w końcu się pojawiłem. – Nie pokazywał się przez kilka dni po amputowaniu Looneyowi nogi. Zastępca szeryfa był przez wszystkich lubiany, w kafeterii oraz na mieście dawało się wyczuć niechęć do adwokata Haileya. Brigance zdawał sobie z tego sprawę, ale próbował nie zwracać na to uwagi.

Wiele osób przejawiało wrogość wobec każdego prawnika broniącego czarnucha, który zabił dwóch białych.

- Masz chwilkę czasu? – spytał Jake.
- Oczywiście – odparła Dell, rozglądając się po sali. Kwadrans po piątej nie było jeszcze zbyt wielu gości. Usiadła naprzeciwko Jake'a i nalała sobie kawy.
- O czym się tu teraz mówi? – spytał.
- O tym, co zawsze. O polityce, łowieniu ryb, plonach. Pracuję tu od dwudziestu jeden lat, obsługując tych samych klientów, którzy wiecznie dyskutują o jednym i tym samym.
- I nie mówią o niczym nowym?
- Oczywiście o Haileyu, i to dużo, ale tylko wtedy, gdy w lokalu są sami swoi. Kiedy tylko pojawiają się obcy, wracają do swych odwiecznych tematów.
- Dlaczego?
- Bo jeśli ktokolwiek sprawia wrażenie, że orientuje się coś niecoś w tej sprawie, natychmiast przyczepiają się do niego dziennikarze i zadają dziesiątki pytań.
- To dla was niedobrze, co?
- Wprost przeciwnie. Interesy nigdy nie szły lepiej niż teraz.
Jake uśmiechnął się lekko, położył masło na kaszę, a potem skropił ją tabasco.
- A co ty myślisz o tym wszystkim?
Dell podrapała się po nosie długimi, sztucznymi paznokciami, pomalowanymi na czerwono, i zaczęła studzić kawę. Znana była ze swej bezpośredniości i Jake miał nadzieję, że uzyska odpowiedź.
- Jest winny. Zabił ich. To nie ulega wątpliwości. Ale miał najlepszy pretekst, jaki sobie można wymarzyć. Ludzie mu trochę współczują.
- Przypuśćmy, że siedziałabyś w ławie przysięgłych. Jak byś głosowała – winny czy nie?
Spojrzała w kierunku drzwi i skinęła głową jakiemuś znajomemu klientowi.
- Instynkt mi mówi, by wybaczyć każdemu, kto zabije gwałciciela. Szczególnie ojcu. Ale z drugiej strony nie można pozwolić, by ludzie chwytali za broń i na własną rękę wymierzali sprawiedliwość. Czy możesz udowodnić, że w chwili, gdy to robił, był niepoczytalny?
- Przypuśćmy, że tak.
- W takim razie głosowałabym, że jest niewinny, chociaż wcale nie wierzyłabym w to, że stracił głowę.
Rozsmarował na grzance konfiturę truskawkową i pokiwał głową.
- A co z Looneyem? – spytała. – Jest moim znajomym.
- To był wypadek.
- Czy takie tłumaczenie wystarczy?

– Niestety nie. Broń nie wypaliła ot, tak sobie. Looney został przypadkowo postrzelony, ale wątpię, czy taka linia obrony okaże się wystarczająca. Skazałabyś go za postrzelenie zastępcy szeryfa?

– Chyba tak – odparła wolno. – Looney stracił przez niego nogę.

A więc uważasz, że Hailey był niepoczytalny, strzelając do Cobba i Willarda, a zupełnie normalny, kiedy strzelał do Looneya? – pomyślał Jake, ale nic nie powiedział. Zmienił temat.

– A co gadają o mnie?

– Mniej więcej to, co zawsze. Ktoś spytał, czemu cię przedwczoraj nie było, na co inny odparł, że teraz, kiedy stałeś się sławny, nie masz już dla nas czasu. Doszły mnie jakieś wypowiadane półgębkiem uwagi o tobie i tym czarnuchu, ale nie przejmowałabym się tym zbytnio. Na głos nikt cię nie krytykuje. Nie pozwoliłabym na to.

– Jesteś kochana.

– Jestem okropną jędzą i dobrze o tym wiesz.

– Nieprawda, tylko udajesz jędzę.

– Tak? No to patrz. – Zerwała się z krzesła i zaczęła wymyślać kilku farmerom siedzącym przy jednym ze stolików, którzy śmieli poprosić o dolewkę kawy. Jake skończył jeść i wrócił do biura.

Kiedy o wpół do dziewiątej pojawiła się Ethel, na chodniku przed zamkniętymi drzwiami do kancelarii Jake'a kręciło się dwóch dziennikarzy. Weszli za nią i zażądali spotkania z panem Brigance'em. Odmówiła i poprosiła, by opuścili biuro. Nie zareagowali i powtórzyli swoje żądanie. Jake usłyszał awanturę na dole i zamknął drzwi na klucz. Niech się Ethel z nimi użera.

Przez okno gabinetu przyglądał się, jak ekipy dziennikarzy rozstawiają kamery przed tylnym wejściem do gmachu sądu. Uśmiechnął się i poczuł nagły przypływ energii. Wyobraził sobie, jak go pokazują w wieczornym dzienniku; idzie sprężystym krokiem, z poważną i zaaferowaną miną, a za nim biegną dziennikarze, na próżno prosząc o chwilę rozmowy. A przecież to zaledwie odczytanie aktu oskarżenia! Spróbował sobie wyobrazić, co się będzie działo podczas procesu. Wszędzie kamery, przekrzykujący się dziennikarze, artykuły na pierwszych stronach gazet, może nawet jego zdjęcia na okładkach. Pewna gazeta z Atlanty nazwała to zabójstwo najbardziej sensacyjną zbrodnią na południu Stanów od dwudziestu lat. Podjąłby się tej sprawy niemal za darmo.

Chwilę później przerwał awanturę na dole i ciepło powitał dziennikarzy. Ethel zniknęła za drzwiami do sali konferencyjnej.

– Czy może pan odpowiedzieć na kilka pytań? – odezwał się jeden z przybyłych.

– Nie – grzecznie odparł Jake. – Spieszę się teraz na spotkanie z sędzią Noose'em.

– Ale to dosłownie kilka pytań...

– Przykro mi, ale muszę odmówić. O trzeciej odbędzie się konferencja prasowa. – Jake otworzył drzwi, reporterzy wyszli za nim przed budynek.

– Gdzie?

– W moim biurze.

– Czemu będzie poświęcona?

– Sprawie Haileya.

Jake wolno szedł w stronę gmachu sądu, najpierw chodnikiem, a potem krótkim podjazdem, cały czas odpowiadając na pytania.

– Czy pan Hailey będzie obecny na konferencji prasowej?

– Tak, wraz z rodziną.

– I z córką?

– Tak, dziewczynka też przyjedzie.

– Czy pan Hailey będzie odpowiadał na pytania?

– Być może. Jeszcze nie podjąłem decyzji.

Jake życzył im udanego dnia i zniknął w głębi budynku sądu. Dziennikarze zatrzymali się, spekulując na temat zapowiedzianej konferencji prasowej.

Buckley wszedł do gmachu sądu przez potężne, drewniane frontowe drzwi. Nie powitały go żadne fanfary. Miał nadzieję, że natknie się choć na jedną, dwie kamery, ale ku swemu wielkiemu rozczarowaniu dowiedział się, że dziennikarze zebrali się przy tylnym wejściu, by sfilmować obrońcę. Postanowił, że w przyszłości będzie korzystał z tylnych drzwi.

Sędzia Noose zaparkował wóz przed pocztą, zaraz obok ulicznego hydrantu, i popędził do gmachu sądu, pokonując plac potężnymi susami. On również nie zwrócił niczyjej uwagi, prócz kilku osób spoglądających za nim zdumionym wzrokiem.

Ozzie wyjrzał przez frontowe okna swego biura i popatrzył na tłum zebrany na parkingu i czekający na Carla Lee. Przez chwilę pomyślał, czy nie skorzystać z tylnego wyjścia, ale zrezygnował z tego pomysłu. Odebrał kilkanaście telefonów, w których grożono zabiciem Carla Lee; niektóre z nich potraktował poważnie. Informatorzy byli precyzyjni, podawali datę i miejsce zamachu. Ale większość to były ogólnikowe pogróżki, z jakimi już nieraz miał do czynienia. A to przecież dopiero odczytanie aktu oskarżenia! Pomyślał o procesie i mruknął coś do Mossa Juniora. Policjanci w mundurach otoczyli Carla Lee i przeprowadzili go do wynajętej furgonetki. Oprócz Haileya do środka wsiadło sześciu zastępców szeryfa i kierowca. Eskortowana przez trzy najlepsze wozy patrolowe Ozziego furgonetka pełnym gazem ruszyła do gmachu sądu.

Na dziesiątą wyznaczone było odczytanie kilkunastu aktów oskarżenia. Noose usadowił się na swym krześle na podwyższeniu i zaczął przeglądać teczki z dokumentami, póki nie natknął się na akta sprawy Haileya. Rzucił okiem na pierwszy rząd miejsc i ujrzał tam kilku podejrzanie wyglądających osobników – byli to oskarżeni. Na samym końcu siedział Murzyn w kajdankach, a po obu jego stronach – zastępcy szeryfa. To musi być Hailey.

Noose ujął czerwoną teczkę z aktami sądowymi i poprawił okulary tak, by mu nie przeszkadzały podczas czytania.

– Sprawa numer 3889 przeciwko Carlowi Lee Haileyowi. Czy pan Hailey mógłby do mnie podejść?

Carlowi Lee zdjęto kajdanki. Razem ze swym adwokatem zbliżył się do fotela sędziego. Stanęli i spojrzeli na Noose'a, który nerwowo przebiegł wzrokiem akt oskarżenia. W sali zapanowała cisza. Buckley wstał i dumnie jak paw podszedł na odległość kilku kroków do oskarżonego. Siedzący w pobliżu barierki rysownicy pracowicie szkicowali scenkę.

Jake spojrzał na Buckleya, który nie powinien stać przed sędzią podczas odczytywania aktu oskarżenia. Prokurator okręgowy miał na sobie swój najlepszy czarny garnitur z elany. Każdy włosek na jego wielkiej głowie został starannie przyczesany i umieszczony na właściwym miejscu. Przypominał mu telewizyjnego kaznodzieję.

Jake podszedł do Buckleya i szepnął:

– Ładny garnitur, Rufus.

– Dziękuję – powiedział odruchowo prokurator.

– Czy świeci w ciemnościach? – spytał Jake, po czym powrócił do swego klienta.

– Czy pan Carl Lee Hailey? – spytał sędzia.

– Tak.

– Czy pan Brigance jest pańskim adwokatem?

– Tak.

– Mam tu przed sobą akt oskarżenia przeciwko panu, sporządzony przez wielką ławę przysięgłych. Czy doręczono panu kopię?

– Tak.

– Czy przeczytał go pan?

– Tak.

– Czy omówił go pan ze swoim adwokatem?

– Tak.

– Czy zrozumiał pan jego treść?

– Tak.

– Dobrze. Zgodnie z prawem odczytam go teraz na jawnym posiedzeniu sądu. – Noose odchrząknął. – „Członkowie wielkiej ławy przysięgłych stanu Missisipi, wywodzący się spośród uczciwych i prawych obywateli okręgu Ford, wybrani w skład ławy, zaprzysiężeni i zobowiązani w imieniu i z upoważnienia mieszkańców stanu Missisipi do rozpatrzenia spraw przedstawionych przez władze niniejszego okręgu, oświadczają pod przysięgą, że Carl Lee Hailey, zamieszkujący ostatnio niniejszy okręg i stan, podlegający jurysdykcji niniejszego sądu, wbrew prawu, rozmyślnie i z premedytacją, działając w złych zamiarach, spowodował śmierć Billy'ego Raya Cobba i Pete'a Willarda, a także postrzelił, z zamiarem pozbawienia życia, DeWayne'a Looneya, funkcjonariusza sił porządkowych, gwałcąc tym samym prawa obowiązujące w stanie Missisipi oraz zakłócając spokój i naruszając godność jego mieszkańców. Niniejszy akt jest prawomocny. Podpisano: Laverne Gossett, przewodnicząca wielkiej ławy przysięgłych".

Noose wziął głęboki oddech.

– Czy zrozumiał pan wysunięte przeciwko panu zarzuty?

– Tak.

– Czy zdaje pan sobie sprawę z tego, że jeśli zostanie pan uznany za winnego, trafi pan do komory gazowej w więzieniu stanowym w Parchman?

– Tak.

– Czy przyznaje się pan do popełnienia powyższych czynów?

– Nie.

Noose zajrzał do swojego kalendarza; publiczność z napięciem obserwowała każdy jego ruch. Dziennikarze robili notatki. Rysownicy skoncentrowali się na głównych bohaterach wydarzenia, nie wyłączając Buckleya, któremu udało się ich wreszcie zainteresować. Stanął bokiem, by mogli go uwiecznić z profilu. Bardzo chciał coś powiedzieć. Spoglądał spode łba na Carla Lee, jakby nie mógł się już doczekać chwili, kiedy ujrzy, jak go będą smażyć w smole. Pewnym krokiem zbliżył się do stołu, przy którym siedział Musgrove; zaczęli coś szeptać z ważnymi minami. Następnie Buckley przemaszerował przez salę rozpraw i zamienił kilka słów z jednym z protokolantów. Potem powrócił przed ławę sędziowską, gdzie oskarżony stał nieporuszenie obok swego adwokata. Jake zdawał sobie sprawę z przedstawienia, które odgrywał Buckley, i usilnie próbował nie zwracać na nie uwagi.

– Panie Hailey – odezwał się piskliwym głosem Noose – pański proces wyznacza się na poniedziałek, 22 lipca. Wszystkie wnioski przedprocesowe muszą być zgłoszone najpóźniej do 24 czerwca, a załatwione przed 8 lipca.

Carl Lee i Jake skinęli głowami.

– Czy są jakieś uwagi?

– Tak, Wysoki Sądzie – zagrzmiał Buckley wystarczająco głośno, by usłyszeli go dziennikarze zebrani w rotundzie. – Oskarżenie sprzeciwia się wszelkim wnioskom obrony o wyznaczenie kaucji.

Jake zacisnął dłonie w pięści i ledwo powstrzymał się od wybuchu.

– Wysoki Sądzie, obrona jeszcze nie prosiła o kaucję. Pan Buckley, jak zwykle, wywołuje zamieszanie. Nie można się sprzeciwić wnioskowi, póki nie zostanie on wysunięty. Pan Buckley powinien był się tego nauczyć podczas studiów.

Słowa te dotknęły Buckleya, ale jak gdyby nigdy nic ciągnął dalej:

– Wysoki Sądzie, pan Brigance zawsze domaga się wyznaczenia kaucji i jestem pewien, że dzisiaj też wystąpi z takim wnioskiem. Oskarżenie sprzeciwi się takiemu żądaniu.

– Ale dlaczego nie zaczeka pan, aż wniosek taki zostanie sformułowany? – spytał Noose, lekko poirytowany.

Buckley poczerwieniał na twarzy i nienawistnie spojrzał na Jake'a.

– Czy zamierza pan wystąpić o wyznaczenie kaucji? – zwrócił się Ichabod do Jake'a.

– Planowałem to uczynić we właściwym czasie, ale zanim miałem okazję, pan Buckley wkroczył ze swymi teatralnymi...

– Mniejsza o pana Buckleya – przerwał mu Noose.

– Tak jest, panie sędzio. Pan prokurator najprawdopodobniej się trochę zgubił.

– Wróćmy do sprawy kaucji, panie Brigance.

– A więc owszem, zamierzałem o nią wystąpić.

– Właśnie tak myślałem i nawet już rozważyłem kwestię, czy w tym wypadku należałoby się na nią zgodzić. Jak pan wie, decyduję o tym wyłącznie ja, a nigdy nie wyznaczyłem kaucji w sprawach o zabójstwo pierwszego stopnia. Nie widzę powodu, dla którego tym razem miałbym zrobić wyjątek od tej reguły.

– Czy to znaczy, że odmawia pan wyznaczenia kaucji?

– Tak.

Jake wzruszył ramionami i położył akta na stole.

– Trudno.

– Czy są jeszcze jakieś pytania? – spytał Noose.

– Nie, Wysoki Sądzie – powiedział Jake.

Buckley bez słowa pokręcił głową.

– Dobrze. Panie Hailey, niniejszym oświadczam, że do czasu procesu pozostanie pan w areszcie okręgowym. Może pan usiąść.

Carl Lee powrócił do pierwszego rzędu, gdzie czekali na niego zastępcy szeryfa z kajdankami. Jake otworzył swoją teczkę i zaczął wsuwać do niej dokumenty, gdy nagle Buckley złapał go za ramię.

– To było nie fair, Brigance – wycedził przez zaciśnięte zęby.

– Sam się o to prosiłeś – odparł Jake. – Zabieraj łapy.

Buckley zwolnił uścisk.

– Nie podoba mi się to.

– Tym gorzej dla ciebie, ważniaku. Lepiej nie rozpuszczaj tak ozora, bo ci go jeszcze ktoś przytnie.

Buckley był osiem centymetrów wyższy i ważył dwadzieścia kilogramów więcej niż Jake; zaczął wyraźnie tracić nad sobą panowanie. Sprzeczka obu prawników zwróciła uwagę obecnych. Rozdzielił ich zastępca szeryfa. Jake puścił oko do Buckleya i wyszedł z sali rozpraw.

Punktualnie o drugiej klan Haileyów, wiedziony przez Lestera, wszedł tylnymi drzwiami do biura Brigance'a. Jake spotkał się z nimi w małym pokoiku na dole, obok sali konferencyjnej, by przygotować ich do rozmowy z dziennikarzami. Dwadzieścia minut później Carl Lee w towarzystwie Ozziego nonszalancko przekroczył próg kancelarii; Jake zaprowadził Haileya do tego samego pokoiku, by mógł zobaczyć się ze swoimi bliskimi, a sam, razem z Ozziem, wycofał się do drugiego pomieszczenia.

Jake obmyślił konferencję w najdrobniejszych szczegółach; był dumny ze swoich umiejętności manipulowania prasą i podziwiał jej gotowość do poddawania się manipulacji. Zajął miejsce po jednej stronie długiego stołu konferencyjnego, a trzej chłopcy Haileyów stanęli za nim. Gwen usadził po swej lewej ręce, a Carla Lee z Tonyą na kolanach – po prawej.

Etykieta prawnicza zabraniała ujawniać tożsamość nieletnich ofiar gwałtu, ale w przypadku Tonyi nie miało to już znaczenia. Jej nazwisko, twarz i wiek były powszechnie znane z uwagi na czyn jej ojca. Została zaprezentowana całemu światu; teraz Jake chciał, by ujrzano ją i jej zdjęcia, kiedy w swej najlepszej, niedzielnej sukience siedzi na kolanach u tatusia. Chciał, by zobaczyli ją sędziowie przysięgli, bez względu na to, kim byli i gdzie mieszkali.

Dziennikarze stłoczyli się w pokoju, a ci, którzy się nie pomieścili, stali na korytarzu i w sekretariacie, gdzie Ethel szorstkim głosem powiedziała, że mogą usiąść, lecz mają zostawić ją w spokoju. Jeden zastępca szeryfa pilnował drzwi frontowych, a dwaj inni siedzieli na schodkach przed tylnym wejściem. Szeryf Walls i Lester stali za Haileyami oraz ich adwokatem. Na stole przed Jakiem umieszczono mikrofony, w świetle reflektorów pstrykały aparaty fotograficzne i błyskały flesze.

– Na wstępie kilka uwag ogólnych – zaczął Jake. – Po pierwsze, na wszystkie pytania będę udzielał odpowiedzi wyłącznie ja. Proszę nie zwracać się bezpośrednio do pana Haileya ani do jego rodziny. Jeśli ktoś z państwa zada mu jakieś pytanie, mój klient nie odpowie. Po drugie, chciałbym przedstawić państwu jego najbliższych. Po mojej lewej ręce siedzi żona pana Haileya, Gwen. Za nami stoją ich synowie, Carl Lee junior, Jarvis i Robert. Z tyłu za chłopcami widzą państwo brata pana Haileya, Lestera.

Jake zrobił przerwę i uśmiechnął się do Tonyi.

– Na kolanach u swego taty siedzi Tonya Hailey. A teraz czekam na państwa pytania.

– Jaki był przebieg dzisiejszego posiedzenia sądu?

– Panu Haileyowi przedstawiono formalny akt oskarżenia; nie przyznał się do winy, proces wyznaczono na 22 lipca.

– Czy między panem i prokuratorem okręgowym doszło do sprzeczki?
– Tak. Po przedstawieniu aktu oskarżenia pan Buckley podszedł do mnie, chwycił mnie za ramię i sprawiał wrażenie, jakby szykował się do bójki. Interweniował zastępca szeryfa.
– Co było przyczyną takiego zachowania prokuratora okręgowego?
– Pan Buckley ma skłonności do załamywania się pod presją wydarzeń.
– Czy są panowie ze sobą zaprzyjaźnieni?
– Nie.
– Czy proces odbędzie sie w Clanton?
– Obrona wystąpi z wnioskiem o zmianę właściwości miejscowej sądu. Zadecyduje o tym sędzia Noose. To wszystko, co mogę powiedzieć na ten temat.
– Czy może pan opisać, jak ta sprawa wpłynęła na życie rodziny pana Haileya?
Jake zastanawiał się przez chwilę, podczas gdy kamery cały czas pracowały. Spojrzał na Carla Lee i Tonyę.
– Widzicie państwo przed sobą bardzo sympatyczną rodzinę. Jeszcze dwa tygodnie temu wiodła ona proste i spokojne życie. Hailey pracował w papierni, mieli trochę oszczędności w banku, żyli przykładnie i skromnie, co niedzielę chodzili do kościoła. Byli kochającą się rodziną. Pewnego dnia, z powodów znanych tylko Bogu, dwóch pijanych, naćpanych gówniarzy dopuściło się wobec tej małej, dziesięcioletniej dziewczynki ohydnego czynu. Wywołali powszechne oburzenie i zgorszenie. Zniszczyli życie Tonyi, a także życie jej rodziców i wszystkich bliskich. Jej ojciec nie mógł tego znieść. Coś w nim pękło. Załamał się. Teraz czeka na proces, który może się dla niego zakończyć komorą gazową. Stracił pracę. Stracił oszczędności. Stracił wolność. Dzieciom grozi, że będą się wychowywały bez ojca. Ich matka musi znaleźć sobie jakąś pracę, by móc ich utrzymać, musi żebrać i pożyczać od krewnych i znajomych, by jakoś przeżyć. Aby jednym zdaniem odpowiedzieć na pańskie pytanie, powiem: rodzina pana Hailey została doszczętnie zniszczona.
Gwen zaczęła popłakiwać i Jake wręczył jej chusteczkę.
– Czy można to rozumieć jako zapowiedź wystąpienia obrony z tezą, że Hailey w chwili dokonywania swego czynu był niepoczytalny?
– Tak.
– Czy rzeczywiście wystąpi pan z wnioskiem o uznanie pańskiego klienta za niepoczytalnego?
– Tak.
– Czy jest pan w stanie to udowodnić?
– Decyzję pozostawiam ławie przysięgłych. Przedstawimy jej wyniki badań przeprowadzonych przez psychiatrów.

– Czy konsultował się pan już z jakimiś specjalistami z tej dziedziny?
– Tak – skłamał Jake.
– Czy może nam pan podać ich nazwiska?
– Nie, w tej chwili byłoby to przedwczesne.
– Słyszeliśmy pogłoski o tym, że panu Haileyowi grożono śmiercią. Czy może pan to potwierdzić?
– Pan Hailey, jego rodzina, moja rodzina, szeryf, sędzia, wszyscy związani z tą sprawą otrzymują pogróżki. Trudno mi ocenić, w jakim stopniu są one prawdziwe.

Carl Lee poklepywał Tonyę po nóżce i patrzył tępo w stół. Wyglądał żałośnie, był wyraźnie wystraszony i oczekiwał współczucia. Chłopcy też sprawiali wrażenie wylęknionych, ale zgodnie z poleceniem Brigance'a, stali na baczność, bojąc się poruszyć. Najstarszy, piętnastoletni Carl Lee junior stał za Jakiem, trzynastoletni Jarvis – za ojcem, a jedenastoletni Robert – za matką. Ubrani byli w identyczne, granatowe garniturki, białe koszule i małe, czerwone muszki. Garnitur Roberta należał kiedyś do Carla Lee juniora, a później do Jarvisa, i wydawał się nieco bardziej sfatygowany niż pozostałe. Ale był czysty i porządnie wyprasowany. Chłopcy prezentowali się wspaniale. Jaki przysięgły głosowałby za tym, by pozbawić te dzieci ojca?

Konferencja prasowa okazała się prawdziwym szlagierem. Jej fragmenty nadały sieci ogólnokrajowe i stacje lokalne, zarówno w głównych, jak i w wieczornych wydaniach wiadomości. Na pierwszych stronach czwartkowych gazet opublikowano zdjęcia Haileyów oraz ich adwokata.

ROZDZIAŁ 16

Podczas dwutygodniowego pobytu Lestera w Missisipi Szwedka dzwoniła do niego kilka razy. Nie ufała mu. Mieszkały tam jego dawne przyjaciółki. Za każdym razem, kiedy dzwoniła, Lestera nie było w domu. Gwen tłumaczyła, że właśnie poszedł na ryby albo do lasu wycinać drzewa, żeby zarobić trochę pieniędzy na jedzenie. Gwen zmęczyły już te kłamstwa, Lester był znużony hulankami i oboje mieli już siebie dość. Kiedy w piątek jeszcze przed świtem rozległ się dźwięk telefonu, słuchawkę podniósł Lester. Dzwoniła Szwedka.

Dwie godziny później na placyku przed aresztem zatrzymał się czerwony cadillac. Moss Junior zaprowadził Lestera do Carla Lee. Bracia rozmawiali szeptem, by nie obudzić pozostałych lokatorów celi.

– Muszę wracać do domu – wymamrotał nieśmiało Lester, trochę zażenowany.

– Dlaczego? – spytał Carl Lee takim tonem, jakby już od dawna się tego spodziewał.

– Dziś skoro świt dzwoniła moja żona. Jeśli jutro rano nie pojawię się w pracy, wyleją mnie. Przykro mi, stary. Nie chciałbym wyjeżdżać, ale nie mam innego wyjścia.

– Rozumiem. Kiedy znów się zobaczymy?

– A kiedy chcesz, żebym przyjechał?

– Na proces. To będzie naprawdę ciężkie przeżycie dla Gwen i dzieciaków. Uda ci się tu wtedy przyjechać?

– Dobrze wiesz, że możesz na mnie liczyć. Zostało mi trochę niewykorzystanego urlopu. Przyjadę na pewno.

Siedzieli na skraju pryczy i przyglądali się sobie w milczeniu. W celi panowały ciemność i cisza. Dwie prycze naprzeciwko łóżka Carla Lee były puste.

– Już zapomniałem, jakie to okropne miejsce – powiedział Lester.

– Mam nadzieję, że nie posiedzę tu długo.

Wstali i objęli się, po czym Lester zawołał Mossa Juniora, by go wypuścił.

– Jestem z ciebie dumny, brachu – powiedział. Po chwili jechał już do Chicago.

Drugą osobą, która tego ranka złożyła wizytę Carlowi Lee, był jego adwokat. Spotkali się w gabinecie Ozziego. Jake miał zaczerwienione oczy i kiepski humor.

– Carl Lee, wczoraj rozmawiałem z dwoma psychiatrami z Memphis. Wiesz, ile wynosi minimalna opłata za przebadanie cię? Wiesz?

– A czy powinienem wiedzieć? – odpowiedział Carl Lee pytaniem na pytanie.

– Tysiąc dolarów! – krzyknął Jake. – Tysiąc dolarów. Skąd weźmiesz tysiąc dolarów?

– Wszystko, co miałem, dałem tobie. Zaproponowałem ci nawet...

– Nie chcę twojej ziemi. A wiesz dlaczego? Bo nikt jej nie kupi, a jeśli nie można jej sprzedać, to na cholerę mi ona? Potrzebujemy gotówki, Carl Lee. Nie dla mnie, tylko dla lekarza.

– Dlaczego?

– Dlaczego? – powtórzył z niedowierzaniem Jake. – Dlaczego? Bo chcę cię wybronić przed komorą gazową, która znajduje się zaledwie sto sześćdziesiąt kilometrów stąd. To zupełnie blisko. Aby jej uniknąć, musimy przekonać ławę przysięgłych, że gdy strzelałeś do tych gnojków, byłeś niepoczytalny. Ja im nie mogę powiedzieć, że zwariowałeś. Ty im też tego nie możesz powiedzieć. Potrzebujemy psychiatry. Biegłego. Doktora. A oni nie pracują za darmo! Jasne?

Carl Lee przyklęknął i zaczął obserwować pająka kroczącego po zakurzonym dywanie. Po dwunastu dniach pobytu w areszcie i dwóch przesłuchaniach w sądzie miał już serdecznie dosyć wymiaru sprawiedliwości. Pomyślał o godzinach i minutach poprzedzających zabójstwo gwałcicieli jego córki. O czym wtedy myślał? Oczywiście wiedział, że zasłużyli na śmierć. Nie odczuwał żadnych wyrzutów sumienia. Ale czy brał wtedy pod uwagę pobyt w areszcie albo brak pieniędzy, albo konieczność korzystania z usług adwokatów czy psychiatrów? Nie pamiętał. Trzeba będzie to wszystko przez jakiś czas znosić, póki go nie uwolnią. Wiedział, że wytoczą mu proces, ale nie wątpił, że zostanie oczyszczony z zarzutów i odesłany do domu, do rodziny. Wydawało mu się to zupełnie oczywiste, przecież tak właśnie stało się w przypadku Lestera.

Ale tym razem wszystko przebiegało odmiennie. Zmówiono się, by go zatrzymać w więzieniu, by go zniszczyć, a jego dzieci uczynić sierotami. Postanowiono ukarać go za czyn, który według niego był nieunikniony. A teraz jego jedyny sprzymierzeniec wysuwa żądania, którym Hailey w żaden sposób nie może sprostać. Jako adwokat prosi go o rzeczy niewykonalne. Jego przyjaciel Jake jest zły i wrzeszczy na niego.

– Zdobądź je – krzyknął Jake, kierując się w stronę drzwi. – Od swych braci i sióstr, od rodziny Gwen, od swych znajomych, od parafii. Zdobądź je i to jak najszybciej.

Jake trzasnął drzwiami i wymaszerował z budynku aresztu.

Trzeci gość, jaki tego ranka odwiedził Carla Lee, pojawił się przed południem, w czarnej limuzynie z tablicami rejestracyjnymi Tennessee, z szoferem za kierownicą. Samochód z trudem lawirował na małym placyku postojowym, nim się w końcu zatrzymał, zajmując miejsca przeznaczone dla trzech wozów. Z wnętrza auta wyłonił się olbrzymi czarny ochroniarz i otworzył drzwiczki, by wypuścić swego szefa. Dumnie ruszyli chodnikiem w stronę aresztu.

Sekretarka przerwała pisanie na maszynie i uśmiechnęła się niepewnie.

– Dzień dobry.

– Dzień dobry – odpowiedział jej mniejszy z przybyłych, ten z opaską na oku. – Nazywam się Cat Bruster i chciałbym się zobaczyć z szeryfem Wallsem.

– Czy mogę wiedzieć, w jakiej sprawie?

– Naturalnie, proszę pani. Chcę z nim porozmawiać o niejakim panu Haileyu, który chwilowo korzysta z waszej gościnności.

Szeryf usłyszał swoje nazwisko i wyszedł z gabinetu, by powitać powszechnie znanego przybysza.

– Pan Bruster? Ozzie Walls. – Uścisnęli sobie ręce. Goryl ani drgnął.
– Miło mi pan poznać, szeryfie. Nazywam się Cat Bruster, przyjechałem z Memphis.
– Widziałem pana w telewizji. Co panów sprowadza do okręgu Ford?
– Mój kumpel Carl Lee Hailey popadł w tarapaty. Przyjechałem, by go wydobyć z opresji.
– Rozumiem. A to kto? – spytał Ozzie, patrząc na ochroniarza. Ozzie miał metr dziewięćdziesiąt trzy, a goryl przewyższał go co najmniej o trzynaście centymetrów. Ważył jakieś sto czterdzieści kilogramów, z czego większość przypadała na potężne bary.
– Tomcio Paluszek – wyjaśnił Cat. – Żeby było krócej, nazywamy go po prostu Paluszek.
– Rozumiem.
– To mój goryl.
– Mam nadzieję, że nie nosi broni?
– Nie, szeryfie, niepotrzebna mu broń.
– No, tak. Może przejdziemy do mojego gabinetu?
Kiedy znaleźli się w pokoju szeryfa, Paluszek zamknął drzwi i stanął plecami do nich, a jego szef zajął miejsce naprzeciwko Ozziego.
– Jeśli chce, też może usiąść – oświadczył Ozzie Catowi.
– Nie, szeryfie, on zawsze stoi plecami do drzwi. Tak już został wyszkolony.
– Niczym pies policyjny?
– Tak jest.
– Świetnie. O czym chce pan ze mną porozmawiać?
Cat skrzyżował nogi i położył na kolanie rękę ozdobioną sygnetem z brylantem.
– A więc, szeryfie, znamy się z Carlem Lee już od dawna. Walczyliśmy razem w Wietnamie. Latem siedemdziesiątego pierwszego natknęliśmy się w pobliżu Da Nang na partyzantów. Zostałem trafiony w głowę, a dwie sekundy później, pif-paf!, Hailey dostał w nogę. Nasz oddział zniknął, a Wietnamce zachowywali się, jakbyśmy byli tarczami strzelniczymi. Carl Lee doczołgał się do miejsca, gdzie leżałem, wziął mnie na plecy i przebiegł pod ogniem nieprzyjacielskim do rowu obok drogi. Czołgał się trzy kilometry, targając mnie na grzbiecie. Uratował mi życie. Dostał za to medal. Wiedział pan o tym?
– Nie.
– Tak było. Przez dwa miesiące leżeliśmy obok siebie w szpitalu w Sajgonie, a potem zabraliśmy swoje czarne tyłki z Wietnamu. Nie zamierzamy tam wracać.
Ozzie słuchał uważnie.

– Teraz, kiedy mój kumpel ma kłopoty, pragnę mu pomóc.

– Czy to od pana dostał M-l6?

Paluszek chrząknął, a Cat się uśmiechnął.

– Ależ skądże mowu!

– Czy chciałby się pan z nim zobaczyć?

– Oczywiście. Czy to takie proste?

– Naturalnie. Proszę tylko powiedzieć Paluszkowi, by odsunął się trochę od drzwi, a zaraz przyprowadzę tu Haileya.

Paluszek cofnął się i dwie minuty później Ozzie wrócił z Carlem Lee. Cat wydał okrzyk radości, objął Haileya, a potem zaczęli poklepywać się, niczym bokserzy. Carl Lee spojrzał niepewnie na Ozziego. Szeryf zrozumiał aluzję i wyszedł z pokoju. Paluszek zamknął za nim drzwi i stanął na warcie. Carl Lee przystawił sobie krzesło, tak by móc usiąść blisko kumpla i spokojnie porozmawiać.

Pierwszy przemówił Cat.

– Jestem dumny z tego, co zrobiłeś. Naprawdę dumny. Czemu mi nie powiedziałeś, że właśnie po to potrzebna ci broń?

– Nie powiedziałem i tyle.

– Jak to wyglądało?

– Zupełnie jak w Wietnamie, tylko że nie mogli mi odpowiedzieć ogniem.

– I tak jest o wiele lepiej.

– Chyba tak. Wolałbym jednak, żeby to wszystko nigdy się nie wydarzyło.

– Chyba ci ich nie żal?

Carl zaczął się bujać na krześle, spoglądając na sufit.

– Gdyby trzeba było, zrobiłbym to jeszcze raz. Wolałbym jedynie, by nie skrzywdzili mojej dziewczynki. Wolałbym, żeby nic się jej nie stało. Chciałbym, żeby to wszystko nigdy nie miało miejsca.

– Masz rację. Pewnie ci tu ciężko.

– Nie chodzi o mnie. Martwię się o swoją rodzinę.

– No, tak. Jak tam twoja żona?

– Jakoś daje sobie radę.

– Czytałem w gazecie, że proces będzie w lipcu. Ostatnio więcej piszą o tobie niż o mnie.

– Racja, Cat. Tyle tylko, że ty zawsze się jakoś wymigałeś. Nie jestem pewny, czy mnie się uda tak jak tobie.

– Masz przecież dobrego adwokata.

– Tak, jest dobry.

Cat wstał i zaczął się przechadzać po pokoju, podziwiając dyplomy i nagrody Ozziego.

– I to jest właśnie główny powód mojej wizyty, stary.

– Znaczy się co? – spytał Carl Lee niepewny, co ma na myśli jego przyjaciel.

– Carl Lee, wiesz, ile razy wytaczano mi procesy?

– Wygląda na to, że bez przerwy jesteś o coś oskarżany.

– Pięć razy! Sądzono mnie pięć razy. Chłopaki z policji federalnej. Chłopaki z policji stanowej. Chłopaki z policji miejscowej. Za narkotyki, hazard, łapownictwo, handel bronią, szantaż, dziwki. Wszystko, o czym sobie tylko pomyślisz. I wiesz co, Carl Lee? Zawsze byłem winny. Za każdym razem, gdy mi wytaczano proces, byłem winny jak sto diabłów. Wiesz, ile razy zostałem skazany?

– Nie.

– Ani razu! Ani razu mnie nie zapudłowali. Miałem pięć procesów i pięć razy zostałem uniewinniony.

Carl Lee uśmiechnął się, nie kryjąc podziwu.

– A wiesz, dlaczego nie mogą mnie skazać?

Carl Lee domyślał się, ale przecząco pokręcił głową.

– Ponieważ mam, nieprzebierającego w środkach, najbardziej cwanego adwokata w tych stronach. Oszukuje, stosuje chwyty poniżej pasa, gliny go nienawidzą. Ale dzięki niemu nie siedzę w kiciu. Zrobi wszystko, co trzeba, by wygrać sprawę.

– A kto to taki? – skwapliwie spytał Carl Lee.

– Na pewno nieraz widziałeś go w telewizji. Bez przerwy piszą o nim gazety. Za każdym razem, gdy jakiś wielki oszust wpadnie w tarapaty, zwracają się o pomoc do niego. Reprezentuje handlarzy narkotyków, polityków, mnie, same grube ryby.

– Jak się nazywa?

– Zajmuje się wyłącznie sprawami karnymi, głównie narkotykami, przekupstwem, szantażem... A wiesz, co lubi najbardziej?

– Co?

– Morderstwa. Ubóstwia procesy o morderstwa. I nigdy nie przegrał żadnej sprawy. A bronił we wszystkich największych tego typu rozprawach w Memphis. Pamiętasz tych dwóch czarnuchów, którzy zrzucili z mostu do Missisipi jakiegoś typka? Złapali ich na gorącym uczynku. To było jakieś pięć lat temu.

– Tak, pamiętam.

– Proces trwał dwa tygodnie, ale się wywinęli. To właśnie on ich bronił. Wyciągnął ich z tego. Zostali uniewinnieni.

– Zdaje się, że widziałem go w telewizji.

– Na pewno go widziałeś. To wielki cwaniak, Carl Lee. Mówię ci, że ten facet nigdy nie przegrywa.

155

– Jak się nazywa?

Cat usiadł na krześle i poważnie spojrzał na Carla Lee.

– Bo Marsharfsky – oświadczył.

Carl Lee uniósł wzrok, jakby sobie przypomniał to nazwisko.

– I...?

Cat położył dłoń ozdobioną ośmiokaratowym brylantem na kolanie Carla Lee.

– Chcę ci pomóc, stary.

– Już mam jednego adwokata, któremu nie jestem w stanie zapłacić. Skąd mam wziąć pieniądze na drugiego?

– Nic mu nie będziesz musiał płacić, Carl Lee. Od czego masz mnie? Marsharfsky otrzymuje ode mnie stałą pensję. Należy do mnie. W ubiegłym roku wypłaciłem mu jakieś sto tysięcy, żeby tylko nie mieć żadnych kłopotów. Nie będziesz mu musiał dać ani grosza.

Nagle Carl Lee wyraźnie zainteresował się Bo Masharfskym.

– Skąd się o mnie dowiedział?

– Czyta prasę i ogląda telewizję. Wiesz, jacy są prawnicy. Wczoraj byłem u niego w biurze. Właśnie studiował gazetę z twoim zdjęciem na pierwszej stronie. Opowiedziałem mu o nas. Omal nie zwariował. Powiedział, że musi mieć twoją sprawę. Obiecałem, że mu pomogę.

– I dlatego tu przyjechałeś?

– Zgadłeś. Powiedział, że zna właściwych ludzi, żeby cię z tego wyciągnąć.

– Na przykład kogo?

– Lekarzy, psychiatrów i takich tam. Zna ich wszystkich.

– Ale trzeba im płacić.

– Ja im zapłacę, Carl Lee! Posłuchaj mnie! Sfinansuję wszystko. Będziesz miał najlepszego adwokata i doktorów, a za wszystko zapłaci twój stary kumpel Cat. Nie martw się o forsę!

– Ale ja już wynająłem dobrego adwokata.

– Ile ma lat?

– Chyba koło trzydziestki.

Cat wywrócił ze zdumienia oczami.

– To jeszcze dzieciak, Carl Lee. Brak mu doświadczenia. Marsharfsky ma pięćdziesiątkę i prowadził więcej procesów o morderstwo, niż twój chłoptaś kiedykolwiek ujrzy na oczy. Tu chodzi o twoje życie, Carl Lee. Nie powierzaj go jakiemuś żółtodziobowi.

Nagle Haileyowi wydało się, że Jake jest rzeczywiście strasznie młody. Ale przecież kiedy prowadził sprawę Lestera, był jeszcze młodszy.

– Słuchaj, Carl Lee, nieraz stawałem przed sądem. To wszystko nie jest takie proste i oczywiste, jak ci się wydaje. Jeden błąd i może być po tobie. Wystarczy, że ten dzieciak przeoczy jeden drobiazg i dostaniesz wyrok śmierci. Nie możesz sobie pozwolić na to, by reprezentował cię jakiś nowicjusz, i łudzić się nadzieją, że niczego nie sknoci. Wystarczy jedna pomyłka – Cat pstryknął palcami dla większego efektu – i znajdziesz się w komorze gazowej. Marsharfsky nie popełnia błędów.

Carl Lee zaczął się łamać.

– Czy zechciałby współpracować z moim adwokatem? – spytał, próbując znaleźć jakieś kompromisowe rozwiązanie.

– Nie! Wykluczone. Zawsze pracuje sam. Nie potrzebuje niczyjej pomocy. Twój chłoptaś tylko by mu przeszkadzał.

Carl Lee oparł łokcie na kolanach i spuścił wzrok. Wiedział, że nie znajdzie tysiąca dolców na lekarza. Nie rozumiał potrzeby korzystania z usług żadnych specjalistów, ponieważ kiedy strzelał, był najzupełniej przy zdrowych zmysłach, ale wszystko wskazywało na to, że nie obejdzie się bez biegłego psychiatry. Wyglądało na to, że inni są tego samego zdania. Tysiąc dolców za jakiegoś kiepskiego konowała. Cat proponował mu kogoś pierwszorzędnego, i do tego za darmo.

– Nie chcę tego robić mojemu adwokatowi – wymamrotał pod nosem.

– Nie bądź głupi – zganił go Cat. – Myśl lepiej o sobie i daj sobie spokój z tym dzieciuchem. Nie czas teraz zastanawiać się nad czyjąś urażoną dumą. Jest prawnikiem, przeżyje to. Nie martw się o niego.

– Już mu zapłaciłem...

– Ile? – spytał Cat, dając znak Paluszkowi.

– Dziewięć stów.

Paluszek wyciągnął plik pieniędzy. Cat odliczył dziewięć banknotów studolarowych, po czym wetknął je do kieszeni koszuli Carla Lee.

– A to dla dzieciaków – powiedział, wysupłując banknot tysiącdolarowy i wsuwając go Carlowi Lee razem z pozostałymi.

Tętno Carla Lee gwałtownie wzrosło, gdy pomyślał o gotówce w kieszeni na piersi. Czuł ją przez materiał. Przycisnął pieniądze lekko do ciała. Chciał popatrzeć na banknot tysiącdolarowy i potrzymać go w dłoni. Jedzenie, pomyślał, jedzenie dla dzieciaków.

– Układ stoi? – spytał Cat z uśmiechem.

– Chcesz, bym zrezygnował ze swojego adwokata i wynajął twojego? – spytał ostrożnie.

– Tak jest.

– I za wszystko zapłacisz?

– Tak jest.

– A te pieniądze?

– Są twoje. Powiedz mi, jeśli będziesz potrzebował więcej.

– To miło z twojej strony, Cat.

– Bo jestem bardzo miłym facetem. Wyświadczam przysługę dwóm swoim przyjaciołom. Jeden uratował mi życie wiele lat temu, a drugi ratuje mój tyłek średnio co dwa lata.

– Dlaczego tak mu zależy na mojej sprawie?

– Chodzi o rozgłos. Wiesz, jacy są prawnicy. Popatrz tylko, ile dzięki tobie piszą o tym twoim żółtodziobie. Taki proces to marzenie każdego adwokata. A więc umowa stoi?

– Umowa stoi.

Cat walnął go w ramię i podszedł do stojącego na biurku Ozziego telefonu. Wykręcił numer.

– Zamawiam rozmowę na koszt abonenta numer 901-566980. Cat Bruster chce rozmawiać osobiście z Bo Marsharfskym.

Na dwudziestym piętrze biurowca w centrum miasta Bo Marsharfsky odłożył słuchawkę i spytał sekretarkę, czy gotowy jest już materiał dla prasy. Wręczyła mu maszynopis, który uważnie przeczytał.

– Świetnie – powiedział. – Natychmiast przekaż to do obu dzienników. Powiedz, by wykorzystali zdjęcie archiwalne, to nowsze. Spotkaj się z Frankiem Fieldsem z „Post". Przekaż mu, że chcę, by to umieścił na pierwszej stronie. Ma wobec mnie zobowiązania.

– Tak jest, proszę pana. A co z telewizją? – spytała.

– Dostarcz im kopię. Nie mogę im teraz nic powiedzieć, ale w przyszłym tygodniu w Clanton odbędzie się konferencja prasowa.

Lucien zadzwonił w sobotę o wpół do siódmej rano. Carla spała zagrzebana głęboko pod kocami i nie zareagowała na dzwonek. Jake przeturlał się pod ścianę i macając po ciemku ręką, natrafił na słuchawkę.

– Halo! – odezwał się zaspanym głosem.

– Śpisz? – spytał Lucien.

– Spałem, póki mnie nie obudził telefon.

– Widziałeś dzisiejszą prasę?

– Która to godzina?

– Idź po gazetę i zadzwoń do mnie, kiedy ją przeczytasz.

Połączenie przerwano. Jake popatrzył chwilę na słuchawkę, nim ją odłożył. Usiadł na brzegu łóżka i zaczął przecierać oczy, próbując sobie przypomnieć, kiedy ostatni raz Lucien dzwonił do niego do domu. To musiało być coś ważnego.

Zaparzył kawę, wypuścił psa na dwór i szybkim krokiem, w samych spodenkach gimnastycznych i bluzie od dresu, wyszedł przed dom, gdzie leżały trzy dzienniki poranne. Na stole kuchennym ściągnął plastikowe banderole i rozłożył gazety obok filiżanki z kawą. W dzienniku z Jackson nie było nic.

Podobnie z Tupelo. W „Memphis Post" dojrzał wielki tytuł o śmiertelnych ofiarach na Bliskim Wschodzie, a potem to, czego szukał. U dołu pierwszej strony spostrzegł swoje zdjęcie, a pod nim podpis: „Jake Brigance schodzi ze sceny". Obok była fotografia Carla Lee, a dalej – zdjęcie mężczyzny, którego już kiedyś widział. Widniały pod nim słowa: „Bo Marsharfsky wkracza na scenę". W tytule informowano, że znany adwokat z Memphis, specjalizujący się w sprawach karnych, został wynajęty, by bronić „człowieka, który własnymi rękami wymierzył sprawiedliwość".

Był oszołomiony, skonsternowany, ogłuszony. To z pewnością jakieś nieporozumienie. Przecież wczoraj widział się z Carlem Lee. Wolno przeczytał cały artykuł. Nie było tam zbyt wielu szczegółów, jedynie wykaz największych osiągnięć Marsharfsky'ego. Zapowiadał konferencję prasową w Clanton. Powiedział, że sprawa będzie stanowiła nowe wyzwanie i tak dalej. Wierzył w przysięgłych z okręgu Ford.

Jake cichutko wciągnął na siebie spodnie i koszulę. Jego żona wciąż pogrążona była w głębokim śnie. Powie jej później. Wziął gazetę i pojechał do biura. Wolał nie pokazywać się w kafeterii. Siedząc przy biurku Ethel, jeszcze raz przeczytał cały artykuł i obejrzał swoje zdjęcie na pierwszej stronie.

Lucien próbował go pocieszyć. Znał Marshafsky'ego czy jak go zwali – Rekina. Był wielkim cwaniakiem, niepozbawionym ogłady i finezji.

Moss Junior zaprowadził Carla Lee do gabinetu Ozziego, gdzie czekał już Jake z gazetą. Zastępca szeryfa szybko wyszedł, zamykając za sobą drzwi. Carl Lee usiadł na małej kozetce z czarnego skaju.

Jake cisnął w niego gazetą.

– Widziałeś to? – zapytał.

Carl Lee wpatrywał się w niego, nie zwracając uwagi na gazetę.

– Dlaczego, Carl Lee?

– Nie muszę ci się tłumaczyć, Jake.

– A właśnie, że musisz. Nie starczyło ci odwagi, by wezwać mnie i po męsku mi wszystko powiedzieć? Pozwoliłeś, bym dowiedział się z gazety. Żądam wyjaśnień.

– Chciałeś zbyt dużo pieniędzy, Jake. Zawsze starasz się wydusić tyle, ile się tylko da. Ja siedzę w areszcie, a ty mi każesz zdobywać jakieś pieniądze.

– Pieniądze. Nie stać cię, by mi zapłacić. W jaki sposób będzie cię stać na honorarium Marsharfsky'ego?

– Nic mu nie będę płacił.

– Co takiego?

– Słyszałeś. Nic mu nie będę płacił.

– Czyżby pracował za darmo?

– Nie. Ktoś inny mu zapłaci.

- Kto? - wrzasnął Jake.
- Nie powiem ci. To nie twój interes, Jake.
- Wynająłeś największego adwokata do spraw karnych w Memphis, a ktoś inny mu zapłaci honorarium?
- Tak.

NAACP, pomyślał Jake. Nie, oni nie wynajęliby Marsharfsky'ego. Mają własnych prawników. Poza tym jest dla nich za drogi. Więc kto?

Carl Lee wziął gazetę i złożył ją starannie. Czuł się nieswojo, wstydził się tego, co zrobił, ale już podjął decyzję. Prosił Ozziego, by zadzwonił do Jake'a i przekazał mu tę wiadomość, ale szeryf nie chciał się w to mieszać. Powinien był sam zadzwonić, ale teraz nie miał zamiaru przepraszać Jake'a, że tego nie uczynił. Przyjrzał się swemu zdjęciu na pierwszej stronie. Podobał mu się ten fragment o wymierzaniu sprawiedliwości na własną rękę.

- A więc nie powiesz mi, kto to taki? - spytał Jake nieco spokojniejszym tonem.
- Nie, Jake. Nie powiem ci.
- Czy uzgodniłeś to z Lesterem?

Oczy znów mu zabłysły.

- Nie. To nie jego proces i nie jego interes.
- Gdzie teraz jest?
- W Chicago. Wyjechał wczoraj. Nie waż się do niego dzwonić. Już podjąłem decyzję, Jake.

Zobaczymy, pomyślał sobie Brigance. Lester wkrótce i tak się dowie.

Jake otworzył drzwi.

- A więc tak zwyczajnie zostałem wylany?

Carl Lee utkwił wzrok w swoim zdjęciu i nic nie powiedział.

Carla jadła śniadanie i czekała. Jakiś dziennikarz z Jackson zadzwonił, chcąc porozmawiać z Jakiem, i powiedział jej o Marsharfskym.

Jake milczał. Nalał sobie kawy do filiżanki i poszedł na werandę. Pił parujący napój, przyglądając się zapuszczonemu żywopłotowi otaczającemu długi, wąski ogród. Ostre słońce prażyło niemiłosiernie; wysuszyło rosę, tworząc lepką mgiełkę, która uniosła się do góry i przylgnęła do koszuli. Żywopłot i trawnik czekały na swoje cotygodniowe strzyżenie. Zrzucił mokasyny i przeszedł na bosaka przez wilgotną darń, by obejrzeć złamane poidełko dla ptaków, stojące w pobliżu niedużego mirtu, jedynego większego krzewu w ich ogrodzie.

Poszła po jego świeżych śladach i zatrzymała się tuż obok. Wziął ją za rękę i uśmiechnął się blado.

- Dobrze się czujesz? - spytała.
- Tak.

160

– Rozmawiałeś z nim?
– Tak.
– I co powiedział?
Pokręcił milcząco głową.
– Przykro mi, Jake.
Pokiwał głową, spoglądając na poidełko.
– Będą jeszcze inne sprawy – pocieszała go bez przekonania.
– Wiem. – Pomyślał o Buckleyu i niemal usłyszał jego szyderczy śmiech. Pomyślał o bywalcach kafeterii i obiecał sobie, że się tam nie pokaże. Pomyślał o kamerach i dziennikarzach i poczuł tępy ból w trzewiach. Wreszcie pomyślał o Lesterze: był jego ostatnią deską ratunku.
– Może byś coś zjadł? – spytała.
– Nie, dziękuję. Nie jestem głodny.
– Spróbuj dojrzeć jasną stronę tego całego wydarzenia – odezwała się. – Nie będziemy się bali odbierać telefonów.
– Chyba przystrzygę trawnik – oznajmił.

Rozdział 17

W skład Rady Pastorów wchodziła grupa murzyńskich duchownych. Powołano ją, by koordynować działalność polityczną wśród czarnej społeczności okręgu Ford. W latach, kiedy nie było wyborów, spotykali się rzadko, ale w okresach elekcji zbierali się co tydzień, w niedzielne popołudnia, by przeprowadzać rozmowy z kandydatami, omawiać poszczególne punkty programów, a przede wszystkim – by określać korzyści, jakie odniosą dzięki różnym osobom ubiegającym się o dany urząd. Zawierano transakcje, ustalano strategię działania, inkasowano forsę. Rada pokazała, że potrafi zdobyć głosy murzyńskiej ludności. Podczas wyborów liczba darów i dotacji dla czarnych kościołów gwałtownie wzrastała.

W niedzielne popołudnie wielebny Ollie Agee zwołał w swoim kościele specjalne spotkanie Rady. Wcześniej zakończył nabożeństwa i o czwartej po południu jego trzódka rozeszła się do domów, a na parkingu przed kościołem zaczęły się pojawiać cadillaki i lincolny. Zebranie było zamknięte, zaproszono jedynie pastorów, którzy należeli do Rady. W okręgu Ford działały dwadzieścia trzy kościoły dla czarnych i kiedy wielebny Agee rozpoczął spotkanie, w sali obecnych było dwudziestu dwóch duchownych. Ponieważ niektórzy pastorzy, szczególnie ci z Kościoła Chrystusowego, wkrótce musieli rozpocząć wieczorne nabożeństwa, obiecał, że zebranie nie potrwa długo.

Celem spotkania, wyjaśnił, jest zorganizowanie moralnego, politycznego i finansowego poparcia dla Carla Lee Haileya, wzorowego parafianina jego kościoła. Należy utworzyć fundusz na obronę, by zapewnić Haileyowi najlepszych adwokatów. Trzeba również utworzyć drugi fundusz, na pomoc finansową dla rodziny Haileya. On, wielebny Agee, podejmuje się przewodniczenia akcji zbierania pieniędzy, a każdy pastor będzie odpowiedzialny za zbiórkę w swojej parafii. Specjalne datki należy zbierać podczas porannych i wieczornych nabożeństw, poczynając od niedzieli. Agee, według swojego uznania, wypłaci pieniądze rodzinie. Połowa datków przeznaczona zostanie na fundusz na obronę. Bardzo istotnym czynnikiem jest czas. Proces ma się rozpocząć w przyszłym miesiącu. Należy jak najszybciej przystąpić do zbiórki pieniędzy, kiedy wszyscy mówią o tej sprawie i ludzie są skłonni do poświęceń.

Rada jednogłośnie poparła projekt wielebnego Ageego.

W sprawę Haileya musi się aktywnie włączyć NAACP. Gdyby Carl Lee był biały, nie zostałby formalnie oskarżony. Przynajmniej w okręgu Ford. Stanie przed sądem jedynie dlatego, że jest czarny, i dlatego też trzeba się z tym zwrócić do NAACP. Skontaktowali się już z przewodniczącym na kraj. Oddziały w Memphis i Jackson obiecały pomoc. Zwołają konferencje prasowe. Duże znaczenie będą miały demonstracje i marsze protestacyjne. Może dojdzie do bojkotu sklepów należących do białych – ta często ostatnio stosowana taktyka przynosiła zadziwiająco dobre efekty.

Do akcji należy przystąpić niezwłocznie, kiedy ludzie są chętni do składania datków. Pastorzy jednogłośnie poparli projekt i się rozjechali.

Jake był zmęczony i zawstydzony nową sytuacją, przespał więc poranne nabożeństwo. Carla zrobiła naleśniki i razem z Hanną, nie spiesząc się, zjedli śniadanie na werandzie. Rzucił w kąt niedzielną prasę, bo na pierwszej stronie dodatku do „Memphis Post" ujrzał całostronicowy artykuł o Marsharfskym i jego kliencie. W artykule, bogato ilustrowanym zdjęciami, przytaczano wypowiedzi wielkiego adwokata. Sprawa Haileya stanowi dla niego wyzwanie, oświadczył. Zwróci się do poważnych autorytetów prawnych i społecznych. Obiecał, że zastosuje oryginalną linię obrony. Przechwalał się, że w ciągu dwunastu lat nie przegrał ani jednego procesu o morderstwo. Ta sprawa nie należy do łatwych, ale wierzy w mądrość i sprawiedliwość przysięgłych ze stanu Missisipi.

Jake przeczytał artykuł i nie komentując go, wyrzucił gazetę do śmieci.

Carla zaproponowała piknik i choć miał dużo pracy, zgodził się bez słowa. Załadowali do saaba jedzenie oraz zabawki i pojechali nad jezioro. Brunatne, mętne wody zalewu Chatulia osiągnęły swój rekordowy poziom i za kilka dni zaczną stopniowo opadać. Wysoki poziom wody sprawił, że pełno dziś było łodzi, motorówek, katamaranów i pontonów.

Carla rozłożyła pod dębem na zboczu wzgórza dwa grube koce, a Jake wyładował prowiant i domek dla lalek. Na jednym kocu Hanna umieściła swoją liczną rodzinkę oraz zwierzaki i samochodziki, po czym zaczęła wydawać lalkom polecenia i urządzać domek. Rodzice, uśmiechając się, przysłuchiwali się swej córeczce. Jej narodziny, dwa i pół miesiąca przed czasem, były niewyobrażalnym koszmarem. Po ciężkim porodzie lekarze nie potrafili im dać jednoznacznej odpowiedzi, czy ich dziecko przeżyje. Jake spędził jedenaście dni w klinice przy inkubatorze, nie odrywając wzroku od drobniutkiej, chudziutkiej, niespełna półtorakilogramowej istotki, kurczowo chwytającej się życia, podczas gdy armia lekarzy i pielęgniarek obserwowała monitory, zmieniała rurki oraz igły i bezradnie potrząsała głowami. Gdy był sam, dotykał inkubatora i ocierał łzy. Modlił się jak nigdy przedtem. Drzemał w bujanym fotelu w pobliżu swej córeczki i śnił o pięknej, niebieskookiej, ciemnowłosej dziewczynce, bawiącej się lalkami i zasypiającej na jego ramieniu. Słyszał nawet jej głos.

Po miesiącu pielęgniarki zaczęły się uśmiechać, a lekarze odetchnęli z ulgą. Waga dziecka wzrosła do dwóch kilogramów i dumni rodzice mogli wreszcie zabrać swą pociechę do domu. Lekarze odradzali im próby poczęcia następnych dzieci.

Wyrosła na zdrową dziewczynkę, ale na dźwięk jej głosu jeszcze dziś do oczu napływały mu łzy. Jedli i chichotali, przysłuchując się, jak Hanna uczy swoje lalki zasad higieny.

– Po raz pierwszy od dwóch tygodni widzę cię odprężonego – zauważyła Carla, gdy tak leżeli na kocu. Katamarany, pomalowane na wściekłe kolory, przecinały jezioro we wszystkich kierunkach, jakimś cudem unikając zderzenia z setką ryczących motorówek ciągnących lekko podchmielonych narciarzy wodnych.

– W ubiegłą niedzielę byliśmy w kościele – odpowiedział.

– I podczas nabożeństwa bez przerwy myślałeś o procesie.

– Wciąż o nim myślę.

– Przecież to już nie twoja sprawa.

– Nie wiem jeszcze.

– Czy Hailey zmieni decyzję?

– Jeśli Lester z nim pogada, to kto wie. Trudno powiedzieć. Czarni są zupełnie nieobliczalni, szczególnie gdy znajdą się w tarapatach. Ale muszę przyznać, że Carl Lee zrobił dobry interes. Ma najlepszego adwokata do spraw karnych w całym Memphis, i do tego za darmo.

– Kto mu zapłaci?

– Stary kumpel Carla Lee z Memphis, niejaki Cat Bruster.

– Co to za jeden?

– Bardzo bogaty alfons, handlarz narkotykami, bandzior i złodziej. Marsharfsky jest jego adwokatem. Dobrali się jak w korcu maku.

163

- Czy wiesz to od Carla Lee?
- Nie. Nie chciał mi nic powiedzieć, więc spytałem Ozziego.
- A Lester wie o decyzji Carla Lee?
- Jeszcze nie.
- Co chcesz przez to powiedzieć? Chyba nie zamierzasz do niego zadzwonić?
- Mówiąc szczerze, nosiłem się z takim zamiarem.
- Czy nie posunąłbyś się trochę za daleko?
- Uważam, że nie. Lester ma prawo o tym wiedzieć i...
- W takim razie powinien go poinformować Carl Lee.
- Powinien, ale tego nie zrobi. Popełnił błąd, choć nie zdaje sobie z tego jeszcze sprawy.
- Ale to jego problem, a nie twój. Przynajmniej teraz.
- Carl Lee za bardzo się wstydzi tego, co zrobił, by poinformować o tym Lestera. Wie, że Lester go sklnie i powie mu, że popełnił kolejny błąd.
- A więc wyłącznie od ciebie zależy, czy wetkniesz swój nos w ich sprawy rodzinne.
- Uważam, że Lester powinien się o tym dowiedzieć.
- Jestem pewna, że przeczyta o wszystkim w gazetach.
- Może nie – odparł bez przekonania Jake. – Uważam, że trzeba dać Hannie trochę soku pomarańczowego.
- Uważam, że chcesz zmienić temat.
- Wcale nie. Zależy mi na tej sprawie i zamierzam ją odzyskać. Lester jest jedyną osobą, która może mi w tym pomóc.
Zmrużyła oczy i spojrzała na męża. Obserwował łódź dryfującą w błotnistej mazi w pobliżu brzegu.
- Jake, to by było nieetyczne i dobrze o tym wiesz – powiedziała spokojnie, ale z przekonaniem. W jej tonie wyraźnie wyczuwało się naganę.
- Nieprawda, Carlo. Należę do wyjątkowo uczciwych adwokatów.
- Zawsze prawisz morały na temat etyki zawodowej. A w tej chwili sam kombinujesz, jak zdobyć tę sprawę. Źle robisz, Jake.
- Odzyskać, a nie zdobyć.
- Cóż to za różnica?
- Ubieganie się o sprawę za wszelką cenę jest nieetyczne. Ale nie spotkałem się jeszcze z zakazem odzyskiwania sprawy, którą się kiedyś prowadziło.
- Nie masz racji, Jake. Carl Lee wynajął innego adwokata i czas, byś o tym procesie zapomniał.
- Uważasz, że Marsharfsky postąpił uczciwie? Jak myślisz, w jaki sposób uzyskał pełnomocnictwo? Zaangażował go człowiek, który nigdy nawet o nim nie słyszał. Chciał zdobyć tę sprawę i ją zdobył.

– Czyli że teraz będzie w porządku, jeśli ty się będziesz o nią ubiegał?

– Nie ubiegał, ale starał się odzyskać.

Hanna poprosiła o ciasteczka i Carla zaczęła grzebać w koszyku. Jake wsparł się na łokciu i wyłączył się na chwilę. Pomyślał o Lucienie. Co on by zrobił na jego miejscu? Prawdopodobnie wynająłby samolot, poleciał do Chicago, odnalazł Lestera, dał mu trochę pieniędzy, przywiózł go do Clanton i przekonał go, by się ostro rozmówił z Carlem Lee. Przekonałby Lestera, że Marsharfsky nie może wystąpić jako obrońca w procesie w Missisipi, a nawet gdyby mógł, to nie pochodząc z tych stron, nie zdobędzie sobie zaufania miejscowych sędziów przysięgłych. Zadzwoniłby do Marsharfsky'ego, zwymyślał go za odbieranie innym spraw i postraszył, że jak tylko pokaże się w Missisipi, złoży na niego skargę o nieetyczne zachowanie. Zebrałby swych czarnych kumpli, namówił do odwiedzenia Gwen oraz Ozziego i przekonania ich, że jedynym prawnikiem, który ma jakąkolwiek szansę wygrania tej sprawy, jest Lucien Wilbanks. W końcu Carl Lee poddałby się i posłał po Luciena.

Oto, co by zrobił Lucien. Powołałby się na etykę zawodową.

– Czemu się uśmiechasz? – Carla przerwała rozmyślania Jake'a.

– Bo tak tu miło być z tobą i Hanną. Powinniśmy częściej urządzać takie wycieczki.

– Jesteś rozżalony, prawda?

– Oczywiście. Nigdy już nie trafi mi się taki proces. Wystarczyłoby go wygrać i stałbym się największym prawnikiem w tych stronach. Nigdy już nie musielibyśmy się martwić o pieniądze.

– A gdybyś przegrał?

– To i tak ten proces stałby się moją kartą atutową. Ale nie mogę przegrać sprawy, której nie prowadzę.

– Głupio ci?

– Trochę. Niełatwo się z czymś takim pogodzić. Śmieją się teraz ze mnie wszyscy prawnicy w okręgu, może z wyjątkiem Harry'ego Reksa. Ale jakoś to przeżyję.

– A co mam zrobić z wycinkami prasowymi?

– Schowaj je. Może jeszcze dojdą nowe.

Krzyż był mały, miał niecałe trzy metry na metr dwadzieścia, żeby się zmieścił w furgonetce. Podczas uroczystych obrzędów używano znacznie większych krzyży, ale te mniejsze lepiej się sprawdzały podczas nocnych rajdów na tereny zamieszkane. Nie używano ich często czy – jak mówili ich wytwórcy – wystarczająco często. Szczerze mówiąc, upłynęło już wiele lat od dnia, kiedy po raz ostatni użyto ich w okręgu Ford. Umieszczono wtedy krzyż na podwórzu czarnucha oskarżonego o zgwałcenie białej kobiety.

W poniedziałek, jeszcze przed świtem, cicho i sprawnie wynieśli krzyż z furgonetki i wkopali na podwórzu dziwacznego domu w stylu wiktoriańskim przy ulicy Adamsa. U jego stóp położyli małą pochodnię i w ciągu kilku sekund cały krzyż ogarnęły płomienie. Furgonetka zniknęła w ciemnościach nocy i zatrzymała się obok automatu telefonicznego na peryferiach miasta. Po chwili na biurku posterunku policji rozległ się telefon.

Minęło zaledwie kilka minut od odebrania meldunku, a zastępca szeryfa Prather już skręcał w ulicę Adamsa. Natychmiast dostrzegł przed domem Jake'a płonący krzyż. Wjechał na podjazd i zaparkował za saabem. Nacisnął dzwonek i stojąc na ganku, obserwował języki ognia. Dochodziło wpół do czwartej. Ponownie nacisnął dzwonek. Ulica pogrążona była w ciszy i mroku, jeśli nie liczyć łuny, rzucanej przez krzyż, oraz trzasku i strzelania drewna płonącego w odległości piętnastu metrów od niego. W końcu Jake, potykając się w ciemnościach, dotarł do drzwi i zamarł na progu, oszołomiony tym, co zobaczył. Stali ramię w ramię na ganku, patrząc jak zahipnotyzowani na płonący krzyż.

– Dzień dobry, Jake – powiedział w końcu Prather, nie odrywając wzroku od płomieni.

– Kto to zrobił? – spytał Jake. Zupełnie zaschło mu w gardle.

– Nie wiem. Nie przedstawili się. Zadzwonili i powiedzieli nam o tym.

– Kiedy?

– Piętnaście minut temu.

Jake przygładził ręką włosy, które rozwiał mu lekki wietrzyk.

– Jak długo będzie się jeszcze palił? – spytał, wiedząc, że Prather wie o płonących krzyżach równie mało jak on, a może nawet mniej.

– Trudno powiedzieć. Prawdopodobnie jest nasączony naftą. Przynajmniej tak sądzę po zapachu. Może jeszcze się palić kilka godzin. Chcesz, żebym wezwał straż pożarną?

Jake spojrzał w dół i górę ulicy. We wszystkich domach było ciemno i cicho.

– Nie. Po co budzić ludzi. Niech się pali. Nie stanowi zagrożenia, prawda?

– Ty decydujesz. Jest na twoim podwórku.

Prather stał bez ruchu, z rękami w kieszeniach, jego wydatny brzuch sterczał nad paskiem od spodni.

– Dawno już nie mieliśmy u nas z czymś takim do czynienia. Ostatni, jaki pamiętam, podpalili w Karaway, w tysiąc dziewięćset sześćdziesiątym…

– W sześćdziesiątym siódmym.

– Pamiętasz?

– Tak. Byłem wtedy akurat w szkole średniej. Pojechaliśmy popatrzeć, jak płonie.

– Jak się nazywał tamten czarnuch?

– Robinson. Podobno zgwałcił Velmę Thayer.

– Zrobił to?

– Według ławy przysięgłych tak. Jest teraz w Parchman i pozostanie tam już do końca życia, zbierając bawełnę.

Prather sprawiał wrażenie usatysfakcjonowanego tymi wyjaśnieniami.

– Pójdę po Carlę – mruknął Jake i zniknął. Po krótkiej chwili pojawił się z żoną.

– O, Boże, Jake! Kto to zrobił?

– Nie wiadomo.

– Czy to Ku-Klux-Klan?

– Najprawdopodobniej tak – oświadczył zastępca szeryfa. – Nie znam nikogo innego, kto podpala krzyże, a pan, Jake?

Jake pokręcił głową.

– Myślałem, że już dawno wynieśli się z okręgu Ford – powiedział Prather.

– Wygląda na to, że wrócili – zauważył Jake.

Carla stała skamieniała z przerażenia, z dłonią przy ustach. Na jej twarzy odbijała się czerwona poświata.

– Zrób coś, Jake. Zgaś to.

Jake popatrzył na płomienic, a potem znów spojrzał w dół i w górę ulicy. Trzask drewna stał się głośniejszy, a pomarańczowe płomienie zaczęły strzelać wysoko w górę na tle nocnego nieba. Przez chwilę łudził się, że krzyż szybko sam zgaśnie i że nikt poza nimi trojgiem go nie zobaczy, że po prostu zniknie, zostanie zapomniany i nikt z Clanton nigdy o niczym się nie dowie. Roześmiał się ze swojej naiwności.

Prather chrząknął i było jasne, że zmęczył się już tym sterczeniem na ganku.

– Słuchaj, Jake, nie chciałem poruszać tego tematu, ale zgodnie z tym, co podawały gazety, trafili pod niewłaściwy adres, prawda?

– Myślę, że nie umieją czytać – mruknął Jake.

– Prawdopodobnie masz rację.

– Powiedz mi, Prather, czy masz w naszym okręgu jakichś aktywnych członków Ku-Klux-Klanu?

– Ani jednego. Działa ich kilku w południowej części stanu, ale nie u nas. Przynajmniej nic mi o nich nie wiadomo. FBI powiedziało nam, że Klan to już przeszłość.

– Niezbyt to pocieszające.

– Dlaczego?

– Ponieważ ci faceci, jeśli są członkami Klanu, nie pochodzą stąd. To przybysze z innych stron. A to znaczy, że bardzo poważnie traktują ten proces, nie sądzisz, Prather?

– Nie wiem. Bardziej bym się martwił, gdyby się okazało, że to miejscowi zaczęli znów aktywnie działać w organizacji. To mogłoby oznaczać reaktywowanie Ku-Klux-Klanu.

– A co ma oznaczać ten krzyż? – spytała Carla zastępcę szeryfa.

– To ostrzeżenie. Mówi: „Przestań robić to, co czynisz, bo następnym razem nie poprzestaniemy tylko na spaleniu kawałka drewna". Przez wiele lat używali tego symbolu, by zastraszyć białych, którzy darzyli sympatią czarnuchów i gadali na temat praw obywatelskich dla nich. Jeśli biali nie zaprzestali swej działalności w obronie praw czarnuchów, dochodziło do gwałtownych zamieszek. Rzucano bomby, podkładano ładunki wybuchowe, bito, a nawet mordowano ludzi. Ale myślałem, że to już należy do przeszłości. W tym konkretnym przypadku chcą powiedzieć, by Jake trzymał się z daleka od sprawy Haileya. Ale ponieważ nie jest już jego adwokatem, nie wiem, co to może znaczyć.

– Idź sprawdź, czy Hanna się nie obudziła – poprosił Jake Carlę.

– Jeśli masz wąż ogrodowy, to zaraz ugaszę ten krzyż – zaoferował się Prather.

– Dobry pomysł – powiedział Jake. – Nie chciałbym, żeby sąsiedzi coś zauważyli.

Jake i Carla stali na ganku w płaszczach kąpielowych i obserwowali zastępcę szeryfa gaszącego płonący krzyż. Drewno zaczęło syczeć i dymić w zetknięciu z wodą, która wkrótce stłumiła płomienie. Prather polewał zgliszcza przez kwadrans, potem starannie zwinął wąż i umieścił go za krzewami rosnącymi na brzegu rabaty kwiatowej, obok schodków prowadzących do drzwi frontowych.

– Dziękuję. Zachowajmy to wszystko w tajemnicy, dobrze?

Prather wytarł ręce o spodnie i poprawił kapelusz.

– Jasne. Dobrze się zamykajcie na noc. Jeśli coś usłyszycie, dzwońcie do oficera dyżurnego. Przez kilka najbliższych dni będziemy pilnie obserwowali wasz dom i okolice.

Wycofał wóz z podjazdu i wolno ruszył ulicą Adamsa w kierunku placu. Siedzieli na huśtawce i patrzyli na dymiący krzyż.

– Czuję się tak, jakbym oglądał zdjęcia w starym numerze „Life" – powiedział Jake.

– Albo ilustracje w podręczniku historii Missisipi. Może powinniśmy ich poinformować, że już odsunięto cię od tej sprawy?

– Dzięki.

– Za co?

– Że nie owijasz w bawełnę.

– Przepraszam. Czy powinnam powiedzieć, że zrezygnowano z twoich usług albo że ci wymówiono kontrakt czy też...

– Mogłaś powiedzieć, że znalazł sobie innego adwokata. Boisz się, prawda?

– Wiesz, że się boję. Nawet więcej – jestem przerażona. Jeśli mogą spalić krzyż na naszym podwórzu, co ich powstrzyma przed podłożeniem ognia pod nasz dom? Jake, ta sprawa nie jest tego warta. Chcę, byś był szczęśliwy, odnosił sukcesy i tak dalej, ale nie kosztem naszego bezpieczeństwa. Nic na świecie nie jest tego warte.

– Cieszysz się, że odsunięto mnie od tej sprawy?

– Cieszę się, że znalazł sobie innego adwokata. Może teraz zostawią nas w spokoju.

Jake objął ją ramieniem i przytulił. Huśtawka zakołysała się lekko. Carla wyglądała prześlicznie o wpół do czwartej nad ranem w płaszczu kąpielowym.

– Nie wrócą już tu, prawda? – spytała.

– Nie. Nic już do nas nie mają. Dowiedzą się, że nie prowadzę tej sprawy, i zadzwonią z przeprosinami.

– To wcale nie jest zabawne, Jake.

– Wiem.

– Myślisz, że ludzie się o tym dowiedzą?

– Przez całą najbliższą godzinę, nie. Kiedy o piątej otworzą kafeterię, Dell Perkins będzie znała wszystkie szczegóły, nim skończy nalewać pierwszą filiżankę kawy.

– Co zamierzasz z tym zrobić? – spytała, kiwnąwszy głową w stronę krzyża, teraz ledwo widocznego w nikłym blasku księżyca.

– Mam pomysł. Załadujmy go na samochód, jedźmy do Memphis i spalmy go na podwórku Marsharfsky'ego.

– Idę do łóżka.

Jeszcze przed dziewiątą Jake skończył dyktować swój wniosek o wycofaniu się z obrony Haileya. Ethel przepisywała go z zapałem, gdy rozległ się telefon.

– Panie Brigance, dzwoni pan Marsharfsky. Powiedziałam mu, że ma pan spotkanie. Oświadczył, że zaczeka.

– Daj mi go. – Jake złapał słuchawkę. – Halo!

– Pan Brigance? Mówi Bo Marsharfsky z Memphis. Jak się pan czuje?

– Wspaniale.

– To dobrze. Jestem pewien, że widział pan sobotnie i niedzielne wydania gazet. Do Clanton dociera prasa, prawda?

– Tak, mamy nawet telefony i pocztę.

– A więc widział pan artykuły o panu Haileyu?

– Tak. Nieźle pan potrafi pisać.

– Udam, że tego nie słyszałem. Jeśli ma pan chwilę czasu, chciałbym omówić z panem sprawę Haileya.

– Zrobię to z największą przyjemnością.

– O ile się orientuję w przepisach obowiązujących w Missisipi, adwokat spoza stanu musi związać się z miejscowym prawnikiem, by móc reprezentować oskarżonego.

– Czy to znaczy, że nie posiada pan licencji na Missisipi? – spytał Jake, udając zdumienie.

– No cóż... nie mam.

– W tych panegirykach o panu nie wspomniano o tym ani słowem.

– Również tę uwagę puszczę mimo uszu. Jak bardzo rygorystycznie traktowane są te przepisy?

– Poszczególni sędziowie różnie do nich podchodzą.

– Rozumiem. A Noose?

– To zależy.

– Dziękuję. No cóż, na ogół wiążę się z jakimś miejscowym adwokatem, gdy prowadzę sprawy gdzieś na prowincji. Ludzie mają lepsze samopoczucie, widząc obok mnie za stołem obrony jednego ze swoich.

– To bardzo ładnie z pana strony.

– Sądzę, że byłby pan zainteresowany...

– Chyba sobie pan ze mnie kpi! – wrzasnął Jake. – Dopiero co odsunięto mnie od tej sprawy, a teraz pan chce, bym nosił za panem teczkę? Chyba pan oszalał. Nie życzę sobie, by moje nazwisko kojarzono z pańskim.

– Chwileczkę, ty kmiocie...

– Nie, teraz ja coś panu powiem, panie mecenasie. Być może zdziwi to pana, ale w naszym stanie istnieją prawa zabraniające zabiegania o klientów. Słyszał pan kiedyś o ciągnięciu korzyści z procesu? Oczywiście, że nie. W Missisipi, podobnie jak w większości stanów, jest to przestępstwem. W naszej pracy kierujemy się kodeksem etycznym, który zabrania adwokatom nakłaniać ofiary wypadków do dochodzenia odszkodowań właśnie za ich pośrednictwem oraz zabiegać o sprawy. Etyka, panie Marsharfsky, obił się panu o uszy ten termin?

– Nie muszę uganiać się za sprawami, synku. Klienci sami do mnie przychodzą.

– Jak na przykład Carl Lee Hailey? Mam uwierzyć, że znalazł pana nazwisko w książce telefonicznej? Jestem pewien, że umieścił pan w niej całostronicowe ogłoszenie, tuż obok ogłoszenia ginekologów robiących skrobanki.

– Polecono mu moje usługi.

– Tak, zrobił to pański naganiacz. Dokładnie wiem, w jaki sposób się to wszystko odbyło. Było to klasyczne zabieganie o klienta. Mogę złożyć zażalenie do Rady Adwokackiej, a nawet spowodować, by z pańskimi metodami postępowania zapoznała się wielka ława przysięgłych.

– Tak, słyszałem, że jest pan w dobrej komitywie z prokuratorem okręgowym. Życzę panu miłego dnia, panie mecenasie – powiedział Marsharfsky i, nie dając Jake'owi możliwości odgryzienia się, odłożył słuchawkę. Jake wściekał się jeszcze przez godzinę, nim na tyle się uspokoił, by móc się skupić nad listem, który pisał. Lucien byłby z niego dumny.

Tuż przed lunchem do Jake'a zadzwonił Walter Sullivan z kancelarii Sullivana.

– Jake, mój chłopcze, jak się masz?

– Wspaniale, dziękuję.

– Cieszę się. Słuchaj, Jake, Bo Marsharfsky jest moim starym znajomym. Kilka lat temu broniliśmy wspólnie paru urzędników bankowych, oskarżonych o defraudację. Wyciągnęliśmy ich z tego. Niezły z niego fachowiec. Zatrudnił mnie jako swego miejscowego współpracownika w sprawie Carla Lee Haileya. Chciałem się tylko dowiedzieć, czy...

Jake odłożył słuchawkę i wyszedł z biura. Popołudnie spędził na werandzie domu Luciena.

ROZDZIAŁ 18

Gwen nie znała numeru Lestera, Ozzie i inni również. Telefonistka poinformowała, że w książce telefonicznej Chicago są dwie strony Haileyów, przynajmniej tuzin Lesterów Haileyów i kilku L.S. Haileyów. Jake poprosił o numery pierwszych pięciu Lesterów Haileyów i zadzwonił do nich. Żaden nie był Murzynem. Zatelefonował do Tanka Scalesa, właściciela jednej z porządniejszych knajp dla czarnych w okręgu Ford, nazywanej Budą Tanka. Lester upodobał sobie ten lokal. Tank był klientem Jake'a i często dostarczał mu cennych poufnych informacji na temat czarnych, ich interesów i miejsc pobytu.

Tank wstąpił do biura Jake'a we wtorek rano, w drodze do banku.

– Czy w ciągu ostatnich dwóch tygodni widziałeś Lestera Haileya? – spytał Jake.

– No pewnie. Pokazał się u mnie kilka razy, żeby pograć w bilard i napić się piwa. Słyszałem, że w ostatni weekend wyjechał do Chicago. To chyba prawda, bo nie widziałem go pod koniec tygodnia.

– Z kim przychodził?

171

– Najczęściej sam.
– Nie zaglądał z Iris?
– Pokazał się z nią kilka razy, gdy Henry'ego nie było w mieście. Bardzo się denerwuję, kiedy ją przyprowadza. Henry to narwaniec. Zarżnąłby ich oboje, gdyby wiedział, że się spotykają.
– Tank, przecież to już trwa dziesięć lat.
– Racja, Iris ma z Lesterem dwójkę dzieciaków. Wszyscy o tym wiedzą, oprócz Henry'ego. Biedny stary Henry. Pewnego dnia dowie się o wszystkim i będziesz miał kolejną sprawę o morderstwo.
– Słuchaj, Tank, możesz porozmawiać z Iris?
– Nie bywa u mnie zbyt często.
– Chodzi mi o numer telefonu Lestera w Chicago. Iris go zna.
– Na pewno. Zdaje mi się, że Hailey przysyła jej pieniądze.
– Czy możesz zdobyć dla mnie ten numer? Muszę porozmawiać z Lesterem.
– Oczywiście, Jake. Zdobędę go.

Od środy kancelaria Jake'a zaczęła funkcjonować normalnie. Znów pojawili się klienci. Ethel była wyjątkowo miła, a raczej na tyle miła, na ile może być zbzikowana stara jędza. Prowadził praktykę jak gdyby nigdy nic, ale zadra pozostała. Nie pokazywał się w kafeterii i unikał gmachu sądu, polecając Ethel, by zgłaszała nowe sprawy, przeglądała akta i w ogóle wszystko, co wymagało obecności po drugiej stronie ulicy. Czuł się zażenowany, poniżony i niepocieszony. Było mu trudno skupić się na pracy. Zastanawiał się, czy nie wyjechać na długi urlop, ale nie mógł sobie na to pozwolić. Z forsą było krucho, lecz brakowało mu motywacji do pracy. Większość czasu spędzał w swym gabinecie, głównie gapiąc się na gmach sądu i plac wokół niego.

Rozmyślał o Carlu Lee siedzącym w celi kilka przecznic dalej, po raz tysięczny zadając sobie pytanie, czemu Hailey go zdradził. Zbyt mocno dusił go o pieniądze, zapominając, że inni adwokaci gotowi są podjąć się tej sprawy za darmo. Nienawidził Marsharfsky'ego. Przypomniał sobie, jak często widział, gdy tamten paradował przed sądami w Memphis, ubolewając nad tym, żc jego niewinni, godni współczucia klienci są gnębieni i niewłaściwie traktowani. Handlarze narkotyków, alfonsi, skorumpowani politycy, dyrektorzy spółek – wszyscy jego klienci byli winni, wszyscy zasługiwali na długie wyroki więzienia, a może nawet na karę śmierci. Ten prawdziwy Jankes miał nosową wymowę, typową dla ludzi ze Środkowego Zachodu, irytującą wszystkich mieszkających na południe od Memphis. Utalentowany aktor, potrafił patrzeć prosto w kamerę i użalać się: „Policja z Memphis w karygodny sposób nadużyła swej władzy wobec mojego klienta". Jake widział to już dziesiątki razy. „Mój klient jest absolutnie, całkowicie, ponad wszelką wątpliwość niewinny. W ogóle nie powinienem być postawiony przed sądem. Mój klient jest wzorowym obywatelem, sumiennym podatnikiem". Jak to, przecież już czterokrotnie skazywano go za szantaż. „Wszystko ukartowało FBI. Spreparowały władze. Poza tym odpokutował już za swoje winy. Tym razem jest naprawdę niewinny". Jake nienawidził Marsharfsky'ego, który – jeśli dobrze pamiętał – miał na swoim koncie tyle samo sukcesów, co porażek.

Do środowego popołudnia nowy adwokat Haileya nie pokazał się w Clanton. Ozzie obiecał Jake'owi, że go powiadomi, gdy tylko Marsharfsky się pojawi.

Sesja sądu objazdowego miała trwać do piątku i Jake zdawał sobie sprawę z tego, że wypadałoby wpaść choć na krótko do sędziego Noose'a i wyjaśnić mu okoliczności towarzyszące wycofaniu się ze sprawy Haileya. Sędzia przewodniczył jakimś procesom cywilnym, istniało więc duże prawdopodobieństwo, że Buckley jest nieobecny. Musi być nieobecny. Nikt nie może Jake'a zobaczyć ani usłyszeć.

Zazwyczaj o wpół do czwartej Noose zarządzał dziesięciominutową przerwę i punktualnie o tej godzinie Jake wszedł przez boczne drzwi do pokoju sędziego. Usiadł przy oknie i cierpliwie czekał, aż Ichabod opuści swe miejsce za stołem sędziowskim i wtoczy się do pokoju. Pięć minut później drzwi otworzyły się gwałtownie i w progu pojawił się sędzia.

– Co u pana słychać, Jake? – powitał Brigance'a.

– Wszystko w porządku, panie sędzio. Czy mogę zająć panu chwilkę? – spytał Jake, zamykając drzwi.

– Oczywiście, proszę usiąść. O co chodzi? – Noose zdjął togę, rzucił ją na oparcie krzesła i położył się na plecach na blacie biurka, przy okazji strącając książki, teczki z aktami i telefon. Kiedy wreszcie jego niezdarna postać znieruchomiała, wolno splótł ręce na brzuchu, zamknął oczy i odetchnął głęboko.

– Mam kłopoty z kręgosłupem. Lekarz kazał mi, kiedy to tylko możliwe, leżeć na twardym.

– Czy mam pana zostawić samego?

– Nie, nie. Proszę mówić, z czym pan przyszedł?

– W sprawie Haileya.

– Tak myślałem. Widziałem pana wniosek. Znalazł sobie nowego adwokata, tak?

– Tak, proszę pana. Nie miałem pojęcia, że coś takiego się szykuje. Byłem pewien, że będę go w lipcu bronił.

– Nie musi się pan usprawiedliwiać, Jake. Akceptuję pana wniosek o wycofanie się ze sprawy. To nie pańska wina. Zresztą, nie pierwszy raz coś takiego się zdarza. Cóż to za jeden ten Marsharfsky?

– Działa w Memphis.

– Z takim nazwiskiem zrobi w okręgu Ford prawdziwą furorę.

– Tak, proszę pana. – Brzmi równie fatalnie, jak Noose, pomyślał Brigance.

– Nie ma uprawnień do prowadzenia spraw w stanie Missisipi – dodał po chwili.

– To ciekawe. Czy zna obowiązujące u nas przepisy?

– Nie jestem pewny, czy kiedykolwiek bronił w procesie toczącym się w Missisipi. Powiedział mi, że gdy prowadzi sprawę gdzieś na prowincji, zazwyczaj bierze sobie do pomocy kogoś miejscowego.

– Na prowincji?

– Właśnie tak się wyraził.

– Cóż, lepiej będzie dla niego, jeśli zwiąże się z kimś od nas, zanim pojawi się w mojej sali sądowej. Mam nie najlepsze doświadczenia z adwokatami spoza stanu, szczególnie mieszkającymi w Memphis.

– Tak, proszę pana.

Noose zaczął oddychać ciężej i Jake postanowił wyjść.

– Panie sędzio, muszę już iść. Jeśli nie spotkamy się w lipcu, na pewno zobaczymy się podczas sierpniowej sesji sądu. Proszę dbać o swój kręgosłup.

– Dziękuję panu, Brigance. Pan też niech na siebie uważa.

Jake'owi prawie udało się dotrzeć do bocznego wyjścia, kiedy otworzyły się główne drzwi prowadzące z sali rozpraw i do pokoju weszli mecenas L. Winston Lotterhouse i jeszcze jakiś typ z kancelarii Sullivana.

– O, cześć, Jake – krzyknął Lotterhouse. – Poznaj K. Petera Ottera, to nasz najświeższy nabytek.

– Miło mi pana poznać, K. Peter – odparł Jake.

– Czy przeszkadzamy?

– Nie, właśnie wychodziłem. Sędzia Noose daje odpocząć swemu kręgosłupowi, a ja już znikam.

– Siadajcie, panowie – powiedział Noose.

Lotterhouse wyczuł krew.

– Słuchaj, Jake, jestem pewien, że Walter Sullivan poinformował cię, że ktoś od nas wystąpi w charakterze miejscowego reprezentanta Carla Lee Haileya.

– Słyszałem o tym.

– Przykro mi, że cię to spotkało.

– Twoje współczucie wzrusza mnie do łez.

– To interesująca propozycja dla naszej firmy. Jak wiesz, nie prowadzimy zbyt wielu spraw karnych.

– Wiem – powiedział Jake, szukając jakiejś mysiej norki, w której mógłby się skryć. – Przepraszam, ale muszę już lecieć. Miło mi było pana poznać, K. Peter. L. Winston, pozdrów ode mnie J. Waltera, F. Roberta i pozostałych chłopaków.

Jake wyślizgnął się tylnym wyjściem z gmachu sądu i zbeształ sam siebie za pokazywanie się tam, gdzie można oberwać. Pobiegł do swego biura.

– Czy dzwonił Tank Scales? – spytał Ethel, kierując się w stronę schodów.

– Nie. Ale czeka na pana prokurator Buckley.

Jake zatrzymał się na pierwszym stopniu.

– Gdzie czeka? – spytał przez zaciśnięte usta.

– Na górze. W pana gabinecie.

Podszedł wolno do jej biurka i pochylił się tak, że ich twarze znalazły się na jednej wysokości. Popełniła błąd i wiedziała o tym.

Spojrzał na nią wściekłym wzrokiem.

– Nie wiedziałem, że był umówiony – rzucił przez zaciśnięte zęby.

– Nie był – odparła, nie podnosząc oczu.

– Nie wiedziałem, że to biuro należy do niego.

Nie poruszyła się i nie powiedziała ani słówka.

– Nie wiedziałem, że ma klucz do mojego gabinetu.

Znów nie poruszyła się ani nie pisnęła słówka.

Pochylił się jeszcze niżej.

– Powinienem cię za to wylać.

Usta jej zadrżały, sprawiała wrażenie zagubionej.

– Mam już ciebie serdecznie dosyć, Ethel. Dosyć twej postawy, twego głosu, twej niesubordynacji. Dosyć sposobu, w jaki traktujesz moich klientów, dosyć wszystkiego, co ma jakikolwiek związek z twoją osobą.

Łzy napłynęły jej do oczu.

– Przepraszam.

– To za mało. Wiesz nie od dziś, że absolutnie nikt na całym świecie, nawet moja żona, nie ma prawa wejść do mego gabinetu podczas mojej nieobecności.

– Nalegał.

– To dupek. Płacą mu za to, by ustawiał ludzi. Ale nie w tym biurze.

– Cii… Może pana usłyszeć.

– Nie dbam o to. I tak wie, że jest dupkiem.

Pochylił się jeszcze niżej, aż ich nosy znalazły się piętnaście centymetrów od siebie.

– Ethel, czy chcesz tu dalej pracować?

Skinęła głową, bo nie była w stanie wydusić z siebie ani słowa.

– Więc zrób dokładnie to, co ci każę. Idź na górę do mojego gabinetu i zaprowadź pana Buckleya do sali konferencyjnej. Tam się z nim spotkam. I już nigdy nie zrób czegoś podobnego.

Ethel wytarła twarz i pobiegła na górę. Po chwili prokurator okręgowy siedział już za zamkniętymi drzwiami sali konferencyjnej. Siedział i czekał. Jake znajdował się w małej kuchni tuż obok. Pił sok pomarańczowy i myślał o Buckleyu. Nie spieszył się. Po piętnastu minutach otworzył drzwi i wszedł do sali. Buckley siedział u jednego końca stołu konferencyjnego. Jake usiadł naprzeciwko niego.

– Cześć, Rufus. Czego chcesz?

– Ładnie tu u ciebie. Jeśli się nie mylę, to dawne biuro Luciena.

– Zgadza się. Co cię tu sprowadza?

– Po prostu chciałem cię odwiedzić.

– Jestem bardzo zajęty.

– I chciałem porozmawiać o sprawie Haileya.

– Zadzwoń do Marsharfsky'ego.

– Szykowałem się do walnej rozprawy, ciesząc się, że właśnie ty będziesz moim przeciwnikiem. Bo jesteś godnym przeciwnikiem, Jake.

– Miło mi to słyszeć.

– Nie zrozum mnie źle. Nie lubię cię, zresztą już od dawna.

– Od procesu Lestera Haileya.

– Tak, chyba masz rację. Wygrałeś, bo oszukiwałeś.

– Wygrałem, i tylko to się liczy. I nie oszukiwałem. Dałeś się zaskoczyć.

– Oszukiwałeś, a Noose przymknął oko na twoje sztuczki.

– Niech ci będzie. Ja też cię nie lubię.

– Dobrze. Poczułem się znacznie lepiej. Co wiesz o Marsharfskym?

– Czy to jest powód twojej wizyty?

– Być może.

– Nigdy się z nim nie spotkałem, ale nawet gdyby był moim ojcem, nic bym ci nie powiedział. Coś jeszcze?

– Jestem pewien, że z nim rozmawiałeś.

– Zamieniliśmy kilka słów przez telefon. Tylko mi nie mów, że pękasz.

– Nie. To zwykła ciekawość. Cieszy się dobrą sławą.

– To prawda. Ale chyba nie przyszedłeś dyskutować tu o jego reputacji?

– Oczywiście, że nie. Chciałem porozmawiać o sprawie Haileya.

– To znaczy o czym konkretnie?

– O prawdopodobnej linii obrony, jakie ma szanse na uniewinnienie, czy rzeczywiście był niepoczytalny i tak dalej.

– Wydawało mi się, że gwarantowałeś wyrok skazujący. Przed kamerami telewizji, pamiętasz? Tuż po formalnym oskarżeniu Haileya. Na jednej z twoich konferencji prasowych.

– Tak bardzo ci żal kamer, Jake?

– Uspokój się, Rufus, wypadłem już z gry. Od tej chwili wszystkie obiektywy skierowane będą wyłącznie na ciebie, no, na ciebie, Marsharfsky'ego

i kogoś od Waltera Sullivana. Szykuj się do skoku, tygrysie. Jeśli odebrałem odrobinę uwagi dziennikarzy, która należała się tobie, bardzo mi przykro.
- Przyjmuję przeprosiny. Czy Marsharfsky pokazywał się w mieście?
- Nie wiem.
- Obiecał, że w tym tygodniu zwoła konferencję prasową.
- I przyszedłeś do mnie porozmawiać o jego konferencji prasowej, tak?
- Nie, chciałem porozmawiać o sprawie Haileya, ale widzę, że jesteś okropnie zajęty.
- Zgadza się. A poza tym nie istnieje nic, o czym moglibyśmy ze sobą rozmawiać, panie gubernatorze.
- Czuję się tym dotknięty.
- Dlaczego? Przecież to prawda. Oskarżyłbyś własną matkę, byleby tylko ukazała się w prasie wzmianka o tobie.
Buckley wstał i zaczął przemierzać pokój.
- Żałuję, że nie będziesz obrońcą w tej sprawie, Brigance - powiedział, podnosząc nieco głos.
- Ja również.
- Nauczyłbym cię, jak się prowadzi oskarżenie przeciwko mordercy Naprawdę pragnę zaprowadzić tu nieco porządku.
- Dawniej niezbyt ci się to udawało.
- I właśnie dlatego chciałem się teraz zmierzyć z tobą, Brigance. Bardzo chciałem. - Jego twarz przybrała odcień ciemnopurpurowy.
- Nie będę ja, to będą inni, gubernatorze.
- Nie zwracaj się tak do mnie - krzyknął.
- Ależ czemu nie, gubernatorze? Przecież to dlatego tak ci zależy na rozgłosie. Wszyscy o tym wiedzą. Oto idzie stary Rufus, uganiający się za kamerami, ubiegający się o urząd gubernatora. To wszystko prawda.
- Robię to, co do mnie należy. Ścigam przestępców.
- Carl Lee Hailey nie jest przestępcą.
- To obserwuj uważnie, jak się z nim rozprawię.
- Nie pójdzie ci to tak łatwo.
- Tylko przypatruj się pilnie.
- Będziesz musiał zdobyć wszystkie dwanaście głosów.
- Żaden problem.
- Podobnie jak podczas obrad wielkiej ławy przysięgłych?
Buckley znieruchomiał. Zmrużył oczy i spojrzał spode łba na Jake'a. Trzy głębokie bruzdy przecięły jego wysokie czoło.
- Co wiesz o obradach wielkiej ławy przysięgłych?
- To samo, co i ty. Jeden głos mniej i zostałbyś z niczym.
- Nieprawda!

- Daj spokój, gubernatorze. Nie rozmawiasz z reporterem. Dokładnie wiem, jak przebiegały obrady. Wiedziałem kilka godzin po ich zakończeniu.
- Powiem o tym Noose'owi.
- A ja dziennikarzom. To zrobi dobre wrażenie przed procesem.
- Nie odważysz się.
- Rzeczywiście tego nie zrobię, nie mam ku temu żadnego powodu. Nie zapomniałeś chyba, że zostałem odsunięty od tej sprawy? I właśnie dlatego się tu pojawiłeś, prawda, Rufus? By przypomnieć mi, że nie prowadzę tej sprawy, a ty – owszem. By posypać świeżą ranę solą. Dobra, zrobiłeś to. A teraz chciałbym, żebyś już sobie stąd poszedł. Idź, sprawdź, co porabia wielka ława przysięgłych. A może jakiś pismak kręci się w pobliżu gmachu sądu? Po prostu wynoś się stąd.
- Z największą przyjemnością. Przykro mi, że cię niepokoiłem.
- Mnie też.
Buckley otworzył drzwi na korytarz, ale zatrzymał się na moment.
- Okłamałem cię, Jake. Ucieszyłem się na wieść, że zabrano ci tę sprawę.
- Wiem, że kłamałeś. Ale jeszcze nie wszystko przesądzone.
- Co chcesz przez to powiedzieć?
- Życzę ci miłego dnia, Rufus.
Wielka ława przysięgłych okręgu Ford pracowała niezmordowanie i w czwartek, w drugim tygodniu trwania sesji, do Jake'a zgłosili się dwaj nowi klienci. Jednym z nich był czarny, który jeszcze w kwietniu zranił nożem drugiego czarnego podczas bijatyki w knajpie Masseya. Jake lubił tego typu sprawy, bo łatwo było w nich uzyskać uniewinnienie; wystarczyło tylko skompletować samych białych sędziów przysięgłych. Najszczęśliwsi byliby, gdyby wszyscy Murzyni nawzajem się powyrzynali. Goście knajpy po prostu zbyt się rozochocili, a potem stracili panowanie nad sytuacją; jeden z uczestników bójki dostał nożem, ale przeżył. Nie poniósł większej szkody, więc nie było podstawy do skazania napastnika. Podobną strategię Jake zastosował podczas procesu Lestera Haileya. Nowy klient obiecał mu zapłacić tysiąc pięćset dolarów, jak tylko uda mu się wyjść za kaucją.
Drugi był białym smarkaczem, którego złapano, jak jechał skradzioną furgonetką. Już trzeci raz przyłapano go w skradzionym wozie i nie było sposobu, by wybronić go przed siedmioletnim pobytem w Parchman. Obaj nowi klienci Brigance'a siedzieli w areszcie. Jake miał obowiązek się z nimi zobaczyć; zyskał więc pretekst, by spotkać się z Ozziem. W czwartek, późnym popołudniem, zajrzał do gabinetu szeryfa.
- Jesteś zajęty? – spytał Jake.
Biurko i podłoga zasłane były tоną papierzysk.
- Nie, porządkuję tylko dokumenty. Nie było więcej płonących krzyży?
- Dzięki Bogu, nie. Jeden wystarczy.

– Nie widziałem twego przyjaciela z Memphis.

– To dziwne – powiedział Jake. – Myślałem, że do tej pory już się tu pokaże. Rozmawiałeś z Carlem Lee?

– Rozmawiam z nim codziennie. Zaczyna się denerwować, bo ten facet nawet do niego nie zadzwonił.

– Świetnie. Niech się martwi. Nie żal mi go.

– Uważasz, że popełnił błąd?

– Jestem tego pewien. Znam mieszkańców naszego okręgu, Ozzie, i wiem, jak się zachowują, kiedy zasiadają w ławie przysięgłych. Nie zaimponuje im żaden nieznajomy prawiący gładkie słówka. Zgadzasz się ze mną?

– Nie znam się na tym. To ty jesteś adwokatem. Ale wierzę w to, co mówisz, Jake, bo widziałem cię w akcji.

– Ten Marsharfsky nie ma nawet uprawnień do prowadzenia praktyki w Missisipi. Sędzia Noose już się na niego szykuje. Nienawidzi prawników z innych stanów.

– Mówisz serio?

– Jak najbardziej. Rozmawiałem z nim wczoraj.

Ozzie sprawiał wrażenie zmartwionego. Uważnie przyjrzał się Jake'owi.

– Chcesz się z nim zobaczyć?

– Z kim?

– Z Carlem Lee.

– Nie! Nie widzę powodu, by się z nim spotykać. – Jake spojrzał na swoją teczkę. – Chcę się zobaczyć z Leroyem Glassem, oskarżonym o czynną napaść przy użyciu niebezpiecznego narzędzia.

– Będziesz bronił Leroya?

– Tak. Dziś rano jego rodzina zwróciła się do mnie o pomoc.

– Chodź ze mną.

Jake usiadł w pokoju z alkomatem, a strażnik poszedł po jego nowego klienta. Leroy ubrany był w jaskrawopomarańczowy kombinezon, standardowy ubiór aresztantów w okręgu Ford. Na głowie sterczały mu na wszystkie strony lokówki z gąbki, a na plecy opadały dwa długie, tłuste warkoczyki. Na gołych stopach miał parę żółto-zielonych, welwetowych łapci. Paskudna, stara szrama zaczynała się tuż obok płatka prawego ucha i biegła przez cały policzek, aż do prawego nozdrza. Dowodziło to ponad wszelką wątpliwość, że dla Leroya załatwianie porachunków za pomocą noża nie stanowiło niczego nowego. Obnosił się ze swą blizną, jakby to był medal. Palił koola.

– Nazywam się Jake Brigance – przedstawił się prawnik i wskazał Murzynowi składane krzesło, stojące tuż obok automatu z pepsi-colą. – Dziś rano zastałem zaangażowany przez pana matkę i brata.

– Miło mi pana poznać, panie Jake.

Kurator czekał na korytarzu pod drzwiami, podczas gdy Jake rozmawiał ze swoim klientem. Sporządził trzy bite strony notatek na temat Leroya Glassa. Głównie interesowały go, przynajmniej obecnie, pieniądze: ile ma Glass i skąd mógłby zdobyć więcej. O walce na noże będą jeszcze mieli czas podyskutować. Teraz wypytywał go o ciotki, wujów, braci, siostry, przyjaciół, o wszystkich, którzy pracowali i mogliby coś pożyczyć; zapisał sobie ich numery telefonów.

– Kto panu mnie polecił? – spytał Brigance.

– Widziałem pana w telewizji, panie Jake. Pana i Carla Lee Haileya.

Jake poczuł dumę, ale zachował poważną minę. Telewizja stanowiła przecież część jego życia zawodowego.

– Znasz Carla Lee?

– Tak, Lestera również. Pan był adwokatem Lestera, prawda?

– Tak.

– Siedzę w jednej celi z Carlem Lee. Przenieśli mnie ostatniej nocy.

– Nie mów.

– Słowo daję. Carl Lee nie jest zbyt rozmowny. Mówił, że jest pan naprawdę świetnym adwokatem i takie tam, ale że znalazł sobie kogoś w Memphis.

– To prawda. Co myśli o swym nowym adwokacie?

– Nie wiem, panie Jake. Trochę się denerwował dziś rano, bo jego nowy obrońca jeszcze się z nim nie skontaktował. Mówił, że pan wciąż do niego zaglądał i rozmawiał o sprawie, a ten nowy gość – ma takie śmieszne nazwisko – jeszcze ani razu się tu nie pokazał.

Jake próbował ukryć zadowolenie, co nie przyszło mu łatwo.

– Powiem ci coś, Leroy, jeśli obiecasz, że nie powtórzysz tego Carlowi Lee.

– Zgoda.

– Jego nowy adwokat nie może przyjechać, by się z nim spotkać.

– Nie? A czemu?

– Bo nie ma prawa prowadzić praktyki w stanie Missisipi. To prawnik z Tennessee. Wyrzuciliby go z sali rozpraw, gdyby się pojawił na niej sam. Obawiam się, że Carl Lee popełnił poważny błąd.

– Czemu mu pan tego nie powie?

– Bo nie jestem już jego adwokatem. Nie mogę mu już udzielać żadnych porad.

– Ale ktoś powinien mu to powiedzieć.

– Dopiero co obiecałeś, Leroy, że nic mu nie powiesz, pamiętasz?

– Dobra, nie powiem.

– Obiecujesz?

- Przysięgam.
- Dobra. Muszę już iść. Rano spotkam się z poręczycielem w sprawie kaucji i może za dzień czy dwa wyciągniemy cię stąd. Pamiętaj – ani słówka Carlowi Lee.
- Dobra.

Kiedy Jake opuścił budynek aresztu, ujrzał na parkingu obok swego saaba Tanka Scalesa. Tank przydeptał butem niedopałek papierosa i wyciągnął z kieszeni koszuli kawałek kartki.
- Dwa numery. Na górze do domu, na dole do pracy. Ale do roboty dzwoń tylko w ostateczności.
- Świetnie się spisałeś, Tank. Dała ci je Iris?
- Tak. Nie bardzo chciała. Wczoraj wieczorem wpadła do knajpy i dopiero kiedy ją spiłem, zgodziła się powiedzieć.
- Masz u mnie drinka.
- Wcześniej czy później ci o tym przypomnę.

Było już ciemno, dochodziła ósma. Kolacja wystygła, ale nie było to nic niezwykłego. Przecież właśnie dlatego kupił kuchenkę mikrofalową. Carla przyzwyczajona była do jego pracy po godzinach oraz odgrzewanych kolacji i nigdy się nie skarżyła. Zjedzą, kiedy pojawi się w domu, obojętne, czy to będzie szósta, czy dziesiąta.

Z aresztu Jake pojechał do biura. Nie ośmieliłby się zadzwonić do Lestera z domu, w obecności Carli. Usadowił się w fotelu za biurkiem i spojrzał na numery, które zdobył dla niego Tank. Carl Lee prosił go, by nie dzwonił do Lestera. Więc czemu chce to zrobić? Czy będzie to ubieganie się o sprawę? Czy jego postępowanie można zakwalifikować jako nieetyczne? Czy gdy zadzwoni do Lestera i powie mu, że Carl Lee zrezygnował z jego usług i wynajął sobie innego adwokata, będzie to z jego strony nieuczciwe? Nie. A jeśli udzieli Lesterowi odpowiedzi na jego pytania dotyczące nowego adwokata? I wyrazi swój niepokój, a potem skrytykuje nowego adwokata? Chyba nie postąpi źle. Czy będzie to nieetyczne zachęcić Lestera, by porozmawiał z bratem i przekonał go, żeby pozbył się Marsharfsky'ego? Zapewne nie. I by ponownie zatrudnił Jake'a? Tak, to bez wątpienia byłoby wysoce nieetyczne. A jeśli tylko zadzwoni do Lestera, chcąc porozmawiać o Carlu Lee, i pozwoli, aby rozmowa potoczyła się swoim torem?
- Halo!
- Czy zastałem Lestera Haileya?
- Tak. A kto mówi? – odezwała się Szwedka z wyraźnym obcym akcentem.
- Jake Brigance z Missisipi.
- Chwileczkę.

181

Jake spojrzał na zegarek. Wpół do dziewiątej. W Chicago jest chyba taka sama godzina.

– Jake!

– Lester, jak się masz?

– Świetnie, Jake. Jestem trochę przemęczony, ale ogólnie dobrze. A ty?

– Wspaniale. Słuchaj no, rozmawiałeś w tym tygodniu z Carlem Lee?

– Nie. Wyjechałem w piątek i od soboty pracowałem po dwie zmiany na dobę. Na nic nie miałem czasu.

– Przeglądałeś gazety?

– Nie. A co się stało?

– Nie uwierzysz.

– O co chodzi, Jake?

– Carl Lee zrezygnował z moich usług i wynajął jakiegoś sławnego obrońcę z Memphis,

– Co? Żartujesz chyba! Kiedy?

– W piątek. Domyślam się, że zrobił to już po twoim wyjeździe. Nie raczył mi nawet powiedzieć. Dowiedziałem się wszystkiego w sobotę rano z gazety.

– Oszalał. Czemu to zrobił, Jake? Kogo zaangażował?

– Znasz niejakiego Cata Brustera z Memphis?

– Oczywiście.

– No więc wynajął jego adwokata. Zapłaci mu Cat; w ubiegły piątek przyjechał z Memphis i spotkał się w areszcie z Carlem Lee. Następnego ranka ujrzałem w gazecie swoje zdjęcie i przeczytałem, że zostałem odsunięty od sprawy.

– Kto jest tym prawnikiem?

– Bo Marsharfsky.

– Dobry jest?

– To kanciarz. Broni wszystkich alfonsów i handlarzy narkotyków z Memphis.

– Sądząc po nazwisku, to jakiś Polaczek.

– Tak, zdaje się, że pochodzi z Chicago.

– Całkiem możliwe, mamy tu kupę Polaczków. Jaką ma wymowę?

– Jakby miał gębę pełną gorących kluchów. Zrobi duże wrażenie w okręgu Ford.

– Głupiec, głupiec, głupiec. Carl Lee nigdy nie odznaczał się zbytnią bystrością umysłu. Zawsze musiałem myśleć za niego. Co za matoł!

– Tak, popełnił poważny błąd, Lester, wiesz, jak wygląda proces o morderstwo, bo sam to przeżyłeś. Wiesz, jak ważną rolę odgrywa ława przysięgłych. Kiedy sędziowie opuszczają salę rozpraw i udają się na obrady, to od nich zależy życie oskarżonego. Od dwunastu miejscowych ludzi, polemizujących ze sobą, dyskutujących o sprawie i kwestii winy podsądnego. Najważniejsi są sędziowie przysięgli. I dlatego trzeba umieć do nich przemówić.

– Masz rację, Jake. I ty to potrafisz.

– Jestem pewien, że Marsharfsky potrafi przekonać ławę przysięgłych w Memphis, ale nie w okręgu Ford. Nie w rolniczym okręgu stanu Missisipi. Ci ludzie nie będą mu ufali.

– Masz rację, Jake. Trudno mi uwierzyć, że Carl Lee zrobił coś takiego. Znów wszystko sknocił.

– To prawda, Lester, i martwię się o niego.

– Rozmawiałeś z nim?

– W sobotę, jak tylko przeczytałem o tym w gazecie, pojechałem do aresztu. Spytałem go, dlaczego to zrobił, ale nie potrafił mi odpowiedzieć. Wyraźnie było mu głupio. Od tamtego dnia nie rozmawiałem z nim. Zresztą Marsharfsky też. Nie pokazał się jeszcze w Clanton i rozumiem, że Carl Lee może się denerwować. Z tego co wiem, w tym tygodniu nic nie zrobiono w jego sprawie.

– Czy rozmawiał z nim Ozzie?

– Tak, ale znasz Ozziego. Nie jest zbyt rozmowny. Wie, że i Bruster, i Marsharfsky to oszuści, ale nie powie tego Carlowi Lee.

– O rany, wprost nie mogę w to uwierzyć. Carl Lee jest skończonym głupcem, jeśli sądzi, że te kmioty posłuchają jakiegoś najmimordy z Memphis. Do diabła, Jake, nie ufają nawet adwokatom z okręgu Tyler, a to przecież za miedzą. Rany boskie!

Jake uśmiechnął się do siebie. Jak do tej pory nie dopuścił się niczego nieetycznego.

– Co powinienem zrobić, Jake?

– Nie wiem, Lester. Carl Lee potrzebuje pomocy, a ty jesteś jedynym, którego usłucha. Wiem, jaki potrafi być uparty.

– Chyba muszę do niego zadzwonić.

Broń Boże, pomyślał Jake. Carlowi Lee łatwiej będzie przez telefon powiedzieć „nie". Należało doprowadzić do spotkania obu braci. Przyjazd Lestera z Chicago zrobiłby na Carlu Lee mocne wrażenie.

– Nie sądzę, byś przez telefon wiele wskórał. Carl Lee podjął decyzję. Tylko ty możesz spowodować, by ją zmienił, ale przez telefon ci się to nie uda.

Lester zamilkł na kilka sekund. Jake czekał niecierpliwie.

– Co mamy dzisiaj?

– Czwartek, 6 czerwca.

– Zastanówmy się – mruknął Lester. – To dziesięć godzin jazdy samochodem. Jutro pracuję od czwartej do północy, a potem idę do roboty dopiero w niedzielę. Gdybym wyjechał zaraz po pracy, to w Clanton będę w sobotę o dziesiątej rano. Jeśli w drogę powrotną wyruszę w niedzielę skoro świt, w domu będę o czwartej. Okropnie dużo jazdy, ale dam sobie radę.

– To bardzo ważna sprawa, Lester. Myślę, że warta jest tej przejażdżki.

– Gdzie będziesz w sobotę, Jake?

– W swoim biurze.

– Dobra. Pojadę do aresztu i jeśli będziesz mi potrzebny, zadzwonię do twojego biura.

– Dobra. Jeszcze jedno, Lester. Carl Lee powiedział, bym do ciebie nie dzwonił. Nie wspominaj o moim telefonie.

– A co mam mu powiedzieć?

– Powiedz mu, że dzwoniłeś do Iris i od niej się wszystkiego dowiedziałeś.

– Do jakiej znów Iris?

– Daj spokój, Lester. Od lat wszyscy w okolicy o was wiedzą. Poza jej mężem. Ale on też się kiedyś dowie.

– Mam nadzieję, że nie. W przeciwnym razie będziemy mieli kolejny proces o morderstwo. Zyskasz nowego klienta.

– Daj spokój, nie potrafię nawet utrzymać tych, których już mam. Zadzwoń do mnie w sobotę.

Kolację, odgrzaną w kuchence mikrofalowej, zjedli o wpół do jedenastej. Hanna już spała. Rozmawiali o Leroyu Glassie i o białym chłopaku – złodzieju furgonetki, a także o Carlu Lee, ale nie wspomniał ani słówkiem o Lesterze. Czuła się lepiej, bezpieczniej, gdy nie prowadził już sprawy Carla Lee Haileya. Żadnych telefonów. Żadnych płonących krzyży. Ani ciekawskich spojrzeń w kościele. Będą jeszcze inne procesy, obiecała. Niewiele mówił; jadł i uśmiechał się ciepło.

ROZDZIAŁ 19

W piątek, tuż przed końcem urzędowania sądu, Jake zadzwonił do kancelarii, by dowiedzieć się, czy toczy się jeszcze jakaś rozprawa. Nie, oświadczyła sekretarka, Noose'a już nie ma, a Buckley, Musgrove i wszyscy inni też wyszli. Gmach sądu był zupełnie pusty. Uspokojony tą informacją Jake przemknął przez ulicę, wślizgnął się tylnym wejściem i podążył korytarzem do kancelarii. Żartując z urzędniczkami i protokolantkami, odszukał teczkę z aktami Carla Lee. Wstrzymując oddech, przerzucił kartki. Dobra nasza! Było tak, jak się spodziewał: przez cały tydzień w teczce nic nie przybyło, poza jego wnioskiem o wycofanie się z obrony Haileya. Marsharfsky wraz ze swym miejscowym współpracownikiem nie zrobili nic. Nie kiwnęli nawet palcem w bucie. Pogawędził jeszcze chwilę z urzędniczkami i wrócił do swojego biura.

Leroy Glass wciąż siedział w areszcie. Wyznaczono za niego kaucję w wysokości dziesięciu tysięcy dolarów, ale rodzina nie mogła uzbierać nawet tysiąca dolarów, by zapłacić poręczycielowi. Nadal więc dzielił celę z Carlem Lee. Jake miał znajomego poręczyciela, który obsługiwał wszystkich jego klientów. Jeśli zależało mu, by jego klient opuścił areszt, i istniało małe ryzyko, że zniknie, jak tylko znajdzie się na wolności, wystawiano odpowiednie poręczenie na dogodnych warunkach, na przykład po otrzymaniu pięciu procent z góry, a resztę rozkładając na raty, płatne co miesiąc. Gdyby Jake chciał, żeby Leroya Glassa wypuszczono z aresztu, w każdej chwili można było wystawić odpowiedni dokument. Ale Jake'owi zależało na tym, by Leroy jeszcze trochę posiedział.

– Słuchaj, Leroy, przykro mi, że to tyle trwa. Cały czas jestem w kontakcie z poręczycielem – wyjaśniał Jake swemu klientowi w pokoiku z alkomatem.

– Powiedział pan, że do tego czasu już mnie zwolnią.

Twoja rodzina nie ma dosyć pieniędzy, Leroy. Mnie nie wolno za ciebie zapłacić. Wyciągniemy cię stąd, ale potrwa to jeszcze kilka dni. Wiesz, że zależy mi na tym, byś wyszedł, wziął się do roboty, zarobił forsę i mi zapłacił.

Leroy zdawał się usatysfakcjonowany tym tłumaczeniem.

– Dobrze, panie Jake, proszę tylko przypilnować mojego zwolnienia.

– Jedzenie macie tu całkiem znośne, prawda? – spytał Jake z uśmiechem.

– Nie najgorsze. Ale w domu lepsze.

– Wyciągniemy cię stąd – powtórzył Jake.

– Jak się czuje ten facet, którego pchnąłem nożem?

– Nie wiem. Ozzie powiedział, że wciąż jest w szpitalu. Moss Tatum mówi, że już go wypisali. Diabli wiedzą. Ale nie sądzę, by doznał poważniejszych obrażeń. O co wam właściwie poszło? – spytał, nie będąc w stanie spamiętać wszystkich szczegółów sprawy.

– O dziewczynę Williego.

– Jakiego Williego?

– Williego Hoyta.

Jake zebrał myśli, próbując sobie przypomnieć treść aktu oskarżenia.

– Ale to nie na niego rzuciłeś się z nożem.

– Nie, na Curtisa Sprawlinga.

– Czy to znaczy, że walczyłeś o czyjąś dziewczynę?

– Zgadza się.

– A gdzie był w tym czasie Willie?

– Też się naparzał.

– Z kim?

– Z jakimś innym gościem.

– Czy mam rozumieć, że wszyscy czterej biliście się o dziewczynę Williego?

– Tak jest.

– Dlaczego zaczęliście się tłuc?

– Jej mąż wyjechał z miasta.

– Jest zamężna?

– Tak.

– Jak się nazywa jej mąż?

– Johnny Sands. Kiedy nie ma go w mieście, zawsze wybuchają bijatyki.

– Dlaczego?.

– Jego żona nie ma dzieciaków, nie może mieć, a lubi się zabawić. Wie pan, co to znaczy? Kiedy jej stary wyjeżdża, wszyscy natychmiast się o tym dowiadują. Gdy ona pojawia się w knajpie, awantura murowana.

Ale sprawa, pomyślał Jake.

– Jeśli się nie mylę, powiedziałeś, że przyszła z Williem Hoytem?

– Tak. Ale to nie ma znaczenia, bo gdy tylko się pojawia, wszyscy goście zaczynają ją podrywać, stawiają drinki, zapraszają do tańca. Zawsze tak jest.

– Niezła musi być z niej babka, co?

– Och, panie Jake, jest pierwsza klasa. Szkoda, że jej pan nie widział.

– Jeszcze ją zobaczę. Na miejscu dla świadków.

Leroy zamyślił się; uśmiechając się, wyobrażał sobie, że jest w łóżku z żoną Johnny'ego Sandsa. Nieważne, że porżnął kogoś nożem i mógł za to dostać dwadzieścia lat. Dowiódł w walce wręcz, że jest prawdziwym mężczyzną.

– Słuchaj, Leroy, mam nadzieję, że nie rozmawiałeś z Carlem Lee, co?

– Przecież siedzimy w jednej celi. Cały czas sobie o czymś gawędzimy. Nie mamy nic innego do roboty.

– Ale nie powtórzyłeś mu tego, o czym wczoraj rozmawialiśmy?

– Pewnie, że nie. Przecież obiecałem.

– Dobrze.

– Ale muszę panu powiedzieć, panie Jake, że Carl Lee tak jakby się denerwował. Nie widział się jeszcze ze swym nowym adwokatem. Jest mocno spanikowany. Musiałem się ugryźć w język, żeby się przed nim nie sypnąć. Powiedziałem mu tylko, że jest pan moim obrońcą.

– W porządku.

– Potwierdził, że jest pan dobry, że przychodzi pan do aresztu i rozmawia o sprawie, i takie tam. Powiedział, że wynająłem dobrego adwokata.

– Ale on musiał sobie znaleźć kogoś lepszego.

– Myślę, że Carl Lee jest stumaniony. Nie wie, komu ufać. To w gruncie rzeczy poczciwy facet.

– Tylko nie powtarzaj mu tego, o czym tu rozmawiamy, dobra? To poufne.

– Zgoda. Ale ktoś powinien mu to powiedzieć.

– Nie radził się ani mnie, ani nikogo innego, kiedy postanowił mnie odsunąć od sprawy i wynająć sobie nowego obrońcę. Jest dorosły. Samodzielnie podjął decyzję. Teraz to jego zmartwienie. – Jake urwał i przysunął się do Leroya, ściszył głos. – I powiem ci jeszcze coś, tylko się nie wygadaj. Trzydzieści minut temu zajrzałem do akt Haileya. Ten nowy adwokat przez cały tydzień nic nie zrobił w jego sprawie. Nie zgłosił żadnego wniosku. Nic a nic.

Leroy zmarszczył brwi i potrząsnął głową.

– O rany.

Brigance ciągnął dalej.

– Ci wielcy mecenasi właśnie tacy są. Dużo gadają, robią wiele szumu, ale głównie liczą na łut szczęścia. Podejmują się obrony większej liczby spraw, niż są w stanie poprowadzić, i kończy się to tym, że częściej przegrywają, niż wygrywają. Dobrze ich znam. Cały czas obserwuję, jak pracują. Większość z nich jest przereklamowana.

– A więc dlatego nie spotkał się jeszcze z Carlem Lee?

– Oczywiście. Jest zbyt zajęty. Ma mnóstwo innych wielkich procesów. Nie zależy mu na sprawie Carla Lee.

– To niedobrze. Carl Lee zasługuje na lepsze traktowanie.

– Sam tego chciał. Teraz musi się z tym pogodzić.

– Myśli pan, że Carl Lee zostanie skazany, panie Brigance?

– Nie mam co do tego żadnych wątpliwości. Czeka go komora gazowa. Wynajął sobie jakiegoś zarozumiałego mecenasa, który nie ma kiedy zająć się jego sprawą, nie ma nawet czasu z nim porozmawiać.

– A czy pan mógłby go z tego wyciągnąć?

Jake odprężył się i skrzyżował nogi.

– Nigdy mu tego nie obiecywałem, tobie też niczego nie przyrzekam. Tylko głupi adwokat obiecuje uniewinnienie. Podczas procesu może się wiele zdarzyć.

– Carl Lee powiedział, że jego nowy obrońca chwalił się dziennikarzom, że uzyska dla niego uniewinnienie.

– To znaczy, że jest głupi.

– Gdzie byłeś? – spytał Carl Lee swego sąsiada z celi, kiedy strażnik zamknął drzwi za Leroyem.

– Rozmawiałem z adwokatem.

– Z Jakiem?

– Tak.

Leroy usiadł na pryczy, dokładnie naprzeciwko Carla Lee, który przeglądał gazetę. Złożył ją i wsunął pod pryczę.

– Wyglądasz na zmartwionego – zauważył Carl Lee. – Złe wieści w twojej sprawie?

– Nie. Po prostu nie możemy zapłacić kaucji. Jake mówi, że to jeszcze potrwa kilka dni.

– Mówił coś o mnie?

– Nie. To znaczy trochę.

– Trochę?

– Pytał, jak się czujesz.

– To wszystko?

– Tak.

– Nie wścieka się na mnie?

– Nie sądzę. Raczej się o ciebie martwi.

– Dlaczego się o mnie martwi?

– Nie wiem – odparł Leroy, wyciągając się na pryczy i podkładając ręce pod głowę.

– No, dalej, Leroy. Czuję, że coś przede mną ukrywasz. Co Jake mówił na mój temat?

– Jake powiedział, że nie wolno mi powtórzyć tego, o czym rozmawialiśmy. Twierdził, że to poufne. Nie chciałbyś chyba, żeby twój adwokat rozgłaszał wszystkim to, o czym żeście rozmawiali, no nie?

– Nie widuję się ze swym adwokatem.

– Miałeś dobrego obrońcę, ale z niego zrezygnowałeś.

– Teraz też mam dobrego.

– Skąd wiesz? Nawet go nie widziałeś. Jest zbyt zajęty, by się z tobą spotkać, a skoro ma tyle pracy, nie będzie miał czasu solidnie się zająć twoją sprawą.

– Skąd tyle o nim wiesz?

– Spytałem Jake'a.

– Aha. I co ci powiedział?

Leroy milczał.

– Chcę wiedzieć, co ci powiedział – zażądał Carl Lee, siadając na skraju pryczy Leroya. Spojrzał groźnie na drobniejszego i słabszego od siebie towarzysza. Leroy doszedł do wniosku, że w tej sytuacji z czystym sumieniem może powiedzieć wszystko Carlowi Lee. Ustępuje przecież przed przemocą.

– To krętacz – zaczął Leroy. – Wielki kombinator, który cię wystawi do wiatru. Nie zależy mu na tobie ani na wygraniu twojego procesu. Chodzi mu jedynie o rozgłos. Przez cały tydzień nic nie zrobił w twojej sprawie. Jake to wie, bo dziś po południu sprawdził w kancelarii. Ani śladu po panu Ważniaku. Jest zbyt zajęty, by opuścić Memphis i zająć się tobą. Ma zbyt wielu innych ważnych klientów w mieście, nie wyłączając twego przyjaciela, pana Brustera.

– Oszalałeś, Leroy.

– Zgoda, oszalałem. Poczekaj, a zobaczysz, kto z nas jest bardziej szalony. Poczekaj i sam się przekonaj, jak ciężko nowy adwokat pracuje nad twoją sprawą.

– Odkąd to stałeś się takim ekspertem?

– Spytałeś mnie, więc ci odpowiadam.

Carl Lee podszedł do drzwi i chwyciwszy za kraty, ścisnął je mocno swymi potężnymi dłońmi. Wydawało się, że w ciągu tych trzech tygodni cela się skurczyła, a im stawała się mniejsza, tym trudniej mu było myśleć, planować, reagować. Nie potrafił się skupić. Wiedział tylko to, co raczono mu powiedzieć, i nie miał nikogo, komu mógłby zaufać. Gwen nie była zbyt rozgarnięta. Ozzie zachowywał neutralność. Lester wyjechał do Chicago. Nie znał nikogo innego, komu mógłby zaufać, poza Jakiem, a nie wiedzieć czemu wynajął sobie nowego adwokata. Nie, przyczyną były pieniądze. Tysiąc dziewięćset dolarów gotówką, wręczone mu przez największego alfonsa i handlarza narkotykami z Memphis, którego adwokat specjalizował się w obronie alfonsów i handlarzy narkotykami oraz wszelkiego rodzaju gangsterów. Czy Marsharfsky kiedykolwiek reprezentował uczciwych ludzi? Co pomyślą sobie sędziowie przysięgli, kiedy zobaczą Carla Lee siedzącego przy stole tuż obok Marsharfsky'ego? Oczywiście, że jest winny. Bo w przeciwnym wypadku, czemu wynajmowałby takiego znanego krętacza jak Marsharfsky.

– Wiesz, co powiedzą nasi sędziowie przysięgli, kiedy zobaczą Marsharfsky'ego? – spytał Leroy.

– Co?

– Pomyślą, że ten biedny czarnuch jest winny i że zaprzedał duszę diabłu, by wynająć największego łgarza z Memphis, żeby ten wszystkim wmówił, iż jego klient jest niewinny.

Carl Lee mruknął coś niewyraźnie pod nosem.

– Będziesz się smażył w smole, Carl Lee.

Gdy w sobotę o wpół do siódmej rano w gabinecie Ozziego rozległ się telefon, na służbie był akurat Moss Junior Tatum. Dzwonił szeryf.

– Co się stało, że nie śpisz o takiej porze? – spytał Moss. – Nie jestem pewny, czy nie śnię – odparł szeryf. – Słuchaj, Moss, pamiętasz tego starego czarnego pastora Streeta, wielebnego Izajasza Streeta?

– Niezbyt dobrze.

– Och, na pewno go pamiętasz. Przez pięćdziesiąt lat prowadził nabożeństwa w kościele Springdale, na północy miasta. Pierwszy członek NAACP w okręgu Ford. Jeszcze w latach sześćdziesiątych uczył wszystkich czarnych w okolicy, jak urządzać marsze i bojkoty.

– Ach, tak, przypominam sobie. Czy to nie on wpadł raz w ręce Klanu?

– Tak, latem sześćdziesiątego piątego roku pobili go i podpalili mu dom.

– Myślałem, że już dawno nie żyje.

– Nie, wprawdzie od dziesięciu lat jest na wpół sparaliżowany, ale jeszcze się jakoś trzyma. Zadzwonił do mnie o wpół do szóstej i nawijał przez godzinę. Przypomniał mi wszystko, co mu zawdzięczam.

– Czego chciał?

– Pojawi się u was o siódmej, by zobaczyć się z Carlem Lee. Nie wiem po co. Ale bądź dla niego miły. Umieść ich w moim gabinecie i niech sobie pogadają. Zajrzę tam później.

– Tak jest, szeryfie.

U szczytu swej sławy, w latach sześćdziesiątych, wielebny Izajasz Street był motorem akcji na rzecz obrony praw obywatelskich w okręgu Ford. Razem z Martinem Lutherem Kingiem uczestniczył w marszach do Memphis i Montgomery. Organizował pochody i protesty w Clanton i Karaway oraz w innych miastach w północnej części stanu Missisipi. Latem 1964 roku witał studentów z Północy i koordynował ich prace przy rejestracji czarnych wyborców. Niektórzy z nich tego pamiętnego lata mieszkali w jego domu i jeszcze teraz od czasu do czasu go odwiedzali. Nie należał do radykałów. Był zrównoważony, inteligentny i zyskał sobie szacunek wszystkich czarnych i większości białych. Zachował spokój i opanowanie w wirze najbardziej kontrowersyjnych i zaciekłych sporów. Nieoficjalnie nadzorował wielką akcję desegregacji szkolnictwa w 1969 roku, która w okręgu Ford przebiegała bez większych awantur.

W 1975 roku uległ częściowemu paraliżowi, ale umysł miał nadal sprawny. Teraz, w wieku siedemdziesięciu ośmiu lat, poruszał się samodzielnie, choć wolno i o lasce. Chodził dumnie i dostojnie. Zaprowadzono go do gabinetu szeryfa, wskazano miejsce. Zaproponowano kawę, ale odmówił. Moss Junior poszedł po oskarżonego.

– Nie śpisz, Carl Lee? – szepnął, nie chcąc obudzić pozostałych aresztantów, żeby nie zaczęli się zaraz domagać śniadania, lekarstw, widzenia z adwokatami, poręczycielami i przyjaciółkami.

Carl Lee zerwał się natychmiast.

– Nie, coś nie mogę spać.

– Masz gościa. Chodź. – Moss cicho przekręcił klucz w zamku.

Carl Lee zetknął się z pastorem przed laty, kiedy Street przemawiał do uczniów ostatniej klasy w East High, średniej szkole dla czarnych, która po desegregacji stała się podstawówką.

– Carl Lee, znasz wielebnego Izajasza Streeta? – spytał Moss.

– Tak, spotkaliśmy się już kiedyś.

– Dobrze. Zostawię was samych, żebyście mogli sobie spokojnie porozmawiać.

– Dzień dobry, jak się pan czuje? – spytał Carl Lee. Usiedli obok siebie na kozetce.

– Dziękuję, dobrze, mój synu. A ty?

– Jako tako.

– Jak wiesz, też siedziałem w areszcie. To było dawno temu. To okropne miejsce, ale wydaje mi się, że potrzebne. Jak cię traktują?

– Bardzo dobrze. Ozzie pozwala mi na wszystko.

– Tak, Ozzie. Jesteśmy z niego bardzo dumni, prawda?

– Tak, proszę pana. To dobry człowiek. – Carl Lee przyjrzał się uważnie wątłemu, słabemu starcowi z laską. Ciało miał słabe i zmęczone, ale umysł bystry, a głos donośny.

– Z ciebie też jesteśmy dumni, Carl Lee. Nie jestem zwolennikiem przemocy, ale czasami nie ma innego wyjścia. Zrobiłeś dobry uczynek, mój synu.

– Tak, proszę pana – odparł Carl Lee, nie bardzo wiedząc, co należałoby powiedzieć.

– Domyślam się, że zastanawiasz się, czemu tu przyszedłem.

Carl Lee skinął głową. Pastor postukał laską w podłogę.

– Martwię się o ciebie. Cała społeczność murzyńska się martwi. Gdybyś był biały, najprawdopodobniej zostałbyś uniewinniony. Zgwałcenie dziecka to okropne przestępstwo i któż potępiłby ojca za wymierzenie sprawcom należnej im kary? To znaczy – białego ojca. Czarny ojciec też budzi sympatię wśród czarnych, ale jest jeden szkopuł: w skład ławy przysięgłych wejdą sami biali. A więc czarny ojciec i biały ojciec nie będą mieli takich samych szans u sędziów przysięgłych. Nadążasz za moim tokiem rozumowania?

– Chyba tak.

– Najważniejsza jest ława przysięgłych. Winny albo niewinny. Wolność lub więzienie. Życie albo śmierć. O tym wszystkim zadecydują sędziowie przysięgli. Nasz wymiar sprawiedliwości jest tworem bardzo delikatnym; system pozostawienia decyzji w sprawie życia bądź śmierci oskarżonego w rękach dwunastu przeciętnych, zwykłych ludzi, którzy nie rozumieją prawa i są onieśmieleni jego procedurami, może być czasem zawodny.

– Tak, proszę pana.

– Jeżeli biali sędziowie przysięgli uniewinnią cię od zarzutu zabójstwa dwóch białych, będzie to znaczyło więcej dla społeczności murzyńskiej stanu Missisipi niż jakiekolwiek inne wydarzenie od czasów integracji szkolnictwa. I nie tylko dla Murzynów z Missisipi, ale dla czarnej ludności w ogóle. Twoja sprawa stała się głośna i jest uważnie śledzona przez wielu ludzi.

– Zrobiłem to, co musiałem.

– Właśnie. Zrobiłeś to, co uważałeś za słuszne. I – mimo całej swej brutalności – było to działanie właściwe. Większość ludzi, zarówno czarnych, jak i białych, jest o tym głęboko przekonana. Ale czy zostaniesz potraktowany tak samo, jak gdybyś był biały? Oto pytanie.

– A jeśli mnie skażą?

– Skazanie ciebie stanie się dla nas kolejnym policzkiem; dowodem głęboko zakorzenionego rasizmu, przejawem starych uprzedzeń, odwiecznych nienawiści. Byłaby to tragedia. Nie możesz zostać skazany.

– Robię wszystko, co potrafię...

– Czyżby? Jeśli pozwolisz, porozmawiajmy o twoim adwokacie.

Carl Lee skinął głową.

– Widziałeś się z nim?

– Nie. – Carl Lee spuścił głowę i zaczął trzeć oczy. – A pan?

– Tak.

– Tak? Kiedy?

– W Memphis w 1968. Współpracowałem wtedy z doktorem Kingiem. Marsharfsky był jednym z adwokatów reprezentujących strajkujących śmieciarzy. Zwrócił się do doktora Kinga, by opuścił Memphis, twierdząc, że przeprowadza agitację wśród białych, podburza czarnych i utrudnia negocjacje. Był arogancki i grubiański. Zwymyślał doktora Kinga – oczywiście bez świadków. Podejrzewaliśmy, że zdradził robotników i wziął łapówkę od władz miasta. Zdaje się, że się nie myliliśmy.

Carl Lee westchnął głęboko i potarł skronie.

– Obserwowałem jego dalszą karierę – ciągnął pastor. – Zdobył sobie nazwisko, reprezentując gangsterów, złodziei i alfonsów. Niektórych wybronił, choć wszyscy byli winni. Wystarczy spojrzeć na jego klienta, by wiedzieć, że jest winny. I właśnie to mnie najbardziej martwi w związku z twoją osobą. Obawiam się, że przez analogię ciebie również uznają za winnego.

Carl Lee pochylił się, wspierając łokcie na kolanach.

– Kto panu powiedział, by tu przyjść? – spytał cicho.

– Rozmawiałem z moim starym przyjacielem.

– Kto to taki?

– Po prostu stary znajomy, mój synu. On też się o ciebie martwi. Wszyscy się o ciebie martwimy.

– Marsharfsky to najlepszy adwokat w Memphis.

– Ale my nie jesteśmy w Memphis, prawda?

– Jest ekspertem od prawa karnego.

– Może dlatego, że sam jest przestępcą.

Carl Lee zerwał się gwałtownie i zrobił kilka kroków, cały czas odwrócony plecami do pastora.

– Nic mu nie muszę płacić. Ani złamanego grosza.

– Wysokość jego honorarium nie będzie taka istotna, kiedy znajdziesz się w celi śmierci, mój synu.

Minęło kilka chwil. Obaj milczeli. W końcu pastor wsparł się na lasce i wstał.

– To wszystko, co miałem ci do powiedzenia. Pójdę już sobie. Powodzenia, Carl Lee.

Carl Lee uścisnął mu dłoń.

– Doceniam pańską troskę i dziękuję za wizytę.

– Miała tylko jeden cel, mój synu. Twoja sytuacja i tak jest wystarczająco trudna. Nie pogarszaj jej jeszcze, angażując takich krętaczy jak Marsharfsky.

Lester wyjechał z Chicago w piątek tuż przed północą. Wybrał się na Południe jak zwykle sam. Jego żona już wcześniej pojechała do Green Bay, by spędzić weekend ze swoją rodziną. Nie znosił Green Bay jeszcze bardziej niż ona Missisipi i żadnemu z nich nie zależało na składaniu wizyt rodzinie współmałżonka. Szwedzi okazali się nawet porządnymi ludźmi i może traktowaliby go jak członka rodziny, gdyby im na to pozwolił. Ale byli inni i nie chodziło tu tylko o kolor skóry. Lester wyrastał na Południu wśród białych. Nie lubił ich, nie podobało mu się to, co większość białych do niego czuła, ale przynajmniej ich znał. Ale biali na Północy, a szczególnie Szwedzi, byli zupełnie inni. Ich zwyczaje, mowa, jedzenie, niemal wszystko wydawało mu się obce i nigdy nie czułby się wśród nich dobrze.

Najprawdopodobniej w ciągu roku dojdzie do rozwodu. Lester był jedynie kaprysem Szwedki, już jej się znudził. Na szczęście nie mieli dzieci. Podejrzewał, że jego żona kogoś ma. Zresztą on też miał kogoś innego – Iris obiecała, że jak tylko rozwiedzie się z Henrym, wyjdzie za niego i przeniesie się do Chicago.

Widok po obu stronach szosy był taki sam – rozproszone światła małych gospodarstw, rozrzuconych daleko jedno od drugiego; od czasu do czasu większe miasto jak Champaign lub Effingham. Żył i pracował na Północy, ale jego prawdziwy dom znajdował się tam, gdzie mieszkała mama, w Missisipi, choć już nigdy by się tu na stałe nie przeniósł, tu bowiem czarni byli ciemni i biedni. Nie przeszkadzał mu rasizm; nie wydawał się już tak wrażliwy jak kiedyś, a poza tym Lester przyzwyczaił się do niego. Nigdy całkowicie nie zniknie, choć z czasem osłabnie. Biali nadal pozostali właścicielami wszystkiego i kontrolowali wszystko, nie zanosiło się, by w tym względzie coś się miało zmienić. Zresztą nie to drażniło go najbardziej. Nie mógł się pogodzić z ciemnotą i skrajnym ubóstwem wielu czarnych: rozpadające się chałupy, wysoka śmiertelność wśród niemowląt, bezrobocie, samotne matki oraz ich niedożywione dzieci. Było to tak bardzo przygnębiające, że w końcu uciekł z Missisipi jak tysiące innych i ruszył na Północ w poszukiwaniu pracy, jakiegoś przyzwoicie płatnego zajęcia, które odsunęłoby widmo ubóstwa.

Powroty do Missisipi były zarazem przyjemne i przygnębiające. Przyjemne, bo znów spotykał się ze swoimi bliskimi; przygnębiające, bo widział ich biedę. Zdarzały się wyjątki. Na przykład Carl Lee: jako jeden z nielicznych miał dobrą robotę, schludny domek i dobrze ubrane dzieciaki. A teraz przez dwóch pijanych, białych gówniarzy załamało się jego spokojne życie. Czarnym nie brakowało powodów, żeby w świecie białych zejść na złą drogę, ale dla białych w świecie białych nie było usprawiedliwienia. Na szczęście ci dwaj już nie żyli i Lester czuł podziw dla swego brata.

Po sześciu godzinach jazdy, akurat gdy pokonywał most na rzece w Cairo, na wschodzie pojawiło się słońce. Dwie godziny później znów przez nią przejeżdżał, tym razem w Memphis. Skręcił na południowy wschód, ku Missisipi, i godzinę później okrążał już gmach sądu w Clanton. Od dwudziestu godzin nie zmrużył oka.

– Carl Lee, masz gościa – powiedział Ozzie przez żelazne pręty w drzwiach.

– Nie zaskoczyłeś mnie. Kto to taki?

– Chodź. Proponuję, byś skorzystał z mojego gabinetu. To spotkanie może trochę potrwać.

Jake kręcił się po biurze, czekając na telefon. Dziesiąta. Lester powinien już być w mieście, jeśli zgodnie z obietnicą przyjechał.

Jedenasta. Jake przerzucił kilka zakurzonych skoroszytów i przygotował polecenia dla Ethel. Południe. Zadzwonił do Carli i skłamał, że o pierwszej ma spotkanie z nowym klientem, więc nie będzie na lunchu. W ogródku popracuje później. Pierwsza. Znalazł opis jakiejś starej sprawy z Wyoming, w której uniewinniono męża za zabicie gwałciciela jego żony. W 1893 roku. Skopiował informację, a potem wyrzucił kartkę do śmieci. Druga. Czy Lester przyjechał? Mógłby iść na spotkanie z Leroyem i powęszyć trochę w areszcie. Nie, nie wypada. W końcu położył się na kanapie w gabinecie i usnął.

Piętnaście po drugiej zadzwonił telefon. Jake podskoczył tak gwałtownie, że aż zwalił się z kanapy. Gdy podnosił słuchawkę, serce waliło mu jak młotem.

– Halo!

– Jake, tu Ozzie.

– Ach, to ty, Ozzie. Co się stało?

– Przyjedź do aresztu.

– Słucham? – spytał Jake, udając niewiniątko.

– Jesteś tu potrzebny.

– Po co?

– Chciałby z tobą porozmawiać Carl Lee.

– Jest u was Lester?

– Tak. On też chce się z tobą zobaczyć.

– Zaraz będę.

– Siedzą już tam pięć godzin – powiedział Ozzie, wskazując na drzwi swego gabinetu.

– I co robią? – spytał Jake.

– Rozmawiają, klną, krzyczą. Uciszyli się jakieś trzydzieści minut temu. Wyszedł Carl Lee i poprosił, żebym do ciebie zadzwonił.

– Dzięki. No to chodźmy.

– Nie ma mowy. Nie pójdę tam, mnie nie zapraszali. Idź sam.

Jake zapukał.

– Proszę!

Wolno uchylił drzwi i wszedł do pokoju. Carl Lee siedział za biurkiem. Lester wyciągnął się na kozetce. Na widok Jake'a wstał i uścisnął mu rękę.

– Cieszę się, że cię widzę, Jake.

– Ja również, Lester. Co cię do nas sprowadza?

– Sprawy rodzinne.

Jake spojrzał na Carla Lee, następnie podszedł do biurka i uścisnął mu dłoń. Hailey był wyraźnie poirytowany.

– To ty kazałeś po mnie posłać?

– Tak, Jake. Siadaj, musimy pogadać – powiedział Lester. – Carl Lee chciał ci coś zakomunikować.

– Ty mu powiedz – odezwał się Carl Lee.

Lester westchnął i zaczął trzeć oczy. Był zmęczony i rozdrażniony.

– Nie powiem już ani słówka. To sprawa między tobą i Jakiem.

Lester zamknął oczy i znowu wyciągnął się na kozetce. Jake usiadł na miękkim, składanym krześle. Uważnie przyglądał się Lesterowi, unikając wzroku Carla Lee, który wolno bujał się w fotelu obrotowym Ozziego. Carl Lee milczał. Lester też nic nie mówił. Po trzech minutach milczenia Jake zdenerwował się wreszcie.

– Kto kazał po mnie posłać? – spytał ostrym tonem.

– Ja – powiedział Carl Lee.

– No więc czego ode mnie chcesz?

– Chcę, żebyś znów prowadził moją sprawę.

– Z góry zakładasz, że chcę ją z powrotem prowadzić.

– Co takiego? – Lester usiadł i spojrzał na Jake'a.

– To nie prezent, który można dawać i odbierać. To umowa między tobą i adwokatem. Nie zachowuj się tak, jakbyś mi robił wielką łaskę – oświadczył Jake podniesionym głosem, wyraźnie rozzłoszczony.

– Chcesz prowadzić tę sprawę? – spytał Carl Lee.

– Chcesz mnie z powrotem zaangażować?

– Tak.

– Dlaczego?

– Bo tak chce Lester.

– Świetnie, w takim razie nie jestem zainteresowany tą sprawą. – Jake wstał i skierował się w stronę drzwi. – Jeśli Lester woli mnie, a ty wolisz Marsharfsky'ego, lepiej niech zostanie tak, jak jest. Jeśli nie potrafisz myśleć samodzielnie, potrzebny ci Marsharfsky.

– Zaczekaj, Jake. Uspokój się! – powiedział Lester, podchodząc do Brigance'a. – Usiądź, proszę. Nie mam do ciebie pretensji o to, że jesteś wściekły na Carla Lee. Popełnił błąd. Prawda, Carl Lee?

Carl Lee przypatrywał się swoim paznokciom.

– Usiądź, Jake, usiądź i porozmawiajmy – zaczął Lester, prowadząc go znów w stronę składanego krzesła. – No, a teraz zastanówmy się nad sytuacją. Carl Lee, chcesz, żeby Jake był twoim adwokatem?

Carl Lee skinął głową.

– Tak.

– Dobrze. Teraz, Jake…

– Wyjaśnij dlaczego – zwrócił się Jake do Carla Lee.

– Co?

– Wyjaśnij dlaczego chcesz, bym prowadził twoją sprawę. Wyjaśnij, dlaczego rezygnujesz z Marsharfsky'ego.

– Nie muszę ci tego mówić.

– A właśnie, że musisz! Jesteś mi przynajmniej winien wyjaśnienie. Tydzień temu zwolniłeś mnie i nawet nie miałeś tyle odwagi, by mnie o tym powiadomić. Dowiedziałem się o wszystkim z gazet. Przeczytałem też o twoim nowym, sławnym adwokacie, któremu najwidoczniej do tej pory nie udało się znaleźć drogi do Clanton. Teraz wezwałeś mnie i spodziewasz się, że rzucę wszystko, bo a nuż zmienisz decyzję. Oczekuję wyjaśnień.

– Wyjaśnij mu, Carl Lee. Porozmawiaj z Jakiem – powiedział Lester.

Carl Lee pochylił się, wspierając się łokciami o biurko. Ukrył twarz w dłoniach i zaczął mówić:

– Nie wiem, co się ze mną dzieje. To miejsce doprowadza mnie do rozpaczy. Nerwy odmawiają mi posłuszeństwa. Martwię się o swoją córeczkę. Martwię się o rodzinę. Martwię się o własną skórę. Każdy radzi mi co innego. Nigdy jeszcze nie byłem w takiej sytuacji i nie wiem, co robić. Jedyne, co mi pozostało, to ufać ludziom. Ufam Lesterowi i ufam tobie, Jake. To wszystko, co mogę zrobić.

– Ufasz mi? – spytał Jake.

– Zawsze ci ufałem.

– I wierzysz, że właściwie poprowadzę twoją sprawę?

– Tak. Chcę, żebyś ty mnie bronił.

– Dobra.

Jake się odprężył.

– Musisz poinformować o tym Marsharfsky'ego. Dopóki tego nie zrobisz, nie zajmę się twoją sprawą.

– Załatwimy to dziś po południu – oświadczył Lester.

– Dobrze. Po rozmowie z nim zadzwoń do mnie. Mamy masę roboty, a czas ucieka.

– A co z pieniędzmi? – spytał Lester.

– Honorarium oraz inne warunki pozostają bez zmian. Odpowiada wam to?

– Mnie tak – odparł Carl Lee. – Zapłacę ci, jak tylko będę mógł.

– Porozmawiamy o tym jeszcze.

– A co z lekarzami? – spytał Carl Lee.

– Jakoś to załatwimy. Nie wiem jeszcze jak. Muszę się zastanowić.

Hailey się uśmiechnął. Lester zachrapał głośno i Carl Lee zaczął się natrząsać ze swojego brata.

– Myślałem, że to ty do niego zadzwoniłeś, ale przysiągł, że nie.

Jake uśmiechnął się dziwnie i nic nie powiedział. Lester był urodzonym łgarzem i umiejętność ta okazała się bardzo przydatna podczas jego procesu o morderstwo.

– Przepraszam, Jake. Popełniłem błąd.

– Żadnych przeprosin. Mamy za dużo roboty, by tracić czas na przepraszanie.

Tuż obok placyku parkingowego przed budynkiem aresztu stał w cieniu drzewa dziennikarz i czekał, a nuż coś się wydarzy.

– Przepraszam pana, czy mam przyjemność z Jakiem Brigance'em?

– A kim pan jest?

– Richard Flay z „Jackson Daily". A pan jest Jakiem Brigance'em.

– Tak.

– Byłym adwokatem pana Haileya.

– Nie. Nadal jestem adwokatem pana Haileya.

– Myślałem, że zaangażował Bo Marsharfsky'ego. Właściwie dlatego tu jestem. Słyszałem, że ma dziś przyjechać do Clanton.

– Jak go pan zobaczy, proszę mu powiedzieć, że się spóźnił.

197

Lester spał jak zabity na kozetce Ozziego. W niedzielę o czwartej nad ranem obudził go dyżurny. Hailey nalał sobie do wysokiego, plastikowego kubka czarnej kawy i wyruszył w drogę powrotną do Chicago. W sobotę późnym wieczorem razem z Carlem Lee zadzwonili do Cata i poinformowali go o decyzji Carla Lee.

Cat przyjął wiadomość obojętnie, wyraźnie czymś zaaferowany.

Powiedział, że przekaże wszystko Marsharfsky'emu. Nic nie wspomniał o pieniądzach.

ROZDZIAŁ 20

Niedługo po wyjeździe Lestera z Clanton Jake w samym szlafroku poczłapał chwiejnym krokiem po leżące przed domem niedzielne gazety. Clanton położone było godzinę jazdy samochodem na południowy wschód od Memphis, trzy godziny na północ od Jackson i czterdzieści pięć minut od Tupelo. We wszystkich tych miastach ukazywały się dzienniki z grubymi wydaniami niedzielnymi, które można było dostać w Clanton. Jake już od dawna prenumerował wszystkie trzy gazety i cieszył się teraz, że dzięki temu Carla będzie miała mnóstwo materiałów do wycięcia. Rozłożył dzienniki i przystąpił do żmudnego przekopywania się przez gruby plik gazet.

W gazecie z Jackson nie znalazł nic. Miał nadzieję, że Richard Flay coś napisze. Powinien był poświęcić mu nieco więcej czasu wczoraj przed aresztem. W dzienniku z Memphis też żadnej wzmianki. I z Tupelo. Jake nie był zdziwiony, miał po prostu tylko nadzieję, że wiadomość o jego ponownym zaangażowaniu przez Haileya w jakiś sposób się rozejdzie. Ale widocznie nie zdążyli. Może w poniedziałek coś napiszą. Był zmęczony ukrywaniem się i swoim dwuznacznym położeniem. Póki informacja o ponownym zaangażowaniu go przez Haileya nie ukaże się w prasie i nie zostanie przeczytana przez bywalców kafeterii, mieszkańców jego parafii i pozostałych prawników, nie wyłączając Buckleya, Sullivana i Lotterhouse'a, póki wszyscy się nie dowiedzą, że znów prowadzi tę sprawę, będzie siedział cicho i nie pokaże się nikomu na oczy. W jaki sposób powinien o tym powiadomić Sullivana? Carl Lee zadzwonił do Marsharfsky'ego albo do swego kumpla. Raczej do swego kumpla i dopiero ten przekazał informację Marsharfsky'emu. Ciekawe, w jakiej formie Marsharfsky poda to do gazet. Następnie ważny pan mecenas zadzwoni do Waltera Sullivana z cudowną nowiną. Powinno to wszystko nastąpić w poniedziałek rano, jeśli nie wcześniej. Wiadomość szybko rozejdzie się wśród pracowników Sullivana; główni współudziałowcy, młodzi wspólnicy i wszyscy współpracownicy zbiorą się w długim pokoju konferencyjnym z mahoniową boazerią i zaczną pomstować na Brigance'a, jego brak etyki i tanie chwyty. Młodsi pracownicy będą próbowali wywrzeć na swych szefach dobre wrażenie, recytując poszczególne artykuły kodeksu etycznego, które złamał Brigance. Jake nienawidził ich wszystkich. Wyśle do Sullivana krótki, oschły list i kopię do Lotterhouse'a.

Nie napisze ani nie zadzwoni do Buckleya. Prokurator dozna prawdziwego wstrząsu po przeczytaniu prasy. Ostatecznie Jake postanowił, że wystosuje list do sędziego Noose'a oraz kopię dla Buckleya. Nie zaszczyci go pismem adresowanym do niego.

Jake'owi przyszła do głowy pewna myśl, zawahał się, ale w końcu wykręcił numer Luciena. Było parę minut po siódmej. Telefon odebrała pielęgniarko-barmanka.

– Sallie?

– Tak.

– Tu Jake. Czy Lucien już nie śpi?

– Chwileczkę.

Wręczyła słuchawkę Lucienowi.

– Halo!

– Lucien, tu Jake.

– Słyszę, czego chcesz?

– Mam dobrą wiadomość. Carl Lee Hailey ponownie mnie wczoraj zaangażował. Sprawa wróciła do mnie.

– Jaka znów sprawa?

– Haileya!

– Ach, ta. Dostałeś ją z powrotem?

– Tak, wczoraj. Mamy dużo roboty.

– Kiedy proces? W lipcu?

– Tak, dwudziestego drugiego.

– To już niebawem. Co jest teraz najważniejsze?

– Znalezienie psychiatry. Taniego, ale takiego, który powie to, co trzeba.

– Znam odpowiedniego człowieka – powiedział Lucien.

– Dobrze. W takim razie do roboty. Zadzwonię za kilka dni.

Carla obudziła się o przyzwoitej godzinie i zastała swego męża w kuchni, z gazetami porozrzucanymi na stole i podłodze. Zaparzyła świeżą kawę i bez słowa usiadła po drugiej stronie stołu. Uśmiechnął się do niej i powrócił do lektury.

– O której godzinie wstałeś? – spytała.

– O wpół do szóstej.

– Czemu tak wcześnie? Przecież dziś niedziela.

– Nie mogłem spać.

- Co cię tak podnieciło?

Jake odłożył gazetę.

- Mówiąc szczerze, rzeczywiście jestem podekscytowany. I to nawet bardzo. Szkoda tylko, że nikt nie podziela mojego nastroju.

- Przepraszam za wczorajszy wieczór.

- Nie musisz przepraszać. Wiem, jak się czujesz. Cały problem w tym, że zawsze dostrzegasz we wszystkim same ciemne strony, a nigdy jasnych. Nie masz pojęcia, co ta sprawa może dla nas znaczyć.

- Jake, ta sprawa mnie przeraża. Te telefony, pogróżki, płonący krzyż. Nawet jeśli warta jest milion dolarów, cóż nam po pieniądzach, jeśli się coś stanie?

- Nic się nie stanie. Wysłuchamy jeszcze kilku pogróżek, będą na nas z ukosa spoglądali w kościele i na mieście. To wszystko.

- Ale nie masz pewności.

- Dyskutowaliśmy już nad tym wczoraj wieczorem i nie chcę dziś rano znów do tego wracać. Ale mam pewien pomysł.

- Wprost drżę z niecierpliwości, by się dowiedzieć, co takiego wymyśliłeś.

- Leć razem z Hanną do Karoliny Północnej i do czasu zakończenia procesu zamieszkaj ze swoimi rodzicami. Bardzo się ucieszą, a my nie będziemy się denerwowali tymi płonącymi krzyżami podrzuconymi przez Klan czy kogoś tam.

- Przecież proces zacznie się dopiero za półtora miesiąca! Chcesz, żebyśmy spędziły w Wilmington całe sześć tygodni?

- Tak.

- Kocham swoich rodziców, ale przecież to śmieszne.

- Zbyt rzadko ich odwiedzasz, a oni nie za często widują Hannę.

- A my obie nie za często widujemy ciebie. Nie wyjadę na całe sześć tygodni.

- Czeka mnie masa roboty. Do zakończenia procesu nie będę miał czasu jeść ani spać. Praca zajmuje mi noce i weekendy...

- To dla mnie nic nowego.

- Nie znajdę dla was czasu. Będę pochłonięty wyłącznie procesem.

- Jesteśmy do tego przyzwyczajone.

Jake uśmiechnął się do niej.

- I godzisz się na to wszystko?

- Tak, to potrafię zaakceptować. Boję się tych fanatyków wokół nas.

- Jeśli stanie się to zbyt niebezpieczne, wycofam się, porzucę tę sprawę, gdyby mojej rodzinie miało coś grozić.

- Obiecujesz?

- Oczywiście. Odeślemy tylko Hannę.

– Jeśli nic nam nie grozi, czemu chcesz ją odesłać?

– Na wszelki wypadek. Ucieszy się, że będzie mogła spędzić lato z dziadkami. Oni też będą zachwyceni.

– Nie wytrzyma beze mnie jednego tygodnia.

– Racja. A więc to nie wchodzi w grę. Prawdę mówiąc, nie martwię się o nią tylko wtedy, kiedy jest z nami.

Kawa się zaparzyła i Carla napełniła filiżanki.

– Jest coś w prasie?

– Nie. Myślałem, że może coś napiszą w gazecie z Jackson, ale widocznie nie zdążyli.

Potrząsnęła głową i poszukała dodatku z modą i przepisami kulinarnymi.

– Idziesz do kościoła?

– Nie.

– Dlaczego? Przecież znów prowadzisz sprawę. Znów jesteś gwiazdą.

– Tak, ale nikt jeszcze o tym nie wie.

– Rozumiem. Czyli dopiero w przyszłą niedzielę?

– Tak.

We wszystkich okolicznych kościołach i kaplicach dla czarnych krążono z tacami, koszyczkami i puszkami, stawiano je na ołtarzach i przy wejściach, by zbierać datki dla Carla Lee Haileya i jego rodziny. W wielu kościołach używano do tego celu wielkich pojemników. Im puszka czy kosz były większe, tym datki okazywały się mniejsze, ginąc gdzieś na dnie, co dawało pastorom podstawę do zarządzenia kolejnej rundki z tacą wśród wiernych. Tę specjalną akcję, zorganizowaną niezależnie od zbierania zwykłej ofiary, niemal w każdym kościele poprzedzała ujmująca za serce opowieść o tym, co przytrafiło się małej dziewczynce Haileyów i co stanie się z jej tatą i całą rodziną, jeśli te koszyki pozostaną puste. Wielokrotnie powoływano się na otoczone powszechnym szacunkiem NAACP i w rezultacie wierni sięgali do portfeli i portmonetek.

Akcja się rozwijała. Puszki opróżniano, pieniądze liczono i cały rytuał powtarzano podczas wieczornego nabożeństwa. W niedzielę, późnym wieczorem, pastorzy sumowali poranne i popołudniowe datki, by w poniedziałek uzbierane kwoty przekazać wielebnemu Agee'emu. Agee gromadził pieniądze z założeniem spożytkowania sporej ich części na potrzeby rodziny Haileya.

W każde niedzielne popołudnie, od drugiej do piątej, więźniowie aresztu w okręgu Ford byli wyprowadzani na wielki, ogrodzony dziedziniec na tyłach budynku aresztu. Wszystkim więźniom przysługiwało prawo do godzinnego widzenia z trzema osobami z rodziny lub przyjaciółmi. Na podwórzu rosło kilka drzew, pod którymi ustawiono parę połamanych stolików, ale główną atrakcją była obręcz do koszykówki. Zastępcy szeryfa przechadzali się z psami po drugiej stronie parkanu i uważnie obserwowali aresztantów.

Przyjął się już pewien rytuał spędzania niedzielnego popołudnia. Gwen razem z dzieciakami opuszczała kościół po błogosławieństwie około trzeciej i jechała do aresztu. Ozzie pozwalał Carlowi Lee wcześniej wychodzić na dziedziniec, żeby mógł sobie zająć najlepszy stolik, ze wszystkimi nogami i w cieniu drzewa. Siedział sam, z nikim nie rozmawiając, i do czasu przybycia rodziny obserwował zmagania pod koszem. Nie była to właściwie koszykówka, tylko połączenie rugby, zapasów, judo i gry w piłkę. Nikt nie śmiał sędziować, ale jakoś obywało się bez krwi, bez fauli i – co najdziwniejsze – bez bójek. Każda bijatyka oznaczała natychmiastowe przeniesienie do separatki i pozbawienie na miesiąc możliwości korzystania ze spaceru.

Przychodziło niewielu odwiedzających. Kobiety siadały ze swymi mężczyznami na trawniku wzdłuż ogrodzenia i spokojnie obserwowały kotłowaninę pod koszem. Jedna para spytała Carla Lee, czy mogą się przysiąść do jego stołu, by zjeść lunch. Pokręcił głową, więc zjedli na trawie.

Gwen z dzieciakami pojawiała się przed trzecią. Zastępca szeryfa Hastings, jej kuzyn, otwierał furtkę i dzieciaki biegły na spotkanie tatusia. Gwen wyciągała przyniesiony prowiant. Carl Lee zdawał sobie sprawę z krzywych spojrzeń pozostałych aresztantów i rozkoszował się ich zazdrością. Gdyby był biały albo mniejszy i słabszy, albo może oskarżony o drobniejsze przestępstwo, domagano by się, by podzielił się jedzeniem z innymi. Ale był Carlem Lee Haileyem i nikt nie śmiał zbyt natarczywie spoglądać w jego kierunku. Po chwili gracze z zapałem powracali do gry i rodzina Haileyów mogła zjeść w spokoju. Tonya zawsze siedziała obok tatusia.

– Dziś rano zaczęli zbiórkę datków na nas – zakomunikowała po lunchu Gwen.

– Kto?

– Kościół. Wielebny Agee ogłosił, że w każdą niedzielę we wszystkich murzyńskich świątyniach w okręgu będą zbierali pieniądze dla nas i na honorarium adwokata.

– Ile?

– Nie wiem. Powiedział, że zbiórka będzie trwała do samego procesu.

– Bardzo ładnie z ich strony. A co mówił o mnie?

– Przypomniał jedynie twoją sprawę. Poinformował, ile będzie kosztowała twoja obrona i jak bardzo potrzebna jest nam pomoc. Mówił o chrześcijańskim obowiązku ofiary i takie tam. Powiedział, że jesteś dla naszych ludzi prawdziwym bohaterem.

Cóż za miła niespodzianka, pomyślał Carl Lee. Spodziewał się jakiejś pomocy ze strony parafii, ale nie pieniężnej.

– W ilu kościołach prowadzona jest zbiórka?

- We wszystkich kościołach dla czarnych w naszym okręgu.
- Kiedy dostaniemy pieniądze?
- Tego nie powiedział.

Kiedy uszczknie coś dla siebie, pomyślał Carl Lee.

- Chłopcy, weźcie Tonyę i pójdźcie się pobawić obok parkanu. Chcemy z mamusią porozmawiać. Tylko bądźcie ostrożni.

Carl Lee junior i Robert ujęli swoją siostrzyczkę za ręce i posłusznie odeszli.

- Co powiedział lekarz? – spytał Carl Lee, obserwując oddalające się dzieci.
- Jest zadowolony. Kości zrastają się prawidłowo. Za miesiąc może już usunie wszystkie druty. Nie wolno jej jeszcze biegać, skakać i bawić się, ale już niebawem będzie mogła robić wszystko. Ciągle jeszcze ją trochę pobolewa.
- A co z... no wiesz?

Gwen pokręciła głową i zakryła oczy. Zaczęła płakać i ocierać łzy. Powiedziała łamiącym się głosem:

- Nigdy nie będzie mogła mieć dzieci. Lekarz... – urwała. Wytarła twarz i spróbowała mówić dalej, ale z jej piersi wydobywało się jedynie głośne łkanie. Ukryła twarz w papierowym ręczniku.

Carla Lee ogarnęły mdłości. Podparł głowę rękami. Zacisnął zęby, a do oczu napłynęły mu łzy.

- Co powiedział lekarz?

Gwen uniosła głowę i zaczęła mówić urywanym głosem, próbując powstrzymać łzy.

- Odniosła zbyt poważne obrażenia... – otarła dłonią mokrą twarz. – Ale chce ją jeszcze skierować do specjalisty w Memphis.
- Nie jest pewien?

Pokręciła głową.

- Na dziewięćdziesiąt procent. Ale uważa, że powinna zostać zbadana przez innego lekarza, w Memphis. Mamy ją do niego zawieźć w ciągu miesiąca.

Gwen wyciągnęła kolejny papierowy ręcznik i wytarła twarz. Drugi wręczyła mężowi. Carl Lee pospiesznie osuszył oczy.

Tonya siedziała w pobliżu parkanu i słuchała, jak jej bracia sprzeczali się, który z nich ma być szeryfem, a który więźniem. Obserwowała, jak jej rodzice rozmawiają, kiwają głowami i płaczą. Domyśliła się, że jest z nią coś nie w porządku. Zaczęła trzeć oczy i cicho pochlipywać.

- W nocy męczą ją koszmary – powiedziała Gwen, przerywając milczenie. – Muszę z nią spać. Śni jej się, że jacyś mężczyźni przychodzą po nią, ukrywają się w szafie, gonią przez las. Budzi się z krzykiem, cała zlana potem. Lekarz mówi, że zanim jej stan się poprawi, najpierw ulegnie jeszcze pogorszeniu.

– Ile by kosztowała wizyta u psychiatry?

– Nie wiem. Jeszcze tam nie dzwoniłam.

– To zadzwoń. Gdzie on przyjmuje?

– W Memphis.

– No tak. A jak ją traktują chłopcy?

– Są wspaniali. Obchodzą się z nią jak z kimś wyjątkowym. Ale boją się, kiedy krzyczy nocami. Gdy zrywa się z płaczem, wszystkich budzi. Chłopcy biegną do jej pokoju i próbują ją uspokoić, ale sami są przerażeni. Ostatniej nocy nie chciała usnąć, póki chłopcy nie położyli się na podłodze obok jej łóżeczka. Zebraliśmy się wszyscy w jej pokoju i męczyliśmy się przy zapalonym świetle, nie mogąc zmrużyć oka.

– Chłopcom nic nie będzie.

– Tęsknią za tatusiem.

Carl Lee zmusił się do uśmiechu.

– To już nie potrwa długo.

– Naprawdę tak sądzisz?

– Sam już nie wiem, co myśleć. Ale nie zamierzam reszty życia spędzić w więzieniu. Znów zaangażowałem Jake'a.

– Kiedy?

– Wczoraj. Ten adwokat z Memphis ani razu się tu nie pokazał, nawet nie zadzwonił. Zwolniłem go i ponownie zatrudniłem Jake'a.

– Przecież mówiłeś, że Jake jest za młody.

– Myliłem się. Jest młody, ale dobry. Spytaj Lestera.

– To twój proces.

Carl Lee ruszył wolno przez dziedziniec. Pomyślał o tych dwóch martwych gówniarzach pochowanych gdzieś tam, o ich ciałach, które już zaczęły się rozkładać, o ich duszach pokutujących w piekle. Zanim zginęli, napadli na jego małą dziewczynkę i w ciągu zaledwie dwóch godzin okaleczyli jej ciało i psychikę. Potraktowali ją tak brutalnie, że już nigdy nie będzie mogła mieć dzieci; zaatakowali tak gwałtownie, że widzi ich teraz, jak czatują na nią. Czy kiedykolwiek zapomni o tym wydarzeniu, wykreśli je z pamięci, wymaże z umysłu i będzie w stanie wieść normalne życie? Może dzięki pomocy psychiatry. Ale czy inne dzieci pozwolą jej normalnie żyć?

Prawdopodobnie myśleli sobie, że jest przecież tylko małą czarną dziewczynką, czymś murzyńskim dzieckiem, oczywiście nieślubnym, jak wszystkie. Gwałt dla takich dzieci to nic strasznego.

Pamiętał ich, jak siedzieli na sali sądowej. Jeden dumny, drugi przestraszony. Pamiętał, jak schodzili po schodach, a on już tam czekał. Widział ich przerażone miny, gdy zobaczyli go z M-16 w ręku. Pamiętał strzelaninę, wołanie o pomoc, słyszał jęki, gdy podrygujące ciała skute kajdankami zwaliły się na siebie i zapadały w nicość. Pamiętał swój śmiech, kiedy obserwował ich daremne próby ucieczki i roztrzaskane czaszki. Kiedy znieruchomieli, wybiegł z budynku.

Znów się uśmiechnął. Był z siebie dumny. Bardziej przeżywał fakt śmierci pierwszego żółtka, którego zabił w Wietnamie, niż zgon tych dwóch chłystków.

List do Waltera Sullivana był rzeczowy.

„Drogi Walterze!

Myślę, że mogę już śmiało założyć, iż pan Marsharfsky poinformował cię, że Carl Lee Hailey rozwiązał z nim umowę. W tej sytuacji twój udział w tym procesie w charakterze obrońcy współpracującego nie jest już potrzebny. Życzę ci miłego dnia.

Z poważaniem
Jake"

Kopię wysłał do L.Winstona Lotterhouse'a. List do Noose'a był krótki.

„Szanowny Panie Sędzio!

Niniejszym informuję, że zostałem ponownie zaangażowany przez Carla Lee Haileya. Jestem w trakcie przygotowań do mającego się rozpocząć 22 lipca procesu. Proszę zamieścić moje nazwisko w aktach sprawy Haileya jako jego oficjalnego obrońcy.

Z poważaniem
Jake Brigance"

Kopię zaadresował do Buckleya.

Marsharfsky zadzwonił w poniedziałek o wpół do dziesiątej.

Jake przez dwie minuty obserwował mrugające światełko, nim wreszcie podniósł słuchawkę.

– Halo!

– Jak pan tego dokonał?

– Przepraszam, kto mówi?

– Sekretarka panu nie powiedziała? Tu Bo Marsharfsky. Chcę się dowiedzieć, jak pan tego dokonał.

– Czego?

– Jak odebrał mi pan moją sprawę.

Zachowaj spokój, pomyślał Jake. Nie daj się sprowokować.

– Jeśli dobrze pamiętam, to mnie ją zabrano – odpowiedział.

– Nawet się z nim nie widziałem, póki mnie nie wynajął.

– Nie musiał pan. Przysłał pan swojego alfonsa, zapomniał pan już?

– Czy zarzuca mi pan, że ubiegam się o sprawy?

– Tak.

Marsharfsky umilkł i Jake przygotował się na stek wyzwisk.

– Wie pan, Brigance, ma pan rację. Codziennie uganiam się za sprawami. Jestem specem od odbierania chleba innym. Dlatego zarabiam tyle forsy. A jeśli trafi się wielka sprawa karna, próbuję ją zdobyć i używam wszelkich metod, które uznam za konieczne.

– Zabawne, nic o tym nie pisano w gazetach.

– I jeśli będę chciał mieć sprawę Haileya, będę ją miał.

– Daj pan spokój. – Jake odłożył słuchawkę i przez dziesięć minut nie mógł opanować ataku śmiechu. W końcu zapalił tanie cygaro i przystąpił do sporządzania wniosku o zmianę właściwości miejscowej sądu.

Dwa dni później zadzwonił Lucien. Powiedział Ethel, by przekazała Jake'owi, że czeka na niego. Sprawa była ważna. Właśnie gościł u siebie kogoś, z kim Jake powinien się spotkać.

Owym kimś był doktor W.T. Bass, emerytowany psychiatra z Jackson. Znali się z Lucienem od lat. Bass dwa razy występował w charakterze świadka obrony, dowodząc, że klienci Luciena byli niepoczytalni. Rok przed skreśleniem Luciena z listy adwokatów odszedł na emeryturę z tego samego powodu, który tak wydatnie przyczynił się do wykluczenia Luciena z palestry, to znaczy ze względu na wyjątkowe zamiłowanie do napojów wyskokowych. Od czasu do czasu odwiedzał Luciena w Clanton, a Lucien o wiele częściej składał mu wizyty w Jackson; chętnie się spotykali, ponieważ lubili się razem upijać. Siedzieli teraz na werandzie domu Luciena i czekali na Jake'a.

– Stwierdzisz jedynie, że był niepoczytalny – pouczał go Lucien.

– A był? – spytał doktor.

– To nieważne.

– A co jest ważne?

– Trzeba dać ławie przysięgłych pretekst do uniewinnienia tego człowieka. Dla nich nie jest istotne, czy był poczytalny, czy nie. Muszą tylko mieć jakiś pretekst, by go uniewinnić.

– Dobrze by było go zbadać.

– Możesz go zbadać. Możesz sobie z nim gadać, ile dusza zapragnie. Siedzi w areszcie i tylko czeka, z kim by tu sobie pogawędzić.

– Będę się musiał z nim spotkać kilka razy.

– Wiem.

– A jeśli uznam, że w chwili, gdy do nich strzelał, był w pełni władz umysłowych?

206

– Wtedy nie wystąpisz na procesie jako biegły, twoje nazwisko oraz zdjęcie nie pojawią się w gazetach i nie będziesz udzielał wywiadów w telewizji.

Lucien przerwał, by się napić.

– Zrób tak, jak mówię. Porozmawiaj z nim, sporządź sobie notatki. Zadawaj głupie pytania. Zresztą, sam wiesz, jak się do tego zabrać. A potem stwierdź, że był niepoczytalny.

– No nie wiem. Dawniej niezbyt dobrze nam to wychodziło.

– Słuchaj, jesteś przecież lekarzem. W takim razie zachowuj się nonszalancko, zarozumiale, arogancko. Zachowuj się tak, jak się tego wszyscy spodziewają po biegłym. Wydasz swoją opinię i niech ktoś śmie ją zakwestionować.

– Boję się. W przeszłości niezbyt dobrze nam się to udawało.

– Po prostu zrób tak, jak ci mówię.

– Dwa razy już próbowałem i obaj siedzą w Parchman.

– Ich przypadki były beznadziejne. W sprawie Haileya jest inaczej.

– Czy ma jakąś szansę?

– Niewielką.

– Wydawało mi się, że powiedziałeś, iż jego przypadek jest inny.

– Jest uczciwym człowiekiem, który miał istotny powód, by zabić.

– W takim razie dlaczego ma niewielkie szanse?

– Według prawa nie miał wystarczająco ważnego powodu.

– To plus dla prawa.

– Poza tym jest czarny, a to kraj białych. Nie ufam tym miejscowym bigotom.

– A gdyby był biały?

– Gdyby był biały i zastrzelił dwóch czarnych, którzy zgwałcili jego córkę, zostałby uniewinniony.

Bass opróżnił szklaneczkę do dna i znów sobie nalał. Butelka i kubełek z lodem stały na wiklinowym stoliku.

– A co z jego adwokatem? – spytał.

– Powinien tu być za chwilę.

– Pracował u ciebie?

– Tak, ale nie wydaje mi się, byście się spotkali. Przyjąłem go jakieś dwa lata przed moim odejściem z kancelarii. Jest młody, niewiele po trzydziestce. Uczciwy, agresywny, sumienny.

– I pracował u ciebie!

– Przecież już ci mówiłem. Jak na swój wiek ma niezłe doświadczenie! Bronił już w sprawach o morderstwo, ale jeśli się nie mylę, po raz pierwszy będzie powoływał się na niepoczytalność oskarżonego.

– Miło mi to słyszeć. Nie chciałbym, by mi zadawano za dużo pytań.

– Podoba mi się twoja wiara we własne siły.

– Po prostu niezbyt dobrze czuję się w tej roli.

Lucien z rozbawieniem pokręcił głową.

– Jesteś chyba najskromniejszym lekarzem na świecie.

– I najbiedniejszym.

– Masz być pewny siebie i arogancki. Jesteś biegłym. Zachowuj się jak biegły. Któż w Clanton będzie śmiał zakwestionować twoją opinię?

– Oskarżenie też będzie miało swoich ekspertów.

– Jednego psychiatrę z Whitfield. Zbada oskarżonego, a potem przyjdzie na proces i oświadczy, że podsądny jest najzdrowszym człowiekiem pod słońcem. Jeszcze nigdy nie spotkał oskarżonego, który był niepoczytalny. Dla niego każdy jest zdrowy. Każdy cieszy się najlepszym zdrowiem psychicznym. W Zakładzie Psychiatrycznym Whitfield też jest pełno zdrowych ludzi. Tylko wtedy, kiedy starają się o dodatkowe fundusze z budżetu, okazuje się, że połowa mieszkańców stanu jest nienormalna. Straciłby posadę, gdyby orzekał, że oskarżeni są niepoczytalni. Oto, kto będzie twoim przeciwnikiem.

– A ława przysięgłych automatycznie mi uwierzy?

– Mówisz tak, jakbyś nigdy przedtem nie występował w charakterze biegłego.

– Robiłem to już dwa razy, dobrze pamiętam. Jeden z oskarżonych był gwałcicielem, drugi – mordercą. Żaden z nich nie był niepoczytalny, choć usiłowałem tego dowieść. Obaj siedzą teraz tam, gdzie ich miejsce.

Lucien napił się i zaczął uważnie przyglądać się jasnobrunatnej cieczy z pływającymi w niej kostkami lodu.

– Powiedziałeś, że mi pomożesz. Masz wobec mnie dług wdzięczności. Ile razy prowadziłem twoje sprawy rozwodowe?

– Trzykrotnie. I za każdym razem wyszedłem spłukany.

– Bo za każdym razem sobie na to zasłużyłeś. Można się było albo poddać, albo pozwolić, by na publicznej rozprawie sądowej dyskutowano o twoich upodobaniach seksualnych.

– Pamiętam.

– Ilu klientów, czy raczej pacjentów, podesłałem ci w ciągu tych wszystkich lat?

– Za mało, bym mógł płacić alimenty.

– Pamiętasz sprawę o zaniedbanie, wytoczoną przez pacjentkę, której leczenie polegało głównie na cotygodniowych sesjach na twojej kozetce lub składanym łóżku? Twój adwokat wypiął się na ciebie, więc zadzwoniłeś do swego serdecznego przyjaciela Luciena, który za grosze załatwił sprawę polubownie i uchronił cię przed procesem.

– Nie było żadnych świadków.

– Tak, jedynie poszkodowana. I akta sądowe, w których twoje żony występujące o rozwód podawały jako przyczynę twoją ustawiczną niewierność.
– Nie mogły tego udowodnić.
– Nie daliśmy im okazji. Nie chcieliśmy, by spróbowały tego dowieść, pamiętasz?
– Dobrze już, dobrze, wystarczy. Powiedziałem, że ci pomogę. A co będzie, jeśli dojdzie do roztrząsania moich kwalifikacji zawodowych?
– Czy wiecznie musisz wyszukiwać jakieś przeszkody?
– Nie. Po prostu na myśl o występowaniu przed sądem zaczynam się denerwować.
– Masz pierwszorzędne kwalifikacje. Już wcześniej zeznawałeś jako biegły sądowy. Nie martw się na zapas.
– A co z tym? – wskazał głową na szklaneczkę.
– Nie powinieneś tyle pić – oświadczył Lucien tonem eksperta.
Doktor odstawił szklankę i wybuchnął śmiechem. Zwalił się z krzesła i potoczył na skraj werandy, trzymając się za brzuch i trzęsąc ze śmiechu.
– Upiłeś się – stwierdził Lucien, wychodząc po następną butelkę.

Kiedy godzinę później pojawił się Jake, Lucien bujał się wolniutko w swym ogromnym fotelu, Doktor spał na huśtawce w samym końcu werandy. Bose nogi doktora zwieszały się z werandy i ginęły gdzieś w krzakach rosnących wokół tarasu. Jake niepostrzeżenie wszedł po schodach i Lucien aż się wzdrygnął na jego widok.
– Jake, mój chłopcze, jak się masz? – wybełkotał.
– Świetnie, Lucien. Widzę, że ty też nieźle się zabawiasz.
Spojrzał na opróżnioną butelkę i drugą, napoczętą.
– Chciałem, żebyś się spotkał z tym człowiekiem – powiedział Lucien, próbując usiąść prosto.
– Kto to?
– To nasz psychiatra. Doktor W.T. Bass z Jackson. Mój dobry przyjaciel Pomoże nam w sprawie Haileya.
– Jest dobry?
– Najlepszy. Występował już w kilku tego typu procesach.
Jake zrobił kilka kroków w kierunku huśtawki i zatrzymał się nagle. Doktor leżał na wznak; koszulę miał rozpiętą, usta szeroko otwarte. Głośno chrapał, wydając przy tym dziwny, gardłowy bulgot. Końska mucha wielkości małego wróbla krążyła wokół jego nosa, odlatując za każdym grzmiącym wydechem Bassa. Z ust lekarza wydobywał się kwaśny odór i wisiał nad tarasem niczym niewidoczna mgiełka.
– Jest lekarzem? – spytał Jake, siadając obok Luciena.
– Psychiatrą – dumnie oświadczył Lucien.

- To on pomógł ci je opróżnić? – Jake skinął w stronę butelek.
- Nie, to ja pomogłem jemu. Pije jak smok, ale na procesie jest zawsze trzeźwy.
- To pocieszająca wiadomość.
- Polubisz go. Jest niedrogi. Ma wobec mnie dług wdzięczności i nie weźmie ani grosza.
- W takim razie już go lubię.

Twarz Luciena była równie czerwona, jak jego przekrwione oczy.
- Napijesz się?
- Nie, dziękuję. Dopiero wpół do czwartej.
- Naprawdę? A jaki mamy dziś dzień?
- Środę, 12 czerwca. Kiedy zaczęliście pić?
- Jakieś trzydzieści lat temu. – Lucien zaśmiał się i potrząsnął szklanką, aż zadzwoniły kostki lodu.
- Miałem na myśli dzisiejszy dzień.
- Od śniadania. A cóż to za różnica?
- Pracuje?
- Nie, jest na emeryturze.
- Czy odszedł na emeryturę dobrowolnie?
- Chodzi o to, czy pozbawiono go praw wykonywania zawodu?
- Tak, właśnie to mam na myśli.
- Nie. Ciągle ma uprawnienia do leczenia i cieszy się nieposzlakowaną opinią.
- Wygląd ma również nieposzlakowany.
- Kilka lat temu się rozpił. Zniszczyła go wódka i alimenty. Prowadziłem jego trzy sprawy rozwodowe. Kiedy okazało się, że wszystkie pieniądze idą na alimenty, rzucił pracę.
- Jak sobie teraz radzi?
- Schowaliśmy... chciałem powiedzieć schował sobie coś niecoś na czarną godzinę. Ukrył przed swymi żonami oraz ich nienasyconymi adwokatami. Naprawdę nieźle sobie radzi.
- To widać.
- Poza tym handluje trochę narkotykami, ale zadaje się tylko z ludźmi dobrze sytuowanymi. Właściwie handluje nie tyle narkotykami, ile środkami psychotropowymi, na które może bez problemu wypisywać recepty. To nawet nie jest zabronione, tylko trochę nieetyczne.
- Co tu robi?
- Odwiedza mnie od czasu do czasu. Mieszka w Jackson, ale nienawidzi tego miasta. Zadzwoniłem do niego w niedzielę, zaraz po rozmowie z tobą. Chciałby spotkać się z Haileyem najszybciej, jak to tylko będzie możliwe, może nawet jutro.

Śpiący chrząknął i przewrócił się na bok, powodując gwałtowne chybotanie huśtawki. Zakołysała się kilka razy, a Bass, nie przestając chrapać, znów się poruszył. Wyciągnął prawą nogę i zaczepił stopą o grubą gałąź pobliskiego krzesła. Huśtawka wychyliła się gwałtownie w bok i doktor spadł. Rąbnął głową o drewnianą podłogę werandy. Prawa stopa pozostała zahaczona o koniec huśtawki. Skrzywił się i zakaszlał, a potem znów zaczął chrapać. Jake odruchowo ruszył w jego kierunku, ale zatrzymał się widząc, że lekarzowi nic się nie stało i dalej smacznie sobie śpi.

– Zostaw go w spokoju! – poradził Lucien, śmiejąc się, i rzucił kostką lodu, celując w głowę medyka. Nie trafił. Druga kostka wylądowała prosto na nosie Bassa.

– Celny strzał! – zaryczał Lucien – Obudź się, ty pijanico!

Jake zszedł po schodach i wrócił do swego samochodu, przysłuchując się wybuchom śmiechu swego byłego szefa, jego przekleństwom i odgłosom, jakie wydawały kostki lodu upadające na deski werandy, tuż obok doktora W.T. Bassa, psychiatry, świadka obrony.

Zastępca szeryfa, DeWayne Looney, opuścił szpital o kulach, a potem pojechał z żoną i trójką dzieci do gmachu aresztu, gdzie szeryf, jego zastępcy, rezerwiści i kilku przyjaciół czekali na niego z ciastkami i drobnymi upominkami. Miał pracować jako radiooperator, z zachowaniem dotychczasowej pensji, munduru i odznaki.

ROZDZIAŁ 21

Główna sala kościoła Springdale została dokładnie wysprzątana i wypucowana, rozkładane stoliki i krzesła wytarto z kurzu i ustawiono w równiutkich rzędach. Był to największy kościół czarnych w okręgu, a do tego mieścił się w Clanton, więc wielebny Agee uważał za stosowne urządzić spotkanie właśnie tu. Na konferencji prasowej chciał pokazać, jakim poparciem cieszy się miejscowy parafianin, który postąpił tak, jak należało, oraz ogłosić ustanowienie funduszu na obronę Carla Lee Haileya. Obecny był przewodniczący NAACP, który przywiózł czek na pięć tysięcy dolarów i obietnicę dalszych wpłat. Szef oddziału organizacji z Memphis także przyniósł pięć tysięcy i dumnie położył je przed sobą. Siedzieli razem z pastorem za dwoma składanymi stołami, a pozostali członkowie Rady zajmowali miejsca za nimi, twarzami do dwustu parafian, stłoczonych w sali. Gwen posadzono obok

Agee'ego. Kilku kamerzystów – znacznie mniej niż się spodziewano – skupiło się na środku sali i filmowało zgromadzonych.

Pierwszy przemówił Agee. Obecność kamer stanowiła dla niego dodatkową podnietę. Mówił o Haileyach, o ich dobroci i niewinności, o tym, jak chrzcił malutką Tonyę. Mówił o rodzinie, którą zniszczyły rasizm i nienawiść. Publiczność zaczęła pociągać nosami. Potem Agee przeszedł do bardziej prozaicznych spraw. Zaczął atakować wymiar sprawiedliwości zamierzający skazać dobrego, uczciwego człowieka, który nie zrobił nic złego, człowieka, którego – gdyby miał białą skórę – wcale nie postawiono by przed sądem; człowieka, który został oskarżony wyłącznie dlatego, że jest czarny, i właśnie to szykanowanie i prześladowanie Carla Lee Haileya było takie niesprawiedliwe.

Wpadł w trans, porwał swym wystąpieniem tłum i konferencja prasowa przeistoczyła się w wiec. Żarliwość obecnych przypominała nastrój panujący podczas nabożeństw. Agee przemawiał czterdzieści pięć minut.

Wygłaszanie mowy po nim było ryzykowne. Ale przewodniczący NAACP nie przejął się tym i w trzydziestominutowym przemówieniu potępił rasizm. We właściwym momencie przytoczył dane statystyczne dotyczące przestępczości, aresztowań, wyroków skazujących i liczby więźniów, by zakończyć stwierdzeniem, że sądownictwo opanowane jest przez białych, którzy traktują czarną ludność w sposób stronniczy. Następnie w skomplikowanym wywodzie odniósł statystyki ogólnokrajowe do sytuacji w okręgu Ford i oświadczył, że wymiar sprawiedliwości nie jest przygotowany do rozpatrywania sprawy Carla Lee Haileya. W blasku reflektorów widać było kropelki potu na jego czole. Wyraźnie się rozgrzał. Oburzał się jeszcze gwałtowniej niż wielebny Agee, walił w stół, aż podskakiwały mikrofony. Nawoływał czarnych mieszkańców okręgu Ford i całego Missisipi do ofiarności. Zapowiedział organizowanie demonstracji i marszów. Proces stanie się wyzwaniem dla czarnych i uciskanych jak kraj długi i szeroki.

Odpowiadał na pytania. Ile pieniędzy zgromadzą? Mieli nadzieję, że co najmniej pięćdziesiąt tysięcy. Obrona Carla Lee Haileya będzie dużo kosztowała i pięćdziesiąt tysięcy może nie wystarczyć, ale zbiorą tyle, ile się da. Nie mają zbyt wiele czasu. Na co zostaną przeznaczone pieniądze? Na honoraria adwokatów i koszty procesu. Będą potrzebowali armii prawników i lekarzy. Czy skorzystają z pomocy adwokatów NAACP? Oczywiście. Ich prawnicy w Waszyngtonie już zaczęli pracować nad sprawą. Specjalny zespół obrońców zajmie się wszystkimi aspektami procesu. Carl Lee Hailey jest teraz dla nich najważniejszy i na jego obronę zostaną przeznaczone wszystkie możliwe środki.

Kiedy skończył, na mównicę znów wkroczył wielebny Agee i dał znak siedzącemu w rogu sali organiście. Rozległy się dźwięki melodii. Wszyscy wstali z miejsc, wzięli się za ręce i wzruszeni zaintonowali swój hymn *We Shall Overcome*.

Jake przeczytał o powołaniu funduszu na obronę Carla Lee we wtorkowej gazecie. Już wcześniej doszły go pogłoski o zbieraniu specjalnych datków zgodnie z decyzją Rady Pastorów, ale mówiono, że pieniądze mają zostać przeznaczone na wsparcie dla rodziny. Pięćdziesiąt tysięcy na honoraria adwokatów! Rozzłościło go to, ale jednocześnie był ciekaw, czy znów zostanie wyrolowany. Przypuśćmy, że Carl Lee odmówi zatrudnienia prawników NAACP. Co się wtedy stanie z pieniędzmi? Do procesu pozostało pięć tygodni, mnóstwo czasu, by zespół obrońców pracujących dla NAACP dotarł do Clanton. Czytał o tych facetach; była to grupka sześciu prawników specjalizujących się w obronie oskarżonych o zabójstwo pierwszego stopnia; objeżdżali Południe i reprezentowali czarnych, którym zarzucano popełnienie najcięższych przestępstw. Ci bystrzy, utalentowani i starannie wykształceni prawnicy poświęcili się ratowaniu czarnoskórych morderców przed komorami gazowymi i krzesłami elektrycznymi. Zajmowali się wyłącznie sprawami o przestępstwa zagrożone karą śmierci i robili to wyjątkowo dobrze. NAACP wspomagało ich, zbierając pieniądze, organizując miejscowych czarnych i dbając o rozgłos. Zazwyczaj powoływali się na rasizm, często był to jedyny argument, i choć więcej procesów przegrali, niż wygrali, jednak i tak mieli sporo powodów do dumy. Brali tylko sprawy, które kwalifikowano jako beznadziejne. Prawnicy NAACP starali się, by oskarżony wydał się społeczeństwu męczennikiem, a ława przysięgłych nie mogła osiągnąć jednomyślności.

Teraz mieli zawitać do Clanton.

Tydzień temu Buckley zgłosił wniosek o przebadanie Carla Lee Haileya przez psychiatrów. Jake zażądał, by lekarze przeprowadzili badania w Clanton, najlepiej w jego biurze. Noose odmówił i polecił szeryfowi, żeby przewiózł Carla Lee do stanowego szpitala psychiatrycznego w Whitfield. Jake wystąpił z wnioskiem, aby mógł towarzyszyć Haileyowi i obserwować badania. Noose odrzucił i tę prośbę.

W środę, wczesnym rankiem, Jake i Ozzie popijali kawę w gabinecie szeryfa, czekając, aż Carl Lee skończy brać prysznic i przebierze się w czyste ubranie. Whitfield było odległe o trzy godziny jazdy, a mieli się tam stawić na dziewiątą. Jake chciał przekazać swemu klientowi ostatnie instrukcje.

– Jak długo tam będziecie? – spytał Jake Ozziego.

– Ty jesteś prawnikiem. Ile czasu to może zająć?

– Trzy, cztery dni. Byłeś już tam kiedyś, prawda?

– Oczywiście, woziliśmy tam już wielu świadków. Ale jeszcze nigdy kogoś takiego jak Hailey. Gdzie go będą trzymali?

- Mają specjalne izolatki.

Do gabinetu wszedł zaspany zastępca szeryfa, przeżuwając nieświeży pączek.

- Iloma wozami pojedziemy?
- Dwoma – odparł Ozzie. – Ja będę prowadził swój, a ty swój. Wezmę Pirtle'a i Carla Lee, a ty Rileya i Nesbita.
- Bierzemy broń?
- Tak, w każdym samochodzie mają być trzy karabiny. I dużo amunicji. Wszyscy, nie wyłączając Carla Lee, w kamizelkach kuloodpornych. Przygotujcie wozy. Chcę wyruszyć o wpół do szóstej.

Hastings mruknął coś pod nosem i wyszedł.

- Spodziewasz się jakichś kłopotów? – spytał Jake.
- Mieliśmy kilka telefonów. W dwóch napomknięto o naszej wyprawie do Whitfield,
- Którędy pojedziecie?
- Większość kierowców pojechałaby szosą numer 22 do autostrady międzystanowej, prawda? Może będzie bezpieczniej wybrać jakąś mniej uczęszczaną drogę, na przykład szosę numer 14 na południe, do 89.
- To dość oryginalna trasa.
- Cieszę się, że ją akceptujesz.
- Wiesz, że to mój klient.
- Przynajmniej chwilowo.

Carl Lee szybko pochłaniał jajka i grzanki, podczas gdy Jake mówił mu, czego się może spodziewać podczas pobytu w Whitfield.

- Rozumiem, Jake. Chcesz, żebym zachowywał się jak niespełna rozumu, tak? – powiedział Carl Lee, śmiejąc się. Ozzie też uważał, że to zabawne.
- To poważna sprawa, Carl Lee. Posłuchaj mnie.
- Dlaczego? Sam powiedziałeś, że nieważne, co będę tam robił i mówił? I tak nie stwierdzą, że byłem niepoczytalny, kiedy do tamtych strzelałem. Ci lekarze pracują w szpitalu stanowym, no nie? Oskarżenie przeciwko mnie też zostało wysunięte przez władze stanu. Jakie więc będzie miało znaczenie to, co powiem lub zrobię? Oni już podjęli decyzję. Nie mam racji, Ozzie?
- Nie będę się wypowiadał. Ja też jestem funkcjonariuszem stanowym.
- Pracujesz dla władz okręgu – przypomniał mu Jake.
- Imię, nazwisko, stopień wojskowy i numer identyfikacyjny – to jedyne, co ze mnie wyduszą – oświadczył dziarsko Carl Lee.
- Bardzo zabawne – powiedział Jake.
- To wszystko z nerwów – stwierdził Ozzie.

Carl Lee wetknął sobie w nos dwie słomki i zaczął chodzić po pokoju na palcach, zadzierając głowę do góry. W pewnym momencie złapał coś w powietrzu i wsadził do papierowej torebki. Znów coś chwycił i schował do torebki. Wrócił Hastings i zatrzymał się w progu, Carl Lee uśmiechnął się do niego, przewracając oczami, i znów coś pochwycił w powietrzu.

    – Co on, u diabła, robi? – spytał Hastings.

    – Poluję na motyle – uświadomił go Carl Lee.

Jake porwał teczkę i skierował się do wyjścia.

    – Uważam, że powinniście go zostawić w Whitfield. Na zawsze! – Trzasnął drzwiami i opuścił budynek aresztu.

    Noose wyznaczył rozprawę w sprawie zmiany właściwości miejscowej sądu na poniedziałek, 24 czerwca. Przesłuchanie na pewno potrwa długo i będzie szczegółowo relacjonowane przez prasę i telewizję. Ponieważ to Jake wystąpił z tym wnioskiem, na nim spoczywał obowiązek udowodnienia, że Carl Lee nie ma szans na uczciwy i bezstronny proces w okręgu Ford. Do tego Jake potrzebował świadków, osób powszechnie szanowanych, które zdecydują się stwierdzić pod przysięgą, że nie wierzą w uczciwy proces Haileya w Clanton. Atcavage powiedział, że gotów jest mu pomóc, ale bank może mu zabronić występowania w tej sprawie. Harry Rex zgłosił się sam. Wielebny Agee zgodził się ochoczo wystąpić w sądzie, ale to było przed tym, zanim NAACP ogłosiło, że ich prawnicy szykują się do obrony Haileya. Lucien nie cieszył się poważaniem i Jake w ogóle nie brał go pod uwagę.

    Wiedział, że Buckley zaprezentuje kilkunastu wiarygodnych świadków – przedstawicieli lokalnych władz, prawników, przedsiębiorców, szeryfów z innych miast – którzy jak jeden mąż stwierdzą, że niewiele słyszeli o Carlu Lee Haileyu i w związku z tym oskarżony z całą pewnością zostanie w Clanton osądzony uczciwie.

    Jake też wolałby, żeby proces toczył się w Clanton, w gmachu sądu tuż obok jego biura, w obecności ludzi, których znał. Procesy zawsze były pełne napięcia, nudne, wywołujące bezsenność. Dobrze by się stało, gdyby ten odbywał się w znanej mu sali, trzy minuty drogi od jego domu. Podczas przerw mógłby wpadać do biura, by przygotować się do kolejnego starcia, porozmawiać ze świadkami lub odpocząć. Mógłby jeść w kateferii albo U Claude'a, a nawet skoczyć do domu na szybki lunch. Jego klient przebywałby w areszcie w okręgu Ford, niedaleko swych bliskich.

    I, oczywiście, przedstawiciele środków masowego przekazu mieliby do Jake'a znacznie lepszy dostęp. Dziennikarze każdego ranka zbieraliby się przed jego biurem, aby towarzyszyć mu, gdy będzie z godnością zdążał w stronę budynku sądu. Ta perspektywa bardzo go pociągała.

    Czy to ważne, gdzie odbędzie się proces Carla Lee? Lucien miał rację: sprawę znał już każdy mieszkaniec wszystkich okręgów stanu Missisipi. Dlaczego więc przenosić ją gdzie indziej? Każdy ewentualny sędzia przysięgły w stanie miał już wyrobione zdanie co do winy bądź niewinności Haileya.

Oczywiście, że miało to znaczenie. Niektórzy przysięgli byli czarni, a inni biali. Biorąc pod uwagę dane statystyczne, w okręgu Ford w ławie przysięgłych zasiądzie więcej białych niż w innych okręgach. Jake lubił mieć do czynienia z czarnymi sędziami przysięgłymi, zwłaszcza w sprawach karnych i szczególnie wtedy, gdy na ławie oskarżonych siedział czarny. Murzyni nie byli tacy skorzy do orzekania winy. Wydawali się bardziej obiektywni. Wolał ich również w sprawach cywilnych. Skłaniali się raczej ku tym, którzy występowali przeciwko wielkim korporacjom i agencjom ubezpieczeniowym i byli bardziej liberalni, jeśli chodziło o dysponowanie cudzymi pieniędzmi. Z reguły starał się mieć wśród przysięgłych jak najwięcej Murzynów, ale w okręgu Ford trudno było skompletować czarną ławę przysięgłych.

Proces powinien odbyć się w innym okręgu, gdzie mieszkało więcej Murzynów. Wystarczyłby mu jeden czarny sędzia przysięgły, który nie podzieliłby zdania pozostałych. Gdyby zebrało się ich więcej, to kto wie, może przeforsowaliby nawet uniewinnienie. Dwa tygodnie w motelu, w obcej sali rozpraw, to niezbyt pociągająca perspektywa, ale te drobne uciążliwości były nieistotne, jeśli dzięki temu w ławie przysięgłych miałby więcej czarnoskórych sędziów.

Lucien skrupulatnie przeanalizował kwestię zmiany właściwości miejscowej sądu. Na prośbę Wilbanksa Jake punktualnie o ósmej rano stawił się u swego przyjaciela, przełamując wewnętrzny opór.

Sallie podała śniadanie na tarasie. Jake pił kawę i sok pomarańczowy, Lucien – bourbona z wodą. Przez trzy godziny omawiali każdy aspekt zmiany właściwości miejscowej sądu. Lucien miał kopie wszystkich decyzji Sądu Najwyższego z ostatnich osiemdziesięciu lat i zrobił Jake'owi wykład niczym prawdziwy profesor. Uczeń sporządził notatki, raz czy dwa zabrał głos, lecz przede wszystkim uważnie słuchał.

Whitfield leżało kilka kilometrów od Jackson, w rolniczej części okręgu Rankin. Przy głównym wejściu stało dwóch strażników i kłóciło się z grupką dziennikarzy. Carl Lee miał przyjechać o dziewiątej, to wszystko, co wiedzieli strażnicy. O ósmej trzydzieści przed bramą zatrzymały się dwa wozy policyjne z okręgu Ford. Dziennikarze i towarzyszący im kamerzysta podbiegli do kierowcy pierwszego samochodu. Szyba od strony Ozziego była opuszczona.

– Gdzie jest Carl Lee Hailey? – krzyknął jeden z reporterów dramatycznym głosem.

– W drugim wozie – wycedził Ozzie, robiąc oko do siedzącego z tyłu Carla Lee.

– Jest w drugim wozie! – Wrzasnął reporter i wszyscy rzucili się do samochodu Hastingsa.

– Gdzie Hailey?

Siedzący z przodu Pirtle wskazał na Hastingsa, zajmującego miejsce za kierownicą.

– To on.

– Pan jest Carl Lee Hailey? – krzyknął dziennikarz do Hastingsa.

– Tak.

– Dlaczego pan prowadzi? Co ma znaczyć ten mundur?

– Mianowali mnie zastępcą szeryfa – oświadczył Hastings z kamienną twarzą. W tym momencie otworzono bramę i oba wozy wjechały na teren szpitala.

Carla Lee skierowano do głównego budynku. Stamtąd razem z Ozziem i jego zastępcami zaprowadzono go do innego gmachu, tam został ulokowany w specjalnie przygotowanej celi czy – jak ją nazywano – izolatce. Zamknięto za nim drzwi. Ozziemu oraz jego funkcjonariuszom podziękowano. Wrócili więc do Clanton.

Po lunchu w izolatce Carla Lee pojawił się jakiś asystent w białym kitlu i zaczął zadawać pytania. Poprosił Haileya, by opowiedział mu o każdym znaczącym wydarzeniu i osobie w jego życiu, poczynając od dnia narod... Trwało to wszystko dwie godziny. O czwartej po południu dwaj strażn... założyli Carlowi Lee kajdanki i przewieźli go wózkiem golfowym do nowoczesnego murowanego budynku, znajdującego się niespełna kilometr dalej. Zaprowadzono go do Wilberta Rodeheavera, naczelnego lekarza szpitala. Strażnicy zostali na korytarzu, pod drzwiami gabinetu.

ROZDZIAŁ 22

Od śmierci Billy'ego Raya Cobba i Pete'a Willarda upłynęło pięć tygodni, do procesu pozostały cztery.

Wszystkie miejsca w trzech motelach w Clanton zostały już zarezerwowane na okres trwania procesu i tydzień go poprzedzający. Best Western, największy i najprzyjemniejszy z nich, przyciągnął przedstawicieli prasy z Memphis i Jackson. Clanton Courts, który słynął z najlepszego baru oraz restauracji, zarezerwowali sobie dziennikarze z Atlanty, Waszyngtonu i Nowego Jorku. W niezbyt eleganckim motelu East Side ceny pokoi w lipcu nie wiedzieć czemu wzrosły dwukrotnie, ale i tam nie było już wolnych miejsc.

Początkowo mieszkańcy miasta traktowali przybyszów przyjaźnie, choć większość z nich zachowywała się arogancko i mówiła z obcym akcentem. Ale niektóre opisy Clanton i jego mieszkańców okazały się niepochlebne i teraz większość miejscowych ściśle przestrzegała zmowy milczenia. Kawiarniany gwar urywał się natychmiast, gdy tylko jakiś obcy przekraczał próg lokalu i siadał przy stoliku. Sprzedawcy ze sklepów w centrum miasta zachowywali powściągliwość wobec każdego, kogo nie znali. Pracownicy sądu pozostawali głusi na pytania zadawane setki razy przez wścibskich intruzów. Nawet reporterzy z Memphis i Jackson musieli walczyć, by cokolwiek wydobyć od miejscowych. Ludzie mieli już dosyć wysłuchiwania, że są zacofanymi, prymitywnymi rasistami. Ignorowali obcych, do których nie mieli zaufania, i zajmowali się swoimi sprawami.

Bar Clanton Courts stał się punktem zbornym wszystkich dziennikarzy. Było to jedyne miejsce w mieście, gdzie mogli ujrzeć przyjazne twarze i miło pogawędzić. Siadali przy stolikach wokół telewizora z wielkim ekranem i plotkowali na temat miasta i zbliżającego się procesu. Porównywali swoje zapiski, zasłyszane pogłoski i opowieści, pijąc do upadłego, bo w Clanton po zapadnięciu zmroku nie było nic innego do roboty.

Motele zapełniły się w niedzielę wieczorem, 23 czerwca, w przeddzień rozprawy o zmianę właściwości miejscowej sądu. W poniedziałek od wczesnego rana reporterzy zaczęli się zbierać w restauracji w Best Western, by napić się kawy i oddać się spekulacjom na temat postanowienia. Dzisiejsze posiedzenie sądu było pierwszym poważniejszym starciem i niewykluczone, że okaże się jedyną poważną potyczką w sprawie Haileya do czasu procesu. Rozeszła się pogłoska, że Noose symuluje chorobę – nie chcąc prowadzić tej sprawy – i zwróci się do Sądu Najwyższego o wyznaczenie innego sędziego. Zwykła plotka, która wzięła się nie wiadomo skąd, powiedział dziennikarz z Jackson. O ósmej spakowali swój sprzęt i wyruszyli do miasta. Jedna grupka rozlokowała się przed aresztem, druga – na tyłach sądu, ale większość udała się do sali rozpraw. O wpół do dziewiątej wszystkie miejsca były zajęte.

Z balkonu swego gabinetu Jake obserwował ruch wokół budynku sądu. Serce biło mu szybciej niż normalnie, w żołądku czuł dziwny ucisk. Uśmiechnął się. Był gotów stanąć oko w oko z Buckleyem i kamerami.

Noose spojrzał sponad swoich okularów na zatłoczoną salę.

Wszyscy byli już na swoich miejscach.

– Mam przed sobą – zaczął – wniosek obrony o zmianę właściwości miejscowej sądu. Proces został wyznaczony na poniedziałek, 22 lipca. To cztery tygodnie od dnia dzisiejszego. Ustaliłem również ostateczny termin zgłaszania wniosków przedprocesowych oraz ich rozpatrywania i są to, jak dotąd, jedyne tego typu postanowienia w tej sprawie.

– Zgadza się, Wysoki Sądzie – zagrzmiał Buckley, unosząc się lekko z miejsca. Jake przewrócił oczami i pokręcił głową.

– Dziękuję panu, panie Buckley – powiedział oschle Noose. – Obrońca poinformował, że zamierza udowodnić niepoczytalność oskarżonego. Czy oskarżony został poddany badaniom w Whitfield?

– Tak, Wysoki Sądzie, w ubiegłym tygodniu – odpowiedział Jake.

– Czy obrona przedstawi opinię własnego psychiatry?

– Oczywiście, Wysoki Sądzie.

– Czy oskarżony został już przebadany przez psychiatrę obrony?

– Tak.

– Dobrze. Czyli mamy to z głowy. Z jakimi innymi wnioskami zamierza pan wystąpić?

– Wysoki Sądzie, zamierzam zgłosić wniosek o wezwanie większej niż zwykle liczby kandydatów na sędziów przysięgłych.

– Oskarżenie sprzeciwi się takiemu wnioskowi – wrzasnął Buckley, gwałtownie wstając.

– Proszę usiąść, panie Buckley! – polecił surowo Noose, zdejmując okulary i spoglądając piorunującym wzrokiem na prokuratora okręgowego. – Proszę więcej się na mnie nie wydzierać. To zrozumiałe, że sprzeciwi się pan temu wnioskowi. Sprzeciwi się pan wszystkim wnioskom zgłoszonym przez obronę. Na tym polega pańska praca. Ale proszę mi więcej nie przerywać. Po opuszczeniu tej sali będzie pan miał jeszcze mnóstwo okazji, by popisywać się przed dziennikarzami.

Buckley opadł na krzesło i ukrył w dłoniach czerwoną twarz. Noose jeszcze nigdy nie potraktował go w ten sposób.

– Proszę mówić dalej, panie Brigance.

Jake'a zdumiało zachowanie Ichaboda. Wyglądał na zmęczonego i chorego. Może na skutek stresu wywołanego sprawą Haileya.

– Nie wykluczam sporządzenia kilku sprzeciwów na piśmie wobec niektórych zeznań.

– Wniosków in limine*?

– Tak, proszę pana.

– Wysłuchamy ich na procesie. Jeszcze coś?

– Na razie nie.

– Panie Buckley, czy oskarżenie wystąpi z jakimiś wnioskami?

– Nie – odpowiedział potulnie Buckley.

– Dobrze. Chcę się upewnić, że nie będzie żadnych niespodzianek przed samym procesem. Przyjadę tu tydzień przed rozprawą, by wysłuchać obu stron i podjąć decyzję w kwestiach przedprocesowych. Oczekuję pilnego

---

* In limine (łac.) – na progu, na początku (procesu) (przyp. tłum.).

składania wszelkich wniosków, byśmy mogli się ze wszystkim uporać przed dwudziestym drugim.

Noose przekartkował akta i zatrzymał się na wniosku Jake'a o zmianę właściwości miejscowej sądu. Jake szepnął coś do Carla Lee, który nie musiał być na dzisiejszej rozprawie, ale bardzo nalegał, by go doprowadzono. Gwen i trzej chłopcy siedzieli w pierwszym rzędzie, zaraz za Haileyem. Tonya nie pojawiła się w sali sądowej.

– Panie Brigance, pański wniosek jest formalnie prawidłowy. Ilu ma pan świadków?

– Trzech, Wysoki Sądzie.

– Panie Buckley, a ilu świadków pan przedstawi?

– Dwudziestu jeden – dumnie oświadczył Buckley.

– Dwudziestu jeden?! – wykrzyknął sędzia.

Buckley skulił się i spojrzał na Musgrove'a.

– Ale prawdopodobnie nie będziemy ich wszystkich potrzebowali. Tak, jestem pewien, że nie wezwiemy wszystkich.

– Proszę wybrać pięciu najważniejszych, panie Buckley. Nie zamierzam spędzić tu całego dnia.

– Tak jest, Wysoki Sądzie.

– Panie Brigance, prosi pan o zmianę właściwości miejscowej sądu. To pański wniosek. Udzielam panu głosu.

Jake wstał i podszedł wolno do drewnianego podium przed ławą przysięgłych.

Wysoki Sądzie, w imieniu mojego klienta wnoszę, aby jego proces nie ię w okręgu Ford. Przyczyna jest oczywista: rozgłos, jaki zyska-uniemożliwi przeprowadzenie uczciwego procesu. Mieszkań- cy ʾu już przesądzili kwestię winy czy niewinności Carla Lee Hailey ʾo o zastrzelenie dwóch mężczyzn, którzy tutaj się uro-dzili i tut iny. Za życia nikt o nich za wiele nie wiedział, ale po śmierci stali chnie znani. Do tej pory o panu Haileyu też słysza-ło niewiele osób iego środowiska. Teraz wszyscy mieszkańcy okrę-gu wiedzą, kim jest, ʾą o jego rodzinie, o jego córce, i o tym, co się jej przydarzyło, znają wię ość szczegółów dotyczących zarzucanej mojemu klientowi zbrodni. Niemożliwością będzie znaleźć w okręgu Ford dwanaście osób, które już by go nie osądziły. Ten proces powinien się odbyć w innej części stanu, której mieszkańcy nie są tak dobrze zaznajomieni z faktami dotyczącymi tej sprawy.

– Czy ma pan jakieś sugestie? – przerwał mu sędzia.

– Nie ośmieliłbym się wskazywać jakiegoś konkretnego miejsca, ale powinno to być jak najdalej od Clanton. Może na wybrzeżu?

– Dlaczego?

– Z oczywistych powodów, Wysoki Sądzie. To sześćset pięćdziesiąt kilometrów stąd i jestem pewien, że tamtejsi mieszkańcy nie wiedzą o tej sprawie tyle, co miejscowi.

– Uważa pan, że ludzie na południu Missisipi nie słyszeli nic o tym wydarzeniu?

– Jestem pewien, że coś niecoś słyszeli. Są jednak znacznie dalej.

– Oglądają przecież telewizję i czytają gazety, prawda, panie Brigance?

– Z pewnością.

– Czy wierzy pan w to, że w jakimkolwiek okręgu naszego stanu znajdzie pan dwanaście osób, które nie znają w najdrobniejszych szczegółach tej sprawy?

Jake spojrzał na swój notatnik. Słyszał za sobą skrzypienie ołówków rysowników robiących szkice. Kątem oka widział ironicznie uśmiechającego się Buckleya.

– Byłoby to trudne – przyznał cicho.

– Proszę wezwać swojego pierwszego świadka.

Harry Rex Vonner zajął po zaprzysiężeniu miejsce dla świadków. Drewniane obrotowe krzesło zatrzeszczało i ugięło się pod jego potężnym cielskiem. Dmuchnął do mikrofonu i w całej sali rozległ się głośny gwizd. Uśmiechnął się do Jake'a i skinął głową

– Proszę się nam przedstawić.

– Nazywam się Harry Rex Vonner.

– Gdzie pan mieszka?

– Cedarbush 8493, Clanton, Missisipi.

– Od kiedy mieszka pan w Clanton?

– Od urodzenia. Czterdzieści sześć lat.

– Czym się pan zajmuje?

– Jestem prawnikiem. Od dwudziestu dwóch lat należę do miejscowej palestry.

– Czy kiedykolwiek spotkał się pan z Carlem Lee Haileyem?

– Tylko raz.

– Co pan o nim wie?

– Prawdopodobnie zastrzelił dwóch ludzi, Billy'ego Raya Cobba i Pete'a Willarda, oraz ranił zastępcę szeryfa, DeWayne'a Looneya.

– Czy znał pan któregoś z zabitych?

– Osobiście nie. Słyszałem tylko o Billym Rayu Cobbie.

– W jaki sposób dowiedział się pan o strzelaninie?

– Jeśli dobrze pamiętam, miała miejsce w poniedziałek. Byłem w sądzie, w kancelarii na parterze, sprawdzając tytuł własności pewnej działki, gdy usłyszałem odgłosy strzałów. Wybiegłem na korytarz, gdzie panowało już okropne zamieszanie. Spytałem jednego z zastępców szeryfa, co się stało.

Powiedział mi, że niedaleko tylnego wyjścia zabito dwóch mężczyzn. Jakiś czas kręciłem się jeszcze w pobliżu budynku. Bardzo szybko rozeszła się pogłoska, że zabójcą jest ojciec zgwałconej dziewczynki.

– Jaka była pańska pierwsza reakcja?

– Byłem, jak większość ludzi, wstrząśnięty. Ale podobnego wstrząsu doznałem na wieść o gwałcie.

– Kiedy się pan dowiedział, że pan Hailey został aresztowany?

– Późnym wieczorem. Poinformowano o tym w telewizji.

– Co jeszcze widział pan w telewizji?

– No cóż, starałem się zobaczyć jak najwięcej. Relację o tym wydarzeniu podały stacje lokalne z Memphis i Tupelo. Mam telewizję kablową, więc obejrzałem też wiadomości z Nowego Jorku, Chicago i Atlanty. Prawie na każdym kanale informowano o strzelaninie i aresztowaniu podejrzanego. Pokazywano migawki z budynku sądu i aresztu. To wielkie wydarzenie. Największe, jakie kiedykolwiek miało miejsce w Clanton.

– Jaka była pana reakcja na wiadomość, że o dokonanie zabójstwa podejrzany jest ojciec dziewczynki?

– Niezbyt mnie to zdziwiło. Chciałem powiedzieć, że większość ludzi domyślała się, że to on jest sprawcą. Podziwiam go. Sam mam dzieci i popieram to, co zrobił. Szczerze go podziwiam.

– Co pan wie na temat gwałtu?

Buckley zerwał się na nogi.

– Zgłaszam sprzeciw! Sprawa gwałtu nie ma tu nic do rzeczy.

Noose znów zdjął okulary i z furią popatrzył na prokuratora okręgowego. Minęło kilka sekund. Buckley spuścił wzrok, przestąpił z nogi na nogę, w końcu usiadł. Noose pochylił się i spojrzał groźnie ze swego miejsca na podwyższeniu.

– Panie Buckley, ponownie proszę, by się pan na mnie nie wydzierał. Jeśli jeszcze raz pan to zrobi, jak mi Bóg miły, ukarzę pana za obrazę sądu. Być może ma pan rację, twierdząc, że gwałt nie ma związku z tą sprawą. Ale przecież to jeszcze nie proces, prawda? To tylko rozprawa wstępna, czyż nie? W ławie przysięgłych nie ma dziś sędziów, prawda? Odrzucam sprzeciw. Proszę siedzieć spokojnie. Wiem, że niełatwo to panu przyjdzie w obecności takiej publiczności, ale zabraniam panu ruszyć się z miejsca, póki nie będzie pan miał rzeczywiście czegoś istotnego do powiedzenia. Wtedy może pan wstać, a potem cicho i grzecznie zgłosić swoje uwagi.

– Dziękuję, Wysoki Sądzie – powiedział Jake, uśmiechając się ciepło do Buckleya. – A więc, panie Vonner, co pan wie o gwałcie?

– Tylko to, co słyszałem.

– To znaczy co?

Buckley wstał i ukłonił się niczym japoński zapaśnik sumo.

222

– Za pozwoleniem, Wysoki Sądzie – zaczął słodkim głosem – jeśli można, chciałbym zgłosić sprzeciw. Świadkowi wolno mówić tylko o tym, co sam widział, a nie relacjonować to, co usłyszał od innych.

Noose równie słodko odpowiedział:

– Dziękuję panu, panie Buckley. Przyjmuję do wiadomości pański sprzeciw i oddalam go. Proszę kontynuować przesłuchanie świadka, panie Brigance.

– Dziękuję, Wysoki Sądzie. Panie Rex, co pan słyszał o gwałcie?

– Cobb i Willard porwali córkę Haileyów i wywieźli ją gdzieś do lasu. Byli pijani. Przywiązali dziewczynkę do drzewa i kilkakrotnie zgwałcili, a potem próbowali powiesić. Oddawali nawet na nią mocz.

– Co robili? – spytał Noose.

– Sikali na nią, panie sędzio.

Na tę rewelację w sali zapanowało poruszenie. Jake nigdy o czymś takim nie słyszał, Buckley również i najwidoczniej nie wiedział o tym nikt poza Harrym. Noose pokręcił głową i lekko stuknął młotkiem.

Jake zapisał coś w notatniku, zdumiony ezoteryczną wiedzą swego przyjaciela.

– Gdzie pan się dowiedział o gwałcie?

– Na mieście. Wszyscy o tym mówili. Nazajutrz rano w kafeterii policjanci opowiadali szczegóły. Wszyscy rozmawiali tylko o tym.

– Wszyscy mieszkańcy okręgu?

– Tak. W ciągu ostatniego miesiąca nie spotkałem osoby, która nie znałaby ze szczegółami historii zgwałcenia dziewczynki Haileyów.

– Proszę nam powiedzieć, co pan wie na temat strzelaniny.

– A więc, jak już mówiłem, doszło do niej w poniedziałek po południu. Jeśli się nie mylę, podejrzanych przywieziono do budynku sądu w związku z przesłuchaniem w sprawie wyznaczenia kaucji. Po zakończeniu przesłuchania zastępcy szeryfa wyprowadzili ich zakutych w kajdanki do tylnego wyjścia. Kiedy schodzili, pan Hailey wyskoczył z pomieszczenia gospodarczego z M-16 w dłoniach. Zabił ich i postrzelił DeWayne'a Looneya, któremu w wyniku odniesionych ran amputowano nogę.

– Gdzie miało miejsce całe zajście?

– Tuż pod nami, obok tylnego wyjścia z budynku sądu. Pan Hailey ukrył się w schowku woźnego. Wyskoczył nagle i otworzył ogień.

– Czy wierzy pan, że to prawda?

– Wiem, że to prawda.

– Skąd się pan o tym wszystkim dowiedział?

– Różnie. Od ludzi. Z gazet. Każdy to wie.

– Gdzie słyszał pan dyskusje na ten temat?

– Wszędzie. W barach, w kościołach, w banku, w pralni, w Tea Shoppe, w kawiarniach, w sklepie monopolowym. Wszędzie.

– Czy spotkał pan kogoś, kto nie wierzy, że pan Hailey zabił Billy'ego Raya Cobba i Pete'a Willarda?

– Nie. Nie znalazłbym w tym okręgu ani jednej osoby, która nie jest głęboko przekonana, że to zrobił.

– Czy większość miejscowej ludności ma już wyrobione zdanie na temat winy bądź niewinności Haileya?

– Wszyscy, co do jednego. Nikt nie ma żadnych wątpliwości. To szeroko dyskutowane wydarzenie i każdy wyrobił już sobie zdanie w tej sprawie.

– Czy według pana pan Hailey ma szanse na uczciwy proces w okręgu Ford?

– Nie, proszę pana. W tym okręgu, zamieszkanym przez trzydzieści tysięcy ludzi, nie znajdzie pan nawet trzech osób, które nie mają wyrobionego zdania na ten temat. Pan Hailey już został osądzony. Nie ma możliwości skompletowania tutaj bezstronnej ławy przysięgłych.

– Dziękuję, panie Vonner. Nie mam więcej pytań, Wysoki Sądzie.

Buckley pogładził się po głowie i przesunął palcami wzdłuż skroni, by się upewnić, że każdy włosek jest na swoim miejscu. Zdecydowanym krokiem zbliżył się do podwyższenia.

– Panie Vonner – skłonił się elegancko – czy osądził pan już Carla Lee Haileya?

– Tak, do cholery.

– Proszę nie zapominać, że znajduje się pan w sali sądowej – upomniał go Noose.

– I jaki byłby pański werdykt?

– Panie Buckley, jeśli pan pozwoli, ujmę to w następujący sposób. Będę mówił bardzo wolno i prostym językiem, tak że nawet pan wszystko zrozumie. Gdybym był szeryfem, nie aresztowałbym go. Gdybym zasiadł w wielkiej ławie przysięgłych, nie wysunąłbym przeciwko niemu formalnego oskarżenia. Gdybym był sędzią, nie rozpoznawałbym jego sprawy. Gdybym był prokuratorem okręgowym, nie oskarżyłbym go. Gdybym był sędzią przysięgłym, głosowałbym za tym, by wręczyć mu klucze do miasta, dyplom na ścianę i odesłałbym go do domu, do jego rodziny. I, panie Buckley, gdyby moja córka została kiedykolwiek zgwałcona, mam nadzieję, że miałbym dość odwagi, by zrobić to samo, co on.

– Rozumiem. Uważa pan, że ludzie powinni nosić przy sobie broń i za jej pomocą rozstrzygać spory między sobą?

– Uważam, że dzieci mają prawo nie stawać się ofiarami gwałtów, a ich rodzice mają prawo je chronić. Uważam, że małe dziewczynki są wyjątkowymi istotami, i gdyby moja córka została przywiązana do drzewa i zgwałcona przez dwóch narkomanów, z pewnością straciłbym głowę. Uważam, że wszyscy ojcowie powinien mieć w konstytucji zagwarantowane prawo do zgładzenia każdego zboczeńca, który tknąłby ich dziecko. Myślę też, że jest pan załganym tchórzem, próbując nam wmówić, że nie chciałby pan zabić sukinsyna, który zgwałciłby pana córkę.

– Panie Vonner, bardzo proszę! – wtrącił Noose.

Buckley z trudem zachował panowanie nad sobą.

– Widać, że jest pan silnie zaangażowany w tę sprawę, czyż nie?

– Zdumiewa mnie pańska niezwykła spostrzegawczość!

– I pragnąłby pan, żeby oskarżonego uniewinniono?

– Gdybym miał pieniądze, zapłaciłbym komu trzeba, by tak się stało.

– I uważa pan, że w innym okręgu Hailey miałby większe szanse na uniewinnienie, tak?

– Uważam, że ma prawo do procesu z udziałem ławy przysięgłych, w skład której wejdą ludzie, którzy nie wiedzą wszystkiego o tej sprawie jeszcze przed rozpoczęciem procesu.

– Uniewinniłby go pan, prawda?

– Już to powiedziałem.

– I nie wątpię, że zetknął się pan z innymi osobami, które również by go uniewinniły?

– Tak, z wieloma.

– Czy w okręgu Ford znalazłby się ktoś, kto głosowałby za jego skazaniem?

– Oczywiście, i to nie jeden. Przecież Hailey jest czarny.

– Czy podczas rozmów z mieszkańcami okręgu stwierdził pan, że zdecydowanie przeważają zwolennicy jednej bądź drugiej opcji?

– Właściwie nie.

Buckley spojrzał do swojego notatnika i coś sobie zapisał.

– Panie Vonner, czy Jake Brigance jest pańskim przyjacielem?

Harry Rex uśmiechnął się i zwrócił wzrok w kierunku Noose'a.

– Jestem prawnikiem, panie Buckley, i mam niewielu przyjaciół. Ale przyznaję, że jednym z nich jest Jake Brigance.

– Czy zwrócił się do pana z prośbą o wystąpienie w charakterze świadka?

– Nie. Tak się akurat złożyło, że parę minut temu zajrzałem do gmachu sądu i przypadkowo usiadłem na tym krześle. Nie miałem pojęcia, że będzie dziś jakieś przesłuchanie.

Buckley rzucił swój notatnik na stół i usiadł. Harry Rex był wolny.

– Proszę wezwać następnego świadka – polecił Noose.

– Wielebny Ollie Agee – zapowiedział Jake.

Pastora wprowadzono do sali i posadzono na miejscu dla świadków. Poprzedniego dnia Jake odwiedził go i przedstawił mu listę pytań. Agee zgodził się wystąpić jako świadek. Nie poruszał kwestii prawników NAACP.

Pastor był wymarzonym świadkiem. Jego głęboki, dźwięczny głos i bez mikrofonu docierał do każdego zakątka sali. Tak, znał szczegóły gwałtu oraz strzelaniny. Sprawa dotyczy przecież jego parafian. Zna Haileyów od lat, są mu bliscy niemal jak rodzina, trzymał ich za ręce i razem z nimi cierpiał po tym okrutnym wydarzeniu. Tak, od dnia gwałtu rozmawiał z niezliczoną liczbą osób i wszyscy mieli wyrobioną opinię na temat winy lub niewinności oskarżonego. Wspólnie z dwudziestoma dwoma innymi pastorami, członkami Rady, omawiali sprawę Haileya. Nie, w okręgu Ford nie było ludzi, którzy mieliby jakieś wątpliwości. Według niego przeprowadzenie w okręgu Ford uczciwego procesu jest niemożliwe.

– Wielebny Agee, czy rozmawiał pan z jakimś czarnym, który głosowałby za skazaniem Carla Lee Haileya?

– Nie, proszę pana.

Podziękowano pastorowi. Zajął miejsce między dwoma innymi członkami Rady.

– Proszę wezwać następnego świadka – powiedział Noose.

Jake uśmiechnął się do prokuratora okręgowego i zapowiedział:

– Szeryf Ozzie Walls.

Buckley i Musgrove natychmiast pochylili głowy i zaczęli coś szeptać. Przecież Ozzie reprezentował władze stanu, stał na straży prawa i porządku, powinien być po stronie oskarżenia, a nie pomagać obronie. Jeszcze jeden dowód, że czarnuchowi nie można ufać, pomyślał Buckley. Gdy wiedzą, że są winni, popierają się nawzajem.

Jake zadawał Ozziemu pytania na temat gwałtu i przeszłości Cobba oraz Willarda. Stało się to już nudne, wszystko już słyszeli i Buckley chętnie zgłosiłby sprzeciw. Ale jak na jeden dzień dosyć już doznał upokorzeń. Jake wyczuł, że Buckley nie piśnie ani słówka, więc drążył sprawę gwałtu w najdrobniejszych szczegółach.

W końcu Noose stracił cierpliwość.

– Proszę przejść do innych pytań, panie Brigance.

– Tak jest, Wysoki Sądzie. Szeryfie Walls, czy to pan aresztował Carla Lee Haileya?

– Tak.

– Czy jest pan przekonany, że to on zabił Billy'ego Raya Cobba i Pete'a Willarda?

– Tak.

– Czy zetknął się pan z kimś w tym okręgu, kto jest odmiennego zdania?

– Nie, proszę pana.

– Czyli że w naszym okręgu powszechnie uważa się, iż to pan Hailey ich zabił?

– Tak. Wszyscy tak sądzą. Przynajmniej ci, z którymi rozmawiałem.

– Szeryfie, czy często jeździ pan w teren?

– Tak, proszę pana. Do moich obowiązków należy orientować się, co się dzieje w podległym mi okręgu.

– I często rozmawia pan z różnymi ludźmi?

– O wiele częściej, niżbym chciał.

– Czy zetknął się pan z kimś, kto nie słyszał o Carlu Lee Haileyu?

Ozzie zastanowił się i odparł wolno:

– Tylko ktoś głuchy i ślepy nie wie nic o Carlu Lee Haileyu.

– Czy spotkał się pan z kimś, kto nie ma wyrobionej opinii w kwestii jego winy bądź niewinności?

– Nie ma w tym okręgu takiej osoby.

– Czy Hailey ma tutaj szanse na uczciwy proces?

– Nie wiem. Nie wiem, czy znajdzie pan dwanaście osób, które nie znają w najdrobniejszych szczegółach historii gwałtu i strzelaniny.

– Nie mam więcej pytań – powiedział Jake do Noose'a.

– Czy to pana ostatni świadek?

– Tak, proszę pana.

– Czy ma pan jakieś pytania do świadka obrony, panie Buckley?

Buckley, nie wstając, pokręcił głową.

– Dobrze – powiedział sędzia. – Zarządzam krótką przerwę. Chciałbym się spotkać w swoim pokoju z oboma prawnikami.

W sali zapanował gwar. Adwokat i prokurator posłusznie podążyli za Noose'em i woźnym Pate'em do bocznego wyjścia. Sędzia zamknął drzwi i zdjął togę. Woźny przyniósł mu filiżankę czarnej kawy.

– Panowie, rozważam wydanie zakazu omawiania z dziennikarzami sprawy Haileya do czasu zakończenia procesu. Wprowadza to tylko zbędne zamieszanie, a poza tym nie życzę sobie, by Hailey był sądzony przez przedstawicieli prasy. Chciałbym poznać panów opinię w tej kwestii.

Buckley zbladł i sprawiał wrażenie wstrząśniętego. Otworzył usta, ale nie powiedział ani słowa.

– To dobry pomysł, panie sędzio – oświadczył skwapliwie Jake. – Zastanawiałem się nawet, czy nie złożyć odpowiedniego wniosku w tej sprawie.

– Tak, nie mam co do tego wątpliwości. Wprost rzuca się w oczy, jak pan umyka przed reporterami. A jakie jest pana zdanie, panie Buckley?

– Hm, a kogo by to dotyczyło?

– Przede wszystkim pana. Zabroniłbym panu oraz panu Brigance'owi rozmawiać z dziennikarzami o procesie Haileya i czymkolwiek, co się z tym wiąże. Zresztą zakaz ten dotyczyłby wszystkich, a przynajmniej tych, którzy podlegają władzy niniejszego sądu: prawników, urzędników sądowych, szeryfa.

– Ale czemu chce pan to zrobić? – spytał Buckley.

– Bo nie uśmiecha mi się przyglądać, jak obaj panowie będą się popisywać przed dziennikarzami. Nie jestem ślepy. Obu wam zależy na znalezieniu się w centrum uwagi i już sobie wyobrażam, jak w tych warunkach będzie wyglądał proces. Zrobi się z tego cyrk. I to cyrk do kwadratu. – Noose podszedł do okna, mrucząc coś pod nosem. Umilkł na chwilę i znów zaczął coś mamrotać. Prawnicy popatrzyli na siebie, a potem spojrzeli na dziwaczną postać majaczącą na tle okna.

– Wydaję zakaz poruszania sprawy Haileya w rozmowach z dziennikarzami, poczynając od teraz aż do czasu zakończenia procesu. Złamanie zakazu będzie traktowane jako obraza sądu. Nie wolno panom dyskutować o niniejszej sprawie z przedstawicielami prasy. Czy są jakieś pytania?

– Nie, proszę pana – pośpiesznie odpowiedział Jake.

Buckley spojrzał na Musgrove'a i pokręcił głową.

– A wracając do dzisiejszego posiedzenia sądu, panie Buckley, powiedział pan, że dysponuje pan dwudziestoma świadkami. Ilu pan naprawdę potrzebuje?

– Pięciu, sześciu.

– No, to już lepiej. Kogo chce pan wezwać?

– Floyda Loyda.

– Co to za jeden?

– Inspektor Pierwszego Obwodu w okręgu Ford.

– Dlaczego powołał go pan na świadka?

– Mieszka tu od pięćdziesięciu lat, sprawuje swoją funkcję jakieś dziesięć lat. Według niego istnieją wszelkie podstawy, by zakładać, że Hailey zostanie w tym okręgu uczciwie osądzony.

– Przypuszczam, że nic nie słyszał o jego sprawie? – sarkastycznie zauważył Noose.

– Nie wiem.

– Kogo jeszcze pan ma?

– Nathana Bakera, sędziego pokoju z Trzeciego Obwodu w okręgu Ford.

– Takie same kwalifikacje jak poprzedni?

– No cóż, właściwie tak.

– Kto jeszcze?

– Edgar Lee Baldwin, były inspektor z okręgu Ford.

– Kilka lat temu postawiono go w stan oskarżenia, prawda? – spytał Jake.

Jake jeszcze nigdy nie widział Buckleya tak poruszonego. Prokurator zaczerwienił się jak burak, rozdziawił usta i spojrzał wściekłym wzrokiem.

– Nie został skazany – wtrącił Musgrove.

– Wcale tego nie powiedziałem. Stwierdziłem jedynie, że był kiedyś postawiony w stan oskarżenia. Zdaje się, że przez FBI, prawda?

– Dosyć, dosyć – przerwał im Noose. – Co wniosą do sprawy zeznania pana Baldwina?

– Mieszka tu od urodzenia. Zna ludność okręgu Ford i uważa, że pan Hailey ma stuprocentowe szanse na uczciwy proces na miejscu – oświadczył Musgrove. Buckley wciąż nie mógł wydusić z siebie słowa i tylko wpatrywał się z furią w Jake'a.

– Kto następny?

– Szeryf Harry Brant z okręgu Tyler.

– Szeryf Brant? A cóż on ma nam takiego do powiedzenia?

– Wysuniemy dwa argumenty, sprzeciwiając się wnioskowi obrony o zmianę właściwości miejscowej sądu – wyjaśnił Musgrove. – Po pierwsze, twierdzimy, że nie ma żadnych podstaw, by mniemać, iż Hailey nie ma szans na uczciwy proces w okręgu Ford. Po drugie, jeśli sąd dojdzie do wniosku, że jednak istnieje takie niebezpieczeństwo, oskarżenie udowodni, że sprawa Haileya nabrała już rozgłosu i wie o niej każdy ewentualny sędzia przysięgły w naszym stanie. Identyczne uprzedzenia i opinie za i przeciw, jakie występują w tym okręgu, dadzą się zauważyć również w pozostałych.

W tej sytuacji niczego nie zyskamy, przenosząc rozprawę gdzie indziej. Na poparcie naszej drugiej tezy też mamy świadków.

– To bardzo nowatorskie spojrzenie, panie Musgrove. Nie wydaje mi się, bym kiedykolwiek w swojej praktyce zawodowej spotkał się z tak oryginalną koncepcją.

– Ani ja – wtrącił Jake.

– Kogo jeszcze panowie powołają na świadków?

– Roberta Kelly'ego Williamsa, prokuratora Dziewiątego Obwodu.

– Gdzie to jest?

– Na południowo-zachodnim krańcu stanu.

– Przyjechał tu taki kawał drogi, by zaświadczyć, że wszyscy na tym odludziu już osądzili czyn Haileya?

– Tak, panie sędzio.

– Kto jeszcze?

– Grady Liston, prokurator okręgowy z Czternastego Obwodu.

– Będzie zeznawał to samo?

– Tak jest.

– Czy to już wszyscy?

– Mamy jeszcze kilkunastu świadków, ale ich zeznania pokrywają się z zeznaniami wcześniej wymienionych osób.

– Dobrze, czyli możemy się ograniczyć do wysłuchania tych sześciu?

– Tak.

– Wysłucham świadków oskarżenia. Potem każdemu z panów dam pięć minut na wystąpienie końcowe i w ciągu dwóch tygodni wydam postanowienie w tej sprawie. Czy są jakieś pytania?

ROZDZIAŁ 23

Przykro było odmawiać dziennikarzom. Szli za Jakiem do samej ulicy Waszyngtona. Tam Brigance przeprosił ich, oświadczając, że nie ma nic do powiedzenia, i schronił się w swoim biurze. Niezrażony fotoreporter z „Newsweeka" podążył za nim i spytał, czy Jake zechce mu pozować do zdjęcia. Pragnął sfotografować go na tle grubych, oprawnych w skórę woluminów. Jake poprawił krawat i przeszedł z reporterem do sali konferencyjnej, gdzie pozował mu bez słowa, by nie naruszyć zakazu sądu. W końcu fotoreporter podziękował i wyszedł.

– Czy zechce mi pan poświęcić kilka minut? – spytała grzecznie Ethel na widok swojego szefa, kierującego się w stronę schodów.

– Naturalnie.

– Proszę, niech pan usiądzie. Chciałam z panem porozmawiać.

Wreszcie rezygnuje z pracy, pomyślał Jake, zajmując miejsce obok okna.

– O co chodzi?

– O pieniądze.

– Jesteś najlepiej wynagradzaną sekretarką w mieście. Trzy miesiące temu dostałaś podwyżkę.

– Nie chodzi o moją pensję. Proszę posłuchać. Ma pan na koncie za mało pieniędzy, by popłacić rachunki za ten miesiąc. Jest już prawie koniec czerwca, a zarobiliśmy brutto tysiąc siedemset dolarów.

Jake zamknął oczy i potarł czoło.

– Proszę na to spojrzeć – powiedziała, wskazując plik faktur. – Opiewają na cztery tysiące dolarów. Z czego, według pana, mam je zapłacić?

– Ile jest na koncie?

– W piątek było tysiąc dziewięćset dolarów. Dziś nic nie przybyło.

– Nic?

– Ani centa.

– A co z pieniędzmi za sprawę Liforda? Należy mi się za nią trzy tysiące.

Ethel pokręciła głową.

– Panie Brigance, ta sprawa nie została jeszcze zamknięta. Pan Liford nie podpisał przekazu. Miał pan go odebrać u niego w domu. Trzy tygodnie temu, pamięta pan?

- Nie, nie pamiętam. A co z honorarium od Bucka Britta? To tysiąc dolarów.
- Dał czek bez pokrycia. Bank go zwrócił, od dwóch tygodni leży na pańskim biurku.

Zrobiła przerwę i nabrała powietrza.

- Przestał pan spotykać się z klientami. Nie oddzwania pan i…
- Nie pouczaj mnie, Ethel!
- Odkąd podjął się pan sprawy Haileya…
- Dosyć!
- …ze wszystkim jest pan opóźniony o miesiąc. Tylko o nim pan myśli. Opętała pana ta sprawa. Jeszcze przez nią zbankrutujemy.
- My? Ile razy nie dostałaś pensji, Ethel? Ile z tych rachunków jest zaległych? No?
- Kilka.
- Ale nie więcej niż zwykle, prawda?
- Tak, ale co będzie w przyszłym miesiącu? Proces jest dopiero za cztery tygodnie.
- Zamilcz, Ethel! Po prostu się zamknij. Skoro nie możesz znieść napięcia, odejdź. Jeśli nie będziesz potrafiła milczeć, zwolnię cię.
- Chciałby pan się mnie pozbyć, prawda?
- Jest mi to całkowicie obojętne.

Ta uparta i twarda kobieta po czternastu latach pracy z Lucienem stała się odporna i bezkompromisowa, ale przecież była tylko kobietą i w tym momencie usta zaczęły jej drżeć, a do oczu napłynęły łzy. Spuściła głowę.

- Przepraszam – wyszeptała. – Po prostu się niepokoję.
- O co się niepokoisz?
- O siebie i Buda.
- A co z Budem?
- Jest ciężko chory.
- Wiem o tym.
- Bardzo mu skacze ciśnienie, szczególnie po tych telefonach. W ciągu ostatnich pięciu lat miał trzy zawały i jeśli to dłużej potrwa, wkrótce trafi go kolejny. Boi się. Oboje się boimy.
- Dużo mieliście telefonów?
- Kilka. Mówią, że wiedzą, gdzie mieszkamy, i grożą, że jeśli Hailey zostanie uniewinniony, spalą dom lub wysadzą go w powietrze. Kilku obiecywało, że nas zabiją. To wszystko po prostu nie jest tego warte.
- Może powinnaś się zwolnić.
- I przymierać głodem? Wie pan, że Bud od dziesięciu lat nie pracuje. Gdzie ja znajdę sobie nowe zajęcie?

– Słuchaj, Ethel, ja też dostaję anonimy. Nie traktuję tych pogróżek poważnie. Obiecałem Carli, że zrezygnuję ze sprawy, jeśli moja rodzina znajdzie się w niebezpieczeństwie. Powinno cię to podnieść na duchu. Powinniście się z Budem uspokoić. To nic poważnego. Mało tu mamy wariatów?

– I właśnie dlatego się denerwuję. Niektórzy są tak zwariowani, że mogą zrobić coś zupełnie nieobliczalnego.

– Za bardzo się przejmujesz. Powiem Ozziemu, by zwrócił baczniejszą uwagę na wasz dom.

– Zrobi to pan?

– Oczywiście. Mojego też pilnują. Ethel, wierz mi, że nie ma się czym zamartwiać. To prawdopodobnie jacyś gówniarze.

Wytarła oczy.

– Przepraszam, że się rozpłakałam i że jestem ostatnio taka bardzo nieznośna…

Jesteś nieznośna od czterdziestu lat, pomyślał Jake.

– Nie ma o czym mówić.

– A co z tym? – powiedziała, wskazując na faktury.

– Zdobędę pieniądze. Nie martw się.

Willie Hastings skończył służbę o dziesiątej wieczorem i odbił kartę na zegarze wiszącym obok gabinetu Ozziego. Z pracy pojechał prosto do domu Haileyów. Miał dziś u nich dyżurować. Co noc ktoś czuwał: brat Gwen, kuzyni lub znajomi. W środy przypadała kolej na niego.

Nie dało się spać przy włączonym świetle. Tonya nie chciała się zbliżyć do łóżka, póki nie zapalono wszystkich lamp w domu. Ci mężczyźni mogli się czaić gdzieś w ciemnościach, czekając na nią. Nieraz ich widziała, jak czołgali się po podłodze w stronę jej łóżeczka albo ukrywali w komórce. Słyszała ich głosy za oknem i widziała przekrwione oczy, gdy obserwowali ją, jak szykowała się do snu. Słyszała jakieś hałasy na strychu, jakby kroki w wysokich, kowbojskich butach, takich samych, jakimi ją kopali. Wiedziała, że są na górze i tylko czekają, aż wszyscy usną, by zejść na dół i zaciągnąć ją do lasu. Raz w tygodniu matka i najstarszy brat wspinali się po składanej drabince z latarką i pistoletem, by sprawdzić strych.

Gdy kładła się do łóżeczka, we wszystkich pomieszczeniach musiały się świecić lampy. Pewnej nocy, kiedy leżała obok matki i usiłowała zasnąć, przepaliła się żarówka w przedpokoju. Tonyi nie można było w żaden sposób uspokoić, w końcu brat Gwen musiał pojechać do Clanton i w całodobowym sklepie kupić zapasowe żarówki.

Spała z matką, która długie godziny obejmowała ją mocno, aż demony rozpływały się w mroku nocy i dziewczynka zapadała w sen. Z początku Gwen nie potrafiła spać przy włączonym świetle, ale po pięciu tygodniach udawało jej się zdrzemnąć kilka razy w ciągu nocy. Drobne ciałko śpiącej obok córeczki dygotało nawet podczas snu.

Willie powiedział chłopcom dobranoc i pocałował Tonyę.

Pokazał jej swój rewolwer i obiecał, że całą noc będzie siedział na kanapie. Obszedł dom i sprawdził wszystkie zakamarki. Dopiero wtedy Tonya położyła się obok matki, jednak nie usnęła od razu, tylko wpatrując się w sufit, cicho popłakiwała.

Koło północy Willie zdjął buty i wyciągnął się na kozetce. Odpiął kaburę i położył broń na podłodze. Prawie zmorzył go sen, gdy nagle dobiegł go histeryczny płacz Tonyi. Był to przeraźliwy, piskliwy krzyk torturowanego dziecka. Chwycił rewolwer i wpadł do sypialni. Tonya siedziała na łóżku, twarzą do ściany, płacząc i dygocząc na całym ciele. Widziała ich za oknem, czekali na nią. Gwen przytuliła córeczkę. Chłopcy podbiegli do łóżka i bezradnie się jej przyglądali. Carl Lee junior podszedł do okna, ale nikogo nie zobaczył. W ciągu ostatnich pięciu tygodni przeżyli to już wiele razy i wiedzieli, że nie mogą siostrze pomóc.

W końcu Gwen udało się ją uspokoić. Delikatnie położyła Tonyę na poduszce.

– Wszystko w porządku, moja dziecinko, jest tu mamusia i wujek Willie. Nikt cię nie zabierze. Nie bój się, moja malutka.

Chciała, by wujek Willie usiadł pod oknem z bronią w ręku, a chłopcy położyli się na podłodze obok jej łóżka. Zajęli wyznaczone miejsca. Przez parę minut jęczała żałośnie, wreszcie się uciszyła.

Willie siedział na podłodze pod oknem, póki wszyscy nie usnęli. Potem kolejno wyniósł chłopców do ich łóżek i opatulił kocami. W końcu usiadł obok okna, by doczekać świtu.

W piątek Jake i Atcavage spotkali się U Claude'a na lunchu. Zamówili żeberka i sałatkę z kapusty. Jak zwykle panował tłok, ale po raz pierwszy od czterech tygodni nie ujrzeli obcych twarzy. Bywalcy rozmawiali i plotkowali jak za dawnych czasów. Claude był w świetnej formie – wygłaszał swoje tyrady, napominał i klął wiernych klientów. Claude należał do tych nielicznych ludzi, którzy potrafią w taki sposób wymyślać, że delikwentowi sprawiało to przyjemność.

Atcavage przyszedł na rozprawę w kwestii zmiany właściwości miejscowej sądu i nawet wystąpiłby jako świadek, gdyby trzeba było. W banku sugerowano mu jednak, żeby się w to nie mieszał, a Jake nie chciał nikogo narażać na kłopoty. Bankierzy odznaczali się wrodzonym lękiem przed salami sądowymi i Jake podziwiał swojego przyjaciela za to, że potrafił przełamać paranoiczny strach i pojawił się w sali rozpraw. Czyniąc tak, przeszedł do historii okręgu Ford jako pierwszy bankier, który dobrowolnie, bez urzędowego wezwania, pokazał się w sądzie podczas rozprawy. Jake był z tego dumny.

Claude przemknął obok nich, rzucając w biegu, że zostało im dziesięć minut, więc niech przestaną gadać i zabiorą się do jedzenia. Jake skończył swoje żeberka i wytarł usta.

– Słuchaj, Stan, à propos pieniędzy. Muszę pożyczyć pięć tysięcy na dziewięćdziesiąt dni, bez zabezpieczenia.

– Czy ktoś tu mówił coś o pieniądzach?

– Wspomniałeś o banku.

– Wydawało mi się, że obgadywaliśmy Buckleya. Bardzo mi się to podobało.

– Nie powinieneś krytykować innych, Stan. Łatwo nabrać takiego przyzwyczajenia, a potem trudno z nim skończyć. Poza tym niszczy to człowiekowi charakter.

– Strasznie mi przykro. Czy kiedykolwiek mi wybaczysz?

– A co z pożyczką?

– Dobra. Na co ci potrzebna?

– Dlaczego to takie istotne?

– Jak to dlaczego to takie istotne?

– Słuchaj, Stan, jedyne, o co powinieneś się martwić, to czy będę mógł oddać ci te pieniądze za dziewięćdziesiąt dni.

– No więc czy będziesz w stanie oddać mi te pieniądze za dziewięćdziesiąt dni?

– Dobre pytanie. Pewnie, że tak.

Bankier uśmiechnął się domyślnie.

– To przez Haileya, co?

– Tak – przyznał Jake. – Nie chcę się rozpraszać. Proces jest za trzy tygodnie, licząc od poniedziałku, i do tego czasu nie będę się zajmował innymi sprawami.

– Ile na niej zarobisz?

– Dziewięćset minus jakieś dziesięć tysięcy.

– Dziewięćset dolarów!

– Tak. Pamiętasz, nie chcieli mu dać pożyczki pod zastaw ziemi?

– Tani chwyt.

– Gdybyś udzielił Carlowi Lee kredytu pod zastaw ziemi, nie musiałbym cię teraz prosić o pieniądze.

– Wolę już pożyczyć tobie.

– Wspaniale. Kiedy mogę dostać czek?

– Sprawiasz wrażenie przypartego do muru.

– Wiem, ile czasu potrzebujecie, zanim zbiorą się te wasze komisje kredytowe, audytorzy i wiceprezesi, by w końcu za miesiąc łaskawie udzielić mi pożyczki, jeśli oczywiście wszystko okaże się zgodne z przepisami, a komisja będzie w odpowiednim nastroju. Doskonale wiem, jak działacie.

Atcavage spojrzał na zegarek.

— Wystarczy o trzeciej?

— Chyba tak.

— Bez zabezpieczenia?

Jake wytarł usta, pochylił się nad stołem i zaczął mówić przyciszonym głosem:

— Mieszkam w zabytkowym domu, choć z obciążoną hipoteką, poza tym masz prawo zastawu na mój samochód, nie pamiętasz? Dam ci pierwszą hipotekę, ale jeśli spróbujesz wnieść zastrzeżenie hipoteczne, zabiję cię. Czego jeszcze chcesz?

— Przepraszam, że spytałem.

— Kiedy mi dasz czek?

— O trzeciej po południu.

Pojawił się Claude i dolał im herbaty.

— Macie jeszcze pięć minut — oświadczył głośno.

— Osiem — poprawił go Jake.

— Słuchaj, panie Ważniak — odezwał się Claude, uśmiechając się złośliwie — nie jesteś na sali sądowej i twoje zdjęcie w gazecie nie jest tu warte nawet dwóch centów. Powiedziałem pięć minut.

— Niech będzie. Chociaż dziś trafiły mi się wyjątkowo twarde żeberka.

— Nie widzę, żeby coś zostało na talerzu.

— Tyle za nie liczysz, że szkoda mi było.

— Dla zgłaszających reklamacje ceny są jeszcze wyższe.

— Wychodzimy — powiedział Atcavage, a podnosząc się, rzucił na stolik dolara.

W niedzielne popołudnie Haileyowie urządzili sobie pod drzewem, z dala od grających w koszykówkę, prawdziwy piknik.

Nadeszła pierwsza fala letnich upałów i ciężka wilgoć wisiała tuż nad ziemią. Gwen odganiała muchy, gdy dzieci razem z tatusiem zajadały ciepłego kurczaka z rożna, ocierając spocone twarze. Dzieci szybko skończyły jeść i pobiegły na nową huśtawkę, którą Ozzie zainstalował z myślą o pociechach swych pensjonariuszy.

— Jak było w Whitfield? — spytała Gwen.

— Zadawali mi setki pytań, kazali rozwiązać parę testów. Nic specjalnego. Takie tam bzdury.

— Jak cię traktowali?

— Trzymali mnie w kajdankach i w pokoju ze ścianami wyłożonymi materacami.

235

– Nie bujaj? Siedziałeś w pokoju ze ścianami wyłożonymi materacami? – Gwen była tak rozbawiona, że aż zachichotała, co zdarzało się jej niezwykle rzadko.

– Poważnie. Obserwowali mnie jak małpę w klatce. Mówili, że jestem sławny. Moi strażnicy powiedzieli, że są ze mnie dumni – jeden był biały, a drugi czarny. Oświadczyli, że zrobiłem to, co należało uczynić, i że mają nadzieję, iż mnie wypuszczą. Byli bardzo uprzejmi.

– A co mówili lekarze?

– Do czasu rozpoczęcia procesu nie powiedzą nic, a na rozprawie oświadczą, że jestem zupełnie zdrów.

– Skąd wiesz, co powiedzą?

– Od Jake'a. Jeszcze nigdy się nie mylił.

– Znalazł ci lekarza?

– Tak, wytrzasnął skądś jakiegoś szurniętego opoja. Podobno jest psychiatrą. Rozmawialiśmy kilka razy w gabinecie Ozziego.

– I co?

– Niewiele. Jake twierdzi, że powie wszystko, co mu się każe.

– Musi być rzeczywiście bardzo dobrym lekarzem.

– Pasowałby do tych czubków z Whitfield.

– Skąd jest?

– Zdaje się, że z Jackson. Niczego nie jest zbyt pewny. Zachowywał się tak, jakby się bał, że i jego zechcę zabić. Przysięgam, że za każdym razem, kiedy rozmawialiśmy, był pijany. Zadawał mi pytania, których sam nie rozumiał. Ale robił notatki jak prawdziwy specjalista. Powiedział, że sądzi, iż może mi pomóc. Spytałem Jake'a, co o nim myśli. Pocieszał mnie, żebym się nie martwił, bo na procesie pan doktor będzie trzeźwy. Ale wydaje mi się, że Jake też się trochę boi.

– To dlaczego korzysta z jego usług?

– Bo nie trzeba mu nic płacić. Ma wobec kogoś jakiś dług wdzięczności. Prawdziwy specjalista wziąłby ponad tysiąc dolarów za same badania i drugie tyle, by wystąpić podczas procesu. I to taki tańszy. Nie muszę ci chyba mówić, że nie stać mnie na to.

Gwen przestała się uśmiechać i odwróciła wzrok.

– Potrzebuję trochę pieniędzy na życie – powiedziała, nie patrząc na męża.

– Dużo?

– Parę setek na jedzenie i opłaty.

– Ile masz?

– Niecałe pięćdziesiąt.

– Zobaczę, co będę mógł zrobić.

Spojrzała na niego.

– Jak to? Myślisz, że choć siedzisz w areszcie, zdobędziesz skądś pieniądze?

Carl Lee uniósł brwi i spojrzał na nią z przyganą. Jakim prawem zadaje takie pytania? To on nosi spodnie i choć chwilowo przebywa w areszcie, nadal jest głową rodziny.

– Przepraszam – szepnęła.

ROZDZIAŁ 24

W niedzielne popołudnie wielebny Agee wyglądał przez szparę w witrażu w jednym z ogromnych okien kościoła i z satysfakcją obserwował, jak lśniące cadillaki i lincolny zajeżdżają przed jego świątynię. Dochodziła piąta. Zwołał zebranie Rady, by ocenić położenie Haileya i opracować strategię działania na ostatnie trzy tygodnie przed rozpoczęciem procesu, a także by przygotować się na przyjazd prawników NAACP. Zbiórka datków w tym tygodniu przebiegała sprawnie – w całym okręgu zgromadzono ponad siedem tysięcy dolarów, z czego prawie sześć tysięcy wielebny Agee zdeponował na specjalnym koncie na Fundusz Obrony Carla Lee Haileya. Rodzina nie dostała ani centa. Agee czekał na instrukcje z NAACP w sprawie sposobu wydatkowania pieniędzy, z których według niego większość powinna zostać przeznaczona na fundusz obrony. Jeśli rodzina Haileya zacznie głodować, mogą ich nakarmić sąsiedzi. Gotówka przyda się na co innego.

Rada rozprawiała o tym, jak uzyskać więcej pieniędzy. Niełatwo je wyciągnąć od biedaków, ale cel był wzniosły, chwila odpowiednia i jeśli nie uda im się zebrać teraz, to nie powiedzie się nigdy. Ustalili, że następnego dnia spotkają się w kościele Springdale w Clanton. Ludzi z NAACP spodziewali się rano. Na zebranie nie zaprosili dziennikarzy.

Norman Reinfeld był trzydziestoletnim prawnikiem, geniuszem w zakresie prawa karnego, jak dotąd najmłodszym absolwentem Harvardu. Ukończył wydział prawa w wieku dwudziestu jeden lat, po czym odrzucił atrakcyjną ofertę pracy na Wall Street, w prestiżowej kancelarii adwokackiej ojca i dziadka. Zamiast tego przyjął propozycję NAACP i większość czasu poświęcał na bronienie zagrożonych wyrokami śmierci czarnych mieszkańców Południa.

Okazał się bardzo dobry w tym, co robił, lecz – choć nie było w tym jego winy – nie mógł się poszczycić w swej działalności zawodowej wieloma sukcesami. Czarni z Południa, podobnie zresztą jak biali z Południa, którym groziła komora gazowa, zazwyczaj zasługiwali na nią. Ale mimo to Reinfeldowi i jego zespołowi obrońców w sprawach o zabójstwo pierwszego stopnia udało się odnieść kilka zwycięstw. Zresztą kiedy przegrywali, też zazwyczaj nie wykonywano wyroków śmierci dzięki niezliczonym odwołaniom i apelacjom. Czterech klientów Reinfelda poniosło śmierć w komorze gazowej, na krześle elektrycznym albo w wyniku otrzymania specjalnego zastrzyku, i było to według niego o czterech za dużo. Asystował przy ich śmierci i po każdej egzekucji na nowo ślubował sobie, że złamie wszelkie zasady, pogwałci normy etyczne, dopuści się obrazy sądów rozmaitych instancji, zignoruje wymierzane mu grzywny i w ogóle zrobi wszystko, by nie dopuścić do tego, aby w majestacie prawa jednemu człowiekowi wolno było zabijać drugiego. Nie przejmował się zbytnio przypadkami zabijania zabronionymi przez prawo, na przykład okrutnymi i wymyślnymi zabójstwami dokonywanymi przez jego klientów. Nie zajmował się zwalczaniem przestępczości, więc o tym nie myślał. Całe swoje święte oburzenie i słuszny gniew obracał wyłącznie przeciwko karze śmierci.

Rzadko sypiał więcej niż trzy godziny na dobę. Trudno było usnąć, kiedy się miało trzydziestu jeden klientów w celach śmierci i siedemnastu czekających na proces. A do tego w swoim zespole ośmiu adwokatów, których zżerała ambicja. Miał trzydzieści lat, lecz wyglądał na czterdzieści pięć. Był stary, zgryźliwy i kłótliwy.

Zapewne nie znalazłby czasu, by uczestniczyć w spotkaniu grupki czarnych pastorów w Clanton. Ale tym razem nie chodziło o zwykłą sprawę, tylko o Haileya. O człowieka, który sam wymierzył sprawiedliwość. O ojca, który postanowił się zemścić. O najgłośniejszą w chwili obecnej sprawę karną w całym kraju. A na dodatek stało się to wszystko w Missisipi, gdzie przez całe lata biali zabijali czarnych z byle powodu albo i bez żadnego powodu i nikt się tym nie przejmował; gdzie biali gwałcili czarne kobiety, traktując to jako pewien rodzaj sportu; gdzie czarnych wieszano za stawianie oporu. I oto teraz czarny ojciec zabił dwóch białych mężczyzn, którzy zgwałcili jego córkę. Groziła mu komora gazowa za coś, co trzydzieści lat temu przeszłoby zupełnie niezauważenie, gdyby był białym. To dopiero sprawa! Postanowił, że poprowadzi ją osobiście.

W poniedziałek wielebny Agee przedstawił go Radzie, a następnie poinformował wszystkich, czytając długie i szczegółowe sprawozdanie, jakie działania podjęto w okręgu Ford. Reinfeld mówił krótko. Wraz ze swoim zespołem nie może reprezentować pana Haileya, dopóki nie zostanie przez niego zaangażowany. Konieczne było zaaranżowanie spotkania z nim, najlepiej jeszcze dziś, a najpóźniej jutro rano, bo w południe ma samolot. Musi lecieć na proces o zabójstwo, który odbywa się gdzieś w Georgii. Wielebny Agee obiecał, że zorganizuje spotkanie z oskarżonym najszybciej, jak to tylko będzie możliwe. Szeryf jest jego przyjacielem, powiedział Reinfeld, a więc niech załatwi to natychmiast.

– Ile pieniędzy zebraliście? – spytał Reinfeld.

– Otrzymaliśmy piętnaście tysięcy od organizacji – odpowiedział Agee.

– Wiem o tym. Ile zebraliście na miejscu?

– Sześć tysięcy – oświadczył z dumą Agee.

– Sześć tysięcy! – powtórzył Reinfeld. – Tylko tyle? Mówiono mi, że jesteście świetnie zorganizowani. Gdzie to olbrzymie poparcie, o którym tyle słyszałem? Sześć tysięcy!? Ile jeszcze zdołacie zebrać? Zostały nam zaledwie trzy tygodnie.

Członkowie Rady milczeli. Ten Żydek miał niezły tupet. Był jedynym białym w tej sali, a proszę, jak na nich natarł!

– A ile będzie potrzebne? – spytał Agee.

– To zależy, pastorze, od tego, jaką obronę chcecie zapewnić panu Haileyowi. W moim zespole oprócz mnie jest tylko ośmiu prawników. Pięciu z nich właśnie w tej chwili bierze udział w procesach. Mamy trzydzieści jeden wyroków skazujących w sprawach na różnych etapach zaawansowania. W ciągu najbliższych pięciu miesięcy będziemy bronili w siedemnastu procesach w dziesięciu stanach. Co tydzień otrzymujemy dziesięć próśb o reprezentowanie oskarżonych, z których osiem odrzucamy, ponieważ mamy za mało ludzi lub pieniędzy. Dwa lokalne oddziały i zarząd krajowy przeznaczyły na obronę pana Haileya piętnaście tysięcy. Teraz dowiaduję się od was, że zebraliście tylko sześć tysięcy. To daje razem dwadzieścia jeden tysięcy. Za te pieniądze można zorganizować w miarę dobrą obronę. Dwóch adwokatów, przynajmniej jeden psychiatra, ale nic nadzwyczajnego. Za dwadzieścia jeden tysięcy można zapewnić już bardzo dobrą obronę, ale nie taką, o jakiej myślałem.

– A jak pan ją sobie wyobrażał?

– Planowałem zaangażowanie dużego zespołu. Trzech albo czterech adwokatów. Kilku psychiatrów i ankieterów. Psycholog do pomocy przy kompletowaniu składu ławy przysięgłych, że wymienię tylko niektórych. To nie jest zwykła sprawa o zabójstwo. Chcę ją wygrać. Powiedziano mi, że wy też tego chcecie.

– Ile? – spytał Agee.

– Minimum pięćdziesiąt tysięcy. A jeszcze lepiej sto.

– Proszę posłuchać, panie Reinfeld, jesteśmy w Missisipi. Tu ludzie są biedni. Jak dotąd okazali się niezwykle hojni, ale wykluczone, byśmy zdołali zebrać jeszcze trzydzieści tysięcy.

Reinfeld poprawił okulary w rogowej oprawce i skubnął szpakowatą brodę.

– A ile jeszcze uda wam się zebrać?

– Może jeszcze z pięć tysięcy.

– To niezbyt dużo.

– Może dla pana nie, ale dla czarnych mieszkańców okręgu Ford to bardzo dużo.

Reinfeld z uwagą wpatrywał się w posadzkę i skubał brodę.

– Ile dał oddział w Memphis?

– Pięć tysięcy – powiedział ktoś z Memphis.

– A z Atlanty?

– Też pięć tysięcy.

– A zarząd stanowy?

– Którego stanu?

– Missisipi?

– Nic.

– Nic?

– Nic.

– Dlaczego?

– Proszę zapytać jego – powiedział Agee, wskazując na wielebnego Harry'ego Hillmana, przewodniczącego organizacji stanowej.

– Próbujemy zebrać nieco pieniędzy – powiedział niepewnie Hillman. – Ale...

– Ile zebraliście do tej pory? – spytał Agee.

– No więc mamy...

– Nic, prawda? Nie zebraliście ani grosza, prawda, Hillman? – głośno spytał Agee.

– No dalej, Hillman, powiedz nam, ile zebraliście – przyłączył się do niego wielebny Roosevelt, wiceprzewodniczący Rady.

Hillmanowi odjęło mowę. Siedział sobie spokojnie w pierwszym rzędzie, myśląc o własnych sprawach, na pół drzemiąc, a tu nagle stał się obiektem ataku.

– Zarząd stanowy też będzie miał swój wkład.

– Nie wątpimy, Hillman. Bez przerwy zwracacie się do nas z apelami, byśmy wpłacili na to czy na tamto, ale jeszcze nigdy nie widzieliśmy pieniędzy od was. Wiecznie narzekacie, że nie macie środków, więc was wspomagamy. Ale kiedy my potrzebujemy pomocy, nie robicie nic, tylko przyjeżdżacie i gadacie.

– To nieprawda.

– Nie kłam, Hillman.

Reinfeld przysłuchiwał im się z zażenowaniem. Zorientował się, że dotknął jakiejś czułej struny.

– Panowie, proponuję przejść do innych spraw – zakończył dyplomatycznie.

– Dobry pomysł – podchwycił Hillman.

240

- Kiedy możemy się zobaczyć z panem Haileyem? – spytał Reinfeld.
- Zorganizuję spotkanie rano – obiecał Agee.
- Gdzie?
- Proponuję, byśmy się zebrali w gabinecie szeryfa Wallsa. Jak pan wie, to czarny, jedyny czarny szeryf w Missisipi.
- Tak, słyszałem o tym.
- Myślę, że pozwoli nam się spotkać w swoim gabinecie.
- Dobrze. Kto jest adwokatem pana Haileya?
- Miejscowy prawnik. Jake Brigance.
- Proszę przypilnować, by także był obecny. Zwrócimy się do niego o pomoc w prowadzeniu sprawy. Niech ma na otarcie łez.

Ciszę późnego popołudnia zakłócił piskliwy, jędzowaty głos Ethel. Jake aż się wzdrygnął na jego dźwięk.
- Panie Brigance, na dwójce szeryf Walls – rozległo się w interkomie.
- Dziękuję.
- Czy będę jeszcze panu dziś potrzebna?
- Nie. Do zobaczenia jutro.
Jake nacisnął dwójkę.
- Cześć, Ozzie. Co się stało?
- Słuchaj, Jake, do miasta zjechali ważniacy z NAACP.
- I cóż w tym nowego?
- Daj mi dokończyć. Chcą się rano spotkać z Carlem Lee.
- Kto dokładnie?
- Jakiś facet nazwiskiem Reinfeld.
- Słyszałem o nim. Przewodniczy ich zespołowi obrońców w sprawach o przestępstwa zagrożone karą śmierci. Norman Reinfeld.
- Tak, to on.
- Spodziewałem się go.
- No więc pojawił się i chce rozmawiać w Carlem Lee.
- A ty co masz z tym wspólnego?
- Zatelefonował do mnie wielebny Agee. Chodziło mu oczywiście o przysługę. Poprosił, bym zadzwonił do ciebie.
- Moja odpowiedź brzmi nie. Zdecydowanie nie.
Ozzie milczał przez chwilę.
- Jake, chcą, żebyś też był obecny.
- Czy mam rozumieć, że zostałem zaproszony?
- Tak. Agee powiedział, że Reinfeld bardzo nalegał. Chce, byś przyszedł.
- Dokąd?
- Do mnie, na dziewiątą rano.

Jake nabrał powietrza i powiedział wolno:
— Dobra, przyjdę. Gdzie jest Carl Lee?
— W swojej celi.
— Poproś go do siebie. Będę za pięć minut.
— Po co?
— Musimy się razem pomodlić.

Reinfeld, wielebny Agee, Roosevelt i Hillman siedzieli na składanych krzesłach, ustawionych w rzędzie naprzeciwko szeryfa, oskarżonego i Jake'a, który z takim zacięciem ćmił tanie cygaro, jakby postanowił całkowicie zatruć atmosferę w małym pomieszczeniu. Wypuszczał kłęby dymu i gapił się obojętnie w podłogę, starając się zlekceważyć Reinfelda i pastorów. Reinfeld nie był łatwym przeciwnikiem, jeśli chodziło o okazywanie arogancji. Nie ukrywał swej pogardy dla tego prostego, prowincjonalnego adwokaciny, bo wcale się nie starał jej ukryć. Był arogancki i bezczelny z natury. Brigance musiał taką postawę wypracować.
— Kto zwołał to spotkanie? — spytał zniecierpliwiony Jake po długiej chwili ciszy pełnej napięcia.
— No więc cóż, myślę, że my — oświadczył Agee, nie doczekawszy się pomocy ze strony Reinfelda.
— No to proszę. Czego chcecie?
— Uspokój się, Jake — wtrącił Ozzie. — Wielebny Agee zwrócił się do mnie z prośbą o zorganizowanie tego spotkania, żeby Carl Lee mógł się zobaczyć z obecnym tu panem Reinfeldem.
— A więc się spotkali. Co ma pan do powiedzenia, panie Reinfeld?
— Przybyłem tu, by zaproponować panu Haileyowi usługi swoje i swojego zespołu oraz całego NAACP — oświadczył Reinfeld.
— Jakiego rodzaju usługi? — spytał Jake.
— Oczywiście prawnicze.
— Carl Lee, czy prosiłeś pana Reinfelda o przyjazd? — spytał Jake.
— Nie.
— Wygląda mi to na zabieganie o sprawę, panie Reinfeld.
— Proszę sobie oszczędzić tego gadania, panie Brigance. Wie pan, czym się zajmuję i dlaczego tu jestem.
— A więc zawsze ubiega się pan o sprawy?
— O nic się nie ubiegamy. Zostaliśmy wezwani przez miejscowych członków NAACP oraz innych działaczy walczących o prawa obywatelskie. Zajmujemy się tylko sprawami o przestępstwa zagrożone karą śmierci i jesteśmy w tym bardzo dobrzy.
— Mam rozumieć, że jest pan jedynym kompetentnym adwokatem, który potrafi poprowadzić tego typu sprawę?

242

- Mam na swoim koncie niejedną taką sprawę.
- I niejedną pan przegrał.
- Większość spraw, które prowadzę, jest nie do obrony.
- Rozumiem. Czy również do tej sprawy podchodzi pan w ten sposób? Spodziewa się pan przegranej?

Reinfeld dotknął brody i spojrzał gniewnie na Jake'a.

- Nie przyszedłem tutaj, by z panem dyskutować, panie Brigance.
- Wiem. Przyszedł pan, by zaoferować swoje wyjątkowe umiejętności oskarżonemu, który nigdy o panu nie słyszał, a do tego tak się dziwnie składa, że jest zadowolony ze swojego obecnego adwokata. Przyszedł pan tutaj, by odebrać mi klienta. Dokładnie wiem, po co pan się tu pojawił.
- Jestem tutaj, ponieważ zaprosiło mnie NAACP.
- Rozumiem. Czy wszystkie sprawy otrzymuje pan za pośrednictwem NAACP?
- Pracuję dla NAACP, panie Brigance. Kieruję zespołem obrońców w procesach o zabójstwa. Jeżdżę tam, gdzie kieruje mnie NAACP.
- Ilu ma pan klientów?
- Kilkudziesięciu. Dlaczego to takie istotne?
- Czy wszyscy mieli adwokatów, zanim pojawił się pan, by zaoferować swoje usługi?
- Niektórzy tak, inni nie. Zawsze staramy się współpracować z miejscowymi prawnikami.

Jake uśmiechnął się złośliwie.

- Cudownie. A więc będę mógł nosić za panem teczkę i obwozić pana po Clanton. Może nawet dostąpię zaszczytu przyniesienia panu kanapki podczas przerwy śniadaniowej. Cóż za perspektywa!

Carl Lee siedział bez ruchu, założywszy ręce na piersi, ze wzrokiem utkwionym w jakimś punkcie dywanu. Pastorzy przyglądali mu się uważnie, czekając, aż coś powie Jake'owi, aż każe mu się zamknąć i zwolni go, powierzając sprawę prawnikom z NAACP. Obserwowali Carla Lee i czekali, ale on siedział i nic nie mówił.

- Możemy panu wiele zaoferować, panie Hailey – odezwał się Reinfeld. – Póki oskarżony nie zadecyduje, kto ma go reprezentować, trzeba zachować spokój. Złością można tylko wszystko zepsuć.
- Na przykład co możecie zaoferować? – spytał Jake.
- Odpowiednich ludzi, środki, ekspertyzy, doświadczonych adwokatów, którzy zajmują się tylko przestępstwami zagrożonymi karą śmierci. Poza tym mamy kilku niezwykle kompetentnych lekarzy. Często korzystamy z ich usług podczas procesów. Mamy wszystko.
- Jakimi dysponują państwo funduszami?
- To nie pańska sprawa.

– Czyżby? A czy to sprawa pana Haileya? Ostatecznie to jego proces. Może pan Hailey chciałby wiedzieć, jaką kwotą dysponujecie na jego obronę. Chciałby pan to wiedzieć, panie Hailey?

– Tak.

– A więc, panie Reinfeld, jaką kwotą pan dysponuje?

Reinfeld zaczął się niespokojnie kręcić i spojrzał wymownie na pastorów, którzy patrzyli z przyganą na Carla Lee.

– Jak dotąd około dwudziestoma tysiącami – przyznał w końcu Reinfeld.

Jake roześmiał się i niedowierzająco pokręcił głową.

– Dwadzieścia tysięcy! Poważnie? Dwadzieścia tysięcy! Myślałem, że występujecie w pierwszej lidze. W ubiegłym roku zebraliście sto pięćdziesiąt tysięcy na obronę zabójcy policjanta w Birmingham. Na marginesie dodam, że został skazany. Wydaliście sto tysięcy na prostytutkę z Shreveport, która zabiła swego klienta. Zresztą ona też została skazana. Uważacie, że sprawa Haileya warta jest tylko dwadzieścia tysięcy?

– A jakim funduszem pan dysponuje? – spytał Reinfeld.

– Jeśli potrafi mi pan udowodnić, że to pana sprawa, z chęcią pana poinformuję.

Reinfeld zaczął coś mamrotać, potem pochylił się i potarł skronie.

– Wielebny Agee, czemu nie zabierze pan głosu?

Pastorzy wpatrywali się w Carla Lee. Żałowali, że nie są z nim sam na sam, bez żadnych białych. Mogliby wtedy z nim porozmawiać jak z czarnym. Wytłumaczyliby mu wszystko: powiedzieliby, żeby zwolnił tego białego młokosa i zatrudnił prawdziwych prawników z NAACP, którzy wiedzieli, jak walczyć o czarnych. Ale nie byli sami i nie mogli go zwymyślać. Z uwagi na obecnych w pokoju białych musieli się zachowywać jak przystoi ludziom dobrze wychowanym. Pierwszy przemówił Agee:

– Słuchaj, Carl Lee, próbujemy ci pomóc. Przyprowadziliśmy tu pana Reinfelda, bo stawia do twojej dyspozycji wszystkich swoich prawników. Nic nie mamy przeciwko Jake'owi: to bardzo zdolny adwokat. Ale przecież może współpracować z panem Reinfeldem. Wcale nie chodzi o to, żebyś zwalniał Jake'a, chcemy, byś zaangażował również pana Reinfelda. Mogą pracować razem.

– Wykluczone – wtrącił Jake.

Agee przerwał i spojrzał bezradnie na Jake'a.

– Daj spokój, Jake. Nic nie mamy przeciwko tobie. To dla ciebie ogromna szansa. Masz okazję współpracować ze sławnymi adwokatami, zdobyć wspaniałe doświadczenie. Chcemy...

– Pastorze, żeby nie było niedomówień. Jeśli Carl Lee chce zatrudnić waszych prawników, świetnie. Ale nie będę niczyim chłopcem na posyłki.

Istnieje tylko jedna możliwość: albo ja, albo wy. Na sali sądowej nie ma dosyć miejsca dla mnie, Reinfelda i Rufusa Buckleya.

Reinfeld przewrócił oczami i spoglądając w sufit, wolno pokręcił głową i uśmiechnął się ironicznie.

– A więc twierdzisz, że wszystko zależy od Carla Lee? – spytał wielebny Agee.

– Oczywiście. To on mnie wynajął. I może mnie zwolnić. Zresztą już raz to zrobił. To nie mnie grozi komora gazowa.

– A więc jak, Carl Lee? – spytał Agee.

Carl Lee opuścił ręce i spojrzał na Agee'ego.

– Te dwadzieścia tysięcy to na co?

– Właściwie to ponad trzydzieści tysięcy – wtrącił Reinfeld. – Pastorzy zobowiązali się do zebrania jeszcze dziesięciu tysięcy. Pieniądze te zostaną użyte na twoją obronę. Z tej kwoty nic nie pójdzie na honoraria dla adwokatów. Będziemy potrzebowali dwóch albo trzech analityków. Dwóch, może trzech biegłych psychiatrów. Często podczas wybierania sędziów przysięgłych korzystamy z pomocy psychologa. To wszystko kosztuje.

– Aha. Ile pieniędzy dali mieszkańcy okręgu? – spytał Carl Lee.

– Około sześciu tysięcy – odpowiedział Reinfeld.

– Kto zajmował się zbiórką?

Reinfeld spojrzał na Agee'ego.

– Parafie – powiedział pastor.

– Kto odbierał pieniądze z poszczególnych kościołów? – indagował Carl Lee.

– My – stwierdził Agee.

– Znaczy się pan, pastorze – upewnił się Carl Lee.

– No więc... tak. To znaczy każdy kościół przekazywał pieniądze mnie, a ja wpłacałem je na specjalny rachunek bankowy.

– Rozumiem. I jest na tym koncie każdy grosik, który pan otrzymał?

– Oczywiście.

– Jasne. Proszę mi pozwolić spytać, ile z tych pieniędzy ofiarował pan mojej żonie i dzieciom?

Agee trochę zbladł, a raczej zszarzał na twarzy i obrzucił szybkim spojrzeniem pozostałych pastorów, którzy byli akurat zajęci obserwowaniem pluskwiaka maszerującego po dywanie. Nie miał co liczyć na ich pomoc. Wszyscy zdawali sobie sprawę z tego, że Agee wziął swoją dolę i że rodzina nie otrzymała ani grosza.

Agee skorzystał na tej zbiórce więcej niż Haileyowie. Wiedzieli o tym i Carl Lee też o tym wiedział.

– Ile, pastorze? – powtórzył Carl Lee.

– Cóż, sądziliśmy, że te pieniądze...

– Ile, pastorze?

– ...że są przeznaczone na honoraria dla adwokatów i tego typu rzeczy.

– Ale nie to powiedzieliście ludziom, prawda? Mówiliście, że to pomoc dla rodziny. Prawie płakaliście, opowiadając, jak to moja rodzina umrze z głodu, jeśli ludzie nie złożą się dla niej. Prawda, pastorze?

– Te pieniądze są dla ciebie, Carl Lee. Dla ciebie i twojej rodziny. Uważamy, że byłaby z nich największa korzyść, gdyby zostały przeznaczone na twoją obronę.

– A co będzie, jeśli nie zechcę skorzystać z pomocy waszych prawników? Co się wtedy stanie z tymi dwudziestoma tysiącami?

Jake zachichotał.

– Dobre pytanie. Co się stanie z pieniędzmi, jeśli Carl Lee pana nie zaangażuje, panie Reinfeld?

– To nie moja sprawa – oświadczył Reinfeld.

– Pastorze Agee? – spytał Jake.

Pastor miał już tego dosyć. Stał się wyzywający i bojowy. Wskazał palcem na Haileya.

– Posłuchaj no, Carl Lee. Wypruwaliśmy sobie żyły, by zebrać te pieniądze. Sześć tysięcy od biednych mieszkańców naszego okręgu, od ludzi, którzy ledwo wiążą koniec z końcem. Ciężko się napracowaliśmy, by zdobyć te pieniądze. Dawali je biedacy, bezrobotni na zasiłkach, ludzie, których nie stać na nic. Ale dawali, i to wyłącznie z jednego powodu: bo wierzą w ciebie, uważają, że postąpiłeś słusznie, i chcą, byś opuścił salę sądową jako wolny człowiek. Nie mów, że nie chcesz tych pieniędzy.

– Nie praw mi tu kazań – cicho odezwał się Carl Lee. – A więc biedacy z naszego okręgu dali sześć tysięcy?

– Tak jest.

– A skąd są pozostałe pieniądze?

– Od NAACP. Pięć tysięcy z Atlanty, pięć z Memphis i pięć od zarządu krajowego. I pieniądze te są wyłącznie na twoją obronę.

– Pod warunkiem, że skorzystam z usług obecnego tu pana Reinfelda?

– Tak jest.

– W przeciwnym razie te piętnaście tysięcy przepadnie?

– Zgadza się.

– A tamte sześć tysięcy?

– Dobre pytanie. Jeszcze tego nie omawialiśmy. Myśleliśmy, że docenisz naszą gotowość niesienia ci pomocy. Proponujemy ci najlepszych prawników, ale tobie najwyraźniej na tym nie zależy.

W pokoju zaległa cisza, która wydawała się trwać całą wieczność. Pastorzy, prawnicy i szeryf czekali, co powie oskarżony. Carl Lee przygryzł dolną wargę i utkwił wzrok w podłodze. Jake zapalił kolejne cygaro. Już raz został odsunięty od tej sprawy i jakoś to przeżył, więc teraz też sobie poradzi.

– Oczekujecie decyzji natychmiast? – spytał w końcu Carl Lee.

– Nie – odpowiedział Agee.

– Tak – sprzeciwił się Reinfeld. – Do procesu pozostały niespełna trzy tygodnie i jesteśmy już dwa miesiące do tyłu. Mój czas jest zbyt cenny, bym mógł na pana czekać, panie Hailey. Albo zaangażuje mnie pan od razu, albo zapomnijmy o wszystkim. Spieszę się na samolot.

– A więc niech pan słucha, panie Reinfeld. Proszę jechać i łapać ten swój samolot. I niech się pan więcej nie pokazuje w Clanton z mojego powodu. Moim adwokatem jest Jake Brigance.

ROZDZIAŁ 25

Oddział Ku-Klux-Klanu w okręgu Ford został utworzony o północy w czwartek, 11 lipca, na małej polance w głębi lasu, gdzieś w północnej części okręgu. Sześciu kandydatów stało niepewnie przed olbrzymim płonącym krzyżem i powtarzało za Wizardem dziwne słowa. W ceremonii uczestniczyło kilkunastu członków Klanu odzianych w białe płaszcze, włączając się w odpowiednich momentach ze śpiewem. Przy drodze stał uzbrojony wartownik; od czasu do czasu spoglądał w stronę polanki, ale głównie wypatrywał nieproszonych gości. Na drodze jednak było pusto.

Dokładnie o północy cała szóstka padła na kolana i zamknęła oczy, kiedy uroczyście nakładano im na głowy białe kaptury. Od tej chwili byli pełnoprawnymi członkami Klanu. Freddie Cobb, brat zamordowanego, Jerry Maples, Clifton Cobb, Ed Wilburn, Morris Lancaster i Terrell Grist. Wielki Dragon krążył wokół nich i wypowiadał święte słowa ślubowania. Żar od płonącego krzyża bił prosto w twarze nowo przyjmowanych członków Klanu. Klęczeli odziani w ciężkie płaszcze i kaptury, z trudem łapiąc powietrze. Spoceni modlili się w duchu, by Wielki Dragon przestał już wygadywać te bzdury i zakończył całą ceremonię. Kiedy śpiewy umilkły, nowi członkowie zerwali się na nogi i pośpiesznie odsunęli od krzyża. Wszyscy zaczęli ich obejmować i poklepywać po mokrych od potu plecach. W końcu i starzy, i nowi członkowie Klanu zdjęli ciężkie kaptury i dumnym krokiem opuścili polankę, by schronić się w wiejskiej chacie po drugiej stronie drogi. Wartownik usiadł na stopniach pod drzwiami, a w środku rozlewano whisky i snuto plany związane z procesem Carla Lee Haileya.

Zastępcy szeryfa Pirtle'owi przypadła nocna służba, od dziesiątej do szóstej. Właśnie zatrzymał się przed czynną całą dobę jadłodajnią Gury'ego przy szosie na północ od miasta, by napić się kawy i zjeść kawałek placka, kiedy usłyszał w radiu polecenie, by natychmiast wracać do gmachu aresztu. Był piątek, trzy minuty po północy.

Pirtle zostawił niedojedzony placek i ruszył na południe, do budynku aresztu.

– Co się stało? – spytał dyżurnego.

– Parę minut temu otrzymaliśmy anonimowy telefon. Ktoś chciał koniecznie rozmawiać z szeryfem. Wyjaśniłem, że go teraz nie ma, więc poprosił z kimś, kto go zastępuje. Powiedział, że to bardzo ważne i że za piętnaście minut zadzwoni jeszcze raz.

Pirtle nalał sobie trochę kawy i rozsiadł się fotelu Ozziego. Rozległ się dzwonek telefonu.

– Do ciebie! – wrzasnął radiooperator.

– Halo! – powiedział Pirtle do słuchawki.

– Kto mówi? – usłyszał czyjś głos.

– Zastępca szeryfa, Joe Pirtle. Z kim mam przyjemność?

– Gdzie jest szeryf?

– Myślę, że śpi.

– Dobra. Słuchaj, i to uważnie, bo to bardzo ważne, a już więcej nie zadzwonię. Znasz tego czarnucha Haileya?

– Tak.

– Znasz tego prawnika Brigance'a?

– Tak.

– W takim razie słuchaj. Między północą a trzecią nad ranem zamierzają wysadzić w powietrze jego dom.

– Czyj?

– Brigance'a.

– A kto chce wysadzić jego dom?

– Nieważne. To nie żart, ale jeśli myślicie, że dzwonię dla draki, siedźcie sobie spokojnie i czekajcie, aż jego chałupa wyleci w powietrze. A może to nastąpić w każdej chwili.

Tajemniczy rozmówca umilkł, ale się nie rozłączył.

– Jest pan tam jeszcze?

– Dobranoc panu. – Rozległ się trzask odkładanej słuchawki.

Pirtle zerwał się na równe nogi i podbiegł do dyżurnego.

– Słyszałeś?

– Oczywiście.

– Zadzwoń do Ozziego i powiedz mu, żeby przyjechał. Będę w pobliżu domu Brigance'a.

Pirtle za pięć pierwsza zaparkował wóz patrolowy na ulicy Monroe'a i dalej ruszył piechotą. Przed domem Jake'a nie zauważył niczego niezwykłego. Obszedł budynek, przyświecając sobie latarką. Nie rzuciło mu się w oczy nic podejrzanego. Okna we wszystkich domach były ciemne, a cała ulica pogrążona we śnie. Wykręcił żarówkę nad drzwiami frontowymi i usiadł w fotelu na werandzie. Czekał. Pod wiatą obok oldsmobila stało rzadko tu spotykane auto z importu. Postanowił zaczekać na Ozziego. Niech on decyduje, czy powiadomić Jake'a o telefonie.

U wylotu ulicy zabłysły reflektory samochodu. Pirtle skulił się w fotelu, by nikt go nie zauważył. Czerwona furgonetka podjechała wolno pod dom Brigance'a, ale się nie zatrzymała. Obserwował, jak niknie w dole ulicy.

Za chwilę ujrzał sylwetki dwóch osób biegnących od strony placu. Sięgnął do kabury i wyciągnął służbowy rewolwer. Pierwszy mężczyzna, choć potężniejszy od drugiego, biegł z większą lekkością i zwinnością. Był to Ozzie. Za nim gnał Nesbit. Pirtle wyszedł im na spotkanie, po czym razem ukryli się na ciemnym ganku. Rozmawiali szeptem, nie spuszczając wzroku z ulicy.

– Co dokładnie powiedział? – spytał Ozzie.

– Że między północą a trzecią nad ranem ktoś wysadzi dom Jake'a. I że to nie żart.

– Nic więcej?

– Nie. Nie był zbyt rozmowny.

– Długo tu jesteś?

– Dwadzieścia minut.

Ozzie odwrócił się do Nesbita.

– Daj mi swój radiotelefon i ukryj się gdzieś na tyłach domu. Przyczaj się i miej oczy i uszy otwarte.

Nesbit ruszył w kierunku ogrodu. W rosnącym wzdłuż ogrodzenia żywopłocie znalazł wąską przerwę. Wlazł tam na czworakach i zniknął z pola widzenia. Ze swojej kryjówki miał idealny widok na całą fasadę domu od strony ogrodu.

– Powiesz Jake'owi? – spytał Pirtle.

– Jeszcze nie. Może później. Jeśli teraz zapukamy do drzwi, zapali światło, a w tej chwili najmniej nam na tym zależy.

– No ale co będzie, jeśli Jake nas usłyszy i stanie na progu z bronią gotową do strzału? Może sobie pomyśleć, że jesteśmy jakimiś typami, którzy próbują się włamać do jego domu.

Ozzie nic nie powiedział, tylko obserwował ulicę.

– Ozzie, postaw się tylko w jego sytuacji. O pierwszej w nocy gliny otaczają twój dom, czekając na kogoś, kto ma podrzucić bombę. Chciałbyś w takiej chwili spać czy też wolałbyś o wszystkim wiedzieć?

Ozzie przyglądał się uważnie okolicznym domom.

– Szeryfie, lepiej ich obudźmy. Co będzie, jeśli nie uda nam się przeszkodzić tym ludziom i ucierpi ktoś z mieszkańców? Całą winą obarczą nas, prawda?

Ozzie wstał i nacisnął guzik dzwonka.

– Odkręć tę żarówkę – polecił, wskazując na sufit werandy.

– Już to zrobiłem.

Ozzie znów nacisnął dzwonek. Wewnętrzne drewniane drzwi otworzyły się gwałtownie. Na progu ukazał się Jake. Spojrzał uważnie na szeryfa. Miał na sobie pomiętą koszulę nocną sięgającą do kolan, w prawej dłoni trzymał pistolet. Wolno otworzył drugie drzwi.

– O co chodzi, Ozzie? – spytał.

– Mogę wejść?

– Tak. Co tu się dzieje?

– Zostań na werandzie – polecił Ozzie Pirtle'owi. – Zaraz wrócę.

Ozzie zamknął za sobą drzwi i zgasił światło w przedpokoju. Usiedli w pogrążonym w mroku pokoju z oknami wychodzącymi na werandę i dziedziniec przed domem.

– No, mów – ponaglił Jake.

– Jakieś pół godziny temu odebraliśmy anonimowy telefon. Powiedziano nam, że między północą a trzecią nad ranem ktoś zamierza wysadzić w powietrze twój dom. Potraktowaliśmy tę informację serio.

– Dzięki.

– Pirtle siedzi na werandzie, a Nesbit pilnuje domu od strony ogrodu. Jakieś dziesięć minut temu Pirtle widział przejeżdżającą furgonetkę. To na razie wszystko.

– Przeszukaliście teren wokół domu?

– Tak i niczego nie znaleźliśmy. Jeszcze ich tu nie było. Ale coś mi mówi, że to nie dowcip.

– Dlaczego?

– Po prostu mam przeczucie.

Jake odłożył pistolet na kanapę i potarł skronie.

– Co zamierzasz robić?

– Możemy tylko siedzieć i czekać. Masz sztucer?

– Mam dosyć broni, by dokonać inwazji na Kubę.

– To ubierz się i zajmij pozycję w jednym z tych małych, dziwnych okienek na górze. My ukryjemy się na zewnątrz i będziemy czekać.

– Masz dosyć ludzi?

– Tak. Myślę, że przyjdzie tylko jeden, góra dwóch gości.

– Cóż to za jedni?

– Nie mam pojęcia. Może Ku-Klux-Klan, może jacyś amatorzy. Kto wie?

Obaj mężczyźni zamyślili się, wyglądając na ciemną ulicę. Tuż za oknem widzieli czubek głowy Pirtle' a, kulącego się w bujanym fotelu.

– Jake, pamiętasz tych trzech obrońców praw obywatelskich, których w sześćdziesiątym czwartym roku zabili członkowie Klanu? Znaleziono ich na grobli w pobliżu Filadelfii.

– No pewnie. Byłem wtedy dzieckiem, ale pamiętam.

– Nigdy by nie odnaleziono ich zwłok, gdyby ktoś nie powiedział, gdzie należy szukać. Ten informator był członkiem Klanu. Wygląda na to, że zawsze znajdzie się wśród nich ktoś taki. Zawsze jeden z nich donosi.

– Myślisz, że teraz to też Klan?

– Wszystko na to wskazuje. W przeciwnym wypadku, kto by o tym wiedział poza tym jednym czy dwoma, którzy to sobie umyślili? Im liczniejsza grupa, tym większe prawdopodobieństwo, że ktoś będzie nas o wszystkim informował.

– Brzmi nawet rozsądnie, ale nie wiem dlaczego, wcale mnie to nie podniosło na duchu.

– Oczywiście nie można wykluczyć, że ktoś zrobił głupi dowcip.

– Tylko jakoś nikt się nie śmieje.

– Powiesz o tym swojej żonie?

– Chyba powinienem.

– Też tak uważam. Tylko nie zapalajcie światła. Możecie ich spłoszyć.

– Bardzo bym tego chciał.

– A ja wolałbym schwytać twoich gości. Jeśli nie złapiemy ich teraz, znów spróbują, a następnym razem mogą zapomnieć poinformować nas odpowiednio wcześnie.

Carla ubierała się pospiesznie w pogrążonym w ciemnościach pokoju. Była śmiertelnie przerażona. Jake przeniósł Hannę na stojącą na dole kanapę. Dziewczynka zamruczała tylko coś przez sen. Carla usiadła obok córeczki i obserwowała Jake'a ładującego sztucer.

– Będę na górze, w pokoju gościnnym. Nie zapalaj światła. Policja otoczyła cały dom, więc się nie bój.

– Nie bać się? Chyba sobie kpisz!

– Spróbuj usnąć.

– Usnąć!? Jake, czy ty straciłeś rozum?

Nie czekali długo. Ozzie, który ukrył się w winorośli przed domem, pierwszy spostrzegł samotną postać, kroczącą jak gdyby nigdy nic ulicą. Mężczyzna szedł z przeciwnej strony, niż znajdował się plac. W ręku niósł jakiś pojemnik. Gdy był dwa domy od nich, skręcił z ulicy na trawnik przy posesji sąsiadów. Ozzie wyciągnął rewolwer oraz pałkę i obserwował mężczyznę zmierzającego prosto na niego. Wkrótce nieznajomy znalazł się w zasięgu sztucera Jake'a. Pirtle prześlizgnął się niczym wąż w stronę krzaków, gotów w każdej chwili do ataku. Obcy przebiegł przez trawnik i znalazł się koło domu Brigance'a. Ostrożnie położył małą walizeczkę pod oknem sypialni Jake'a. Odwrócił się, by uciec, gdy wtem olbrzymia, czarna pałka trafiła go w głowę, rozcinając prawe ucho na dwie części. Oba kawałki ledwo wisiały na skrawku skóry. Mężczyzna krzyknął i zwalił się na ziemię.

– Mam go! – wrzasnął Ozzie. Pirtle i Nesbit wynurzyli się ze swoich kryjówek. Jake spokojnie zszedł po schodach.

– Zaraz wracam – obiecał Carli.

Ozzie chwycił nieznajomego za kark i powlókł go pod ścianę domu. Mężczyzna był przytomny, jedynie oszołomiony. Walizka leżała kilka centymetrów dalej.

– Nazwisko! – krzyknął Ozzie.

Tamten jęknął, objął się za głowę, ale nic nie powiedział.

– Zadałem ci pytanie – syknął Ozzie, pochylając się nad nim. Pirtle i Nesbit stali w pobliżu z wyciągniętymi rewolwerami, zbyt spięci, by się odezwać lub zrobić jakiś ruch. Jake utkwił wzrok w walizce.

– Nie powiem.

Ozzie uniósł pałkę wysoko nad głowę i z całej siły uderzył mężczyznę w kostkę prawej nogi. Trzask łamanej kości mógł przyprawić o mdłości.

Nieznajomy zawył, chwytając się za nogę. Ozzie kopnął go w twarz. Mężczyzna upadł na wznak, uderzając głową o mur. Jęcząc z bólu, przewrócił się na bok.

Jake ukląkł obok walizki i przyłożył do niej ucho. Nagle odskoczył od niej jak oparzony.

– Coś w niej tyka – powiedział słabym głosem.

Ozzie pochylił się nad intruzem i podetknął mu pałkę pod nos.

– Zanim połamię ci wszystkie kości, interesuje mnie jeszcze jedno: co jest w tym pudle?

Żadnej odpowiedzi.

Ozzie zamachnął się pałką i złamał mu kostkę drugiej nogi.

– Co jest w tym pudle? – wrzasnął.

– Dynamit!

Pirtle opuścił broń. Nesbitowi tak gwałtownie podskoczyło ciśnienie, że aż musiał się oprzeć o ścianę domu. Jake zbladł jak płótno, kolana się pod nim ugięły. Pognał do domu, krzycząc do Carli:

– Gdzie masz kluczyki od wozu?

– Czemu pytasz?

– Bierz kluczyki i biegnij do samochodu.

Wziął Hannę na ręce i wyszedł z nią przez kuchenne drzwi.

Położył córeczkę na tylnym siedzeniu oldsmobila żony. Ujął Carlę pod ramię i pomógł jej wsiąść do auta.

– Jedź i nie pokazuj się tu przez najbliższe pół godziny.

– Jake, co się tutaj dzieje? – spytała kategorycznym tonem.

– Później ci powiem. Teraz nie ma czasu. Po prostu jedź. Pokręć się po mieście przez trzydzieści minut. Tylko nie zbliżaj się do naszej ulicy.

– Ale dlaczego, Jake? Co znaleźliście?

– Dynamit.

Wycofała samochód, który po chwili zniknął w ciemnościach.

Kiedy Jake wrócił przed dom, ujrzał, że lewa ręka nieznajomego przykuta jest kajdankami do gazomierza, znajdującego się tuż pod oknem. Mężczyzna jęczał, mamrotał coś pod nosem, przeklinał. Ozzie ostrożnie wziął walizkę za rączkę i umieścił ją nocnemu gościowi między połamanymi nogami, które najpierw kopnięciem rozsunął. Obcy jęknął głośniej. Ozzie, jego zastępcy i Jake cofali się wolno, nie spuszczając wzroku z mężczyzny. Zaczął płakać.

– Nie wiem, jak ją rozbroić – wyjęczał przez zaciśnięte zęby.

– Postaraj się szybko nauczyć – powiedział Jake zdecydowanym tonem.

Nieznajomy zamknął oczy i spuścił głowę. Zagryzł usta i zaczął głośno i szybko oddychać. Z policzków i brwi spływały mu kropelki potu. Strzęp ucha przypominał zwiędnięty liść.

– Dajcie mu latarkę.

Pirtle wręczył mu latarkę.

– Muszę mieć wolne obie ręce – oznajmił.

– Spróbuj poradzić sobie jedną – poradził mu życzliwie Ozzie.

Mężczyzna delikatnie położył palce na zamku i opuścił powieki.

– Lepiej stąd chodźmy – zaproponował Ozzie. Pobiegli za róg domu i schronili się pod wiatą.

– Gdzie jest twoja żona i córka? – spytał szeryf.

– Odjechały. Rozpoznałeś go?

– Nie – odparł Ozzie.

– Nigdy go nie widziałem – dodał Nesbit.

Pirtle pokręcił jedynie głową.

Ozzie wezwał dyżurnego i polecił mu, by zadzwonił do zastępcy szeryfa Rileya, specjalisty samouka znającego się na materiałach wybuchowych.

– Co będzie, jak facet zemdleje i bomba eksploduje? – spytał Jake.

– Jesteś ubezpieczony, prawda, Jake? – odparł Nesbit.

– To wcale nie jest śmieszne.

– Damy mu parę minut, a potem Pirtle pójdzie i sprawdzi, co się dzieje – powiedział Ozzie.

– Dlaczego ja?

– No dobra, pójdzie Nesbit.

– Uważam, że, to Jake powinien sprawdzić – oświadczył z przekonaniem Nesbit. – Ostatecznie to jego dom.

– Bardzo śmieszne – stwierdził Jake.

Czekali, wymieniając nerwowe uwagi. Nesbit znów coś bąknął na temat ubezpieczenia.

– Cicho! – szepnął Jake. – Zdaje się, że coś słyszałem.

Zamarli. Po chwili rozległ się okrzyk nieznajomego. Pobiegli przez dziedziniec, a potem ostrożnie wyjrzeli zza węgła. Pusta walizka leżała w pewnej odległości od mężczyzny. Tuż przy jego nogach zobaczyli kilkanaście lasek dynamitu, ułożonych w zgrabny stosik. Między kolanami obcego stał wielki zegar z okrągłą tarczą i jakimiś drutami, przymocowanymi srebrną taśmą.

– Rozbroiłeś ją? – spytał podejrzliwie Ozzie.

– Tak – sapnął między chrapliwymi, przyśpieszonymi oddechami.

Ozzie ukłęknął obok nocnego gościa i odsunął zegar oraz przewody. Nie dotknął dynamitu.

– Gdzie twoi kumple?

Żadnej odpowiedzi.

Wyciągnął pałkę i zbliżył się do mężczyzny.

– Będę ci po kolei łamał wszystkie żebra. Lepiej zacznij gadać. Gdzie twoi kumple?

– Pocałuj mnie w dupę.

Ozzie wstał i szybko się rozejrzał. Nie patrzył na Jake'a i swoich zastępców, ale na sąsiedni dom. Ponieważ nie ujrzał tam nikogo, uniósł pałkę. Lewa ręka nieznajomego przytwierdzona była do gazomierza. Ozzie wycelował tuż poniżej pachy. Tamten zaskowyczał i szarpnął się. Jake'owi prawie zrobiło się go żal.

– Gdzie są? – spytał spokojnie Ozzie.

Żadnej odpowiedzi.

Kiedy szeryf ponownie zamierzył się, Jake odwrócił głowę.

– Gdzie?!

Żadnej odpowiedzi.

Ozzie znów uniósł pałkę.

– Dosyć… proszę – zaskomlał błagalnym tonem nieznajomy.

– Gdzie?

– Kilka przecznic dalej.

– Ilu ich jest?

– Jeden.

– Jaki ma samochód?

– Furgonetkę. Czerwoną furgonetkę.

– Wyślijcie tam patrole – polecił Ozzie.

254

Jake czekał niecierpliwie przed domem na powrót żony. Kwadrans po drugiej skręciła wolno na podjazd i wyłączyła silnik.

– Hanna śpi? – spytał Jake, otwierając drzwiczki.

– Tak.

– To dobrze. Zostaw ją w wozie. Za parę minut wyjeżdżamy.

– Dokąd?

– Porozmawiamy o tym w domu.

Jake nalał kawy, starając się zachować spokój. Carla nie ukrywała przerażenia. Cała się trzęsła, była zła i nie ułatwiała mu zadania. Opowiedział o bombie i o człowieku, który usiłował ją podrzucić. Poinformował, że Ozzie ruszył już na poszukiwanie wspólnika zamachowca.

– Chcę, byś razem z Hanną pojechała do Wilmington i do zakończenia procesu pozostała u swoich rodziców – oświadczył.

Patrzyła na filiżankę z kawą i milczała.

– Zadzwoniłem już do twego ojca i o wszystkim mu powiedziałem. Też się zdenerwowali i nalegają, byś zamieszkała z nimi, póki się to wszystko nie skończy.

– A jeśli nie zechcę jechać?

– Proszę cię, Carlo. Jak możesz w takiej chwili się sprzeczać?

– A co się stanie z tobą?

– Nie martw się. Ozzie przydzieli mi obstawę i przez całą dobę będą obserwowali dom. Od czasu do czasu prześpię się w biurze. Obiecuję, że nic mi nie zrobią.

Nie przekonał jej.

– Słuchaj, Carlo, mam teraz na głowie tysiące spraw. Mojemu klientowi grozi komora gazowa, a do procesu pozostało dziesięć dni. Nie mogę go przegrać. Od tej chwili aż do dwudziestego drugiego będę pracował dzień i noc, a kiedy zacznie się proces i tak byś mnie nie widziała w domu. Ostatnia rzecz, jakiej mi trzeba, to martwić się o ciebie i Hannę. Proszę, jedź.

– Chcieli nas zabić, Jake. Próbowali nas zabić.

Nie mógł temu zaprzeczyć.

– Obiecałeś, że wycofasz się z tej sprawy, jeśli zacznie nam grozić niebezpieczeństwo.

– To w ogóle nie wchodzi w grę. Noose nie pozwoli mi się teraz wycofać.

– Odnoszę wrażenie, że mnie okłamałeś.

– To nieuczciwe z twojej strony. Po prostu nie doceniałem niebezpieczeństwa, a teraz jest już za późno.

Poszła do sypialni i zaczęła się pakować.

– Macie samolot z Memphis o wpół do siódmej. Ojciec wyjedzie po was na lotnisko w Raleigh o wpół do dziesiątej.

- Tak jest, proszę pana.

Kwadrans później wyjechali z Clanton. Prowadził Jake. Carla traktowała go jak powietrze. O piątej zjedli śniadanie na lotnisku w Memphis. Hanna była senna, ale bardzo podekscytowana perspektywą spotkania z dziadkami. Carla mówiła niewiele. Miała bardzo dużo do powiedzenia, ale w obecności córeczki unikali kłótni. Zjadła w milczeniu, wypiła kawę i patrzyła, jak jej mąż przegląda gazetę, jak gdyby nic się nie stało.

Jake pocałował je na do widzenia i obiecał, że codziennie będzie dzwonił. Samolot wystartował zgodnie z rozkładem. O wpół do ósmej Jake siedział już w gabinecie Ozziego.

- Kim jest ten facet? – spytał szeryfa.

- Nie mamy pojęcia. Nie ma przy sobie żadnych dokumentów, nic. I nie chce mówić.

- Czy nikt go nie rozpoznał?

Ozzie zamilkł na chwilę.

- Mówiąc szczerze, Jake, trudno by go było teraz rozpoznać. Całą twarz ma w bandażach.

Jake uśmiechnął się blado.

- Niezbyt delikatnie obchodzisz się z podejrzanymi, co?

- Tylko wtedy, kiedy jestem zmuszony. Nie dosłyszałem, byś w nocy specjalnie protestował.

- Bo chętnie bym ci pomógł. A co z jego kumplem?

- Znaleźliśmy go. Spał w czerwonej furgonetce, niespełna kilometr od twojego domu. To niejaki Terrell Grist. Miejscowy. Mieszka w okolicach Lake Village. Jeśli się nie mylę, jest przyjacielem rodziny Cobbów.

Jake kilka razy powtórzył wymienione nazwisko.

- Nigdy o nim nie słyszałem. Gdzie jest teraz?

- W szpitalu. W jednej sali ze swoim kumplem.

- O Boże, Ozzie, jemu też połamałeś nogi?

- Jake, mój drogi, stawiał opór podczas aresztowania. Musieliśmy go trochę uspokoić. Potem odbyło się przesłuchanie. Nie za bardzo chciał z nami współpracować.

- Co powiedział?

- Niewiele. Twierdzi, że niczego nie wie. Jestem pewien, że nie zna faceta, który podłożył dynamit.

- Myślisz, że sprowadzili zawodowca?

- Niewykluczone. Riley obejrzał mechanizm zegarowy i powiedział, że to niezła robota. Prawdopodobnie nigdy już nie ujrzelibyśmy ciebie, twojej żony ani córki i chyba też twojego domu. Bomba była nastawiona na drugą nad ranem. Gdyby nie ten telefon, już byś nie żył, Jake. I twoja rodzina też.

Jake'owi zakręciło się w głowie i usiadł na kozetce. Poczuł się tak, jakby go ktoś kopnął w brzuch. Ogarnęły go mdłości i niewiele brakowało, by dostał rozstroju żołądka.

– Wywiozłeś rodzinę?

– Tak – powiedział słabym głosem.

– Przydzielę ci kogoś na stałe. Masz jakieś szczególne preferencje?

– Nie.

– Może być Nesbit?

– Oczywiście. Dziękuję.

– Jeszcze jedno. Przypuszczam, że nie chcesz, by ta sprawa nabrała rozgłosu?

– Tak. Jeśli to możliwe. Kto o tym wie?

– Tylko ja i moi zastępcy. Może uda nam się to zachować w tajemnicy do czasu zakończenia procesu, ale niczego nie obiecuję.

– Rozumiem. W każdym razie postaraj się.

– Dobrze, Jake.

– Wiem, że zrobisz, co się da, Ozzie. I dziękuję ci.

Jake pojechał do biura, zrobił sobie kawę i położył się na kanapie w gabinecie. Chciał się trochę zdrzemnąć, ale sen nie nadchodził. Choć piekły go powieki, nie mógł zmrużyć oka. Wpatrywał się w wiatrak pod sufitem.

– Panie Brigance! – rozległ się w interkomie głos Ethel.

Nie odpowiedział.

– Panie Brigance!

Gdzieś głęboko w podświadomości Jake usłyszał, że ktoś go nawołuje. Zerwał się z kanapy.

– Słucham! – krzyknął na cały pokój.

– Dzwoni sędzia Noose.

– Odbieram – mruknął, podchodząc chwiejnym krokiem do biurka. Spojrzał na zegarek. Dziewiąta. A więc zdrzemnął się godzinę.

– Dzień dobry panu – powiedział, starając się nadać swemu głosowi normalne brzmienie.

– Dzień dobry, Jake. Dobrze się pan czuje?

– Wspaniale, panie sędzio. Przygotowuję się do wielkiego procesu.

– Tak myślałem, Jake, co ma pan dziś w planie?

Co to dziś mamy za dzień? – pomyślał. Sięgnął po kalendarz.

– Nic poza pracą w biurze.

– To dobrze. Może wpadłby pan do mnie na lunch? Powiedzmy koło wpół do dwunastej.

– Bardzo panu dziękuję. A z jakiej to okazji?

– Chciałbym porozmawiać o sprawie Haileya.

– Świetnie, panie sędzio. A więc do zobaczenia o wpół do dwunastej.

Noose mieszkał w okazałym domu, wzniesionym jeszcze przed wojną secesyjną, niedaleko centrum Chester. Należał do rodziny jego żony od przeszło stulecia i choć przydałby mu się niewielki remont, wciąż nieźle się prezentował. Jake jeszcze nigdy nie odwiedzał sędziego i nigdy nie widział pani Noose, choć słyszał, że pochodziła ze snobistycznej, niegdyś bogatej, arystokratycznej rodziny, która później straciła majątek. Była równie brzydka jak Ichabod i Jake'a intrygowało, jak też wyglądają ich dzieci. Powitała Brigance'a w drzwiach ze zdawkową grzecznością i nawet próbowała zabawiać gościa rozmową, gdy prowadziła go na patio, gdzie pan sędzia popijał mrożoną herbatę i przeglądał korespondencję. Nieopodal pokojówka nakrywała stolik.

– Cieszę się, że pana widzę, Jake – powiedział szczerze Ichabod. – Dziękuję, że pan przyszedł.

– To dla mnie przyjemność, panie sędzio. Ma pan piękny dom.

Przy zupie i sandwiczach z sałatką z drobiu omawiali sprawę Haileya. Ichabod, choć się do tego nie przyznawał, bał się procesu Carla Lee. Sprawiał wrażenie zmęczonego, jakby sprawa ta stanowiła dla niego brzemię ponad siły. Oświadczył, że nienawidzi Buckleya, czym wprawił w zdumienie Jake'a, który żywił do prokuratora okręgowego podobne uczucia.

– Jake, zabił mi pan ćwieka swoim wystąpieniem o zmianę właściwości miejscowej sądu – stwierdził. – Zapoznałem się z pana pismem podsumowującym wniosek oraz z pismem Buckleya, przejrzałem akta dawniejszych spraw tego typu. To twardy orzech do zgryzienia. W ubiegły weekend uczestniczyłem w konferencji sędziów, zorganizowanej na wybrzeżu, i wypiłem kilka drinków z sędzią Dentonem z Sądu Najwyższego. Razem studiowaliśmy prawo i byliśmy kolegami w senacie stanowym. Jesteśmy ze sobą zaprzyjaźnieni. Mieszka w okręgu Dupree na południu Missisipi. Powiedział, że wszyscy mieszkańcy jego okręgu mówią o tej sprawie. Ludzie zaczepiają go na ulicy i pytają, co postanowi, jeśli zostanie wniesiona apelacja. Każdy ma już wyrobione zdanie, a to ponad sześćset kilometrów stąd. Jeśli wyrażę zgodę na zmianę właściwości miejscowej sądu, dokąd pojedziemy? Nie możemy opuścić granic stanu, a jestem przekonany, że nie tylko wszyscy słyszeli o pana kliencie, ale już go osądzili. Zgadza się pan ze mną?

– Cóż, sprawa rzeczywiście jest dość głośna – ostrożnie powiedział Jake.

– Porozmawiajmy szczerze, Jake. Nie jesteśmy w sądzie. Dlatego zaprosiłem pana tutaj. Chcę się pana poradzić. Wiem, że sprawa jest głośna. Jeśli zdecydujemy się przenieść proces z Clanton, to gdzie?

– Może do delty?

Noose uśmiechnął się.

– Odpowiadałoby to panu, prawda?

– Oczywiście. Moglibyśmy tam skompletować dobrą ławę przysięgłych. Taką, która naprawdę czuje problem.

- Tak, a do tego w połowie składałaby się z czarnych.
- Nie myślałem o tym.
- Czy naprawdę wierzy pan, że ci ludzie nie osądzili już oskarżonego?
- Nie.
- A więc gdzie mamy się przenieść z tym procesem?
- Czy sędzia Denton nie miał jakichś sugestii?
- Właściwie nie. Z reguły sądy nie wyrażają zgody na zmianę właściwości miejscowej, chyba że chodzi o wyjątkowo brutalne przestępstwo. W przypadku głośnych procesów, kiedy jedni są po stronię oskarżonego, a inni go potępiają, bardzo trudno o słuszną decyzję. Zwłaszcza w dzisiejszych czasach, gdy prasa i telewizja szeroko informują o wszelkich zbrodniach i wszyscy znają szczegóły na długo przed rozpoczęciem rozprawy. A tę nagłośniono bardziej niż jakąkolwiek z dotychczasowych. Nawet Denton przyznał, że jeszcze nigdy nie spotkał się ze sprawą, o której by tyle pisano i mówiono, i zgodził się także, iż skompletowanie bezstronnej ławy przysięgłych jest w Missisipi niemożliwe. Przypuśćmy, że proces odbędzie się w Clanton i pana klient zostanie skazany. Oczywiście wniesie pan apelację, twierdząc, że sąd, nie wyrażając zgody na zmianę miejsca procesu, pozbawił oskarżonego szans na uczciwą rozprawę. Denton dał mi jednak do zrozumienia, że odniesie się życzliwie do mojej decyzji, by nie zmieniać miejsca procesu. Uważa, że większość sędziów również mnie poprze. Oczywiście, nie mamy żadnej pewności, była to tylko niezobowiązująca rozmowa przy kilku drinkach. Może napije się pan czegoś?
- Nie dziękuję.
- Po prostu nie widzę powodu, by przenosić rozprawę poza Clanton. Nawet jeśli to zrobimy, będziemy się oszukiwali, sądząc, że znajdziemy dwanaście osób, które nie mają już wyrobionego zdania odnośnie do winy pana Haileya.
- Widzę, że już podjął pan decyzję, panie sędzio.
- Tak. Nie zmienimy właściwości miejscowej sądu. Proces odbędzie się w Clanton. Niezbyt mnie to cieszy, ale nie widzę powodu, dla którego mielibyśmy przenieść rozprawę gdzie indziej. Poza tym lubię Clanton. Mam tu blisko, a w budynku sądu dobrze działa klimatyzacja.
Noose sięgnął po akta sprawy i wyciągnął z nich kopertę.
- Jake, oto pismo informujące, że odrzucam pana wniosek o zmianę właściwości miejscowej sądu. Jeden egzemplarz wysłałem Buckleyowi, ten jest dla pana. A to oryginał, byłbym wdzięczny, gdyby przekazał go pan do kancelarii sądu w Clanton.
- Zrobię to niezwłocznie.
- Mam nadzieję, że podjąłem słuszną decyzję. Naprawdę dużo o tym myślałem.

– Niełatwe miał pan zadanie – oświadczył Jake, próbując nadać swemu głosowi ton pełen zrozumienia.

Noose zawołał pokojówkę i poprosił o gin z tonikiem. Nalegał, by Jake obejrzał jego ogród różany i następną godzinę Brigance spędził na tyłach domu, podziwiając kwiaty pana sędziego. Myślał o Carli i Hannie, o swoim domu i dynamicie, ale dzielnie udawał zainteresowanie hodowanymi przez Ichaboda różami.

W piątkowe popołudnia Jake często wspominał czasy studiów, gdy razem z kolegami – w zależności od pogody – albo zbierali się w ulubionym barze w Oxford, żłopali piwo, omawiali swoje odkrywcze teorie prawnicze i przeklinali wyniosłych, sztywnych, wzbudzających strach profesorów. Jeśli było ciepło i słonecznie, ładowali piwo do garbusa Jake'a i kierowali się nad jezioro Sardis, gdzie mieszkanki żeńskich akademików leżały plackiem na piasku, wystawiając do słońca swoje piękne, opalone ciała, błyszczące od olejku i potu, ignorując zaczepki lekko podchmielonych studentów. Wspominał beztroskie lata. Nienawidził swojej uczelni – każdy student prawa, który miał choć trochę rozumu, czuł to samo – ale tęsknił za kolegami i tamtymi wspaniałymi czasami, a szczególnie za piątkowymi popołudniami. Tęsknił także za życiem bez kłopotów, choć niekiedy podczas studiów wydawało się, że stres jest nie do wytrzymania, przede wszystkim na pierwszym roku, kiedy profesorowie odnosili się do studentów lekceważąco. Tęsknił za życiem pozbawionym niepokojów o sprawy materialne – nic miał wtedy pieniędzy i nic nikomu nie był winny, a większość jego kolegów znajdowała się w podobnej sytuacji. Kiedy tylko podjął pracę zarobkową, od razu zaczął się martwić hipotekami, kosztami, kartami kredytowymi, realizując amerykańskie marzenie o niezależności materialnej. Nie o bogactwie, tylko o niezależności. Tęsknił za swoim volkswagenem, bo był to jego pierwszy fabrycznie nowy samochód, prezent z okazji zdania matury, i w przeciwieństwie do saaba, całkowicie spłacony. Od czasu do czasu żal mu było kawalerskiego życia, choć był szczęśliwy w małżeństwie. I brakowało mu piwa z beczki, puszki czy butelki. Nie robiło mu to różnicy. Pił tylko dla towarzystwa, tylko z przyjaciółmi. W latach studenckich wcale nie pił codziennie i rzadko się upijał. Ale pamiętał kilka nieprzyjemnych kaców.

Potem w jego życiu pojawiła się Carla. Poznał ją na początku ostatniego semestru, sześć miesięcy później się pobrali. Była piękna i to najpierw zwróciło jego uwagę. Początkowo zachowywała się trochę wyniośle, jak większość bogatych studentek na Ole Miss. Ale przekonał się, że jest szczera, zrównoważona i bezpośrednia, choć brak jej pewności siebie. Nigdy nie potrafił zrozumieć, dlaczego ktoś tak piękny jak Carla, może nie mieć wiary we własne siły. Była stypendystką wydziału nauk humanistycznych i jej ambicje zawodowe na przyszłość ograniczały się do tego, że przez kilka lat pouczy dzieci w szkole. Jej rodzina miała pieniądze, a matka nigdy nie pracowała. I właśnie to spodobało się Jake'owi – bogata panna bez ambicji zawodowych. Pragnął, by jego żona siedziała w domu, zawsze pięknie wyglądała, urodziła mu dużo dzieci i nigdy nie próbowała go sobie podporządkować. Zakochał się od pierwszego wejrzenia.

Carla okazała się zdecydowaną przeciwniczką alkoholu, jakiegokolwiek alkoholu. Kiedy była dzieckiem, jej ojciec dużo pił i do dziś zachowała bolesne wspomnienia z tym związane. Więc Jake podczas ostatniego semestru studiów przestał pić i stracił prawie siedem kilogramów. Wyglądał wspaniale, czuł się wspaniale i kochał do szaleństwa. Ale czasem brakowało mu piwa.

Parę kilometrów za Chester zobaczył sklep spożywczy z reklamą coorsa w oknie wystawowym. W czasie studiów najbardziej upodobał sobie coorso, chociaż w owych czasach nie sprzedawano go na wschód od rzeki. W Ole Miss uważano je za rarytas, a potajemny handel coorsem na terenie miasteczka uniwersyteckiego stanowił bardzo zyskowny interes.

Teraz, gdy można je kupić wszędzie, większość ludzi powróciła do budweisera.

Było skwarne piątkowe popołudnie. Carla znajdowała się półtora tysiąca kilometrów stąd. Nie chciało mu się wracać do biura, robota mogła zaczekać do jutra. Jakiś sukinsyn dopiero co próbował zabić jego rodzinę i spowodować wykreślenie jednego obiektu z Krajowego Rejestru Zabytków. Do największego procesu w jego karierze zawodowej pozostało dziesięć dni. Zupełnie nie był do niego przygotowany, a presja stawała się coraz większa. Właśnie odrzucono jego najważniejszy wniosek przedprocesowy. Czuł pragnienie. Zatrzymał się i kupił pół tuzina puszek coorsa.

Przejechanie stu kilometrów z Chester do Clanton zajęło Jake'owi prawie dwie godziny. Jechał wolno, popijał piwo i rozkoszował się widokami. Dwa razy zatrzymał się, by opróżnić pęcherz, raz, by kupić następne sześć puszek. Czuł się wspaniale.

Istniało tylko jedno miejsce, do którego mógł pójść w takim stanie. Nie do domu, nie do biura, a już na pewno nie do sądu, by oddać w kancelarii decyzję Ichaboda. Zaparkował saaba za odrapanym małym porsche i ruszył chodnikiem, z puszką zimnego piwa w ręku. Lucien, jak zwykle, bujał się wolno w fotelu na werandzie. Popijał whisky i czytał rozprawę naukową na temat powoływania się obrony na niepoczytalność oskarżonego. Zamknął książkę, a na widok piwa uśmiechnął się do swego byłego pracownika. Jake również się uśmiechnął.

– A cóż to za okazja, Jake?

– Bez okazji. Po prostu chciało mi się pić.

– Rozumiem. Nie boisz się, co powie żona?

– Nie ma prawa mi nic powiedzieć. Jestem niezależny. Jestem panem samego siebie. Jeśli mam ochotę na piwo, to je piję, a ona nie powie ani słówka. – Jake pociągnął długi łyk.

– To znaczy, że wyjechała z miasta.

– Tak, do Karoliny Północnej.

– Kiedy?

– Dziś o szóstej rano z Memphis. Poleciała z Hanną. Do zakończenia procesu zatrzyma się u swoich rodziców w Wilmington. Mają tam przyjemny domek letniskowy, gdzie spędzają wakacje.

– Wyjechała rano, a po południu już jesteś pijany.

– Nie jestem pijany – odrzekł Jake. – Jeszcze nie.

– Długo już pijesz?

– Od paru godzin. Koło wpół do drugiej, po wyjściu od Noose'a, kupiłem sobie sześć puszek. A odkąd ty pijesz?

– Jak zwykle od śniadania. Co robiłeś u Noose'a?

– Omawialiśmy podczas lunchu sprawę Haileya. Odrzucił mój wniosek o zmianę właściwości miejscowej sądu.

– Co takiego?!

– Przecież słyszałeś. Rozprawa odbędzie się w Clanton.

Lucien pociągnął łyk i zagrzechotał kostkami lodu w szklance.

– Sallie! – wrzasnął, po czym spytał Jake'a: – Podał jakiś powód?

– Tak. Powiedział, że nigdzie nie znajdziemy sędziów przysięgłych, którzy nie słyszeliby o tej sprawie.

– Tak jak ci mówiłem. Z punktu widzenia zdrowego rozsądku, to dobry pretekst, ale z punktu widzenia prawa – bardzo słaby. Noose popełnił błąd.

Sallie wróciła z kolejnym drinkiem i wzięła od Jake'a piwo, by zanieść je do lodówki. Lucien pociągnął łyk i mlasnął. Wytarł usta ręką i znów się napił.

– Wiesz, co to oznacza, prawda? – spytał.

– Oczywiście. Samych białych w ławie przysięgłych.

– Tak, ale również – jeśli Hailey zostanie skazany – uchylenie wyroku w razie apelacji.

– Nie licz na to. Noose omówił już wszystko z Sądem Najwyższym. Uważa, że w razie czego poprą jego decyzję. Myśli, że nic mu nie grozi.

– W takim razie to skończony idiota. Mogę mu pokazać dwadzieścia przykładów procesów, które przeniesiono gdzie indziej. Myślę, że boi się to zrobić.

– Dlaczego miałby się bać?

– Wywierają na niego naciski.

– Kto?

Lucien z lubością spoglądał na złocisty płyn w dużej szklance i wolno zamieszał palcem kostki lodu. Uśmiechał się tajemniczo, jak osoba która coś wie, ale nic nie powie, jeśli się jej nie ubłaga.

– Kto? – spytał kategorycznym tonem Jake, spoglądając na swego przyjaciela błyszczącymi, przekrwionymi oczami.

– Buckley – oświadczył Lucien z zadowoloną miną.

– Buckley? – powtórzył Jake. – Nie rozumiem.

– Wiedziałem, że nie zrozumiesz.

– Czy mógłbyś mi to wyjaśnić?

– Myślę, że tak. Ale nie wolno ci tego nikomu powtórzyć. To poufna informacja. Pochodzi ze sprawdzonego źródła.

– Od kogo?

– Nie mogę powiedzieć.

– Jakie ty masz źródła informacji? – nie ustępował Jake.

– Mówiłem już, że nie mogę ci zdradzić. I nie chcę. Jasne?

– W jaki sposób Buckley może wywierać nacisk na Noose'a?

– Jeśli zechcesz posłuchać, wyjaśnię ci.

– Buckley nie ma żadnego wpływu na Noose'a. Noose go nienawidzi. Sam mi to oświadczył. Dziś. Podczas lunchu.

– Wiem o tym.

– To dlaczego w takim razie twierdzisz, że Noose boi się Buckleya?

Jeśli się zamkniesz na chwilę, wytłumaczę ci dlaczego. – Jake skończył piwo i zawołał na Sallie.

– Wiesz, jaki z Buckleya łobuz i sukinsyn – rozpoczął Lucien. Jake skinął głową. – Wiesz, jak bardzo pragnie wygrać ten proces. Myśli, że jeśli wygra, pomoże mu to w jego kampanii wyborczej na stanowisko prokuratora generalnego.

– Gubernatora – poprawił go Jake.

– Nieważne. Jest ambitny, prawda?

– Prawda.

– A więc zwrócił się do swych wszystkich kumpli z obwodu, żeby zadzwonili do Noose'a z sugestią, by proces odbył się w okręgu Ford. Niektórzy byli z Noose'em zupełnie szczerzy. Na przykład mówili: „Przenieś proces, a załatwimy cię podczas następnych wyborów. Jeśli rozprawa odbędzie się w Clanton, postaramy się, byś został ponownie wybrany".

– Nie wierzę.

– Masz prawo. Ale to prawda.

– Skąd wiesz?

– Mam swoje źródła.

– Kto do niego telefonował?

– Powiem ci o jednym. Pamiętasz Motleya, tego łobuza, który był szeryfem w okręgu Van Buren? Przymknęło go FBI, ale niedawno wyszedł. Wciąż cieszy się w okręgu dużą popularnością.

– Tak, pamiętam.

– Wiem na sto procent, że poszedł z paroma kumplami do Noose'a i naciskał go, by nie przenosił procesu. Skłonił ich do tego Buckley.

– I co na to Noose?

– Nieźle sobie nawzajem nawymyślali. Motley powiedział Noose'owi, że podczas następnych wyborów nie uzyska w okręgu Van Buren nawet pięćdziesięciu głosów. Zagrozili, że zastraszą czarnych, będą manipulowali głosami osób, które nie wezmą udziału w wyborach, zresztą to w okręgu Van Buren zwyczajne praktyki wyborcze. I Noose wie, że to zrobią.

– A dlaczego miałby się tym przejmować?

– Nie udawaj głupiego, Jake. To stary człowiek, który nie nadaje się do żadnej roboty, potrafi jedynie sprawować funkcję sędziego. Wyobrażasz go sobie rozpoczynającego praktykę adwokacką? Zarabia sześćdziesiąt tysięcy rocznie i gdyby przepadł w wyborach, umarłby z głodu. Podobnie zresztą jak znaczna większość naszych sędziów. Musi za wszelką cenę utrzymać się na tym stanowisku. Buckley o tym wie, więc pogadał z miejscowymi fanatykami, sugerując im, że ten podły czarnuch może wywinąć się od kary, jeśli proces zostanie przeniesiony gdzie indziej. Powinni więc wywrzeć małą presję na sędziego, by odrzucił twój wniosek. Oto dlaczego Noose tak się boi.

Popijali przez kilka minut w milczeniu, bujając się w wysokich, drewnianych fotelach na biegunach. Piwo było świetne.

– Jest jeszcze coś – dodał Lucien.

– W sprawie?

– Noose'a.

– To znaczy co?

– Otrzymał kilka pogróżek. Nie politycznych. Grozili śmiercią. Słyszałem, że wpadł w panikę. Zwrócił się do policji, by strzegła jego domu. Zaczął nosić broń.

– Znam to uczucie – mruknął Jake.

– Tak, słyszałem.

– Co słyszałeś?

– O tym dynamicie. Kto to zrobił?

Jake'a zatkało. Spojrzał na Luciena pytająco, nie będąc w stanie wykrztusić ani słowa.

– Tylko nie pytaj mnie, jak się dowiedziałem. Mam swoje dojścia. Kto to zrobił?

– Nie wiadomo.

– Wszystko wskazuje na to, że jakiś fachman.

– Chyba tak.

– Możesz zostać u mnie. Mam pięć sypialni.

– Dziękuję.

Kiedy piętnaście po ósmej Ozzie parkował swój wóz obok saaba, który wciąż stał za porsche, akurat zachodziło słońce. Podszedł do schodów prowadzących na werandę. Pierwszy zauważył go Lucien.

– Cześć, szeryfie – udało mu się wymamrotać, choć język mu się plątał, a w ustach czuł suchość.

– Dobry wieczór, Lucien. Gdzie jest Jake?

Lucien skinął w stronę huśtawki w rogu werandy, na której leżał Brigance.

– Postanowił się zdrzemnąć – wyjaśnił.

Ozzie przeszedł po skrzypiącej podłodze z desek i stanął nad pochrapującym Jakiem. Szturchnął go lekko w bok. Brigance otworzył oczy i spróbował usiąść.

– Telefonowała do mnie Carla. Była śmiertelnie przerażona. Wydzwaniała do ciebie przez całe popołudnie, ale nigdzie cię nie mogła złapać. Nikt cię nie widział. Myśli, że nie żyjesz.

Jake potarł oczy, aż huśtawka zakołysała się lekko.

– Powiedz jej, że nie umarłem. Powiedz, że mnie widziałeś, że ze mną rozmawiałeś i że jesteś absolutnie pewny, że żyję. Powiedz, że zadzwonię do niej jutro. Proszę, Ozzie, powiedz jej to.

– Wykluczone, mój drogi. Jesteś już dużym chłopcem, sam możesz zadzwonić i jej to powiedzieć. – Ozzie opuścił werandę. Wcale mu nie było do śmiechu.

Jake stanął niepewnie na nogach i zataczając się, powlókł się do domu.

– Gdzie jest telefon? – krzyknął do Sallie. Kiedy wykręcał numer, słyszał, jak Lucien na werandzie zanosi się nieopanowanym śmiechem.

ROZDZIAŁ 26

Poprzedniego kaca miał podczas studiów, sześć czy siedem lat temu. Nie pamiętał, kiedy to było, ale pulsowanie w głowie, suchość w ustach, urywany oddech i pieczenie powiek uruchomiły wciąż żywe wspomnienia licznych wieczorów spędzonych na piciu brunatnego świństwa.

Gdy tylko otworzył lewe oko, natychmiast zorientował się, że będzie miał kłopoty. Powieki prawego oka skleiły się mocno i wiedział, że nie otworzą się, chyba że pomoże im palcami, ale nie miał odwagi zrobić najmniejszego ruchu. Leżał w ciemnym pokoju na kanapie, w ubraniu, w butach, nasłuchując bicia własnego serca i obserwując, jak wiatrak pod sufitem wolno się obraca. Poczuł mdłości. Kark mu zesztywniał, bo leżał bez

265

poduszki. Nogi miał spuchnięte, gdyż nie zdjął butów. Żołądek mu się przewracał, kurczył i groził w każdej chwili torsjami. W takim stanie śmierć byłaby wybawieniem.

Jake miał problemy z kacem, bo nie potrafił go przespać. Kiedy tylko otworzył oczy, jego umysł się budził i zaczynał pracować, w skroniach mu pulsowało i nie mógł z powrotem usnąć. Nie mógł tego pojąć. Jego kumple ze studiów potrafili po pijatyce przespać cały dzień, ale nie on. Nigdy nie udało mu się zdrzemnąć dłużej niż parę godzin od opróżnienia ostatniej butelki czy puszki.

Dlaczego? Zawsze nazajutrz zadawał sobie to pytanie. Dlaczego to zrobił? Zimne piwo doskonale orzeźwia. Nawet dwa czy trzy. Ale dziesięć, piętnaście, dwadzieścia? Po szóstej puszce piwo traciło smak i od tej pory pił tylko, aby pić i się upić. Lucien też mu się przysłużył. Przed zmrokiem posłał Sallie do sklepu po całą skrzynkę coorsa, za którą z przyjemnością zapłacił, a potem zachęcał Jake'a do picia. Zostało zaledwie kilka puszek. To wszystko przez Luciena.

Wolno spuścił nogi na podłogę. Delikatnie potarł skronie, lecz na próżno. Odetchnął głęboko, ale serce waliło mu jak oszalałe, pompując więcej krwi do mózgu i wprawiając w ruch małe młoteczki wewnątrz głowy. Musi się napić wody. Język miał suchy i opuchnięty do tego stopnia, że najchętniej siedziałby z otwartymi ustami i ziajał jak zgrzany pies. Dlaczego… dlaczego?

Wstał wolno, ostrożnie, poruszając się jak na zwolnionych obrotach, i poszedł do kuchni. Światło było przyćmione, żarówka osłonięta kloszem, a mimo to blask oślepił go. Potarł oczy brudnymi rękami. Pił wolno, nie zważając na to, że ciepła woda wycieka mu z ust i pryska na podłogę. Sallie posprząta. Zegar na szafce wskazywał drugą trzydzieści.

Starając się zachować równowagę i nie robić hałasu, przemierzył chwiejnym krokiem pokój, minął kanapę i wyszedł na werandę. Cała zasłana była pustymi butelkami i puszkami.

Godzinę spędził pod gorącym natryskiem w swoim biurze, nie mogąc się poruszyć. Tusz zlikwidował częściowo ból mięśni i łamanie w kościach, ale zawroty głowy pozostały. Kiedyś na studiach udało mu się przeczołgać od łóżka do lodówki po piwo. Wypił jedno i pomogło mu: wypił następne i poczuł się znacznie lepiej. Przypomniał to sobie teraz, siedząc pod natryskiem, ale na myśl o piwie zebrało mu się na wymioty.

Leżał na stole konferencyjnym w samej bieliźnie i czekał na śmierć. Jest ubezpieczony. Zostawią jego dom w spokoju. Sprawę poprowadzi jakiś inny adwokat.

Do procesu pozostało dziewięć dni. Czas był na wagę złota, miał go tak mało, a oto cały dzień zmarnuje przez tego cholernego kaca. Potem pomyślał o Carli i pulsowanie w skroniach znów się nasiliło. Wczoraj starał się, by jego głos brzmiał normalnie. Powiedział jej, że spędził całe popołudnie z Lucienem na czytaniu opisów spraw, w których obrona powoływała się na niepoczytalność oskarżonego. Zadzwoniłby do niej wcześniej, lecz telefon nie działał, przynajmniej u Luciena. Język mu się plątał i mówił bardzo wolno, więc domyśliła się, że jest pijany. Była wściekła. Tak, jej dom wciąż stoi. Tylko w to uwierzyła.

O wpół do siódmej znów do niej zadzwonił. Może zrobi na niej wrażenie fakt, że jej mąż od świtu jest w biurze i pilnie pracuje? Ale się nie udało. Z ogromnym samozaparciem, nie zważając na ból, starał się udawać radość, nawet podniecenie. Nie dała się nabrać.

– Jak się czujesz? – dopytywała się.

– Wspaniale! – odparł z zamkniętymi oczami.

– O której godzinie się położyłeś do łóżka?

Do jakiego łóżka, pomyślał Jake.

– Zaraz po rozmowie z tobą.

Nic nie odpowiedziała.

– Przyjechałem dziś do biura o trzeciej nad ranem – oświadczył dumny z siebie.

– O trzeciej!

– Tak, nie mogłem spać.

– Przecież poprzedniej nocy też nie spałeś. – W jej lodowatym tonie usłyszał troskę i poczuł się lepiej.

– Nic mi nie będzie. Niewykluczone, że w tym i przyszłym tygodniu ze względów bezpieczeństwa będę nocował u Luciena.

– A co z twoją obstawą?

– Przydzielono mi Nesbita. Śpi teraz w swoim wozie pod biurem.

Zawahała się i Jake czuł, jak troska o niego bierze górę nad złością.

– Martwię się o ciebie – powiedziała już zupełnie ciepłym tonem.

– Nic mi nie będzie, kochanie. Zadzwonię do ciebie jutro. Muszę się brać do roboty.

Odłożył słuchawkę, pobiegł do toalety i zwymiotował.

Pukanie do drzwi frontowych nie ustawało. Jake od piętnastu minut starał się nie zwracać na nie uwagi, ale ktokolwiek to był, wiedział, że Jake jest w środku, i pukał dalej.

Wyszedł na balkon.

– Kto tam? – wrzasnął na całą ulicę.

Jakaś kobieta zeszła z chodnika i oparła się o czarne bmw zaparkowane tuż obok saaba. Ręce wsunęła w kieszenie spowiałych obcisłych dżinsów. Południowe słońce świeciło już jasno i oślepiło ją, gdy uniosła głowę w stronę balkonu. Oświetliło również jej jasne, złotorude włosy.

– Pan Jake Brigance? – spytała, osłaniając oczy ręką.

- Tak. Czego pani chce?
- Muszę z panem pomówić.
- Jestem zajęty.
- To bardzo ważne.
- Nie jest pani klientką, prawda? – spytał, spoglądając na jej szczupłą postać i z góry znając odpowiedź.
- Nie. Proszę pana o pięć minut rozmowy.

Jake otworzył drzwi. Weszła pewnym krokiem, jakby była właścicielką tej kancelarii. Uścisnęła mu mocno dłoń.

- Jestem Ellen Roark.

Wskazał jej krzesło obok drzwi.

- Miło mi panią poznać. Proszę usiąść.

Jake oparł się o skraj biurka Ethel.

- Jedna sylaba czy dwie?
- Nie rozumiem.

Mówiła szybko, z akcentem mieszkańców Północnego Wschodu, choć nieco złagodzonym przez spędzenie jakiegoś czasu na Południu.

- Rork czy Ro-ark?
- R-o-a-r-k. W Bostonie mówią Rork, a w Missisipi Roark.
- Czy mogę się do pani zwracać po imieniu?
- Oczywiście, to też dwie sylaby. A czy ja mogę do pana mówić Jake?
- Proszę bardzo.
- Świetnie, nie zamierzałam zwracać się do ciebie per „pan".
- Jesteś z Bostonu, tak?
- Tak, tam się urodziłam i chodziłam do college'u. Moim tatą jest Sheldon Roark, znany specjalista w dziedzinie prawa karnego.
- Obawiam się, że nie słyszałem o nim. Co cię sprowadza do Missisipi?
- Studiuję prawo na Ole Miss.
- Na Ole Miss! W jaki sposób tam trafiłaś?
- Moja matka pochodzi z Natchez. Była uroczą studentką na Ole Miss, a potem przeniosła się do Nowego Jorku, gdzie poznała mojego ojca.
- Ja też ożeniłem się z uroczą studentką z Ole Miss.
- Jest ich tam pełno.
- Napijesz się kawy?
- Nie, dziękuję.
- A więc skoro się poznaliśmy, czy mogę wiedzieć, co sprowadza cię do Clanton?
- Carl Lee Hailey.
- Nie zaskoczyłaś mnie.
- W grudniu kończę studia prawnicze, a całe lato muszę tracić czas w Oxford. Mam zajęcia z postępowania karnego z Guthriem i strasznie się nudzę.

– Zwariowany George Guthrie.

– Tak, nic się nie zmienił.

– Oblał mnie na pierwszym roku z prawa konstytucyjnego.

– Tak czy owak, chciałabym z tobą pracować nad tą sprawą. Jake uśmiechnął się i usiadł na krześle obrotowym Ethel. Przyjrzał się jej uważnie. Miała na sobie starannie uprasowaną czarną bawełnianą koszulkę polo. Subtelne załamania i półcienie zdradzały dość obfity biust. Nie nosiła stanika. Na ramiona opadały jej grube, falujące włosy.

– Czemu myślisz, że potrzebna mi pomoc?

– Wiem, że sam prowadzisz praktykę i wiem, że nie masz asystenta.

– Gdzie się tego wszystkiego dowiedziałaś?

– Z „Newsweeka".

– Ach, tak. Wspaniały artykuł. Nieźle wypadłem na zdjęciu, prawda?

– Wyszedłeś nieco sztywno, ale ujdzie. W rzeczywistości wyglądasz dużo lepiej.

– Jakie masz referencje?

– Pochodzę z rodziny geniuszy. College ukończyłam z wyróżnieniem, a w swojej grupie na roku jestem druga. Podczas ubiegłych wakacji trzy miesiące pracowałam w Lidze Obrońców Więźniów z Południa w Birmingham i byłam asystentką obrony w siedmiu procesach, w których oskarżonemu groziła kara śmierci. Widziałam, jak Elmer Wayne Doss ginął na Florydzie na krześle elektrycznym i jak Williemu Rayowi Ashowi robiono śmiercionośny zastrzyk w Teksasie. W wolnych chwilach pisuję streszczenia spraw dla ACLU. Teraz pracuję przy dwóch odwołaniach od wyroków śmierci dla kancelarii adwokackiej w Spartanburgu w Karolinie Południowej. Dorastałam w kancelarii adwokackiej ojca i jeszcze zanim nauczyłam się prowadzić samochód, pisałam analizy prawne. Obserwowałam, jak bronił morderców, gwałcicieli, malwersantów, szantażystów, terrorystów, skrytobójców, osoby znęcające się nad nieletnimi, dzieciobójców i dzieci, które zabiły swych rodziców. Podczas nauki w college'u pracowałam w jego biurze czterdzieści godzin tygodniowo. Zatrudnia u siebie osiemnastu prawników, wszyscy są bardzo zdolni. To wymarzone miejsce dla każdego adwokata specjalizującego się w prawie karnym, który chce zdobyć praktykę, a ja spędziłam tam czternaście lat. Mam dwadzieścia pięć lat i kiedy skończę studia, chcę pracować jako adwokat specjalizujący się w prawie karnym, tak jak mój ojciec, i zrobić wspaniałą karierę, walcząc przeciwko wyrokom śmierci.

– To wszystko?

– Mój ojciec jest strasznie bogaty i chociaż pochodzimy z rodziny katolickiej, pozostałam jedynaczką. Mam więcej pieniędzy od ciebie, więc będę pracowała za darmo. Bez wynagrodzenia. Darmowa asystentka na trzy tygodnie.

Mogę wertować opisy starych spraw, pisać na maszynie, odpowiadać na telefony, zgodzę się nawet nosić za tobą teczkę i parzyć ci kawę.

– Bałem się, że chcesz zostać moją wspólniczką.

– Nie. Jestem kobietą, a znajdujemy się na Południu. Znam swoje miejsce.

– Dlaczego ta sprawa tak cię interesuje?

– Chcę się znaleźć na sali rozpraw. Ubóstwiam procesy karne, wielkie procesy, gdy stawką jest życie, a napięcie tak wzrasta, że elektryzuje powietrze. Kiedy sala sądowa pęka w szwach i wszędzie kręcą się stróże porządku. Kiedy połowa ludzi nienawidzi oskarżonego i jego adwokata, a druga połowa modli się, by został uwolniony. Kocham to. A to będzie proces nad procesy. Nie pochodzę z Południa i na ogół większość rzeczy mnie tu dziwi, ale wykształciłam w sobie perwersyjną miłość do tego regionu. Nigdy was nie zrozumiem, ale jestem wami zafascynowana. Istnieje tu wiele problemów wynikających z rasizmu. Weźmy taki proces czarnego ojca, zabójcy dwóch białych mężczyzn, którzy zgwałcili jego córkę – mój ojciec powiedział, że podjąłby się obrony w tej sprawie za darmo.

– Poradź mu, by lepiej został w Bostonie.

– To proces marzenie każdego prawnika. Chcę w nim uczestniczyć. Obiecuję, że nie będę się wtrącała. Pozwól mi tylko obserwować rozprawę i przy niej pracować.

– Sędzia Noose nienawidzi kobiet adwokatów.

– Podobnie jak każdy prawnik mężczyzna na Południu. Ale ja nie jestem adwokatem. Jestem studentką prawa.

– Pozwolę, byś osobiście mu to wyjaśniła.

– Czyli że pracuję u ciebie.

Jake przestał się jej przyglądać i nabrał głęboko powietrza. Ogarnęła go kolejna fala mdłości. Młoteczki zaczęły walić ze zdwojoną siłą i musiał natychmiast pognać do toalety.

– Tak, pracujesz u mnie. Przyda mi się świeże spojrzenie. Jestem pewien, że zdajesz sobie sprawę z tego, jak skomplikowane są tego typu procesy.

Uśmiechnęła się uszczęśliwiona.

– Kiedy zaczynamy?

– Natychmiast.

Oprowadził Ellen po biurze i wyznaczył jej miejsce w pokoju sztabowym na górze. Przenieśli akta sprawy Haileya na stół w sali konferencyjnej, gdzie przez godzinę sporządzała z nich notatki.

O wpół do trzeciej Jake obudził się z drzemki. Zszedł na dół do sali konferencyjnej. Ellen zdjęła z półek połowę książek i porozrzucała je na całym stole. Mniej więcej co pięćdziesiąt stron widniały w nich zakładki. Była pochłonięta pracą.

– Niezły księgozbiór – pochwaliła.

– Niektóre z tych książek nie były otwierane przez dwadzieścia lat.

– Domyśliłam się, gdy zobaczyłam pokrywającą je warstwę kurzu.

– Jesteś głodna?

– Wprost umieram z głodu.

– Tuż za rogiem jest mała kafeteria, jej specjalność to ociekająca tłuszczem smażona potrawa z kukurydzy. Mój organizm domaga się zastrzyku tłuszczu.

– Brzmi zachęcająco.

Przeszli przez plac do Claude'a, gdzie, jak na sobotnie popołudnie, nie było zbyt tłoczno. W lokalu siedzieli sami czarni. Claude nie pojawił się, a gdy weszli, w sali zaległa cisza, aż dzwoniło w uszach. Jake zamówił cheeseburgera, smażoną cebulę i trzy tabletki od bólu głowy.

– Boli cię głowa? – spytała Ellen.

– Okropnie.

– Stres?

– Nie, kac.

– Kac? Myślałam, że jesteś abstynentem.

– Gdzie o tym słyszałaś?

Nic słyszałam, tylko przeczytałam w „Newsweeku". W artykule przedstawiono cię jako schludnie podstrzyżonego młodego człowieka, ojca rodziny, pracusia, gorliwego prezbiterianina, który nie pije i pali tanie cygara. Nie pamiętasz?

– Wierzysz we wszystko, co piszą w gazetach?

– Nie.

– To dobrze, ponieważ ostatniej nocy schlałem się jak świnia i cały ranek rzygałem.

Jego asystentka sprawiała wrażenie rozbawionej.

– Co pijasz?

– Nie pamiętam. Przynajmniej nie pamiętałem do wczoraj. To mój pierwszy kac od czasów studenckich i mam nadzieję, że ostatni. Zapomniałem, jakie to okropne uczucie.

– Dlaczego prawnicy tyle piją?

– Uczą się tego na studiach. Czy twój tata się zalewa?

– Żartujesz sobie? Jesteśmy katolikami. Stara się zachować umiar.

– A ty pijesz?

– Naturalnie, bez przerwy – oświadczyła z dumą.

– W takim razie będzie z ciebie wielki adwokat.

Jake z namaszczeniem wrzucił trzy tabletki do szklanki wody z lodem i wypił. Skrzywił się i otarł usta. Obserwowała go z uwagą.

– Co powie twoja żona?

- Na temat?
- Kaca u takiego przykładnego ojca rodziny.
- O niczym nie wie. Opuściła mnie wczoraj bladym świtem.
- Przykro mi.
- Wyjechała do swoich rodziców. Zostanie u nich do zakończenia procesu. Od dwóch miesięcy otrzymywaliśmy anonimowe telefony, w których grożono nam śmiercią. Wczoraj nad ranem podłożyli dynamit tuż pod oknem naszej sypialni. Policja zdążyła znaleźć bombę i schwytała sprawców; prawdopodobnie to członkowie Klanu. Tego dynamitu starczyłoby na wysadzenie w powietrze domu razem z jego mieszkańcami. Uważam, że to dostateczny powód, by się upić.
- Przykro mi to słyszeć.
- Praca, którą dopiero co rozpoczęłaś, może okazać się bardzo niebezpieczna. Lepiej, jeśli dowiesz się tego na samym początku.
- Dostawałam już pogróżki. Ostatniego lata w Dothan w Alabamie broniliśmy dwóch czarnych nastolatków, którzy zgwałcili i udusili osiemdziesięcioletnią staruszkę. Żaden adwokat w całym stanie nie chciał się podjąć ich obrony, więc wezwano Ligę Obrońców. Wjechaliśmy do miasta na czarnych koniach i sam nasz widok sprawił, że na rogach ulic gromadziły się tłumy mieszkańców żądnych krwi. Jeszcze nigdy w życiu nie odnoszono się do mnie z taką nienawiścią. Zatrzymaliśmy się w motelu w sąsiednim mieście i czuliśmy się tam bezpiecznie. Pewnej nocy dopadli mnie w holu dwaj faceci i próbowali porwać.
- No i co?
- Noszę w torebce zgrabny pistolet kaliber 0,38 i przekonałam ich, że umiem się nim posługiwać.
- Pistolet kaliber 0,38?
- Dostałam go od ojca na piętnaste urodziny. Mam pozwolenie na broń.
- Twój ojciec to niezwykle oryginalny człowiek.
- Kilka razy do niego strzelali. Podejmuje się obrony w bardzo kontrowersyjnych sprawach, takich, o których piszą w gazetach, kiedy to wszyscy są oburzeni i domagają się, by oskarżonego powiesić i nie bawić się w żadne procesy. Najbardziej lubi właśnie takie sprawy. Ma nawet swojego goryla na stałe.
- Phi, też mi coś. Ja również mam ochroniarza. Przydzielono mi zastępcę szeryfa, Nesbita, który nie trafiłby w stodołę z dubeltówki. Pilnuje mnie od wczoraj.
Przyniesiono jedzenie. Zdjęła cebulę i pomidory z firmowego Claudeburgera i zaproponowała Jake'owi swoje frytki. Cheeseburgera przekroiła na połowę i skubała go po odrobinie. Gorący tłuszcz skapywał na talerz. Po ugryzieniu każdego kąska dokładnie wycierała usta.

Miała subtelną, ładną buzię i pogodny uśmiech, co dziwnie kontrastowało z opowieściami o ACLU i ERA oraz ostentacyjnie manifestowaną postawą kobiety wyzwolonej. Na jej twarzy nie było ani śladu makijażu. Zresztą nie musiała się malować. Nie była piękna, nie wydawała się też zbyt przebiegła i wcale jej na tym nie zależało. Miała jasną, ale nie wydelikaconą cerę i kilka piegów na małym, zadartym nosie. Przy każdym uśmiechu jej usta cudownie się rozchylały, a w policzkach tworzyły się sympatyczne dołeczki. Uśmiechy były szczere, trochę prowokujące i zagadkowe. W zielonych oczach dostrzegało się prawdziwą pasję, a kiedy mówiła, nie spuszczała wzroku z rozmówcy.

Jednym słowem była to twarz kobiety inteligentnej i niezwykle atrakcyjnej.

Jake żuł swojego cheesburgera i próbował nie zwracać uwagi na jej oczy. Kiedy się najadł, poczuł, że jego żołądek przestał się skręcać; po raz pierwszy od dziesięciu godzin Jake pomyślał, że może uda mu się przeżyć.

– A tak serio, dlaczego wybrałaś właśnie Ole Miss? – spytał.

– Mają dobry wydział prawa.

– Studiowałem na nim. Ale zazwyczaj nie ściągają tam najzdolniejsi uczniowie z Północnego Wschodu. Oni wybierają stare, renomowane uniwersytety na Wschodzie. My też wysyłamy tam nasze najzdolniejsze dzieciaki.

– Mój ojciec nienawidzi wszystkich prawników z tamtych uczelni. Był biedny jak mysz kościelna i by skończyć studia, harował nocami. Przez całe życie znosił afronty bogatych, niedouczonych i niekompetentnych prawników. Teraz śmieje się im w nos. Powiedział mi, że wprawdzie mogę studiować, gdzie chcę, ale jeśli wybiorę jedną z owych snobistycznych uczelni, nie będzie płacił czesnego. Niemały wpływ na mój wybór miała również matka. Wyrosłam na jej uroczych opowieściach o życiu na Południu i postanowiłam zobaczyć to na własne oczy. A ponieważ wszystko wskazuje, że stany południowe zdecydowane są utrzymać karę śmierci, więc myślę, że już tu zostanę.

– Dlaczego jesteś taką przeciwniczką kary śmierci?

– A ty nie jesteś?

– Nie, ja jestem jej zwolennikiem.

– Niesłychane! I to mówi obrońca w procesach karnych!

– Chciałbym, żeby przywrócono zwyczaj publicznego wieszania skazańców na dziedzińcu przed sądem.

– Chyba żartujesz! Przynajmniej mam taką nadzieję. Powiedz, że żartujesz.

– Nie żartuję.

Przestała jeść i spoważniała. Przypatrywała mu się płonącymi oczami, próbując dostrzec jakąś oznakę świadczącą o tym, że ją podpuszcza.

– Mówisz serio?

– Najzupełniej. Cały problem polega na tym, że kara śmierci jest zbyt rzadko wymierzana.

– Podzieliłeś się swoją opinią z Haileyem?

– Hailey nie zasłużył na karę śmierci. Ale ci dwaj, którzy zgwałcili jego córkę, bez wątpienia tak.

– Rozumiem. A w jaki sposób oceniasz, kto na nią zasługuje, a kto nie?

– To bardzo proste. Wystarczy spojrzeć na przestępstwo i jego sprawcę. Jeśli to handlarz kokainą, który zabija funkcjonariusza agencji do walki z narkotykami, wtedy wiadomo, że zasłużył na komorę gazową. Jeśli to włóczęga, który zgwałcił trzyletnią dziewczynkę, a następnie utopił ją, zanurzając jej główkę w kałuży i w końcu zrzucił jej zwłoki z mostu, wtedy skazujesz go na śmierć i dziękujesz Bogu, że go więcej nie zobaczysz. Jeśli to zbiegły więzień, który w nocy włamuje się do czyjegoś domu, bije i torturuje starsze małżeństwo, by później podpalić dom razem z jego właścicielami, wtedy przypasujesz go do krzesła, podłączasz kilka przewodów, zmawiasz krótką modlitwę za jego duszę i przekręcasz włącznik. A jeśli to dwóch łobuzów, którzy zgwałcili dziesięcioletnią dziewczynkę i tak ją skopali kowbojskimi butami z metalowymi noskami, że aż połamali jej kości szczęk, wtedy z największą radością i rozkoszą zamykasz ich w komorze gazowej i słuchasz, jak skowyczą. To bardzo proste.

– To barbarzyństwo.

– Nie, to ich zbrodnie były barbarzyńskie. Zasłużyli na coś więcej niż śmierć.

– A jeśli Hailey zostanie skazany na karę śmierci?

– Jeśli tak się stanie, to jestem pewny, że następne dziesięć lat spędzę, wnosząc apelacje i walcząc zaciekle, by uratować mu życie. I jeśli kiedykolwiek posadzą go na krześle elektrycznym, to na pewno będę maszerował przed więzieniem razem z tobą i setkami innych dobrych dusz, trzymając świecę i śpiewając hymny. A potem, wraz z wdową po nim i jego dziećmi, stanę nad jego grobem i będę żałował, że go kiedykolwiek spotkałem.

– Czy byłeś kiedyś obecny przy egzekucji?

– Nie przypominam sobie.

– Ja widziałam dwie. Zmienisz zdanie już po pierwszym razie.

– Dobrze. Wobec tego nigdy nie będzie pierwszego razu.

– To straszny widok.

– Czy asystowały przy tym rodziny ofiar?

– Tak, w obu wypadkach.

– Czy oni też byli wstrząśnięci? Czy zmienili zdanie? Oczywiście, że nie. Dla nich oznaczało to koniec koszmaru.

– Dziwię ci się.

– A mnie śmieszą takie osoby jak ty. Jak można być tak zagorzałym i zaślepionym obrońcą ludzi, którzy sami się proszą o karę śmierci i zgodnie z prawem zasłużyli na nią?

– Zgodnie z jakim prawem? W Massachusetts zniesiono karę śmierci.

– Nie mów? A czego się można spodziewać po jednym stanie, w którym w 1972 roku wygrał McGovern? Jego mieszkańcy zawsze mają inne zdanie od reszty kraju.

Zapomnieli o jedzeniu i zaczęli mówić podniesionymi głosami. Jake rozejrzał się wkoło i spostrzegł kilka utkwionych w nich spojrzeń. Ellen uśmiechnęła się i wzięła z jego talerza plasterek cebuli.

– Co sądzisz o ACLU? – spytała, chrupiąc cebulę.

– Spodziewam się, że w portfelu masz legitymację członkowską.

– Tak.

– W takim razie zwalniam cię.

– Wstąpiłam do nich w wieku szesnastu lat.

– Dlaczego tak późno? Byłaś chyba ostatnią skautką w twoim zastępie, która się zapisała do ACLU.

– Czy ty w ogóle czytałeś Ustawę o prawach obywatelskich?

– Uwielbiam Ustawę o prawach obywatelskich. Nienawidzę sędziów, którzy o niej mówią. Jedz.

Skończyli jeść w milczeniu, uważnie się sobie przyglądając. Jake zamówił kawę i jeszcze dwie tabletki od bólu głowy.

– A więc jak zamierzamy wygrać tę sprawę? – spytała.

– Zamierzamy?

– Ciągle u ciebie pracuję, prawda?

– Tak. Nie zapominaj tylko, że ja jestem szefem, a ty asystentką.

– Tak jest, szefie. A więc masz już strategię obrony?

– A jak ty byś poprowadziła tę sprawę?

– Cóż, z tego co wiem, nasz klient drobiazgowo zaplanował sobie swój czyn i zastrzelił ich z zimną krwią, sześć dni po tym, jak zgwałcili jego córkę. Wygląda na to, że świetnie sobie zdawał sprawę z tego, co robi.

– To prawda.

– A więc nie mamy żadnego punktu zaczepienia. Uważam, że aby uniknąć komory gazowej, powinien się przyznać i prosić o karę dożywotniego więzienia.

– Widzę, że jesteś niezwykle bojowo nastawiona.

– Żartowałam. Naszym jedynym wyjściem jest powoływanie się na niepoczytalność sprawcy. Ale wydaje się to niemożliwe do udowodnienia.

– Znasz zasady M'Naghtena?

– Tak. Mamy biegłego psychiatrę?

– Teoretycznie, tak. Powie wszystko, o co go poprosimy, pod warunkiem że zjawi się na sali sądowej trzeźwy. Jednym z trudniejszych twoich zdań jako mojej asystentki będzie dopilnowanie, by na proces przyszedł trzeźwy. A uwierz mi, że nie pójdzie ci to łatwo.

– Moim celem w życiu jest przyjmowanie nowych wyzwań.

– Dobra, Ro-ark, bierz pióro. Za chwilę twój szef wyda ci dyspozycje.

Przygotowała się do robienia notatek.

– Chcę dostać krótkie opracowanie na temat decyzji Sądu Najwyższego Missisipi, wydanych w ciągu ostatnich pięćdziesięciu lat w sprawach, w których powoływano się na zasady M'Naghtena. Będzie tego chyba jakaś setka. Pamiętam głośny proces z 1976 roku przeciwko Hillowi, kiedy sąd czterema głosami przeciwko pięciu głosował za bardziej liberalną definicją niepoczytalności. Postaraj się, by twoje opracowanie było krótkie, miało nie więcej niż dwadzieścia stron. Potrafisz pisać na maszynie?

– Dziewięćdziesiąt słów na minutę.

– Powinienem był wiedzieć. Chcę to mieć do środy.

– W porządku.

– Jest parę kwestii dotyczących dowodów rzeczowych, które chciałbym zbadać. Widziałaś zdjęcia zabitych? Noose zazwyczaj pozwala pokazywać ławie przysięgłych wszystkie krwawe i odrażające dowody, ale wolałbym, żeby sędziowie przysięgli ich nie oglądali. Sprawdź, czy jest na to jakiś sposób.

– Nie będzie to łatwe.

– Największe znaczenie dla nas ma ten gwałt. Chcę, by ława przysięgłych znała jego szczegóły. Trzeba przygotować drobiazgowo strategię postępowania. Mam dwie, trzy sprawy, od których możesz zacząć, i wydaje mi się, że uda nam się przekonać Noose'a, iż gwałt ściśle wiąże się z tym procesem.

– Dobra. Co jeszcze?

– Nie wiem. Kiedy mój umysł znów zacznie normalnie funkcjonować, wymyślę coś więcej, ale na razie musi ci to wystarczyć.

– Czy mam się zameldować w poniedziałek rano?

– Tak, ale nie przed dziewiątą. Lubię mieć rano trochę czasu dla siebie.

– Jakie są wymagania co do ubioru?

– Prezentujesz się świetnie.

– Czyli dżinsy i buty na gołe stopy?

– W kancelarii pracuje jeszcze sekretarka, Ethel. Ma sześćdziesiąt cztery lata, jest przy kości i na szczęście nosi stanik. Myślę, że to nie najgorszy pomysł, z którego mogłabyś sama skorzystać.

– Zastanowię się.

– Nie chcę się podczas pracy niepotrzebnie rozpraszać.

Rozdział 27

Poniedziałek, 15 lipca. Tydzień do procesu. Podczas weekendu szybko rozeszła się wiadomość, że rozprawa odbędzie się w Clanton i miasteczko szykowało się do tego wydarzenia. Telefony we wszystkich trzech motelach dzwoniły bez przerwy: ekipy dziennikarzy potwierdzały rezerwacje. W kafeteriach wrzało od przygotowań. Okręgowy zespół remontowy zebrał się po śniadaniu wokół budynku sądu i przystąpił do malowania i porządków. Ozzie przysłał swoich aresztantów z kosiarkami i środkami do niszczenia chwastów. Staruszkowie siedzący pod pomnikiem ku czci poległych w Wietnamie uważnie przyglądali się temu wszystkiemu i spluwali na chodnik. Gęsta ciemnozielona murawa dostała dodatkową porcję nawozów, jeszcze przed dziewiątą ustawiono na trawnikach kilkanaście zraszaczy z sykiem rozpryskujących wodną mgiełkę.

O dziesiątej temperatura powietrza wynosiła 33°C. Właściciele sklepików wokół placu otworzyli drzwi do swoich lokali i włączyli wiatraki pod sufitami. Dzwonili do Memphis, Jackson i Chicago po dodatkowy towar, który zamierzali sprzedawać w przyszłym tygodniu po specjalnych cenach.

W piątek wieczorem Noose zatelefonował do Jean Gillespie, kierowniczki sądu objazdowego, by ją poinformować, że proces odbędzie się w administrowanej przez nią placówce. Polecił, by wezwała stu pięćdziesięciu kandydatów na sędziów przysięgłych. Obrona zażądała większej niż zwykle liczby kandydatów, spośród których zostanie wybrana dwunastoosobowa ława przysięgłych, i Noose wyraził zgodę. Jean i jej dwie zastępczynie spędziły sobotę, przeglądając rejestry wyborców i na chybił trafił wybierając potencjalnych jurorów. Zgodnie z wyraźnym poleceniem Noose'a, odrzucały wszystkich powyżej sześćdziesięciu pięciu lat. Wybrano tysiąc nazwisk. Każde z nich wraz z adresem zostało wypisane na małej kartce. Następnie wszystkie karteczki wrzucono do kartonowego pudełka. Potem obie urzędniczki, jedna – biała, druga – czarna, na zmianę wyciągały z pojemnika po jednej kartce i kładły je na składanym stoliku. Kiedy wyciągnięto sto pięćdziesiąt nazwisk, przerwano losowanie i sporządzono listę kandydatów na sędziów przysięgłych w procesie przeciwko Haileyowi. Selekcjonowano kandydatów zgodnie ze szczegółową instrukcją podyktowaną przez sędziego Noose'a, który dobrze wiedział, co robi. Jeśli w ławie zasiądą sami biali, którzy przegłosują winę oskarżonego, a co tym idzie – karę śmierci, każdy najdrobniejszy etap procedury wyboru ławy przysięgłych zostanie podczas apelacji zakwestionowany. Już raz to przeżył i jego wyrok został uchylony. Tym razem nie przyłapią go na żadnym uchybieniu.

Następnie przygotowano wezwania do stawiennictwa w sądzie. Plik wezwań trzymano pod kluczem w gabinecie Jean do poniedziałku do ósmej rano, kiedy pojawił się szeryf Walls. Został poczęstowany kawą i wysłuchał instrukcji:

– Sędzia Noose prosił, by wszystkie wezwania wręczono dziś, między czwartą po południu a północą.

– Rozumiem.

– Kandydaci na przysięgłych mają się stawić w sądzie w najbliższy poniedziałek punktualnie o dziewiątej.

– Jasne.

– W wezwaniach nie ma wzmianki odnośnie do tego, czyj to będzie proces i proszę nic na ten temat nie mówić.

– Obawiam się, że i tak się domyślą.

– Najprawdopodobniej tak, ale Noose podkreślał, by pańscy ludzie podczas wręczania wezwania nie udzielali żadnych informacji. Nazwiska kandydatów na sędziów przysięgłych są otoczone największą tajemnicą, przynajmniej do środy. Proszę nie pytać dlaczego – to również polecenie Noose'a.

Ozzie spojrzał na plik zawiadomień.

– Ile tego jest?

– Sto pięćdziesiąt.

– Sto pięćdziesiąt! Dlaczego aż tyle?

– To wielki proces. Tak zarządził Noose.

– Będę musiał oddelegować do wręczenia tych wezwań wszystkich swoich ludzi.

– Przykro mi.

– No, dobrze. Jeśli tak sobie życzy pan sędzia, niech mu będzie.

Ozzie wyszedł i w chwilę po nim w pokoju pojawił się Jake. Zaczął przekomarzać się z urzędniczkami i uśmiechać do Jean Gillespie. Poszedł za nią do gabinetu i zamknął za sobą drzwi. Wycofała się za biurko. Wciąż się uśmiechał.

– Wiem, po co tu przyszedłeś – oświadczyła poważnie – ale nic z tego.

– Jean, daj mi tę listę.

– Nie wcześniej niż w środę. To polecenie Noose'a.

– W środę? Dlaczego akurat w środę?

– Nie wiem. Tak zarządził sędzia.

– Jean, daj mi tę listę.

– Jake, nie mogę. Chcesz, żebym miała kłopoty?

– Nie będziesz miała żadnych kłopotów, bo nikt się o niczym nie dowie. Wiesz, że potrafię dochować tajemnicy. – Nie uśmiechał się już. – Jean, daj mi tę cholerną listę.

– Jake, naprawdę nie mogę.

– Jest mi potrzebna, i to natychmiast. Nie mogę czekać do środy. Mam dużo roboty.

– To byłoby nie fair wobec Buckleya – odparła słabo.

– Do diabła z Buckleyem. Myślisz, że on gra uczciwie? To zdradziecki wąż i nie lubisz go tak samo jak ja.

– Może nawet bardziej.

– No więc daj mi tę listę.

– Słuchaj, Jake, zawsze byliśmy przyjaciółmi. Cenię cię więcej niż wszystkich pozostałych adwokatów, których mam. Kiedy mój syn popadł w tarapaty, zadzwoniłam właśnie do ciebie, pamiętasz? Wierzę w ciebie i chcę, byś wygrał tę sprawę. Ale musisz się stosować do poleceń sędziego.

– Kto pomógł ci wygrać podczas ostatnich wyborów. Ja czy Buckley?

– Daj spokój, Jake.

– Kto wybronił twego syna przed więzieniem, ja czy Buckley?

– Proszę.

– Kto chciał wsadzić twego syna do więzienia, ja czy Buckley?

– To nie fair, Jake.

– Kto stanął w obronie twojego męża, gdy wszyscy, powtarzam wszyscy parafianie domagali się, by odszedł, kiedy nie bilansowały się księgi?

– To nie jest kwestia lojalności, Jake. Kocham ciebie i Carlę, i Hannę, ale nie mogę tego zrobić.

Jake wybiegł z kancelarii, trzaskając drzwiami. Jean siedziała za biurkiem i ocierała z policzków łzy.

O dziesiątej do gabinetu Jake'a wparował Harry Rex i rzucił mu na biurko kopię listy potencjalnych przysięgłych.

– O nic nie pytaj – powiedział. Obok każdego nazwiska porobił uwagi w rodzaju „Nie znam" albo „Były klient – nienawidzi czarnuchów", albo „Pracuje w fabryce obuwia, może odnosić się życzliwie".

Jake wolno odczytał wszystkie nazwiska, próbując skojarzyć je sobie z twarzami lub jakimiś wiadomościami o ich właścicielach. Lista zawierała wyłącznie nazwiska. Bez adresu, wieku, zawodu. Między innymi dostrzegł nazwisko swojej nauczycielki z czwartej klasy z Karaway. Jednej z przyjaciółek jego matki z klubu. Byłego klienta, zdaje się, że okradł sklep. Nazwisko zasłyszane kiedyś w kościele. Bywalca kafeterii. Znanego farmera. Najprawdopodobniej przeważali biali. Wypatrzył wprawdzie jakiegoś Williego Mae'a Jonesa, Leroya Washingtona, Roosevelta Tuckera, Bessie Lou Bean i jeszcze paru czarnych, ale w większości przypadków nazwiska wskazywały na to, że ich właściciele są biali. Najwyżej trzydzieści coś nieco mu mówiło.

– Co ty o tym myślisz? – spytał Harry Rex.

– Trudno powiedzieć. Większość białych, ale można się było tego spodziewać. Skąd to masz?

- Nie pytaj. Przy dwudziestu sześciu nazwiskach znajdziesz moje uwagi. Pozostałych osób nie znam.
- Prawdziwy z ciebie przyjaciel, Harry Rex.
- Wiem o tym. Jesteś gotów do procesu?
- Jeszcze nie. Ale zdobyłem tajną broń.
- Jaką tajną broń?
- To na razie tajemnica.
- Co ty kombinujesz?
- Jesteś zajęty w środę wieczorem?
- Chyba nie. A dlaczego pytasz?
- To dobrze. Przyjdź tu o ósmej. Będzie Lucien, może jeszcze jedna czy dwie osoby. Chcę przez kilka godzin podyskutować na temat ławy przysięgłych. Kogo chcielibyśmy w niej mieć? Zaczniemy od opracowania charakterystyki idealnego sędziego przysięgłego. Przeanalizujemy tę listę i mam nadzieję, że uda nam się zidentyfikować większość osób.
- Zapowiada się niezła zabawa. Przyjadę. A według ciebie jaki powinien być idealny sędzia przysięgły?
- Nie jestem jeszcze pewien. Myślę, że człowiek, który na własną rękę wymierzył sprawiedliwość, powinien się cieszyć sympatią białych farmerów. Karabiny, przemoc, stawanie w obronie kobiety – to do nich przemawia. Jest tylko jeden szkopuł – mój klient jest czarny i zabił dwóch białych. Niektórzy spośród tych kmiotów z chęcią by go usmażyli w smole.
- Zgadzam się. Unikałbym kobiet. Nie darzą sympatią gwałcicieli, ale życie ma dla nich większą cenę. Nie rozumieją, jak można wziąć M-l6 i rozwalić komuś łeb. Dla mnie czy dla ciebie to całkiem oczywiste, bo jesteśmy ojcami. Potrafimy się wczuć w położenie Haileya. Rozlew krwi i stosowanie przemocy nie robi na nas takiego wrażenia. Podziwiamy Carla Lee. Musisz wybrać do ławy przysięgłych kilka osób, które go podziwiają. Młodych ojców z wyższym wykształceniem.
- To ciekawe, co mówisz. Lucien oświadczył, że skłaniałby się raczej ku kobietom, bo są bardziej uczuciowe.
- Nie zgodziłbym się z tym. Znam kilka kobiet, które poderżnęłyby ci gardło, gdybyś je skreślił.
- Twoje klientki?
- Tak, jedna z nich jest na tej liście. Frances Burdeen. Doprowadź do tego, by została wybrana, a już ja jej powiem, jak ma głosować.
- Mówisz serio?
- Tak. Zrobi wszystko, o co ją poproszę.
- Możesz przyjść w poniedziałek do sądu? Chcę, byś przyjrzał się kandydatom na przysięgłych podczas kompletowania składu ławy i pomógł mi wybrać dwunastu z nich.

– Przyjdę na pewno.

Jake usłyszał jakieś głosy na dole i położył palec na ustach. Nasłuchiwał przez moment, potem uśmiechnął się i dał znak Harry'emu Reksowi, by poszedł za nim. Przeszli na palcach na korytarz i podsłuchiwali głośną rozmowę przy biurku Ethel.

– Na pewno pani tu nie pracuje – upierała się Ethel.

– Na pewno pracuję. Zostałam zatrudniona w sobotę przez pana Jake'a Brigance'a, który – jeśli się nie mylę – jest pani szefem.

– Zatrudniona w jakim charakterze? – spytała Ethel ostrym tonem.

– Asystentki.

– Cóż, nie omawiał tego ze mną.

– Wystarczy, że omówił to ze mną.

– Ile będzie pani płacił?

– Sto dolców za godzinę.

– Dobry Boże! Muszę najpierw z nim porozmawiać.

– Już z nim rozmawiałam, Ethel.

– Dla ciebie jestem panią Twitty. – Ethel zmierzyła ją od stóp do głów. Sprane dżinsy, klapki na gołych stopach, biała bawełniana koszula co najmniej jeden numer za duża i najwyraźniej nic pod nią. – Jest pani nieodpowiednio ubrana do pracy w kancelarii adwokackiej. Ten strój jest... wyzywający.

Harry Rex uniósł brwi i uśmiechnął się do Jake'a. Spoglądali w dół schodów i nadsłuchiwali.

– Mój szef, który jest również pani szefem, pozwolił mi się tak ubierać.

– Ale chyba pani o czymś zapomniała.

– Jake powiedział, że mogę o tym zapomnieć. Zdradził mi, że pani też od dwudziestu lat nie nosi stanika. Oświadczył, że większość kobiet w Clanton nie nosi biustonoszy, więc zostawiłam swój w domu.

– Co takiego? – zakrzyknęła Ethel, krzyżując ręce na piersi.

– Czy Jake jest u ciebie? – spytała Ellen lodowatym tonem.

– Tak, zaraz do niego zadzwonię.

– Proszę się nie trudzić.

Jake i Harry Rex wrócili do gabinetu i czekali na pojawienie się dziewczyny. Weszła, niosąc wielką teczkę.

– Dzień dobry, Ro-ark – powiedział Jake. – Chcę ci przedstawić mojego dobrego przyjaciela, Harry'ego Reksa Vonnera.

Harry Rex uścisnął dłoń Ellen, nie spuszczając wzroku z jej koszuli.

– Miło mi panią poznać. Jak ma pani na imię?

– Ellen.

– Mów do niej Ro-ark – wyjaśnił Jake. – Będzie moją asystentką do czasu zakończenia procesu Haileya.

– O, to świetnie – ucieszył się Harry Rex, wciąż się na nią gapiąc.

– Harry Rex jest miejscowym adwokatem i jest jednym z wielu, którym nie można ufać.

– Jake, czemu zaangażowałeś na swojego asystenta kobietę? – spytał Harry Rex bez ogródek.

– Ro-ark, jak większość studentów ostatniego roku, to geniusz od prawa karnego. Poza tym nie muszę jej dużo płacić.

– Czy ma pan coś przeciwko kobietom? – spytała podejrzliwie Ellen.

– Ależ skądże, proszę pani. Bardzo kocham kobiety. Byłem czterokrotnie żonaty.

– Harry Rex to najnikczemniejszy adwokat w okręgu Ford, specjalizujący się w rozwodach – wyjaśnił Jake. – Właściwie to w ogóle najnikczemniejszy adwokat i kropka. A gdy się głębiej zastanowię, dochodzę do wniosku, że to najnikczemniejszy człowiek, jakiego znam.

– Dziękuję – powiedział Harry Rex, odrywając wreszcie wzrok od Ellen.

Spojrzała na jego olbrzymie, brudne, rozczłapane, zdarte buty, prążkowane nylonowe skarpetki, tworzące wokół kostek grube wałki, poplamione i sfatygowane zielone spodnie, wytarty granatowy blezer, jaskraworóżowy wełniany krawat, który kończył się dwadzieścia centymetrów nad brzuchem, i oświadczyła:

– Uważam, że jest czarujący.

– Możesz zostać moją żoną numer pięć – zaproponował Harry Rex.

– Pociągasz mnie wyłącznie fizycznie – stwierdziła ze smutkiem.

– Ostrzegam, że w tym biurze od chwili odejścia Luciena nie było żadnych romansów – zauważył Jake.

– Wiele rzeczy przeminęło wraz z odejściem Luciena – zadumał się Harry Rex.

– Kto to jest Lucien?

Jake i Harry spojrzeli na siebie.

– Wkrótce go poznasz – obiecał Jake.

– Masz wyjątkowo czarującą sekretarkę – powiedziała Ellen.

– Wiedziałem, że dasz sobie z nią radę. Jest naprawdę urocza, kiedy się ją lepiej pozna.

– Ile trzeba na to czasu?

– Znam ją od dwudziestu lat – zastanawiał się Harry Rex – i wciąż jeszcze jest dla mnie pełna zagadek.

– Jak postępuje praca? – spytał Jake.

– Powoli. Znalazłam kilkanaście spraw, w których powoływano się na niepoczytalność oskarżonego, i wszystkie są bardzo obszerne. Jestem mniej więcej w połowie. Zamierzałam popracować nad tym dzisiaj, jeśli oczywiście ta jędza z dołu na mnie nie napadnie.

– Zajmę się nią – obiecał Jake.

Harry Rex skierował się w stronę drzwi.

– Miło mi było ciebie poznać, Ro-ark. Możesz na mnie liczyć, Jake.

– Dziękuję, Harry Rex – powiedział Jake. – Do zobaczenia w środę wieczorem.

Kiedy w końcu już po zapadnięciu zmroku Jake'owi udało się odnaleźć brudny żwirowy placyk parkingowy przed knajpą Tanka, nie było na nim ani skrawka wolnego miejsca. Do tej pory nie miał powodu, by przyjeżdżać do Tanka i teraz też niezbyt cieszyła go perspektywa złożenia mu wizyty. Lokal był dobrze ukryty przy bocznej drodze, dziesięć kilometrów od Clanton. Brigance zaparkował w pewnej odległości od małego budynku i przez chwilę zastanawiał się, czy nie zostawić włączonego silnika na wypadek, gdyby się okazało, że Tanka nie ma i trzeba będzie szybko stąd spływać. Ale natychmiast zrezygnował z tego głupiego pomysłu, bo lubił swój samochód, a kradzież w tych okolicznościach była nie tylko możliwa, ale wysoce prawdopodobna. Dokładnie zamknął wóz i jeszcze dwa razy sprawdził, czy wszystko pozabezpieczał, niemal pewien, że kiedy wróci, i tak nie zastanie samochodu w całości, a może nawet wcale go nie znajdzie.

Przez otwarte okna dobiegał ryk szafy grającej. Jake'owi wydało się, że usłyszał brzęk butelki rozbijanej o podłogę, o stół, a może o czyjąś głowę. Zawahał się i postanowił wrócić do samochodu. Nie, sprawa była ważna. Wciągnął brzuch, wstrzymał oddech i pchnął chropowate, drewniane drzwi.

Czterdzieści par czarnych oczu natychmiast skupiło się na tym biednym, zagubionym, białym facecie w marynarce i w krawacie, który stał ze zmrużonymi oczami, próbując coś dojrzeć przez głęboki mrok panujący wewnątrz ich knajpy. Zatrzymał się wyraźnie zakłopotany, rozpaczliwie wypatrując swojego znajomego. Nie było go. Właśnie skończył śpiewać Michael Jackson i w lokalu zapanowała cisza, która zdawała się trwać całą wieczność. Jake stał w pobliżu drzwi. Skinął głową, uśmiechnął się i starał się zachowywać jak swój chłop. Nikt nie odpowiedział mu uśmiechem.

Nagle obok baru zapanowało jakieś poruszenie i pod Jakiem ugięły się kolana.

– Jake! Jake! – rozległ się gromki głos. Były to dwa najpiękniejsze słowa, jakie Brigance kiedykolwiek słyszał. Za bufetem ujrzał swego przyjaciela Tanka, który zdjął fartuch i skierował się w jego stronę. Gorąco uścisnęli sobie dłonie.

– Co cię tu sprowadza?

– Muszę z tobą pomówić. Czy możemy wyjść na zewnątrz?

– Oczywiście. O co chodzi?

– Interesy.

Tank przekręcił kontakt w pobliżu drzwi frontowych.

- Słuchajcie, chłopaki, oto Jake Brigance, adwokat Carla Lee Haileya, mój dobry przyjaciel. Powitajcie go odpowiednio.

Małe pomieszczenie zatrzęsło się od braw i okrzyków. Kilku facetów chwyciło Jake'a i zaczęło ściskać mu dłoń. Tank sięgnął do szuflady pod ladą, wyciągnął garść wizytówek Jake'a i zaczął je rozdawać jak cukierki. Jake odzyskał oddech, a jego twarz normalny kolor.

Wyszli na dwór i oparli się o maskę żółtego cadillaca Tanka.

Z lokalu dobiegał śpiew Lionela Richie. Goście powrócili do swoich zajęć. Jake wręczył Tankowi kopię listy.

- Rzuć okiem na te nazwiska. Zobacz, ile osób z tego wykazu znasz. Popytaj i dowiedz się jak najwięcej.

Tank zbliżył kartkę do oczu. Przez ramię padało światło z reklamy Micheloba.

- Ilu tu jest czarnych?

- Liczę, że to ty mi powiesz. To jeden z powodów, dla których zależało mi, byś przejrzał ten spis. Zakreśl czarnych. Jeśli nie jesteś pewny, sprawdź. Jeśli znasz jakichś białych z tego wykazu, zrób uwagę przy nazwisku.

- Z największą przyjemnością, Jake. To nic nielegalnego, co?

- Nie, ale zachowaj dyskrecję. Muszę mieć spis z powrotem w środę rano.

- Ty tu jesteś szefem.

Tank wziął ostatnią kopię listy i Jake wrócił do biura. Była prawie dziesiąta. Ethel powieliła wykaz przyniesiony przez Harry'ego Reksa i kilkanaście kopii Jake osobiście dostarczył wybranym, zaufanym przyjaciołom: Lucienowi, Stanowi Atcavage'owi, Tankowi, Dell z kafeterii, prawnikowi z Karaway nazwiskiem Roland Isom i kilku innym. Nawet Ozzie dostał jeden egzemplarz.

Mniej więcej pięć kilometrów od knajpy Tanka wznosił się mały, schludny domek z białymi framugami, w którym od prawie czterdziestu lat mieszkali Ethel i Bud Twitty'owie. Tu wychowały się ich dzieci, które mieszkały teraz gdzieś na północy. Opóźniony w rozwoju syn, ten, który był tak podobny do Luciena, przeniósł się do Miami. Dom stał się cichy. Bud nie pracował od lat, od czasu pierwszego wylewu w siedemdziesiątym piątym roku. Potem miał zawał serca, po którym nastąpiły dwa poważniejsze wylewy i kilka drobniejszych. Jego dni były policzone i już dawno pogodził się z tym, że kolejny większy wylew okaże się już ostatnim i że umrze na werandzie swego domu, łuskając groszek. W każdym razie miał taką nadzieję.

W poniedziałek wieczorem siedział na werandzie, łuskając groszek i słuchając w radiu transmisji z meczu. Ethel robiła coś w kuchni. W pewnym momencie od strony ogrodzenia dobiegł go jakiś hałas. Przykręcił radio. Prawdopodobnie jakiś pies, pomyślał. Hałas się powtórzył. Bud wstał i przeszedł na skraj werandy. Nagle z krzaków wyskoczył potężny mężczyzna ubrany na czarno, z twarzą wymalowaną w czerwone, białe oraz czarne pasy, i zwalił go z nóg. Stłumiony krzyk Buda nie dotarł do kuchni. Z mroku wyłonił się drugi napastnik. Obaj zwlekli starca ze schodów. Jeden go trzymał, a drugi zadawał ciosy w brzuch i twarz. Po kilku sekundach Bud stracił przytomność.

Ethel usłyszała jakiś hałas i wyjrzała przez drzwi. Złapał ją trzeci członek gangu, wykręcił rękę do tyłu i chwycił wielką łapą za gardło. Nie mogła ani krzyczeć, ani się poruszyć. Stała na werandzie, obserwując przerażonym wzrokiem, jak dwóch napastników na zmianę okłada jej męża. Na chodniku przed domem, kilka metrów dalej, majaczyły trzy postacie w długich, fałdzistych, białych płaszczach z czerwonymi lamówkami, w wysokich, białych spiczastych kapturach i biało-czerwonych maskach na twarzach. Wyłoniły się z mroku i przyglądały się scenie niby trzej mędrcy ze Wschodu, którzy przyszli się pokłonić Dzieciątku.

Upłynęła długa minuta i razy stały się monotonne.

– Wystarczy – odezwał się jeden z zakapturzonych mężczyzn.

Napastnicy w czerni ucikli. Ethel zbiegła po stopniach i osunęła się obok swego skatowanego męża. Trzej ubrani na biało mędrcy zniknęli.

Jake opuścił szpital po północy. Bud wciąż żył, ale lekarze nie dawali mu szans. Miał nie tylko połamane kości, doznał również kolejnego poważnego wylewu. Ethel wpadła w histerię i za wszystko winiła Jake'a.

– Mówił pan, że nie ma żadnego niebezpieczeństwa! – krzyczała. – Proszę powiedzieć to mojemu mężowi! To wszystko pana wina!

Słuchał w milczeniu jej zarzutów i początkowe zakłopotanie przemieniło się w gniew. Rozejrzał się po małej poczekalni, pełnej znajomych i krewnych Ethel. Wszyscy uporczywie wpatrywali się w niego. Tak, wydawały się mówić spojrzenia obecnych, to wszystko twoja wina.

ROZDZIAŁ 28

Gwen zatelefonowała do biura we wtorek z samego rana. Odebrała nowa sekretarka, Ellen Roark. Mocowała się przez chwilę z interkomem, w końcu go zepsuła, więc podeszła do schodów i krzyknęła:

– Jake, dzwoni żona pana Haileya.

Z trzaskiem zamknął książkę i zły podniósł słuchawkę.

– Halo!

– Jake, jesteś zajęty?

– Bardzo. O co chodzi?

Zaczęła płakać.

– Jake, potrzebujemy pieniędzy. Nie mam już ani grosza i masę zaległych rachunków do uregulowania. Od dwóch miesięcy nie płacę za dom, zaczęłam otrzymywać nieprzyjemne telefony od wierzycieli. Nie wiem, do kogo się zwrócić o pomoc.

– A krewni?

– Jake, wiesz, że to biedacy. Żywią nas i pomagają w miarę swoich możliwości, ale nie są w stanie płacić naszych rachunków za dom, gaz i światło.

– Rozmawiałaś o tym z Carlem Lee?

– Ostatnio nie. Cóż on teraz może zrobić? Jedynie się martwić, a sam Bóg wie, że i tak ma już dosyć trosk na głowie.

– A parafia?

– Nie dostałam stamtąd nawet złamanego centa.

– Ile potrzebujesz?

– Przynajmniej pięćset dolarów, żeby załatać największe dziury. Nie myślę na razie, co będzie w przyszłym miesiącu. Później się będę tym martwiła.

Dziewięćset minus pięćset; to znaczy, że zostanie mu czterysta dolarów za obronę człowieka oskarżonego o przestępstwo zagrożone karą śmierci. Chyba się znajdzie w księdze rekordów Guinnessa. Czterysta dolarów! Wtem wpadł mu do głowy pewien pomysł.

– Czy możesz przyjść do mnie dziś o drugiej po południu?

– Tak, ale muszę wziąć ze sobą dzieciaki.

– Dobra. Tylko bądź na pewno.

– Będę.

Odłożył słuchawkę i szybko odszukał w książce telefonicznej numery wielebnego Agee'ego. Udało mu się go dopaść w kościele. Powiedział, że chciałby się z nim zobaczyć i porozmawiać o jego wystąpieniu w charakterze świadka na procesie Haileya. Oświadczył, że jego zeznania będą bardzo istotne. Agee obiecał, że przyjdzie o drugiej.

Haileyowie pojawili się pierwsi. Jake posadził ich przy stole konferencyjnym. Dzieciaki pamiętały salę z konferencji prasowej i były onieśmielone. Kiedy przyjechał wielebny Agee, uścisnął Gwen i dzieci, a szczególnie serdecznie Tonyę.

– Będę się streszczał, pastorze – zaczął Jake. – Mamy do omówienia parę spraw. Od kilku tygodni razem z innymi pastorami z okręgu przeprowadza pan kwestę na Haileyów. Myślę, że może pan być dumny z wyników akcji. Zdaje się, że uzbieraliście ponad sześć tysięcy. Nie wiem, gdzie są te pieniądze, zresztą to nie moja sprawa. Początkowo fundusze miały być przezna-

286

czone dla prawników z NAACP, którzy mieli reprezentować Carla Lee, ale jak obaj wiemy, NAACP nie będzie się zajmowało tą sprawą. Ja jestem adwokatem Haileya, jedynym jego reprezentantem w tym procesie, ale jak dotąd nikt mi nie zaproponował żadnych pieniędzy. Zresztą nie spodziewałem się tego. Najwidoczniej jest panu obojętne, kto będzie bronił Carla Lee, jeśli to nie pan ma decydować o wyborze adwokata. Nie szkodzi, jakoś to przeżyję. Prawdziwą troską napawa mnie jednak fakt, że ani jeden dolar, powtarzam ani jeden dolar z tej kwoty nie trafił do Haileyów. Zgadza się, Gwen?

Na jej twarzy, początkowo bez wyrazu, najpierw odmalowało się zdumienie, potem niedowierzanie, w końcu złość.

– Sześć tysięcy dolarów... – powtórzyła, spoglądając na pastora.

– Według ostatniego raportu nawet ponad sześć tysięcy – powiedział Jake. – Pieniądze leżą w jakimś banku, a tymczasem Carl Lee siedzi w areszcie, Gwen nie pracuje, rachunki są niepopłacone, dzieci nie chodzą głodne tylko dzięki pomocy przyjaciół, a za kilka tygodni może dojść do przejęcia domu przez wierzycieli. Proszę nam powiedzieć, pastorze, jakie są pana zamierzenia odnośnie do tych pieniędzy?

Agee uśmiechnął się i powiedział miłym tonem:

– To nie pana sprawa.

– Ale moja! – odezwała się głośno Gwen. – Podczas zbiórki powoływał się pan na nazwisko moje i mojej rodziny, prawda, pastorze? Sama to słyszałam. Mówił pan wszystkim ludziom w kościele, że ten dar serca, jak go pan nazwał, przeznaczony jest dla mojej rodziny. Myślałam, że wydał pan te pieniądze na honorarium adwokackie czy coś w tym rodzaju. A teraz dowiaduję się, że wszystko wpłacił pan na jakieś konto bankowe. Podejrzewam, że zamierzał pan zatrzymać te pieniądze dla siebie.

Agee pozostawał nieporuszony.

– Chwileczkę, Gwen. Uważaliśmy, że najlepiej będzie przeznaczyć je na obronę Carla Lee. Kiedy odmówił skorzystania z pomocy prawników z NAACP, tym samym sam zrezygnował z tego funduszu. Spytałem więc pana Reinfelda, głównego adwokata NAACP, co mam zrobić z pieniędzmi. Powiedział, żeby je na razie zatrzymać, bo będą potrzebne Carlowi Lee na postępowanie odwoławcze.

Brigance pokręcił głową i zacisnął zęby. Próbował wytłumaczyć wszystko temu głupiemu ignorantowi, ale uświadomił sobie, że Agee w ogóle nie pojmuje, co się do niego mówi. Jake przygryzł usta.

– Nie rozumiem – oświadczyła Gwen.

– To bardzo proste – odparł pastor z przymilnym uśmiechem. – Pan Reinfeld powiedział, że Carl Lee zostanie skazany, bo nie chciał skorzystać z jego usług. To znaczy, że trzeba się będzie odwoływać od wyroku, prawda? Kiedy obecny tu Jake przegra sprawę, ty razem z Carlem Lee zaczniecie się oczywiście rozglądać za innym adwokatem, który mógłby uratować życie twojemu mężowi. Właśnie wtedy skorzystamy z usług Reinfelda i te pieniądze będą jak znalazł. Jak więc widzisz, wszystko zostanie poświęcone na potrzeby Carla Lee.

Jake pokiwał głową i zaklął pod nosem. Bardziej przeklinał Reinfelda niż Agee'ego.

Do oczu Gwen napłynęły łzy. Zacisnęła pięści.

– Nie rozumiem tego wszystkiego i nie chcę rozumieć. Wiem jedynie, że mam dosyć żebrania o jedzenie, dosyć pozostawania na cudzej łasce, dosyć obaw o utratę domu.

Agee spojrzał na nią smutno.

– Rozumiem cię, Gwen, ale...

– Źle pan czyni, pastorze, nie dając nam tych sześciu tysięcy, tylko trzymając je w banku. Mamy dosyć rozumu, by wiedzieć, na co je obrócić.

Carl Lee junior i Jarvis stojący tuż obok matki dodawali jej odwagi. Wszyscy spoglądali na Agee'ego.

– Przecież te pieniądze są dla Carla Lee – nie ustępował pastor.

– Dobrze – wtrącił Jake. – Pytał pan Carla Lee, jak chce nimi rozporządzić?

Złośliwy uśmieszek zniknął z twarzy Agee'ego. Zaczął się wiercić na krześle.

– Carl Lee rozumie to, co robimy – oświadczył z głębokim przekonaniem.

– Cieszę się, tylko wcale nie o to pytałem. Proszę uważnie posłuchać. Czy poruszył pan z Carlem Lee kwestię, na co przeznaczyć te pieniądze?

– Wydaje mi się, że było to z nim omawiane – skłamał Agee.

– Zaraz się przekonamy – powiedział Jake. Wstał i podszedł do drzwi prowadzących do małego pokoju przylegającego do sali konferencyjnej. Pastor przyglądał mu się rozbieganymi oczami, bliski paniki. Jake otworzył drzwi i skinął na kogoś. W progu stanęli Carl Lee i Ozzie. Dzieciaki wydały okrzyk radości i podbiegły do ojca. Agee sprawiał wrażenie kompletnie zdruzgotanego.

Po kilku minutach, wypełnionych uściskami i całusami, Jake przystąpił do decydującego ataku.

– Pastorze, dlaczego nie spyta pan Carla Lee, w jaki sposób chce rozdysponować te sześć tysięcy?

– Te pieniądze niezupełnie należą do niego – powiedział Agee.

– Ani tym bardziej do ciebie – wtrącił Ozzie.

Carl Lee zsadził Tonyę z kolan i podszedł do krzesła, na którym tkwił Agee. Przysiadł na brzegu stołu, górując nad pastorem, gotów w każdej chwili do natarcia, jeśli okazałoby się to potrzebne.

- Pozwól, że wyrażę to na tyle prosto, ty klecho, byś nie miał kłopotów ze zrozumieniem. Zebrałeś pieniądze, posługując się moim nazwiskiem, na potrzeby mojej rodziny. Zebrałeś je od czarnych mieszkańców naszego okręgu, obiecując, że zostaną wykorzystane na wspomożenie mnie i moich najbliższych. Kłamałeś. Zorganizowałeś zbiórkę, by wywrzeć dobre wrażenie w NAACP, a nie żeby pomóc mojej rodzinie. Kłamałeś w kościele, kłamałeś w gazetach, kłamałeś wszędzie.

Agee rozejrzał się po pokoju i zauważył, że wszyscy, nie wyłączając dzieci, wpatrują się w niego, kiwając głowami.

Carl Lee oparł stopę na krześle Agge'ego i pochylił się niżej.

- Jeśli nie dasz nam tych pieniędzy, powiem każdemu czarnemu, którego znam, jaki z ciebie oszust. Zadzwonię do wszystkich twoich parafian, a pamiętaj, że też jestem jednym z nich, i powiem im, że nie dostaliśmy od ciebie nawet centa, a kiedy to zrobię, podczas najbliższego niedzielnego nabożeństwa nie uda ci się już nic zebrać. Stracisz swoje luksusowe cadillaki i fikuśne garnitury. Możesz nawet stracić parafię, bo poproszę wszystkich, by przenieśli się do innego kościoła.

- Skończyłeś? - spytał Agee. - Jeśli tak, to chcę tylko powiedzieć, że bardzo mnie dotknęły twoje słowa. Naprawdę czuję się głęboko urażony tym, że oboje z Gwen tak uważacie.

- Nic na to nie poradzę, że tak uważamy, i obojętne mi, że czuje się pan dotknięty.

Ozzie wystąpił krok do przodu.

- Zgadzam się z nimi, wielebny Agee. Źle pan postąpił i wie pan o tym.

- Sprawił mi pan, Ozzie, swoimi słowami prawdziwą przykrość.

- Proszę mi wybaczyć, pastorze, ale czeka pana jeszcze większa przykrość. W najbliższą niedzielę razem z Carlem Lee przyjdziemy do kościoła. Z samego rana wyślizgniemy się z aresztu i wybierzemy się na przejażdżkę. Mniej więcej wtedy, kiedy będzie pan gotów do wygłoszenia swego kazania, pojawimy się w drzwiach kościoła, przejdziemy wzdłuż całej nawy, aż do samej ambony. A jeśli będzie pan próbował nam przeszkodzić, zakuję pana w kajdanki. Zamiast pana, pastorze, wystąpi Carl Lee. Powie wszystkim ludziom, że do tej pory przetrzymuje pan pieniądze, które tak hojnie dawali, że Gwen i dzieciakom grozi eksmisja z domu, a tymczasem pan próbuje wywrzeć wrażenie w NAACP. Powie im, że ich pan okłamał. Może tak mówić nawet przez godzinę. A kiedy już skończy, ja zabiorę głos. Opowiem im, jaki z pana marny krętacz. Wyjawię, jak o mały włos nie został pan zatrzymany w Memphis za kupno kradzionego lincolna. Powiem im o pieniądzach wypłacanych panu przez domy pogrzebowe, a także o oskarżeniu wniesionym przeciwko panu dwa lata temu w Jackson, które udało mi się oddalić. Powiem im, pastorze, o...

– Nie mów o tym, Ozzie – przerwał mu błagalnym tonem Agee.

– Zdradzę im pewną małą tajemnicę, którą znamy tylko ty, ja i pewna kobieta o nie najlepszej reputacji.

– Kiedy chcecie dostać pieniądze?

– A jak szybko może je pan nam przekazać? – spytał Carl Lee.

– Bardzo szybko.

Jake i Ozzie pozostawili Haileyów samych i poszli na górę.

W gabinecie siedziała Ellen, wertując jakieś grube książki prawnicze. Jake przedstawił Ozziego swojej asystentce i we trójkę usiedli przy dużym biurku.

– Jak się czują moi nocni goście? – spytał Jake.

– Domorośli pirotechnicy? Wracają do zdrowia. Przetrzymamy ich w szpitalu do zakończenia procesu. W drzwiach do ich sali zamontowaliśmy zamek, a na korytarzu siedzi mój człowiek. Nie wymkną się nam.

– Kim jest ten główny macher?

– Wciąż nie wiemy. Nie mamy jeszcze rezultatów porównania odcisków palców. Niewykluczone, że w ogóle nie figuruje w kartotekach. Nic nie chce mówić.

– Ten drugi to miejscowy, prawda? – spytała Ellen.

– Tak. Niejaki Terrell Grist. Chce wnieść przeciwko nam skargę, że podczas aresztowania doznał obrażeń ciała. Możesz to sobie wyobrazić?

– Trudno mi uwierzyć, że do tej pory udało się zachować to wszystko w tajemnicy – powiedział Jake.

– Mnie też. Oczywiście Grist i pan X trzymają język za zębami. Moi ludzie też siedzą cicho. Pozostajesz ty i twoja asystentka.

– I Lucien, chociaż nie dowiedział się tego ode mnie.

– Zgadza się.

– Kiedy się do nich weźmiecie?

– Po procesie przewieziemy ich do aresztu i zaczniemy normalną procedurę.

– Jak się czuje Bud? – spytał Jake.

– Wstąpiłem dziś rano do szpitala w sprawach tamtych dwóch i przy okazji poszedłem na dół, by zobaczyć się z Ethel. Żadnych zmian – stan Buda jest wciąż krytyczny.

– Podejrzewasz kogoś?

– Wiemy tylko, że to Klan, świadczą o tym białe płaszcze i kaptury. Wszystko układa się w logiczną całość. Najpierw płonący krzyż przed twoim domem, potem dynamit, a teraz Bud. No i telefony z pogróżkami. Myślę, że to oni. I mamy informatora.

– Co takiego?

– Słyszałeś. Przedstawił się jako Myszka Miki. W niedzielę zadzwonił do mnie do domu i powiedział, że uratował ci życie. Nazwał cię „adwokatem tego czarnucha". Wyjaśnił, że Klan znów zaczął działać w okręgu Ford. Założyli oddział terenowy czy jak to się nazywa.

– Kto do niego należy?

– Tego nie zdradził. Oświadczył, że zadzwoni do mnie tylko wtedy, kiedy komuś będzie groziło jakieś niebezpieczeństwo.

– To bardzo ładnie z jego strony. Czy można mu ufać?

– Uratował ci życie.

– Punkt dla ciebie. Też należy do organizacji?

– Nie powiedział. Na czwartek zaplanowali wielki marsz.

– Członkowie Klanu?

– Tak. NAACP urządza manifestację jutro. Zbiorą się przed gmachem sądu, a potem trochę pomaszerują wokół placu. Klan ma zorganizować pochód w czwartek.

– Ilu ich będzie?

– Tego nam Myszka Miki nie powiedział.

– Nie jest zbyt rozmowny.

– Członkowie Klanu maszerujący w Clanton. Trudno mi w to uwierzyć.

– Może być gorąco – wtrąciła Ellen.

– Będzie jeszcze gorzej – zauważył Ozzie. – Zwróciłem się do gubernatora z prośbą, by postawił w stan pogotowia patrole drogowe. To może być ciężki tydzień.

– I w tych warunkach Noose chce przeprowadzić proces w naszym mieście – westchnął Jake.

– To zbyt głośna sprawa, by ją dokądkolwiek przenieść, Jake. Bez względu na to, gdzie toczyłby się proces, wszędzie zorganizowano by marsze i protesty.

– Może masz rację. A co z twoją listą kandydatów na sędziów przysięgłych?

– Przyniosę ci ją jutro.

We wtorek po kolacji Joe Frank Perryman usiadł na werandzie swojego domu z popołudniową gazetą i świeżą porcją tytoniu do żucia. Stanowiło to część wieczornego rytuału. Spluwał ostrożnie przez mały otwór, który własnoręcznie zrobił w deskach ganku. Kiedy Lela skończy zmywać naczynia, przyniesie mrożoną herbatę. Będą siedzieli na werandzie do zmroku i rozmawiali o plonach, wnukach i pogodzie. Mieszkali w pobliżu Karaway, gospodarując na trzech hektarach ziemi, które ojciec Joe'ego Franka zawłaszczył podczas wielkiego kryzysu. Byli spokojnymi, pracowitymi, bogobojnymi ludźmi.

Joe Frank siedział już czas jakiś na werandzie, kiedy zauważył na szosie furgonetkę. Obserwował, jak zwalnia i skręca na długi, żwirowy podjazd prowadzący do jego domu. Zatrzymała się obok trawnika i z wnętrza wyłonił się znajomy Will Tierce, dawny przewodniczący Rady Nadzorczej Okręgu Ford. Will służył swemu obwodowi przez dwadzieścia cztery lata, przez sześć kolejnych kadencji, ale w osiemdziesiątym trzecim roku, podczas ostatnich wyborów, przegrał ośmioma głosami. Perrymanowie zawsze popierali Tierce'a, a on nigdy nie zapomniał, by wysypano na ich podjazd trochę świeżego żwiru lub założono nowe dreny.

– Dobry wieczór, Will – powiedział Joe Frank do idącego przez trawnik byłego członka Rady Nadzorczej.

– Dobry wieczór, Joe Frank. – Uścisnęli sobie dłonie i usiedli na werandzie.

– Daj mi trochę tytoniu – poprosił Tierce.

– Proszę bardzo. Co cię do nas sprowadza?

– Po prostu przejeżdżałem tędy. Przypomniałem sobie mrożoną herbatę Leli i poczułem pragnienie. Dawno się nie widzieliśmy.

Siedzieli i rozmawiali, żuli tytoń i spluwali, pili mrożoną herbatę. Zapadł mrok i pojawiły się komary. Mówili głównie o pogodzie.

Joe Frank rozwodził się na temat tego, że mają najgorszą suszę od dziesięciu lat. Od trzeciego tygodnia czerwca nie spadła ani kropla deszczu. Jeśli tak dalej potrwa, można zapomnieć o bawełnie. Z fasoli może jeszcze coś się uratuje, ale bawełnę trzeba będzie spisać na straty.

– Słuchaj, Joe Frank, słyszałem, że otrzymałeś wezwanie do stawienia się w sądzie w przyszłym tygodniu.

– Tak, niestety. Kto ci powiedział?

– Nie wiem. Obiło mi się o uszy.

– Nie wiedziałem, że wszyscy o tym mówią.

– Miałem dziś coś do załatwienia w sądzie w Clanton i chyba tam o tym usłyszałem. Wiesz, że chodzi o proces tego czarnucha, prawda?

– Domyśliłem się.

– Co sądzisz o tym mordercy dwóch białych chłopaków?

– Nie potępiam go – wtrąciła się Lela.

– Rozumiem cię, ale z drugiej strony nie wolno na własną rękę wymierzać sprawiedliwości – wyjaśnił żonie Joe Frank. – Od tego mamy sądy.

– A wiesz, co mnie najbardziej w tym wszystkim złości? – odezwał się Tierce. – To gadanie o jego rzekomej niepoczytalności. Chcą wmówić ludziom, że ten czarnuch stracił głowę i na tej podstawie będą się starali o jego uniewinnienie. Jak w przypadku tego wariata, który strzelał do Reagana. Uważam, że to nieuczciwe. Przecież to oczywiste kłamstwo. Ten czarnuch wcześniej zaplanował sobie morderstwo. Ukrył się i spokojnie czekał na swoje ofiary. Zabił dwóch białych z zimną krwią.

– A gdyby chodziło o twoją córkę, Will? – spytała Lela.

– Zostawiłbym wszystko do rozstrzygnięcia sądowi. Kiedy złapią jakiegoś gwałciciela, szczególnie czarnucha, na ogół zamykają go w więzieniu. W Parchman aż roi się od gwałcicieli, którzy zostaną tam już do końca życia. Tu nie Nowy Jork ani Kalifornia, żeby puszczać przestępców wolno. Możemy być dumni z naszego wymiaru sprawiedliwości, a stary sędzia Noose wydaje surowe wyroki. I tak jest najlepiej. Nie utrzymalibyśmy się długo, gdybyśmy pozwolili ludziom, a szczególnie czarnuchom, wymierzać sprawiedliwość na własną rękę. To jedyna rzecz, która napawa mnie prawdziwym lękiem. Przypuśćmy, że ten Murzyn jakoś się wywinie i opuści sąd jako wolny człowiek. Dowiedzą się o tym wszyscy mieszkańcy okręgu i czarnym zupełnie przewróci się we łbach. Za każdym razem, gdy biały narazi się któremuś z nich, ten go zabije, a potem oświadczy, że stracił głowę i będzie się próbował wykręcić od kary. I właśnie to jest groźne.

– Czarnych trzeba trzymać krótko – zgodził się Joe Frank.

– Masz rację. Jeśli Hailey wyjdzie na wolność, nikt z nas nie będzie czuł się bezpiecznie. Każdy czarnuch w okręgu zacznie nosić broń i będzie tylko szukał okazji do zwady.

– Nie pomyślałem o tym – przyznał Joe Frank.

– Mam nadzieję, że podejmiesz słuszną decyzję, Joe Frank. I mam nadzieję, że zostaniesz wybrany do ławy przysięgłych. Potrzebni są tam rozsądni ludzie.

– Ciekaw jestem, czemu wytypowali właśnie mnie?

– Słyszałem, że rozesłali sto pięćdziesiąt zawiadomień. Spodziewają się, że zgłosi się około stu osób.

– Jakie mam szanse na to, żeby zasiąść w ławie przysięgłych?

– Jedną na sto – powiedziała Lela.

– Kamień spadł mi z serca. Naprawdę brak mi czasu na takie rzeczy, mam na głowie całe gospodarstwo.

– Ale w ławie przysięgłych potrzebujemy właśnie takich ludzi jak ty – nie ustępował Tierce.

Rozmowa zeszła na tematy dotyczące lokalnej polityki i nowego przewodniczącego Rady Nadzorczej, który zupełnie nie dbał o stan dróg. Zapadnięcie zmroku oznaczało dla Perrymanów, że nadeszła pora snu. Tierce powiedział im dobranoc i pojechał do domu. Usiadł w kuchni przy stole, nalał sobie kawy i przejrzał listę kandydatów na sędziów przysięgłych. Jego przyjaciel Rufus będzie z niego dumny. Na spisie Willa zakreślonych było sześć nazwisk. Will przeprowadził rozmowy z całą szóstką. Przy każdym nazwisku zrobił znaczek. Będą z nich dobrzy sędziowie przysięgli, sędziowie, na których w utrzymaniu prawa i porządku w okręgu Ford może Rufus liczyć. Dwóch z owej szóstki początkowo zachowywało się z rezerwą, ale ich dobry i zaufany przyjaciel Will Tierce wyjaśnił im wszystko i byli teraz gotowi głosować za skazaniem oskarżonego.

Rufus może być z niego naprawdę dumny. Obiecał mu, że młody Jason Tierce, jego bratanek, nie stanie w sądzie pod zarzutem handlu narkotykami.

Jake nałożył sobie na talerz ociekający tłuszczem kotlet wieprzowy oraz porcję zielonego groszku i obserwował siedzącą naprzeciwko Ellen. Lucien zajmował honorowe miejsce przy stole. Nie zwracał uwagi na jedzenie, tylko bawił się swoją szklanką i przebiegał wzrokiem listę kandydatów na sędziów przysięgłych, wypowiadając się na temat wszystkich, których nazwiska coś mu mówiły. Był bardziej pijany niż zwykle. Większości osób nie znał, ale nie przeszkadzało mu to czynić uwagi również na ich temat. Ellen świetnie się bawiła i co chwila porozumiewawczo zerkała na swego szefa.

Lucien opuścił kartkę na stół, strącając przy okazji widelec.

– Sallie! – wrzasnął – Wiesz, ilu członków ACLU mieszka w okręgu Ford? – zwrócił się do Ellen.

– Myślę, że stanowią przynajmniej osiemdziesiąt procent ludności – zakpiła.

– Mylisz się. Tylko jeden. Ja. Byłem pierwszym działaczem ACLU w historii okręgu i chyba ostatnim. Tu mieszkają sami głupcy, Ro-ark. Nie doceniają znaczenia swobód obywatelskich. To banda prawicowych, zachowawczych, bezmyślnych republikanów fanatyków, jak obecny tu nasz wspólny przyjaciel Jake.

– Nieprawda. Przynajmniej raz w tygodniu jadam w barze U Claude'a – bronił się Jake.

– I myślisz, że to przejaw postępowości? – spytał Lucien.

– Dzięki temu uważany jestem za radykała.

– A ja myślę, że jesteś republikaninem.

– Słuchaj, Lucien, możesz tak mówić o mojej żonie, matce czy moich przodkach, ale mnie nie nazywaj republikaninem.

– Wyglądasz jak republikanin – drażniła się z nim Ellen.

– A czy on wygląda na demokratę? – spytał Jake, wskazując na Luciena.

– Oczywiście. Jak tylko go ujrzałam, wiedziałam, że jest demokratą.

– W takim razie ja jestem republikaninem.

– Tu cię mam! – wrzasnął Lucien i rzucił szklankę na podłogę. Rozbiła się w drobny mak.

– Sallie!

– Ro-ark, wiesz, kto był trzecim białym mieszkańcem Missisipi, który wstąpił do NAACP?

– Rufus Buckley – wypalił Jake.

– Ja, Lucien Wilbanks. Zapisałem się w 1967. Biali myśleli, że oszalałem.

– Wyobrażasz to sobie? – mruknął Jake.

– Oczywiście czarni czy też Murzyni, jak ich wtedy nazywaliśmy, też uważali, że zwariowałem. Wszyscy wtedy myśleli, że zwariowałem.

– Czy kiedykolwiek zmienili zdanie? – spytał Jake.

– Zamknij się, republikaninie. Ro-ark, dlaczego nie przeniesiesz się do Clanton? Założylibyśmy kancelarię, która zajmowałaby się wyłącznie sprawami ACLU. Sprowadź z Bostonu swojego staruszka, to zrobimy go wspólnikiem.

– A może ty przeniesiesz się do Bostonu? – spytał Jake.

– Idź do diabła!

– Jak się będzie nazywała? – spytała Ellen.

– Kancelaria świrów – powiedział Jake.

– Firma adwokacka Wilbanks, Ro & Ark.

– Wszyscy bez uprawnień – zauważył z przekąsem Jake.

Każda powieka Luciena ważyła kilka kilogramów. Głowa mimo woli opadła mu na piersi. Klepnął Sallie w tyłek, gdy sprzątała to, co nabałaganił.

– To był tani chwyt, Jake – rzekł z powagą Lucien.

– Ro-ark – odezwał się Jake, naśladując Luciena – zgadnij, kto był ostatnim prawnikiem, który został na stałe skreślony z listy adwokatów przez Sąd Najwyższy Missisipi?

Ellen z wdziękiem uśmiechnęła się do obu mężczyzn i nic nie powiedziała.

– Ro-ark – wrzasnął Lucien – zgadnij, kto będzie następnym prawnikiem w tym okręgu, który zostanie wyrzucony z biura? – Ryknął śmiechem, trzęsąc się cały z uciechy. Jake mrugnął porozumiewawczo do Ellen.

Kiedy Lucien się uspokoił, spytał:

– Jaki jest cel tego jutrzejszego wieczornego spotkania?

– Chcę z tobą i jeszcze z kilkoma osobami porozmawiać na temat kandydatów na sędziów przysięgłych.

– Kto ma jeszcze przyjść?

– Harry Rex, Stan Atcavage, może jeszcze ktoś.

– Gdzie to będzie?

– U mnie w biurze o ósmej. I żadnego alkoholu.

– To moje biuro i jeśli będę chciał, przyniosę całą skrzynkę whisky. Zapomniałeś, że ten budynek wzniósł mój dziadek?

– Jakże bym mógł.

– Ro-ark, chodź, upijemy się.

– Chyba nie skorzystam z twojej uprzejmej propozycji. Bardzo dziękuję za obiad i miłą rozmowę, ale teraz muszę już wracać do Oxfordu.

Wstali od stołu, zostawiając Luciena samego. Jake odrzucił jego zaproszenie, by posiedzieć na werandzie. Ellen pożegnała się i wyszła, a on powlókł się na górę, do pokoju, który tymczasowo zajmował. Obiecał Carli, że nie będzie spał w domu. Zadzwonił do niej. Obie z Hanną czuły się świetnie. Tęskniły za nim. Nie wspomniał ani słowem o Budzie Twittym.

ROZDZIAŁ 29

W środę po lunchu kawalkada specjalnie przystosowanych autobusów szkolnych, pomalowanych na biało-czerwono, zielono-czarno i setkę innych kombinacji kolorystycznych, z nazwą parafii wypisaną wzdłuż obu boków, zajechała wolno na główny plac Clanton. Było ich ogółem trzydzieści jeden, wszystkie zapełnione do ostatniego miejsca przez starszych Murzynów poruszających papierowymi wachlarzami i chusteczkami w płonnej nadziei zmniejszenia obezwładniającego skwaru. Po trzecim okrążeniu budynku sądu zatrzymały się i otwarto trzydzieści jeden par drzwi. Autobusy opróżniły się w jednej chwili. Ludzi skierowano do budki wzniesionej na trawniku przed budynkiem sądu, gdzie wielebny Ollie Agee wydawał polecenia i wręczał biało-niebieskie afisze z napisem: „Uwolnić Carla Lee".

Boczne uliczki prowadzące do placu wypełnił sznur samochodów, posuwających się centymetr za centymetrem w stronę sądu. Kiedy nie można już było dalej jechać, kierowcy zostawiali je na poboczach. Setki Murzynów opuszczały pojazdy i ciągnęły z namaszczeniem w kierunku placu. Tłoczyli się wokół budki, czekając na swój plakat, a potem krążyli między dębami i krzewami magnolii w poszukiwaniu skrawka cienia, pozdrawiając napotkanych znajomych. Pojawiły się kolejne autobusy, ale ponieważ panował nieopisany tłok, nie mogły zrobić rundy wokół placu. Ich pasażerowie wysiedli obok kafeterii.

Po raz pierwszy tego lata temperatura osiągnęła 38°C i wszystko wskazywało na to, że jeszcze wzrośnie. Niebo było bez jednej chmurki, powietrze stało nieruchomo, najmniejszy powiew wiatru nie łagodził skwaru, potęgowanego przez wysoką wilgotność. Wystarczyło postać kwadrans w cieniu drzew lub pięć minut w palących promieniach słońca, by koszule nasiąknęły potem i przylepiły się do pleców. Niektórzy mniej wytrzymali staruszkowie schronili się przed upałem w gmachu sądu.

Tłum wciąż gęstniał. Przeważali ludzie starsi, ale przybyło też wielu młodych, bojowo nastawionych Murzynów, których ominęły wielkie marsze w obronie praw obywatelskich i demonstracje, jakie odbywały się w la-

tach sześćdziesiątych. Teraz uświadomili sobie, że nadarza się rzadka okazja, by móc sobie pokrzyczeć, poprotestować, pośpiewać *We shall overcome* i w ogóle mieć wreszcie trochę uciechy z faktu, że jest się uciskanym
czarnym w świecie białych. Kręcili się bezładnie, czekając, aż ktoś obej-
mie przywództwo. W końcu trzech studentów podeszło do głównego wejścia
do sądu, uniosło swoje plakaty i zaczęło skandować: „Uwolnić Carla Lee!
Uwolnić Carla Lee!".
    Pozostali zebrani zaczęli natychmiast powtarzać za nimi bojowy
okrzyk:
    – Uwolnić Carla Lee!
    – Uwolnić Carla Lee!
    – Uwolnić Carla Lee!
Opuścili przyjemny cień pod drzewami i zbliżyli się do schodów, prowadzących do gmachu sądu, gdzie sklecono prowizoryczną trybunę i ustawiono aparaturę nagłaśniającą. Skandowali unisono, nie zwracając się do
nikogo konkretnego, po prostu wykrzykiwali idealnym chórem zawołanie
bojowe:
    – Uwolnić Carla Lee!
    – Uwolnić Carla Lee!
    W budynku sądu pootwierano okna i urzędniczki spoglądały na to, co się
dzieje na placu. Okrzyki słychać było w promieniu kilkuset metrów. Małe
sklepiki i biura w centrum miasta opustoszały, bo właściciele oraz klienci wy-
legli na chodniki i ze zdumieniem przyglądali się, co się dzieje. Demonstranci
zauważyli, że mają publiczność. Okrzyki stały się jeszcze głośniejsze. Dziennikarze krążyli jak sępy, czekając na rozwój wypadków, podekscytowani za-
mieszaniem. Zebrali się na trawniku przed sądem, trzymając kamery i mikrofony w pogotowiu.
    Ozzie wraz ze swoimi ludźmi próbował kierować ruchem, póki szosa
i wszystkie ulice nie zakorkowały się kompletnie. Kręcili się teraz po placu,
choć nic nie wskazywało na to, że będą potrzebni.
    Agee i wszyscy czarni kaznodzieje z trzech okręgów – także emery-
towani oraz kandydujący – torowali sobie drogę przez zbity tłum skan-
dujących Murzynów, kierując się w stronę trybuny. Widok pastorów pobudził ludzi do głośniejszych okrzyków, które rozbrzmiewały na małym
placu, docierały bocznymi uliczkami do sennych dzielnic mieszkaniowych
i biegły dalej, aż za miasto. Tysiące czarnych wymachiwały transparentami
i krzyczały, nie szczędząc gardeł. Agee kołysał się wraz z tłumem. Tańczył
na małej trybunie, klaskał w dłonie z innymi pastorami. Kierował tą rytmicz-
ną wrzawą niczym dyrygent chórem. Skupiał na sobie uwagę wszystkich.
    – Uwolnić Carla Lee!
    – Uwolnić Carla Lee!

Przez piętnaście minut Agee rozpalał nastroje tłumu, przeistaczając go w oszalałą, podatną na manipulację ciżbę. Gdy jego wprawne ucho dosłyszało pierwsze oznaki zmęczenia, podszedł do mikrofonu i poprosił o ciszę. Zdyszani, spoceni ludzie dalej krzyczeli, ale już nie tak głośno. Żądanie uwolnienia Haileya stopniowo gasło i po chwili na placu zapanowała cisza. Agee zwrócił się do zebranych, by zrobili z przodu miejsce dla dziennikarzy i umożliwili im przeprowadzenie relacji. Poprosił o chwilę skupienia, zanim przystąpią do wspólnej modlitwy. Wielebny Roosevelt zaproponował litanię, krasomówczy popis, który wzruszał wielu słuchaczy do łez.

Kiedy wreszcie rozległo się „Amen", do mikrofonu podeszła potężna Murzynka w połyskującej, rudej peruce. Pierwsze dźwięki śpiewanego a capella We shall overcome rozlały się szeroko. Stojący za nią pastorzy natychmiast zaczęli klaskać w dłonie i podrygiwać. Tłum zareagował spontanicznie i tysiące głosów dołączyły w zadziwiającej harmonii do solistki. Nad małym miasteczkiem popłynęły dźwięki poważnego, pełnego nadziei hymnu.

Kiedy skończyli śpiewać, ktoś zawołał: „Uwolnić Carla Lee! ", wzbudzając kolejną falę okrzyków. Agee ponownie uspokoił zebranych, podszedł do mikrofonu, wyciągnął z kieszeni kartkę i rozpoczął kazanie.

Tak jak się spodziewali, Lucien się spóźnił i był lekko wstawiony. Przyniósł ze sobą whisky. Zaproponował kieliszek Jake'owi, Atcavage'owi i Harry'emu Reksowi, ale wszyscy odmówili.

– Jest za kwadrans dziesiąta, Lucien – powiedział Jake. – Czekamy na ciebie prawie godzinę.

– Czy płacisz mi za konsultacje, Jake? – spytał.

– Nie, ale prosiłem, byś przyszedł punktualnie o ósmej.

– Powiedziałeś również, żebym nie przynosił alkoholu. A ja oświadczam, że ten budynek należy do mnie, został wzniesiony przez mojego dziadka, a ja wynająłem ci tę kancelarię, dodam, że za bardzo niską opłatą, i mogę tu przychodzić i stąd wychodzić, kiedy mi się spodoba, z alkoholem lub bez.

– Dobrze już. Czy...

– Co znaczą te tłumy czarnych po drugiej stronie ulicy, maszerujące w ciemnościach wokół sądu?

– Nazywa się to nocne czuwanie – wyjaśnił Harry Rex. – Ślubowali, że będą krążyć wokół budynku sądu ze świecami w dłoniach, póki Hailey nie zostanie uwolniony.

– To może być strasznie długie czuwanie. Ci biedacy mogą tak chodzić do samej śmierci. Chciałem powiedzieć, że zanosi się na czuwanie trwające dwanaście, piętnaście lat. Kto wie, może nawet ustanowią rekord. Mogą sobie wsadzić te świece w tyłki. Dobry wieczór, Ro-ark.

Ellen siedziała przy biurku stojącym pod portretem Williama Faulknera. Spoglądała na opatrzoną licznymi uwagami kopię spisu potencjalnych sędziów przysięgłych. Uśmiechnęła się i skinęła głową Lucienowi.

– Ro-ark – powiedział Lucien – bardzo cię szanuję. Uważam cię za równą sobie. Wierzę w twoje prawo do równej płacy za taką samą pracę. Wierzę w twoje prawo do samodzielnego decydowania, czy chcesz urodzić dziecko, czy też przerwać ciążę. Wierzę w te wszystkie bzdury. Jesteś kobietą i nie masz prawa do żadnych przywilejów z uwagi na swoją płeć. Powinnaś być traktowana tak jak mężczyzna. – Lucien sięgnął do kieszeni i wyciągnął zwitek banknotów. – A skoro jesteś tu najmłodszym stażem prawnikiem, w moich oczach pozbawionym płci, uważam, że to ty powinnaś iść po skrzynkę zimnego coorsa.

– Nie, Lucien – sprzeciwił się Jake.

– Zamknij się, Jake.

Ellen wstała i spojrzała na Luciena.

– Masz rację, Lucien. Ale pozwól, że sama za nie zapłacę – oświadczyła i wyszła.

Jake potrząsnął głową, po czym ostrzegł Luciena:

– To może być długa noc.

Harry Rex po namyśle zmienił zdanie i nalał sobie do filiżanki po kawie trochę whisky.

– Proszę, nie upij się – zwrócił się do niego błagalnym tonem Jake. – Mamy masę roboty.

– Lepiej mi się pracuje, kiedy jestem pijany – powiedział Lucien.

– Mnie też – oświadczył Harry Rex.

– Zapowiada się interesująco – zauważył Atcavage.

Jake położył nogi na biurku i wypuścił kłąb dymu z cygara.

– Dobra, po pierwsze, chcę mieć charakterystykę idealnego sędziego przysięgłego.

– Czarny – powiedział Lucien.

– Czarny jak sadza – poparł go Harry Rex.

– Zgadzam się – oświadczył Jake. – Ale nie mamy żadnych szans. Wiemy, że Buckley zachowa swoje prawo weta na czarnych. Musimy się skoncentrować na białych..

– Kobiety – stwierdził Lucien. – Zawsze podczas procesów karnych wybieraj kobiety. Mają miękkie, bardziej litościwe serca i są skłonne okazywać współczucie. Zawsze stawiaj na kobiety.

– Nie – sprzeciwił się Harry Rex. – Nie w tym przypadku. Kobiety nie rozumieją, jak można wziąć broń i strzelić komuś w łeb. Potrzeba ci ojców, młodych ojców, którzy chcieliby zrobić to samo, co Hailey. Tatusiów słodkich, małych dziewczynek.

– Odkąd to stałeś się takim doskonałym ekspertem od kompletowania ławy przysięgłych? – spytał Lucien. – Wydawało mi się, że jesteś adwokaciną od rozwodów.

– Owszem, jestem adwokaciną od rozwodów, ale wiem, jak wybierać sędziów przysięgłych.

– I podsłuchiwać ich przez ścianę.

– Stosujesz chwyty poniżej pasa.

Jake uniósł ręce.

– Chłopaki, proszę. Co powiecie o Victorze Onzellu? Znasz go, Stan?

– Tak, ma u nas rachunek. Koło czterdziestki, żonaty, troje lub czworo dzieci. Biały. Pochodzi gdzieś z Północy. Prowadzi zajazd dla kierowców ciężarówek przy szosie na północ od miasta. Mieszka tu od jakichś pięciu lat.

– Nie brałbym go – odezwał się Lucien. – Jest z Północy, nie myśli tak jak my. Prawdopodobnie jest za ograniczeniem prawa do posiadania broni i wszystkimi tymi bzdurami. Na procesach karnych zawsze bałem się Jankesów. Uważam, że powinniśmy wprowadzić w Missisipi przepis, zabraniający Jankesom zasiadania w ławie przysięgłych, bez względu na to, jak długo tu mieszkają.

– Bardzo ci dziękuję – powiedział Jake.

– Ja bym go wziął – nie poddawał się Harry Rex.

– Dlaczego?

– Ma dzieci, wśród nich prawdopodobnie również córkę. Jeśli jest z Północy, to raczej nie jest uprzedzony do czarnych. Według mnie powinien być dobry.

– John Tate Aston.

– Nie żyje – powiedział Lucien.

– Co takiego?

– Powiedziałem, że nie żyje. Umarł jakieś trzy lata temu.

– To dlaczego figuruje na liście? – spytał Atcavage, który nie był prawnikiem.

– Zbyt rzadko aktualizuje się spisy wyborców – wyjaśnił Harry Rex między jednym a drugim łykiem. – Przygotowali sto pięćdziesiąt wezwań, ale należy się spodziewać, że w sądzie pojawi się sto, sto dwadzieścia osób. Pozostali umarli lub się wyprowadzili.

– Caroline Baxter. Ozzie mówi, że to czarna – poinformował Jake, przeglądając swoje notatki. – Pracuje w fabryce gaźników w Karaway.

– Weź ją – powiedział Lucien.

– Bardzo bym chciał – stwierdził Jake.

Wróciła Ellen z piwem. Postawiła skrzynkę przed Lucienem i wyciągnęła półlitrową puszkę. Otworzyła ją i poszła na swoje miejsce przy biurku. Atcavage też uznał, że chce mu się pić. Tylko Jake nie dał się skusić.

– Joe Kitt Shepherd.

– Sądząc po nazwisku, to jakiś kmiot – orzekł Lucien.

– Dlaczego tak myślisz? – spytał Harry Rex.

– Ma dwa imiona – wyjaśnił Lucien. – Większość kmiotów ma dwa imiona. Na przykład Billy Ray, Johnny Ray, Bobby Lee, Harry Lee, Jesse Earl, Billy Wayne, Jerry Wayne, Eddie Mack. Nawet kobietom dają dwa imiona. Bobbie Sue, Betty Pearl, Mary Belle, Thelma Lou, Sally Faye.

– A Harry Rex? – spytał Harry Rex.

– Nigdy nie słyszałem o kobiecie, która nazywałaby się Harry Rex.

– Miałem na myśli mężczyznę.

– Myślę, że by uszło.

– Dell Perry mówi, że ten Shepherd kiedyś prowadził sklepik z przynętami dla ryb – przerwał im Jake. – Przyjmuję, że nikt go nie zna.

– Tak, ale założę się, że to kmiot – powiedział Lucien. – Z uwagi na imiona. Skreślam go.

– Nie podają ich adresów, wieku, zawodu i tego typu podstawowych informacji? – spytał Atcavage.

– Przed rozpoczęciem procesu nie. W poniedziałek każdy potencjalny sędzia przysięgły wypełni w sądzie kwestionariusz. Ale do tego czasu dysponujemy tylko ich nazwiskami.

– Jakich sędziów przysięgłych szukamy, Jake? – spytała Ellen.

· Młodych mężczyzn, ewentualnie w średnim wieku, z rodzinami, wolałbym nie mieć nikogo powyżej pięćdziesiątki.

– Bo co? – spytał Lucien zaczepnym tonem.

– Młodsi są bardziej tolerancyjni wobec czarnych.

– Cobb i Willard są znakomitym tego przykładem – skomentował Lucien.

– Większość przedstawicieli starszego pokolenia zawsze będzie darzyła czarnych antypatią, ale młodzi na ogół zaakceptowali społeczeństwo wielorasowe. Z reguły są mniejszymi fanatykami.

– Zgadzam się – poparł go Harry Rex. – I trzymałbym się z dala od kmiotów i kobiet.

– Właśnie taki mam zamiar.

– Uważam, że się mylisz – powiedział Lucien. – Kobiety okazują większe współczucie. Spójrz tylko na Ro-ark. Do wszystkich odnosi się życzliwie. Prawda Ro-ark?

– Prawda, Lucien.

– Żal jej przestępców, nieletnich prostytutek, ateistów, nielegalnych imigrantów, pedałów. Prawda, Ro-ark?

– Prawda, Lucien.

– Ja i Ro-ark jesteśmy w tym momencie jedynymi osobami w okręgu Ford w stanie Missisipi, które mają legitymacje ACLU.

– Jestem zdegustowany – zauważył Atcavage.

– Clyde Sisco – powiedział głośno Jake, starając się przerwać kłótnię.

– Można go kupić – oznajmił z zadowoloną miną Lucien.

– Jak to: „Można go kupić"? – spytał Jake.

– Zwyczajnie.

– Skąd wiesz? – spytał Harry Rex.

– Kpisz sobie? Przecież to Sisco. Sisco to banda największych oszustów we wschodniej części okręgu. To zawodowi złodzieje i oszuści ubezpieczeniowi. Co trzy lata podpalają własne domy. Nigdy o nich nie słyszałeś? – wydarł się Lucien na Harry'ego Reksa.

– Nie. Skąd wiesz, że można go kupić?

– Bo sam go raz kupiłem. Dziesięć lat temu, podczas procesu cywilnego. Był wśród potencjalnych sędziów przysięgłych. Podrzuciłem mu liścik, w którym obiecałem, że dostanie dziesięć procent od sumy zasądzonej przez ławę przysięgłych. Potrafi być niezwykle przekonujący.

Jake opuścił kartkę ze spisem nazwisk i potarł oczy. Przypuszczał, że Lucien mówi prawdę, ale nie chciał w to wierzyć.

– No i? – spytał Harry Rex.

– Został wybrany w skład ławy przysięgłych i uzyskałem dla mojego klienta najwyższe odszkodowanie w historii okręgu Ford. Do tej pory nikt nie pobił mojego rekordu.

– Stubblefield? – spytał z niedowierzaniem Jake.

– Zgadłeś, chłopcze. Stubblefield przeciwko Nort Texas Pipeline, wrzesień 1974. Osiemset tysięcy dolarów. Sąd Najwyższy odrzucił apelację.

– Zapłaciłeś mu? – spytał Harry Rex.

Lucien pociągnął długi łyk i oblizał usta.

– Osiemdziesiąt tysięcy gotówką, w banknotach studolarowych – oświadczył z dumą. – Wybudował sobie nowy dom, a parę lat później go podpalił.

– A ty ile z tego miałeś? – spytał Atcavage.

– Czterdzieści procent minus osiemdziesiąt tysięcy.

W pokoju zapanowała cisza, bo wszyscy poza Lucienem zaczęli przeprowadzać gorączkowe obliczenia.

– O, rany! – mruknął Atcavage.

– Chyba nas nabierasz, Lucien? – spytał Jake bez przekonania.

– Wiesz, że nie żartuję, Jake. Lubię przesadzać, ale nigdy, jeśli chodzi o pieniądze. Powiedziałem prawdę i powtarzam wam, że tego faceta można kupić.

– Za ile? – spytał Harry Rex.

– Przestańcie – zniecierpliwił się Jake.

- Przypuszczam, że za pięć tysięcy gotówką.
- Zapomnijcie o tym.

Zapanowała cisza i wszyscy spojrzeli na Jake'a, by się upewnić, że naprawdę nie jest zainteresowany Clyde'em Sisco, a kiedy się przekonali, że tak jest w rzeczywistości, sięgnęli po puszki z piwem i czekali na następne nazwisko. Koło wpół do jedenastej Jake wypił pierwsze piwo. Godzinę później skrzynka była pusta, a zostało im jeszcze czterdzieści nazwisk. Lucien chwiejnym krokiem wytoczył się na balkon i patrzył, jak Murzyni krążą ze świeczkami wokół gmachu sądu.

- Jake, co robi przed moim biurem zastępca szeryfa? – spytał.
- To mój goryl.
- Jak się nazywa?
- Nesbit.
- Nie śpi?
- Chyba nie.

Lucien przechylił się przez balustradę.

- Hej, Nesbit! – wrzasnął.

Nesbit otworzył drzwi swego wozu.

- O co chodzi?
- Jake chce, żebyś poszedł do sklepu po piwo. Bardzo mu się chce pić. Masz tu dwadzieścia dolarów. Przynieś skrzynkę coorsa.
- Kiedy jestem na służbie, nie mogę kupować alkoholu – oświadczył Nesbit.
- Odkąd to? – spytał Lucien z przekąsem.
- Nie mogę i już.
- Przecież to nie dla ciebie. To dla pana Brigance'a, który naprawdę jest bardzo spragniony. Zawiadomił już szeryfa i wszystko jest w porządku.
- Kto zawiadomił szeryfa?
- Pan Brigance – skłamał Lucien. – Szeryf powiedział, że obojętne mu, co robisz, bylebyś sam nie pił.

Nesbit wzruszył ramionami i sprawiał wrażenie przekonanego. Lucien rzucił z balkonu dwadzieścia dolarów. Wkrótce Nesbit wrócił ze skrzynką. Brakowało w niej jednej puszki, która stała otwarta na masce samochodu. Lucien polecił Atcavage'owi, by przyniósł z dołu piwo.

Godzinę później opróżnili ostatnią puszkę i przyjęcie dobiegło końca. Nesbit załadował Harry'ego Reksa, Luciena i Atcavage'a do swego wozu, by rozwieźć ich po domach. Jake razem ze swoją asystentką siedział na balkonie, obserwując chyboczące płomyki świec, przesuwające się wolno wokół sądu. Po zachodniej stronie placu stało zaparkowanych kilka samochodów, a w pobliżu siedziała na składanych krzesłach mała grupka czarnych, czekających na swoją kolej marszu ze świecami.

– Nie wypadło to najgorzej – powiedział cicho Jake, nie odrywając wzroku od czuwających. – Na sto pięćdziesiąt nazwisk nie rozszyfrowaliśmy tylko jakichś dwudziestu.

– I co dalej?

– Spróbuję dowiedzieć się czegoś o tej dwudziestce, a potem nazwisko każdego potencjalnego sędziego przysięgłego wypiszemy na osobnych fiszkach. Do poniedziałku będziemy ich znali jak członków własnej rodziny.

Nesbit wrócił na plac i okrążył go dwa razy; przyglądając się czarnym. Zaparkował między saabem i bmw.

– Opracowanie na temat powoływania się na niepoczytalność oskarżonego to majstersztyk. Nasz psychiatra, doktor Bass, będzie tu jutro. Chcę, byś razem z nim omówiła wszystkie zasady M'Naghtena. Musisz przygotować pytania, które należy zadać Carlowi Lee podczas procesu, i szczegółowo je z doktorem przećwiczyć. Trochę się niepokoję. Nie znam go, polegam na Lucienie, ale poproś o życiorys i przyjrzyj się przeszłości doktora. Zadzwoń, gdzie trzeba. Sprawdź w stanowym stowarzyszeniu lekarzy, czy nie był nigdy karany dyscyplinarnie. Jest dla nas bardzo ważnym biegłym i nie chcę mieć żadnych niespodzianek.

– Dobrze, szefie.

– Słuchaj, Ro-ark, to mała mieścina. Pięć dni temu wyjechała moja żona i jestem pewien, że wkrótce wszyscy się o tym dowiedzą. Twoja obecność może wzbudzić podejrzenia. Ludzie uwielbiają plotki, więc zachowuj się dyskretnie. Siedź w biurze, rób, co do ciebie należy, a jeśli ktoś będzie zbyt ciekawy, mów, że jesteś na miejscu Ethel.

– To bardzo odpowiedzialna funkcja.

– Podołasz, jeśli naprawdę zechcesz.

– Mam nadzieję, że wiesz, iż nie jestem taka słodka jak ona.

– Wiem.

Obserwowali, jak czarni wymienili się i nowa zmiana przejęła świece. Nesbit wyrzucił pustą puszkę na chodnik.

– Nie wracasz do domu, prawda? – spytał Jake.

– To nie najlepszy pomysł. Stwierdziliby u mnie co najmniej dwa promile.

– Możesz się przespać na kanapie w moim gabinecie.

– Dziękuję.

Jake powiedział jej dobranoc, zamknął biuro i zamienił kilka słów z Nesbitem. Potem ostrożnie usiadł za kierownicą saaba. Nesbit pojechał za nim do domu przy ulicy Adamsa. Jake zaparkował pod wiatą, obok samochodu Carli, a Nesbit na podjeździe.

Był czwartek, 18 lipca, godzina pierwsza w nocy.

Rozdział 30

Przybywali w grupkach, po dwóch, trzech, z terenu całego stanu. Parkowali samochody wzdłuż szutrowej drogi prowadzącej do domku, ukrytego w głębi lasu. Wchodzili do środka. Tam wolno i z namaszczeniem przebierali się w starannie uprasowane płaszcze i kaptury. Podziwiali nawzajem swoje ubiory i pomagali sobie wdziać obszerne szaty. Na ogół wszyscy się znali, dokonano prezentacji tylko kilku nowych. Pojawiło się czterdziestu chłopa: niezły tłumek.

Stump Sisson był zadowolony. Sączył whisky i chodził po pokoju niczym trener, dodający swojej drużynie otuchy przed decydującym meczem. Uważnie się wszystkim przyglądał. Był dumny ze swoich ludzi i wcale się z tym nie krył. Jest to największe zgromadzenie tego typu od lat, powiedział. Podziwiał ich poświęcenie dla sprawy. Wie, że mają swoje zajęcia i rodziny, ale jest tu do spełnienia nie mniej ważna misja. Mówił o chlubnych dniach, kiedy bano się ich w Missisipi i kiedy cieszyli się wpływami politycznymi. Te dni muszą powrócić i właśnie oni, tak oddani sprawie, staną w obronie białych ludzi. Ich akcja może się okazać niebezpieczna, ostrzegł. Czarnuchy maszerują i demonstrują przez cały dzień i nikogo to nie obchodzi. Ale kiedy maroz organizują biali, trzeba być przygotowanym na wszystko. Otrzymali pozwolenie od władz miasta, szeryf obiecał, że dopilnuje porządku, ale większość marszów Klanu kończyła się bójkami z włóczącymi się bandami młodych czarnych chuliganów. Niech więc zachowają ostrożność i trzymają się razem. On, Stump, będzie przemawiał w ich imieniu.

Słuchali uważnie budujących słów Sissona. Kiedy skończył, władowali się do kilkunastu samochodów i ruszyli do miasta.

Niewielu mieszkańców Clanton widziało kiedykolwiek maszerujących członków Klanu. W miarę zbliżania się godziny drugiej po południu wokół placu dawało się wyczuć narastające podniecenie. Właściciele sklepów i klienci wyszukiwali sobie rozmaite preteksty, by wyjść na ulicę. Kręcili się wkoło zaaferowani, zerkając w boczne uliczki. Dziennikarze stawili się w komplecie. Zebrali się w pobliżu budki na trawniku, przed budynkiem sądu. Pod olbrzymim dębem zgromadziło się kilkunastu młodych Murzynów. Ozzie przeczuwał kłopoty, choć zapewnili go, że przyszli tylko popatrzeć i posłuchać. Zagroził im aresztowaniami, jeśli zaczną rozróbę. Rozmieścił swych ludzi w różnych punktach placu.

– Idą! – krzyknął ktoś i wszyscy zaczęli wyciągać szyje, by dojrzeć maszerujących członków Klanu wynurzających się z małej uliczki i skręcających w aleję Waszyngtona stanowiącą północną pierzeję placu. Szli ostrożnie, lecz ich postawa pełna była buty.

Twarze mieli osłonięte złowieszczymi czerwono-białymi maskami przytwierdzonymi do imponujących nakryć głowy. Przechodnie gapili się na przesuwające się wolno wzdłuż alei Waszyngtona postacie. Stump kroczył dumnie na czele swych ludzi. Kiedy zbliżył się do frontonu sądu, zrobił gwałtowny zwrot w lewo i poprowadził drużynę chodnikiem biegnącym przez środek trawnika. Stanęli ciasno, otaczając półkolem trybunę, wzniesioną na stopniach przed gmachem sądu.

Dziennikarze, popychając się i przewracając, ruszyli za maszerującymi i kiedy Stump zatrzymał swych ludzi, trybuna została szybko obstawiona kilkunastoma mikrofonami. Grupka czarnych kręcących się pod drzewem robiła się coraz liczniejsza. Niektórzy podeszli do półkola na odległość kilku metrów. Chodniki opustoszały, bowiem kupcy, sklepikarze i klienci oraz inni ciekawscy zebrali się na trawniku, by posłuchać, co ma do powiedzenia przywódca maszerujących, niski, gruby jegomość. Zastępcy szeryfa przechadzali się wolno wśród zgromadzonych, zwracając szczególną uwagę na czarnych. Ozzie ze swoimi ludźmi stał pod dębem.

Jake obserwował uważnie plac przez okno gabinetu Jean Gillespie na pierwszym piętrze. Widok członków Klanu w galowych strojach, tchórzliwie kryjących twarze za złowrogimi maskami, wywołał w nim przykre skojarzenia. Biały kaptur, przez dziesięciolecia symbol nienawiści i przemocy na Południu, powrócił. Wśród nich ukrywał się człowiek, który zapalił krzyż na jego podwórku. Czy wszyscy brali czynny udział w planowaniu akcji podłożenia bomby pod jego domem? Kto z nich będzie wykonawcą kolejnego aktu terrorystycznego? Z pierwszego piętra widział, jak czarni podchodzili coraz bliżej.

– Ej, wy czarnuchy, nie byliście zaproszeni do udziału w tym marszu! – krzyknął Stump do mikrofonów, wskazując na Murzynów. – To spotkanie członków Klanu, a nie bandy czarnuchów!

Z bocznych uliczek i małych alejek za rzędami budynków z czerwonej cegły wynurzali się kolejni czarni, kierując się w stronę sądu. W ciągu kilku sekund okazało się, że na jednego człowieka Stumpa przypada dziesięciu Murzynów. Ozzie wezwał przez radio posiłki.

– Nazywam się Stump Sisson – przedstawił się przywódca protestujących, zdejmując maskę. – I z dumą oświadczam, że jestem Wizardem Niewidocznego Imperium Ku-Klux-Klanu w stanie Missisipi. Przyszedłem tu, by powiedzieć wszystkim, że praworządna, biała ludność Missisipi ma już dosyć czarnych złodziei, gwałcicieli i morderców. Domagamy się sprawiedliwości i żądamy, by ten czarnuch Hailey został skazany i odesłany do komory gazowej!

– Uwolnić Carla Lee! – krzyknął jeden z oponentów.

– Uwolnić Carla Lee! – powtórzyli unisono inni.

– Uwolnić Carla Lee!
– Zamknijcie się, wy przeklęte czarnuchy! – dyszkantem odkrzyknął Stump. – Zamknijcie się, wy bestie! – Jego ludzie, stojący twarzami do trybuny, zamarli z przerażenia, słysząc za plecami skandujący tłum. Ozzie i sześciu jego zastępców krążyli między obu grupami.
– Uwolnić Carla Lee!
– Uwolnić Carla Lee!
Twarz Stumpa, z natury ogorzała, przybrała odcień ciemnoczerwony. Zębami niemal dotykał mikrofonów.
– Zamknijcie się, wy wściekłe czarnuchy! Mieliście wczoraj swoją manifestację i my wam nie przeszkadzaliśmy. Mamy prawo do gromadzenia się, tak samo jak wy! Więc się zamknijcie!
Okrzyki stały się intensywniejsze:
– Uwolnić Carla Lee!
– Uwolnić Carla Lee!
– Gdzie jest szeryf? Do jego obowiązków należy utrzymywanie spokoju i porządku. Szeryfie, proszę się zabrać do roboty. Niech pan zamknie tych czarnuchów, byśmy mogli spokojnie odbyć nasz wiec. Nie potrafi pan, szeryfie? Nie panuje pan nad swoimi pobratymcami? Patrzcie, ludzie, oto do czego dochodzi, kiedy na stanowiska publiczne wybiera się czarnuchów.
Okrzyki nie ustawały. Stump odszedł od mikrofonów i przyglądał się zgromadzonym. Fotoreporterzy i kamerzyści z telewizji kręcili się gorączkowo, próbując wszystko zarejestrować. Nikt nie zauważył, kiedy nagle otworzyło się małe okienko na drugim piętrze sądu i ktoś rzucił na trybunę bombę zapalającą skonstruowaną własnym przemysłem. Upadła tuż pod nogami Stumpa i wybuchła. W jednej chwili strój Wizarda ogarnęły płomienie.
Stump z krzykiem stoczył się ze schodów. Trzej jego ludzie zdarli z siebie ciężkie płaszcze oraz kaptury i próbowali zdusić języki ognia. Drewniana trybuna i podwyższenie zaczęły płonąć, a w powietrzu uniósł się charakterystyczny swąd benzyny. Czarni ruszyli do ataku, wymachując kijami i nożami, nacierając na każdego, kto miał biały płaszcz. Członkowie Klanu wyjęli ukryte pod swymi obszernymi szatami krótkie pałki i stawili czoło atakującym. W ciągu paru sekund od wybuchu bomby trawnik przed gmachem sądu w okręgu Ford zamienił się w pole bitwy. Ludzie wrzeszczeli, przeklinali i wyli z bólu, kotłując się w gęstym, duszącym dymie. W powietrzu zaczęły fruwać kamienie, kawałki bruku i pałki. Dwie wrogie drużyny rzuciły się do walki wręcz.
Wkrótce na soczystej, zielonej murawie pojawili się ranni. Pierwszą ofiarą zamieszek stał się Ozzie, który otrzymał cios żelazną sztabą w kark. Nesbit, Prather, Hastings, Pirtle, Tatum i pozostali zastępcy szeryfa biegali to w tę, to w tamtą stronę, próbując bez powodzenia rozdzielić walczących,

by się nawzajem nie pozabijali. Dziennikarze, zamiast ukryć się gdzieś w bezpiecznym miejscu, miotali się jak oszalali tam, gdzie był najgęstszy dym i największe zamieszanie, dzielnie próbując zrobić jeszcze lepsze ujęcie krwawej rzezi. Stanowili łatwy cel ataku. Jeden reporter, trzymający przy prawym oku kamerę, oberwał w drugie oko kawałkiem cegły. Upadł na chodnik, ale po paru sekundach pojawił się obok niego drugi dziennikarz, by sfilmować swego rannego towarzysza. Nieustraszona reporterka ze stacji telewizyjnej w Memphis rzuciła się w największy wir bitewny, nie wypuszczając mikrofonu z ręki, a kamerzysta nie odstępował jej ani na krok. Kobiecie udało się uchylić przed lecącym kamieniem, ale podeszła zbyt blisko do potężnego członka Klanu, który właśnie kończył się rozprawiać z dwójką czarnych nastolatków. Olbrzym niespodziewanie odwrócił się i wrzeszcząc przeraźliwie, uderzył dziennikarkę pałką w głowę. Kiedy upadła, kopnął ją, a następnie brutalnie zaatakował kamerzystę.

Przybyły świeże posiłki miejscowej policji. Nesbit, Prather i Hastings, którzy znajdowali się w samym środku walczących, stanęli plecami do siebie i zaczęli strzelać w powietrze z rewolwerów służbowych Smith & Wesson magnum kaliber 0.357. Huk wystrzałów podziałał uspokajająco na walczących. Znieruchomieli i zaczęli się rozglądać, skąd dobiegają strzały, a potem szybko rozdzielili się, spoglądając na przeciwników wściekłym wzrokiem. Wolno wrócili do swoich towarzyszy. Policjanci utworzyli zaporę między czarnymi i białymi, wyraźnie wdzięcznymi za położenie kresu nierównej walce.

Niektórzy ciężej poszkodowani nie mogli się wycofać o własnych siłach. Ozzie siedział ogłuszony, pocierając kark. Dziennikarka z Memphis była nieprzytomna, rana na głowie mocno krwawiła. Kilku członków Klanu w poplamionych i zabrudzonych płaszczach leżało w pobliżu chodnika. Ogień jeszcze nie zgasł.

Rozległy się dźwięki syren i w końcu pojawiły się wozy strażackie i karetki pogotowia. Strażacy zajęli się gaszeniem ognia, a sanitariusze opatrywaniem rannych. Nie było zabitych. W pierwszej kolejności odwieziono Stumpa Sissona. Ozziego zaniesiono do wozu policyjnego. Przybyli następni policjanci i ostatecznie rozpędzili tłum.

Jake, Harry Rex i Ellen jedli letnią pizzę i z uwagą oglądali na ekranie małego telewizora w sali konferencyjnej reportaż z dzisiejszych wydarzeń w Clanton. CHS nadało relację w samym środku wiadomości. Ich reporter najwidoczniej wyszedł z tej awantury bez szwanku, bo teraz komentował film, najpierw ukazujący maszerujących członków Klanu, potem grupkę Murzynów wznoszących okrzyki, następnie wybuch bomby zapalającej i w końcu bijatykę. „Do tej pory – informował – nieznana jest dokładna liczba ofiar.

Najpoważniejszych obrażeń doznał pan Sisson, u którego stwierdzono rozległe oparzenia. Przedstawił się on jako Wizard Ku-Klux-Klanu. Przebywa w szpitalu Mid South Burn w Memphis".

Film pokazywał w zbliżeniu Stumpa w płonącym płaszczu, moment, od którego zaczęła się bijatyka. Komentator mówił: „Proces Carla Lee Haileya ma się rozpocząć w poniedziałek w Clanton. Obecnie nie wiadomo jeszcze, jaki wpływ będą miały na jego przebieg dzisiejsze zamieszki. Niektórzy przewidują, że rozprawa zostanie odroczona, a może również przeniesiona do innego miasta".

– To dla mnie coś nowego – powiedział Jake.

– Nic nie słyszałeś? – spytał Harry Rex.

– Nic a nic. A przypuszczam, że zawiadomiono by mnie przed CHS.

– Co to znaczy? – spytała Ellen.

– To znaczy, że Noose jest głupi, nie zgadzając się na zmianę właściwości miejscowej sądu.

– Ciesz się, że się nie zgodził – przekonywał Harry Rex. – Będziesz się miał do czego przyczepić, występując z apelacją.

– Dziękuję, Harry Rex. Dzięki za twoją wiarę w moje zdolności jako adwokata.

Zadzwonił telefon. Harry Rex odebrał i pozdrowił Carlę. Oddał słuchawkę Jake'owi.

– Twoja żona. Możemy posłuchać?

– Nie! Idźcie po drugą pizzę. Cześć, kochanie.

– Jake, nic ci nic jest?

– Oczywiście, że nie.

– Właśnie widziałam wszystko w wiadomościach. To straszne. Gdzie wtedy byłeś?

– Czwarty z lewej wśród tych postaci odzianych na biało.

– Jake, proszę. To wcale nie jest zabawne.

– Byłem w gabinecie Jean Gillespie na pierwszym piętrze. Mieliśmy wspaniałe miejsca. Wszystko widziałem jak na dłoni. To było bardzo interesujące widowisko.

– Co to za ludzie?

– Ci sami, którzy podpalili krzyż przed naszym domem i próbowali nas wysadzić w powietrze.

– Skąd przyjechali?

– Zewsząd. Pięciu leży w szpitalu. Okazało się, że mieszkają w różnych częściach stanu. Jeden jest miejscowy. Jak tam Hanna?

– Wspaniale, ale chce już wracać do domu. Czy proces zostanie odroczony?

– Wątpię.

– Nic ci nie grozi?

– Nic a nic. Na okrągło pilnuje mnie goryl i noszę pistolet. Nie martw się o mnie.

– Jak mogę się nie martwić? Chcę być w domu, blisko ciebie.

– Nie.

– Hanna może tu zostać, póki się to wszystko nie skończy, ale ja chcę wrócić do domu.

– Nie, Carlo. Wiem, że tam nic ci nie grozi. Tutaj możesz się znaleźć w niebezpieczeństwie.

– W takim razie ty też nie jesteś bezpieczny.

– Nie jest tak źle, jak ci się wydaje. Ale nie mam zamiaru narażać ciebie i Hanny. To nie wchodzi w grę. Koniec dyskusji. Jak się czują twoi rodzice?

– Nie dzwonię do ciebie, by rozmawiać o swoich rodzicach. Dzwonię, bo się niepokoję i chcę być z tobą.

– Ja też chcę być z tobą, ale nie teraz. Proszę, zrozum mnie.

Zawahała się.

– Gdzie nocujesz?

– Na ogół u Luciena. Od czasu do czasu w domu, wtedy mój goryl czuwa na podjeździe.

– Jak tam dom?

– Wciąż stoi. Trochę brudny, ale cały.

– Brak mi go.

– Wierz mi, że jemu ciebie też.

– Kocham cię, Jake, i boję się o ciebie.

– Ja też cię kocham, ale jestem spokojny. Spróbuj się odprężyć i troszcz się o Hannę.

– Do widzenia.

– Do widzenia.

Jake podał słuchawkę Ellen.

– Gdzie teraz jest?

– W Wilmington w Karolinie Północnej. Jej rodzice zawsze spędzają tam wakacje.

Harry Rex wyszedł po kolejną pizzę.

– Tęsknisz za nią, prawda? – spytała Ellen.

– Bardziej niż potrafisz sobie wyobrazić.

– Och, chyba mnie nie doceniasz.

O północy wciąż siedzieli w domku, popijając whisky, przeklinając czarnuchów i przechwalając się swoimi przewagami. Kilku wróciło ze szpitala w Memphis, gdzie złożyli krótką wizytę Stumpowi Sissonowi. Powiedział im, by kontynuowali to, co było zaplanowane. Jedenastu opuściło szpital okręgowy po otrzymaniu pierwszej pomocy i teraz towarzysze podziwiali ich skaleczenia i zadrapania, słuchając relacji, jak to dzielnie stawili czoło kilku czarnuchom jednocześnie, póki nie zostali zaatakowani, zazwyczaj od tyłu lub niespodziewanie. Ci w bandażach byli bohaterami dnia. Whisky płynęła szerokim strumieniem. Nie szczędzili pochwał najpotężniejszemu spośród nich, kiedy opowiedział im, jak to natarł na ładną dziennikarkę i jej czarnego kamerzystę.

Po kilku godzinach picia i snucia opowieści z pola bitwy zaczęli zastanawiać się, co mają robić dalej. Rozłożyli mapę okręgu i jeden z miejscowych zaznaczył szpilkami kolejne cele. Na tę noc zaplanowali sobie rajd do dwudziestu domów – mieszkali w nich potencjalni sędziowie przysięgli. Ktoś zdobył ich listę.

Pięć czteroosobowych drużyn opuściło domek i udało się furgonetkami na miejsca kolejnych awanturniczych akcji. W każdej furgonetce były cztery drewniane krzyże, z tych mniejszych, dwa siedemdziesiąt pięć na metr dwadzieścia, nasączone naftą. Unikali Clanton i małych miejscowości, koncentrując się na obszarach wiejskich. Ich cele znajdowały się z dala od ruchliwych dróg i domów sąsiadów, na terenach rzadko zaludnionych, gdzie nikt niczego nie zauważy, gdzie ludzie kładą się do łóżek wcześnie i mają mocny sen.

Plan działania był prosty: samochód zatrzymywał się na drodze, w pewnej odległości od domu, z wyłączonymi światłami i pracującym silnikiem. Kierowca czekał w aucie, a trzej pozostali zanosili krzyż na podwórze, wkopywali go w ziemię i rzucali zapaloną pochodnię. Furgonetka podjeżdżała po nich przed dom, po czym cicho oddalali się, kierując się ku następnemu celowi.

Akcja przebiegła sprawnie i bez komplikacji w dziewiętnastu miejscach.

Luthera Picketta już wcześniej obudził jakiś dziwny hałas. Wstał i usiadł na werandzie, sam właściwie nie wiedząc, na co czeka. W pewnej chwili ujrzał nieznaną furgonetkę, jadącą wolno żwirowym podjazdem obsadzonym leszczynami. Chwycił strzelbę i zaczął nasłuchiwać. Ciężarówka zakręciła i zatrzymała się kawałek dalej. Usłyszał czyjeś głosy, a potem zobaczył trzy postacie niosące jakiś słup na dziedziniec jego domu przylegający do drogi. Luther przykucnął za krzakami i złożył się do strzału.

Kierowca popijał zimne piwo, wyglądając jednocześnie, kiedy krzyż stanie w płomieniach. Tymczasem zamiast widoku języków ognia, dobiegł go huk wystrzału. Jego kumple porzucili krzyż oraz pochodnię i pognali do rowu ciągnącego się wzdłuż drogi. Rozległ się kolejny strzał, a po chwili jakieś okrzyki i przekleństwa. Trzeba ich ratować! – przemknęło mu przez głowę. Odstawił piwo i nacisnął pedał gazu.

Stary Luther zszedł z werandy i znów wystrzelił, a kiedy ujrzał ciężarówkę, zatrzymującą się obok płytkiego rowu, wypalił jeszcze raz. Z błota wynurzyły się trzy postacie. Potykając się i ślizgając, klnąc i wrzeszcząc, rzuciły się w stronę ciężarówki. Mężczyźni, przepychając się jeden przez drugiego, próbowali wgramolić się do środka.

– Trzymajcie się! – wrzasnął kierowca.

Stary Luther ponownie pociągnął za spust, tym razem celując w furgonetkę. Obserwował, uśmiechając się pod nosem, jak ciężarówka rusza pełnym gazem. Koła zabuksowały na żwirowej drodze i po chwili furgonetka zniknęła, jadąc zygzakiem. Pewnie jakaś banda pijanych dzieciaków, pomyślał.

Do przydrożnej budki telefonicznej wszedł jeden z członków Klanu. W ręku trzymał listę nazwisk dwudziestu osób i numery ich telefonów. Zadzwonił do wszystkich, prosząc, by wyjrzeli przed swoje domy.

Rozdział 31

W piątek rano Jake zatelefonował do Ichaboda, ale pani Noose poinformowała go, że sędzia przewodniczy jakiejś rozprawie cywilnej w okręgu Polk. Jake poinstruował Ellen, co ma robić, i udał się do odległego o godzinę jazdy Smithfield. Wszedł do pustej sali rozpraw, usiadł w pierwszym rzędzie i skinął głową sędziemu. Jedyną publiczność stanowili przysięgli. Noose był znudzony, ława przysięgłych była znudzona, adwokaci byli znudzeni i po dwóch minutach Jake też był znudzony. Kiedy świadek skończył zeznawać, Noose zarządził krótką przerwę i Jake podążył za nim do pokoju sędziowskiego.

– Cześć, Jake. Co pana tu sprowadza?

– Wie pan, co się wczoraj wydarzyło w Clanton?

– Tak, widziałem w wieczornych wiadomościach.

– A słyszał pan, co miało miejsce dziś nad ranem?

– Nie.

– Wszystko wskazuje na to, że ktoś przekazał Klanowi listę kandydatów na sędziów przysięgłych. Ubiegłej nocy przed domami dwudziestu z nich umieszczono płonące krzyże.

Noose był zbulwersowany.

– Naszych sędziów przysięgłych!?

– Tak, proszę pana.

– Czy złapano sprawców?

– Oczywiście nie. Wszyscy byli zbyt zajęci gaszeniem ognia. Poza tym ci ludzie są na ogół nieuchwytni.

– Dwudziestu naszych sędziów przysięgłych – powtórzył Noose.

– Tak, proszę pana.

Noose przesunął dłonią po swej zmierzwionej, lśniącej, siwej czuprynie i zaczął chodzić wolno po małym pokoju, potrząsając głową, od czasu do czasu drapiąc się w krocze.

– Wygląda mi to na zastraszenie – mruknął.

Cóż za umysł, pomyślał Jake. Prawdziwy geniusz.

– Też tak sądzę.

– Co powinienem teraz zrobić? – spytał z lekką irytacją.

– Przenieść proces.

– Gdzie?

– Na południe stanu.

– Rozumiem. Może do okręgu Carey? Zdaje się, że czarni stanowią tam sześćdziesiąt procent mieszkańców. Miałby pan tam szansę na skompletowanie ławy przysięgłych, która przynajmniej nie osiągnęłaby jednomyślności, prawda? A może wolałby pan okręg Brower? Jeśli się nie mylę, jest tam jeszcze więcej czarnych. Prawdopodobnie udałoby się panu wówczas uzyskać uniewinnienie oskarżonego, prawda?

– To, gdzie pan przeniesie rozprawę, nie jest istotne, ale sądząc Haileya w okręgu Ford, nie da mu pan szans na uczciwy proces. Sytuacja była zła już przed tą wczorajszą awanturą. Teraz białych ogarnęła prawdziwa żądza krwi, a mój klient stanowi główny cel ich zainteresowania. Działo się nieciekawie, zanim Klan przystąpił do ustawiania w okręgu płonących krzyży. Kto wie, do czego się jeszcze posuną. W okręgu Ford nie ma możliwości skompletowania bezstronnej, sprawiedliwej ławy przysięgłych.

– Ma pan na myśli czarną ławę przysięgłych?

– Nie, proszę pana. Mam na myśli ławę przysięgłych, która nie osądziła już oskarżonego. Carl Lee Hailey ma prawo do tego, by jego czyn rozpatrzyło dwanaście osób, które nie zadecydowały jeszcze o jego winie bądź niewinności.

Noose podszedł do krzesła i ciężko opadł na nie. Zdjął okulary i podrapał się w czubek nosa.

– Możemy wykluczyć tych dwudziestu – zaczął rozważać na głos.

– To się na nic nie zda. Wszyscy mieszkańcy okręgu albo już o tym wiedzą, albo dowiedzą się w ciągu kilku najbliższych godzin. Zresztą nie muszę panu mówić, jak szybko rozchodzą się tego typu nowiny. Wszyscy potencjalni sędziowie przysięgli będą się czuli zagrożeni.

– To możemy z nich zrezygnować i wyznaczyć nowych.

– Nic w ten sposób nie zyskamy – ostro odpowiedział Jake, rozzłoszczony uporem Noose'a. – Sędziowie przysięgli muszą być mieszkańcami okręgu Ford, a cała ludność okręgu wie, co się zdarzyło. W jaki sposób

313

zamierza pan przeszkodzić członkom Klanu w próbie zastraszenia nowych kandydatów do ławy przysięgłych?

– A pan jest pewny, że jeśli przeniesiemy proces do innego okręgu, członkowie Klanu zostawią nas w spokoju? – Z każdego słowa sędziego przebijał sarkazm.

– Myślę, że nie dadzą nam spokoju – przyznał Jake. – Ale nie mamy co do tego całkowitej pewności. Na razie wiemy jedynie, że Klan działa w okręgu Ford, i to całkiem aktywnie, i że wystraszył kilku potencjalnych sędziów przysięgłych. Takie są fakty. Pytanie brzmi: co pan w tej sytuacji postanowi?

– Nic – odrzekł bez ogródek Noose.

– Słucham?

– Nic. Nie zrobię nic, jedynie skreślę z listy tych dwudziestu. W poniedziałek, w dniu rozpoczęcia rozprawy w Clanton, szczegółowo przesłucham pozostałych kandydatów na sędziów przysięgłych.

Jake patrzył z niedowierzaniem. Noose kierował się jakimiś ukrytymi racjami, może się czegoś bał. Lucien się nie mylił – ktoś szantażuje sędziego.

– Czy mogę spytać dlaczego?

– Myślę, że miejsce procesu Carla Lee Haileya nie będzie miało żadnego znaczenia. Podobnie jak nie ma żadnego maczenia, kto zasiądzie w ławie przysięgłych. Kolor ich skóry też nie odegra większej roli. Podjęli już decyzję. Wszyscy, co do jednego. Podjęli już decyzję, Jake, a pana zadaniem jest wybrać tych, którzy uważają go za bohatera.

Prawdopodobnie ma rację, pomyślał Jake, ale za nic nie powiedziałby tego głośno.

– Dlaczego boi się pan zmienić właściwość miejscową sądu?

Ichabod zmrużył oczy i spojrzał uważnie na Jake'a.

– Boję się? Niczego się nie boję. Dlaczego pan nie chce, by wszystko odbyło się w okręgu Ford?

– Wydawało mi się, że właśnie to panu wytłumaczyłem.

– W poniedziałek w okręgu Ford rozpocznie się proces Haileya. To za trzy dni, licząc od dziś. Będzie tu sądzony nie dlatego, że obawiam się przenieść rozprawę gdzie indziej, ale ponieważ przeniesienie nic nie da. Bardzo skrupulatnie rozważyłem wszystkie za i przeciw, panie Brigance, i to nieraz. Jestem zdania, że proces powinien się odbyć w Clanton. Nie zostanie nigdzie przeniesiony. Czy ma pan do mnie jeszcze jakieś pytania?

– Nie, proszę pana.

– To dobrze. Do zobaczenia w poniedziałek.

Jake wszedł do biura tylnymi drzwiami. Drzwi frontowe już od tygodnia pozostawały zamknięte. Wciąż ktoś w nie walił i coś wykrzykiwał. Na ogół byli to dziennikarze, ale zdarzali się również znajomi, którzy chcieli wpaść, by trochę poplotkować, a także spytać, w jaki sposób mogą pomóc Jake'owi w tej wielkiej sprawie. Klienci przestali się pojawiać. Telefon dzwonił bez przerwy. Jake nigdy nie podnosił słuchawki, czasami zdarzało się to Ellen, kiedy akurat była w pobliżu aparatu.

Zastał ją w sali konferencyjnej pogrążoną w lekturze dzieł prawniczych. Opracowanie na temat procesów, w których powoływano się na zasady M'Naghtena, było doskonałe. Prosił, by miało nie więcej niż dwadzieścia stron. Wręczyła mu siedemdziesiąt pięć kartek maszynopisu: opisała procesy, podczas których obrona powoływała się na niepoczytalność oskarżonych. Stwierdziła, że w żaden sposób nie dałoby się tego ująć krócej. Opracowała wszystko szczegółowo i starannie. Rozpoczęła od rozprawy samego M'Naghtena, która miała miejsce w Anglii na początku ubiegłego stulecia, a następnie przedstawiła procesy tego typu, jakie odbyły się w stanie Missisipi w ciągu ostatnich stu pięćdziesięciu lat.

Odrzuciła nieistotne, niewnoszące nic nowego, koncentrując się na najważniejszych. Zrelacjonowała je w zadziwiająco przystępny sposób. Opracowanie zakończyła podsumowaniem obowiązującej teraz wykładni, zwracając szczególną uwagę na aspekty wiążące się z przypadkiem Carla Lee Haileya.

W streszczeniu, liczącym jedynie czternaście stron, dowiodła ponad wszelką wątpliwość, że ławie przysięgłych zaprezentowane zostaną wstrząsające zdjęcia Cobba i Willarda z roztrzaskanymi czaszkami i mózgami rozpryśniętymi na schodach. W stanie Missisipi dopuszczano prezentowanie takich drastycznych dowodów i nie znalazła argumentu, by się temu sprzeciwić.

Sporządziła trzydziestojednostronicowy maszynopis dotyczący możliwości wykorzystania przez obronę tezy o działaniu Haileya w obronie koniecznej, co Jake też rozważał krótko po tym, jak dowiedział się o zabójstwie gwałcicieli. Tak jak Brigance doszła do wniosku, że na nic się to nie zda. Wygrzebała gdzieś opis jakiegoś starego procesu człowieka, który schwytał i zabił uzbrojonego zbiega z więzienia. Został uniewinniony, ale różnice między sprawą owego mężczyzny i Carla Lee były olbrzymie. Jake nie prosił jej o takie opracowanie i był zły, że straciła na nie tyle energii. Jednak nic nie powiedział, bo przygotowała również wszystko, co jej zlecił.

Największą niespodziankę sprawiło jej spotkanie z doktorem W.T. Bassem. Widziała się z nim dwa razy i podczas obu spotkań szczegółowo przedyskutowali zasady powoływania się na niepoczytalność oskarżonego. Przygotowała dwadzieścia pięć stron pytań, które Jake miał zadać Bassowi, oraz odpowiedzi na nie. Był to zręcznie opracowany dialog i Jake'a zdumiała jej umiejętność logicznego rozumowania. W jej wieku należał do przeciętnych studentów i bardziej go pochłaniały romanse niż nauka. Natomiast ona, studentka ostatniego roku prawa, pisała opracowania, które czytało się jak traktaty naukowe.

– Jak ci poszło? – spytała.

– Tak jak się spodziewałem. Pozostał nieugięty. Proces rozpocznie się w poniedziałek, z udziałem tych samych kandydatów na sędziów przysięgłych, z wykluczeniem jedynie owej dwudziestki, która otrzymała subtelne ostrzeżenia.

– To szaleniec.

– Nad czym pracujesz?

– Kończę listę argumentów potrzebnych do umotywowania naszego wniosku, że ława przysięgłych powinna się zapoznać ze szczegółami gwałtu. Na razie prezentuje się nieźle.

– Kiedy skończysz?

– A kiedy byś chciał ją mieć?

– Jeśli to możliwe, do niedzieli. Mam dla ciebie inne zadanie, trochę odmienne od dotychczasowych.

Odsunęła swój notatnik i spojrzała pytająco na Jake'a.

– Ekspertem oskarżenia będzie doktor Wilbert Rodeheaver, naczelny lekarz w Whitfield. Pracuje tam od zawsze i występował jako biegły w dziesiątkach tego typu procesów. Chcę, byś poszperała trochę i sprawdziła, ile razy jego nazwisko pojawia się w decyzjach sądu.

– Gdzieś się już natknęłam na to nazwisko.

– Dobrze. Jak wiesz, w sprawozdaniach z prac Sądu Najwyższego omawiane są jedynie sprawy, w których oskarżony został skazany i złożył apelację od wyroku. Nie obejmują one przypadków, kiedy oskarżonego uniewinniono. A mnie bardziej interesują właśnie te drugie.

– Dlaczego?

– Podejrzewam, że Rodeheaver bardzo niechętnie wydaje opinię, iż oskarżony w świetle przepisów prawa jest niepoczytalny. Istnieje duże prawdopodobieństwo, że nigdy nie wydał takiej opinii. Nawet wtedy, kiedy niepoczytalność oskarżonego nie ulegała żadnej wątpliwości. Podczas przesłuchania Rodeheavera chciałbym mu zadać pytanie na temat jakiegoś procesu, podczas którego oświadczył, że osoba całkowicie niepoczytalna jest zupełnie zdrowa, a ława przysięgłych mimo to uniewinniła oskarżonego.

– Bardzo trudno będzie coś takiego znaleźć.

– Zgadzam się, ale wierzę w ciebie, Ro-ark. Już od tygodnia obserwuję, jak pracujesz, i wiem, na co cię stać.

– Schlebiasz mi, szefie.

– Podzwoń do adwokatów, którzy mieli już wcześniej do czynienia z Rodeheaverem. Nie będzie to łatwe zadanie, Ro-ark, ale liczę na ciebie.

– Tak jest, szefie. I jestem pewna, że chcesz to mieć na wczoraj.

- Nie. Wątpię, byśmy już w przyszłym tygodniu mieli do czynienia z Rodeheaverem, więc masz trochę czasu.
- Coś nowego! Czy dobrze zrozumiałam, że to nie jest pilne?
- Tak, w przeciwieństwie do opracowania na temat gwałtu.
- Jasne, szefie.
- Jadłaś lunch?
- Nie jestem głodna.
- To dobrze. Nie planuj sobie nic w porze obiadu.
- Jak mam to rozumieć?
- Mam pewien pomysł.
- Coś w rodzaju randki?
- Nie, coś w rodzaju obiadu służbowego pary specjalistów.

Jake włożył papiery do dwóch teczek i wychodząc, powiedział:
- Jadę do Luciena, ale nie dzwoń, jeśli nie będzie to rzeczywiście coś wyjątkowo ważnego. I nie mów nikomu, gdzie jestem.
- Nad czym będziecie pracowali?
- Nad składem ławy przysięgłych.

Lucien spał na huśtawce na werandzie, zmorzony alkoholem. Sallie nie było nigdzie widać. Jake poszedł do przestronnego gabinetu na górze. Lucien miał więcej książek prawniczych w domu niż większość adwokatów w swoich kancelariach. Brigance wyładował zawartość teczek na krzesło, a na biurku położył alfabetyczną listę sędziów przysięgłych, stosik fiszek oraz kilka flamastrów. Pierwszy na liście był Acker, Barry Acker. Wypisał jego nazwisko drukowanymi literami niebieskim flamastrem na pierwszym kartoniku. Dla mężczyzn przygotował niebieski flamaster, dla kobiet – czerwony, dla Murzynów, bez względu na płeć – czarny. Pod nazwiskiem Ackera wypisał ołówkiem kilka uwag. Wiek około czterdziestu lat, powtórnie żonaty z sekretarką z banku, troje dzieci, w tym dwie córki. Prowadzi mały, nieprzynoszący zysku sklepik z artykułami żelaznymi przy przelotowej ulicy Clanton. Jeździ furgonetką. Lubi polowania. Nosi buty kowbojskie. Dość miły facet W czwartek Atcavage poszedł do sklepu Ackera, by się przyjrzeć jego właścicielowi. Powiedział, że sprawia korzystne wrażenie, wysławia się jak człowiek wykształcony. Brigance umieścił przy nazwisku Ackera dziewiątkę.

Jake był dumny z siebie, że udało mu się zebrać tyle informacji na temat potencjalnych sędziów przysięgłych. Buckley na pewno nie okazał się taki dociekliwy.

Następny na liście widniał Bill Andrews. Ale nazwisko! W książce telefonicznej występowało sześć razy. Jake znał jednego, Harry Rex drugiego, a Ozzie jeszcze innego, czarnego, ale nikt nie wiedział, który otrzymał wezwanie. Umieścił przy jego nazwisku znak zapytania.

Gerald Ault. Jake uśmiechnął się, wypisując na kartoniku jego nazwisko. Kilka lat temu Ault był jego klientem. Bank wniósł zastrzeżenie hipoteczne na jego dom w Clanton. Żona Aulta pochorowała się na nerki i rachunki za leczenie doprowadziły ich do ruiny. Miał wyższe wykształcenie, studiował w Princeton i tam poznał swoją żonę. Pochodziła z okręgu Ford, była jedynym dzieckiem niegdyś zamożnej rodziny, która nierozważnie zainwestowała wszystkie pieniądze w koleje. Ault pojawił się w okręgu Ford akurat w chwili, gdy jego teściowie wszystko stracili. Zamiast wieść łatwe życie, które miało mu zapewnić jego małżeństwo, musiał się borykać z losem. Przez jakiś czas uczył w szkole, potem prowadził bibliotekę, jeszcze później zatrudnił się jako urzędnik w sądzie. Czuł awersję do ciężkiej pracy. Potem jego żona rozchorowała się i stracili swój skromny dom. Teraz pracował w sklepie ze sprzętem zmechanizowanym.

Jake wiedział o Geraldzie Aulcie coś, czego nie wiedział nikt z Clanton. W dzieciństwie Ault razem ze swymi rodzicami mieszkał w Pensylwanii, w domu w pobliżu szosy. Pewnej nocy, gdy wszyscy spali, wybuchł pożar. Przejeżdżający motocyklista zatrzymał się, wyważył drzwi frontowe i zaczął ratować Aultów. Ogień szybko się rozprzestrzeniał i kiedy Gerald razem ze swym bratem się obudzili, okazało się, że są odcięci w sypialni na górze. Podbiegli do okna i zaczęli krzyczeć. Rodzice i młodsze rodzeństwo bezradnie miotali się na trawniku przed domem. Płomienie buchały ze wszystkich okien, prócz okna sypialni chłopców. W pewnej chwili nieznajomy oblał się wodą z węża ogrodowego, wbiegł do płonącego domu, przedzierając się przez dym i ogień dotarł na górę i wpadł do pokoju chłopców. Otworzył okno, chwycił Geralda oraz jego brata i wyskoczył. Jakimś cudem nic im się nie stało. Aultowie podziękowali nieznajomemu, płacząc i tuląc chłopców do siebie. Podziękowali obcemu mężczyźnie o czarnej skórze. Był to pierwszy Murzyn, jakiego dzieci widziały w swoim życiu.

Gerald Ault, jako jeden z nielicznych białych mieszkańców okręgu Ford, szczerze kochał czarnych ludzi. Jake umieścił przy jego nazwisku liczbę dziesięć.

Przez sześć godzin wpisywał nazwiska z listy sędziów przysięgłych na kartoniki, opatrywał je komentarzami, poświęcając każdej osobie maksymalnie dużo uwagi, wyobrażając sobie wszystkich po kolei w ławie przysięgłych i podczas obrad, przeprowadzając w myślach rozmowę z każdym. Wystawiał im indywidualne oceny. Każdy czarny automatycznie otrzymywał dziesięć punktów; z białymi sprawa była bardziej skomplikowany. Mężczyźni dostawali wyższą ocenę od kobiet; młodsi więcej punktów od starszych, wykształceni odrobinę więcej od niewykształconych; liberałom dawał najwyższe notowania.

Wyeliminował dwudziestu, których Noose zamierzał wykluczyć. Wiedział coś niecoś o stu jedenastu potencjalnych sędziach przysięgłych. Buckley na pewno tyle nie wie.

Kiedy Jake wrócił od Luciena, Ellen pisała coś na maszynie Ethel. Wyłączyła maszynę, zamknęła książki, z których korzystała, i spojrzała na Brigance'a.

– Co z obiadem? – spytała z figlarnym uśmiechem.

– Pojedziemy za miasto.

– Świetnie! A dokąd?

– Czy byłaś kiedyś w Robinsonville?

– Nie, ale jestem gotowa pojechać. Co tam jest?

– Nic, prócz pól bawełny i soi oraz wspaniałej restauracji.

– Jakie obowiązują stroje?

Jake przyjrzał się jej uważnie. Ubrana była jak zwykle w czyste, wypłowiałe dżinsy, buty na gołe stopy, granatową koszulę cztery numery za dużą, wsuniętą w spodnie opinające jej zgrabne biodra.

– Wyglądasz świetnie – powiedział.

Wyłączyli kopiarkę, zgasili światło i wsiedli do saaba. Jake zatrzymał się przed sklepem monopolowym w czarnej dzielnicy miasta i kupił sześć puszek coorsa i smukłą butelkę chablis.

– Trzeba tam przychodzić z własnymi trunkami – wyjaśnił, kiedy opuszczali Clanton. Jechali wprost na zachodzące słońce, więc Jake opuścił daszek przeciwsłoneczny. Ellen otworzyła dwie puszki piwa.

– Jak to daleko? – spytała.

– Półtorej godziny jazdy.

– Półtorej godziny! Umieram z głodu.

– Na razie musi ci wystarczyć piwo. Wierz mi, że warto będzie trochę pocierpieć.

– A cóż tam takiego serwują?

– Smażone krewetki, żabie udka i rybę opiekaną na węglu drzewnym. Pociągnęła łyk piwa.

– No, zobaczymy.

Jake dodał gazu. Śmigali przez mosty na niezliczonych dopływach jeziora Chatulla. Wspinali się na strome wzgórza, pokryte ciemnozielonymi zaroślami. Pokonywali zakręty, cudem unikając zderzenia z olbrzymimi ciężarówkami załadowanymi tarcicą. Jake otworzył dach i opuścił szyby, by owiał ich orzeźwiający wiatr. Ellen oparła się wygodnie i zamknęła oczy. Gęste, kręcone włosy fruwały wokół jej twarzy.

– Słuchaj, Ro-ark, ten obiad jest całkowicie służbowy...

– Jasne.

– Naprawdę. Jestem twoim pracodawcą i wybieramy się do restauracji służbowo. Ni mniej, ni więcej, tylko służbowo. Niech zatem nie przychodzą ci do twojego wyzwolonego umysłu żadne lubieżne myśli.

– Wygląda, jakbyś to ty miał takie myśli.

– Nie. Tylko wiem, o czym teraz dumasz.

– Niby skąd? Dlaczego z góry zakładasz, że jesteś taki pociągający, iż zamierzam cię za wszelką cenę uwieść?

– Po prostu pamiętaj, że jestem niezwykle szczęśliwym mężem i mam cudowną żonę, która by mnie zabiła, gdyby dowiedziała się, iż coś kombinuję za jej plecami.

– Dobra, udawajmy przyjaciół. Parę przyjaciół, która wybrała się na obiad.

– Na Południu coś takiego nie przejdzie. Żonaty mężczyzna nie może iść na obiad z przyjaciółką. Tu po prostu to nie przejdzie..

– Dlaczego?

– Bo mężczyzna nie może mieć przyjaciółki. W żadnym wypadku. Nie mam nikogo na Południu, kto byłby żonaty i miał przyjaciółkę. Myślę, że to sięga korzeniami czasów wojny secesyjnej.

– A według mnie czasów mrocznego średniowiecza. Dlaczego kobiety na Południu są takie zazdrosne?

– Bo sami je tak wychowaliśmy. Nauczyły się od nas. Gdyby moja żona poszła z przyjacielem na obiad lub kolację, ukręciłbym jej głowę i dodatkowo wystąpił o rozwód. Nauczyła się tego ode mnie.

– To jest zupełnie pozbawione sensu.

– Zgadzam się.

– Twoja żona nie ma przyjaciół?

– Nic mi o tym nie wiadomo. Gdybyś coś na ten temat usłyszała, bądź łaskawa mnie poinformować.

– A ty nie masz przyjaciółek?

– A po co mi przyjaciółki? Nie można z nimi porozmawiać o piłce nożnej, polowaniu na kaczki, polityce, procesach sądowych ani o niczym, o czym lubię sobie pogadać. Potrafią tylko mówić o dzieciach, strojach, przepisach kulinarnych, kuponach premiowych, meblach, słowem o rzeczach, o których nie mam najmniejszego pojęcia. Nie, nie mam żadnych przyjaciółek. I nie chcę mieć.

– I to jest właśnie to, co mnie tak urzekło na Południu. Ludzie są tu tacy tolerancyjni i otwarci.

– Dziękuję.

– A czy masz jakichś przyjaciół Żydów?

– Nie znam żadnego Żyda mieszkającego w okręgu Ford. Podczas studiów przyjaźniłem się z Irą Tauberem w New Jersey. Naprawdę byliśmy bardzo zaprzyjaźnieni. Kocham Żydów. Chyba wiesz, że Jezus też był Żydem. Nigdy nie rozumiałem antysemitów.

– Mój Boże, prawdziwy z ciebie liberał. A co sądzisz o... o homoseksualistach?

– Współczuję im. Nie wiedzą, co tracą. Ale to ich zmartwienie.

– Czy potrafiłbyś się zaprzyjaźnić z homoseksualistą?

– Myślę, że tak, póki bym nie wiedział, że jest pedałem.

– To znaczy, że jednak jesteś republikaninem.

Wzięła od niego pustą puszkę i rzuciła na tylne siedzenie. Otworzyła dwie następne. Słońce zaszło i ciężkie, wilgotne powietrze wydawało się chłodne przy jeździe z prędkością ponad stu czterdziestu kilometrów na godzinę.

– Czyli, że nie możemy zostać przyjaciółmi? – spytała.

– Nie.

– Ani kochankami?

– Ro-ark, proszę. Widzisz, że prowadzę samochód.

– To kim w takim razie jesteśmy?

– Ja jestem prawnikiem, a ty asystentką. Ja jestem pracodawcą, a ty moją pracownicą. Ja jestem szefem, a ty popychadłem.

– Ty jesteś mężczyzną, a ja kobietą.

Jake spojrzał na jej dżinsy i obszerną koszulę.

– Co do tego nie ma wątpliwości.

Ellen potrząsnęła głową i zaczęła obserwować wysokie zarośla po obu stronach szosy. Jake uśmiechnął się, dodał jeszcze więcej gazu i sączył swoje piwo. Zakręcił kilka razy na skrzyżowaniach wiejskich, pustych dróg i nagle wzgórza zniknęły, a teren stał się zupełnie płaski.

– Jak się nazywa ta restauracja? – spytała.

– Hollywood.

– Jak?

– Hollywood.

– Dlaczego właśnie tak?

– Kiedyś mieściła się w małym miasteczku kilka kilometrów dalej, które nazywa się właśnie Hollywood. Restauracja spłonęła, lokal przeniesiono do Robinsonville, ale stara nazwa pozostała.

– Na czym polega jej wyjątkowość?

– Serwują wyśmienite jedzenie, można posłuchać wspaniałej muzyki, panuje w niej niezrównana atmosfera, a przede wszystkim jest daleko od Clanton i nikt nie zobaczy mnie, jak jem obiad z piękną, nieznajomą kobietą.

– Nie jestem kobietą, jestem popychadłem.

– Z pięknym, nieznajomym popychadłem.

Ellen uśmiechnęła się nieznacznie i przesunęła palcami po włosach. Na następnym skrzyżowaniu skręcili w lewo i jechali na zachód, póki nie znaleźli się w osadzie wybudowanej wzdłuż linii kolejowej. Po jednej stronie drogi ciągnął się szereg opustoszałych, drewnianych budynków, a naprzeciwko stał samotnie dawny magazyn towarów sypkich, wokół którego parkowało kilkanaście samochodów. Przez otwarte okna dobiegały dźwięki cichej muzyki. Jake wziął butelkę chablis i skierował się ze swoją asystentką do drzwi lokalu.

Obok wejścia wzniesiono małą estradę. Przy fortepianie siedziała piękna, starsza Murzynka, Merle, i śpiewała *Deszczową noc w Georgii*. Przez całą salę biegły trzy długie rzędy stolików, które kończyły się tuż obok estrady. Mniej więcej połowa miejsc była zajęta. Ubrana na czarno kelnerka posadziła ich w głębi sali, przy małym stoliku, nakrytym obrusem w czerwoną kratkę.

– Życzysz sobie smażonych pikli, skarbie? – spytała Jake'a.

– Tak! Dwa razy, proszę.

Ellen zmarszczyła brwi i spojrzała na Jake'a.

– Smażone pikle?

– Tak, a bo co? W Bostonie tego nie jecie?

– Czy wy tutaj wszystko smażycie?

– Wszystko, co warto jeść. Jeśli ci nie będą smakowały, zjem i twoją porcję.

Przy stoliku po drugiej stronie przejścia rozległy się jakieś okrzyki. Cztery pary wznosiły toast za kogoś lub za coś, a potem wybuchnęły głośnym śmiechem. W restauracji panował gwar, przerywany od czasu do czasu głośniejszymi okrzykami.

– Zaletą Hollywood jest to – wyjaśnił Jake – że możesz hałasować, ile chcesz, i siedzieć tak długo, jak chcesz, i nikomu to nie przeszkadza. Możesz zajmować stolik przez całą noc. Za chwilę zaczną się śpiewy i tańce.

Jake zamówił dla nich obojga smażone krewetki i rybę pieczoną na węglu drzewnym. Ellen zrezygnowała z żabich udek. Kelnerka szybko wróciła z otwartą butelką chablis i dwoma kieliszkami.

Wznieśli toast za Carla Lee Haileya i jego niepoczytalność.

– Co sądzisz o Bassie? – spytał Jake.

– To idealny świadek. Powie wszystko, o co się go poprosi.

– Czy to cię niepokoi?

– Niepokoiłoby mnie, gdyby był świadkiem naocznym. Ale jest biegłym i ma prawo do własnej opinii. Nikt nie może zakwestionować tego, co powie.

– Czy jest przekonujący?

– Tak, kiedy jest trzeźwy. Rozmawialiśmy w tym tygodniu dwa razy. We wtorek mówił przytomnie i bardzo starał się pomóc, w środę upił się i było mu wszystko jedno. Myślę, że pomoże na tyle, na ile pomógłby nam każdy inny psychiatra. Nie dba o to, co jest prawdą, a co nie i powie to, co będziemy chcieli usłyszeć.

– Czy uważa, że w świetle prawa Carl Lee był niepoczytalny?

– Nie. A ty w to wierzysz?

– Nie, Ro-ark, Carl Lee wyznał mi pięć dni przed popełnieniem morderstwa, że ich zabije. Pokazał dokładnie miejsce, z którego ich zaatakuje. Nasz klient dokładnie wiedział, co robi.

– Czemu go nie powstrzymałeś?

– Bo mu nie wierzyłem. Jego córka została dopiero co zgwałcona i walczyła o życie.

– Powstrzymałbyś go, gdybyś mógł?

– Powiedziałem o tym Ozziemu. Ale wtedy żaden z nas nie sądził, że może do tego dojść. Nie, nie powstrzymałbym go, nawet gdybym był pewien, co zamierza. Na jego miejscu zrobiłbym to samo.

– Jak?

– Dokładnie tak, jak on. To było dziecinnie łatwe.

Ellen podejrzliwie spojrzała na talerz ze smażonymi piklami. Odkroiła kawałek i powąchała. Potem włożyła kęs do ust i wolno zaczęła żuć. Przełknęła, po czym podsunęła Jake'owi swój talerz.

– Typowa Jankeska – sarknął. – Nie rozumiem cię, Ro-ark. Nie smakują ci smażone pikle, jesteś atrakcyjna, bardzo inteligentna, znalazłabyś zatrudnienie w każdej wielkiej kancelarii adwokackiej w kraju i mogłabyś zarabiać krocie, a tymczasem chcesz poświęcisz swoje zdolności, by, zarywając noce, bronić morderców, którzy siedzą w celach śmierci i czekają na to, na co sobie zasłużyli. Dlaczego, Ro-ark?

– Ty też pracujesz po nocach dla tych samych ludzi. Tym razem chodzi o Carla Lee Haileya. Za rok trafi ci się jakiś inny morderca, którego wszyscy znienawidzą, ale ty nie będziesz przez niego sypiał po nocach, bo tak się złoży, że zaangażuje cię jako adwokata. Pewnego dnia twój klient znajdzie się w celi śmierci i wtedy dowiesz się, jakie to straszne. Kiedy przywiążą go pasami do krzesła, a on po raz ostatni spojrzy na ciebie, staniesz się innym człowiekiem. Przekonasz się, jakie to barbarzyństwo, i przypomnisz sobie słowa Ro-ark.

– Wtedy zapuszczę brodę i zapiszę się do ACLU.

– Możliwe, choć nie wiem, czy cię zechcą przyjąć.

Wniesiono smażone krewetki w małych, czarnych rynienkach. Skwierczały w gorącym sosie z masła i czosnku. Ellen nakładała sobie na talerz pełne łyżki i jadła, aż jej się uszy trzęsły. Merle w ujmujący sposób interpretowała *Dixie* i wszyscy goście zaczęli jej wtórować i klaskać w dłonie.

Kelnerka przyniosła im duży talerz chrupkich, panierowanych żabich udek. Jake dokończył pić wino i nałożył sobie porcję tego specjału. Ellen starała się nie zwracać uwagi na jego talerz. Kiedy objedli się przystawkami, podano rybę. Tłuszcz pryskał i skwierczał, skórka była przypieczona na ciemnobrązowo, po każdej stronie widniały czarne ślady od grilla. Jedli wolno, popijając winem, przyglądając się sobie i rozkoszując smakowitymi potrawami.

O północy w butelce nie pozostało już nic. Światła na sali przygaszono. Powiedzieli dobranoc kelnerce i Merle. Ostrożnie zeszli po stopniach i wsiedli do samochodu. Jake zapiął pasy bezpieczeństwa.

– Jestem zbyt pijany, by prowadzić – powiedział.

– Ja też. Widziałam niedaleko stąd mały motel.

– Ja też, ale nie mieli wolnych pokoi. Nieźle to sobie wykombinowałaś, Ro-ark. Najpierw mnie upić, a potem próbować wykorzystać.

– Zrobiłabym to, gdybym mogła.

Ich oczy spotkały się na moment. W twarzy Ellen odbijało się czerwone światło neonu. Spoglądali na siebie przez dłuższą chwilę. Neon zgasł. Zamknięto restaurację.

Jake zapalił silnik, odczekał, aż się nagrzeje, i ruszył w mrok.

Myszka Miki zadzwonił do Ozziego do domu w sobotę rano i zapowiedział kolejne akcje Klanu. Ta czwartkowa awantura to nie była ich wina, wyjaśnił informator, a wszyscy mają pretensje do nich. Maszerowali sobie spokojnie, a teraz ich przywódca leży bliski śmierci z poparzeniami trzeciego stopnia na siedemdziesięciu procentach powierzchni ciała. Zapowiada odwet: takie jest odgórne polecenie. Ściągają posiłki z innych stanów i na pewno dojdzie do użycia siły. Na razie wie tylko tyle, niebawem znów zadzwoni.

Ozzie siedział na brzegu łóżka, pocierając guz na karku. Zadzwonił do burmistrza i do Jake'a. Godzinę później spotkali się w gabinecie Ozziego.

– W każdej chwili sytuacja może się nam wymknąć spod kontroli – zawyrokował Ozzie, trzymając na karku woreczek z lodem i krzywiąc się przy każdym słowie. – Wiem od godnego zaufania informatora, że Klan zamierza wziąć odwet za to, co zdarzyło się w czwartek. Podobno ściągają posiłki z innych stanów.

– Wierzysz w to? – spytał burmistrz.

– Boję się zlekceważyć takie ostrzeżenie.

– Ten sam informator? – spytał Jake.

– Tak.

– W takim razie ja też wierzę.

– Ktoś powiedział, że podobno rozważa się przeniesienie procesu gdzie indziej lub jego odroczenie – stwierdził Ozzie. – Czy to prawda?

– Nie. Wczoraj widziałem się z Noose'em. Proces nie zostanie nigdzie przeniesiony i rozpocznie się w poniedziałek.
– Powiedziałeś mu o płonących krzyżach?
– Powiedziałem mu o wszystkim.
– Czy on jest szalony? – spytał burmistrz.
– Tak, i głupi. Ale proszę traktować tę wiadomość jako poufną.
– Czy w świetle prawa jego decyzja jest słuszna? – spytał Ozzie.
Jake pokrecił głową.
– Raczej wielce wątpliwa.
– Co pan zamierza? – spytał burmistrz.
Ozzie wziął nowy woreczek z lodem i zaczął delikatnie pocierać nim kark. Mówienie sprawiało mu ból.
– Bardzo pragnę zapobiec dalszym rozruchom. Nasz szpital jest zbyt mały, by pomieścić kolejne ofiary. Musimy coś zrobić. Czarni są w bojowym nastroju i nie trzeba wiele, by ich sprowokować. Niektórzy z nich tylko czekają na jakiś pretekst, żeby zacząć strzelać, a ci osobnicy w białych płaszczach stanowią niezwykle wdzięczny cel. Mam przeczucie, że Klan zamierza zrobić coś naprawdę głupiego, na przykład spróbuje kogoś zabić. Dzięki wydarzeniom w Clanton więcej o nich napisali w ciągu ostatnich dni niż przez minione dziesięć lat. Mój informator powiedział, że po tych czwartkowych ekscesach dzwonią do nich ludzie z całego kraju i zgłaszają chęć przyjazdu do nas i uczestniczenia w całej tej hecy.
Wolno pokręcił głową i ponownie zmienił okład z lodem.
– Niechętnie to mówię, burmistrzu, ale uważam, że powinien pan zadzwonić do gubernatora i poprosić go o przysłanie Gwardii Narodowej. Wiem, że to drastyczny krok, ale nie chciałbym, aby ktoś zginął.
– Gwardia Narodowa! – powtórzył burmistrz z niedowierzaniem.
– Tak jest.
– W Clanton?
– Tak. Aby chronić jego mieszkańców.
– Patrolująca ulice?
– Tak, w pełnym uzbrojeniu, ze wszystkimi szykanami.
– Boże! Czy pan trochę nie przesadza?
– Nie. Wiem, że nie mam dość ludzi, by utrzymać spokój w mieście. Nie byliśmy nawet w stanie zapobiec zamieszkom, które wybuchły tuż pod naszym nosem. Klan ustawia w całym okręgu płonące krzyże, a my jesteśmy bezsilni. Co zrobimy, kiedy czarni też postanowią przystąpić do ataku? Nie mam tylu ludzi, burmistrzu. Potrzebna mi pomoc.
Jake pomyślał, że to wspaniały pomysł. W jaki sposób można wybrać bezstronną ławę przysięgłych, kiedy gmach sądu otoczony jest przez Gwardię Narodową? Wyobraził sobie sędziów przysięgłych, zajeżdżających

w poniedziałek rano przed sąd i mijających żołnierzy z karabinami, dżipy, a może nawet jeden czy dwa czołgi ustawione przed sądem. Czy w tych warunkach mogą być bezstronni? Jak Noose może upierać się przy sądzeniu Haileya w Clanton? Jak Sąd Najwyższy może odmówić uchylenia wyroku, gdyby, broń Boże, Carl Lee został skazany? To był świetny pomysł.

    – A co ty myślisz, Jake? – spytał burmistrz, szukając sprzymierzeńca.

    – Wydaje mi się, że nie ma pan wyboru, burmistrzu. Nie możemy dopuścić do kolejnych rozruchów. Może to panu zaszkodzić podczas przyszłych wyborów.

    – Gwiżdżę na to – odparł ze złością burmistrz, pewny, że Jake oraz Ozzie i tak swoje wiedzą. Podczas ostatnich wyborów burmistrz zwyciężył niespełna pięćdziesięcioma głosami i nigdy nie robił żadnego ruchu, póki nie rozważył jego wpływu na swoją dalszą karierę polityczną. Ozzie spostrzegł uśmieszek na twarzy Jake'a, który obserwował burmistrza, skręcającego się na samą myśl, że w jego spokojnym miasteczku pojawi się wojsko.

    W sobotę po zapadnięciu zmroku Ozzie i Hastings wyprowadzili Carla Lee tylnymi drzwiami i zaprowadzili do wozu szeryfa, rozmawiając i żartując. Hastings wyjechał wolno za miasto, minął sklep spożywczy Batesa, a potem skręcił w ulicę Crafta. Dziedziniec przed domem Haileya zastawiony był parkującymi autami, więc zatrzymali się na drodze. Carl Lee przekroczył próg swego domu niczym wolny człowiek. Natychmiast rzucili się na niego krewni, znajomi i dzieci. Objął dzieciaki, całą czwórkę jednocześnie, ściskając mocno, jakby się bał, że nieprędko będzie miał okazję znów je zobaczyć. Zebrani obserwowali w milczeniu, jak ten potężny mężczyzna klęczy na podłodze i pochyla twarz nad swymi pochlipującymi dziećmi. Niektórzy z obecnych popłakiwali.

    W kuchni przygotowano mnóstwo jedzenia. Gościa honorowego posadzono na jego zwykłym miejscu, u szczytu stołu, a obok niego usiadła żona i dzieci. Wielebny Agee zmówił krótką modlitwę dziękczynną. Rodzinie usługiwała setka znajomych. Ozzie i Hastings nałożyli sobie potrawy na talerze i wycofali się na ganek, gdzie oganiając się przed komarami, zastanawiali się, jak zapewnić bezpieczeństwo Carlowi Lee podczas codziennego przewożenia go z aresztu do sądu i z powrotem. Sam Hailey dowiódł, że takie wycieczki nie zawsze kończą się szczęśliwie.

    Po kolacji wszyscy wyszli na dziedziniec. Dzieci urządzały zabawy, a dorośli tłoczyli się na ganku, chcąc znaleźć się jak najbliżej Carla Lee. Stał się ich bohaterem, najsławniejszym człowiekiem, jakiego większość z nich kiedykolwiek ujrzy, a do tego znali go osobiście. Byli przekonani, że Carl Lee zostanie osądzony wyłącznie z jednego powodu. Prawda, że zabił tych gnojków, ale to nie miało znaczenia. Gdyby był biały, za swój czyn otrzymałby nagrodę. Bez przekonania wniesiono by sprawę do sądu, a proces w obecności białej ławy przysięgłych stałby się farsą. Carl Lee będzie sądzony, bo jest czarny. I jeśli go skażą, to też tylko dlatego. Wierzyli w to. Słuchali uważnie, gdy mówił o zbliżającym się procesie. Prosił ich o modlitwy i wsparcie, chciał, by wszyscy byli z nim, śledzili proces i opiekowali się jego rodziną.

Spędzili razem ładnych parę godzin. Panowała duchota nie do zniesienia; Carl Lee i Gwen siedzieli na huśtawce, bujając się wolno, a wkoło stali ich przyjaciele, którzy chcieli znaleźć się jak najbliżej tego sławnego człowieka. Kiedy w końcu goście zaczęli się rozchodzić, ściskali go i obiecywali, że przyjdą w poniedziałek do sądu. Zastanawiali się w duchu, czy kiedykolwiek ujrzą go jeszcze, siedzącego na ganku własnego domu.

O północy Ozzie powiedział, że na nich czas. Carl Lee po raz ostatni objął Gwen oraz dzieciaki i wsiadł do wozu Ozziego.

Tej samej nocy umarł Bud Twitty. Z posterunku przekazano wiadomość Nesbitowi, a ten poinformował Jake'a. Brigance zapisał sobie w kalendarzu, by wysłać wieniec.

ROZDZIAŁ 32

Niedziela. Do procesu pozostał jeden dzień. Jake obudził się o piątej rano. Czuł gniecenie w żołądku, które przypisywał napięciu związanemu z procesem, oraz ból głowy, z powodu tegoż samego napięcia i późnowieczornej, sobotniej sesji na werandzie u Luciena z udziałem swej asystentki. Ellen postanowiła przenocować w pokoju gościnnym u Luciena, a Jake spędził noc na kanapie w swoim biurze.

Leżał teraz, przysłuchując się odgłosom dobiegającym z ulicy. Po omacku dowlókł się na balkon i przystanął zdumiony na widok tego, co ujrzał wokół sądu. Zaczęło się! Ulice wokół placu zastawione były transporterami i dżipami. Żołnierze biegali z marsowymi minami, starając się rozlokować i stworzyć pozór wojskowego ładu. Radiotelefony skrzeczały, brzuchaci dowódcy wrzeszczeli na swych ludzi, by się pospieszyli i zajęli wyznaczone pozycje.

Posterunek dowodzenia umieszczono w pobliżu budki na trawniku przed sądem. Żołnierze wbijali słupki, rozciągali liny i rozpinali płótna trzech olbrzymich namiotów. Na rogach placu zmontowano zapory, przy których stanęli wartownicy. Opierając się o latarnie, palili papierosy.

Nesbit siedział na masce swego wozu i przypatrywał się akcji obwarowywania centrum Clanton, gawędząc sobie z żołnierzami. Jake zaparzył kawę i zaniósł ją zastępcy szeryfa. Obudził się już, nic mu nie grozi, bo jest dobrze strzeżony, więc Nesbit może jechać do domu i odpocząć. Jake wrócił na górę i przez jakiś czas obserwował plac. Kiedy oddziały rozlokowały się, transportery odjechały do koszar Gwardii Narodowej znajdujących się na północy miasta, gdzie również przygotowano nocleg dla żołnierzy. Było ich około dwustu. Łazili po kilku wokół sądu, spoglądając na wystawy sklepów, czekając, aż ulice się zaludnią, z nadzieją, że coś się wydarzy.

Noose będzie wściekły. Jak śmieli wezwać Gwardię Narodową, nie pytając go o zdanie? To przecież jego proces. Burmistrz nawet chciał to zrobić, ale Jake wyjaśnił, że zapewnienie bezpieczeństwa mieszkańcom Clanton należy do obowiązków burmistrza, a nie sędziego. Ozzie go poparł i ostatecznie nie zadzwonili do Noose'a.

Pojawili się szeryf i Moss Junior Tatum. Porozmawiali z pułkownikiem w budce na placu, a potem obeszli gmach sądu, przeprowadzając inspekcję oddziałów i namiotów. Ozzie mówił coś, wskazując różne miejsca, a dowódca Gwardii wydawał się zgadzać z uwagami szeryfa. Moss Junior otworzył budynek sądu, by żołnierze mogli korzystać z wody pitnej i toalet. Było już po dziewiątej, kiedy przybył pierwszy reporter i ujrzał okupację centrum Clanton. W niespełna godzinę później biegali z kamerami i mikrofonami, przeprowadzając rozmowy z sierżantami i kapralami.

– Czy może się nam pan przedstawić?
– Jestem sierżant Drumwright.
– Skąd pan pochodzi?
– Z Booneville.
– Gdzie to jest?
– Jakieś sto pięćdziesiąt kilometrów stąd.
– Dlaczego pan tu jest?
– Wezwał nas gubernator.
– Po co was wezwał?
– Byśmy pilnowali porządku.
– Czy spodziewacie się kłopotów?
– Nie.
– Jak długo tu pozostaniecie?
– Nie wiem.
– Czy do czasu zakończenia procesu?
– Nie wiem.
– A kto to wie?
– Myślę, że gubernator.

Wiadomość o inwazji rozeszła się lotem błyskawicy i po niedzielnych nabożeństwach mieszkańcy miasta ruszyli w stronę placu, by na własne oczy przekonać się, że armia rzeczywiście opanowała gmach sądu. Wartownicy usunęli zapory i pozwolili ciekawskim wjechać na plac i pogapić się na prawdziwych, żywych żołnierzy, z karabinami, w dżipach. Jake siedział na balkonie, popijając kawę i ucząc się na pamięć informacji z fiszek o poszczególnych kandydatach na przysięgłych.

Zadzwonił do Carli i powiedział jej, że wezwano Gwardię Narodową, ale że nic mu nie grozi. Mówiąc szczerze, jeszcze nigdy nie czuł się bardziej bezpiecznie. Setki uzbrojonych po zęby gwardzistów stoją na ulicy Waszyngtona i tylko czekają, by mu przyjść z odsieczą. Tak, ciągle ma też swojego goryla. Tak, dom wciąż stoi. Wątpił, by podano już informację o śmierci Buda Twitty'ego, więc nic jej o tym nie wspomniał. Może w ogóle się nie dowie? Wybierali się na ryby łodzią jej ojca i Hanna chciała, by jej tatuś też z nimi popłynął, pożegnał się, czując, że tęskni za dwiema kobietami swego życia jak jeszcze nigdy dotąd.

Ellen Roark otworzyła sobie tylne drzwi do biura i położyła na stole w kuchni małą torbę z zakupami. Wyciągnęła z teczki dokumenty i ruszyła na poszukiwanie swego szefa. Był na balkonie – przeglądał fiszki, zerkając od czasu do czasu na budynek sądu.

– Dobry wieczór, Ro-ark.

– Dobry wieczór, szefie. – Wręczyła mu gruby maszynopis. – To opracowanie dotyczące dopuszczalności poruszania kwestii gwałtu podczas procesu Haileya, o które prosiłeś. To trudny i zawiły problem. Przepraszam za objętość maszynopisu.

Był równie starannie sporządzony jak poprzednie, zawierał spis treści i bibliografię, strony miał ponumerowane. Przekartkował go.

– Do cholery, Ro-ark, nie prosiłem o traktat filozoficzny.

– Wiem, że onieśmielają cię prace naukowe, więc rozmyślnie starałam się używać wyrazów, które mają nie więcej niż trzy sylaby.

– Ejże, czy ktoś tu sobie dziś za dużo nie pozwala? Czy mogłabyś to streścić tak, by liczyło jakieś trzydzieści stron?

– Słuchaj, to szczegółowe opracowanie, przygotowane przez zdolną studentkę prawa, posiadającą niezwykłe umiejętności jasnego formułowania myśli. Ta genialna praca jest twoja, a do tego nic cię nie kosztuje. Przestań więc wybrzydzać.

– Tak jest, proszę pani. Boli cię głowa?

– Tak, od samego rana. Pisałam to przez dziesięć godzin i muszę się teraz czegoś napić. Masz mikser?

– Co?

329

– Mikser. To taki nowy wynalazek, szeroko stosowany na Północy. Przyrząd kuchenny.

– Znajdziesz coś takiego na półce obok kuchenki mikrofalowej.

Zniknęła. Było prawie ciemno i ruch na placu zmniejszył się, bo niedzielnych kierowców znudził widok żołnierzy strzegących budynku sądu. Po dwunastu godzinach dusznego skwaru, przy wilgotności powietrza jak w łaźni parowej, ludzie z oddziałów, które przybyły do Clanton, byli znużeni i wyraźnie stęsknieni za domem. Żołnierze siedzieli pod drzewami i na składanych, płóciennych krzesłach, przeklinając gubernatora. Gdy zapadł zmrok, przeciągnęli przewody z wnętrzu budynku sądu i oświetlili teren wokół namiotów. Obok poczty zatrzymał się samochód wypełniony czarnymi, którzy przyjechali na nocne czuwanie, przywieźli ze sobą leżaki i świeczki. Szli chodnikiem wzdłuż ulicy Jacksona i z miejsca znaleźli się w centrum zainteresowania dwustu uzbrojonych po zęby gwardzistów. Na czele czarnych kroczyła ważąca dziewięćdziesiąt kilogramów Rosia Alfie Gatewood, wdowa, która wychowała jedenaścioro dzieci. Dziewięcioro z nich wysłała do college'u. Była pierwszą Murzynką, która ośmieliła się kiedyś napić zimnej wody z fontanny na placu i nie została za swój czyn zlinczowana. Obrzuciła żołnierzy wzrokiem pełnym nienawiści. Nie odzywali się.

Ellen wróciła z dwoma kuflami wypełnionymi jasnozielonym płynem. Postawiła je na stole i przysunęła sobie krzesło.

– Co to?

– Wypij. Pomoże ci się odprężyć.

– Wypiję. Ale chciałbym wiedzieć, co to takiego.

– Margarita.

Jake przyjrzał się uważnie powierzchni płynu.

– A gdzie sól?

– Nie lubię soli.

– W takim razie ja też nie. Dlaczego przyrządziłaś margaritę?

– A czemu nie?

Jake zamknął oczy i pociągnął długi łyk. A potem następny.

– Ro-ark, jesteś niezwykle utalentowaną kobietą.

– Popychadłem.

Znów pociągnął długi łyk.

– Osiem lat nie miałem margarity w ustach.

– Wyrazy współczucia. – Jej półlitrowy kufel był do połowy opróżniony.

– Jakiego użyłaś rumu?

– Gdybyś nie był moim szefem, nazwałabym cię skończonym osłem.

– Dziękuję.

– To nie rum. To tequila z sokiem cytrynowym oraz cointreau. Myślałam, że wie o tym każdy student prawa.

– Czy kiedykolwiek mi wybaczysz? Na pewno wiedziałem to, kiedy byłem studentem prawa.

Rozejrzała się po placu.

– To nieprawdopodobne! Wygląda zupełnie jak strefa działań wojennych.

Jake opróżnił swój kufel i oblizał usta. Żołnierze przed namiotami śmiali się i grali w karty. Niektórzy szukali schronienia przed komarami w budynku sądu. Za rogiem ukazali się ludzie ze świeczkami i podążyli wzdłuż ulicy Waszyngtona.

– Tak – powiedział z uśmiechem Jake. – To bardzo piękne, prawda? Pomyśl sobie o naszych sprawiedliwych i bezstronnych sędziach przysięgłych, kiedy pojawią się rano i ujrzą coś takiego. Ponowię swój wniosek o zmianę właściwości miejscowej sądu. Zostanie odrzucony. Wystąpię o unieważnienie procesu, ale Noose się temu sprzeciwi. A potem dopilnuję, by w protokole sądowym zapisano, że ta rozprawa toczy się w środku prawdziwego cyrku.

– Kto ich tu sprowadził?

– Szeryf z burmistrzem zadzwonili do gubernatora i przekonali go, że aby utrzymać spokój w okręgu Ford, niezbędna jest pomoc Gwardii Narodowej. Powiedzieli mu, że mamy za mały szpital jak na taki proces.

– Skąd przyjechali?

– Z Booneville i Columbus. Naliczyłem ich w porze lunchu stu dwudziestu.

– Byli tu cały dzień?

– Obudzili mnie o piątej rano. Obserwuję ich cały czas. Parę razy znaleźli się w opałach, ale przybyły posiłki. Kilka minut temu stanęli po raz pierwszy twarzą w twarz z wrogiem, kiedy pojawiła się pani Gatewood i jej przyjaciele ze świeczkami. Zmierzyła ich nienawistnym wzrokiem, więc teraz pognębieni grają w karty.

Ellen skończyła pić i poszła po dolewkę. Jake po raz setny wziął stos kartoników i rzucił je na stół. Nazwisko, wiek, zawód, stan cywilny, dzieci, kolor skóry, wykształcenie – czytał i zapamiętywał te wiadomości od wczesnego ranka. Po chwili Ellen wróciła z drugą kolejką margarity i wzięła fiszki.

– Correen Hagan – powiedziała, sącząc napój.

Zastanowił się przez moment.

– Wiek około pięćdziesięciu lat. Sekretarka agenta ubezpieczeniowego. Rozwiedziona, dwójka dorosłych dzieci. Wykształcenie prawdopodobnie nie więcej niż średnie. Urodzona na Florydzie, jeśli może to mieć jakieś znaczenie.

– Ocena?

– Zdaje się, że dałem jej sześć punktów.

– Bardzo dobrze. Millard Sills.

– Jest właścicielem plantacji leszczyny niedaleko Mays. Ma koło siedemdziesiątki. Kilka lat temu jego bratanek został zabity strzałem w głowę przez dwóch czarnych podczas napadu rabunkowego w Little Rock. Nienawidzi czarnych. Nie zasiądzie w ławie przysięgłych.

– Ocena?

– Zero.

– Clay Bailey.

– Wiek około trzydziestu lat. Sześcioro dzieci. Gorliwy zielonoświątkowiec. Pracuje w fabryce mebli na zachód od miasta.

– Dałeś mu dziesięć punktów.

– Tak. Jestem pewien, że czytał w Biblii o zasadzie „oko za oko, ząb za ząb". Myślę też, że wśród tej szóstki dzieciaków są przynajmniej dwie dziewczynki.

– Czy wkułeś wiadomości o wszystkich?

Skinął głową i pociągnął łyk.

– Czuję się, jakbym znał ich od lat.

– Ilu z nich rozpoznasz?

– Zaledwie kilku. Ale będę więcej o nich wiedział niż Buckley.

– Jestem pod wrażeniem.

– Co takiego? Coś ty powiedziała? Wywarłem na tobie wrażenie swym intelektem?

– Między innymi.

– Czuję się niezwykle zaszczycony. Zrobiłem wrażenie na geniuszu prawa karnego. Córce Sheldona Roarka, ktokolwiek to jest. Wyróżnionej absolwentce szkoły średniej. Muszę o tym powiedzieć Harry'emu Reksowi.

– Gdzie jest ten słoń? Brakuje mi go. Uważam, że bardzo oryginalny z niego typ.

– Zadzwoń do niego i zaproś na przyjęcie na świeżym powietrzu, podczas którego będziemy obserwować, jak wojsko przygotowuje się do trzeciej bitwy pod Bull Run*.

Podeszła do telefonu.

– A co z Lucienem?

– Nie! Mam dosyć Luciena.

Harry Rex przyniósł tequilę, którą wyszperał gdzieś w głębi swego barku. Posprzeczał się ostro z Ellen na temat właściwych składników klasycznej margarity. Jakę poparł swoją asystentkę.

---

* Bitwy pod Bull Run – dwie bitwy stoczone podczas wojny secesyjnej. Obie wygrali konfederaci dowodzeni przez Beauregarda i Jacksona (21 lipca 1861 roku) oraz Lee i Jacksona (30 sierpnia 1862 roku) (przyp. tłum.).

Siedzieli na balkonie, przerzucając się nazwiskami z fiszek, pijąc aromatyczną miksturę, wrzeszcząc do żołnierzy i wyśpiewując piosenki. O północy Nesbit wsadził Ellen do auta i odwiózł ją do domu Luciena. Harry Rex poszedł do siebie na piechotę. Jake położył się spać na kanapie w biurze.

ROZDZIAŁ 33

Poniedziałek, 22 lipca. Nie minęło wiele czasu od wypicia ostatniej margarity, kiedy Jake zwlókł się z kanapy i spojrzał na stojący na biurku zegar. Spał trzy godziny. Czuł się, jakby w jego żołądku rój szerszeni prowadził zacięty bój. Złapała go jakaś nerwowa kolka w pachwinie. Nie miał czasu na kaca.

Nesbit spał za kierownicą beztrosko jak dziecko. Jake obudził go i usiadł na tylnym siedzeniu. Pomachał wartownikom przyglądającym mu się ciekawie. Nesbit minął dwie przecznice i skręcił w ulicę Adamsa, gdzie jego pasażer wysiadł, a on – zgodnie z otrzymanym poleceniem – czekał na podjeździe. Jake ogolił się i wziął szybki prysznic. Wybrał czarny garnitur z wełny czesankowej, białą koszulę zapinaną na malutkie guziczki i bardzo neutralny, jedwabny krawat w kolorze wiśniowym z kilkoma wąskimi granatowymi paseczkami. Spodnie z zakładkami leżały idealnie na jego szczupłej figurze. Wyglądał wspaniale, na pewno o wiele bardziej elegancko niż jego przeciwnik.

Wypuścił psa i wskoczył na tylne siedzenie. Nesbit znów drzemał.

– Wszystko w porządku? – spytał, ocierając ślinę z brody.

– Nie znalazłem żadnego dynamitu, jeśli to miałeś na myśli.

Nesbit roześmiał się tym samym irytującym, beztroskim śmiechem, którym reagował niemal na wszystko. Okrążyli plac i Jake wysiadł przed biurem. Opuścił je niespełna pół godziny temu. Zapalił światło i zaparzył kawę.

Wziął cztery aspiryny i wypił litr soku grejpfrutowego. Z przepicia i zmęczenia piekły go oczy i bolała głowa, a przecież najbardziej wyczerpujący etap jeszcze się nawet nie zaczął. Na stole w sali konferencyjnej rozłożył akta dotyczące sprawy Carla Lee Haileya. Jego asystentka ułożyła je w skoroszytach, opatrując przekładkami, ale chciał od początku sam wszystko posegregować. Jeśli jakiegoś dokumentu lub notatki nie można znaleźć w czasie rozprawy w ciągu pół minuty, to tak, jakby ich wcale nie było. Uśmiechnął się, podziwiając jej zdolności. Sporządziła kartotekę i podkartotekę we wszystkich możliwych przekrojach; każdy dokument znajdowało się w ciągu dziesięciu sekund. W grubym kołonotatniku znalazł podsumowanie kwalifi-kacji doktora Bassa i szkic jego zeznań jako biegłego świadka. Zrobiła uwagi w miejscach, gdzie przewidywała sprzeciw ze strony Buckleya, i przytaczała precedensy sądowe, by mieć kontrargumenty. Jake bardzo się szczycił swymi umiejętnościami przygotowywania się do procesów i uczenie się od student-ki ostatniego roku prawa było upokarzające.

Włożył wszystkie dokumenty do masywnej teczki z czarnej skóry ze złotymi inicjałami na boku. Poczuł naglącą potrzebę pójścia do ubikacji. Sie-dząc na sedesie, jeszcze raz przejrzał kartoniki z nazwiskami sędziów przy-sięgłych. Znał wszystkie dane. Był gotów.

Kilka minut po piątej do drzwi zapukał Harry Rex. Wyglądał zupełnie jak włamywacz.

– Co się tak wcześnie zerwałeś? – spytał Jake.

– Nie mogłem spać. Tak jakbym się denerwował. – Rzucił na stół papie-rową torbę pokrytą tłustymi plamami. – To od Dell. Świeże i jeszcze gorą-ce. Bułeczki z kiełbasą, bułeczki z boczkiem i serem, do wyboru, do koloru. Martwi się o ciebie.

– Dziękuję, Harry Rex, ale nie jestem głodny. Mój organizm wyraźnie się zbuntował.

– Denerwujesz się?

– Jak cholera.

– Wyglądasz dość mizernie.

– Dzięki.

– Ale masz ładny garnitur.

– To Carla go wybrała.

Harry Rex sięgnął do torby i wyciągnął kilka bułeczek owiniętych w fo-lię. Położył je na stole konferencyjnym i nalał sobie kawy. Jake usiadł na-przeciwko niego i przeglądał opracowanie Ellen na temat powoływania się na niepoczytalność oskarżonego.

– To ona napisała? – spytał Harry Rex z ustami pełnymi jedzenia, łap-czywie przeżuwając pokarm.

– Tak, to siedemdziesięciopięciostronicowe opracowanie na temat pro-cesów toczonych w Missisipi, w których powoływano się na niepoczytal-ność oskarżonego. Zajęło jej to trzy dni.

– Sprawia wrażenie niezwykle bystrej.

– Ma głowę na karku i świetnie pisze.

– Co o niej wiesz? – Z ust na stół wypadły mu okruszki. Zgarnął je rę-kawem na podłogę.

– Jest solidna. Zajmuje drugie miejsce w swej grupie na Ole Miss. Za-dzwoniłem do Nelsona Battlesa, prodziekana wydziału prawa, i wszystko sprawdziłem. Ma duże szanse zostać najlepszą studentką.

– Ja ukończyłem studia na dziewięćdziesiątym trzecim miejscu na dziewięćdziesięciu ośmiu studentów. Byłbym dziewięćdziesiąty drugi, ale podczas egzaminów przyłapali mnie na ściąganiu. Zacząłem protestować, lecz doszedłem do wniosku, że dziewięćdziesiąta trzecia pozycja też nie jest zła. Do diabła, pomyślałem, czy komukolwiek w Clanton sprawi to jakąś różnicę? Ci ludzie będą i tak zadowoleni, że wróciłem po ukończeniu studiów, by podjąć tu praktykę, a nie zatrudniłem się na Wall Street czy Bóg wie gdzie.

Jake uśmiechnął się, słysząc tę historyjkę chyba po raz setny.

Harry Rex odwinął bułeczkę z kurczakiem i serem.

– Wyglądasz na zdenerwowanego, stary.

– Nic mi nie jest. Pierwszy dzień jest zawsze najtrudniejszy, ale jestem gotów. Teraz zostało już tylko czekanie.

– Kiedy pojawi się Ro-ark?

– Nie wiem.

– Ciekaw jestem, co włoży.

– Albo czego nie włoży. Mam tylko nadzieję, że będzie wyglądała przyzwoicie. Wiesz, jaki Noose jest pruderyjny.

– Chyba nie pozwolisz jej siedzieć za stołem obrony, co?

– Myślę, że nie. Pozostanie z tyłu, podobnie jak ty. Niektóre kobiety w ławie przysięgłych mogłyby się poczuć urażone jej obecnością za stołem obrony.

– Tak, lepiej niech się nie rzuca nikomu w oczy.

Harry Rex wytarł usta wielką dłonią.

– Śpisz z nią?

– Nie! Jeszcze nie oszalałem, Harry Rex.

– Oszalałeś, że tego nie robisz. Tę dziewczynę można mieć.

– W takim razie bierz ją sobie. Mam i bez tego już dosyć kłopotów na głowie.

– Myśli, że jestem niezły, prawda?

– Tak!

– Zdaje się, że golnę sobie jednego – oświadczył z poważną miną, potem uśmiechnął się, a w końcu wybuchnął głośnym rechotem, wypluwając okruchy aż na półki z książkami.

Zadzwonił telefon. Jake pokręcił głową, więc słuchawkę podniósł Harry Rex.

– Nie ma go, ale mogę mu przekazać wiadomość. – Mrugnął do Jake'a. – Tak, proszę pana, tak, proszę pana, tak, proszę pana. To straszne, prawda? Aż trudno w to uwierzyć. Owszem, proszę pana. Otóż to, proszę pana, zgadzam się z panem całkowicie. Właśnie, proszę pana, a jak pana nazwisko? Słucham? – Harry Rex uśmiechnął się do słuchawki i odłożył ją na widełki.

– Czego chciał?

- Powiedział, że reprezentując tego czarnucha, przynosisz białym wstyd, i że nie rozumie, jak ktokolwiek mógł chcieć bronić takiego łobuza, jak Hailey. I że ma nadzieję, iż Klan dobierze ci się do skóry, a jeśli nie, to spodziewa się, że zainteresuje się tobą stowarzyszenie prawników i za reprezentowanie czarnuchów odbierze ci uprawnienia. Mówił, że wie, iż się z niczym nie liczysz, bo nauki pobierałeś u Luciena Wilbanksa, który żyje z Murzynką.

- I ty się z nim zgodziłeś?

- A czemu nie? Naprawdę mówił szczerze, nie zionął nienawiścią i teraz, gdy zrzucił to z wątroby, na pewno czuje się lepiej.

Znów zadzwonił telefon. Harry Rex chwycił słuchawkę.

- Jake Brigance, adwokat, radca prawny, konsultant, rzeczoznawca i guru.

Jake wyszedł do toalety.

- Jake, to dziennikarz! – wrzasnął Harry Rex.

- Nie mogę podejść, siedzę na nocniczku.

- Dostał rozwolnienia – poinformował Harry Rex reportera.

O szóstej – w Wilmington była siódma – Jake zadzwonił do Carli. Nie spała już, przeglądała gazetę i piła kawę. Powiedział jej o Budzie Twittym i o Myszce Miki, i o zapowiedziach dalszych ekscesów. Nie, nie boi się. Nie przejmuje się tymi pogróżkami. Bardziej obawia się ławy przysięgłych, tych dwunastu sprawiedliwych oraz ich stosunku do niego i jego klienta. W tej chwili jedynie nurtowało go pytanie, co ława przysięgłych może zrobić jego klientowi. Wszystko inne było nieistotne. Po raz pierwszy nie wspomniała ani słówkiem na temat powrotu do domu. Obiecał, że zadzwoni do niej wieczorem.

Kiedy odłożył słuchawkę, dobiegł go z dołu donośny głos Harry'ego Reksa rozmawiającego z Ellen. Włożyła prześwitującą bluzkę i minispódniczkę, pomyślał Jake, schodząc. Mylił się. Harry Rex gratulował jej, że ubrała się jak prawdziwa dama z Południa. Miała na sobie kostium w szarą szkocką kratę, z żakietem wyciętym w szpic i krótką, wąską spódnicą. Pod bluzką z czarnego jedwabiu najwyraźniej nie brakowało żadnej części bielizny. Włosy zaczesała do tyłu i zmyślnie splotła. Nie do wiary, na rzęsach widoczne były pociągnięcia tuszem, na powiekach – ślad konturówki, a na ustach – szminka. Według słów Harry'ego Reksa, wyglądała jak prawdziwy adwokat, a raczej na tyle go przypominała, na ile tylko kobieta może go przypominać.

- Dziękuję, Harry Rex – powiedziała. – Ubolewam, że nie potrafię ubierać się tak gustownie, jak ty.

- Ładnie wyglądasz, Ro-ark – zauważył Jake.

- Ty też – stwierdziła i spojrzała na Harry'ego Reksa.

– Proszę, wybacz nam, Ro-ark – odezwał się Harry Rex. – Jesteśmy pod wrażeniem, bo nie mieliśmy pojęcia, że potrafisz być tak elegancka. Przepraszamy za nasz zachwyt, bo wiemy, że wywołuje on furię u takiej wyzwolonej kobiety, jak ty. Tak, jesteśmy sprośne świnie, ale ostatecznie sama postanowiłaś przyjechać na Południe. A na Południu mężczyźni z reguły nie potrafią przejść obojętnie obok dobrze ubranej kobiety, bez względu na to czy jest wyzwolona, czy nie.

– Co jest w tej torbie? – spytała.

– Śniadanie.

Rozerwała ją i odwinęła bułeczkę z parówką.

– Nie mieli dziś nic smażonego? – spytała.

– Słucham? – zapytał Harry Rex.

– Nieważne.

Jake zatarł ręce i starał się nadać swemu głosowi entuzjastyczny ton.

– Cóż, skoro zebraliśmy się tu trzy godziny przed rozpoczęciem procesu, powiedzcie, co macie ochotę robić?

– Przyrządźmy sobie kilka porcji margarity – zaproponował Harry Rex.

– Nie! – sprzeciwił się Jake.

– Na uspokojenie nerwów.

– Ja dziękuję – powiedziała Ellen. – Czeka nas praca.

Harry Rex odwinął ostatnią bułeczkę.

– A więc co nas dziś czeka?

– O dziewiątej Noose powie kilka słów do sędziów przysięgłych i przystąpimy do wyboru ławy.

– Jak długo to potrwa? – spytała Ellen.

– Dwa, trzy dni. W Missisipi można zadawać pytania każdemu kandydatowi na sędziego przysięgłego indywidualnie, na osobności. To pochłania sporo czasu.

– Gdzie mam siedzieć i co mam robić?

– Sprawia wrażenie osoby doświadczonej – powiedział Harry Rex do Jake'a. – Czy wie, gdzie jest budynek sądu?

– Nie posadzę cię za stołem obrony – oświadczył Jake. – Tam będę tylko ja i Carl Lee.

Wytarła usta.

– Rozumiem. Tylko ty i oskarżony, otoczeni przez wrogie moce, samotnie stawiający czoło śmierci.

– Coś w tym rodzaju.

– Mój ojciec też od czasu do czasu stosuje tę taktykę.

– Cieszę się, że aprobujesz moją decyzję. Usiądziesz za mną, zaraz za barierką. Poproszę Noose'a, by zezwolił na twoją obecność podczas przepytywania sędziów przysięgłych w pokoju sędziowskim, abym mógł się z tobą w razie czego na bieżąco konsultować.

– A co ze mną? – spytał Harry Rex.

– Noose cię nie lubi, Harry Rex. Nigdy nie darzył cię sympatią. Dostanie apopleksji, jeśli go spytam, czy możesz mi towarzyszyć podczas przesłuchań kandydatów na sędziów. Najlepiej by było, gdybyś udawał, że się w ogóle nie znamy.

– Dziękuję.

– Ale bardzo sobie cenimy twoją pomoc – powiedziała Ellen.

– Mam to w nosie!

– I zawsze możesz sobie z nami popić – dodała.

– Jeśli przyniosę swoją tequilę.

– Koniec z alkoholem w tym biurze – zarządził Jake.

– Przed trzynastą – zgodził się Harry Rex.

– Chcę, byś kręcił się, jak to masz w zwyczaju, za stołem protokolantów i robił notatki na temat sędziów przysięgłych. Spróbuj dopasować ich twarze do naszych fiszek. Prawdopodobnie będzie ich ze stu dwudziestu.

– Według rozkazu.

O świcie wojsko stawiło się w pełnym składzie. Ponownie ustawiono zapory i na każdym rogu placu wokół pomarańczowych i białych beczek blokujących ulice zgromadzili się żołnierze. Byli silni, zwarci, gotowi; obserwowali uważnie każdy samochód, czekając na atak wroga. O siódmej trzydzieści powstało lekkie zamieszanie w związku z pojawieniem się kilku dziennikarzy w niewielkich autach i minifurgonetkach z wymyślnymi nalepkami na drzwiczkach. Patrole otoczyły pojazdy i poinformowały wszystkich, że podczas trwania procesu wprowadzono zakaz parkowania wokół budynku sądu. Reporterzy zniknęli w bocznych uliczkach, a po paru minutach pojawili się ponownie, taszcząc ciężkie kamery i resztę niezbędnego sprzętu. Niektórzy rozbili się obozem na schodach frontowych przed gmachem sądu, inni koczowali przed tylnym wejściem, a jeszcze inni zebrali się w rotundzie na pierwszym piętrze, przed głównymi drzwiami do sali rozpraw.

Murphy, dozorca i jedyny naoczny świadek zabójstwa Cobba i Willarda, usiłował wytłumaczyć przedstawicielom prasy najpłynniej, jak potrafił, że sala rozpraw zostanie otwarta o ósmej i ani minutę wcześniej. Natychmiast utworzyła się kolejka, która wkrótce wiła się przez całą rotundę.

Autobusy wynajęte przez parafie zaparkowały gdzieś poza placem i pastorzy poprowadzili swoje trzódki ulicą Jacksona. Nieśli transparenty z napisami: „Uwolnić Carla Lee” i śpiewali chórem We shall overcome. Kiedy znaleźli się w pobliżu placu i usłyszeli ich żołnierze, natychmiast zaczęły skrzeczeć radiotelefony. Ozzie i pułkownik naradzili się pospiesznie i szeryf zaprowadził protestujących na trawnik przed sądem, gdzie dreptali sobie pod czujnym okiem Gwardii Narodowej stanu Missisipi.

O ósmej przed drzwiami do sali rozpraw postawiono wykrywacz metalu i trzech uzbrojonych po zęby zastępców szeryfa zaczęło dokładnie sprawdzać wchodzących na salę. W środku ruchem kierował Prather, sadzając ludzi na długich ławkach po jednej stronie przejścia, rezerwując drugą stronę dla sędziów przysięgłych. Pierwszy rząd przeznaczony był dla rodzin, a drugi zajęli rysownicy, którzy natychmiast zaczęli szkicować stół sędziowski i wiszące za nim portrety bohaterów Konfederacji.

Klan czuł się zobowiązany zaznaczyć swą obecność w dniu rozpoczęcia procesu, szczególnie wobec przyszłych sędziów przysięgłych. Kilkunastu członków Klanu w strojach galowych pojawiło się na ulicy Waszyngtona. Żołnierze z miejsca otoczyli i zatrzymali całą gromadkę. Brzuchaty pułkownik podszedł do nich z marsową miną i po raz pierwszy w swoim życiu stanął twarzą w twarz z odzianym w biały płaszcz i kaptur członkiem Ku-Klux-Klanu. Tak się akurat złożyło, że przewyższał on pułkownika o głowę. Dowódca Gwardii zauważył zwrócone w swoją stronę kamery i cała jego odwaga zniknęła. Z jego ust zamiast zwykłego powarkiwania i wrzasku wydobył się piskliwy, nerwowy, drżący bełkot, który był niezrozumiały nawet dla niego samego.

Na szczęście pojawił się Ozzie i wyratował go z opresji.

– Witam panów – powiedział chłodno, stając obok chwiejącego się pułkownika. – Jesteście otoczeni i mamy nad wami przewagę liczebną. Wiemy również, że nie możemy wam zabronić wstępu na plac.

– Zgadza się – odparł przywódca.

– Jeśli pójdziecie grzecznie za mną i zastosujecie się do moich poleceń, obejdzie się bez żadnych kłopotów.

Udali się za Ozziem i pułkownikiem na porośnięty trawą placyk przed sądem, który – jak wyjaśniono – został im przydzielony na czas trwania procesu. Niech się stąd nigdzie nie oddalają i będą cicho, a pan pułkownik osobiście przypilnuje, by żołnierze się ich nie czepiali. Zgodzili się.

Jak można się było spodziewać, widok białych płaszczy pobudził stojących jakieś pięćdziesiąt metrów dalej czarnych do działania. Zaczęli wznosić okrzyki: „Uwolnić Carla Lee! Uwolnić Carla Lee! Uwolnić Carla Lee!"

Członkowie Klanu potrząsali pięściami i odkrzykiwali:

– Carl Lee do gazu!

– Carl Lee do gazu!

– Carl Lee do gazu!

Wzdłuż głównego przejścia rozdzielającego trawnik i prowadzącego do gmachu sądu stanęli w dwuszeregu żołnierze. Dodatkowy szereg stanął między chodnikiem i członkami Klanu, a jeszcze jeden – między chodnikiem i czarnymi.

Zaczęli przybywać sędziowie przysięgli. Szli szybkim krokiem między szpalerem żołnierzy, ściskając kurczowo swoje wezwania do stawiennictwa w sądzie i z niedowierzaniem słuchając, jak dwie wrogie grupki przekrzykują się nawzajem.

Pojawił się też szanowny Rufus Buckley i grzecznie poinformował wartownika, kim jest. Żołnierz pozwolił mu zaparkować tuż obok sądu, na wydzielonym dla niego miejscu, opatrzonym napisem: „Zarezerwowane dla prokuratora okręgowego". Reporterzy oszaleli z podniecenia. To musi być ktoś ważny, skoro przedarł się przez zaporę. Buckley pozostał przez chwilę w swoim dobrze wyeksploatowanym cadillacu, by reporterzy zdążyli go sfilmować. Gdy zatrzaskiwał drzwiczki, otoczyli go kręgiem i zasypali gradem pytań. Uśmiechał się, torując sobie wolno drogę do głównego wejścia. Pokusa okazała się nie do odparcia i Buckley przynajmniej osiem razy złamał rozporządzenie sędziego zakazujące rozmowy z dziennikarzami na temat procesu Haileya, za każdym razem uśmiechając się i wyjaśniając, że nie może odpowiedzieć na pytanie, na które dopiero co udzielił odpowiedzi. Za nim kroczył Musgrove, niosąc teczkę wielkiego człowieka.

Jake nerwowo przechadzał się po swoim gabinecie. Drzwi do kancelarii pozostawały zamknięte. Ellen była na dole, przygotowując następne opracowanie. Harry Rex siedział w kafeterii, spożywając kolejne śniadanie i plotkując. Biurko Jake'a pokrywały fiszki z nazwiskami sędziów przysięgłych. Nie mógł już na nie patrzeć.

Przekartkował akta sprawy, a potem podszedł do drzwi balkonowych. Przez otwarte okna wpadały okrzyki zgromadzonych przed sądem tłumów. Wrócił do biurka i przejrzał szkic swego przemówienia skierowanego do sędziów przysięgłych. Nie spodobało mu się teraz.

Położył się na kanapie, zamknął oczy i wyobraził sobie tysiące rzeczy, które mógłby robić w życiu. Na ogół lubił swoją pracę. Ale zdarzały się chwile, na przykład jak teraz, kiedy żałował, że nie jest agentem ubezpieczeniowym albo maklerem. A może nawet specjalistą od prawa podatkowego. Z pewnością tych facetów nie trapią regularnie, w krytycznych momentach ich kariery zawodowej, mdłości i rozwolnienia.

Lucien nauczył go, że strach to dobra rzecz; strach to sprzymierzeniec; każdy adwokat czuje lęk, kiedy stoi przed nową ławą przysięgłych i przedstawia swoje argumenty. Strach jest całkiem naturalnym uczuciem, nie wolno tylko go okazywać. Sędziowie przysięgli nie będą słuchali takiego adwokata, choćby mówił ze swadą i elokwencją. Nie lubią eleganckich. Nie lubią klaunów ani błaznów. Nie lubią prawników, którzy się najgłośniej modlą, ani tych, którzy najbardziej zaciekle walczą. Lucien przekonał go, że sędziowie przysięgli ufają adwokatom, którzy mówią prawdę, bez względu na to, jak wyglądają, jak mówią czy też odznaczają się innymi zdolnościami. Prawnik musi być na sali rozpraw sobą i fakt, że się boi, nie ma żadnego znaczenia. Sędziowie przysięgli też się boją.

Trzeba się oswoić z własnym lękiem, powtarzał zawsze Lucien, bo będzie ci towarzyszył wiecznie i zniszczy cię, jeśli nad nim nie zapanujesz.

Poczuł, jak ze strachu skręca mu się żołądek, i zszedł ostrożnie na dół do toalety.

– Jak samopoczucie, szefie? – spytała Ellen, gdy zajrzał do niej.

– Wydaje mi się, że jestem gotów. Za chwilę wychodzimy.

– Na zewnątrz czeka kilku dziennikarzy. Powiedziałam im, że wycofałeś się ze sprawy i opuściłeś miasto.

– Żałuję, że naprawdę tego nie zrobiłem.

– Słyszałeś kiedyś o Wendallu Solomonie?

– Nie przypominam sobie.

– Współpracuje z Fundacją Obrony Więźniów na Południu. Podczas ostatnich wakacji asystowałam mu. Bronił w różnych miastach Południa ponad stu oskarżonych, którym groziła kara śmierci. Przed procesem tak się denerwuje, że nie może ani jeść, ani spać. Jego lekarz daje mu środki uspokajające, ale i to nie rozładowuje jego napięcia. W dniu rozpoczęcia procesu z nikim nie rozmawia. A przecież ma już za sobą setkę takich spraw.

– A jak radzi sobie z tym twój ojciec?

– Bierze parę tabletek valium i popija je martini. Potem kładzie się na swoim biurku, zamyka drzwi do gabinetu, gasi światło i tak czeka aż do chwili, gdy musi wyjść do sądu. Nerwy ma kompletnie stargane i jest rozdrażniony. Uważam, że to zupełnie naturalne.

– Czyli że znasz to uczucie?

– Bardzo dobrze.

– Czy wyglądam na zdenerwowanego?

– Wyglądasz na zmęczonego. Ale dasz sobie radę.

Jake spojrzał na zegarek.

– Chodźmy.

Dziennikarze czekający na chodniku przed kancelarią rzucili się na świeżą ofiarę.

– Nie mam państwu nic do powiedzenia – powtarzał Jake, idąc wolno w stronę sądu. Nie poddawali się.

– Czy to prawda, że zamierza pan wystąpić z wnioskiem o unieważnienie procesu?

– Nie mogę tego zrobić przed rozpoczęciem rozprawy.

– Czy to prawda, że groził panu Klan?

– Bez komentarza.

– Czy to prawda, że pana rodzina na czas trwania procesu opuściła miasto?

Jake zawahał się na chwilę.

– Bez komentarza.

– Co pan myśli o Gwardii Narodowej?

– Jestem z niej dumny.

– Czy pana klient ma szansę na uczciwy proces w okręgu Ford?

Jake pokrecił głową, a potem dodał:

– Bez komentarza.

Kilka kroków przed sobą ujrzeli stojącego na warcie zastępcę szeryfa.

– Co to za jedna, Jake? – spytał, wskazując na Ellen.

– Spokojnie, jest ze mną.

Wbiegli po schodach. Carl Lee siedział sam przy stole obrony, plecami do zatłoczonej sali. Jean Gillespie odznaczała na liście zgłaszających się kandydatów na sędziów przysięgłych, podczas gdy zastępcy szeryfa spacerowali wzdłuż przejść, wypatrując wszystkiego, co mogłoby wyglądać podejrzanie. Jake serdecznie powitał Carla Lee, ostentacyjnie ściskając mu rękę, uśmiechając się do niego szeroko i kładąc dłoń na ramieniu. Ellen wyjęła dokumenty z teczek i równiutko poukładała je na stole.

Jake szepnął coś swojemu klientowi i rozejrzał się po sali. Wszyscy patrzyli na niego. Klan Haileyów siedział w pierwszym rzędzie. Jake uśmiechnął się i skinął głową Lesterowi. Tonya i chłopcy wystrojeni w niedzielne ubranka siedzieli między Lesterem i Gwen, przypominając małe posążki. Kandydaci na sędziów przysięgłych zajmowali miejsca za przejściem i uważnie przyglądali się adwokatowi Haileya. Jake pomyślał, że to dobry moment, by im pokazać rodzinę oskarżonego, więc przeszedł przez wahadłowe drzwiczki w barierce i zbliżył się do Haileyów, żeby zamienić z nimi kilka słów. Poklepał Gwen po ramieniu, wymienił uścisk dłoni z Lesterem, uszczypnął chłopców i w końcu przytulił Tonyę, małą dziewczynkę Haileyów, zgwałconą przez dwóch łobuzów, których spotkało to, na co sobie zasłużyli. Obecni na sali obserwowali każdy jego ruch, ze szczególną uwagą przyglądając się dziewczynce.

– Noose prosi nas do siebie – szepnął Musgrove do Jake'a, kiedy ten wrócił do stołu obrony.

Kiedy Jake i Ellen weszli do pokoju sędziowskiego, Ichabod, Buckley i protokolantka gawędzili sobie o czymś. Jake przedstawił swoją asystentkę panu sędziemu, Buckleyowi, Musgrove'owi i Normie Gallo, protokolantce sądowej. Wyjaśnił, że Ellen Roark jest studentką ostatniego roku prawa na Ole Miss, a obecnie pracuje w jego kancelarii, i poprosił, by pozwolono jej siedzieć w pobliżu stołu obrony i uczestniczyć w spotkaniach zwoływanych w pokoju sędziowskim. Buckley nie wniósł sprzeciwu. Noose stwierdził, że to powszechnie przyjęta praktyka, i uprzejmie powitał Ellen Roark.

– Czy mają panowie jakieś wnioski wstępne? – spytał Noose.

– Ja nie – oświadczył pospiesznie prokurator okręgowy.

– A ja mam kilka – powiedział Jake, otwierając skoroszyt. – Proszę, by je protokołowano.

Norma Gallo przygotowała się do notowania.

– Przede wszystkim chcę ponowić wniosek o zmianę właściwości miejscowej sądu...

– Zgłaszam sprzeciw – przerwał mu Buckley.

– Niech się pan zamknie, gubernatorze! – krzyknął Jake. – Nie skończyłem jeszcze i proszę mi nie przerywać!

Wszyscy byli zdumieni, że Jake stracił panowanie nad sobą. To przez te margarity, pomyślała Ellen.

– Zechce mi pan wybaczyć, panie Brigance – spokojnie odparł Buckley. – I proszę mnie nie tytułować gubernatorem.

– Pragnąłbym coś panom powiedzieć – zaczął Noose. – Zapowiada się długi i trudny proces. Zdaję sobie sprawę z napięcia, jakie obaj panowie odczuwają. Wiele razy znajdowałem się w podobnej sytuacji i wiem, co teraz przeżywacie. Jesteście obaj wspaniałymi prawnikami i cieszę się niezmiernie, że w procesie tak dużego kalibru będę miał do czynienia z parą tak wytrawnych specjalistów jak wy. Wyczuwam jednak, że obaj panowie wykazujecie pewną dozę złej woli. To często spotykane i nie upieram się, byście ściskali sobie dłonie i zostali przyjaciółmi. Ale nalegam, aby podczas pobytu w sali sądowej lub w moim pokoju powstrzymali się panowie od przerywania jeden drugiemu i maksymalnie ograniczyli mówienie podniesionym głosem. Proszę się zwracać do siebie: panie Brigance, panie Buckley i panie Musgrove. Czy zrozumieli panowie to, co im powiedziałem?

– Tak, panie sędzio.

– Tak, panie sędzio.

– Dobrze. Może pan kontynuować, panie Brigance.

– Dziękuję, panie sędzio, za pańskie cenne uwagi. Jak już powiedziałem, obrona ponawia swój wniosek o zmianę właściwości miejscowej sądu. Chciałbym, aby zaprotokołowano, że właśnie teraz, 22 lipca, kwadrans po dziewiątej, tuż przed przystąpieniem do wyboru ławy przysięgłych, budynek sądu okręgu Ford otacza Gwardia Narodowa stanu Missisipi. Na trawniku przed sądem grupa członków Ku-Klux-Klanu w białych płaszczach wrzeszczy na grupę czarnych demonstrantów, którzy, oczywiście, nie pozostają dłużni. Obie grupy oddzielają uzbrojeni po zęby żołnierze Gwardii Narodowej. Kiedy dziś rano kandydaci na sędziów przysięgłych zaczęli się zgłaszać do sądu, byli świadkami tych scen rozgrywających się na trawniku na głównym placu miasta. W tych warunkach skompletowanie bezstronnej i obiektywnej ławy przysięgłych jest zupełnie nierealne.

Na wielkiej twarzy Buckleya malował się nonszalancki uśmiech. Kiedy Jake skończył, prokurator spytał:

– Czy mogę na to odpowiedzieć, panie sędzio?

– Nie – bezceremonialnie odparł Noose. – Odrzucam wniosek. Co pan jeszcze ma?

– Obrona wnosi o unieważnienie całej listy kandydatów na sędziów przysięgłych.

– Na jakiej podstawie?

– Ze względu na to, że Klan dopuścił się jawnej próby ich zastraszenia. Wiemy o co najmniej dwudziestu płonących krzyżach.

– Zamierzam wykluczyć tych dwudziestu, jeśli się dzisiaj w ogóle stawią – poinformował Noose.

– Świetnie – odpowiedział sarkastycznie Jake. – A co z groźbami, o których nie wiemy? Co z tymi kandydatami na sędziów, którzy słyszeli o płonących krzyżach?

Noose potarł oczy i nic nie odrzekł. Buckley miał przygotowaną mowę, ale nie śmiał przerwać Brigance'owi.

– Oto lista – ciągnął Jake, sięgając do akt – dwudziestu mieszkańców okręgu Ford, których odwiedzili nieproszeni goście. Mam również kopię raportów policji i pisemne oświadczenie złożone pod przysięgą przez szeryfa Wallsa, w którym szczegółowo opisane są akty zastraszania. Przedstawiam niniejsze sądowi na poparcie swojego wniosku o unieważnienie tej listy kandydatów na sędziów przysięgłych. Chcę, by to zaprotokołowano, aby Sąd Najwyższy miał to wykazane czarno na białym.

– Szykuje się pan do złożenia apelacji, panie Brigance? – spytał Buckley.

Ellen dopiero co poznała Rufusa Buckleya, ale już po kilku sekundach zrozumiała, czemu Jake i Harry Rex go nienawidzą.

– Nie, gubernatorze, nie szykuję się do złożenia apelacji. Próbuję zapewnić memu klientowi uczciwy proces przed bezstronną ławą przysięgłych. Powinien pan to rozumieć.

– Nie zamierzam unieważnić tej listy. Stracilibyśmy przez to cały tydzień – powiedział Noose.

– Jakie znaczenie ma czas, kiedy w grę wchodzi życie ludzkie? Mówimy o sprawiedliwości. O prawie do uczciwego procesu, podstawowym prawie, konstytucyjnie zagwarantowanym każdemu obywatelowi. Odmowa unieważnienia listy kandydatów na sędziów przysięgłych zakrawa na ironię w sytuacji, gdy sam pan wie, że niektóre osoby z tej listy zostały zastraszone przez bandę zbirów w białych płaszczach, którzy marzą, by ujrzeć mojego klienta na szubienicy.

– Odrzucam pański wniosek – powtórzył beznamiętnie Noose. – Co jeszcze?

– Właściwie już nic. Proszę tylko, żeby w taki sposób wykluczył pan tę dwudziestkę, by pozostali kandydaci na sędziów przysięgłych nie domyślili się przyczyny pańskiej decyzji.

– Myślę, że mi się to uda, panie Brigance.

Wysłano woźnego Pate'a, by odszukał Jean Gillespie. Noose wręczył jej wykaz dwudziestu nazwisk. Poszła na salę rozpraw, odczytała nazwiska z listy i poinformowała, że te osoby nie są potrzebne i mogą iść do domów. Wróciła do pokoju sędziego.

– Ilu mamy kandydatów na sędziów przysięgłych? – spytał ją Noose.

– Dziewięćdziesięciu czterech.

– Wystarczy. Jestem pewien, że spośród nich uda nam się wybrać dwunastu odpowiednich do tego, by mogli zasiąść w ławie przysięgłych.

– Nie znajdzie się tam nawet dwóch takich – mruknął Jake do Ellen, na tyle jednak głośno, by usłyszał go Noose i by Norma Gallo mogła zaprotokołować. Pan sędzia podziękował wszystkim obecnym i razem udali się do sali rozpraw.

W niewielkim drewnianym bębnie umieszczono dziewięćdziesiąt cztery wąskie paski papieru, na których wypisane były nazwiska kandydatów na sędziów przysięgłych. Jean Gillespie zakręciła bębnem, zatrzymała go i wyciągnęła na chybił trafił jeden pasek. Wręczyła go Noose'owi, który siedział na podwyższeniu tuż obok, górując nad wszystkimi na swym tronie. Publiczność na sali rozpraw obserwowała w głębokim milczeniu, jak zezując, spojrzał na pierwsze nazwisko.

– Sędzia przysięgły numer jeden, Carlene Malone – zaskrzeczał na cały głos. Wyprowadzono wszystkich z pierwszego rzędu i pani Malone zajęła miejsce tuż obok przejścia. Na każdej ławce zasiądzie dziesięć osób, czyli wszystkie dziesięć rzędów zajmą sędziowie przysięgli. Dziesięć rzędów po drugiej stronie przejścia wypełniały rodziny, przyjaciele, widzowie, ale przede wszystkim dziennikarze, którzy skrzętnie zapisali sobie nazwisko Carlene Malone. Jake również zanotował sobie jej nazwisko. Była to biała, tęga kobieta, rozwiedziona. Uzyskała podczas wstępnej oceny Brigance'a dwa punkty. Zero dla pierwszej kandydatki, pomyślał.

Jean znów obróciła bęben.

– Sędzia przysięgły numer dwa, Marcia Dickens – wykrzyknął Noose. Była białą, tęgą osobą, miała powyżej sześćdziesiątki i zawzięte spojrzenie. Zero dla drugiej kandydatki.

– Numer trzy, Jo Beth Mills.

Jake zapadł się nieco w fotelu. Znów biała, koło pięćdziesiątki, pracowała za minimalną pensję w fabryce koszul w Karaway. Firma respektowała przepisy o zatrudnieniu Murzynów i trafił się jej czarny szef, który był kompletnym ignorantem i chamem. Na kartoniku Brigance'a obok jej nazwiska widniało zero. Zero dla trzeciej kandydatki.

Jake utkwił zdesperowany wzrok w Jean, która ponownie przekręcała bęben.

– Numer cztery, Reba Betts.

Jeszcze bardziej zapadł się w fotelu i wsparł czoło na dłoni. Zero dla czwartej kandydatki.

– To nieprawdopodobne – mruknął w kierunku Ellen. Harry Rex potrząsnął głową.

– Numer pięć, Gerald Ault.

Jake uśmiechnął się, kiedy obok Reby Betts usiadł jego sędzia przysięgły numer jeden. Buckley umieścił przy jego nazwisku czarny znaczek.

– Numer sześć, Alex Summers.

Carl Lee uśmiechnął się lekko, kiedy z tylnych rzędów wyłonił się pierwszy czarny i zajął miejsce obok Geralda Aulta. Buckley również się uśmiechnął, skrupulatnie zakreślając nazwisko pierwszego Murzyna.

Następnie wylosowano cztery białe kobiety, z których żadna nie została oceniona przez Brigance'a na więcej niż trzy punkty. Kiedy pierwszy rząd był pełen, Jake się zaniepokoił. Zgodnie z przepisami przysługiwało mu prawo do dwunastu wyłączeń bez podania przyczyny, mógł dwanaście razy postawić weto bez konieczności uzasadniania swej decyzji. Pechowy dla niego przebieg losowania zmusi go do wykorzystania przynajmniej połowy swych głosów sprzeciwu na pierwszy rząd.

– Numer jedenaście, Walter Godsey – powiedział Noose; jego głos stawał się stopniowo coraz cichszy. Godsey, dzierżawca gruntu za połowę plonu, był mężczyzną w średnim wieku, ograniczonym i nieżyczliwym.

Kiedy Noose skończył wyczytywanie nazwisk drugiej dziesiątki, okazało się, że w kolejnej ławce zasiadło siedem białych kobiet, dwóch czarnych mężczyzn i Godsey. Jake zaczął przeczuwać katastrofę. Odprężył się nieco dopiero, gdy zapełnił się czwarty rząd. Jean miała dobrą passę i wyciągnęła nazwiska siedmiu mężczyzn, z których czterej byli czarni.

Usadzenie wszystkich sędziów przysięgłych zajęło prawie godzinę. Noose zarządził piętnastominutową przerwę, by dać Jean czas na przepisanie na maszynie listy nazwisk według kolejności, w jakiej zostały wylosowane. Jake i Ellen wykorzystali tę przerwę, by przejrzeć notatki i dopasować nazwiska do twarzy. Podczas gdy Noose wyczytywał nazwiska, Harry Rex siedział za kontuarem z oprawionymi na czerwono rejestrami spraw sądowych i gorączkowo coś zapisywał. Podszedł teraz do Jake'a i stwierdził, że sprawy nie wyglądają dobrze.

O jedenastej Noose znów zasiadł na swoim fotelu i w sali rozpraw zapanowała cisza. Ktoś zasugerował, że sędzia powinien korzystać z mikrofonu, więc Noose postawił go w odległości kilku centymetrów od twarzy. Mówił głośno i kiedy przystąpił do zadawania szczegółowych pytań wymaganych przez regulamin, jego piskliwy głos docierał do każdego zakątka sali. Przedstawił Carla Lee i spytał, czy któryś z sędziów przysięgłych jest z nim spokrewniony albo zaprzyjaźniony. Wszyscy o nim słyszeli, tak jak zakładał Noose, ale tylko dwie osoby znały go wcześniej. Noose przedstawił prawników, a następnie krótko wyjaśnił naturę aktu oskarżenia. Żaden z sędziów nie przyznał się, że już wie o szczegółach sprawy Haileya.

Noose gadał bardzo chaotycznie, ale na szczęście skończył o wpół do pierwszej. Zarządził przerwę do drugiej.

Dell przyniosła do sali konferencyjnej gorące sandwicze i mrożoną herbatę. Jake uściskał ją, podziękował i poprosił, by przysłała mu rachunek. Nie zracając uwagi na jedzenie, ułożył na stole kartoniki z nazwiskami w takiej kolejności, w jakiej posadzono sędziów przysięgłych. Harry Rex rzucił się na kanapkę z rostbefem i cheddarem.

– Mieliśmy podczas losowania straszliwego pecha – powtarzał z policzkami wypchanymi jedzeniem do granic możliwości. – Straszliwego pecha.

Po rozłożeniu wszystkich dziewięćdziesięciu czterech kartoników, Jake cofnął się i popatrzył na nie uważnie. Ellen stała obok i pogryzała frytki. Również przyglądała się fiszkom.

– Mieliśmy podczas losowania straszliwego pecha – powtórzył Harry Rex, popijając jedzenie dwiema kwaterkami herbaty.

– Czy mógłbyś się zamknąć? – warknął Jake.

– W pierwszej pięćdziesiątce znalazło się ośmiu Murzynów, trzy Murzynki i trzydzieści białych kobiet. Zostaje dziewięciu białych mężczym, z których większość jest mało ciekawa. Zapowiada się ława przysięgłych, składająca się z samych białych kobiet – zauważyła Ellen.

– Białe kobiety, białe kobiety – sarknął Harry Rex. – Najgorsze na świecie członkinie ławy przysięgłych. Białe kobiety!

Ellen spojrzała na niego.

– Uważam, że najgorsi są biali, grubi mężczyźni.

– Nie zrozum mnie źle, Ro-ark. Kocham białe kobiety. Cztery z nich były moimi żonami. Po prostu nie znoszę, gdy zasiadają w ławie przysięgłych.

– Ja nie głosowałabym za skazaniem Haileya.

– Ro-ark, ty jesteś komunistką, członkiem ACLU. Nie głosowałabyś za skazaniem kogokolwiek, bez względu na to, co zrobił. W swoim małym, obłąkanym umyśle uważasz osobników zmuszających dzieci do nierządu

347

i terrorystów z OWP za klawych facetów, ofiary systemu, które powinno się zostawić w spokoju.

– Jesteś osobą o umyśle racjonalnym, cywilizowanym i pełnym litości, co według ciebie powinniśmy z nimi zrobić?

– Powiesić ich za nogi, wykastrować i pozwolić im wykrwawić się na śmierć, nie bawiąc się w żadne procesy.

– I według twojego rozumienia prawa byłoby to postępowanie zgodne z konstytucją?

– Może nie, ale znacznie zahamowałoby rozwój terroryzmu i dziecięcą pornografię. Jake, będziesz jadł tego sandwicza?

– Nie.

Harry Rex odwinął kanapkę z szynką i serem.

– Trzymaj się z dala od numeru jeden, Carlene Malone. To jedna z tych Malone'ów z Lake Village. Uboga i małostkowa jak diabli.

– Najchętniej zrezygnowałbym ze wszystkich z tej listy – powiedział Jake, nie spuszczając wzroku ze stołu.

– Mieliśmy podczas losowania straszliwego pecha.

– A co ty myślisz, Ro-ark? – spytał Jake.

Harry Rex przełknął pośpiesznie.

– Uważam, że powinniśmy wymóc na Haileyu przyznanie się do winy i wynieść się stąd. Uciec, gdzie pieprz rośnie.

Ellen popatrzyła na fiszki.

– Mogło być gorzej.

Harry Rex zaśmiał się sztucznie.

– Gorzej! Chyba tylko wtedy, gdyby pierwsza trzydziestka ubrana była w białe płaszcze ze spiczastymi kapturami, a twarze miała przesłonięte maskami.

– Czy mógłbyś się zamknąć? – spytał Jake.

– Próbuję ci tylko pomóc. Chcesz swoje frytki?

– Nie. Może wsadziłbyś je sobie wszystkie naraz do gęby i przez dłuższą chwilę zajął się ich przeżuwaniem?

– Myślę, że niewłaściwie oceniasz niektóre kobiety – powiedziała Ellen. – Jestem skłonna zgodzić się z Lucienem. Kobiety z reguły okazują więcej współczucia. I nie zapominaj, że to my jesteśmy gwałcone.

– Nie mam na to argumentu – stwierdził Harry Rex.

– Dzięki – odparł Jake. – Która z tych kobiet jest twoją byłą klientką i zrobi dla ciebie wszystko, gdy tylko do niej mrugniesz?

Ellen parsknęła.

– To musi być numer dwudziesty dziewiąty. Ma metr pięćdziesiąt wzrostu, a waży ze dwieście kilo.

Harry Rex wytarł usta kawałkiem papieru.

– Bardzo śmieszne. Numer siedemdziesiąt cztery. Jest zbyt daleko. Możesz o niej zapomnieć.

O drugiej Noose stuknął swoim młotkiem i w sali rozpraw zapanowała cisza.

– Oskarżenie może przystąpić do przepytywania sędziów przysięgłych – powiedział.

Majestatyczny prokurator okręgowy uniósł się wolno i z ważną miną podszedł do barierki, gdzie zatrzymał się, spoglądając w zamyśleniu na publiczność i sędziów przysięgłych. Zdawał sobie sprawę z tego, że rysownicy go szkicują, i przez moment wydawało się, że im pozuje. Uśmiechnął się szczerze do sędziów przysięgłych, a następnie się przedstawił. Wyjaśnił, że jest oskarżycielem publicznym i reprezentuje ludność stanu Missisipi. Od dziewięciu lat służy jako ich prokurator i jest to zaszczyt, za który zawsze będzie wdzięczny światłym obywatelom okręgu Ford. Wyciągnął rękę w ich stronę i powiedział, że to właśnie oni, siedzący teraz w tej sali, wybrali go na swojego przedstawiciela. Podziękował im i stwierdził, że ma nadzieję, iż nikogo nie zawiedzie.

Tak, jest pełen obaw. Oskarżał tysiące kryminalistów, ale podczas każdego procesu czuje lęk. Tak! Boi się i nie wstydzi się do tego przyznać. Boi się, ponieważ ludzie złożyli na jego barki ogromną odpowiedzialność, powierzając mu obowiązek ochrony obywateli i wysyłania przestępców do więzień. Lęka się, że nie podoła roli reprezentanta mieszkańców tego niezwykłego stanu.

Jake słyszał te wszystkie bzdury już wiele razy. Znał je na pamięć. Buckley, dobry facet, prokurator stanowy, jednoczył się z ludźmi w poszukiwaniu sprawiedliwości, w ratowaniu społeczeństwa. Był zręcznym, utalentowanym mówcą, który potrafił w jednej chwili przemawiać do sędziów przysięgłych przyciszonym głosem, jak dziadek udzielający rad swoim wnukom, a w następnej wygłosić ostrą tyradę, jakiej nie powstydziłby się żaden czarny kaznodzieja. W przypływie elokwencji umiał przekonać sędziów przysięgłych, że stabilność naszego społeczeństwa, a nawet przyszłość rodu ludzkiego zależy od ich werdyktu, w którym orzekną winę oskarżonego. Najlepszy stawał się podczas wielkich procesów, a ten był jego największym. Mówił z pamięci i ujmował wszystkich obecnych w sali rozpraw, przedstawiając siebie jako ich uniżonego sługę, jako przyjaciela i współpracownika ławy przysięgłych, który razem z nimi ustali prawdę i ukarze tego człowieka za jego występny czyn.

Po dziesięciu minutach Jake miał dosyć. Wstał z niezadowoloną miną.

– Wysoki Sądzie, wnoszę sprzeciw. Pan Buckley nie wybiera ławy przysięgłych. Nie jestem całkiem pewny, co właściwie robi, ale nie mam wątpliwości, że nie przesłuchuje sędziów przysięgłych.

– Podtrzymuję sprzeciw! – wrzasnął Noose do mikrofonu. – Panie Buckley, jeśli nie ma pan pytań do sędziów przysięgłych, proszę wrócić na swoje miejsce.

– Przepraszam, Wysoki Sądzie – powiedział Buckley zażenowany, udając, że czuje się urażony. Jake zastopował go po raz pierwszy.

Prokurator sięgnął po swój notatnik i przystąpił do zadawania pytań. Spytał, czy ktoś z sędziów przysięgłych kiedykolwiek był członkiem ławy przysięgłych. Uniosło się kilka rąk. W procesach cywilnych czy karnych? Głosowali za uniewinnieniem czy skazaniem? Jak dawno temu to było? Czy oskarżony był czarny czy biały? A ofiara czarna czy biała? Czy ktoś z nich padł kiedyś ofiarą przestępstwa? Dwie ręce w górze. Kiedy? Gdzie? Czy napastnika schwytano? Czy został skazany? Czy był biały czy czarny? Jake, Harry Rex i Ellen sporządzali całe stronice notatek. Czy jakiś członek waszych rodzin padł ofiarą przestępstwa? Znów uniosło się kilka rąk. Kiedy? Gdzie? Co stało się z przestępcą? Czy jakiś członek waszych rodzin został kiedykolwiek oskarżony o popełnienie przestępstwa? Postawiono go w stan oskarżenia? Wytoczono mu proces? Został skazany? Czy przyjaciele lub członkowie rodzin zatrudnieni są w wymiarze sprawiedliwości? Kto? Gdzie?

Przez bite trzy godziny Buckley sondował wszystkich niczym chirurg. Okazał się prawdziwym mistrzem. Widać było, że się przygotował. Pytał o rzeczy, które Jake'owi nawet nie przyszły do głowy. I zadał niemal wszystkie pytania, które Jake sobie przygotował. Delikatnie usiłował wywęszyć, jakie są osobiste odczucia i opinie kandydatów. I we właściwych momentach mówił coś zabawnego, by słuchacze mogli się roześmiać i aby zmniejszyć panujące napięcie. Zawładnął wszystkimi obecnymi w sali rozpraw i kiedy o piątej Noose mu przerwał, był dopiero w środku swej oracji. Dokończy rano.

Sędzia zarządził przerwę do godziny dziewiątej następnego dnia.

Jake zamienił kilka słów z Carlem Lee. W tym czasie tłum obecnych powoli kierował się do wyjścia. Ozzie stał w pobliżu Haileya, trzymając kajdanki w pogotowiu. Kiedy Jake skończył rozmawiać ze swym klientem, Carl Lee ukląkł przed swoją rodziną siedzącą w pierwszym rzędzie i uściskał wszystkich. Zobaczy się z nimi jutro, obiecał. Ozzie wyprowadził go do poczekalni, a potem w dół schodów, gdzie kilku zastępców szeryfa czekało, by go odwieźć do aresztu.

ROZDZIAŁ 34

Drugiego dnia procesu od świtu było duszno i gorąco. Lepka, niewidzialna mgiełka uniosła się z gazonów i przykleiła do ciężkich buciorów i szerokich żołnierskich spodni. Słońce przypiekało mocno, kiedy gwardziści nonszalancko przechadzali się po centrum Clanton, kryjąc się w cieniu drzew i pod markizami sklepików. Ale choć rozebrali się do jasnozielonych podkoszulków, zanim w namiotach zaczęto wydawać śniadanie, byli już mokrzy od potu.

Czarni kaznodzieje wraz ze swymi parafianami skierowali się prosto na wyznaczone im poprzedniego dnia miejsce i rozbili obóz. Pod dębami rozłożyli leżaki, a na stolikach postawili pojemniki z zimną wodą. Biało-niebieskie tablice z napisami: „Uwolnić Carla Lee" umocowali na tyczkach od pomidorów i wetknęli w ziemię, tworząc rodzaj płotu. Agee zlecił wydrukowanie kilku nowych afiszy z powiększoną czarno-białą fotografią Carla Lee w czerwono-biało-niebieskim obramowaniu. Były wykonane schludnie i fachowo.

Członkowie Klanu posłusznie zajęli przydzielony im sektor na trawniku przed sądem. Przynieśli własne tablice – na białym tle czerwonymi literami było wypisane: CARL LEE DO GAZU. Wymachiwali nimi w kierunku stojących z drugiej strony przejścia czarnych i wkrótce obie grupy zaczęły na siebie pokrzykiwać. Uzbrojeni żołnierze ustawili się wzdłuż chodnika w długie szeregi, nie zwracając uwagi na fruwające nad ich głowami przekleństwa. Była ósma rano, drugi dzień procesu.

Dziennikarzom kręciło się w głowie od nadmiaru wydarzeń godnych zarejestrowania. Słysząc okrzyki przed gmachem sądu, ruszyli w kierunku trawników okupowanych przez demonstrantów. Ozzie i pułkownik chodzili wokół sądu, od czasu do czasu wykrzykując jakieś uwagi do radiotelefonów.

Punktualnie o dziewiątej Ichabod powitał wszystkich zgromadzonych w sali rozpraw. Buckley uniósł się wolno i z ogromnym przejęciem poinformował Wysoki Sąd, że nie ma więcej pytań do sędziów przysięgłych.

Obrońca oskarżonego, Jake Brigance, wstał ze swojego miejsca, czując, że kolana ma jak z waty, a jego wnętrzności skręcają się gwałtownie. Podszedł do barierki i spojrzał w pełne niepokoju oczy dziewięćdziesięciu czterech kandydatów do ławy przysięgłych.

Zebrani słuchali w skupieniu tego młodego, zarozumiałego adwokata, który kiedyś przechwalał się, że jeszcze nigdy nie przegrał procesu o morderstwo. Stał przed nimi odprężony i pewny siebie. Głos miał donośny, ale ciepły. Wyrażał się jak osoba wykształcona, a jednocześnie zrozumiale. Ponownie się przedstawił, potem zaprezentował swojego klienta, a następnie jego rodzinę, dziewczynkę zostawiając na sam koniec. Pochwalił prokuratora okręgowego za wyczerpujące przesłuchanie, którego ten dokonał wczorajszego popołudnia, i wyznał, że większość pytań, które sobie przygotował, padła już na tej sali poprzedniego dnia. Zajrzał do swoich notatek. Jego pierwsze pytanie wprawiło wszystkich w osłupienie.

– Panie i panowie, czy ktokolwiek z was uważa, że bez względu na okoliczności obrona nie powinna powoływać się na niepoczytalność oskarżonego?

Zaczęli się wiercić na swych miejscach, ale w górze nie pojawiła się ani jedna ręka. Nie byli na to przygotowani, zaskoczył ich kompletnie. Niepoczytalność! Zasiał ziarno.

– Jeśli dowiemy się, że Carl Lee Hailey w świetle przepisów prawa był niepoczytalny w chwili, gdy strzelał do Billy'ego Raya Cobba i Pete'a Willarda, czy ktoś z państwa nie będzie mógł go uznać za niewinnego?

Trudno było zrozumieć to pytanie – specjalnie nadał mu taką formę. Nie uniosła się ani jedna ręka. Kilka osób chciało zareagować, ale nie były pewne, jak należało sformułować swoją wypowiedź.

Jake przyjrzał im się uważnie, dostrzegając, że większość z nich jest w tej chwili zmieszana, ale wiedząc również, że każdy myśli teraz o tym, czy Carl Lee był rzeczywiście niepoczytalny. I niech dalej się nad tym zastanawiają.

– Dziękuję – powiedział z najbardziej ciepłym i czarującym uśmiechem, na jaki go było stać. – Nie mam więcej pytań, Wysoki Sądzie.

Buckley sprawiał wrażenie zbitego z tropu. Gapił się na sędziego, który był równie zdezorientowany, jak prokurator.

– To wszystko? – spytał z niedowierzaniem Noose. – Czy to wszystko, panie Brigance?

– Tak, Wysoki Sądzie, nie mam żadnych zastrzeżeń do sędziów przysięgłych – odparł Jake tonem pełnym przekonania, chcąc uwypuklić różnicę między sobą a Buckleyem, który znęcał się nad nimi przez bite trzy godziny. Jake miał do sędziów przysięgłych mnóstwo zastrzeżeń, ale mijało się z celem powtarzanie tych samych pytań, które zadał już Buckley.

– Bardzo dobrze. Chciałbym się spotkać z prawnikami w swoim pokoju.

Buckley, Musgrove, Jake, Ellen i woźny Pate podążyli za Ichabodem i usiedli wokół biurka w gabinecie sędziego.

– Zakładam, panowie – przemówił Noose – że chcecie każdego sędziego zapytać w cztery oczy, co sądzi o karze śmierci.

– Tak, proszę pana – odparł Jake.

– Zgadza się, panie sędzio – potwierdził Buckley.

– Bardzo dobrze. Panie Pate, proszę przyprowadzić sędziego przysięgłego numer jeden, Carlene Malone.

Woźny sądowy wyszedł i wywołał Carlene Malone. Po chwili już dreptała za nim do pokoju sędziowskiego. Była przerażona. Prokurator i adwokat uśmiechali się, ale zgodnie z poleceniem Noose'a milczeli.

– Proszę usiąść – powiedział Noose, zdejmując togę. – To zajmie tylko minutkę, pani Malone. Czy jest pani zdecydowaną zwolenniczką bądź przeciwniczką kary śmierci? – spytał Noose.

Pokręciła nerwowo głową, gapiąc się na Ichaboda.

– Hm... nie, proszę pana.

– Zdaje sobie pani sprawę z tego, że jeśli zostanie pani wybrana do ławy przysięgłych i pana Haileya uznamy za winnego, będzie to oznaczało dla niego wyrok śmierci?

– Tak, proszę pana.

– Jeśli prokurator udowodni ponad wszelką wątpliwość, że oskarżony popełnił te zabójstwa z premedytacją i jeśli uzna pani, że w chwili oddawania strzałów pan Hailey w świetle przepisów prawa nie był niepoczytalny, czy jest pani przygotowana na domaganie się kary śmierci?

– Bez wątpienia tak. Uważam, że kara śmierci stosowana jest zdecydowanie za rzadko. Mogłaby powstrzymać całe to panoszące się wokół zło. Jestem jej zdecydowaną zwolenniczką.

Jake uśmiechnął się i grzecznie kiwał głową do sędziego przysięgłego numer jeden. Buckley też się uśmiechnął i mrugnął do Musgrove'a.

– Dziękuję, pani Malone. Może pani wrócić na swoje miejsce w sali rozpraw – powiedział Noose.

– Proszę wprowadzić sędziego numer dwa – polecił Noose panu Pate. W pokoju pojawiła się Marcia Dickens, starsza kobieta z ponurym wyrazem twarzy. Tak, proszę pana, powiedziała, jestem gorącą zwolenniczką kary śmierci. Nie będę miała żadnych oporów, by za nią głosować. Jake siedział i wciąż się uśmiechał. Buckley znów zrobił oko. Noose podziękował jej i poprosił o sędziego numer trzy.

Kandydatki numer trzy i cztery były równie zawzięte i gotowe skazać na karę śmierci, jeśli przedstawione zostaną dowody winy.

Następnie w pokoju sędziowskim zasiadł Gerald Ault, tajna broń Jake'a.

– Dziękuję, panie Ault, to zajmie tylko minutkę – powtórzył Noose. – Po pierwsze, czy ma pan zdecydowane stanowisko wobec kary śmierci?

– Och, tak, proszę pana – skwapliwie odpowiedział Ault, a z jego twarzy i głosu biło współczucie. – Jestem jej całym sercem przeciwny. To okrutne i niesprawiedliwe. Wstydzę się, że jestem członkiem społeczeństwa, które zezwala na zabijanie człowieka w majestacie prawa.

– Rozumiem. Gdyby zasiadł pan w ławie przysięgłych, czy mógłby pan głosować za wymierzeniem kary śmierci?

– Nie, proszę pana. W żadnym wypadku. Bez względu na rodzaj przestępstwa. Zdecydowanie nie, proszę pana.

Buckley odchrząknął i oświadczył:

– Wysoki Sądzie, oskarżenie wnosi o wyłączenie pana Aulta ze składu sędziów przysięgłych, powołując się na precedens Whiterspoona.

– Akceptuję wniosek. Panie Ault, jest pan zwolniony z obowiązków sędziego przysięgłego – stwierdził Noose. – Jeśli pan sobie życzy, może pan już nie wracać na salę rozpraw. Jeśli woli pan pozostać na sali, proszę, by nie zajmował pan miejsca razem z kandydatami na sędziów przysięgłych.

Ault był zaskoczony i spojrzał bezradnie na swego przyjaciela Jake'a, który w tym momencie siedział ze wzokiem utkwionym w podłogę, z mocno zaciśniętymi ustami.

– Czy mogę spytać dlaczego? – zapytał Gerald.

Noose zdjął okulary i przybrał minę belfra.

– Zgodnie z prawem, panie Ault, można wystąpić do sądu z żądaniem wykluczenia ze składu sędziów przysięgłych osoby, która nie uznaje, powtarzam, nie uznaje kary śmierci. Widzi pan, czy się to panu podoba, czy nie, w Missisipi i w większości stanów kara śmierci jest dopuszczalną przez prawo metodą wymierzania sprawiedliwości. W świetle powyższego błędne byłoby powoływanie do ławy przysięgłych osób, które nie zgadzają się z obowiązującym prawem.

Ciekawość tłumu osiągnęła apogeum, kiedy Gerald Ault ukazał się w drzwiach za ławą sędziowską, przeszedł przez wąską bramkę w barierce i opuścił salę rozpraw. Woźny wywołał kandydata numer sześć, Aleksa Summersa, i zaprowadził go do pokoju sędziego. Po chwili Summers wrócił i zajął miejsce w pierwszym rzędzie. Udzielił nieprawdziwej odpowiedzi na pytanie o karę śmierci. Był jej wrogiem, jak większość czarnych, ale skłamał, że nic przeciwko niej nie ma. Później, podczas przerwy, spotkał się dyskretnie z pozostałymi czarnymi sędziami przysięgłymi i poinstruował ich, jak należy odpowiadać na pytania zadawane w pokoju sędziowskim.

Procedura ciągnęła się do godzin popołudniowych, kiedy to pokój sędziowski opuścił ostatni sędzia przysięgły. Jedenaście osób zwolniono z dalszego udziału w pracach sądu ze względu na ich stosunek do kary śmierci. O trzeciej trzydzieści Noose zarządził półgodzinną przerwę, by dać prawnikom czas na przejrzenie notatek.

W bibliotece na drugim piętrze Jake razem ze swoją drużyną wpatrywał się w listę sędziów przysięgłych i fiszki z ich nazwiskami. Nadeszła pora podjęcia decyzji. Te nazwiska, wypisane niebieskimi, czerwonymi i czarnymi flamastrami oraz widniejące obok nich oceny śniły mu się po nocach. Przez dwa dni obserwował w sali rozpraw kandydatów do ławy przysięgłych. Znał ich. Ellen była za kobietami. Harry Rex za mężczyznami.

Noose spojrzał na swój spis z numeracją zmienioną zgodnie z dokonanymi wcześniej wykluczeniami, a potem przeniósł wzrok na Buckleya i Brigance'a.

– Panowie, jesteście gotowi? Dobrze. Jak wiecie, proces dotyczy przestępstwa zagrożonego karą śmierci, więc każdemu z was przysługuje dwanaście razy prawo do wystąpienia o wykluczenie poszczególnych kandydatów do ławy przysięgłych bez powoływania się na przyczynę. Panie Buckley, proszę przedstawić obronie listę dwunastu sędziów przysięgłych. Proszę rozpocząć od sędziego numer jeden i używać tylko numerów poszczególnych kandydatów.

– Tak, proszę pana. Wysoki Sądzie, oskarżenie akceptuje sędziów przysięgłych numer jeden, dwa, trzy, cztery, korzysta po raz pierwszy z prawa weta wobec numeru pięć, akceptuje numer sześć, siedem, osiem, dziewięć, korzysta po raz drugi z prawa weta wobec numeru dziesięć, akceptuje numer jedenaście, dwanaście, trzynaście, korzysta po raz trzeci z prawa weta wobec numeru czternaście i akceptuje numer piętnaście. Jeśli się nie mylę, daje to łącznie dwanaście osób.

Jake i Ellen zakreślali poszczególne nazwiska i robili przy nich uwagi. Noose podliczył skrupulatnie.

– Tak, mamy dwunastkę. Teraz pan Brigance.

Buckley zaproponował dwanaście białych kobiet. Wykluczył dwóch czarnych i jednego białego.

Jake przestudiował swoją listę i skreślił kilka nazwisk.

– Obrona skreśla sędziów przysięgłych numer jeden, dwa, trzy, akceptuje numer cztery, sześć i siedem, skreśla numer osiem, dziewięć, jedenaście, dwanaście, akceptuje numer trzynaście, skreśla numer piętnaście. Jeśli się nie mylę, osiem razy skorzystałem z prawa weta.

Pan sędzia skreślał nazwiska i sprawdzał znaczki na swej liście, wolno podliczając.

– Obaj panowie zaakceptowali sędziów przysięgłych numer cztery, sześć, siedem i trzynaście. Panie Buckley, głos należy do pana. Proszę wymienić następnych ośmiu sędziów przysięgłych.

– Oskarżenie akceptuje numer szesnaście, korzysta po raz czwarty z prawa weta wobec numeru siedemnaście, akceptuje numer osiemnaście, dziewiętnaście, dwadzieścia, skreśla numer dwadzieścia jeden, akceptuje numer dwadzieścia dwa, skreśla dwadzieścia trzy, akceptuje dwadzieścia cztery, skreśla numery dwadzieścia pięć i dwadzieścia sześć, akceptuje numery dwadzieścia siedem i dwadzieścia osiem. To daje dwunastkę i zostały nam jeszcze cztery głosy sprzeciwu.

Jake był zdumiony. Buckley znów wykreślił wszystkich czarnych i wszystkich mężczyzn. Zupełnie, jakby czytał w myślach Jake'a.

– Panie Brigance, ponownie udzielam panu głosu.

– Wysoki Sądzie, czy mogę prosić o chwilę przerwy, by się naradzić?

– Daję panu pięć minut – odparł Noose.

Jake i Ellen udali się do znajdującego się obok bufetu, gdzie czekał na nich Harry Rex.

– Spójrz na to – powiedział Jake, kładąc na stoliku listę. Pochylili się nad nią we trójkę. – Dotarliśmy do numeru dwadzieścia dziewięć. Zostały mi cztery głosy sprzeciwu, tak samo jak Buckleyowi. Skreśla wszystkich czarnych i wszystkich mężczyzn. Na razie mamy w ławie przysięgłych same białe kobiety. Następne dwie osoby na liście to też białe kobiety, numer trzydzieści jeden to Clyde Sisco, a trzydzieści dwa – Barry Acker.

– A w następnej szóstce jest czterech czarnych – zauważyła Ellen.

– Tak, ale Buckley nie dopuści, byśmy wybierali aż tak daleko. Mówiąc szczerze, jestem zaskoczony, że pozwolił nam tak zbliżyć się do czwartego rzędu.

– Wiem, że chciałbyś mieć Ackera. A co z Sisco? – spytał Harry Rex.

– Boję się go. Lucien powiedział, że to oszust, którego można kupić.

– Wspaniale! Weźmy go, a potem go kupimy.

– Bardzo śmieszne. Skąd wiesz, że nie kupił go już Buckley?

– Ja bym go wziął.

Jake studiował listę, kalkulując i licząc. Ellen chciała skreślić obu mężczyzn – Ackera i Sisco.

Wrócili do pokoju sędziowskiego i zajęli swoje miejsca. Protokolantka była gotowa.

– Wysoki Sądzie, skreślamy numer dwadzieścia dwa i dwadzieścia osiem i zostają nam jeszcze dwa głosy sprzeciwu.

– Oddaję panu głos, panie Buckley. Numery dwadzieścia dziewięć i trzydzieści.

– Oskarżenie akceptuje obie kandydatury. Mamy dwunastkę, zostały nam cztery głosy sprzeciwu.

– Panie Brigance, udzielam panu głosu.

– Skreślamy numer dwadzieścia dziewięć i trzydzieści.

– Wykorzystał pan już swoje wszystkie możliwości sprzeciwu, zgadza się? – spytał Noose.

– Tak jest.

– Bardzo dobrze. Panie Buckley, numery trzydzieści jeden i trzydzieści dwa.

– Oskarżenie akceptuje obu – zgodził się szybko Buckley, widząc widniejące za Clydem Sisco nazwiska czarnych.

– Dobrze. A więc mamy całą dwunastkę. Wybierzemy teraz dwóch sędziów rezerwowych. Przy ich wyborze obaj panowie mają prawo do dwukrotnego weta. Panie Buckley, trzydzieści trzy i trzydzieści cztery.

Sędzią numer trzydzieści trzy był Murzyn. Na pozycji numer trzydzieści cztery znajdowała się biała kobieta, na której Jake'owi zależało. Następni dwaj na liście byli czarni.

– Skreślamy numer trzydzieści trzy, akceptujemy trzydzieści cztery i trzydzieści pięć.

– Obrona akceptuje obie kandydatury – powiedział Jake.

Woźny uciszył zebranych na sali rozpraw, a w tym czasie Noose i prawnicy zajmowali swoje miejsca. Sędzia odczytał nazwiska dwunastu osób, które wolno, niepewnie podchodziły do ławy przysięgłych, gdzie Jean Gillespie sadzała ich we właściwej kolejności. Dziesięć kobiet, dwaj mężczyźni, sami biali. Zgromadzeni w sali rozpraw czarni zaczęli pomrukiwać i spoglądać na siebie z niedowierzaniem.

– To ty wybrałeś tych sędziów przysięgłych? – szepnął Carl Lee do Jake'a.

– Później ci wszystko wyjaśnię – syknął Jake.

Wezwano dwójkę rezerwowych i posadzono ich obok ławy przysięgłych.

– Co tam robi ten czarny goguś? – szepnął Carl Lee, wskazując na jednego z sędziów rezerwowych.

– Wyjaśnię ci później – powtórzył Jake.

Noose odchrząknął i spojrzał na nowo wyłonioną ławę przysięgłych.

– Panie i panowie, zostali państwo wybrani w skład ławy przysięgłych, która będzie się przysłuchiwała niniejszemu procesowi. Złożyliście przysięgę, że będziecie bezstronnie oceniać wszystkie opinie zaprezentowane wam w tej sali oraz stosować się do moich instrukcji. Zgodnie z prawem obowiązującym w stanie Missisipi, do czasu zakończenia procesu pozostaniecie w odosobnieniu. To znaczy, że zostaniecie zakwaterowani w motelu i nie wolno wam będzie wrócić do domów przed końcem procesu. Zdaję sobie sprawę, że jest to niezwykle uciążliwe, ale takie są przepisy. Za kilka chwil ogłoszę zawieszenie prac sądu do jutrzejszego ranka i będą państwo mogli zadzwonić do domów i poprosić o dostarczenie ubrań, przyborów toaletowych i innych niezbędnych przedmiotów. Wszystkie noce spędzą państwo w motelu, którego adresu nie mogę ujawnić. Czy są jakieś pytania?

Cała dwunastka sprawiała wrażenie oszołomionych i zdezorientowanych perspektywą pozostawania przez kilka dni z dala od domów. Pomyśleli o rodzinach, dzieciach, nieobecności w pracy, czekającym praniu. Dlaczego właśnie oni? Spośród tylu innych obecnych w sali rozpraw, czemu wybrano właśnie ich?

Nie słysząc żadnych pytań, Noose stuknął swoim młotkiem i sala rozpraw zaczęła pustoszeć. Jean Gillespie zaprowadziła pierwszą członkinię ławy przysięgłych do pokoju sędziego, skąd mogła zadzwonić do domu po ubranie i szczoteczkę do zębów.

– Dokąd nas zawiozą? – spytała kobieta.

– To tajemnica – odparła Jean.

– To tajemnica – powtórzyła kobieta do słuchawki.

Przed siódmą wieczorem zjawili się członkowie rodzin wszystkich sędziów przysięgłych, taszcząc rozmaite walizki i pudła. Wybrańcy wsiedli do wynajętego autobusu Greyhound, zaparkowanego przed tylnym wejściem. Autokar, poprzedzany przez dwa auta policyjne i wojskowego dżipa, okrążył plac i wyjechał z Clanton. Kolumnę pojazdów zamykały trzy samochody policji stanowej.

W nocy, po pierwszym dniu procesu, w szpitalu w Memphis zmarł na skutek odniesionych poparzeń Stump Sisson. Od lat nie dbał o zdrowie i okazało się, że jego organizm nie był w stanie zwalczyć komplikacji, które przyplątały się w wyniku ciężkich poparzeń. Jego śmierć zwiększyła liczbę ofiar gwałtu na Tonyi Hailey do czterech. Cobb, Willard, Bud Twitty i teraz Sisson.

Wiadomość o jego śmierci natychmiast dotarła do chatki ukrytej w głębi lasu, gdzie co wieczór, po zakończeniu obrad sądu, spotykali się, jedli i pili członkowie Ku-Klux-Klanu. Ślubowali zemstę – oko za oko, ząb za ząb. Pojawili się nowi rekruci z okręgu Ford – ogółem pięciu – i liczba miejscowych członków Klanu wzrosła do jedenastu. Byli żądni krwi, rozpierała ich energia, rwali się do czynu.

Na razie proces przebiegał zbyt spokojnie. Nadszedł czas, by wprowadzić nieco urozmaicenia.

Jake chodził wzdłuż kanapy i po raz setny wygłaszał swoją mowę wstępną. Ellen przysłuchiwała się jej uważnie. Słuchała, przerywała mu, sprzeciwiała się, krytykowała i spierała przez dwie godziny. Kompletnie ją to wykończyło. On był we wspaniałej formie. Margarita uspokoiła go i sprawiła, że przemawiał jak z nut. Słowa płynęły potoczyście. Miał prawdziwy talent krasomówczy. Szczególnie po jednym czy dwóch drinkach.

Kiedy skończył, usiedli na balkonie i przyglądali się, jak płomyki świec przesuwają się wolno w ciemnościach spowijających plac. Śmiech pokerzystów grających w namiotach odbijał się echem na uśpionych ulicach. Noc była bezksiężycowa.

Ellen wyszła przygotować ostatnią porcję drinków. Wróciła z tymi samymi kuflami, wypełnionymi lodem i margaritą. Postawiła je na stole i stanęła za swoim szefem. Położyła mu dłonie na ramionach i zaczęła masować kciukami dolną partię karku. Odprężył się i przechylał głowę z boku na bok. Wymasowała mu ramiona i górną część pleców, przywierając do niego całym ciałem.

– Ellen, jest wpół do jedenastej i chce mi się spać. Gdzie zamierzasz spędzić tę noc?

- A według ciebie, gdzie powinnam ją spędzić?
- Myślę, że powinnaś pojechać do swego mieszkanka w pobliżu Ole Miss.
- Jestem zbyt pijana, by prowadzić samochód.
- Nesbit cię odwiezie.
- A czy mogę spytać, gdzie ty spędzisz tę noc?
- W domu należącym do mnie i do mojej żony.

Przestała go masować i chwyciła swojego drinka. Jake wstał i przechyliwszy się przez poręcz balkonu, krzyknął do Nesbita:
- Nesbit! Obudź się! Pojedziesz do Oxford!

ROZDZIAŁ 35

Uwagę Carli przykuł artykuł na drugiej stronie gazety. Zatytułowany był „Biała ława przysięgłych będzie rozpatrywać sprawę Haileya". Jake mimo obietnicy nie zadzwonił do niej we wtorek wieczorem. Przeczytała tekst jednym tchem, zapominając nawet o kawie.

Domek letniskowy jej rodziców znajdował się na odludziu. Do najbliższego sąsiada było sześćdziesiąt metrów. Odgradzająca oba domy działka też należała do jej ojca, który bynajmniej nie zamierzał się jej pozbyć. Wybudował ten dom dziesięć lat temu, po sprzedaniu swojej firmy w Knoxville, i wiódł życie zamożnego emeryta. Carla była jedynaczką, później okazało się, że Hanna będzie ich jedyną wnuczką. Trzypoziomowy dom z czterema sypialniami i czterema łazienkami mógł z powodzeniem pomieścić nawet tuzin wnuków.

Dokończyła czytać artykuł i podeszła do okna w pokoju jadalni, z którego rozciągał się widok na plażę i ocean. Lśniąca, pomarańczowa kula słońca dopiero co wzeszła nad horyzontem. Kiedyś Carla lubiła wylegiwać się rano w ciepłym łóżku, ale odkąd została żoną Jake'a, pierwsze siedem godzin dnia obfitowało w rozmaite niespodzianki. Przez te lata jej organizm przywykł budzić się przynajmniej o wpół do szóstej. Jake wyznał jej kiedyś, że jego celem jest wychodzić do pracy, kiedy jest jeszcze ciemno, i wracać po zapadnięciu zmroku. Na ogół udawało mu się realizować to ambitne założenie. Napawało go dumą to, że codziennie spędza w pracy więcej godzin niż reszta adwokatów w okręgu Ford. Był inny niż wszyscy, ale go kochała.

Osiemdziesiąt kilometrów na północny wschód od Clanton, nad rzeką Tippah, leżała stolica okręgu Milburn – Temple. Liczyła trzy tysiące mieszkańców i znajdowały się tu dwa motele. Temple Inn świeciło pustkami, albowiem nie istniała żadna racjonalna przyczyna, by przejeżdżać tu o tej porze roku. Ale osiem pokoi przy końcu jednego z odizolowanych skrzydeł wynajęto, a gości pilnowali żołnierze i dwóch policjantów stanowych. Dziesięć kobiet bez problemów rozlokowano w pięciu dwójkach, szósty pokój przydzielono Barry'emu Ackerowi i Clyde'owi Sisco. Czarny rezerwowy, Ben Lester Newton, otrzymał pokój tylko dla siebie, podobnie jak drugi rezerwowy, Francis Pitts. Wszyscy przysięgli zostali odcięci od świata – pozbawiono ich dostępu do telewizji i codziennej prasy. Kolację we wtorek wieczorem przyniesiono im do pokoi, a w środę punktualnie o wpół do ósmej podano śniadanie. W tym czasie kierowca autobusu rozgrzewał silnik, zasnuwając spalinami rozległy plac parkingowy. Pół godziny później cała czternastka wyruszyła do Clanton.

Podczas jazdy rozmawiali o swoich rodzinach i pracy zawodowej. Dwie czy trzy osoby znały się już wcześniej, pozostali spotkali się po raz pierwszy. Skrzętnie unikali wszelkich uwag dotyczących tego, dlaczego się tu znaleźli i co ich czeka. Sędzia Noose powiedział bardzo wyraźnie: żadnych dyskusji na temat procesu. Bardzo pragnęli porozmawiać o gwałcie i gwałcicielach, o Carlu Lee, Jake'u, Buckleyu, Noosie, o Klanie i o wielu innych rzeczach. Wszyscy wiedzieli o płonących krzyżach, ale nie poruszali tego tematu, przynajmniej podczas jazdy autobusem. Natomiast w pokojach hotelowych prowadzili wielogodzinne debaty.

Za pięć dziewiąta autobus wjechał na plac przed budynkiem sądu i sędziowie przysięgli wyjrzeli przez przyciemnione szyby, by przekonać się, ilu czarnych, ilu członków Klanu oraz ilu zwykłych gapiów pilnują dziś żołnierze. Autobus minął zapory i zatrzymał się na tyłach sądu, gdzie stali już zastępcy szeryfa, by natychmiast odeskortować sędziów przysięgłych na górę. Bocznymi schodami weszli do pokoju obrad ławy przysięgłych, gdzie czekała już kawa i pączki. Kilka minut potem woźny sądowy poinformował, że jest już dziewiąta i pan sędzia pragnie wznowić proces. Zaprowadził ich do zatłoczonej sali rozpraw. Zajęli przydzielone sobie miejsca w ławie przysięgłych.

– Proszę wstać, sąd idzie – wrzasnął woźny Pate.

– Proszę usiąść – powiedział Noose, zapadając w wysoki skórzany fotel za stołem sędziowskim. – Dzień dobry paniom, dzień dobry panom – ciepło powitał sędziów przysięgłych. – Mam nadzieję, że czują się państwo dobrze i są gotowi do pracy.

Wszyscy kiwnęli głowami.

– Dobrze. Każdego ranka będę państwu zadawał następujące pytanie: Czy ostatniej nocy ktokolwiek próbował się z wami skontaktować, rozmawiać czy w jakikolwiek sposób wywrzeć na was presję?

Wszyscy potrząsnęli głowami.

– Dobrze. Czy rozmawialiście między sobą o procesie?

– Nie – skłamali bez wahania.

– Dobrze. Jeśli ktokolwiek będzie próbował skontaktować się z wami, rozmawiać o tej sprawie albo w jakikolwiek sposób wpłynąć na was, proszę mnie o tym informować. Czy zrozumieli państwo?

Skinęli głowami.

– A więc jesteśmy gotowi do rozpoczęcia procesu. Na początku obie strony wygłoszą oświadczenia wstępne. Chciałbym państwu zwrócić uwagę, że nic, co mówi adwokat i prokurator, nie jest zeznaniem i nie należy traktować tych wystąpień jako dowodów. Panie Buckley, czy chce pan wygłosić oświadczenie wstępne?

Buckley wstał i zapiął błyszczącą marynarkę ze sztucznego włókna.

– Tak, Wysoki Sądzie.

– Tak myślałem. Udzielam panu głosu.

Buckley podniósł małą, drewnianą mównicę i postawił ją tuż przed ławą przysięgłych. Stanął za nią, odetchnął głęboko i wolno przeglądał jakieś notatki. Delektował się tą chwilą ciszy, kiedy oczy wszystkich skierowane były na niego i każdy nastawiał ucha, czekając na jego wystąpienie. Rozpoczął od podziękowania sędziom przysięgłym za ich obecność, poświęcenie i obywatelską postawę (jakby zostawiono im możliwość wyboru, pomyślał Jake). Był z nich dumny i czuł się zaszczycony, że może współpracować z nimi w tym wyjątkowym procesie. Znów powtórzył, że jego klientem są mieszkańcy stanu Missisipi. To właśnie oni obarczyli go, Rufusa Buckleya, skromnego prawnika ze Smithfield, tą wielką odpowiedzialnością i boi się, czy spełni pokładane w nim nadzieje. Zaczął się rozwodzić nad sobą i swoimi przemyśleniami dotyczącymi tego procesu. Wierzył, że dobrze się wywiąże ze swoich obowiązków wobec mieszkańców stanu, o co nieustannie się modli.

Podczas wszystkich oświadczeń wstępnych mówił mniej więcej podobnie, ale tym razem wypadł lepiej. Był to stek wyrafinowanych i słodkich bzdur, które nie miały żadnego związku ze sprawą. Jake najchętniej by mu zabronił mówić, ale z doświadczenia wiedział, że Ichabod nie podtrzyma zastrzeżenia zgłoszonego podczas oświadczenia wstępnego, jeśli wykroczenie nie było zbyt oczywiste, a jak dotąd – Jake nie miał się do czego przyczepić w przemowie Buckleya. Cała ta obłudna szczerość i ekshibicjonizm irytowały go niewypowiedzianie, gdyż słuchała tego ława przysięgłych i większość stwierdzeń brała za dobrą monetę. Oskarżyciel to był zawsze ten dobry facet, walczący z niesprawiedliwością i ścigający przestępców, którzy dopuścili się jakichś ohydnych zbrodni; dążący do ich zamknięcia po wsze czasy, by więcej nie mogli już grzeszyć. Buckley po mistrzowsku potrafił przekonywać ławę przysięgłych, zaraz na początku, podczas oświadczenia wstępnego, że wyłącznie do nich, do niego i dwunastu wybrańców, należy wykrycie prawdy; dokonają tego wspólnie, bo kieruje nimi to samo uczucie: wstręt do zła. Mieli dociec prawdy, tylko i wyłącznie prawdy. Wystarczy znaleźć prawdę, a zatriumfuje sprawiedliwość. Niech słuchają Rufusa Buckleya, reprezentanta społeczeństwa, a na pewno tak się stanie.

Gwałt to ohydny czyn. Sam jest ojcem, ma córkę w wieku Tonyi Hailey, i kiedy po raz pierwszy usłyszał, co spotkało Tonyę, zdjęła go zgroza. Współczuł Carlowi Lee i jego żonie. Tak, wyobrażał sobie własne córki na miejscu dziewczynki Haileyów i nawet przemknęła mu przez głowę myśl o zemście.

Jake uśmiechnął się do Ellen. To ciekawe. Buckley, zamiast ukrywać przed ławą przysięgłych fakt gwałtu, postanowił sam do niego nawiązać. Jake spodziewał się ostrej wymiany zdań z prokuratorem w odniesieniu do kwestii dopuszczenia jakichkolwiek zeznań dotyczących gwałtu. Ellen sprawdziła, że prawo kategorycznie zabrania prezentowania podczas procesu sensacyjnych szczegółów, ale nie było całkowitej jasności co do tego, czy można o nich wspominać lub się do nich odwoływać. Widocznie Buckley uznał, że lepiej samemu powiedzieć o gwałcie, niż próbować ten fakt ukryć. Dobry ruch, pomyślał Jake, bo i tak cała dwunastka, podobnie jak reszta świata, znała szczegóły.

Ellen odpowiedziała mu uśmiechem. Zapowiadało się, że odbędzie się spóźniony proces gwałcicieli Tonyi Hailey.

Buckley przyznał, że chęć zemsty jest naturalnym odruchem każdego ojca. Nie ukrywał, że sam też to odczuwał. Ale, ciągnął, podnosząc głos, jest ogromna różnica między chęcią zemsty a samą zemstą.

Wyraźnie się rozkręcił. Chodził tam i z powrotem, nie zwracając uwagi na mównicę, zupełnie jakby wpadł w trans. Wygłosił dwudziestominutową mowę na temat wymiaru sprawiedliwości i zasad jego funkcjonowania w stanie Missisipi. Wyliczył, ilu gwałcicieli on, Rufus Buckley, osobiście wysłał do Parchman, gdzie pozostaną już do końca swych dni. Wymiar sprawiedliwości funkcjonuje, ponieważ mieszkańcy stanu Missisipi zachowali dość zdrowego rozsądku, by mu pozwolić funkcjonować, ale system ten się załamie, jeśli takim osobnikom jak Carl Lee Hailey, pozwoli się lekceważyć prawo i wymierzać karę według własnego widzimisię. No bo proszę sobie to tylko wyobrazić. Oznaczałoby to państwo bezprawia, w którym ludzie sami wydawaliby wyroki. Państwo bez policji, bez więzień, bez sądów, bez procesów, bez ław przysięgłych. Każdy człowiek działałby na własną rękę.

I czyż to nie ironia losu, powiedział, opanowując się na moment, że Carl Lee Hailey siedzi tu teraz, prosząc o bezstronne rozpatrzenie jego sprawy i sprawiedliwy wyrok, choć przecież sam w te rzeczy nie wierzy. Spytajcie matek Billy'ego Raya Cobba i Pete'a Willarda. Spytajcie, czy ich synom dano prawo do uczciwego procesu.

Zrobił przerwę, by pozwolić sędziom przysięgłym i wszystkim zebranym w sali rozpraw zastanowić się nad ostatnią kwestią. Jego słowa głęboko zapadły w serca i wszyscy sędziowie przysięgli spojrzeli na Carla Lee Haileya. W ich wzroku nie było współczucia. Jake z miną osoby kompletnie znudzonej czyścił paznokcie małym nożykiem. Buckley udał, że zagląda do notatek, a potem zerknął na zegarek. Znów przemówił, tym razem tonem urzędowym i poważnym. Oskarżenie dowiedzie, że Carl Lee Hailey drobiazgowo zaplanował sobie to zabójstwo. Prawie godzinę czekał w małym pokoiku obok schodów. Wiedział, że właśnie tamtędy zejdą oskarżeni, kiedy będą opuszczali sąd, by wrócić do aresztu. W jakiś sposób udało mu się przemycić do budynku sądu M-16. Buckley podszedł do małego stolika tuż obok protokolantki i uniósł w górę karabin. „Oto M-16!" – oświadczył ławie przysięgłych, wymachując karabinem nad głową. Położył broń na mównicy i zaczął się rozwodzić nad tym, jak to Carl Lee Hailey specjalnie zdecydował się właśnie na taki karabin, bo zetknął się już z tą bronią w wojsku i wiedział, jak się z nią obchodzić. Szkolono go, jak posługiwać się M-16. Posiadanie tej broni jest niedozwolone. Nie można jej kupić w pierwszym lepszym domu towarowym. Musiał nieźle pokombinować, by ją zdobyć. Musiał z góry wszystko sobie obmyślić.

Przesłanie było jasne: drobiazgowo zaplanowane morderstwo, popełnione z zimną krwią.

Jest jeszcze sprawa zastępcy szeryfa DeWayne'a Looneya, policjanta z czternastoletnim stażem. Człowieka kochającego swą rodzinę – jednego z najlepszych funkcjonariuszy instytucji powołanej do czuwania nad przestrzeganiem prawa. Został postrzelony przez Carla Lee Haileya podczas wykonywania swoich obowiązków. Amputowano mu nogę. Czym sobie na to zasłużył? Być może obrona będzie próbowała utrzymywać, że to nieszczęśliwy wypadek, że nie powinno się tego w ogóle brać pod uwagę. W Missisipi coś takiego nie przejdzie.

Nie ma żadnego usprawiedliwienia, panie i panowie, dla wszystkich tych zbrodni. Werdykt musi brzmieć: winny.

Każdej stronie przysługiwała godzina na oświadczenie wstępne i świadomość dysponowania aż taką ilością czasu okazała się dla prokuratora okręgowego pułapką. Zaczął się powtarzać. Dwa razy się zgubił, poddając ostrej krytyce rzekomą niepoczytalność oskarżonego. Sędziowie przysięgli, wyraźnie znudzeni, zaczęli się rozglądać po sali, by znaleźć coś interesującego. Rysownicy przestali szkicować, dziennikarze – notować, a Noose wytarł swoje okulary chyba z siedem lub osiem razy. Wszyscy wiedzieli, że Noose przecierał okulary, by nie usnąć i przezwyciężyć ogarniające go znudzenie. Na ogół podczas procesów jego okulary były nadzwyczaj dokładnie czyszczone. Jake nieraz widział, jak sędzia polerował je chusteczką, krawatem albo końcem koszuli, podczas gdy świadkowie załamywali się i płakali, adwokaci zaś krzyczeli, wymachując rękami jak cepami. Nie uronił ani jednego słowa, nie przeoczył żadnego sprzeciwu, jego uwagi nie uszła najmniejsza sztuczka; był po prostu tym wszystkim znudzony, nawet podczas procesów tego kalibru. Nigdy nie drzemał, siedząc za stołem sędziowskim, choć czasami miał na to ogromną ochotę. Gdy czuł ogarniającą go senność, zdejmował okulary, unosił je wysoko pod światło, chuchał na nie i wycierał tak zapamiętale, jakby były wysmarowane warstwą tłuszczu, a potem zakładał na nos, tuż nad brodawką. Po pięciu minutach okazywało się, że znów są brudne. Im dłużej Buckley perorował, tym częściej okulary Noose'a były polerowane.

W końcu, po półtorej godziny, Buckley skończył i w sali rozpraw dało się słyszeć westchnienie ulgi.

– Dziesięć minut przerwy – ogłosił Noose. Pospiesznie wstał od stołu i wyszedł, minął pokój sędziowski, po czym udał się do męskiej toalety.

Jake zaplanował sobie zwięzłe oświadczenie, a po maratonie Buckleya postanowił je skrócić jeszcze bardziej. Większość ludzi nie darzyła prawników sympatią, szczególnie tych gadatliwych, przemądrzałych, światowców, którym wydawało się, że każde istotne stwierdzenie należy powtórzyć przynajmniej trzy razy, a najważniejsze muszą być wbijane i wciskane przez nieustanne przypominanie każdemu, kto przypadkowo stał się słuchaczem. Sędziowie przysięgli szczególnie nie lubili adwokatów, którzy nie szanowali ich czasu, a mieli po temu dwa ważkie powody. Po pierwsze, nie mogli im powiedzieć, by przestali gadać. Byli jak schwytani w pułapkę. Poza salą rozpraw każdy może skląć prawnika i kazać mu się zamknąć, ale z chwilą kiedy zasiądzie w ławie przysięgłych, nie wolno mu pisnąć ani słówka. Musi się ograniczać do spania, chrapania, gniewnego spoglądania, wiercenia się, patrzenia na zegarek i jeszcze kilku czynności, których sens dla przemawiających nudziarzy pozostawał zupełnie nieczytelny. Po drugie, sędziowie przysięgli nie lubili długich procesów. Niech strony zrezygnują z całego tego pustego gadania i ograniczą się do konkretów. Niech im przedstawią fakty, a oni wydadzą werdykt.

Jake wyjaśnił to swemu klientowi podczas przerwy.

– Zgadzam się. Streszczaj się – powiedział Carl Lee.

Rzeczywiście mówił krótko. Jego oświadczenie wstępne trwało dokładnie czternaście minut i ława przysięgłych nie uroniła z niego ani jednego słowa. Rozpoczął od kilku uwag na temat córek. Jakie to wyjątkowe istoty! Jak różnią się od chłopców i wymagają specjalnej troski. Powiedział im o swej własnej córce i niezwykłej więzi istniejącej między ojcem a córką, więzi, którą trudno opisać. Przyznał, że podziwia pana Buckleya za jego deklarowaną zdolność wybaczenia i okazania litości jakiemuś pijanemu zboczeńcowi, który zgwałciłby jego córkę. Rzeczywiście wyjątkowy z niego człowiek. Ale czy naprawdę oni, jako sędziowie przysięgli, jako rodzice, potrafiliby być tacy spokojni, beznamiętni i pobłażliwi, gdyby to ich córka została zgwałcona przez dwóch pijanych, brudnych brutali, gdyby została przywiązana do drzewa i...

– Sprzeciw! – krzyknął Buckley.

– Podtrzymuję – powiedział Noose.

Zignorował te okrzyki. Poprosił ich cichym głosem, by podczas trwania tego procesu spróbowali sobie wyobrazić, co by odczuwali, gdyby chodziło o ich córkę. Zwrócił się do nich o ułaskawienie Carla Lee i odesłanie go do domu, do rodziny. Nie wspomniał nic o niepoczytalności. Jeszcze przyjdzie na to czas.

Ledwo zaczął, a już skończył, dając ławie przysięgłych okazję dostrzeżenia kontrastu między stylem wypowiedzi obu przeciwników procesowych.

– Czy to wszystko? – spytał Noose zdumiony.

Jake skinął głową, siadając obok swego klienta.

– Bardzo dobrze. Panie Buckley, może pan wezwać swojego pierwszego świadka.

– Oskarżenie wzywa Corę Cobb.

Woźny wyszedł do poczekalni dla świadków i wprowadził na salę rozpraw panią Cobb. Została zaprzysiężona przez Jean Gillespie, a potem posadzona na miejscu dla świadków.

– Proszę mówić do mikrofonu – poinstruował ją sędzia.

– Pani Cora Cobb? – spytał Buckley najgłośniej, jak umiał, przenosząc mównicę bliżej barierki.

– Tak, proszę pana.

– Gdzie pani mieszka?

– Route 3, Lake Village, okręg Ford.

– Jest pani matką nieżyjącego Billy'ego Raya Cobba?

– Tak, proszę pana. – Do oczu napłynęły jej łzy. Była prostą kobietą, którą rzucił mąż, kiedy chłopcy byli jeszcze mali. Wychowywała ich ulica, podczas gdy ona pracowała na dwie zmiany w fabryczce mebli między Karaway i Lake Village. Wcześnie straciła nad nimi kontrolę. Miała koło pięćdziesiątki i choć starała się wyglądać na czterdzieści lat, farbując włosy i malując się, z powodzeniem można jej było dać sześćdziesiątkę.

– Ile lat miał pani syn w chwili śmierci?

– Dwadzieścia trzy.

– Kiedy po raz ostatni widziała go pani żywego?

– Na kilka chwil przed śmiercią.

– Gdzie go pani widziała?
– W tej sali rozpraw.
– Gdzie został zabity?
– Tu, w tym budynku.
– Czy słyszała pani strzały, które spowodowały śmierć pani syna?
Zaczęła płakać.
– Tak, proszę pana.
– Gdzie widziała go pani po raz ostatni?
– W domu pogrzebowym.
– W jakim był stanie?
– Nie żył.
– Nie mam więcej pytań – oświadczył Buckley.
– Panie Brigance, czy chce pan przesłuchać świadka oskarżenia?
To nieszkodliwy świadek, wezwany, by udowodnić, że ofiara rzeczywiście nie żyje. Nic nie można było zyskać przez jej przesłuchanie i w normalnych warunkach Jake zostawiłby ją w spokoju. Ale dostrzegł okazję, której nie mógł przepuścić, szansę rozbudzenia Noose'a, Buckleya i ławy przysięgłych; ożywienia wszystkich zebranych w sali. W rzeczywistości wcale nie była taka pokrzywdzona; trochę udawała. Buckley prawdopodobnie poinstruował ją, by zmusiła się do płaczu.
– Tylko kilka pytań – powiedział Jake, przechodząc za stołem Buckleya i Musgrove'a w stronę podwyższenia. Prokurator okręgowy zrobił się czujny.
– Pani Cobb, czy to prawda, że pani syn został skazany za handel marihuaną?
– Sprzeciw! – wrzasnął Buckley, zrywając się na równe nogi. – Niedopuszczalne jest poruszanie przeszłości kryminalnej ofiary!
– Uwzględniam!
– Dziękuję, Wysoki Sądzie – powiedział Jake takim tonem, jakby Noose wyświadczył mu przysługę.
Pani Cobb wytarła oczy i zaczęła głośniej płakać.
– Powiedziała pani, że pani syn w chwili śmierci miał dwadzieścia trzy lata?
– Tak.
– Podczas swego dwudziestotrzyletniego życia ile dzieci jeszcze zgwałcił?
– Sprzeciw! Sprzeciw! – wydarł się Buckley, wymachując rękami i spoglądając rozpaczliwie na Noose'a, który krzyczał:
– Uwzględniam! Uwzględniam! Panie Brigance, zachowuje się pan niezgodnie z regulaminem! Niezgodnie z regulaminem!
Słysząc te wrzaski, pani Cobb zalała się łzami i teraz szlochała naprawdę. Mikrofon trzymała cały czas przy samej twarzy, więc jęki i zawodzenia docierały wzmocnione do oszołomionej publiczności.

– Wysoki Sądzie, obrońca powinien otrzymać upomnienie! – oświadczył z przekonaniem Buckley. Z jego oczu i całej twarzy biła bezsilna złość, kark zrobił mu się ciemnopurpurowy.

– Wycofuję pytanie – oświadczył głośno Jake, wracając na swoje miejsce.

– Tani chwyt, Brigance – mruknął Musgrove.

– Proszę mu dać upomnienie – błagał Buckley – i polecić ławie przysięgłych, by nie brała pod uwagę tego pytania.

– Czy oskarżenie chce zadać świadkowi jakieś dodatkowe pytania? – spytał Noose.

– Nie – odpowiedział Buckley, biegnąc w stronę pani Cobb z chusteczką do nosa, chcąc przyjść na ratunek kobiecie, która ukryła twarz w dłoniach i płakała, dygocząc.

– Jest pani wolna, pani Cobb – powiedział Noose. – Panie Pate, proszę wyprowadzić świadka.

Woźny sądowy ujął ją pod ramię i z pomocą Buckleya sprowadził z podwyższenia, przeprowadził obok ławy przysięgłych, potem przez barierkę i wzdłuż głównego przejścia. Łkała i szlochała, a im była bliżej drzwi, tym robiła to głośniej. Kiedy w końcu znalazła się na korytarzu, zaniosła się spazmatycznym płaczem.

Noose patrzył z furią na Jake'a, póki kobieta nie wyszła i w sali nie zapanował spokój. Następnie zwrócił się w stronę ławy przysięgłych i oświadczył:

– Proszę nie brać pod uwagę ostatniego pytania zadanego przez pana Brigance'a.

– Po co to wszystko? – spytał szeptem Carl Lee swego adwokata.

– Później ci wyjaśnię.

– Oskarżenie wzywa Earnestine Willard – ogłosił Buckley nieco spokojniejszym tonem i z wyraźnym wahaniem.

Przyprowadzono panią Willard. Zaprzysiężono ją i posadzono na miejscu dla świadków.

– Czy pani Earnestine Willard? – spytał Buckley.

– Tak, proszę pana – powiedziała cichutko. Z nią życie też nie obeszło się łaskawie, ale odznaczała się pewną godnością, co sprawiało, że wzbudzała większą litość i zaufanie niż pani Cobb. Jej ubranie było skromne, ale schludne i starannie uprasowane. Na włosach nie miała taniej, czarnej farby, do której pani Cobb przywiązywała taką wagę. Jej twarzy nie pokrywała warstwa makijażu. Kiedy zaczęła płakać, nie robiła tego na pokaz.

– Gdzie pani mieszka?

– W pobliżu Lake Village.

– Czy Pete Willard był pani synem?

– Tak, proszę pana.

– Kiedy po raz ostatni widziała go pani żywego?

- W tej sali, tuż przed zamordowaniem.
- Czy słyszała pani serię z karabinu, która zabiła pani syna?
- Tak, proszę pana.
- Kiedy widziała go pani po raz ostatni?
- W domu pogrzebowym.
- W jakim był stanie?
- Nie żył - powiedziała, ocierając łzy chusteczką jednorazową.
- Bardzo mi przykro - oświadczył Buckley. - Nie mam więcej pytań - dodał, uważnie spoglądając na Jake'a.
- Czy ma pan jakieś pytania do świadka oskarżenia? - spytał Noose, patrząc na Jake'a równie podejrzliwie.
- Zaledwie kilka - odparł Jake.
- Pani Willard, nazywam się Jake Brigance. - Stanął na podwyższeniu i spojrzał na nią wzrokiem, w którym nie było współczucia.
Skinęła głową.
- Ile lat miał pani syn w chwili śmierci?
- Dwadzieścia siedem.
Buckley odsunął krzesło od stołu i usiadł na samym brzeżku, gotów w każdej chwili do skoku. Noose zdjął okulary i pochylił się do przodu. Carl Lee spuścił głowę.
- Podczas swego dwudziestosiedmioletniego życia ile jeszcze dzieci zgwałcił?
Buckley poderwał się.
- Sprzeciw! Sprzeciw! Sprzeciw!
- Podtrzymuję! Podtrzymuję! Podtrzymuję!
Te wrzaski wyraźnie przestraszyły panią Willard. Zaczęła głośniej płakać.
- Proszę mu dać upomnienie, panie sędzio! Powinien dostać upomnienie!
- Wycofuję pytanie - powiedział Jake, wracając na swoje miejsce.
Buckley błagalnie złożył ręce.
- To nie załatwia sprawy, panie sędzio! Powinien dostać upomnienie!
- Proszę panów do siebie - polecił Noose. Zwolnił świadka i zarządził przerwę do pierwszej.

Harry Rex czekał w biurze Jake'a z kanapkami i dzbankiem margarity. Jake podziękował za koktajl i pił sok grejpfrutowy.
Ellen poprosiła o odrobinkę, na uspokojenie nerwów. Trzeci dzień z rzędu Dell przygotowała lunch i osobiście go przyniosła do kancelarii Jake'a. Podarunek od kafeterii, wyjaśniła.
Jedli na balkonie, obserwując sceny rozgrywające się wokół gmachu sądu. Co zaszło w pokoju sędziego? - zainteresował się Harry Rex. Jake bez zapału jadł sandwicza. Powiedział, że chciałby porozmawiać o czymś innym.

- Do jasnej cholery, co zaszło w pokoju sędziowskim?
- Drużyna Cardinals została na trzy kolejki odsunięta od gry, wiedziałaś o tym, Ro-ark?
- Myślałam, że na cztery.
- Co zaszło w pokoju sędziowskim?
- Naprawdę chcesz wiedzieć?
- Tak, do diabła!
- Dobra. Muszę iść do toalety. Powiem ci, jak wrócę – oświadczył Jake i się ulotnił.
- Ro-ark, co zaszło w pokoju sędziowskim?
- Nic specjalnego. Noose trochę obsztorcował Jake'a, ale tak, żeby mu nie zaszkodzić. Buckley żądał rozlewu krwi i Jake powiedział, że jest pewny, iż do tego dojdzie, jeśli prokurator poczerwienieje choćby odrobinkę więcej. Buckley zarzucił Jake'owi, że specjalnie – jak się wyraził – jątrzy ławę przysięgłych. Jake tylko się uśmiechał i mówił, że bardzo przeprasza pana gubernatora. Za każdym razem gdy używał słowa „gubernator", Buckley wrzeszczał do Noose'a: „Panie sędzio, nazywa mnie gubernatorem, proszę coś zrobić". A Noose mówił: „Panowie, proszę. Oczekuję, że będą się panowie zachowywali jak zawodowcy". Wtedy Jake odpowiadał: „Dziękuję, panie sędzio". Mijało kilka minut i znów nazywał Buckleya gubernatorem.
- Po co doprowadził te dwie starsze panie do łez?
- To było genialne posunięcie, Harry Rex. Pokazał ławie przysięgłych, Noose'owi, Buckleyowi, wszystkim, że może robić na sali rozpraw, co chce, i że nie boi się nikogo. Wyprowadził Buckleya z równowagi. Prokurator jest w takim stanie, że długo nie będzie mógł dojść do siebie. Noose czuje przed Jakiem respekt, że ten nie dał mu się zastraszyć. Sędziowie przysięgli byli wstrząśnięci, ale przynajmniej ich obudził i w mało subtelny sposób dał do zrozumienia, że tu toczy się wojna. Genialne posunięcie.
- Też tak uważam.
- Obronie wyszło to tylko na dobre. Te kobiety prosiły o odrobinę współczucia, ale Jake przypomniał ławie przysięgłych, co zrobili ich słodcy synalkowie, zanim zginęli.
- Bydlaki.
- Jeśli nawet swoim zachowaniem wywołał oburzenie sędziów przysięgłych, zapomną o tym, zanim skończy zeznawać ostatni świadek.
- Jake jest niezły, prawda?
- Jest dobry. Bardzo dobry. Jest najlepszy spośród znanych mi adwokatów w jego wieku.
- Zaczekaj na jego mowę końcową. Słyszałem ich już kilka. Potrafi wzbudzić litość nawet u najtępszego sierżanta.

Wrócił Jake i nalał sobie trochę margarity. Odrobinkę, na uspokojenie nerwów. Harry Rex ciągnął jak smok.

Po lunchu jako pierwszy świadek oskarżenia wystąpił Ozzie. Buckley zaprezentował wielkie, kolorowe plansze, przedstawiające parter i pierwsze piętro budynku sądu. Wspólnie ze świadkiem precyzyjnie prześledzili ostatnie kroki Cobba i Willarda.

Następnie Buckley zaprezentował zestaw dziesięciu kolorowych zdjęć formatu A2 przedstawiających Cobba i Willarda tuż po gwałtownej śmierci. Fotografie były wstrząsające. Jake widział wiele zdjęć ofiar i choć nie były specjalnie przyjemne, jeśli uwzględnić to, co przedstawiały, jednak niektóre dało się oglądać bez wstrętu. Pamiętał proces mordercy, którego ofiara otrzymała strzał prosto w serce z broni kaliber 0.357 i zwyczajnie padła nieżywa na werandzie własnego domu. Był to potężny, muskularny mężczyzna i kula utkwiła gdzieś w ciele. Nie było więc krwi, jedynie niewielka dziurka w kombinezonie i mały otwór w klatce piersiowej. Mężczyzna wyglądał, jakby usnął i się przewrócił albo się upił i zdrzemnął na werandzie, jak to często zdarzało się Lucienowi. Nie przedstawiał sobą przykrego widoku i Buckley nie miał się czym popisać. Zdjęcia nie zostały nawet powiększone. Wręczył ławie przysięgłych małe pozytywy wykonane polaroidem, nie kryjąc swego niezadowolenia z faktu, że fotografie są takie zwyczajne.

Ale większość ofiar morderstw wyglądała przerażająco i oglądanie ich zdjęć przyprawiało o mdłości. Na ścianach i sufitach krew, ludzkie szczątki rozrzucone wkoło. Takie fotografie prokurator okręgowy zawsze powiększał i umieszczał wśród dowodów rzeczowych z wielką pompą, a następnie pokazywał je wszystkim obecnym w sali rozpraw, podczas gdy świadek opisywał to, co przedstawiały poszczególne ujęcia. W końcu, gdy sędziowie przysięgli aż skręcali się z ciekawości, Buckley grzecznie pytał sędziego o pozwolenie zaprezentowania zdjęć ławie przysięgłych, na co sędzia zawsze wyrażał zgodę. Potem Buckley i wszyscy pozostali obserwowali z napięciem ich twarze – wstrząśnięte, przerażone, a czasem nawet pobladłe. Brigance na własne oczy widział, jak dwóch sędziów przysięgłych dostało torsji na widok okropnie zmasakrowanych zwłok.

Takie zdjęcia, bardzo niebezpieczne dla obrony, bo podburzały przysięgłych, były dopuszczalne. „Miały moc dowodową", według orzeczenia Sądu Najwyższego. Dziewięćdziesięcioletnia praktyka sądownicza dowodziła ponoć, że tego rodzaju zdjęcia pomagały ławie przysięgłych wydać właściwy werdykt. W Missisipi już dawno zakorzenił się zwyczaj dopuszczania zdjęć ofiar morderstwa, bez względu na to, jaki mogłyby mieć wpływ na ławę przysięgłych.

Jake widział fotografie Cobba i Willarda wiele tygodni temu, zgłosił sprzeciw, który – jak się tego spodziewał – został oddalony.

Zdjęcia umocowano na sztywnej tekturze. Buckley nigdy dotąd tego nie robił. Wręczył pierwsze z nich Rebie Betts. Przedstawiało w zbliżeniu roztrzaskaną czaszkę Willarda i obnażony mózg.

– Mój Boże! – wykrzyknęła kobieta i przekazała odbitkę swej sąsiadce, która spojrzała przerażona, po czym podała fotografię dalej. Obejrzeli ją nawet sędziowie rezerwowi. Buckley po chwili podał Rebie następną. Rytuał trwał pół godziny, póki wszystkie zdjęcia nie wróciły do prokuratora okręgowego.

Wtedy Buckley ujął M-16 i rzucił go Ozziemu.

– Czy może pan to zidentyfikować?

– Tak, to broń znaleziona na miejscu zbrodni.

– Kto ją stamtąd zabrał?

– Ja.

– Co pan z nią zrobił?

– Umieściłem w plastikowej torbie i zdeponowałem w magazynie w areszcie. Była zamknięta do czasu przybycia pana Lairda, pracownika laboratorium kryminalistycznego w Jackson.

– Wysoki Sądzie, oskarżenie pragnie umieścić broń jako dowód rzeczowy numer S-13 – oświadczył Buckley, wymachując karabinem.

– Nie wnoszę sprzeciwu – powiedział Jake.

– Nie mamy więcej pytań do świadka – stwierdził Buckley.

– Czy obrona będzie przesłuchiwała świadka oskarżenia?

Jake przekartkował swoje notatki, podchodząc wolno do podwyższenia. Miał do swego przyjaciela kilka pytań.

– Szeryfie, czy to pan aresztował Billy'ego Raya Cobba i Pete'a Willarda?

Buckley odsunął krzesło i przysiadł na samym jego skraju, gotów poderwać się w każdej chwili.

– Tak – odpowiedział szeryf.

– Z jakiego powodu?

– Za zgwałcenie Tonyi Hailey – odpowiedział Ozzie.

– Ile miała lat, kiedy została zgwałcona przez Cobba i Willarda?

– Dziesięć.

– Szeryfie, czy to prawda, że Pete Willard podpisał przyznanie się do winy i…

– Sprzeciw! Sprzeciw! Wysoki Sądzie! To niedopuszczalne i pan Brigance dobrze o tym wie.

Gdy Buckley wnosił sprzeciw, Ozzie potakująco skinął głową.

– Uwzględniam sprzeciw.

Buckley aż się cały trząsł.

– Proszę, by to pytanie wykreślono z protokołu i by poinstruowano ławę przysięgłych, żeby nie brała go pod uwagę.

– Wycofuję pytanie – powiedział Jake, uśmiechając się przy tym do Buckleya.

– Proszę nie brać pod uwagę ostatniego pytania zadanego przez pana Brigance'a – pouczył Noose ławę przysięgłych.

– Nie mam więcej pytań – zakończył Jake.

– Czy chce pan jeszcze o coś zapytać świadka, panie Buckley?

– Nie, proszę pana.

– Bardzo dobrze. Szeryfie, jest pan wolny.

Następnym świadkiem Buckleya był sprowadzony z Waszyngtonu specjalista od zdejmowania odcisków palców, który przez godzinę mówił sędziom przysięgłym to, o czym wiedzieli od tygodni. W dramatycznej konkluzji swego wystąpienia jednoznacznie stwierdził, że odciski palców na broni należą do Carla Lee Haileya. Następnie pojawił się specjalista od balistyki ze stanowego laboratorium kryminalistycznego, którego zeznania były równie nudne i nie wnosiły niczego nowego, tak jak zeznania jego poprzednika. Łuski znalezione na miejscu zbrodni pochodziły z leżącego na tym stole karabinu M-l6. Tak brzmiała jego ostateczna opinia, ale Buckleyowi zajęło godzinę, by za pomocą tablic i wykresów przedstawić to ławie przysięgłych. Prokuratorska nadgorliwość, jak to określał Jake, upośledzenie umysłowe, na które cierpią wszyscy oskarżyciele.

Obrona nie miała pytań do żadnego z ekspertów i kwadrans po piątej Noose pożegnał ławę przysięgłych, przypominając o surowym zakazie rozmawiania na temat procesu. Grzecznie skinęli głowami. Po chwili Noose stuknął swoim młotkiem i zarządził przerwę do dziewiątej rano następnego dnia.

ROZDZIAŁ 36

Zaszczytny obywatelski obowiązek sprawowania funkcji sędziego przysięgłego szybko stracił urok nowości. Drugiego dnia, na polecenie Noose'a, z pokojów usunięto telefony. Biblioteka miejska przekazała nieco starych czasopism, ale szybko rzucono je w kąt – „The New Yorker", „Smithsonian" i „Architectural Digest" nie spotkały się wśród przysięgłych z zainteresowaniem.

– Jest może „Penthouse"? – szepnął Clyde Sisco do woźnego sądowego, roznoszącego po pokojach stare magazyny. Pate powiedział, że nie ma, ale obiecał sprawdzić, co się da zrobić. Sędziowie, skazani na siedzenie w pokojach, pozbawieni telewizji, gazet i telefonów, zajmowali się niemal wyłącznie grą w karty i rozmowami o procesie. Wyprawa na koniec korytarza po lód i napoje chłodzące stawała się wydarzeniem. Zabójcza nuda zaczęła ogarniać wszystkich.

Na obu końcach korytarza żołnierze czuwali, by nikt nie zakłócił przysięgłym spokoju. Senną ciszę przerywało jedynie systematyczne pojawianie się sędziów z drobnymi obok automatu z napojami.

Przysięgli wcześnie położyli się spać i kiedy o szóstej rano wartownicy zapukali do drzwi pokojów, wszyscy byli już na nogach, a niektórzy zdążyli się już nawet ubrać. Pochłonęli śniadanie i o ósmej ochoczo wsiedli do autobusu w nadziei, że wkrótce wrócą do domów.

Czwarty dzień z rzędu już o ósmej w rotundzie panował tłok. Szybko zorientowano się, że o wpół do dziewiątej wszystkie miejsca są zajęte. Prather otworzył drzwi i tłum zaczął się wolno przesuwać, poddając się kontroli wykrywaczem metali, następnie przechodząc pod czujnym wzrokiem zastępców szeryfa, by w końcu znaleźć się w sali; tam czarni kierowali się na lewo, a biali – na prawo. Hastings zarezerwował pierwszy rząd dla Gwen, Lestera, dzieciaków i krewnych. Agee wraz z pozostałymi członkami Rady Pastorów siedzieli w drugiej ławce, obok krewnych Haileyów, dla których zabrakło miejsca z przodu. Agee decydował, którzy z pastorów mają przysłuchiwać się procesowi w sali, a którzy pozostać przed sądem razem z demonstrantami. Sam wolał siedzieć w sali, bo tu czuł się bezpieczniej, ale z drugiej strony – ciągnęło go do reporterów uwijających się z kamerami na placu. Po drugiej stronie przejścia, z prawej strony, siedziały rodziny i znajomi ofiar. Jak na razie zachowywali się poprawnie.

Kilka minut przed dziewiątą na salę wprowadzono pod eskortą Carla Lee. Jeden z funkcjonariuszy zdjął mu kajdanki. Hailey przesłał swojej rodzinie szeroki uśmiech i usiadł. Prawnicy zajęli miejsca i w sali zapanowała cisza. Woźny sądowy wysunął głowę przez uchylone drzwi obok ławy przysięgłych; usatysfakcjonowany tym, co ujrzał, otworzył drzwi na całą szerokość i pozwolił przysięgłym zająć wyznaczone miejsca. Potem, kiedy uznał, że wszystko jest w idealnym porządku, zrobił krok do przodu i krzyknął:

– Proszę wstać, sąd idzie!

Ichabod, odziany w swoją ulubioną, czarną togę, zmiętą i wypłowiałą, posuwistym krokiem podszedł do stołu sędziowskiego i pozwolił obecnym spocząć. Powitał ławę przysięgłych i spytał, co się wydarzyło, a raczej czy nic się nie wydarzyło od wczorajszego popołudnia. – Zwrócił głowę w stronę adwokata i prokuratora.

– Gdzie jest pan Musgrove?

– Trochę się dziś spóźni, Wysoki Sądzie, ale jesteśmy gotowi – oświadczył Buckley.

373

– Proszę wezwać swojego następnego świadka – polecił Noose Buckleyowi.

W rotundzie czekał już patolog ze stanowego laboratorium kryminalistycznego. Wprowadzono go na salę. Normalnie byłby zbyt zajęty, aby zeznawać w tak oczywistej sprawie, i wydelegowałby jednego ze swoich podwładnych, żeby dokładnie wyjaśnił ławie przysięgłych, co spowodowało śmierć Cobba i Willarda. Ale był to proces Haileya i czuł się zobowiązany stawić się osobiście. Mówiąc szczerze, dawno już nie miał do czynienia z tak prostą sprawą: zwłoki jeszcze ciepłe, broń porzucona tuż obok nich, ciała ofiar tak podziurawione, że każda z nich mogła umrzeć kilka razy. Cały świat wiedział, jak zginęli. Ale prokurator okręgowy nalegał, by przedstawić dokładną analizę patologiczną, więc kiedy w czwartek rano na miejscu dla świadków pojawił się pan doktor, miał ze sobą zdjęcia z sekcji zwłok i wielobarwne tablice anatomiczne.

Wcześniej w pokoju sędziowskim Jake zaproponował, by ograniczyć się jedynie do podania przyczyn śmierci, ale Buckley odrzucił tę ofertę. Nie, chciał, by ława przysięgłych usłyszała i dokładnie się dowiedziała, jak zginęli Cobb i Willard.

– Przyznamy, że zginęli od licznych ran od kul wystrzelonych z M-16 – zgodził się Jake.

– Nie, proszę pana. Mam prawo dowieść, co było przyczyną ich śmierci – uparł się Buckley.

– Przecież obrona nie kwestionuje, co spowodowało śmierć Cobba i Willarda – powiedział Noose, nie dowierzając własnym uszom.

– Mam prawo tego dowieść – nie poddawał się Buckley.

I dowiódł, dając klasyczny przykład prokuratorskiej nadgorliwości. Przez trzy godziny patolog mówił, ile kul dosięgło Cobba, a ile Willarda, gdzie trafiła każda z nich i jakie spowodowała obrażenia. Na stojakach przed ławą przysięgłych umieszczono tablice anatomiczne. Biegły rzeczoznawca brał plastikową kulkę opatrzoną numerem, mającą przedstawiać pocisk karabinowy, i przesuwał ją wolno przez rysunek ludzkiego ciała. Czternaście kulek dla Cobba i jedenaście dla Willarda. Buckley zadawał pytanie, uzyskiwał odpowiedź, którą przerywał, by uwypuklić taki czy inny szczegół.

– Wysoki Sądzie, obrona nie podważa wyników badań ekspertów oskarżenia, dotyczących przyczyn śmierci ofiar – oświadczał mniej więcej co pół godziny niezmiernie znudzony Jake.

– Ale oskarżenie chce je dokładnie omówić – odpowiadał lapidarnie Buckley i przechodził do następnego pytania.

Jake opadał na krzesło, pokręcił głową i spoglądał na sędziów przysięgłych (a przynajmniej na tych, którzy nie spali).

Doktor skończył o dwunastej. Noose, zmęczony i odrętwiały ze znudzenia, zarządził dwugodzinną przerwę na lunch. Woźny obudził sędziów przysięgłych i zaprowadził ich do sali obok, gdzie podano im na plastikowych talerzach specjały z rożna. Po posiłku zabrali się do gry w karty. Nie wolno im było opuszczać budynku sądu.

W każdym miasteczku na Południu jest jakiś dzieciak, który od małego nie przepuści żadnej okazji szybkiego zarobienia kilku dolarów. W wieku pięciu lat otwiera na swojej ulicy kiosk z lemoniadą i liczy dwadzieścia pięć centów za stugramowy kubeczek sztucznie barwionej wody. Wie, że smakuje okropnie, ale wie również, że dorośli uważają go za zachwycającego malca. Jako pierwszy na swojej ulicy kupuje na kredyt w Western Auto kosiarkę i w lutym puka do drzwi, by rozplanować sobie robotę na całe lato. Także jako pierwszy kupuje za własne pieniądze rower, by rano i po południu rozwozić gazety. W sierpniu sprzedaje starszym paniom kartki bożonarodzeniowe. W listopadzie chodzi od drzwi do drzwi i sprzedaje ciastka z owocami. W sobotnie poranki, gdy jego koledzy oglądają kreskówki, on lata po pchlich targach i sprzedaje prażone orzeszki i kukurydzę. Kiedy kończy dwanaście lat, ma już tyle pieniędzy, że otwiera własne konto w banku W wieku piętnastu lat, tego samego dnia, kiedy zdaje egzamin na prawo jazdy, nabywa za gotówkę nową furgonetkę. Później dokupuje przyczepę, którą załadowuje sprzętem ogrodniczym. Podczas szkolnych meczów piłki nożnej sprzedaje podkoszulki. Jest człowiekiem czynu, przyszłym milionerem.

W Clanton ów domorosły biznesmen nazywał się Hinky Myrick i miał szesnaście lat. Czekał nerwowo w rotundzie, aż Noose ogłosi przerwę na lunch. Wtedy minął zastępców szeryfa i wkroczył do sali. Miejsca były tak cenne, że prawie nikt nie wychodził. Niektórzy wstawali, spoglądali nieprzyjaźnie na swych sąsiadów, wskazywali na swoje miejsce, by się upewnić, że każdy wie, iż jest ich do końca dnia, a potem wybiegali do toalety. Ale większość siedziała na tych bezcennych miejscach, cierpiąc przez cały lunch.

Hinky zwęszył wspaniały interes. Potrafił odgadywać ludzkie potrzeby. W czwartek, tak jak w środę, przetoczył wzdłuż głównego przejścia wózek sklepowy i zatrzymał się przed pierwszym rzędem. W wózku miał duży wybór kanapek i gotowych zestawów śniadaniowych w plastikowych pojemnikach. Zaczął wykrzykiwać w stronę osób siedzących w głębi sali, a potem przekazywać jedzenie klientom. Wolno wycofywał się w kierunku wyjścia. Był bezlitosnym zdziercą. Sałatkę z tuńczyka z białym pieczywem, która go kosztowała osiemdziesiąt centów, sprzedawał za dwa dolary. Zestaw składający się z zimnego kurczaka i odrobiny groszku oferował za trzy dolary, choć sam nabył go za dolara dwadzieścia pięć. Puszka napoju gazowanego kosztowała u niego półtora dolara. Ale wszyscy ochoczo płacili, żeby się tylko nie ruszać ze swych miejsc. Zanim dotarł do czwartego rzędu, zabrakło mu towaru, więc od pozostałych chętnych zaczął zbierać zamówienia. Hinky potrafił w lot chwytać okazję.

Zebrawszy zamówienia, wybiegł z sądu i pognał przez trawniki zatłoczone czarnymi, przez ulicę Caffeya, do restauracji U Claude'a. Wleciał do kuchni, wetknął kucharzowi banknot dwudziestodolarowy i złożył zamówienie. Czekał, spoglądając na zegarek. Kucharzowi najwyraźniej się nie śpieszyło. Hinky dał mu drugą dwudziestkę.

Proces spowodował taki ruch w interesie, o jakim Claude'owi nigdy się nawet nie śniło. Podczas śniadań i obiadów jego mała kafeteria pękała w szwach, ponieważ chętnych było znacznie więcej niż miejsc siedzących. Głodni goście ustawiali się w ogonku przed wejściem, czekając w skwarze i duchocie na wolny stolik. W poniedziałek po przerwie obiadowej Claude objechał całe Clanton i wykupił wszystkie składane stoliki i krzesła. W porze lunchu każde miejsce było zajęte i kelnerki musiały dokonywać cudów zręczności, by przecisnąć się między rzędami stolików.

Jedynym tematem rozmów był proces. W środę gorąco krytykowano skład ławy przysięgłych. Od czwartku rozmowy skoncentrowały się wokół osoby prokuratora, którego popularność spadała w gwałtownym tempie.

– Słyszałem, że podobno chce się ubiegać o urząd gubernatora.

– Jest demokratą czy republikaninem?

– Demokratą.

– Postępuje raczej jak republikanin.

– Nie wygra bez głosów czarnych, przynajmniej w naszym stanie.

– Tak, a po tym procesie dużo ich nie uzbiera.

– Mam nadzieję, że mimo wszystko spróbuje.

Przed procesem Haileya przerwa południowa w Clanton rozpoczynała się za dziesięć dwunasta, o tej porze bowiem młode, opalone, urodziwe urzędniczki z banków, kancelarii adwokackich, agencji ubezpieczeniowych i sądu opuszczały swoje pokoje i wychodziły na ulice. Podczas lunchu załatwiały różne sprawy: szły na pocztę, podejmowały pieniądze w banku, robiły zakupy. Większość z nich kupowała jedzenie w chińskich delikatesach i jadła na ławkach na skwerku, w cieniu drzew rosnących wokół sądu. Spotykały się tu z koleżankami i plotkowały. W południe skwer przed sądem przyciągał więcej pięknych kobiet niż pokazy Miss Missisipi. W Clanton było niepisaną regułą, że urzędniczki pracujące w centrum miasta mogą wychodzić na przerwę obiadową nieco wcześniej i nie muszą wracać do biura przed pierwszą. O dwunastej biura opuszczali mężczyźni, by nacieszyć wzrok widokiem ładnych dziewczyn.

Ale proces Haileya wszystko zmienił. Przyjemny cień rzucany przez drzewa rosnące wokół sądu znalazł się w strefie wojennej. Kafeterie od jedenastej do pierwszej były wypełnione do ostatniego miejsca, głównie przez żołnierzy oraz przyjezdnych, którym nie udało się zdobyć miejsca w sali rozpraw. W chińskich delikatesach tłoczyli się nieznajomi. Urzędniczki prędko załatwiały to, co miały do załatwienia, i wracały do biur, gdzie posilały się przy własnych biurkach.

W Tea Shoppe bankierzy i inni urzędnicy rozmawiali o procesie pod kątem rozgłosu, jaki przyniósł ich miastu, oraz roztrząsali, jak ich miejscowość jest postrzegana przez innych. Szczególne zaniepokojenie wywoływały akcje Klanu. Żaden bywalec kafeterii nie znał nikogo związanego z Ku-Klux-Klanem. Na północy Missisipi dawno już wszyscy o nim zapomnieli. Ale dziennikarze uwielbiali białe płaszcze i przedstawiali Clanton reszcie świata jako ojczyznę Ku-Klux-Klanu. Miejscowi wcale nie byli zachwyceni pojawieniem się u nich Klanu. Przeklinali reporterów za to, że przez nich Klan wcale nie zamierzał się stąd wynieść.

W czwartek w południe w Coffee Shopie oferowano jako specjalność dnia kotlety wieprzowe smażone po wiejsku, rzepę, słodkie bulwy batatów, purée z kukurydzy i smażoną ketmię. Dell roznosiła potrawy w zatłoczonej sali, okupowanej mniej więcej przez tyle samo miejscowych, co obcych i żołnierzy. Niepisany, ale rygorystycznie wprowadzony zakaz rozmowy z kimkolwiek, kto ma brodę lub dziwny akcent, był ściśle przestrzegany, choć gościnnym mieszkańcom Clanton początkowo niełatwo było nie uśmiechać się i nie odzywać do przybyszy z innych stron. Ale już od jakiegoś czasu ciepłe przyjęcie, z jakim spotkali się pierwsi obcy, którzy pojawili się w mieście kilka dni po strzelaninie w sądzie, zastąpiło wyniosłe milczenie. Zbyt wielu pismaków nadużyło zaufania swych gospodarzy i wydrukowało niesympatyczne, niepochlebne i niemiłe słowa o okręgu i jego mieszkańcach. To zadziwiające, jak w ciągu dwudziestu czterech godzin od pojawienia się w Clanton stawali się znawcami problemów miasta, o którym nigdy przedtem nie słyszeli.

Miejscowi obserwowali ich, jak miotali się niczym szaleńcy wokół placu, uganiając się za szeryfem, prokuratorem, obrońcą czy kimkolwiek, kto orientował się choć trochę w tym, co się działo. Przyglądali się, kiedy tamci czekali na tyłach gmachu sądu niczym wygłodniałe wilki, by rzucić się na oskarżonego, otoczonego przez gliny i ignorującego ich, gdy wykrzykiwali te same śmieszne pytania. Miejscowi z niesmakiem patrzyli, jak reporterzy filmowali członków Klanu i egzaltowane tłumy czarnych, zawsze wyszukując jednostki wyróżniające się radykalizmem, a potem przedstawiając go jako powszechnie panującą normę zachowania.

Obserwowali ich i nienawidzili.

– Cóż to za pomarańczowe świństwo ma na twarzy? – spytał Tim Nunley, patrząc na reporterkę siedzącą pod oknem. Jack Jones, nie przerywając jedzenia, przyjrzał się uważnie pomarańczowolicej damie.

– Myślę, że używa tego czegoś, by na ekranie jej twarz nie wyglądała na trupio bladą.
– Przecież jest biała.
– Tak, ale w telewizji nie wygląda na białą, jeśli nie wysmaruje się na pomarańczowo.
Nunley nie wydawał się przekonany.
– Co w takim razie stosują czarni występujący przed kamerami telewizyjnymi? – zainteresował się.
Nikt nie potrafił mu udzielić odpowiedzi na to pytanie.
– Widziałeś ją wczoraj wieczorem w telewizji? – zagadnął go Jack Jones.
– Nie. Skąd jest?
– Z Memphis, z Kanału Czwartego. Wczoraj wieczorem nadali jej wywiad z matką Cobba. Oczywiście tak długo ją męczyła, póki się kobiecina nie załamała. Kiedy ją pokazywali w telewizji, cały czas płakała. To było obrzydliwe. Poprzedniego wieczoru poprosiła o rozmowę jakiegoś członka Klanu z Ohio, który mówił, czego nam potrzeba tu, w Missisipi. Jest najgorsza ze wszystkich.

Oskarżenie skończyło przesłuchiwanie swoich świadków w sprawie przeciwko Carlowi Lee w czwartek po południu. Po przerwie Buckley wezwał na świadka Murphy'ego. Było to trudne do zniesienia, szarpiące nerwy przesłuchanie, bo biedaczysko przez godzinę katował wszystkich swym nieopanowanym jąkaniem.
– Proszę się uspokoić, panie Murphy – powiedział Buckley po raz setny.
Świadek skinął głową i napił się łyk wody. Starał się ograniczać do potwierdzających skinień i przeczących potrząśnień głową, ale protokolantka nie mogła się w tym wszystkim połapać, bo siedziała plecami do niego.
– Nie zrozumiałam – mówiła. Wtedy Murphy próbował odpowiedzieć, ale po chwili się zacinał, najczęściej na spółgłoskach w rodzaju „p" lub „t". Zaczynał coś mówić, urywał, w końcu bąkał coś niewyraźnie.
– Nie zrozumiałam – mówiła bezradnie protokolantka, kiedy skończył. Buckley wzdychał. Sędziowie przysięgli bujali się gniewnie na swych fotelach. Połowa widzów gryzła palce.
– Czy może pan powtórzyć? – prosił Buckley z całą cierpliwością, na jaką potrafił się zdobyć.
– P-p-p-p-p-p-p-przepraszam – powtarzał co chwilę Murphy.
Był żałosny.
Ostatecznie ustalono, że siedział i pił colę, zwrócony twarzą w stronę schodów, na których później zastrzelono chłopaków.
W pewnej chwili zauważył jakiegoś czarnego mężczyznę wyglądającego z małego pomieszczenia gospodarczego. Nie zwrócił na niego zbytniej

uwagi. Potem, kiedy oskarżeni schodzili, Murzyn wyskoczył i otworzył do nich ogień, śmiejąc się przy tym i wrzeszcząc. Kiedy przestał strzelać, rzucił broń i uciekł. Tak, to ten, który tam siedzi. Ten czarny.

Noose, przysłuchując się Murphy'emu, tak zawzięcie polerował swoje okulary, że niemal wytarł w nich dziury. Kiedy Buckley usiadł, pan sędzia spojrzał zdesperowany na Jake'a.

– Czy ma pan jakieś pytania do świadka oskarżenia? – spytał zbolałym głosem.

Jake wstał, trzymając swój notatnik. Protokolantka utkwiła w nim wzrok pełen niechęci. Harry Rex syknął na przyjaciela. Ellen zamknęła oczy. Sędziowie przysięgli przycisnęli ręce do czoła i patrzyli na niego w napięciu.

– Nie rób tego – szepnął Carl Lee zdecydowanym tonem.

– Nie, Wysoki Sądzie, nie mam żadnych pytań.

– Dziękuję panu, panie Brigance – powiedział Noose, odzyskując normalny oddech.

Następnym świadkiem był Rady, oficer dochodzeniowy z biura szeryfa. Poinformował ławę przysięgłych, że w pomieszczeniu gospodarczym obok schodów znalazł puszkę po coli z odciskami palców Carla Lee Haileya.

– Była pusta czy pełna? – spytał dramatycznym głosem Buckley.

– Pusta.

Wielka mi rzecz, pomyślał Jake, to znaczy, że chciało mu się pić.

Oswald, czekając na Kennedy'ego, zjadł całego kurczaka. Nie, nie miał pytań do tego świadka.

– Wysoki Sądzie, wzywamy naszego ostatniego świadka – powiedział Buckley o czwartej po południu. – Proszę wprowadzić DeWayne'a Looneya.

Looney wszedł na salę rozpraw, podpierając się laską, i zbliżył się do miejsca dla świadków. Wyjął z kabury broń i oddał ją panu Pate.

Buckley obserwował go z dumą.

– Czy może się nam pan przedstawić?

– Nazywam się DeWayne Looney.

– Gdzie pan mieszka?

– Przy ulicy Benningtona 1468 w Clanton.

– Ile ma pan lat?

– Trzydzieści dziewięć.

– Gdzie pan pracuje?

– W biurze szeryfa okręgu Ford.

– Na jakim stanowisku?

– Jestem radiooperatorem.

– A jakie stanowisko zajmował pan w poniedziałek, 20 maja?

– Byłem zastępcą szeryfa.

– Czy pełnił pan tego dnia służbę?

– Tak. Przydzielono mnie do przewiezienia dwóch osób z aresztu do budynku sądu i z powrotem.

– Kim były te dwie osoby?

– To Billy Ray Cobb i Pete Willard.

– O której godzinie opuścił pan razem z nimi salę rozpraw?

– Chyba koło wpół do drugiej.

– Kto był razem z panem na służbie?

– Zastępca szeryfa, Prather. Obydwaj zostaliśmy przydzieleni do eskortowania wspomnianych osób. W sali rozpraw pomagali nam jeszcze inni funkcjonariusze, a dwóch czy trzech czekało na nas przed budynkiem. Ale za całą operację odpowiadałem ja i Prather.

– Co się stało po zakończeniu przesłuchania?

– Natychmiast założyliśmy Cobbowi i Willardowi kajdanki i wyprowadziliśmy ich z sali do małego pokoiku znajdującego się obok, gdzie zatrzymaliśmy się na chwilę. W tym czasie Prather schodził już po schodach.

– Co nastąpiło potem?

– Też ruszyliśmy w stronę wyjścia. Z przodu Cobb, za mną Willard, potem ja. Jak już powiedziałem, Prather zszedł przed nami. Był już na zewnątrz.

– Rozumiem. I co nastąpiło wtedy?

– Kiedy Cobb był prawie u podnóża schodów, usłyszałem strzelaninę. Znajdowałem się na półpiętrze. W pierwszej chwili nikogo nie zauważyłem. Potem zobaczyłem pana Haileya prującego z karabinu maszynowego. Cobba odrzuciło do tyłu, na Willarda. Zaczęli obaj krzyczeć i próbowali wycofać się tam, gdzie ja stałem.

– Rozumiem. Proszę nam opisać, co pan widział.

– Słyszałem pociski odbijające się od ścian i lecące we wszystkie strony. Była to najgłośniejsza palba, jaką kiedykolwiek słyszałem, i wydawało mi się, że nigdy nie ustanie. Tamci odwrócili się i próbowali uciec, krzycząc i skowycząc. Jak pan wie, byli skuci kajdankami.

– Tak. A co pan wtedy robił?

– Jak już powiedziałem, znajdowałem się na półpiętrze. Zdaje się, że jedna kula odbiła się rykoszetem od ściany i trafiła mnie w nogę. Próbowałem wbiec z powrotem po schodach, kiedy poczułem piekący ból w łydce.

– Co się stało z pańską nogą?

– Ucięli mi ją – powiedział rzeczowo Looney, tak jakby amputacje zdarzały się co miesiąc. – Tuż pod kolanem.

– Czy dobrze pan widział człowieka z karabinem?

– Tak, proszę pana.

– Czy może go pan wskazać ławie przysięgłych?

– Tak, proszę pana. To był siedzący tu pan Hailey.

Odpowiedź ta stanowiła logiczne zakończenie zeznań Looneya. Były zwięzłe, na temat, zrozumiałe i jednoznacznie wskazywały sprawcę. Jak dotąd ława przysięgłych wysłuchała każdego słowa świadka. Ale Buckleyowi i Musgrove'owi było tego za mało. Wyciągnęli wielkie plansze z planem budynku sądu i ustawili je przed ławą przysięgłych tak, by Looney musiał wokół nich trochę pokuśtykać. Zgodnie z poleceniem Buckleya świadek wskazał dokładnie, kto gdzie się znajdował tuż przed strzelaniną.

Jake pocierał czoło i ziewał. Noose znowu polerował swoje okulary. Sędziowie przysięgli zaczęli się niespokojnie wiercić.

– Panie Brigance, czy ma pan jakieś pytania do świadka? – spytał wreszcie Noose.

– Owszem, kilka – powiedział Jake, podczas gdy Musgrove usuwał z sali plansze.

– Panie Looney, na kogo patrzył Carl Lee, kiedy strzelał?

– Na oskarżonych, jeśli dobrze zauważyłem.

– Czy choć raz spojrzał na pana?

– No cóż, nie starałem się specjalnie nawiązać z nim kontaktu wzrokowego. Mówiąc szczerze, zmierzałem w przeciwną stronę.

– Czyli, że nie celował do pana?

– Och, nie, proszę pana. Mierzył w tych chłopaków. I trzeba przyznać, że celnie.

– Jak się zachowywał podczas tej strzelaniny?

– Wrzeszczał i śmiał się, zupełnie jakby zwariował. To był najdziwniejszy śmiech, jaki kiedykolwiek słyszałem, śmiech jakiegoś szaleńca czy kogoś w tym rodzaju. Nigdy nie zapomnę tego obłąkańczego śmiechu, górującego nad wszystkimi odgłosami, nad tym harmiderem, strzelaniną, świstem pocisków, wrzaskami trafianych kulami ludzi.

Odpowiedź była tak idealna, że Jake musiał siłą powstrzymać uśmiech. Razem z Looneyem przećwiczyli ją ze sto razy, ale rezultat przeszedł wszelkie oczekiwania. Każde słowo miało swoją wagę. Jake przekartkował swój notatnik i spojrzał na sędziów przysięgłych. Wszyscy wpatrywali się w Looneya, zafascynowani jego odpowiedzią. Jake zanotował coś, cokolwiek, byle co, aby tylko minęło kilka sekund, nim zada najważniejsze pytanie podczas całego procesu.

– Panie Looney, Carl Lee Hailey trafił pana w nogę.

– Tak jest, proszę pana.

– Czy myśli pan, że zrobił to umyślnie?

– Och, nie, proszę pana. To był wypadek.

– Czy chciałby pan, by został ukarany za postrzelenie pana?

– Nie, proszę pana. Nie żywię wobec niego urazy. Zrobił to, co sam bym zrobił, gdybym się znalazł na jego miejscu.

Buckley wypuścił pióro z ręki i skulił się na krześle. Spojrzał ponuro na swego najważniejszego świadka.

– Co pan przez to rozumie?

– Chcę powiedzieć, że nie potępiam go za to, co zrobił. Te sukinsyny zgwałciły jego córeczkę. Ja też mam córkę. Gdyby ktoś ją zgwałcił, już by nie żył. Zastrzeliłbym go jak psa, tak jak to zrobił Carl Lee. Powinniśmy mu dać nagrodę.

– Czy chce pan, by ława przysięgłych uznała Carla Lee za winnego? – Buckley podskoczył i wrzasnął:

– Sprzeciw! Sprzeciw! Takie pytania są niedopuszczalne!

– Nie! – krzyknął Looney. – Nie chcę, by został uznany za winnego. Jest bohaterem. Jest...

– Panie Looney, proszę nie odpowiadać na to pytanie! – interweniował Noose. – Proszę nie odpowiadać!

– Sprzeciw! Sprzeciw! – nie ustępował Buckley, unosząc się na palcach.

– To bohater! Powinien zostać wypuszczony na wolność! – krzyczał Looney w stronę Buckleya.

– Spokój! Spokój! – Noose stuknął swym młotkiem.

Buckley umilkł. Looney umilkł. Jake podszedł do swojego krzesła i powiedział:

– Wycofuję to pytanie.

– Proszę nie uwzględniać tego pytania – poinstruował Noose ławę przysięgłych.

Looney uśmiechnął się do sędziów przysięgłych i wyszedł z sali, utykając.

– Proszę wezwać następnego świadka – zarządził Noose i zdjął okulary.

Buckley wolno się podniósł i teatralnym tonem oświadczył:

– Wysoki Sądzie, oskarżenie nie ma więcej świadków.

– Dobrze – odparł Noose, spoglądając na Jake'a. – Panie Brigance, przypuszczam, że chce pan złożyć jakieś wnioski.

– Tak, Wysoki Sądzie.

– Bardzo dobrze, wysłucham ich w swoim pokoju.

Noose podziękował sędziom przysięgłym, powtarzając na pożegnanie te same instrukcje, co poprzednio, i ogłosił przerwę w obradach do piątku, do godziny dziewiątej.

ROZDZIAŁ 37

Jake'a obudził w środku nocy lekki kac, ból głowy spowodowany prze-
męczeniem i wypiciem nadmiernej ilości coorso oraz odległy, ale wyraźny,
ciągły dźwięk dzwonka u drzwi, jakby ktoś wcisnął guzik potężnym kciu-
kiem, zdecydowany nie cofać palca, póki nie wyrwie go ze snu. Otworzył
drzwi frontowe i próbował rozpoznać dwie postacie, stojące na ganku. Ozzie
i Nesbit, stwierdził w końcu.

– Czym mogę służyć? – spytał, wpuszczając ich do środka.
– Zamierzają cię dzisiaj zabić – oświadczył Ozzie. Jake usiadł na kana-
pie i potarł skronie.
– Może im się uda.
– Jake, mówię poważnie. Zamierzają cię zabić.
– Kto?
– Klan.
– Myszka Miki?
– Tak. Zadzwonił wczoraj i uprzedził, że coś się szykuje. Zatelefono-
wał ponownie dwie godziny temu i powiedział, ze tym szczęśliwcem jesteś
ty, akcję zaś zaplanowano na dziś. Najwyższa pora trochę się zabawić. Dziś
rano odbędzie się w Loydsville pogrzeb Stumpa Sissona i nadszedł czas od-
wetu – oko za oko, ząb za ząb.
– Ale dlaczego akurat ja? Dlaczego nie zabiją Buckleya, Noose'a albo
kogoś równie godnego?
– Nie mieliśmy okazji o tym podyskutować.
– W jaki sposób dokonają egzekucji? – spytał Jake. Nagle poczuł zaże-
nowanie, że siedzi tu z nimi w koszuli nocnej.
– Nie powiedział.
– A w ogóle wie?
– Nie wdaje się zbytnio w szczegóły. Zdradził tylko tyle, że zamierzają
to zrobić dziś.
– Jak ja mam się zachować? Poddać się?
– O której godzinie idziesz do biura?
– A która jest teraz?
– Prawie piąta.
– Wezmę prysznic, ubiorę się i możemy jechać.
– Zaczekamy na ciebie.
O wpół do szóstej zawieźli go do kancelarii i zamknęli za nim drzwi.
O ósmej pluton żołnierzy zebrał się na chodniku pod balkonem. Harry
Rex i Ellen obserwowali wszystko z pierwszego piętra budynku sądu. Ozzie
i Nesbit wzięli Jake'a między siebie. Trójkę pochylonych mężczyzn obstąpili

zwartym kołem żołnierze. Ruszyli wszyscy ulicą Waszyngtona w stronę sądu. Reporterzy zwęszyli coś i zaczęli się gromadzić wokół nich.

Nieczynna wytwórnia pasz znajdowała się w pobliżu dawno nieużywanej bocznicy kolejowej, w połowie najwyższego wzgórza Clanton, dwie przecznice na północny wschód od głównego placu miasta. Prowadziła do niej rzadko uczęszczana asfaltowo-żwirowa ulica, która biegła w dół wzgórza i dopiero po przecięciu z Cedar Street stawała się szersza i mniej wyboista. Kończyła się, przechodząc w Quincy Street, stanowiącą wschodnią pierzeję placu.

Ze swojego miejsca w środku pustego silosu snajper miał wspaniały widok na tyły budynku sądu. Skulił się i wycelował przez mały otwór. Był pewny, że nikt na świecie go nie zauważy.

Przekonanie to wzmacniały: wypita whisky i wzniosły cel, który mu przyświecał. Między siódmą trzydzieści a ósmą chyba ze sto razy złożył się na próbę do strzału.

Jego kumpel siedział w furgonetce ukrytej w zrujnowanym magazynie tuż obok silosu. Silnik wozu cały czas pracował, a kierowca palił jednego lucky strike'a za drugim, czekając niecierpliwie na huk wystrzału ze sztucera.

Kiedy na ulicy Waszyngtona pojawił się uzbrojony oddział i przed kancelarią adwokata tego czarnucha dał się zauważyć dziwny ruch, snajper wpadł w panikę. Przez lunetę ledwo widział głowę obrońcy Haileya. Podrygiwała i kiwała się w morzu zielonych mundurów, które otaczał wianuszek reporterów. Dalej, do dzieła, powiedział sobie, podochocony wypitą whisky, niech się dzieje, co ma się dziać. Wymierzył w ruchomy cel najlepiej, jak mógł, i kiedy jego ofiara zbliżyła się do tylnego wejścia do sądu, pociągnął za spust.

Powietrze przeszył ostry huk wystrzału.

Połowa żołnierzy padła na ziemię, a reszta chwyciła Jake'a i gwałtownie popchnęła go pod ścianę budynku. Jeden z gwardzistów krzyknął z bólu. Reporterzy i dziennikarze telewizyjni przykucnęli lub przypadli do ziemi, cały czas dzielnie dzierżąc kamery, by zarejestrować każdy szczegół. Żołnierz uniósł rękę do gardła i znów krzyknął. Rozległ się następny strzał. I jeszcze jeden.

– Jeden z naszych oberwał! – zawołał ktoś. Żołnierze na czworakach cofnęli się na podjazd, gdzie leżał ich ranny towarzysz. Jake wbiegł do holu sądu, który wydał mu się oazą bezpieczeństwa. Padł na podłogę zaraz za progiem i objął głowę rękoma. Ozzie stał tuż obok niego, obserwując przez drzwi gwardzistów.

Strzelec wyskoczył z silosu, rzucił broń na tylne siedzenie i razem ze swym kompanem opuścił miasto. Spieszyli się na pogrzeb na południu Missisipi.

- Dostał w szyję! - krzyknął ktoś. Żołnierze torowali sobie drogę wśród reporterów. Wzięli rannego na ręce i zanieśli do dżipa.
- Kogo trafili? - spytał Jake, nie odrywając dłoni od oczu.
- Jednego z gwardzistów - powiedział Ozzie. - Nic ci nie jest?
- Chyba nie - odparł, macając się rękami po głowie i nie odrywając wzroku od podłogi. - Gdzie moja teczka?
- Została na podjeździe. Za chwileczkę ją przyniesiemy. - Ozzie sięgnął po wiszący przy pasku radiotelefon i wydał radiooperatorowi polecenie, by wszyscy ludzie zameldowali się w budynku sądu.

Kiedy stało się jasne, że strzelanina się skończyła, Ozzie dołączył do stojących na zewnątrz żołnierzy. Obok Jake'a pojawił się Nesbit.
- Nic ci się nie stało? - spytał.

Zza rogu wyłonił się pułkownik, wrzeszcząc i klnąc.
- Co tu się, u diabła, dzieje?! - krzyczał. - Słyszałem jakieś strzały.
- Trafili Mackenvale'a.
- Gdzie on jest? - spytał pułkownik.
- Zabrali go do szpitala - odpowiedział sierżant, wskazując na znikającego w oddali dżipa.
- Bardzo z nim źle?
- Nie wyglądał najlepiej. Dostał w szyję.
- W szyję! To czemu go ruszaliście?

Nikt mu nie odpowiedział.
- Czy ktoś coś widział? - spytał pułkownik.
- Wyglądało, jakby strzelali z tamtego wzgórza - powiedział Ozzie, spoglądając w stronę Cedar Street. - Może należałoby tam wysłać dżipa i się nieco rozejrzeć.
- Dobry pomysł. - Pułkownik odwrócił się do swych ludzi i wydał kilka krótkich rozkazów, wzmacniając je przekleństwami. Żołnierze rozbiegli się na wszystkie strony. Z karabinami gotowymi do strzału, szukali zamachowca, którego i tak nie potrafiliby rozpoznać. Nawiasem mówiąc, nim pieszy patrol dotarł do opuszczonej wytwórni pasz, snajper znajdował się już w innym okręgu.

Ozzie postawił teczkę obok Jake'a.
- Czy z nim wszystko w porządku? - zwrócił się szeptem do Nesbita. Harry Rex i Ellen stali na stopniach, na których zginęli Cobb i Willard.
- Nie wiem. Nie poruszył się przez ostatnie dziesięć minut - powiedział Nesbit.
- Jake, nic ci nie jest? - spytał szeryf.
- Nic - odparł wolno Brigance, nie otwierając oczu. Ten żołnierz stał z jego lewej strony. „To trochę głupie, no nie?" - powiedział do Jake'a na

moment przed tym, nim został trafiony. Osunął się na niego, chwytając się za szyję, brocząc krwią i krzycząc.

– Nie żyje, prawda? – zapytał cicho Brigance.

– Nie wiemy jeszcze – odparł Ozzie. – Jest w szpitalu.

– Nie żyje. Wiem, że nie żyje. Słyszałem trzask pękającego kręgosłupa.

Ozzie spojrzał na Nesbita, a potem na Harry'ego Reksa. Na jasnoszarym garniturze adwokata widać było kilka plam krwi wielkości monety. Jake nie zauważył ich jeszcze, ale wszyscy pozostali je spostrzegli.

– Jake, masz krew na garniturze – powiedział w końcu Ozzie. – Chodź, wrócimy do twojego biura, żebyś się mógł przebrać.

– A jakie to ma znaczenie? – wymamrotał Jake ze spuszczoną głową. Spojrzeli po sobie.

Dell razem z obecnymi akurat w kafeterii gośćmi stała na chodniku i przyglądała się, jak wyprowadzono Jake'a z budynku sądu. Kroczyli przez ulicę w stronę biura, nie zwracając uwagi na bzdurne pytania rzucane przez reporterów. Harry Rex zamknął drzwi frontowe do kancelarii tuż przed nosem ochroniarzy. Jake poszedł na górę i zdjął marynarkę.

– Ro-ark, może byś przygotowała dla nas margaritę? – powiedział Harry. – Pójdę do niego.

– Panie sędzio, mieliśmy dziś trochę atrakcji – oświadczył Ozzie, gdy Noose zdejmował marynarkę i wyciągał dokumenty z teczki.

– Jakich znów atrakcji? – spytał Buckley.

– Dziś rano próbowano zabić Jake'a.

– Co takiego?!

– Kiedy? – spytał Buckley.

– Jakąś godzinę temu, kiedy szedł do sądu. Ktoś strzelał do niego z dużej odległości z karabinu. Nie mamy pojęcia, kto to był. Zamiast Jake'a trafił gwardzistę, który znajduje się teraz na sali operacyjnej.

– A gdzie jest Jake? – spytał pan sędzia.

– W swoim biurze. Doznał szoku.

– Nie dziwię się – powiedział współczująco Noose.

– Prosił, by zadzwonił pan do niego zaraz po przyjściu.

– Oczywiście.

Ozzie wykręcił numer i wręczył sędziemu słuchawkę.

– To Noose – powiedział Harry Rex, podając Jake'owi telefon.

– Halo!

– Jake, dobrze się pan czuje?

– Niezbyt. Nie stawię się dziś w sali rozpraw.

Noose nie wiedział, jak zareagować.

– Słucham?

– Powiedziałem, że nie przyjdę dzisiaj na proces. Nie czuję się na siłach.

– No tak, ale co my mamy w tej sytuacji zrobić?

– Właściwie jest mi to obojętne – oświadczył Jake, pijąc drugą margaritę.

– Słucham?

– Powiedziałem, że jest mi to obojętne, panie sędzio. Nie obchodzi mnie, co pan zrobi, ja i tak nie pojawię się w sądzie.

Noose potrząsnął głową i spojrzał na słuchawkę.

– Czy jest pan ranny? – spytał ze współczuciem.

– Panie sędzio, czy strzelano kiedyś do pana. Czy widział pan człowieka, którego trafiła kula, przeznaczona dla pana, słyszał pan jego krzyk?

– Nie.

– Czy kiedykolwiek czyjaś krew poplamiła pański garnitur?

– Nie.

– Nie stawię się dziś w sądzie.

Noose zastanowił się chwilę.

– Jake, niech pan przyjdzie do mnie, to porozmawiamy.

– Nie. Nie opuszczę dziś swojego biura. Na zewnątrz jest zbyt niebezpiecznie.

– A gdybym tak ogłosił przerwę do pierwszej? Czy o tej godzinie będzie się pan czuł lepiej?

– O tej porze będę już pijany.

– Co takiego?!

– Powiedziałem, że o tej porze będę pijany.

Harry Rex zasłonił oczy. Ellen wyszła do kuchni.

– A kiedy pan wytrzeźwieje? – spytał rzeczowo Noose. Ozzie i Buckley spojrzeli na siebie.

– W poniedziałek.

– Nie jutro?

– Jutro jest sobota.

– Wiem i planowałem na jutro kolejne posiedzenie sądu. Proszę nie zapominać, że ława przysięgłych pozostaje cały czas w odosobnieniu.

– Dobra, może być jutro.

– Cieszę się, że to słyszę. A co mam powiedzieć ławie przysięgłych dzisiaj? Są w swoim pokoju i czekają. Sala rozpraw jest zapełniona do ostatniego miejsca. Pana klient siedzi samotnie i czeka na pana. Co mam powiedzieć tym ludziom?

– Niech pan coś wymyśli, panie sędzio. Mam do pana całkowite zaufanie. – Jake odłożył słuchawkę. Noose nasłuchiwał przez moment, nie dowierzając własnym uszom, póki nie stało się oczywiste, że naprawdę ktoś śmiał w ten sposób zakończyć z nim rozmowę. Oddał słuchawkę Ozziemu.

Sędzia spojrzał w stronę okna i zdjął okulary.

– Powiedział, że dziś nie przyjdzie.

Buckley, o dziwo, milczał.

Ozzie próbował bronić Jake'a.

– Bardzo to przeżył, panie sędzio.

– Czy Jake pije?

– Nie, skądże – odparł Ozzie. – Po prostu wstrząsnął nim fakt, że ten chłopak został trafiony. Stał tuż obok i oberwał kulę, która była przeznaczona dla Jake'a. Każdy by doznał szoku, panie sędzio.

– Chce, by zawiesić obrady sądu do jutra – powiedział Noose do Buckleya, który bez słowa wzruszył ramionami.

Kiedy rozeszła się wieść o próbie zamachu, na chodniku przed kancelarią Jake'a zgromadził się tłum podekscytowanych ludzi. Dziennikarze rozbili obóz i gapili się w okna frontowe, mając nadzieję dojrzeć kogoś lub coś, co będzie warte zarejestrowania. Znajomi Jake'a przychodzili, by się dowiedzieć, jak się czuje Brigance, ale reporterzy informowali ich, że zamknął się w środku i nie pokazuje się nikomu. Nie, nic mu się nie stało.

W piątek rano miał zeznawać doktor Bass. Parę minut po dziesiątej pojawił się razem z Lucienem w biurze Jake'a, a Harry Rex udał się do sklepu monopolowego.

Carla cały czas płakała i rozmowa z nią była niemożliwa. Zadzwonił do niej po trzech drinkach i wszystko poszło nie tak, jak trzeba. Poprosił do słuchawki jej ojca, wyjaśnił, że jest cały i zdrów oraz że przydzielono mu do ochrony połowę Gwardii Narodowej stanu Missisipi. Poprosił teścia, by uspokoił Carlę, i obiecał, że zadzwoni później.

Lucien był wściekły. Przez całą noc z czwartku na piątek walczył z Bassem, by ten nie pił i rano mógł zeznawać. Dowiedziawszy się, że psychiatra ma się stawić w sądzie w sobotę, oświadczył, że nie ma sposobu na to, by przez dwa dni z rzędu Bass pozostał trzeźwy. Na myśl o pijaństwie, które ich ominęło w czwartek, wpadł w furię.

Harry wrócił z potężnym zapasem spirytualiów. Razem z Ellen przyrządzali drinki, sprzeczając się o składniki. Wypłukała dzbanek do kawy i napełniła go sokiem pomidorowym oraz nieproporcjonalną ilością szwedzkiej wódki. Harry Rex dodał sporą dawkę tabasco, po czym nalał każdemu tej dziwacznej mikstury.

Doktor Bass wypił chciwie i poprosił o dolewkę. Lucien i Harry Rex zastanawiali się, kim mógł być ów tajemniczy snajper. Ellen w milczeniu obserwowała Jake'a siedzącego w kącie i gapiącego się na półki z książkami.

Zadzwonił telefon. Odebrał Harry i słuchał z uwagą. Odłożył słuchawkę i powiedział:

- To był Ozzie. Gwardzista jest już po operacji. Kula utkwiła mu w kręgosłupie. Lekarze sądzą, że do końca życia pozostanie sparaliżowany. Wszyscy, jak na komendę, wychylili kubeczki, nie odzywając się ani słowem. Starali się nie zwracać uwagi na Jake'a, który jedną ręką pocierał czoło, a drugą unosił kubeczek do ust. Tę krótką chwilę milczenia przerwało ciche pukanie do tylnych drzwi.

- Idź, zobacz kto to – polecił Lucien Ellen, która posłusznie wyszła, by sprawdzić, kto puka.

- To Lester Hailey – oświadczyła, wróciwszy do sali konferencyjnej.

- Wpuść go – wymamrotał ledwo zrozumiale Jake.

Ellen wprowadziła Lestera i zaproponowała mu Krwawą Mary. Podziękował grzecznie, prosząc o whisky.

- Dobry pomysł – odezwał się Lucien. – Mam już dosyć tych cienkich napitków. Przerzućmy się na Jacka Danielsa.

- Brzmi zachęcająco – dodał Bass, wypijając resztki ze swojego kubeczka.

Jake uśmiechnął się niewyraźnie do Lestera, po czym powrócił do przyglądania się półkom z książkami. Lucien rzucił na stół banknot studolarowy i Harry Rex wyszedł do sklepu monopolowego.

Kiedy Ellen obudziła się kilka godzin później, leżała na kanapie w gabinecie Jake'a. Poza nią w pogrążonym w ciemnościach pokoju nie było nikogo. Unosił się w nim kwaśny odór alkoholu. Wstała cichutko. Swojego szefa znalazła w pokoju sztabowym. Leżał na podłodze pod biurkiem i chrapał. Ostrożnie zeszła na dół. Sala konferencyjna zasłana była pustymi butelkami, puszkami po piwie, plastikowymi kubeczkami i tackami po kurczakach. Było wpół do dziesiątej. Spała pięć godzin.

Mogła zatrzymać się na noc u Luciena, ale musiała jechać do domu, żeby się przebrać. Jej dobry znajomy Nesbit na pewno chętnie odwiózłby ją do Oxford, ale była trzeźwa. Poza tym bardziej przyda się Jake'owi. Zamknęła drzwi frontowe i poszła do swojego wozu.

Prawie dojeżdżała do Oxford, gdy zobaczyła z tyłu niebieskie, pulsujące światła policyjnego auta. Jechała jak zwykle sto dwadzieścia. Zatrzymała się na poboczu, wysiadła z samochodu i czekając na patrol drogowy, zaczęła szukać portfela.

Z wozu wysiedli dwaj mężczyźni w cywilnych ubraniach.

- Piła pani? – spytał jeden z nich, żując tytoń.

- Nie, proszę pana. Próbuję tylko znaleźć swoje prawo jazdy.

Przykucnęła obok samochodu i zaczęła grzebać w torebce. Niespodziewanie przewrócili ją, zarzucili na głowę gruby koc i przydusili do ziemi. Okręcili jej sznur wokół piersi i talii. Kopała i krzyczała, ale jej opór na niewiele się zdał. Koc okrywał jej głowę i unieruchamiał ramiona. Mocno ściągnęli powróz.

– Milcz, ty suko! Cicho!

Jeden z mężczyzn wyciągnął kluczyk ze stacyjki i otworzył bagażnik. Wrzucili ją do środka i zatrzasnęli klapę. Ściągnęli ze starego lincolna niebieską lampę. Jeden z nich usiadł za kierownicą lincolna, a drugi – bmw. Dojechali do żwirowej drogi prowadzącej w głąb lasu, która po jakimś czasie zmieniła się w przecinkę, kończącą się na małej polance, gdzie garstka członków Klanu podpaliła już wielki krzyż.

Dwaj porywacze szybko włożyli płaszcze i maski, a następnie wyciągnęli kobietę z bagażnika. Przewrócili ją na ziemię i zdjęli koc z głowy. Potem związali ją, zakneblowali usta i powlekli do wielkiego słupa stojącego kilka kroków od krzyża. Przywiązali ją twarzą do pala.

Zobaczyła białe płaszcze i spiczaste kaptury. Rozpaczliwie próbowała wypluć tłustą, bawełnianą szmatę, którą wetknęli jej do ust. Ale jedynie się krztusiła.

Małą polankę oświetlał płonący krzyż. Biła od niego fala gorąca, która ogarnęła ją, gdy szamotała się przy słupie, wydając dziwne, nieartykułowane odgłosy.

Od grupki odłączył się zakapturzony mężczyzna i zbliżył się do kobiety. Słyszała jego kroki i oddech.

– Ty bezwstydna, murzyńska kochanico – powiedział szorstkim głosem, z akcentem charakterystycznym dla mieszkańców środkowego Zachodu. Chwycił kołnierzyk jej bluzki i zaczął szarpać biały jedwab. Wkrótce z ramion kobiety zwieszały się strzępy materiału. Ręce miała mocno przywiązane do słupa. Mężczyzna wyciągnął spod płaszcza długi nóż myśliwski i zaczął nim ucinać to, co pozostało z bluzki.

– Ty bezwstydna, murzyńska kochanico! Ty bezwstydna, murzyńska kochanico!

Ellen obrzucała go wyzwiskami, ale z jej ust wydobywały się jedynie niewyraźne pomruki.

Odpiął zamek błyskawiczny spódnicy z granatowego lnu. Kobieta próbowała kopać, ale wokół kostek miała gruby sznur, którym przywiązano ją do słupa. Mężczyzna wsunął koniec noża w miejsce, gdzie kończył się suwak, i rozciął materiał po szwie do samego dołu. Ujął spódnicę za pasek i ściągnął ją, niczym prestidigitator. Członkowie Klanu podeszli bliżej.

Uderzył ją w pośladek i powiedział:

– Śliczny, bardzo śliczny.

Cofnął się, by nacieszyć oczy swoim dziełem. Kobieta szarpała się i jęczała, ale nic nie mogła zrobić. Mężczyzna z wielkim namaszczeniem przeciął ramiączka halki, a potem porżnął materiał na wąskie paski. Jednym ruchem zerwał z niej strzępy i rzucił je u stóp płonącego krzyża. Odciął ramiączka biustonosza i zdarł go. Szarpnęła się, jęcząc coraz głośniej. Milczące postacie, otaczające ją coraz ciaśniejszym kręgiem, zatrzymały się trzy metry od niej.

Ogień rozpalił się na dobre. Gołe plecy i nogi dziewczyny pokryły kropelki potu. Jasnorude włosy zrobiły się wilgotne, do szyi i ramion przylepiły się mokre kosmyki. Mężczyzna znów sięgnął pod płaszcz. Tym razem wyciągnął batog. Świsnął głośno tuż obok niej, aż się wzdrygnęła. Cofnął się nieco, uważnie oceniając odległość od słupa.

Podniósł bat i zamierzył się na jej gołe plecy. Wtedy z grupki wystąpił najwyższy z obecnych i stanął tyłem do kobiety. Pokręcił głową. Nie padło ani jedno słowo, ale bat zniknął.

Mężczyzna podszedł do Ellen, mocno chwycił ją za głowę i ciachnął nożem pukiel włosów. Chwytał je garściami i obcinał. Wkrótce ostrzygł ją do gołej skóry. Włosy utworzyły u stóp kobiety kopczyk. Przestała się poruszać, jedynie wydawała stłumione jęki.

Mężczyźni skierowali się do swych wozów. Wnętrze bmw oblano benzyną, potem ktoś rzucił zapałkę.

Kiedy Myszka Miki nabrał pewności, że na dobre odjechali, wysunął się cicho z zarośli. Odwiązał kobietę i zaniósł do małej przecinki biegnącej w pobliżu polanki. Zebrał porwane ubranie i próbował ją nim okryć. Kiedy jej wóz się dopalił, zostawił ją samą. Pojechał do Oxford, zatrzymał się obok budki telefonicznej i zadzwonił do biura szeryfa okręgu Lafayette.

ROZDZIAŁ 38

Sobotnie sesje sądu były czymś wyjątkowym, choć czasem je zwoływano, szczególnie podczas procesów o przestępstwa zagrożone karą śmierci, kiedy ława pozostawała w odosobnieniu. Nikt nie protestował, ponieważ sobotnia sesja przybliżała o jeden dzień termin zakończenia rozprawy.

Miejscowi byli nawet zadowoleni. Dzień wolny od pracy to dla większości mieszkańców okręgu Ford jedyna okazja, by przyjść na salę rozpraw, a dla tych, dla których zabrakło miejsc – by chociaż pokręcić się w pobliżu placu i zobaczyć wszystko na własne oczy. Kto wie, może dojdzie do kolejnej strzelaniny...

O siódmej kafeterie w centrum obsługiwały wyłącznie przyjezdnych. Na każdego gościa, objadającego się przy stoliku, przypadało dwóch polujących na miejsce – tym nie pozostawało nic innego, jak włóczyć się wokół budynku sądu i czekać na otwarcie sali rozpraw. Większość z nich zatrzymywała się choć na moment przed kancelarią Brigance'a, mając nadzieję, że uda im się zobaczyć niedoszłą ofiarę zamachu. Nie brakowało mitomanów twierdzących, że są klientami sławnego adwokata.

Kilka metrów nad nimi Brigance siedział przy biurku i popijał resztki Krwawej Mary pozostałe z wczorajszego przyjęcia. Jake palił tanie cygaro, faszerował się proszkami od bólu głowy i próbował zedrzeć pajęczynę oplatającą jego mózg. Zapomnij o tym żołnierzu, powtarzał sobie przez ostatnie trzy godziny. Zapomnij o Klanie, o pogróżkach, zapomnij o wszystkim! Skoncentruj się na procesie, a szczególnie na doktorze W.T. Bassie.

Zmówił krótką modlitwę za to, by Bass był trzeźwy, gdy stanie na miejscu dla świadków. Jego ekspert zabawił u niego całe popołudnie, pijąc i sprzeczając się z Lucienem. Oskarżali się nawzajem o opilstwo, przez które pozbawiono ich możliwości dalszego wykonywania zawodów. Wydawało się przez moment, że za chwilę dojdzie do rękoczynów. Nesbit rozdzielił ich, a następnie odprowadził do wozu policyjnego, by odwieźć do domu. Dziennikarze płonęli z ciekawości, kiedy zastępca szeryfa wyprowadził z kancelarii Jake'a dwóch pijanych w sztok mężczyzn i wsadził ich do samochodu: Luciena na tylne siedzenie, a Bassa z przodu. Obaj przyjaciele nie przestawali awanturować się i obrzucać się wyzwiskami.

Jake przejrzał opracowanie Ellen, dotyczące powoływania się obrony na niepoczytalność oskarżonego. Jej zestaw pytań do Bassa wymagał jedynie drobnej korekty. Zapoznał się z życiorysem swojego eksperta i choć nie był on imponujący, w okręgu Ford mógł wystarczyć. Najbliższy psychiatra mieszkał sto trzydzieści kilometrów stąd.

Sędzia Noose spojrzał na prokuratora okręgowego, a potem z sympatią popatrzył na Jake'a, siedzącego tuż obok drzwi i z uwagą studiującego wiszący nad głową Buckleya wyblakły portret jakiegoś dawno zmarłego sędziego.

– Dobrze się pan dziś czuje, Jake? – spytał ciepło Noose.

– Świetnie.

– A żołnierz? – zainteresował się Buckley.

– Jest sparaliżowany.

Noose, Buckley, Musgrove i woźny Pate wbili wzrok w dywan i smutno potrząsnęli głowami, okazując w ten sposób swoje współczucie dla ofiary.

– Gdzie jest pana asystentka? – spytał Noose, zerkając na ścienny zegar.

Jack spojrzał na swój zegarek.

– Nie wiem. Spodziewałem się, że o tej porze już tu będzie.

– Czy jest pan gotów?

– Oczywiście.

– Czy wszyscy w sali rozpraw są już gotowi, panie Pate?

– Tak, proszę pana.

– Bardzo dobrze. W takim razie zaczynamy.

Noose poprosił zebranych w sali, by usiedli, i przez dziesięć minut przepraszał ławę przysięgłych za wczorajszą przerwę w pracach sądu. Byli jedynymi osobami w okręgu, które nie wiedziały, co zaszło w piątek rano, a powiedzenie im prawdy byłoby niezgodne z przepisami. Noose ględził o nieprzewidzianych sytuacjach i jak to czasem dziwne zbiegi okoliczności powodują konieczność odroczenia posiedzenia sądu. Kiedy skończył, przysięgli byli zupełnie skołowani i modlili się, by wreszcie poproszono pierwszego świadka.

– Może pan wezwać pierwszego świadka – zwrócił się Noose do Jake'a.

– Doktor W.T. Bass – ogłosił Jake, idąc w stronę podwyższenia. Buckley i Musgrove wymienili porozumiewawcze spojrzenia i drwiące uśmieszki.

Bass siedział obok Luciena, w drugim rzędzie, wśród rodziny oskarżonego. Wstał głośno i zaczął niezgrabnie przeciskać się do przejścia, nadeptując siedzącym na nogi i potrącając ich swoją kanciastą, skórzaną, pustą teczką. Jake usłyszał zamieszanie za swoimi plecami, ale nie przestawał się uśmiechać do ławy przysięgłych.

– Przysięgam, przysięgam – powiedział pospiesznie Bass do Jean Gillespie podczas ceremonii zaprzysiężenia.

Pan Pate zaprowadził go na miejsce dla świadków i jak zwykle polecił, by mówił do mikrofonu i by robił to wyraźnie. Choć ekspert był skacowany i zmęczony, wyglądał na trzeźwego i niezwykle pewnego siebie. Miał na sobie swój najdroższy, szyty na miarę garnitur z ciemnoszarej wełny, idealnie wykrochmaloną białą koszulę i zabawną, małą, czerwoną muszkę, która nadawała mu wygląd naukowca. Sprawiał wrażenie doświadczonego eksperta. Mimo sprzeciwu Jake'a, włożył parę jasnoszarych kowbojskich butów ze strusiej skóry (zapłacił za nie kiedyś ponad tysiąc dolarów). Miał je na nogach zaledwie kilka razy. Jedenaście lat temu, kiedy pierwszy raz miał zeznawać jako świadek w procesie, w którym powoływano się na niepoczytalność oskarżonego, Lucien nalegał, by włożył te buty. Bass usłuchał i oskarżony, zupełnie zdrowy na umyśle, trafił do Parchman zamiast do celi śmierci. Za drugim razem też je włożył na żądanie Luciena i znów oskarżony trafił do Parchman. Lucien twierdził, że te buty to maskotka Bassa, przynosząca mu szczęście.

Jake nie chciał go widzieć w tych cholernych buciorach. To pomoże ławie przysięgłych utożsamić się jej z ich właścicielem, argumentował Lucien. Wykluczone, buty są przecież z drogiej strusiej skóry, odparł Jake. Sędziowie są za głupi, by się na tym poznać, odparował Lucien. Jake nie ustępował.

Tacy prowincjusze będą mieli zaufanie do człowieka w kowbojskich butach, upierał się Lucien. Dobra, powiedział Jake, niech w takim razie Bass włoży parę tych cichobieżnych butów, używanych podczas polowań na wiewiórki, z resztką błota na obcasach i podeszwach. Z właścicielem takiego obuwia rzeczywiście mogliby się utożsamić. Nie pasowałyby do garnituru, wtrącił pan doktor.

Bass skrzyżował nogi, ostentacyjnie kładąc prawy but na lewym kolanie. Spojrzał z wyraźnym zadowoleniem na swoją nogę, a potem uśmiechnął się do ławy przysięgłych. Struś mógł być z niego dumny.

Jake podniósł głowę znad swoich notatek i ujrzał but, wyraźnie widoczny nad barierką dla świadków. Bass kontemplował swój but, sędziowie przysięgli spoglądali na niego z uwagą. Jake chrząknął i powrócił do swych notatek.

– Proszę się nam przedstawić.

– Nazywam się W.T. Bass – odpowiedział, odrywając nagle wzrok od swego buta. Spojrzał na Jake'a z wyniosłą, poważną miną.

– Gdzie pan mieszka?

– West Canterbury 908, Jackson, Missisipi.

– Kim pan jest z zawodu?

– Jestem lekarzem medycyny.

– Czy posiada pan zezwolenie na prowadzenie praktyki w stanie Missisipi?

– Tak.

– Od kiedy?

– Od 8 lutego 1963 roku.

– Czy może pan prowadzić praktykę również w innych stanach?

– Tak.

– Gdzie?

– W Teksasie.

– Od kiedy?

– Od 3 listopada 1962 roku.

– Gdzie się pan kształcił?

– W 1956 roku ukończyłem Millsaps College, a dyplom lekarza medycyny uzyskałem w 1960 roku na Wydziale Nauk Medycznych Teksaskiego Uniwersytetu Stanowego.

– Czy wydział ten ma uprawnienia do wystawiania takich dyplomów?

– Tak.

– Od kogo je otrzymał?

– Od Rady Kształcenia Medycznego i Szpitalnictwa, działającej przy Amerykańskim Stowarzyszeniu Lekarzy, instytucji upoważnionej do wydawania tego typu zezwoleń, oraz od władz oświatowych stanu Teksas.

Bass trochę się odprężył i zmienił ułożenie nóg tak, by wyeksponować lewy but. Skierował wygodne krzesło obrotowe nieco w stronę ławy przysięgłych i bujał się w nim lekko.

– Gdzie rozpoczął pan praktykę?

– Po ukończeniu studiów podjąłem pracę w Centrum Medycznym w Denver, gdzie byłem zatrudniony przez dwanaście miesięcy.

– Jaka jest pańska specjalizacja?

– Jestem psychiatrą.

– Proszę nam wyjaśnić, co to znaczy.

– Psychiatria to gałąź medycyny, zajmująca się leczeniem nieprawidłowości funkcjonowania mózgu. Bada przede wszystkim, choć nie wyłącznie, zaburzenia umysłowe, których przyczyna organiczna jest nieznana.

Jake odetchnął po raz pierwszy, odkąd Bass zasiadł na miejscu dla świadków. Odpowiedziom doktora nie można było nic zarzucić.

– Panie doktorze – ciągnął, zbliżywszy się do ławy przysięgłych na odległość jednego kroku – proszę przedstawić sędziom przysięgłym, jakie otrzymał pan specjalistyczne wykształcenie w zakresie psychiatrii.

– Odbyłem dwuletni staż w Teksaskim Stanowym Szpitalu dla Psychicznie Chorych, gdzie działa centrum szkoleniowe z pełnymi uprawnieniami. Prowadziłem badania kliniczne nad pacjentami cierpiącymi na psychonerwice i psychozy. Studiowałem psychologię, psychopatologię, psychoterapię, w tym terapię grupową. Szkolenie, prowadzone przez kompetentnych psychiatrów, obejmowało również psychiatryczne aspekty medycyny ogólnej, a także behawiorystykę dzieci, młodzieży i dorosłych.

Mało prawdopodobne, by ktokolwiek na sali sądowej zrozumiał cokolwiek z tego, co właśnie powiedział Bass, ale nikt nie miał wątpliwości, że ktoś, kto udziela takich odpowiedzi, jest wybitnym ekspertem, prawdziwym geniuszem, bo jedynie człowiek niezwykle mądry i inteligentny byłby w stanie wymówić podobne terminy. Dzięki muszce i naukowemu słownictwu z każdą odpowiedzią wiarygodność Bassa, mimo tych kowbojskich butów, wzrastała.

– Czy posiada pan dyplom Amerykańskiej Rady Psychiatrii?

– Oczywiście – odpowiedział pewnym siebie głosem.

– W jakiej dziedzinie?

– W dziedzinie psychiatrii.

– Kiedy uzyskał pan dyplom?

– W kwietniu 1987 roku.

– Co trzeba zrobić, by uzyskać dyplom Amerykańskiej Rady Psychiatrii?

– Kandydat musi zdać przed Radą egzamin ustny i praktyczny oraz test pisemny.

Jake zajrzał do swoich notatek. Kątem oka zauważył, jak Musgrove mruga porozumiewawczo do Buckleya.

– Panie doktorze, czy należy pan do jakichś stowarzyszeń zawodowych?

– Tak.

– Proszę je wymienić.

– Jestem członkiem Amerykańskiego Stowarzyszenia Lekarzy, Amerykańskiego Stowarzyszenia Psychiatrów i Stowarzyszenia Lekarzy Stanu Missisipi.

– Jak długo prowadzi pan praktykę psychiatryczną?

– Dwadzieścia dwa lata.

Jake zrobił trzy kroki w stronę stołu sędziowskiego i spojrzał na Noose'a, który obserwował go z uwagą.

– Wysoki Sądzie, obrona zgłasza wniosek o uznanie doktora Bassa za eksperta w dziedzinie psychiatrii.

– Przyjmuję pański wniosek – odpowiedział Noose. – Panie Buckley, czy chce pan zadać świadkowi jakieś pytanie?

Prokurator okręgowy wstał z notatnikiem w dłoni.

– Tak, Wysoki Sądzie, mamy kilka pytań do świadka.

Zdumiony, ale nie zaniepokojony, Jake zajął miejsce obok Carla Lee. Ellen wciąż była nieobecna.

– Doktorze Bass, uważa się pan za autorytet w dziedzinie psychiatrii, prawda? – spytał Buckley.

– Tak.

– Czy kiedykolwiek nauczał pan psychiatrii?

– Nie.

– Czy kiedykolwiek opublikował pan jakiś artykuł, dotyczący psychiatrii?

– Nie.

– Czy kiedykolwiek wydał pan jakąś książkę na temat psychiatrii?

– Nie.

– Jeśli się nie mylę, oświadczył pan, że jest pan członkiem Amerykańskiego Stowarzyszenia Lekarzy, Stowarzyszenia Lekarzy Stanu Missisipi oraz Amerykańskiego Stowarzyszenia Psychiatrów?

– Tak.

– Czy kiedykolwiek był pan działaczem którejś z tych organizacji?

– Nie.

– Jakie stanowisko zajmuje pan obecnie w szpitalu?

– Obecnie nie pracuję w szpitalu.

– Czy podczas swojej kariery zawodowej uczestniczył pan w jakimś programie badań, realizowanym pod auspicjami rządu federalnego lub stanowego?

– Nie.

Z twarzy Bassa zaczęła znikać arogancja, a z głosu – pewność siebie. Spojrzał nerwowo na Jake'a, który akurat szukał czegoś w aktach sprawy.

– Doktorze Bass, czy pracuje pan teraz na pełny etat jako psychiatra?

Ekspert zawahał się i rzucił szybkie spojrzenie siedzącemu w drugim rzędzie Lucienowi.

– Regularnie przyjmuję pacjentów.

– Ilu pacjentów i jak regularnie? – spytał Buckley, niezwykle pewny siebie.

– Od pięciu do dziesięciu tygodniowo.

– Czyli jednego lub dwóch dziennie?

– Mniej więcej.

– I uważa pan to za praktykę w pełnym wymiarze godzin?

– Pracuję tyle, na ile mam ochotę.

Buckley rzucił swój notatnik na stół i spojrzał na Noose'a.

– Wysoki Sądzie, oskarżenie sprzeciwia się uznaniu tego świadka za eksperta w dziedzinie psychiatrii. Nie ulega wątpliwości, że brak mu po temu kwalifikacji.

Jake zerwał się na nogi i otworzył usta, ale sędzia Noose był szybszy.

– Oddalam sprzeciw, panie Buckley. Panie Brigance, może pan kontynuować przesłuchanie świadka.

Jake zebrał swoje notatki i wrócił na podwyższenie, dobrze zdając sobie sprawę z podejrzeń, jakie prokurator okręgowy zręcznie rzucił na jego najważniejszego świadka. Bass zmienił ułożenie nóg.

– Doktorze Bass, czy badał pan oskarżonego, Carla Lee Haileya?

– Tak.

– Ile razy?

– Trzy.

– Kiedy zbadał go pan po raz pierwszy?

– Dziesiątego czerwca.

– Jaki był cel tego badania?

– Zbadałem go, by poznać jego obecny stan umysłowy, jak również spróbować określić jego stan dwudziestego maja, kiedy zastrzelił panów Cobba i Willarda.

– Gdzie odbyło się badanie?

– W areszcie okręgowym.

– Czy przeprowadzał pan badanie sam?

– Tak. Byłem tylko ja i pan Hailey.

– Jak długo trwało badanie?

– Trzy godziny.

– Czy zapoznał się pan z przeżyciami Haileya?

– Można to tak określić. Sporo rozmawialiśmy o jego przeszłości.

– Czego się pan dowiedział?

– Niczego szczególnego, z wyjątkiem epizodu wietnamskiego.

– Co było w tym epizodzie takiego ciekawego?

Bass założył ręce na swym lekko wydatnym brzuszku i zrobił mądrą minę.

– No cóż, panie Brigance, jak wielu weteranów wojny wietnamskiej, z którymi miałem do czynienia, pan Hailey dużo tam przeszedł. Wojna to piekło, pomyślał Carl Lee. Słuchał z napięciem słów Bassa. Tak, Wietnam to był koszmar. Został ranny. Stracił wielu kolegów. Zabił ludzi, wielu ludzi. Strzelał do dzieci, wietnamskich dzieci, taszczących karabiny i granaty. Przeżył koszmar. Żałował, że tam trafił. Ciągle jeszcze śniło mu się to po nocach, od czasu do czasu dręczyły go wspomnienia i nocne zmory. Ale nie uważał, by wojna wypaczyła mu charakter lub spowodowała zaburzenia psychiczne. Nie sądził także, by zabicie Cobba i Willarda mogło negatywnie wpłynąć na jego psychikę. Mówiąc szczerze, odczuwał satysfakcję, że nie żyją. Tak samo, jak wobec tych, których zabił w Wietnamie.

Opowiedział o tym wszystkim Bassowi w areszcie, ale doktor niezbyt przejął się jego relacją. Poza tym rozmawiali tylko dwa razy i nigdy dłużej niż godzinę.

Carl Lee spojrzał na ławę przysięgłych i słuchał podejrzliwie eksperta, który mówił szczegółowo o okropnych przeżyciach wojennych oskarżonego. Słownictwo Bassa stało się jeszcze bardziej niezrozumiałe, gdy próbował przedstawić laikom, używając terminologii specjalistycznej, wpływ Wietnamu na Carla Lee. Relacja świadka brzmiała przekonująco. Owszem, w ciągu ostatnich kilku lat Hailey miał parę razy koszmarne sny, ale nigdy specjalnie się nimi nie przejmował. Dopiero teraz, gdy usłyszał, jak opisuje to Bass, wydały mu się niezwykle istotnymi przeżyciami.

– Czy oskarżony chętnie mówił o Wietnamie?

– Niezbyt – odparł Bass i następnie ze szczegółami opowiedział o kłopotach, jakie napotkał, próbując wyciągnąć wojenne szczegóły z tego zakompleksionego człowieka o przeciążonej i prawdopodobnie chwiejnej psychice. Carl Lee nie przypominał sobie, by odbyło się to w taki sposób. Ale uważnie słuchał doktora, przybierając odpowiednio cierpiętniczą minę i po raz pierwszy w życiu zastanawiając się, czy przypadkiem naprawdę nie jest lekko stuknięty.

Przez godzinę Bass drobiazgowo rozwodził się nad wojennymi przeżyciami Haileya oraz ich wpływem na oskarżonego. Jakie doszedł do wniosku, że pora przejść do następnego pytania.

– Doktorze Bass – powiedział, drapiąc się w głowę – jakie inne istotne wydarzenia poza wojną wietnamską mogły mieć według pana wpływ na psychikę oskarżonego?

– Żadne, poza jednym: gwałtem, dokonanym na jego córce.

- Czy rozmawiał pan z Carlem Lee na ten temat?
- Tak, bardzo długo podczas każdego z trzech badań.
- Proszę wyjaśnić ławie przysięgłych, jaki wpływ na Carla Lee Haileya wywarła wiadomość o zgwałceniu jego córki.

Bass podrapał się w brodę; wyglądał na zakłopotanego.

- Jeśli mam być szczery, panie Brigance, wyjaśnienie, jaki wpływ miała na pana Haileya wiadomość o gwałcie jego córki, zajęłoby bardzo dużo czasu.

Jake milczał przez chwilę, starając się sprawiać wrażenie osoby dokładnie analizującej ostatnią wypowiedź świadka.

- Czy mógłby pan przedstawić to ławie przysięgłych w skrócie?

Bass skinął z powagą.

- Spróbuję.

Luciena nużyły wypowiedzi Bassa i zaczął obserwować ławę przysięgłych, mając nadzieję zwrócić na siebie uwagę Clyde'a Sisco, któremu również znudziło się słuchanie psychiatry, ale wydawał się zafascynowany jego butami. Lucien obserwował Sisco kątem oka, czekając, kiedy ten zacznie się rozglądać po sali.

W końcu Sisco oderwał wzrok od świadka i spojrzał na Carla Lee, potem na Buckleya, następnie na jednego z dziennikarzy, siedzącego w pierwszym rzędzie. Wreszcie utkwił wzrok w brodatym starcu o dzikim spojrzeniu, który kiedyś dał mu osiemdziesiąt tysięcy gotówką za spełnienie obywatelskiego obowiązku i wydanie sprawiedliwego werdyktu. Popatrzyli na siebie i obaj uśmiechnęli się lekko. Ile? – pytał wzrok Luciena. Sisco spojrzał na świadka, ale po chwili znów skierował oczy na Luciena. Ile? – spytał Lucien bezgłośnie.

Sisco odwrócił wzrok i popatrzył na Bassa, zastanawiając się nad uczciwą ceną. Spojrzał w stronę Luciena, podrapał się w brodę, a potem, patrząc na Bassa, pokazał pięć palców i zakaszlał. Ponownie odkaszlnął, uważnie przypatrując się ekspertowi.

Pięćset czy pięć tysięcy? – spytał Lucien samego siebie. Znając Sisco, musiało chodzić o pięć, a może nawet pięćdziesiąt tysięcy. I tak nie miało to znaczenia, Lucien gotów był zapłacić każdą cenę. Za taką sprawę warto dać wiele więcej.

Do wpół do jedenastej Noose przetarł swoje okulary ze sto razy i wypił kilkanaście filiżanek kawy. Czuł nieznośny ucisk w pęcherzu.

- Ogłaszam przerwę, spotkamy się ponownie o jedenastej. – Stuknął młotkiem i zniknął.

- Jak mi idzie? – spytał nerwowo Bass, podążając za Jakiem i Lucienem do biblioteki na drugim piętrze.

- Wspaniale – zapewnił go Jake. – Tylko nie eksponuj tak tych butów.

– Te buty mają decydujące znaczenie – orzekł Lucien.

– Muszę się napić – oświadczył zdesperowany Bass.

– Nie ma mowy – zaprotestował Jake.

– Ja też – dodał Lucien. – Podskoczymy do twojego biura na jednego szybkiego.

– Wspaniały pomysł! – ucieszył się Bass.

– Nie ma mowy – powtórzył Jake. – Jesteś trzeźwy i idzie ci wspaniale.

– Mamy trzydzieści minut – powiedział Bass, opuszczając razem z Lucienem bibliotekę i kierując się w stronę schodów.

– Nie! Nie rób tego, Lucien! – błagał Jake.

– Tylko jednego – zapewnił Lucien, pokazując Jake'owi palec. – Tylko jednego.

– Nigdy nie poprzestajecie na jednym.

– Chodź z nami, Jake. Też powinieneś ukoić sobie nerwy.

– Tylko jednego! – krzyknął Bass, znikając w dole schodów.

O jedenastej Bass zajął miejsce dla świadków i powiódł mętnym wzrokiem po ławie przysięgłych. Uśmiechnął się, prawie zachichotał. Zdawał sobie sprawę z obecności rysowników siedzących w pierwszym rzędzie, więc przybrał maksymalnie uczoną minę. Rzeczywiście ukoił sobie nerwy.

– Doktorze Bass, czy znane są panu zasady odpowiedzialności prawnej za popełnione przestępstwo, stosowane wobec osoby niepoczytalnej? – spytał Jake.

– Oczywiście – oświadczył Bass z wyższością.

– Czy mógłby pan wyjaśnić te zasady ławie przysięgłych?

– Naturalnie. Zasady te są przyjęte w stanie Missisipi oraz piętnastu innych stanach. Po raz pierwszy zostały sformułowane w Anglii, w 1843 roku, kiedy to niejaki Daniel M'Naghten próbował zamordować premiera, sir Roberta Peela. Nie trafił i przypadkowo zabił sekretarza premiera, Edwarda Drummonda. Podczas procesu dowiedziono ponad wszelką wątpliwość, że M'Naghten cierpiał na schorzenie, noszące dziś nazwę schizofrenii paranoidalnej. Ława przysięgłych wydała werdykt uniewinniający oskarżonego ze względu na jego niepoczytalność. Zasady odpowiedzialności osoby niepoczytalnej za swoje czyny określono właśnie podczas owego procesu. Do dziś obowiązują one w Anglii i szesnastu stanach.

– Jaki jest sens zasad M'Naghtena?

– To bardzo proste. Zakłada się, iż każdy człowiek jest zdrowy na umyśle, i aby wystąpić z wnioskiem o uznanie podsądnego za osobę niepoczytalną, obrona musi wyraźnie dowieść, że kiedy oskarżony dopuścił się przestępstwa, cierpiał na takie ograniczenie możliwości logicznego rozumowania, spowodowane chorobą umysłową, przez które nie zdawał sobie sprawy z natury i konsekwencji swego czynu albo – jeśli wiedział, co robi – nie miał świadomości tego, że czyni źle.

– Czy mógłby nam pan to objaśnić prostszymi słowami?

– Tak. W rozumieniu prawa oskarżony jest niepoczytalny, kiedy nie potrafi odróżnić dobra od zła.

– Proszę nam powiedzieć, co to jest niepoczytalność.

– Jest to kategoria prawna, a nie medyczna. To wyłącznie prawnie ustalona norma, określająca stan umysłowy człowieka.

Jake wziął głęboki oddech.

– Panie doktorze, czy opierając się na wynikach badań oskarżonego, ma pan wyrobioną opinię o stanie umysłowym Carla Lee Haileya w dniu dwudziestym maja bieżącego roku, kiedy doszło do strzelaniny?

– Tak.

– Czy możemy poznać tę opinię?

– Według mnie – powiedział wolno Bass – kiedy oskarżony dowiedział się, że jego córka została zgwałcona, kompletnie zatracił poczucie rzeczywistości. Gdy ją zobaczył wkrótce potem, nie poznał jej, a kiedy mu powiedziano, że stała się ofiarą zbiorowego wielokrotnego gwałtu, że sprawcy pobili ją i próbowali powiesić, coś pękło w umyśle Carla Lee. Ująłem to w bardzo prosty sposób, ale właśnie to miało miejsce. Coś w nim pękło. Stracił poczucie rzeczywistości.

Musieli zginąć. Powiedział mi, że kiedy zobaczył ich po raz pierwszy w sądzie, nie mógł zrozumieć, dlaczego zastępcy szeryfa ich chronią. Czekał, kiedy jeden z policjantów wyciągnie broń i ich zastrzeli. Minęło kilka dni, a oni wciąż żyli, więc doszedł do wniosku, że wymierzenie kary należy do niego. Chcę powiedzieć, że był przekonany, iż ktoś powinien zabić tych dwóch bydlaków za zgwałcenie jego córeczki. Uważam, że Carl Lee opuścił nas duchem. Znajdował się w innym świecie, który był wytworem jego wyobraźni. Załamał się.

Bass wiedział, że mówi przekonująco. Zwracał się do ławy przysięgłych, a nie do Brigance'a.

– Nazajutrz po gwałcie Hailey rozmawiał w szpitalu ze swoją córką. Ledwo mogła mówić, miała połamane kości szczęk, ale mimo to powiedziała mu, że widziała go, jak biegł przez las na ratunek. Spytała, dlaczego nagle zniknął. Czy potrafią sobie państwo wyobrazić, jaki wpływ na ojca mogą wywrzeć takie słowa? Wyznała mu później, że kiedy wzywała swojego tatusia, ci dwaj mężczyźni naśmiewali się z niej i oświadczyli, że ona nie ma żadnego tatusia.

Jake pozwolił, by te słowa zapadły wszystkim obecnym głęboko w pamięć. Spojrzał na opracowanie Ellen. Zostały mu już tylko dwa pytania.

– Doktorze Bass, proszę, opierając się na wynikach swoich obserwacji Carla Lee Haileya i diagnozie jego stanu umysłowego w momencie oddawania strzałów, udzielić nam jednoznacznej odpowiedzi na następujące pytanie: czy Carl Lee Hailey był w stanie rozróżnić dobro i zło w chwili, kiedy strzelał do gwałcicieli swojej córki?

– Owszem, mogę.

– I jak ona brzmi?

– Z uwagi na swój stan umysłowy całkowicie nie potrafił odróżnić dobra od zła.

– Może nam pan powiedzieć, bazując na tych samych faktach, czy Carl Lee Hailey był w stanie zrozumieć i ocenić naturę oraz znaczenie swego czynu?

– Tak.

– A więc słuchamy.

– Jako specjalista w dziedzinie psychiatrii stwierdzam, że pan Hailey absolutnie nie mógł zrozumieć ani ocenić natury i znaczenia tego, co robi.

– Dziękuję, panie doktorze. Nie mam więcej pytań do świadka.

Jake zebrał swoje notatki i pewnym siebie krokiem wrócił na swoje miejsce. Rzucił okiem na Luciena; uśmiechał się i kiwał głową. Spojrzał na ławę przysięgłych. Sędziowie obserwowali Bassa, analizując jego słowa. Wanda Womack, młoda, wzbudzająca sympatię kobieta, popatrzyła na Jake'a i uśmiechnęła się nieznacznie. Był to pierwszy pozytywny sygnał, jaki otrzymał od ławy przysięgłych od dnia rozpoczęcia procesu.

– Jak na razie wszystko idzie dobrze – szepnął Carl Lee.

Jake uśmiechnął się do swojego klienta.

– Wygląda na to, że jesteś naprawdę mocno stuknięty, stary.

– Czy oskarżenie ma pytania do świadka obrony? – spytał Noose.

– Tak, mamy kilka pytań – powiedział Buckley, wchodząc na podwyższenie.

Jake nie potrafił sobie wyobrazić Buckleya, dyskutującego z ekspertem o psychiatrii, nawet jeśli owym ekspertem był tylko W. T. Bass.

Ale Buckley wcale nie zamierzał dyskutować o psychiatrii.

– Doktorze Bass, jak brzmią pana pełne imiona i nazwisko?

Jake zamarł. W pytaniu kryło się coś złowrogiego. Buckley zadał je niezwykle podejrzliwym tonem.

– William Tyler Bass.

– A na co dzień jak się pan przedstawia?

– W.T. Bass.

– Czy kiedykolwiek znany był pan jako Tyler Bass?

Świadek zawahał się przez chwilę.

– Nie – powiedział niepewnie.

Jake'a ogarnęło głębokie zaniepokojenie. Takie pytanie mogło oznaczać jedynie kłopoty.

– Jest pan pewien? – spytał Buckley głosem pełnym niedowierzania, unosząc przy tym brwi.

Bass wzruszył ramionami.

– Może kiedy byłem młody.

– Rozumiem. Jeśli się nie mylę, zeznał pan, że studiował pan medycynę na Wydziale Nauk Medycznych Teksaskiego Uniwersytetu Stanowego?

– Zgadza się.

– Gdzie on się mieści?

– W Dallas.

– W jakich latach był pan tam studentem?

– Od 1956 do 1960 roku.

– Pod jakim nazwiskiem figurował pan w spisie studentów?

– Williama T. Bassa.

Jake zdrętwiał z przerażenia. Buckley coś miał, jakąś mroczną tajemnicę z przeszłości, o której wiedzieli tylko on i Bass.

– Czy w czasie studiów znany był pan również jako Tyler Bass?

– Nie.

– Jest pan pewien?

– Tak.

– Jaki jest numer pana ubezpieczenia społecznego?

– 410-96-8585.

Buckley zrobił znaczek w swoim notatniku.

– Pańska data urodzenia? – spytał ostrożnie.

– Czternastego września 1934.

– A nazwisko matki?

– Jonnie Elizabeth Bass.

– Nazwisko panieńskie?

– Skidmore.

Kolejny ptaszek. Bass spojrzał nerwowo na Jake'a.

– Miejsce urodzenia?

– Carbondale w Illinois.

Następny znaczek.

Sprzeciw był tu całkowicie usprawiedliwiony, ale Jake czuł, że nogi ma jak z waty i że za chwilę dostanie rozwolnienia. Bał się kompromitacji na oczach wszystkich, jeśli wstanie i spróbuje coś powiedzieć.

Buckley przyjrzał się swoim znaczkom i odczekał kilka sekund. Siedzący w sali nadstawili uszu, czekając na kolejne pytanie, wiedząc, że będzie brutalne. Bass patrzył na prokuratora okręgowego tak, jak więzień spogląda na pluton egzekucyjny, modląc się w duchu i łudząc nadzieją, że karabiny nagle odmówią posłuszeństwa.

Buckley uśmiechnął się zimno do eksperta.

– Doktorze Bass, czy kiedykolwiek był pan oskarżony o przestępstwo?
Pytanie odbiło się echem od ścian sali, w której panowała grobowa cisza, i runęło na trzęsącego się psychiatrę. Wystarczyło spojrzeć na jego twarz, by poznać odpowiedź.
Carl Lee zmrużył oczy i popatrzył na swojego adwokata.
– Oczywiście, że nie! – oświadczył głośno, rozpaczliwie Bass.
Buckley tylko skinął głową i podszedł do stołu, gdzie Musgrove wręczył mu jakieś papiery, sprawiające wrażenie ważnych dokumentów.
– Jest pan pewien? – zagrzmiał Buckley.
– Oczywiście, że jestem pewien – potwierdzil Bass, spoglądając na dokumenty, które trzymał Buckley.
Jake wiedział, że powinien wstać i coś powiedzieć albo zrobić, by powstrzymać katastrofę, która za chwilę nastąpi, ale był zupełnie sparaliżowany.
– Jest pan pewien? – powtórzył Buckley.
– Tak – rzucił Bass przez zaciśnięte zęby.
– Nigdy nie był pan skazany za przestępstwo?
– Oczywiście, że nie.
– Jest pan tego tak pewien, jak reszty swoich zeznań przed niniejszą ławą przysięgłych?
To była pułapka, najbardziej podstępne pytanie z możliwych. Jake zadawał je wiele razy i kiedy je teraz usłyszał, wiedział, że Bass jest skończony. A razem z nim Carl Lee.
– Oczywiście – odpowiedział Bass z udawaną swobodą. Buckley złożył się do decydującego ciosu.
– A więc twierdzi pan w obecności ławy przysięgłych, że siedemnastego października 1956 roku nie został pan jako Tyler Bass skazany w Dallas za przestępstwo?
Buckley zadał to pytanie, patrząc na ławę przysięgłych i zerkając na trzymane w dłoni dokumenty.
– To kłamstwo – powiedział Bass cicho i nieprzekonująco.
– Jest pan pewien, że to kłamstwo? – spytał Buckley.
– Wierutne kłamstwo.
– Czy potrafi pan odróżnić kłamstwo od prawdy, panie Bass?
– Naturalnie.
Noose założył okulary i pochylił się. Sędziowie przysięgli przestali się kiwać na krzesłach. Dziennikarze zawiesili długopisy nad swymi notatnikami. Zastępcy szeryfa stojący pod ścianą, znieruchomieli, zamieniając się w słuch.
Buckley wyciągnął jeden z tajemniczych dokumentów i przyjrzał się mu dokładnie.

– Twierdzi pan przed ławą przysięgłych, że 17 października 1956 roku nie został pan skazany za dokonanie gwałtu?

Jake wiedział, jak ważne jest w chwili wielkich kryzysów na sali sądowej, nawet takiego jak ten, zachowanie kamiennej, pokerowej twarzy. Sędziowie przysięgli widzieli wszystko i bardzo istotne było, by pokazać im pewne siebie oblicze. Jake ćwiczył to pewne siebie spojrzenie mówiące: „Wszystko w porządku, panuję nad sytuacją", podczas wielu procesów, kiedy sprawy przybierały niekorzystny obrót, ale na dźwięk słowa „gwałt" jego pewność siebie zmieniła się w chorobliwą bladość i skruszoną minę, co zauważyła przynajmniej połowa członków ławy przysięgłych.

Druga połowa patrzyła groźnie na świadka.

– Panie doktorze, czy został pan skazany za gwałt? – ponownie spytał Buckley po długiej chwili milczenia.

Pytanie pozostało bez odpowiedzi.

Noose wyprostował się i pochylił w stronę świadka.

– Proszę odpowiedzieć na pytanie, doktorze Bass.

Bass zignorował słowa sędziego, spojrzał na prokuratora okręgowego, a potem oświadczył:

– To nie byłem ja.

Buckley parsknął, podszedł do Musgrove' a, który trzymał kolejne dokumenty, sprawiające wrażenie niezwykle ważnych. Otworzył dużą, białą kopertę i wyciągnął z niej coś, co przypominało zdjęcia formatu dwadzieścia na dwadzieścia pięć centymetrów.

– Doktorze Bass, mam tu kilka pana fotografii, wykonanych 11 września 1956 roku w komendzie policji w Dallas. Czy chciałby je pan może obejrzeć?

Żadnej odpowiedzi.

Buckley wyciągnął zdjęcia w stronę świadka.

– Czy chciałby je pan obejrzeć, doktorze Bass? Być może odświeżą pańską pamięć.

Bass wolno potrząsnął głową, potem spuścił wzrok i utkwił go w swych butach.

– Wysoki Sądzie, oskarżenie pragnie włączyć do dowodów rzeczowych niniejsze urzędowo poświadczone kopie końcowego werdyktu oraz wyroku w sprawie przeciwko Tylerowi Bassowi. Uzyskaliśmy je od właściwych instytucji z Dallas w Teksasie. Według tych dokumentów 17 października 1956 roku niejaki Tyler Bass przyznał się do gwałtu, uważanego przez teksaskie prawo za przestępstwo. Możemy udowodnić, że Tyler Bass i obecny tu świadek, doktor W.T. Bass, to jedna i ta sama osoba.

Musgrove z kurtuazją wręczył Jake'owi kopie wszystkich dokumentów, którymi wymachiwał Buckley.

– Czy wnosi pan sprzeciw przeciw włączeniu niniejszego materiału do akt sprawy? – rzucił Noose w kierunku Jake'a.

Potrzebna była przemowa. Porywające, wzruszające wyjaśnienie, które chwyci sędziów przysięgłych za serca i sprawi, że zapłaczą z litości nad Bassem i jego pacjentem. Ale regulamin nie zezwalał na nic takiego w tej fazie procesu. Oczywiście dokumenty można było włączyć do akt sprawy. Bojąc się wstać, Jake pokręcił jedynie przecząco głową. Nie wnosi sprzeciwu.

– Nie mamy więcej pytań – oświadczył Buckley.

– Czy chce pan jeszcze o coś zapytać świadka, panie Brigance? – spytał Noose.

W ułamku sekundy, którym dysponował, Jake nie potrafił wymyślić żadnego pytania, które mógłby zadać Bassowi, by poprawić nieco swoje położenie. Ława przysięgłych usłyszała już dosyć od eksperta obrony.

– Nie – powiedział cicho Jake.

– Bardzo dobrze. Doktorze Bass, jest pan wolny.

Bass pospiesznie minął bramkę w barierce, przeszedł wzdłuż głównego przejścia i opuścił salę rozpraw. Jake w napięciu obserwował jego wyjście, okazując tyle nienawiści, na ile tylko potrafił się zdobyć. Najistotniejsze było pokazanie ławie przysięgłych, jak bardzo zaszokowani są oskarżony i jego obrońca. Ława przysięgłych musi uwierzyć, że nieświadomie wezwali na świadka przestępcę, skazanego za swój czyn prawomocnym wyrokiem.

Kiedy drzwi za Bassem zamknęły się, Jake rozejrzał się po sali, mając nadzieję, że napotka choć jedną twarz, dodającą mu otuchy. Niestety rozczarował się. Lucien szarpał swoją brodę i gapił się w podłogę. Lester siedział ze zdegustowaną miną, założywszy ręce. Gwen płakała.

– Proszę wezwać swojego następnego świadka – powiedział Noose.

Jake wciąż rozglądał się po sali. W trzecim rzędzie, między wielebnym Olliem Agee i wielebnym Lutherem Rooseveltem, siedział Norman Reinfeld. Kiedy jego oczy napotkały wzrok Jake'a, zmarszczył brwi i pokręcił głową, jakby chciał powiedzieć „A nie mówiłem?". Większość białych zajmujących drugą stronę sali, sprawiała wrażenie odprężonych, a niektórzy nawet ironicznie uśmiechali się do Jake'a.

– Panie Brigance, może pan wezwać następnego świadka.

Jake próbował wstać. Kolana się pod nim ugięły, pochylił się, opierając dłonie o stół.

– Wysoki Sądzie – odezwał się piskliwym, przenikliwym, niepewnym głosem – czy mogę prosić o przerwę do pierwszej?

– Ależ panie Brigance, jest dopiero wpół do dwunastej.

Uciekł się do zgrabnego kłamstwa.

– Tak, Wysoki Sądzie, ale nasz następny świadek jeszcze się nie pojawił i nie przybędzie do sądu przed pierwszą.

406

– Cóż, w takim razie ogłaszam przerwę do pierwszej. Chciałbym się spotkać z obu prawnikami w swoim pokoju.

Obok pokoju sędziowskiego był bufet, gdzie godzinami przesiadywali i plotkowali prawnicy, a dalej mała toaleta. Jake zamknął drzwi do toalety na klucz, zdjął marynarkę i rzucił ją na podłogę.

Uklęknął obok sedesu i po chwili zwymiotował.

Ozzie stał przed sędzią, próbując go zabawiać rozmową.

Musgrove i prokurator okręgowy uśmiechali się do siebie.

Czekali na Jake'a. W końcu się pojawił, przepraszając za spóźnienie.

– Jake, mam dla ciebie złą wiadomość – powiedział Ozzie.

– Pozwól, że najpierw usiądę.

– Godzinę temu zadzwonił do mnie szeryf okręgu Lafayette. Twoja asystentka, Ellen Roark, jest w szpitalu.

– Co jej się stało?

– Ostatniej nocy napadli na nią członkowie Klanu. Gdzieś pomiędzy Clanton a Oxford. Przywiązali ją do drzewa, a następnie pobili.

– Jak się czuje? – spytał Jake.

– Jej stan jest poważny, ale nie ulega dalszemu pogorszeniu.

– A co się stało? – spytał Buckley.

– Nie wiemy dokładnie. W jakiś sposób zatrzymali jej wóz i zawieźli ją w głąb lasu. Zdarli z niej ubranie i obcięli włosy. Ma wstrząs mózgu i rany na głowie, więc lekarze wyciągnęli wniosek, że została pobita.

Jake znów dostał mdłości. Nie mógł mówić. Pomasował skronie i pomyślał, jak dobrze byłoby przywiązać Bassa do drzewa i go sprać.

Noose ze współczuciem przyglądał się adwokatowi.

– Panie Brigance, dobrze się pan czuje? – Nie uzyskał odpowiedzi.

– Zarządzam przerwę do drugiej. Myślę, że wszystkim nam się przyda – oświadczył Noose.

Jake wszedł wolno po schodach z pustą butelką po coorsie w ręku i przez moment rozważał, czy nie roztrzaskać jej o głowę Luciena. Uświadomił sobie jednak, że jego przyjaciel jest tak pijany, że nic by nawet nie poczuł.

Lucien pobrzękiwał kostkami lodu w szklance i spoglądał gdzieś w dół, w stronę placu, który już dawno opustoszał. O tej porze kręcili się tam jedynie żołnierze i tłum nastolatków zdążających do kina na wieczorny, podwójny seans.

Nie przemówili do siebie ani słowem. Lucien odwrócił wzrok. Jake spoglądał na niego gniewnie, trzymając pustą butelkę.

Mniej więcej po minucie milczenia Jake spytał:

– Gdzie jest Bass?

– Wyjechał.
– Gdzie?
– Do domu.
– Gdzie mieszka?
– Dlaczego pytasz?
– Chcę do niego jechać. Chcę go odwiedzić w jego własnym domu. Chcę go zatłuc na śmierć jego własnym kijem bejsbolowym w jego własnym domu.

Lucien znów poruszył szklanką z lodem.

– Nie dziwię ci się.
– Wiedziałeś o tym?
– O czym?
– O tym wyroku skazującym.
– A skądże. Nikt o tym nie wiedział. Nastąpiło zatarcie skazania.
– Nie rozumiem.
– Bass powiedział mi, że wpis o wyroku, który otrzymał w Teksasie, został po trzech latach usunięty z rejestru.

Jake postawił butelkę po piwie na podłodze tuż obok krzesła.

Chwycił brudną szklankę, chuchnął na nią, a potem napełnił kostkami lodu i whisky.

– Czy byłbyś łaskaw mi wszystko wyjaśnić, Lucien?
– Według słów Bassa dziewczyna miała siedemnaście lat i była córką wpływowego sędziego z Dallas. Zapałali do siebie gwałtowną miłością i pewnego razu sędzia przyłapał ich, jak się ciupciali na kanapie. Twardo domagał się procesu i Bass nie miał żadnej szansy. Przyznał się do zgwałcenia nieletniej. Ale dziewczyna była zakochana. Dalej się spotykali i pewnego dnia okazało się, że jest w ciąży. Bass ożenił się z nią i niebawem pan sędzia został dziadkiem wspaniałego wnuka. Staruszkowi zmiękło serce i postarał się o zatarcie skazania.

Lucien pił, obserwując latarnie na placu.

– A co się później stało z tą dziewczyną?
– Bass powiedział, że na tydzień przed ukończeniem studiów medycznych jego żona, która znów była w ciąży, oraz ich pierworodny syn zginęli w katastrofie kolejowej w Fort Worth. Od tego czasu zaczął pić i kompletnie zdziwaczał.

– I nigdy przedtem ci o tym nie mówił?
– Nie pytaj mnie. Powiedziałem ci, że nic o tym nie wiedziałem. Nie zapominaj, że sam dwa razy powoływałem go na świadka. Gdybym znał tę historię, nigdy nie zeznawałby w sądzie jako biegły.

– Dlaczego wcześniej o tym nie powiedział?

– Przypuszczam, że dlatego, iż myślał, że nastąpiło zatarcie skazania. Nie wiem. Teoretycznie rzecz biorąc, miał rację. Po zatarciu skazania w rejestrze nie pozostaje ślad po wyroku. Ale jest faktem, że kiedyś był skazany. Jake pociągnął długi łyk whisky. Miała wstrętny smak.

Przez dziesięć minut siedzieli w milczeniu. Było ciemno, świerszcze koncertowały na całego. Sallie podeszła do drzwi i spytała Jake'a, czy przygotować mu kolację. Nie chciał nic jeść.

– Co się działo po południu? – spytał Lucien.

– Zeznawał Carl Lee i o czwartej sędzia ogłosił przerwę. Psychiatra Buckleya nie jest jeszcze gotów. Przyjedzie w poniedziałek.

– Jak poszło Haileyowi?

– Średnio. Zeznawał tuż po Bassie i wyczuwało się nienawiść bijącą od ławy przysięgłych. Był sztywny i odpowiadał na pytania jak kiepsko przygotowany aktor. Nie wydaje mi się, by uzyskał wiele punktów.

– A jak zachowywał się Buckley?

– Zupełnie oszalał. Przez godzinę wydzierał się na Carla Lee, a ten nawet nieźle sobie z nim radził i nie pozostawał mu dłużny. Myślę, że obaj sobie tym zaszkodzili. Podregulowałem trochę Haileya i dopiero wtedy przybrał żałosną i nieszczęśliwą minę. Pod koniec niemal się rozpłakał.

– To dobrze.

– Tak, świetnie. Ale i tak go skażą, prawda?

– Sądzę, że tak.

– Kiedy Noose ogłosił przerwę, Hailey znów próbował mnie wylać. Powiedział, że przegrałem jego sprawę i że chce nowego adwokata.

Lucien poszedł na skraj werandy i rozpiął spodnie. Oparł się o kolumnę i obsikał krzaki. Był na bosaka i wyglądał jak ofiara powodzi. Sallie przyniosła mu kolejnego drinka.

– Jak się czuje Ro-ark?

– Mówią, że jej stan się nie pogarsza. Zadzwoniłem do jej pokoju, ale pielęgniarka powiedziała, że pacjentka nie może rozmawiać. Pojadę do niej jutro.

– Mam nadzieję, że to nic poważnego. To świetna dziewczyna.

– Jest twardą babą i przy tym niezwykle mądrą. Czuję się odpowiedzialny za to, co ją spotkało, Lucien.

– To nie twoja wina, Jake. Świat jest zwariowany, pełen szaleńców. Czasem wydaje mi się, że połowa z nich zamieszkuje okręg Ford.

– Dwa tygodnie temu pod oknem mojej sypialni umieścili dynamit. Zakatowali na śmierć męża mojej sekretarki. Wczoraj strzelali do mnie i trafili gwardzistę. W nocy napadli na moją asystentkę, przywiązali ją do pala, zdarli z niej ubranie, obcięli włosy i leży teraz w szpitalu ze wstrząsem mózgu. Ciekaw jestem, co jeszcze szykują.

– Myślę, że powinieneś się poddać.

– Z chęcią bym to zrobił. Natychmiast poszedłbym do sądu, oddałbym akta sprawy, złożyłbym broń, poddałbym się. Ale komu? Wróg jest niewidzialny.

– Nie możesz się teraz wycofać, Jake. Jesteś potrzebny swojemu klientowi.

– Do diabła z moim klientem. Chciał mnie dziś wywalić.

– Potrzebuje cię, póki to wszystko się nie skończy.

Głowa Nesbita do połowy wystawała przez okno, ślina spływała wzdłuż lewego policzka, a następnie w dół drzwiczek, tworząc małą kałużę nad literą „o" w słowie „Ford" na boku wozu policyjnego. Resztki piwa wylewające się z puszki zmoczyły mu spodnie w kroku. Po dwóch tygodniach sprawowania obowiązków ochroniarza adwokata tego czarnucha przyzwyczaił się do spania w aucie i nie zwracał już uwagi na komary.

W chwilę po tym, kiedy skończyła się sobota i zaczęła niedziela, sen przerwał mu sygnał radiowy. Chwycił mikrofon, rękawem lewej ręki ocierając ślinę.

– S.O. 8 – zameldował się.

– Gdzie jest twój 10-20?

– Tam, gdzie był dwie godziny temu.

– Stoisz przed domem Wilbanksa?

– 10-4.

– Czy Brigance wciąż tam siedzi?

– 10-4.

– Idź po niego i zawieź go do jego domu na Adamsa. Sprawa pilna.

Nesbit ominął puste butelki pozostawione na werandzie, wszedł przez otwarte drzwi do domu i znalazł Jake'a wyciągniętego na kanapie w pokoju od ulicy.

– Wstawaj, Jake! Masz jechać do swojego domu! To pilne!

Jake zerwał się i ruszył za Nesbitem. Zatrzymali się na schodach i spojrzeli w stronę kopuły wieńczącej gmach sądu. Teraz odcinała się wyraźnie na tle pomarańczowej łuny i kłębów dymu, spokojnie unoszącego się w stronę sierpa księżyca.

Na ulicy Adamsa stały rozmaite pojazdy, głównie furgonetki. Każda, a było ich chyba z tysiąc, zaopatrzona w czerwone i żółte światła alarmowe, które obracały się, rzucając w ciemnościach błyski.

Przed domem zatrzymały się wozy straży pożarnej. Strażacy oraz ochotnicy gorączkowo próbowali się zorganizować. Biegali, rozwijali węże i od czasu do czasu podporządkowywali się rozkazom komendanta straży. Ozzie, Prather i Hastings stali w pobliżu pompy. Wokół dżipa kręciło się kilku gwardzistów.

Ogień wyglądał imponująco. Z każdego okna, na dole i na piętrze, strzelały płomienie. Wiata dla samochodów już spłonęła. Samochód Carli dopalał się – z czterech opon unosił się ciemny dym. Co dziwniejsze, obok samochodu Carli palił się jakiś inny, mniejszy wóz.

Huk płomieni, warkot silników wozów strażackich oraz krzyki ratowników ściągnęły mieszkańców okolicznych ulic. Tłoczyli się na trawniku po drugiej stronie jezdni i patrzyli w milczeniu.

Jake i Nesbit ruszyli w dół ulicy. Zauważył ich komendant straży i podbiegł do nich.

– Jake! Czy ktoś jest w domu?

– Nie!

– To dobrze. Bałem się, że ktoś został w środku.

– Tylko pies.

– Pies!

Jake skinął głową i spojrzał na dom.

– Przykro mi – powiedział szef straży.

Usiedli w samochodzie Ozziego, przed domem pani Pickle. Jake odpowiadał na pytania.

– Jake, ten volkswagen, który tam stoi, nie jest twój, prawda?

Jake w milczeniu przypatrywał się dumie i chlubie Carli.

Pokręcił głową.

– Tak mi się wydawało. Wygląda na to, jakby od niego wszystko się zaczęło.

– Nie rozumiem – powiedział Jake.

– Jeśli to nie twój samochód, w takim razie ktoś musiał go tam zaparkować, prawda? Zauważyłeś, jak płonie posadzka wiaty? Beton zazwyczaj się nie pali. To benzyna. Ktoś załadował volkswagena benzyną, zaparkował wóz i uciekł. Prawdopodobnie miał jakieś zdalnie sterowane urządzenie zapalające.

Prather i dwaj strażacy przytaknęli.

– Odkąd to się tak pali? – spytał Jake.

– Przyjechaliśmy dziesięć minut temu – powiedział komendant straży. – Cały dom stał już w płomieniach. Piękny pożar. Wiedzieli, jak się to robi.

– Przypuszczam, że nic się nie da uratować? – spytał Jake, znając odpowiedź.

– Wykluczone. Ogień zbyt się rozprzestrzenił. Moi ludzie nie mogliby wejść do środka, nawet gdyby ktoś został tam uwięziony. Piękny pożar.

– Co w nim takiego pięknego?

– Przyjrzyj się uważnie. Cały dom pali się równomiernie. W każdym oknie widać płomienie. Na dole i na górze. To rzadko spotykane. Za chwilę zajmie się dach.

Dwie sekcje strażaków podciągnęły węże, kierując strumienie wody w stronę okien wychodzących na werandę. Mniejszy strumień skierowano w stronę okna na górze. Obserwując przez chwilę, jak woda ginie w płomieniach bez żadnego zauważalnego efektu, komendant straży splunął i powiedział:

– Spłonie doszczętnie.

Powiedziawszy to, zniknął za wozem i zaczął coś wykrzykiwać.

Jake spojrzał na Nesbita.

– Wyświadczysz mi przysługę?

– Oczywiście, Jake.

– Pojedź po Harry'ego i przywieź go tu. Nie chciałbym, żeby stracił taki widok.

– Już się robi.

Przez dwie godziny Jake, Ozzie, Harry Rex i Nesbit siedzieli w aucie policyjnym i obserwowali, jak spełnia się przepowiednia komendanta straży. Od czasu do czasu przystawał jakiś sąsiad, wypowiadał słowa współczucia i pytał o rodzinę. Pani Pickle, miła staruszka mieszkająca w domu obok, rozpłakała się na cały głos, kiedy Jake poinformował ją, że w płomieniach zginął Max.

O trzeciej zastępcy szeryfa i ciekawscy rozeszli się, a o czwartej po zabytkowym, wiktoriańskim domu pozostały dymiące zgliszcza. Nad rumowiskiem górowały jedynie komin i wypalone karoserie dwóch samochodów. Strażacy ciężkimi butami rozgarniali popiół, szukając iskier lub ukrytych płomieni, które mogły znów wystrzelić nad pogorzeliskiem.

Ostatnie węże zwinęli, kiedy na horyzoncie zaczęło się pojawiać słońce. Jake podziękował im, a potem razem z Harrym przeszli przez ogród, by ocenić rozmiar zniszczeń.

– Cóż – powiedział Harry Rex – to tylko dom.

– Zadzwonisz do Carli i powiesz jej o tym?

– Nie. Uważam, że ty powinieneś to zrobić.

– Chyba nie będę się z tym spieszył.

Harry Rex spojrzał na zegarek.

– Czy nie pora na śniadanie?

– Dziś jest niedziela, Harry Rex. Wszystko pozamykane.

– Och, Jake, jesteś amatorem, a ja – fachowcem. Potrafię znaleźć coś gorącego do jedzenia o każdej porze dnia.

– W motelu dla kierowców ciężarówek?

– W motelu dla kierowców ciężarówek!

– Dobra. A kiedy sobie podjemy, pojedziemy do Oxford i odwiedzimy Ro-ark.

– Wspaniale. Nie mogę się już doczekać, by ją zobaczyć po tych postrzyżynach.

Sallie chwyciła telefon i rzuciła nim w Luciena, który przez chwilę szamotał się, póki nie postawił go obok głowy.

– Halo, kto mówi? – spytał, spoglądając w ciemności za oknem.

– Czy to Lucien Wilbanks?

– Tak, a kto mówi?

– Zna pan Clyde'a Sisco?

– Tak.

– A więc chodzi o pięćdziesiąt tysięcy.

– Proszę zadzwonić do mnie rano.

ROZDZIAŁ 39

Sheldon Roark siedział na parapecie, trzymając nogi na oparciu krzesła, i czytał artykuł na temat procesu Haileya, opublikowany w niedzielnej gazecie wydawanej w Memphis. Na pierwszej kolumnie umieszczono zdjęcie jego córki i opisano jej przygodę z Klanem. Spojrzał na Ellen leżącą w łóżku tuż obok. Jedną część głowy miała ogoloną i grubo obandażowaną. Na lewe ucho założono jej dwanaście szwów. Lekarze zmienili swoją pierwotną diagnozę i orzekli, że doznała lekkiego, a nie ciężkiego wstrząsu mózgu. Obiecali, że do środy wypiszą ją ze szpitala.

Członkowie Klanu nie zgwałcili jej ani nie wychłostali. Kiedy lekarze zadzwonili do niego do Bostonu, nie przekazali mu żadnych szczegółów. Podczas siedmiogodzinnego lotu nie wiedział, co spotkało jego córkę, ale spodziewał się najgorszego. W sobotę późnym wieczorem lekarze przeprowadzili dodatkowe badania rentgenowskie i orzekli, że nie ma powodów do obaw. Blizny po zadrapaniach zbledną, a włosy odrosną. Napastnicy nastraszyli ją i dość brutalnie potraktowali, ale mogło być znacznie gorzej.

Z holu dobiegały go czyjeś podniesione głosy. Ktoś wykłócał się z pielęgniarką. Odłożył gazetę na łóżko i otworzył drzwi.

Pielęgniarka zauważyła Jake'a i Harry'ego, jak przemykali korytarzem. Wyjaśniła im, że chorych można odwiedzać od drugiej po południu, czyli dopiero za sześć godzin, że zezwala się na wizyty tylko członkom rodzin i że wezwie strażników, jeśli natychmiast nie opuszczą szpitala. Harry Rex odparł, że ma w nosie godziny odwiedzin i wszystkie inne głupie szpitalne zarządzenia, że idzie do swojej narzeczonej, by po raz ostatni ujrzeć ją przed śmiercią, i że jeśli pielęgniarka się nie zamknie, oskarży ją o szykanowanie, bo jest prawnikiem, od tygodnia nikogo nie pozwał przed sąd i z tego powodu stał się nerwowy.

– Co tu się dzieje? – spytał Sheldon.

Jake spojrzał na niskiego mężczyznę o rudych włosach i zielonych oczach i powiedział:

– Czy pan Sheldon Roark?

– Zgadza się.

– Nazywam się Jake Brigance. To ja...

– Tak, słyszałem o panu. W porządku, siostro, ci panowie są ze mną.

– Właśnie – powiedział Harry Rex. – Wszystko w porządku. Jesteśmy z tym panem. A teraz niech będzie pani łaskawa zostawić nas samych, zanim pozwę panią przed sąd.

Pielęgniarka oddaliła się, mamrocząc coś pod nosem.

– Jestem Harry Rex Vonner – przedstawił się adwokat, ściskając dłoń Sheldona Roarka.

– Proszę do środka – zaprosił ich starszy pan.

Weszli za nim do małego pokoju i spojrzeli na Ellen. Jeszcze spała.

– Bardzo z nią źle? – spytał Jake.

– Lekki wstrząs mózgu, dwanaście szwów na uchu i jedenaście na głowie. Nic jej nie będzie. Lekarz obiecał, że może do środy ją wypiszą. Ostatniej nocy nie spała i ucięliśmy sobie długą pogawędkę.

– Fryzurę ma w opłakanym stanie – zauważył Harry Rex.

– Szarpali ją za włosy i obcinali je tępym nożem. Pocięli na niej ubranie i nawet zagrozili, że ją wybatożą. Obrażenia na głowie spowodowała sama. Myślała, że zabiją ją lub zgwałcą, albo jedno i drugie. Więc waliła głową w słup, do którego ją przywiązali. Musiała ich tym trochę nastraszyć.

– Czyli że jej nie chłostali?

– Nie. Napędzili jej jedynie porządnego stracha.

– Co widziała?

– Niewiele. Płonący krzyż, kilkunastu mężczyzn w białych płaszczach. Szeryf powiedział, że wszystko to miało miejsce piętnaście kilometrów na wschód od miasta, na łące należącej do jakiejś wytwórni papieru.

– Kto ją znalazł? – spytał Harry Rex.

– Szeryf otrzymał anonimowy telefon od jakiegoś faceta, który przedstawił się Myszka Miki.

– Ach, tak. To mój stary znajomy.

Ellen poruszyła się i jęknęła cicho.

– Lepiej stąd wyjdźmy – zaproponował Sheldon.

– Czy mają tu jakiś bufet? – zainteresował się Harry Rex. – Kiedy jestem w pobliżu szpitala, natychmiast robię się głodny.

– Z pewnością. Chodźmy na kawę.

Bufet na parterze był pusty. Jake i pan Roark zamówili czarną kawę. Harry Rex poprosił na początek trzy maślane bułeczki i pół kwarty mleka.

– Jeśli wierzyć gazetom, sprawa nie idzie chyba najlepiej – powiedział Sheldon.

– Dziennikarze są niezwykle łaskawi i powściągliwi – oświadczył Harry Rex z pełnymi ustami. – Obecny tu Jake dostał w sali rozpraw potężnego kopniaka. A życie poza gmachem sądu też go nie rozpieszcza. Jeśli do niego nie strzelają albo nie porywają mu asystentki, to podpalają mu dom.

– Spalili pański dom!

Jake skinął głową.

– Ostatniej nocy. Wciąż jeszcze się tli.

– Wydawało mi się, że czuję swąd dymu od pańskiego ubrania.

– Przyglądaliśmy się, jak płonie. Pożar trwał cztery godziny.

– Przykro mi to słyszeć. Też mi tym kiedyś grożono, ale najgorsze, co mnie do tej pory spotkało, to pocięte opony w moim samochodzie. Nigdy też do mnie nie strzelano.

– A do mnie już kilka razy.

– Czy macie w Bostonie Klan? – spytał Harry Rex.

– Nic mi o tym nie wiadomo.

– Niech pan żałuje. Ci faceci dodają do nudnej praktyki adwokackiej szczyptę emocji.

– Zdążyłem to zauważyć. W ubiegłym tygodniu pokazywali w telewizji reportaż o zamieszkach przed sądem w Clanton. Odkąd Ellen włączyła się do sprawy Haileya, z uwagą śledzę wszelkie doniesienia na ten temat. To głośny proces. Nawet u nas. Chciałbym w nim występować jako obrońca.

– Nie widzę przeszkód – powiedział Jake. – Zdaje się, że mój klient szuka nowego adwokata.

– Ilu biegłych psychiatrów przedstawi oskarżenie?

– Tylko jednego. Będzie zeznawał rano, a potem wygłosimy mowy końcowe. Ława przysięgłych powinna wydać werdykt jutro późnym popołudniem.

– Żałuję, że Ellen to ominie. Codziennie do mnie dzwoniła i opowiadała o tym procesie.

– Gdzie Jake popełnił błąd? – spytał Harry Rex.

– Nie mówi się z pełną buzią – zwrócił mu uwagę Jake.

– Według mnie pański kolega spisał się zupełnie dobrze. Jednak od samego początku wszystkie fakty były przeciwko niemu. Nie ulega wątpliwości, że Hailey popełnił morderstwo i drobiazgowo je zaplanował. Cała obrona opiera się wyłącznie na dość słabym argumencie niepoczytalności. Ława przysięgłych w Bostonie też nie potraktowałaby go zbyt wyrozumiale.

– Podobnie będzie w okręgu Ford – dodał Harry Rex.

– Mam nadzieję, że chowa pan w rękawie chwytającą za serce mowę końcową – powiedział Sheldon.

– On nie ma już żadnych rękawów – odparł Harry Rex. – Wszystkie spłonęły. Razem ze spodniami i bielizną.

– A może przyjedzie pan jutro na rozprawę? – spytał Jake. – Przedstawię pana sędziemu i poproszę, by pozwolono panu być obecnym podczas spotkań w gabinecie Noose'a.

– Dla mnie tego nie zrobił – poskarżył się Harry Rex.

– Chyba domyślam się dlaczego – powiedział z uśmiechem Sheldon. – Właściwie mogę skorzystać z pana propozycji. I tak planowałem, że zostanę tu do wtorku. Czy jest tam bezpiecznie?

– Niezbyt.

Żona Woody'ego Mackenvale'a siedziała na ławie pod drzwiami do pokoju, w którym leżał jej mąż, i cicho płakała, próbując jednocześnie przybrać dzielną minę wobec swych dwóch synków siedzących obok niej. Chłopcy ściskali w rączkach mocno sfatygowane chusteczki jednorazowe, od czasu do czasu ocierając policzki i wydmuchując nosy. Jake przykucnął przed kobietą i słuchał uważnie jej relacji o tym, co stwierdzili lekarze. Kula utkwiła w kręgosłupie – paraliż byt nieodwracalny. Mackenvale pracował jako brygadzista w fabryce w Booneville. Miał dobrą robotę. Wiedli spokojne życie. Ona dotychczas zajmowała się wyłącznie domem. Jakoś sobie poradzą, choć nie wiedziała jak. Jej mąż trenował małą drużynę, do której należą ich synowie. Był człowiekiem bardzo aktywnym.

Zapłakała głośniej, a chłopcy otarli policzki.

– Uratował mi życie – powiedział Jake i spojrzał na chłopców.

Zamknęła oczy i skinęła głową.

– Zrobił to, co do niego należało. Poradzimy sobie.

Jake wyciągnął ze stojącego na ławce pudełka chusteczkę jednorazową i wytarł oczy. W pobliżu zebrało się kilku krewnych gwardzisty i obserwowało ich. Harry Rex chodził nerwowo w drugim końcu korytarza.

Jake przytulił kobietę i pogłaskał chłopców po głowach. Dał jej swój numer telefonu – do biura – i powiedział, by do niego zadzwoniła, jeśli będzie potrzebowała pomocy. Obiecał, że po zakończeniu procesu odwiedzi Woody'ego.

W niedzielę piwiarnie otwierano o dwunastej, jakby specjalnie po to, by umożliwić parafianom po opuszczeniu Domu Bożego, a przed udaniem się do dziadków na niedzielny obiad, kupno kilku butelek piwa. Co dziwniejsze, zamykano je o szóstej po południu, jakby tym samym ludziom zdążającym do kościoła na wieczorne nabożeństwa już się piwo nie należało. Przez pozostałe sześć dni tygodnia handlowano piwem od szóstej rano do północy. Ale w niedziele, przez wzgląd na Wszechmogącego, sprzedaż była ograniczona.

Jake kupił w sklepie Batesa sześć piw i polecił swemu szoferowi skierować się w stronę jeziora. Drzwi i zderzaki starego forda bronco Harry'ego Reksa pokrywała dziesięciocentymetrowa warstwa zaschłego błota. Opony w ogóle były niewidoczne. Przednia szyba, popękana i oblepiona tysiącami owadów, w każdej chwili groziła wypadnięciem. Nalepka dopuszczająca wóz do ruchu miała cztery lata i była z zewnątrz nieczytelna. Pod nogami poniewierały się tuziny pustych puszek po piwie i potłuczonych butelek. Klimatyzacja nie działała od sześciu lat. Jake zaproponował, by wzięli saaba, a Harry Rex zwymyślał go za głupotę. Czerwony saab był łatwym celem dla snajperów. Na forda bronco nikt nie zwróci uwagi. Jechali wolno w stronę jeziora, nie kierując się do żadnego konkretnego miejsca. Willie Nelson zawodził z kasety. Harry Rex stukał do taktu w kierownicę i śpiewał razem z nim. Jego głos, chropowaty i mało przyjemny dla ucha, stawał się wprost okropny, gdy Harry usiłował śpiewać. Jake popijał piwo i próbował dojrzeć przez szybę światło dnia.

Zanosiło się na burzę. Na południowym zachodzie zebrały się ciemne chmury. Pierwsze krople spadły na wysuszoną ziemię, kiedy minęli knajpę Hueya. Deszcz oczyścił z kurzu zarośla, ciągnące się wzdłuż przydrożnych rowów, a jego krople osiadały na drzewach niczym srebrzysty mech. Ochłodził rozpaloną nawierzchnię drogi. Niemal natychmiast utworzyła się mgła, unosząca się metr nad szosą. Bruzdy w spękanej ziemi zaczęły nasiąkać wodą, a kiedy były już pełne – małe strużki popłynęły do rowów odwadniających i przydrożnych kanałów. Deszcz lunął na pola bawełny i soi, bijąc zaciekle w zagony, aż między łodygami potworzyły się małe kałuże.

Godny odnotowania jest fakt, że wycieraczki w samochodzie Harry'ego działały. Energicznie przesuwały się tam i z powrotem, zgarniając błoto i owady. Nawałnica nie ustępowała. Harry Rex głośniej nastawił radio.

Grupki czarnych w słomkowych kapeluszach na głowach, z bambusowymi kijami w rękach, schroniły się pod mostami, czekając na koniec ulewy. Spokojne rzeczki zbudziły się do życia. Błotnista maź z pól i rowów spływała w dół, zakłócając leniwy prąd strumyków i potoków. Poziom wody szybko się podnosił. Murzyni zajadali kiełbasę, zagryzając ją krakersami, i snuli wędkarskie opowieści.

Harry Rex poczuł głód. Zatrzymał się przed sklepem spożywczym Treadwaya niedaleko jeziora i kupił więcej piw, dwa rybne zestawy śniadaniowe i sporą torbę ostro przyprawionych, pieczonych skórek wieprzowych. Rzucił je Jake'owi na kolana.

Kiedy przejeżdżali zaporę, w strugach deszczu ledwie widzieli drogę. Harry Rex zaparkował obok małego pawilonu na polu biwakowym. Usiedli na betonowym stole i obserwowali, jak deszcz siecze powierzchnię jeziora Chatulla. Jake popijał piwo, a Harry Rex zjadł oba zestawy śniadaniowe.

– Kiedy powiesz o tym Carli? – spytał, głośno chłepcząc piwo.

Deszcz bębnił po blaszanym dachu.

– O czym?

– O domu.

– Nic jej nie powiem. Może zanim wróci, uda mi się go odbudować.

– To znaczy do końca tygodnia?

– Tak.

– Niedobrze z tobą, Jake. Za dużo pijesz i straciłeś rozum.

– Zasłużyłem sobie na to. Sam się o to prosiłem. Za dwa tygodnie ogłoszę upadłość. Zanosi się na to, że przegram największą sprawę w swojej karierze zawodowej, sprawę, za którą otrzymam dziewięćset dolarów. Mój śliczny dom, przez wszystkich obfotografowywany i opisywany w „Southern Living" przez starsze panie z okolicznych klubów, zamieniono w pogorzelisko. Żona mnie opuściła, a kiedy jej powiem o domu, wystąpi o rozwód. Co do tego nie mam najmniejszych wątpliwości. A więc stracę żonę, a kiedy moja córka dowie się, że jej ukochany piesek zginął w płomieniach, znienawidzi mnie do końca życia. Za moją głowę wyznaczono nagrodę. Szukają mnie zbiry z Klanu. Strzelają do mnie snajperzy. W szpitalu leży żołnierz, a w jego kręgosłupie tkwi kula, która była przeznaczona dla mnie. Do śmierci będzie wegetował niczym roślina, a ja do końca życia, dzień w dzień będę o nim myślał. Przeze mnie zabito męża mojej sekretarki. Moja asystentka leży w szpitalu, ostrzyżona na punka, ze wstrząsem mózgu, bo pracowała dla mnie. Ława przysięgłych uważa mnie za oszusta z powodu świadka, którego powołałem. Mój klient chce mnie zwolnić. Jeśli zostanie skazany, wszyscy będą mieli pretensje wyłącznie do mnie. Na pewno wynajmie sobie innego adwokata, jednego z tych typków z ACLU, żeby wniósł rewizję, a mnie oskarży o nieudolność. I będzie miał rację. Ukarzą mnie za zaniedbanie. Zostanę bez żony, bez córki, bez domu, bez pracy, bez klientów, bez pieniędzy, jednym słowem – z niczym.

– Jake, potrzebny ci psychiatra. Uważam, że powinieneś umówić się na wizytę u doktora Bassa. Masz, napij się piwa.

– Chyba przeprowadzę się do Luciena i będę cały dzień siedział na werandzie.

– Czy mogę się przenieść do twojego biura?

– Myślisz, że wystąpi o rozwód?

– Najprawdopodobniej tak. Rozwodziłem się cztery razy i wszystkie moje żony oskubały mnie, z czego tylko się dało.

– Carla jest inna. Czczę ziemię, po której stąpa, i ona o tym wie.

– Kiedy wróci do Clanton, przyjdzie jej na tej ziemi spać.

– Nie, kupimy sobie ładną, przytulną przyczepę kempingową. Wystarczy nam, póki się nie wydźwignę po bankructwie. Potem znajdziemy sobie jakiś stary dom i zaczniemy wszystko od początku.

– Już prędzej znajdziesz sobie nową żonę i wtedy zaczniesz wszystko od początku. Dlaczego Carla miałaby zamienić luksusowy dom na wybrzeżu na przyczepę kempingową w Clanton?

– Ponieważ w tej przyczepie będę mieszkał ja.

– To za mało, Jake. Będziesz zbankrutowanym prawnikiem, którego skreślono z listy adwokatów, nędznym pijaczyną. Zostaniesz publicznie napiętnowany. Zapomną o tobie wszyscy przyjaciele z wyjątkiem mnie i Luciena. Carla nigdy do ciebie nie wróci. To skończone. Jako twój przyjaciel i specjalista od spraw rozwodowych radzę, żebyś pierwszy wystąpił z wnioskiem o rozwód. Zrób to teraz, zaraz, działaj przez zaskoczenie.

– Dlaczego mam wystąpić o rozwód?

– Bo w przeciwnym razie zrobi to Carla. Pierwsi podamy sprawę twierdząc, że opuściła cię w potrzebie.

– Czy to wystarczający powód, by domagać się rozwodu?

– Nie. Ale udowodnimy również, że zwariowałeś i jesteś chwilowo niepoczytalny. Pozwól, że sam się wszystkim zajmę. Powołamy się na zasady M'Naghtena. Pamiętaj, iż jestem specjalistą od rozwodów.

– Jak mógłbym zapomnieć?

Jake otworzył następne piwo.

Ulewa osłabła i niebo pojaśniało. Od jeziora powiał chłodny wiatr.

– Skażą go, prawda, Harry Rex? – spytał Jake, spoglądając na ciągnące się w oddali jezioro.

Harry Rex przestał żuć i wytarł usta. Odłożył papierową tackę na stół i pociągnął długi łyk piwa. Wiatr nawiewał mu na twarz drobne krople dżdżu. Otarł je rękawem.

– Tak. Twojego klienta czeka wyrok. Czytam to z ich oczu. Ta cała historyjka o niepoczytalności po prostu nie wypaliła. Po pierwsze, od początku nie chcieli wierzyć Bassowi, a kiedy dobrał się do niego Buckley, wszystko przepadło. Carl Lee też sobie nie pomógł swoim wystąpieniem. Widać było, że miał przygotowane odpowiedzi. Sprawiał wrażenie, jakby błagał ich o litość. To było marne przesłuchanie. Kiedy zeznawał, uważnie obserwowałem ławę przysięgłych. Nie dostrzegłem ani śladu zrozumienia dla jego czynu. Skażą go, Jake. I to szybko.

– Dzięki za szczerość.

– Jestem twoim przyjacielem i uważam, że powinieneś się zacząć duchowo przygotowywać na wyrok skazujący i długą procedurę apelacyjną.

– Wiesz co, Harry Rex, żałuję, że kiedykolwiek spotkałem Carla Lee Haileya.

Drzwi otworzyła Sallie. Zapewniła Jake'a, że przykro jej z powodu domu. Lucien siedział na górze, w swoim gabinecie, zupełnie trzeźwy i po uszy pogrążony w pracy. Wskazał Jake'owi krzesło, prosząc, by usiadł. Biurko zasłane było notatnikami.

– Spędziłem całe popołudnie, przygotowując mowę końcową – powiedział, odgarniając papierzyska na bok. – Jedyna nadzieja na uratowanie Haileya to oczarowanie ławy przysięgłych mową końcową. Musi to być najwspanialsza mowa w historii wymiaru sprawiedliwości. Właśnie nad tym pracowałem.

– I przypuszczam, że stworzyłeś majstersztyk.

– Jeśli mam być szczery, tak. Jest o wiele lepsza od tego, co sam byś wymyślił. Poza tym założyłem – całkiem zresztą słusznie, że spędzisz niedzielne popołudnie, opłakując swój dom i topiąc smutki w coorsie. Wiedziałem, że nic sobie nie przygotujesz, więc zrobiłem wszystko za ciebie.

– Chciałbym być tak trzeźwy jak ty, Lucien.

– Byłem lepszym adwokatem po pijanemu, niż ty jesteś na trzeźwo.

– Byłeś. A ja wciąż jestem.

Lucien rzucił w Jake'a notatnikiem.

– Masz. Kompilacja moich najwspanialszych mów końcowych. Wszystko, co najlepsze, kiedykolwiek stworzone przez Luciena Wilbanksa, zebrane razem. Proponuję, byś ją wykuł na pamięć i wygłosił słowo w słowo. Jest niezrównana. Nie próbuj nic zmieniać ani improwizować, tylko ją schrzanisz.

– Zastanowię się. Już raz mi się udało, pamiętasz?

– Teraz nie masz co liczyć na szczęście.

– Do cholery, Lucien! Zejdź ze mnie!

Spokojnie, Jake. Może się napijemy? Sallie! Sallie!

Jake rzucił dzieło Luciena na kanapę i podszedł do okna wychodzącego na ogród. Sallie wbiegła po schodach. Lucien kazał jej przynieść whisky i piwo.

– Całą noc byłeś na nogach? – spytał Lucien.

– Nie. Spałem od jedenastej do dwunastej.

– Wyglądasz okropnie. Potrzebny ci odpoczynek.

– Czuję się okropnie i sen nic na to nie pomoże. Nic mi nie pomoże, prócz zakończenia tego procesu. Nie rozumiem, Lucien. Nie rozumiem, jak wszystko mogło pójść aż tak źle. Z pewnością należy mi się w życiu trochę szczęścia. Ten proces nie powinien się toczyć w Clanton. Ponadto mam do czynienia z najgorszymi z możliwych sędziami przysięgłymi, na których próbowano wywrzeć nacisk. Nie jestem w stanie niczego udowodnić. Nasz najważniejszy świadek został zniszczony. Oskarżony wypadł bardzo kiepsko. A ława przysięgłych nie ma do mnie zaufania. Nie wiem, co jeszcze może się nie udać.

– Jake, masz jeszcze szansę wygrać ten proces. Graniczyłoby to z cudem, ale czasami cuda się zdarzają. Wiele razy dzięki wygłoszeniu dobrej mowy końcowej udało mi się wyrwać oskarżeniu niemal pewne zwycięstwo. Skoncentruj się na jednym lub dwóch sędziach przysięgłych. Graj przed nimi. Mów do nich. Pamiętaj, że wystarczy jedna osoba, by ława nie osiągnęła jednomyślności.

   – Czy powinienem wzruszyć ich do łez?

   – Jeśli potrafisz. Nie będzie to łatwe. Ale wierzę w łzy sędziów przysięgłych.

   Sallie przyniosła drinki. Zeszli na dół, na werandę. Po zapadnięciu zmroku podała im kanapki i smażone ziemniaki. O dziesiątej Jake przeprosił Luciena i udał się do swojego pokoju. Zadzwonił do Carli i rozmawiał z nią przez godzinę. Nie wspomniał o domu. Żołądek mu się ścisnął na dźwięk jej głosu i uświadomił sobie, że pewnego dnia, i to już niebawem, będzie zmuszony jej powiedzieć, że dom, jej ukochany dom, przestał istnieć. Odłożył słuchawkę i zmówił modlitwę, prosząc, by nie dowiedziała się tego z gazet.

ROZDZIAŁ 40

W poniedziałek rano wokół placu znów ustawiono zapory, zwiększono też liczbę oddziałów Gwardii, by utrzymać porządek. Żołnierze chodzili grupkami, przyglądając się, jak członkowie Klanu zajmują swoje miejsca na trawniku, a czarni demonstranci – swoje. W niedzielę odpoczęli i teraz już o wpół do dziewiątej wydzierali się na całego. Rozgromienie doktora Bassa było ważnym wydarzeniem i członkowie Klanu poczuli smak zwycięstwa. Poza tym udała im się akcja na ulicy Adamsa. Hałasowali bardziej niż zwykle.

   O dziewiątej Noose wezwał do swojego gabinetu obu prawników.

   – Chciałem się tylko upewnić, czy jesteście cali i zdrowi. – Uśmiechnął się do Jake'a.

   – Czemu nie pocałuje mnie pan w dupę, panie sędzio? – mruknął Jake pod nosem, na tyle jednak głośno, by go usłyszano.

   Prokurator zamarł. Woźny Pate chrząknął.

   Noose przechylił głowę na bok, jakby nie dosłyszał.

   – Co pan powiedział, panie Brigance?

   – Spytałem: „Dlaczego nie zaczynamy, panie sędzio?"

   – Wydawało mi się, że to właśnie usłyszałem. Jak się czuje pana asystentka, panna Roark?

   – Nic jej nie będzie.

   – Czy to sprawka Klanu?

– Tak, panie sędzio. Tego samego Klanu, który chciał mnie zabić. Tego samego Klanu, który ustawia w naszym okręgu płonące krzyże i nie wiadomo, w jaki jeszcze sposób próbuje wpływać na sędziów przysięgłych. Tego samego Klanu, który prawdopodobnie wywiera nacisk na większość członków ławy przysięgłych. Tak, proszę pana, to sprawka tego samego Klanu.

Noose zdjął okulary.

– Czy może pan to udowodnić?

– Pyta pan, czy mam pisemne oświadczenia członków Klanu, poświadczone notarialnie? Nie, proszę pana. Okazali się ludźmi niezbyt skłonnymi do współpracy.

– Jeśli nie potrafi pan tego udowodnić, panie Brigance, to proszę o tym nie wspominać.

– Tak jest, panie sędzio.

Jake wyszedł z pokoju, trzaskając drzwiami. Kilka sekund później pan Pate poprosił, by wszyscy obecni na sali rozpraw uciszyli się i powstali z miejsc. Noose powitał ławę przysięgłych i obiecał, że ich obowiązki wkrótce się skończą. Nikt się do niego nie uśmiechnął. Ten weekend w Temple Inn był okropny.

– Czy oskarżenie ma jeszcze jakichś świadków? – spytał sędzia Buckleya.

– Tylko jednego, Wysoki Sądzie.

Z poczekalni dla świadków przyprowadzono doktora Rodeheavera. Usadowił się wygodnie w fotelu dla świadków i uprzejmie skinął ławie przysięgłych. Wyglądał na prawdziwego psychiatrę.

Miał ciemny garnitur i żadnych kowbojskich butów.

Buckley wszedł na podwyższenie i uśmiechnął się do sędziów przysięgłych.

– Czy doktor Wilbert Rodeheaver? – zagrzmiał, patrząc na ławę przysięgłych tak, jakby chciał powiedzieć: „Teraz zobaczycie prawdziwego psychiatrę".

– Tak, proszę pana.

Buckley zaczął zadawać mu pytania, miliony pytań, na temat jego wykształcenia i pracy zawodowej. Rodeheaver był pewny siebie, odprężony, dobrze przygotowany, a przede wszystkim przyzwyczajony do występowania jako świadek. Szczegółowo opisał swoje wszechstronne wykształcenie zawodowe, bogate doświadczenie zdobyte podczas praktyki oraz wysoką pozycję w środowisku lekarskim, wynikającą z faktu piastowania stanowiska lekarza naczelnego w stanowym szpitalu psychiatrycznym. Buckley spytał go, czy jest autorem jakichś artykułów ze swojej dziedziny. Powiedział, że owszem. Następne trzydzieści minut poświęcone zostało na omawianie publikacji tego niezwykle mądrego człowieka. Otrzymywał dotacje na prace badawcze od rządu federalnego i od władz kilku stanów. Był członkiem wszystkich organizacji, do których należał Bass, i jeszcze paru innych. Posiadał dyplomy wszystkich stowarzyszeń, które w jakikolwiek sposób zajmowały się zagadnieniami funkcjonowania ludzkiego mózgu. Robił wrażenie człowieka kulturalnego, a co najważniejsze – był trzeźwy.

Buckley wystąpił o uznanie świadka za eksperta, a Jake nie wniósł żadnych zastrzeżeń.

Buckley kontynuował przesłuchanie.

– Doktorze Rodeheaver, kiedy po raz pierwszy badał pan Carla Lee Haileya?

Ekspert zajrzał do swoich notatek.

– Dziewiętnastego czerwca.

– Gdzie odbyło się badanie?

– W moim gabinecie w Whitfield.

– Jak długo trwało?

– Kilka godzin.

– Jaki był cel tego badania?

– Ustalenie obecnego stanu umysłowego oskarżonego oraz próba jego określenia w chwili, gdy strzelał on do panów Cobba i Willarda.

– Czy przeprowadził pan wywiad lekarski?

– Większość informacji zebrał mój asystent. Omówiłem je z panem Haileyem.

– I czego się pan o nim dowiedział?

– Niczego szczególnego. Dużo mówił o Wietnamie, ale nie było to nic godnego specjalnej uwagi.

– Czy chętnie mówił o Wietnamie?

– O, tak. Wyraźnie chciał sięgać do tych wspomnień. Zupełnie, jakby mu powiedziano, by jak najwięcej o tym mówił.

– Jakie jeszcze tematy poruszali panowie podczas pierwszego badania?

– Bardzo różne. Dotyczące dzieciństwa, rodziny, wykształcenia, pracy zawodowej, niemal wszystkiego.

– Czy omawiali panowie kwestię gwałtu dokonanego na córce Haileya?

– Tak, bardzo szczegółowo. Rozmowa ta była dla niego bolesna, podobnie jak byłaby dla mnie, gdyby chodziło o moją córkę.

– Czy napomknął panu, co skłoniło go do zamordowania Cobba i Willarda?

– Tak, rozmawialiśmy również o tym. Próbowałem określić, do jakiego stopnia rozumiał znaczenie swego czynu.

– I czego się pan dowiedział od oskarżonego?

– Początkowo niewiele. Ale z czasem Hailey otworzył się i opisał, jak trzy dni przed zabójstwem dokładnie zapoznał się z rozkładem pomieszczeń w budynku sądu i wybrał sobie dogodne miejsce, z którego mógłby zastrzelić gwałcicieli swej córki.

– A co oskarżony mówił o samej strzelaninie?

– Nic. Oświadczył, że niewiele pamięta, ale podejrzewam, że kłamie. Jake zerwał się na nogi.

– Sprzeciw! Świadek może mówić tylko to, co wie. Nie wolno mu snuć żadnych przypuszczeń.

– Uwzględniam sprzeciw. Panie Buckley, proszę kontynuować przesłuchanie świadka.

– Co jeszcze uderzyło pana w jego zachowaniu, postawie i sposobie mówienia?

Rodeheaver skrzyżował nogi i zaczął się lekko bujać. Ściągnął brwi, jakby się głęboko zamyślił.

– Początkowo był nieufny i unikał mojego wzroku. Udzielał krótkich odpowiedzi. Był urażony faktem, że jest na terenie naszego ośrodka pilnowany, a czasem nawet skuty kajdankami. Dopytywał się, dlaczego ściany jego pokoju są wyłożone materacami. Ale po jakimś czasie rozluźnił się i swobodnie rozmawiał na niemal wszystkie tematy. Kategorycznie odmówił odpowiedzi na kilka pytań, ale poza tym można stwierdzić, że był dość chętny do współpracy.

– Gdzie i kiedy zbadał go pan ponownie?

– Następnego dnia, w moim gabinecie.

– W jakim był nastroju i jaką przyjął postawę?

– Zachowywał się mniej więcej tak samo jak poprzedniego dnia. Z początku powściągliwie, ale później się rozkręcił. Rozmawialiśmy w zasadzie o tym samym, co poprzednio.

– Jak długo trwało to badanie?

– Około czterech godzin.

Buckley zerknął do swojego notatnika, a potem szepnął coś do Musgrove'a.

– Doktorze Rodeheaver, czy bazując na wynikach badań pana Haileya, przeprowadzonych dziewiętnastego i dwudziestego czerwca, jest pan w stanie postawić diagnozę dotyczącą obecnego stanu psychicznego oskarżonego?

– Tak, proszę pana.

– Jak ona brzmi?

– Pan Hailey 19 i 20 czerwca sprawiał wrażenie człowieka będącego przy zdrowych zmysłach. Mogę powiedzieć, że nic mu nie dolegało.

– Dziękuję. Czy na podstawie wyników swoich badań może pan postawić diagnozę o stanie umysłowym pana Haileya w dniu, kiedy zastrzelił Billy'ego Raya Cobba i Pete'a Willarda?

– Tak.

– Jak brzmi ta diagnoza?

– W tym czasie jego stan umysłowy był bez zastrzeżeń, nie można się dopatrzyć ograniczeń jakiejkolwiek natury.

– Na jakich przesłankach się pan opiera?

Rodeheaver zwrócił się w stronę ławy przysięgłych i rozpoczął wykład.

– Trzeba wziąć pod uwagę stopień premedytacji, z jakim popełniono tę zbrodnię. Motyw jest jednym z elementów premedytacji. Pan Hailey niewątpliwie miał motyw, by zrobić to, co zrobił, a jego stan umysłowy w tym czasie nie uniemożliwiał mu oceny swego czynu. Mówiąc konkretnie, pan Hailey szczegółowo sobie wszystko zaplanował.

– Panie doktorze, znane są panu zasady M'Naghtena, stosowane przy określaniu odpowiedzialności karnej?

– Oczywiście.

– I zdaje sobie pan sprawę z tego, że inny psychiatra, niejaki doktor W.T. Bass, oświadczył ławie przysięgłych, że pan Hailey nie był w stanie odróżnić dobra od zła oraz że nie potrafił zrozumieć i ocenić ani natury, ani znaczenia swego czynu?

– Tak, wiem o tym.

– Czy zgadza się pan z taką opinią?

– Nie. Uważam ją za absurdalną i czuję się nią osobiście dotknięty. Pan Hailey potwierdził, że planował te zabójstwa. Tym samym przyznał, że stan jego umysłu w tym czasie nie pozbawił go zdolności planowania. W każdym podręczniku prawa i medycyny określa się to mianem premedytacji. Nigdy nie słyszałem, by ktoś, kto planował morderstwo i przyznał się do tego, że je planował, twierdził później, iż nie wiedział, co robi. To nonsens.

W tej chwili Jake również poczuł, że to absurdalne. Rodeheaver mówił dobrze i wzbudzał zaufanie. Jake pomyślał o Bassie i zaklął w duchu.

Lucien siedział razem z czarnymi i zgadzał się z każdym słowem Rodeheavera. W porównaniu z Bassem świadek oskarżenia był znacznie bardziej wiarygodny. Lucien nie zwracał uwagi na sędziów przysięgłych. Od czasu do czasu kątem oka zerkał w ich stronę i widział, jak Clyde Sisco bezczelnie i zupełnie otwarcie gapi się prosto na niego. Ale Lucien pilnował się, by ich spojrzenia się nie spotkały. Pośrednik nie zadzwonił do niego w poniedziałek rano, jak go prosił. Potakujące skinięcie lub mrugnięcie Luciena oznaczałoby dobicie targu, z zapłatą zrealizowaną później, po werdykcie. Sisco znał reguły gry i czekał na jakiś znak. Ale na próżno. Lucien chciał to najpierw omówić z Jakiem.

– Panie doktorze, czy opierając się na tych faktach oraz na swoich badaniach oskarżonego w dniu 20 maja, ma pan wyrobioną opinię na temat tego, czy pan Hailey był w stanie odróżnić dobro i zło w chwili, gdy strzelał do Billy'ego Raya Cobba, Pete'a Willarda oraz zastępcy szeryfa DeWayne'a Looneya?

– Tak.

– I jak brzmi ta opinia?

– Jego stan umysłowy nie budził zastrzeżeń. Hailey potrafił odróżnić dobro i zło.

– Czy opierając się na tych samych faktach, ma pan wyrobioną opinię w odniesieniu do tego, czy pan Hailey był w stanie zrozumieć oraz ocenić naturę i znaczenie swego czynu?

– Tak.

– Jak brzmi ta opinia?

–, W pełni zdawał sobie sprawę z tego, co robi.

Buckley zamknął swój notatnik i grzecznie się ukłonił.

– Dziękuję, panie doktorze. Nie mam więcej pytań.

– Panie Brigance, czy ma pan pytania do świadka oskarżenia? – spytał Noose.

– Owszem, mam kilka pytań.

– Tak myślałem. Proponuję piętnaście minut przerwy.

Jake, nie zważając na Carla Lee, szybko wyszedł z sali rozpraw i pobiegł na górę, do biblioteki na drugim piętrze. Czekał tam na niego uśmiechnięty Harry Rex.

– Jake, odpręż się. Obdzwoniłem wszystkie redakcje gazet w Karolinie Północnej i żadna nie napisała o twoim domu. Nie ma też najmniejszej wzmianki o Ro-ark. Dziennik poranny z Raleigh opublikował artykuł o procesie, ale bardzo ogólnikowy. I to wszystko. Carla jeszcze o niczym nie wie, Jake. Myśli, że jej wyjątkowy dom wciąż stoi. Czy to nie wspaniała wiadomość?

– Wspaniała. Wprost cudowna. Dziękuję ci, Harry Rex.

– Drobiazg. Słuchaj, Jake, nie wiem, jak ci to powiedzieć…

– Wal, stary.

– Wiesz, że nienawidzę Buckleya. Nienawidzę go bardziej niż ty. Ale umiem się dogadać z Musgrove'em. Mogę z nim porozmawiać. Ostatniej nocy pomyślałem, że dobrze by było ich wybadać – to znaczy ja wybadałbym Musgrove'a, jakie są szanse na wynegocjowanie z oskarżeniem wyroku.

– Nie!

– Słuchaj, Jake. Co ci szkodzi? Nic! Niech Hailey przyzna się do świadomego popełnienia zabójstwa, żeby uchronić się przed komorą gazową. Mógłbyś wtedy z całym spokojem oświadczyć, że uratowałeś mu życie.

- Nie!
- Słuchaj, Jake. Twój klient za jakieś czterdzieści osiem godzin zostanie skazany na śmierć. Jeśli mi nie wierzysz, to znaczy, że jesteś ślepy. Ślepy, mój przyjacielu.
- Dlaczego Buckley miałby chcieć z nami rozmawiać? Przecież ma pewne zwycięstwo.
- Może nie będzie chciał negocjować. Ale pozwól mi przynajmniej spróbować.
- Nie, Harry Rex. Zapomnij o tym.

Po przerwie Rodeheaver wrócił na swoje miejsce. Jake spojrzał na niego. W czasie swej krótkiej kariery prawniczej nigdy nie wygrał z biegłymi. Biorąc pod uwagę to, jak mu ostatnio dopisuje szczęście, nie powinien nawet próbować.
- Doktorze Rodeheaver, psychiatria to nauka o ludzkim mózgu, prawda?
- Tak.
- I dziedzina ta nie należy do nauk ścisłych, prawda?
- Zgadza się.
- Może pan zbadać pacjenta i postawić diagnozę, a drugi psychiatra może postawić zupełnie inną diagnozę?
- Tak, to całkiem możliwe.
- Teoretycznie, gdy dziesięciu psychiatrów zbada pacjenta cierpiącego na zaburzenia umysłowe, to każdy z nich może mieć własną opinię na temat tego, co choremu dolega?
- To mało prawdopodobne.
- Ale mogłoby się tak zdarzyć, prawda, panie doktorze?
- Owszem, mogłoby. Przypuszczam, że podobne przypadki mogą zaistnieć również przy wydawaniu opinii prawnych.
- Ale nie mówimy teraz o opiniach prawnych, prawda, panie doktorze?
- Nie.
- Szczerze mówiąc, panie doktorze, chyba w wielu przypadkach psychiatria nie potrafi określić, na jakie zaburzenia umysłowe cierpi człowiek?
- To prawda.
- I psychiatrzy wciąż się między sobą spierają, prawda, panie doktorze?
- Oczywiście.
- Panie doktorze, kto płaci panu pensję?
- Stan Missisipi.
- Od kiedy?
- Od jedenastu lat.
- A kto oskarża pana Haileya?
- Stan Missisipi.

– Podczas swej jedenastoletniej pracy na stanowej posadzie, ile razy występował pan jako świadek podczas procesów, w których powoływano się na niepoczytalność oskarżonego?

Rodeheaver zastanowił się przez moment.

– Wydaje mi się, że to mój czterdziesty trzeci proces.

Jake sprawdził coś w swoich notatkach i spojrzał na lekarza, uśmiechając się złośliwie.

– Jest pan pewien, że nie czterdziesty szósty?

– Bardzo możliwe. Nie jestem pewien.

W sali zapanowała cisza. Buckley i Musgrove wiercili się, nie spuszczając wzroku ze swojego świadka.

– Czterdzieści sześć razy występował pan jako świadek oskarżenia w procesach, podczas których powoływano się na niepoczytalność?

– Jeśli pan tak mówi.

– I czterdzieści sześć razy stwierdził pan, że w świetle prawa oskarżony nie był niepoczytalny. Zgadza się, panie doktorze?

– Nie jestem pewien.

– Ujmę to inaczej. Czterdzieści sześć razy występował pan jako biegły i czterdzieści sześć razy wyraził pan opinię, że oskarżony był w pełni władz umysłowych. Zgadza się?

Rodeheaver trochę się zmieszał i wydawał się zakłopotany.

– Nie jestem pewien.

– Nigdy jeszcze nie widział pan oskarżonego, który byłby niepoczytalny, prawda, panie doktorze?

– Oczywiście, że widziałem.

– To dobrze. Czy mógłby nam pan podać nazwisko tego oskarżonego oraz gdzie był sądzony?

Buckley wstał i zapiął marynarkę.

– Wysoki Sądzie, oskarżenie sprzeciwia się tym pytaniom. Nie można wymagać od doktora Rodeheavera, by pamiętał nazwiska oskarżonych oraz gdzie toczyły się procesy, w których zeznawał jako świadek.

– Oddalam sprzeciw. Proszę usiąść. Proszę odpowiedzieć na pytanie, panie doktorze.

Rodeheaver wziął głęboki oddech i spojrzał w sufit. Jake zerknął na sędziów przysięgłych. Nie byli senni i czekali na odpowiedź.

– Nie pamiętam – powiedział w końcu Rodeheaver.

Jake wziął ze stołu gruby plik papierów i zaczął wymachiwać nim w stronę świadka.

– Czy to możliwe, panie doktorze, że powodem pańskiego zaniku pamięci jest fakt, iż podczas tych jedenastu lat, w trakcie tych czterdziestu sześciu procesów ani razu nie wydał pan opinii korzystnej dla oskarżonego?

- Naprawdę nie pamiętam.
- Czy może pan wymienić choć jeden przypadek, kiedy stwierdził pan, że oskarżony w rozumieniu prawa jest niepoczytalny?
- Jestem pewien, że było kilka takich przypadków.
- Może pan je przywołać, panie doktorze? Choć jeden przykład?

Ekspert rzucił szybkie spojrzenie prokuratorowi okręgowemu.
- Nie. Pamięć mnie zawiodła. Nie jestem w stanie w tej chwili wymienić takiego przypadku.

Jake wolno podszedł do stołu obrony i wziął do ręki gruby skoroszyt.
- Doktorze Rodeheaver, czy przypomina pan sobie swoje zeznania w charakterze świadka podczas procesu niejakiego Danny'ego Bookera, który odbył się w okręgu McMurphy w grudniu 1975 roku? Sprawa dotyczyła dość okrutnego zabójstwa dwóch osób.
- Tak, przypominam sobie ten proces.
- Oświadczył pan, że oskarżony nie był niepoczytalny, prawda?
- Zgadza się.
- Czy pamięta pan, ilu psychiatrów zeznawało na korzyść Bookera?
- Niezbyt dokładnie. Było ich kilku.
- Czy nazwiska Noel McClacky, doktor medycyny; O.G. McGuire, doktor medycyny; i Lou Watson, doktor medycyny, coś panu mówią?
- Tak.
- To wszystko psychiatrzy, prawda?
- Tak.
- Wszyscy mają odpowiednie kwalifikacje, prawda?
- Tak.
- I każdy z nich badał pana Bookera i stwierdził podczas procesu, że ten biedny człowiek był niepoczytalny?
- Zgadza się.
- A pan powiedział, że Booker jest w pełni władz umysłowych.
- Zgadza się.
- Ilu jeszcze lekarzy podzielało pańską opinię?
- Jeśli sobie przypominam, żaden.
- A więc było trzech przeciwko jednemu?
- Tak, ale nadal jestem przekonany, że miałem rację.
- Rozumiem. Co orzekła ława przysięgłych, panie doktorze?
- Hm... wydała werdykt uniewinniający oskarżonego z uwagi na jego niepoczytalność.
- Dziękuję. Doktorze Rodeheaver, jest pan naczelnym lekarzem w Whitfield, prawda?
- Tak.

– Sprawuje pan pośrednią lub bezpośrednią opiekę nad wszystkimi pacjentami leczonymi w Whitfield?

– Odpowiadam za nich bezpośrednio, panie Brigance. Mogę nie widywać wszystkich pacjentów osobiście, ale nadzoruję prowadzących ich lekarzy.

– Dziękuję. Panie doktorze, gdzie dziś przebywa Danny Booker?

Rodeheaver rzucił zdesperowane spojrzenie Buckleyowi, ale niemal natychmiast jego twarz rozjaśnił ciepły, pewny siebie uśmiech, który skierował do ławy przysięgłych. Wahał się kilka sekund, jedną sekundę za długo.

– Jest w Whitfield, prawda? – spytał Jake tonem, który dawał wszystkim jasno do zrozumienia, że odpowiedź brzmi: tak.

– Sądzę, że tak – powiedział Rodeheaver.

– Czyli że znajduje się pod pana bezpośrednią opieką, panie doktorze?

– Można to tak określić.

– Na co cierpi, panie doktorze?

– Naprawdę nie wiem. Mam wielu pacjentów i…

– Na schizofrenię paranoidalną?

– Bardzo możliwe, że tak.

Jake cofnął się i oparł o barierkę.

– Panie doktorze, chciałbym, by ława przysięgłych usłyszała to wyraźnie – powiedział podniesionym głosem. – W 1975 roku stwierdził pan, że Danny Booker był zdrowy i dokładnie rozumiał, co robi, kiedy dopuścił się zbrodni. Ława przysięgłych nie zgodziła się z pana opinią i wydała werdykt uniewinniający. Od tej pory Booker jest pacjentem pańskiego szpitala, znajduje się pod pana opieką, stwierdzono u niego schizofrenię paranoidalną i poddawany jest odpowiedniemu leczeniu. Zgadza się?

Wymuszony uśmiech na twarzy Rodeheavera poinformował ławę przysięgłych, że tak jest w istocie.

Jake wziął jakiś inny dokument i udał, że czyta.

– Czy przypomina pan sobie swoje zeznania jako biegłego w procesie niejakiego Adama Coucha, który był sądzony w maju 1977 roku w okręgu Dupree?

– Pamiętam tę sprawę.

– Dotyczyła ona gwałtu, prawda?

– Tak.

– I wydał pan opinię na korzyść oskarżenia, przeciwko panu Couchowi?

– Zgadza się.

– Oświadczył pan ławie przysięgłych, że oskarżony nie był niepoczytalny?

– Tak właśnie stwierdziłem.

– Czy przypomina sobie pan, ilu lekarzy świadczyło na korzyść oskarżonego, informując ławę przysięgłych, że to poważnie chory człowiek, który w świetle prawa jest niepoczytalny?

- Było ich kilku.
- Czy kiedykolwiek zetknął się pan z nazwiskami lekarzy: Felix Perry, Gene Shumate i Hobny Wicker?
- Tak.
- Czy wszyscy są specjalistami w dziedzinie psychiatrii?
- Tak.
- I wszyscy świadczyli na korzyść pana Coucha, prawda?
- Tak.
- Wszyscy oni twierdzili, że oskarżony jest niepoczytalny, prawda?
- Tak.
- A pan był jedynym lekarzem, który utrzymywał podczas procesu, że Couch jest zdrowy?
- Jeśli sobie przypominam, tak.
- Jak postąpiła ława przysięgłych, panie doktorze?
- Uniewinniła oskarżonego.
- Z uwagi na jego niepoczytalność?
- Tak.
- A gdzie dziś przebywa pan Couch, doktorze?
- Jeśli się nie mylę, jest w Whitfield.
  Jak długo?
- Zdaje się, że od procesu.
- Rozumiem. Czy często przyjmuje pan do szpitala osoby zupełnie zdrowe na umyśle i trzyma je pan kilka lat w swoim zakładzie?

Rodeheaver poprawił się w fotelu. Na jego policzki zaczął wolno występować rumieniec. Spojrzał na prokuratora, jakby chciał powiedzieć: jestem już tym zmęczony, zrób coś, by to skończyć.

Jake wziął do ręki następne dokumenty.

- Panie doktorze, czy przypomina sobie pan proces Buddy'ego Woodwalla, który odbył się w maju 1979 roku w okręgu Cleburne?
- Tak, oczywiście.
- Chodziło o morderstwo, prawda?
- Tak.
- Zeznając jako ekspert w dziedzinie psychiatrii, oświadczył pan wobec ławy przysięgłych, że pan Woodwall nie był niepoczytalny?
- Tak.
- Czy przypomina pan sobie, ilu psychiatrów zeznawało na jego korzyść i powiedziało ławie przysięgłych, że ten biedny człowiek jest w świetle prawa niepoczytalny?
- Zdaje się, że było ich pięciu, panie Brigance.
- Zgadza się, panie doktorze. Pięć do jednego. Czy pamięta pan werdykt ławy przysięgłych?

Z miejsca dla świadków zaczęła wyraźnie emanować złość i frustracja. Stary, mądry profesor, który na wszystko miał gotową odpowiedź, zaczynał tracić grunt pod nogami.

– Tak, przypominam sobie. Wydano werdykt uniewinniający z uwagi na niepoczytalność oskarżonego.

– W jaki sposób mógłby pan to wyjaśnić, doktorze Rodeheaver? Dlaczego ława przysięgłych nie zgodziła się z pana opinią?

– Po prostu nie można polegać na ławie przysięgłych – palnął Rodeheaver, ale natychmiast się zreflektował. Zaczął się wiercić i niepewnie uśmiechnął się w stronę sędziów przysięgłych.

Jake przypatrywał mu się ze złośliwym uśmieszkiem, a potem z niedowierzaniem spojrzał na ławę przysięgłych. Założył ręce i odczekał chwilę, by ostatnie słowa doktora głęboko zapadły w pamięć wszystkich obecnych. Milczał, patrząc ironicznie na świadka.

– Proszę kontynuować, panie Brigance – powiedział w końcu Noose.

Jake wolno zebrał dokumenty i notatki, nie spuszczając wzroku z Rodeheavera.

– Myślę, że dosyć już usłyszeliśmy od świadka, Wysoki Sądzie.

– Panie Buckley, czy ma pan jakieś pytania?

– Nie, proszę pana.

Noose zwrócił się do ławy przysięgłych.

– Panie i panowie, proces prawie dobiegł końca. Nie przedstawimy więcej świadków. Spotkam się teraz z adwokatem i oskarżycielem, by wyjaśnić z nimi kilka kwestii proceduralnych, a następnie obaj prawnicy wygłoszą swoje mowy końcowe. Rozpoczną się one o czternastej i potrwają około dwóch godzin. O szesnastej będą państwo mogli przystąpić do obrad i prowadzić je do osiemnastej. Jeśli nie uzgodnią państwo dzisiaj werdyktu, zostaniecie na noc przewiezieni do motelu. Zbliża się jedenasta. Ogłaszam przerwę do czternastej. Proszę prawników do swojego gabinetu.

Carl Lee pochylił się i przemówił do swojego obrońcy po raz pierwszy od sobotniego popołudnia.

– Nieźle sobie z nim poczynałeś, Jake.

– Poczekaj na mowę końcową.

Jake, unikając spotkania z Harrym Reksem, pojechał do Karaway. Całe dzieciństwo spędził w starym, wiejskim domu, otoczonym przez wiekowe dęby, klony i wiązy, które zapewniały chłód nawet podczas letniego skwaru. Tuż za drzewami zaczynał się długi pas ziemi, ciągnący się dwieście metrów i ginący za małym wzgórzem. Na końcu pola wzniesiono płot z drutu kolczastego, który już dawno zarósł zielskiem. To tutaj Jake stawiał pierwsze kroki, jeździł na swoim pierwszym rowerku, grał w piłkę i bejsbol. Pod dębem na skraju pola pochował trzy psy, szopa, królika i kilka kaczek. W pobliżu cmentarzyka wisiała opona z buicka rocznik 1954.

Podczas dwóch wakacyjnych miesięcy dom stał pusty. Dzieciak sąsiadów strzygł trawę i dbał o trawnik. Raz w tygodniu zaglądał tu Jake. Jego rodzice krążyli gdzieś po drogach Kanady w samochodzie z przyczepą kempingową – stanowiło to letni rytuał.

Nagle zapragnął być z nimi.

Otworzył drzwi i poszedł na górę, do swojego pokoju. Nic się w nim nie zmieniło. Ściany ozdabiały zdjęcia drużyn, dyplomy, czapki bejsbolowe, plakaty Pete'a Rose'a, Archiego Manninga i Hanka Aarona. Nad drzwiami do garderoby wisiało kilka rękawic bejsbolowych. Na komodzie stało zdjęcie z matury. Matka co tydzień wszystko odkurzała. Kiedyś zwierzyła mu się, że często, gdy idzie do jego pokoju, wydaje się jej, że zastanie go przy odrabianiu lekcji lub segregowaniu kolekcji nalepek. Przeglądała jego zeszyty z wycinkami prasowymi i do oczu napływały jej łzy.

Pomyślał o pokoju Hanny, z pluszowymi zwierzątkami i tapetą w gąski. W gardle poczuł skurcz.

Wyjrzał przez okno i ujrzał siebie, bujającego się na oponie w pobliżu trzech białych krzyży, znaczących miejsca, gdzie pochował swoje psy. Pamiętał każdy pogrzeb i obietnice ojca, że dostanie nowego pieska. Pomyślał o Hannie i jej psie. W oczach zakręciły mu się łzy.

Łóżko wydawało się dziwnie małe. Zdjął buty i wyciągnął się na nim. U sufitu wisiał kask piłkarski. Ósma klasa, Mustangi Karaway. W ciągu pięciu meczów uzyskał sześć bramek. Wszystko to było uwiecznione na filmie, przechowywanym na dole, pod półkami z książkami. W żołądku znów poczuł rój szerszeni. Ostrożnie położył swoje notatki – swoje, nie Luciena – na komodzie. Przyjrzał się sobie w lustrze.

Zwrócił się do ławy przysięgłych. Zaczął od wyjaśnienia najpoważniejszej kwestii – dlaczego wezwał na świadka doktora W.T. Bassa. Przeprosił wszystkich. Prawnik wchodzi na salę rozpraw, staje twarzą w twarz z nieznaną sobie ławą przysięgłych i może jej zaoferować jedynie własną wiarygodność. Jeśli swoim postanowieniem w jakiś sposób zniszczy tę wiarygodność, to szkodzi swojej sprawie, swojemu klientowi. Prosił ich, by mu uwierzyli, że nigdy, podczas żadnego procesu, nie powołałby przestępcy na biegłego. Nie wiedział o wyroku, uniósł rękę i przysiągł, że to prawda. Na świecie jest mnóstwo psychiatrów i gdyby zdawał sobie sprawę z tego, że Bass miał zatarg z prawem, z łatwością mógłby znaleźć kogoś innego. Ale on najzwyczajniej o niczym nie wiedział. I bardzo mu przykro.

Wracając jednak do zeznań Bassa. Trzydzieści lat temu Bass przespał się z dziewczyną, która nie ukończyła osiemnastu lat. Czy to znaczy, że teraz, podczas tego procesu, kłamał? Czy to znaczy, że nie można ufać jego fachowej opinii? Proszę być sprawiedliwym wobec Bassa psychiatry, zapomnieć o Bassie człowieku. Proszę być sprawiedliwym wobec jego klienta, Carla Lee Haileya. Nie znał przeszłości doktora.

Jest coś, co mogłoby ich zainteresować w postaci Bassa. Coś, o czym nie wspomniał pan Buckley, kiedy niszczył doktora na ich oczach. W chwili owego incydentu dziewczyna miała siedemnaście lat. Potem została żoną Bassa, urodziła mu syna. Jakiś czas później zginęła w katastrofie kolejowej. Była wtedy ponownie w ciąży...

– Sprzeciw! – wrzasnął Buckley. – Zgłaszam sprzeciw, Wysoki Sądzie. Te fakty nie dotyczą sprawy!

– Uwzględniam sprzeciw. Panie Brigance, proszę nie powoływać się na fakty niezwiązane ze sprawą. Zwracam się do ławy przysięgłych, by nie brała pod uwagę ostatnich słów pana Brigance'a.

Jake zignorował słowa Noose'a i Buckleya, tylko bolesnym wzrokiem wpatrywał się w ławę przysięgłych.

Kiedy nastąpiła cisza, kontynuował swoją mowę. Co można powiedzieć o Rodeheaverze? Ciekaw był, czy ekspert oskarżenia kiedykolwiek kochał się z niepełnoletnią dziewczyną. Wydaje się, że to głupio myśleć o takich rzeczach, prawda? Jacy byli Bass i Rodeheaver za swoich młodych lat? – zdaje się to dziś, prawie trzydzieści lat później, zupełnie nieistotne w sali rozpraw.

Ekspert oskarżenia jest człowiekiem kierującym się wyraźnym uprzedzeniem. Specjalista wysokiej klasy, który leczy tysiące osób, dotkniętych rozmaitymi chorobami umysłowymi, kiedy w grę wchodzi przestępstwo – nie potrafi dopatrzyć się u oskarżonego niepoczytalności. Jego zeznania powinny być traktowane bardzo ostrożnie.

Obserwowali go, chciwie słuchając każdego słowa. Nie był sądowym kaznodzieją, jak jego przeciwnik. Mówił spokojnie, szczerze. Wyglądał na zmęczonego, niemal wycieńczonego.

Lucien, trzeźwy, siedział z założonymi rękami i obserwował sędziów przysięgłych, wszystkich prócz Sisco. Choć nie była to mowa końcowa napisana przez niego, musiał przyznać, że jest niezła. Płynęła prosto z serca.

Jake przeprosił za swój brak doświadczenia. Nie ma na swoim koncie zbyt wielu procesów, nie może się nawet równać z panem Buckleyem. I jeśli sprawia wrażenie nieco zielonego albo jeśli popełnia błędy, niech nie karzą za to Carla Lee. Oskarżony nic tu nie zawinił. A on jest zwykłym żółtodziobem, starającym się najlepiej jak potrafi wywiązać z podjętego zadania. Jego adwersarzem jest wytrawny specjalista, który co miesiąc uczestniczy w procesach o morderstwo. On popełnił błąd, wzywając na świadka Bassa, można mu zarzucić inne potknięcia. Poprosił ławę przysięgłych o wybaczenie tych błędów.

Ma córkę, która zawsze pozostanie jedynaczką. Skończyła cztery latka i cały jego świat obraca się wokół niej. Ona jest kimś wyjątkowym; jest małą, bezbronną dziewczynką, a jego zadaniem jest ją chronić. Istnieje między nimi jakaś niezwykła więź, coś, czego nie potrafi wyjaśnić. Zaczął mówić o małych dziewczynkach.

Carl Lee ma córkę, na imię jej Tonya. Wskazał na nią; siedziała w pierwszym rzędzie, obok matki i braci. Jest śliczną, małą, dziesięcioletnią dziewczynką. Nigdy nie będzie mogła mieć dzieci. Nigdy nie będzie mogła mieć córki, ponieważ...

– Sprzeciw – przerwał mu Buckley, tym razem nie unosząc głosu do krzyku.

– Uwzględniam – powiedział Noose.

Brigance jakby tego nie słyszał. Przez chwilę mówił o gwałcie i wyjaśnił, czemu gwałt jest gorszy od morderstwa. Osoba, która padła ofiarą morderstwa, nie musi przeżywać wciąż na nowo krzywdy, jaką jej wyrządzono. Dotyka to rodzinę, ale nie ofiarę. Gwałt jest znacznie gorszy. Ofiara ma przed sobą całe lata, podczas których będzie próbowała pogodzić się z tym, co ją spotkało, będzie usiłowała zrozumieć, będzie musiała odpowiadać na pytania swoje i innych, wiedząc jednocześnie, że gwałciciel żyje i pewnego dnia może zbiec z więzienia lub zostać zwolniony. Każdego dnia, w każdej godzinie, ofiara myśli o gwałcie i zadaje sobie tysiące pytań. Wciąż przeżywa na nowo swą tragedię, chwila po chwili, minuta po minucie. I wciąż na nowo cierpi.

Może najgorszym przestępstwem ze wszystkich jest brutalne zgwałcenie dziecka. Kobieta, która zostaje zgwałcona, potrafi sobie wyjaśnić, dlaczego ją to spotkało. Jakaś ludzka bestia przepełniona była nienawiścią, złością i agresją. Ale dziecko? Dziesięcioletnia dziewczynka? Przypuśćmy, że są państwo rodzicami ofiary. Wyobraźcie sobie, jak staracie się wytłumaczyć swojej córce, dlaczego została zgwałcona. Wyobraźcie sobie, jak staracie się jej wyjaśnić, dlaczego nie będzie mogła mieć własnych dzieci.

– Sprzeciw!

– Uwzględniam. Panie i panowie, proszę nie brać pod uwagę ostatnich zdań obrońcy.

Jake nie zapomniał o niczym. Przypuśćmy, powiedział, że wasza dziesięcioletnia córka została zgwałcona, a jesteście weteranami wojny wietnamskiej, bardzo dobrze obeznanymi z M-l6, który akurat wpada wam w ręce wtedy, gdy wasza córka leży w szpitalu, walcząc o życie. Przypuśćmy, że gwałciciela ujęto i sześć dni później stajecie z nim twarzą w twarz. A macie przy sobie M-l6.

Co robicie?

Pan Buckley powiedział państwu, co by zrobił. Płakałby nad swoją córką, nadstawiłby drugi policzek i miałby nadzieję, że wymiar sprawiedliwości skutecznie rozprawi się z przestępcą. Wierzyłby, że gwałciciel zostanie przykładnie ukarany, że umieszczą go w Parchman i nigdy stamtąd przedterminowo nie zwolnią. Oto, co by zrobił. Powinniśmy go podziwiać za to, że jest człowiekiem łagodnym, współczującym i przebaczającym. Ale jak postąpiłby normalny ojciec?

Co zrobiłby on, Jake, gdyby miał M-l6? Roztrzaskałby temu łobuzowi łeb!

To bardzo proste. I sprawiedliwe.

Jake zrobił przerwę, by napić się wody, a potem zmienił ton. Zbolałą i pokorną minę zastąpił wyraz oburzenia. Porozmawiajmy o Cobbie i Willardzie. Przez nich to wszystko. A oskarżenie próbuje usprawiedliwić prawo takich ludzi do życia. Komu, poza ich matkami, brak tych łotrów? Gwałcicieli dzieci? Handlarzy narkotyków. Czy społeczeństwu będzie brak tak wartościowych jednostek? Czy w okręgu Ford nie jest bez nich bezpieczniej? Czy innym dzieciom w okręgu nie będzie się żyło spokojniej teraz, gdy tych dwóch drani nie ma wśród żywych? Wszyscy rodzice powinni się czuć bezpiecznie. Carl Lee zasługuje na medal, a przynajmniej na owację. Jest bohaterem. To słowa Looneya. Należy dać mu nagrodę.

I puścić do domu, do rodziny.

Zaczął mówić o Looneyu. Jest ojcem córki. Przez Carla Lee Haileya stracił nogę. Jeśli ktoś miałby prawo być rozgoryczony, żądny krwi, to właśnie DeWayne Looney. A powiedział, że Carl Lee powinien wrócić do domu, do rodziny.

Zwrócił się do nich o przebaczenie Haileyowi, tak jak przebaczył mu Looney. Poprosił, by postąpili zgodnie z życzeniem Looneya.

Ściszył głos i dodał, że na zakończenie chce ich prosić o jeszcze jedno. Niech spróbują sobie wyobrazić taką scenę: oto Tonya, pobita, zakrwawiona, leży z nogami przywiązanymi do drzewa i patrzy w głąb otaczającego ją lasu. W pewnej chwili ta półprzytomna, majacząca dziewczynka dostrzegła kogoś, kto biegnie w jej stronę. To tatuś spieszył jej na ratunek. Ujrzała go wtedy, kiedy najbardziej był jej potrzebny. Zawołała i ojciec zniknął. Odebrano go jej.

Teraz potrzebuje ojca tak samo jak wtedy. Proszę, nie odbierajcie go jej. Siedzi w pierwszym rzędzie i czeka na swojego tatusia.

Pozwólcie mu wrócić do domu, do rodziny.

W sali zapanowała cisza. Jake usiadł obok swojego klienta i spojrzał na ławę przysięgłych. Zauważył, jak Wanda Womack ociera ręką łzę. Po raz pierwszy od dwóch dni poczuł iskierkę nadziei.

O szesnastej Noose zwrócił się do sędziów przysięgłych, by wybrali spośród siebie przewodniczącego i przystąpili do pracy. Powiedział, że mogą obradować do osiemnastej, a nawet do dziewiętnastej. Jeśli nie uda im się dziś uzgodnić werdyktu, ogłosi przerwę do wtorku, do dziewiątej rano. Wstali i wolno opuścili salę. Kiedy zniknęli za drzwiami, Noose zarządził przerwę do osiemnastej i polecił prawnikom, by się nie oddalali lub zostawili w kancelarii telefon, pod którym można ich będzie zastać.

Publiczność pozostała na swoich miejscach i zaczęła rozmawiać przyciszonymi głosami. Carlowi Lee pozwolono usiąść w pierwszym rzędzie, obok rodziny. Buckley i Musgrove razem z Noose'em przeszli do pokoju sędziowskiego. Harry Rex, Lucien i Jake udali się do biura Brigance'a, by zjeść kolację. Nikt nie spodziewał się szybkiego ogłoszenia werdyktu.

Woźny sądowy zamknął za sędziami przysięgłymi drzwi na klucz, a dwóm rezerwowym polecił, by usiedli w wąskim korytarzyku. Na przewodniczącego wybrano przez aklamację Barry'ego Ackera. Na małym stoliku w rogu pokoju położył regulamin obrad ławy przysięgłych oraz dowody rzeczowe. Usiedli wokół dwóch zestawionych razem składanych stołów.

– Proponuję nieformalne głosowanie, żeby się zorientować w sytuacji – odezwał się Acker. – Czy ktoś wnosi zastrzeżenie?

Nie było żadnych sprzeciwów. Przewodniczący położył przed sobą listę dwunastu nazwisk.

– Proszę mówić: winny, niewinny, niezdecydowany. Mogą też państwo wstrzymać się od głosu.

– Reba Betts.
– Niezdecydowana.
– Bernice Toole.
– Winny.
– Carol Corman.
– Winny.
– Donna Lou Peck.
– Niezdecydowana.
– Sue Williams.
– Wstrzymuję się od głosu.
– Jo Ann Gates.
– Winny.
– Rita Mae Plunk.
– Winny.
– Frances McGowan.
– Winny.
– Wanda Womack.
– Niezdecydowana.
– Eula Dell Yates.
– Na razie niezdecydowana. Chciałabym o tym porozmawiać.

437

– Porozmawiamy. Clyde Sisco.

– Niezdecydowany.

– To jedenaście osób. Ja, Barry Acker, głosuję: niewinny.

Podliczył głosy i po chwili powiedział:

– Pięć osób jest za winą oskarżonego, pięć – niezdecydowanych, jedna wstrzymała się od głosu, jedna głosowała za uniewinnieniem. Wygląda na to, że czeka nas sporo pracy.

Przystąpili do zapoznawania się z dowodami rzeczowymi, zdjęciami, odciskami palców i raportami balistycznymi. O osiemnastej poinformowali sędziego, że nie mogą ogłosić werdyktu. Byli głodni i chcieli jechać do motelu. Noose ogłosił przerwę do wtorku rano.

ROZDZIAŁ 41

Siedzieli od kilku godzin na werandzie, niewiele mówiąc, i obserwowali, jak leżące w dole miasto stopniowo ogarniają ciemności. Po zapadnięciu zmroku pojawiły się komary. Panował skwar. Parne powietrze oblepiało skórę, koszule nasiąkały wilgocią. Słuchali cichych odgłosów gorącej, letniej nocy. Sallie zaproponowała, że coś ugotuje. Lucien podziękował i poprosił o whisky. Jake nie chce nic jeść, łagodząc głodowe skurcze coorsem. Kiedy na dobre zrobiło się ciemno, Nesbit wysiadł z policyjnego wozu i skierował się w głąb domu. Chwilę później pojawił się na progu z zimnym piwem w ręku, trzasnął drzwiami i minąwszy siedzących na werandzie prawników, zniknął na podjeździe. Nie odezwał się ani słowem.

Sallie wychyliła głowę przez drzwi i po raz ostatni zaproponowała im coś do jedzenia. Obaj podziękowali.

– Jake, dziś po południu miałem telefon. Clyde Sisco chce dwadzieścia pięć tysięcy za brak jednomyślności, pięćdziesiąt tysięcy za uniewinnienie.

Jake pokręcił głową.

– Zanim powiesz „nie", posłuchaj. Sisco wie, że nie może zagwarantować uniewinnienia, ale jest w stanie uniemożliwić wydanie werdyktu przez ławę. Do tego wystarczy tylko jeden człowiek. I kosztuje to dwadzieścia pięć tysięcy. Przyznaję, że to masa pieniędzy, ale wiesz, że mam tyle. Zapłacę, a ty będziesz mi stopniowo oddawał. Nieważne, jak długo. Możesz mi ich nawet nigdy nie zwrócić, gwiżdżę na to. Mam kupę szmalu. Wiesz, że nie przywiązuję wagi do forsy. Gdybym był na twoim miejscu, nie wahałbym się ani minuty.

– Lucien, ty chyba zwariowałeś.

– Zgadzam się. Ale tobie też niewiele brakuje. Ta robota doprowadzi cię do takiego stanu, w jakim ja się znajduję. Spójrz tylko, co zrobił z tobą ten proces. Nie śpisz, nie jesz, nie zajmujesz się swoimi klientami, straciłeś dom. Za to nieźle sobie pociągasz.

– Lecz wciąż jeszcze kieruję się etyką.

– A ja nie. Jestem człowiekiem pozbawionym etyki, zasad moralnych, skrupułów. Ale wygrywałem, stary. Wygrałem więcej procesów niż jakikolwiek adwokat w okolicy, i dobrze o tym wiesz.

– To przekupstwo, Lucien.

– Odnoszę wrażenie, że uważasz Buckleya za człowieka nieskorumpowanego. Tymczasem jest gotów oszukiwać, kręcić, dawać łapówki i kraść, byle tylko wygrać. Nie przejmuje się etyką, zasadami i ludzką opinią. Nie zawracaj sobie głowy moralnością. Zależy mu na jednej jedynej rzeczy – na zwycięstwie! Trafiła ci się świetna okazja pokonania go jego własną bronią. Zrób to, Jake.

– Zapomnij o tym, Lucien. Proszę, zapomnij o tym.

Minęła godzina, a oni siedzieli w milczeniu. Światła miasta w dole wolno gasły. Z ciemności dobiegało ich chrapanie Nesbita. Sallie przyniosła ostatniego drinka i powiedziała im dobranoc.

– To najtrudniejsze chwile w każdym procesie – zauważył Lucien. – Czekanie, aż dwunastu przeciętnych, zwykłych obywateli dojdzie z tym wszystkim do ładu.

– Zwariowany system, prawda?

– Tak. Ale zazwyczaj zdaje egzamin. Ława przysięgłych w dziewięćdziesięciu przypadkach na sto się nie myli.

– Jakoś straciłem wiarę w swoje szczęście. Bardziej liczę na cud.

– Jake, mój chłopcze, i ten cud się jutro wydarzy.

– Jutro?

– Tak. Jutro wczesnym rankiem.

– Czy byłbyś łaskaw jaśniej to sprecyzować?

– Jake, jutro przed południem dziesięć tysięcy rozsierdzonych Murzynów otoczy budynek sądu okręgu Ford niczym rój pszczół. Może nawet będzie ich więcej.

– Dziesięć tysięcy! A po co się tu pojawią?

– By krzyczeć, gwizdać i skandować „Uwolnić Carla Lee, uwolnić Carla Lee". By urządzić piekło, przerazić wszystkich, zastraszyć ławę przysięgłych. By wywołać kompletny chaos. Będzie tylu czarnych, że biali zaczną domagać się ochrony. Gubernator przyśle kolejne oddziały Gwardii.

– Skąd to wiesz?

– Bo sam to wszystko zorganizowałem, Jake.

– Ty?

– Słuchaj, Jake, kiedy byłem u szczytu kariery, znałem każdego czarnego kaznodzieję w piętnastu okręgach. Chodziłem do ich kościołów. Modliłem się z nimi, maszerowałem z nimi, śpiewałem z nimi. Oni kierowali do mnie klientów, ja przekazywałem im część honorariów. Byłem jedynym białym prawnikiem NAACP na północy Missisipi. Wszcząłem więcej procesów przeciwko przypadkom dyskryminacji rasowej niż dziesięć kancelarii adwokackich w Waszyngtonie razem wziętych. Ci ludzie należą do mnie. Wystarczyło, bym wykonał kilka telefonów. Zaczną się pojawiać rano, a w południe nie będziesz się mógł w centrum Clanton przedrzeć przez czarnuchów.

– Skąd przyjadą?

– Zewsząd. Wiesz, jak czarni kochają marsze i protesty. To dla nich wspaniała okazja. Wprost nie mogą się doczekać jutra.

– Zupełnie ci odbiło, Lucien. Och, ty mój zwariowany przyjacielu.

– Wygramy, mój chłopcze.

W pokoju numer 163 Barry Acker i Clyde Sisco skończyli ostatnią partyjkę durnia i zaczęli się przygotowywać do snu. Acker wyciągnął kilka monet i powiedział, że idzie kupić coś do picia.

Przemknął na paluszkach koło drzemiącego w holu wartownika. Kartka na automacie informowała, że urządzenie jest zepsute, więc cicho otworzył drzwi na klatkę schodową i poszedł na pierwsze piętro, gdzie tuż obok urządzenia do produkcji lodu stał drugi automat z napojami. Wrzucił monety. W otworze ukazała się puszka coli. Schylił się po nią.

Z ciemności wyłoniły się dwie postacie. Nieznajomi przewrócili Ackera, zaczęli go kopać, a potem wcisnęli go w ciemny kąt obok automatu do lodu. Wyższy z napastników chwycił Ackera za kołnierz i przydusił mężczyznę do ściany. Mniejszy stał obok automatu z napojami i obserwował ciemny korytarz.

– Ty jesteś Barry Acker? – wycedził przez zaciśnięte zęby wyższy z mężczyzn.

– Tak! Puśćcie mnie! – Acker próbował się uwolnić, ale napastnik złapał go jedną ręką za gardło i uniósł do góry.

Drugą ręką wyciągnął z pochwy błyszczący nóż myśliwski i podsunął go Ackerowi pod nos. Na jego widok napadnięty przestał się szamotać.

– Słuchaj – odezwał się głośnym szeptem nieznajomy – i to uważnie. Wiemy, że jesteś żonaty i że mieszkasz przy Forest Drive 1161. Wiemy, że masz trójkę dzieciaków, wiemy, gdzie się bawią i do której chodzą szkoły. Twoja żona pracuje w banku.

Acker poczuł, że opuściła go reszta sił.

– Jeśli ten czarnuch zostanie puszczony wolno, gorzko tego pożałujesz. Twoja rodzina też. Może minie kilka lat, ale kiedyś bardzo tego pożałujecie.

Zwolnił uścisk i Acker osunął się na podłogę. Napastnik chwycił go za włosy.

– Piśnij o tym choć jednym słówkiem, a stracisz dzieciaki. Zrozumiałeś? Zniknęli. Acker oddychał ciężko, z trudem chwytając powietrze. Potarł szyję i tył głowy. Siedział w ciemnościach, zbyt przerażony, by się poruszyć.

ROZDZIAŁ 42

O świcie przed setkami małych kościołów dla czarnych w całej południowej części stanu Missisipi zaczęli się zbierać wierni i ładować do szkolnych autobusów i kościelnych furgonetek kosze z prowiantem, torby-lodówki, składane krzesła oraz kanistry z wodą. Pozdrawiali znajomych, wymieniając krótkie uwagi o procesie. Od tygodni rozmawiali i czytali o Carlu Lee Haileyu; teraz mieli mu pomóc. Wśród przybyłych sporo było emerytów, ale stawiły się również całe rodziny z dziećmi oraz ich towarzyszami zabaw. Kiedy wszystkie miejsca w autobusach były zajęte, wsiadali do samochodów i ruszali za swymi pastorami. Śpiewali i modlili się. Kaznodzieje spotykali się w małych miasteczkach i stolicach okręgów z innymi pastorami i razem podróżowali dalej ciemną nocą. Kiedy nastał dzień, wszystkie drogi prowadzące do okręgu Ford, zatłoczone były procesjami pielgrzymów.

Zablokowali boczne uliczki wokół placu. Parkowali gdzie popadło i wyładowywali swoje manele.

Otyły pułkownik właśnie skończył śniadanie i stał przed sądem, rozglądając się uważnie. Ze wszystkich stron nadjeżdżały z wyciem klaksonów autobusy i furgonetki. Zapory trzymały się mocno. Pułkownik wydał rozkazy i żołnierze zaczęli poruszać się szybciej. Powstało jeszcze większe zamieszanie. O wpół do ósmej dowódca Gwardii zadzwonił do Ozziego i powiedział mu o najeździe na miasto. Szeryf pojawił się niemal natychmiast. Odszukał Agee'ego, który zapewnił go, że to marsz pokojowy. Coś w rodzaju demonstracji na siedząco.

– Ile przybędzie osób? – spytał Ozzie.

– Tysiące – ucieszył się Agee – tysiące.

Rozbili obóz pod starymi dębami i chodzili wokół trawników, rozglądając się z zainteresowaniem. Porozstawiali stoły i krzesła. Rzeczywiście do czasu, gdy grupka miejscowych nie zaczęła skandować: „Uwolnić Carla Lee!", zachowywali się spokojnie. Słysząc to hasło, przyłączyli się do okrzyków. Nie było jeszcze ósmej.

We wtorek rano murzyńska rozgłośnia radiowa z Memphis nadała na falach eteru apel o pomoc. Wzywano czarnych do udziału w marszu i demonstracji w odległym o godzinę jazdy samochodem Clanton. Setki samochodów skierowały się na południe. Stawili się wszyscy działacze walczący o prawa obywatelskie oraz miejscowi czarni politycy.

Agee sprawiał wrażenie człowieka natchnionego. Wykrzykiwał przez tubę rozkazy. Kierował nowo przybyłych na ich miejsca. Organizował czarnych kaznodziejów, zapewniał Ozziego i pułkownika, że wszystko będzie w porządku.

I było, dopóki na placu nie pojawiła się garstka członków Klanu. Widok białych płaszczy stanowił dla wielu czarnych nowość. Zareagowali natychmiast. Obstąpili członków Klanu, wrzeszcząc i gwiżdżąc. Żołnierze otoczyli posiadaczy białych płaszczy, by ich ochronić. Członkowie Klanu, oszołomieni i przerażeni, nie odpowiadali na okrzyki czarnych.

O wpół do dziewiątej ulice Clanton były kompletnie zakorkowane. Porzucone samochody, furgonetki i autobusy stały bezładnie na placach parkingowych i wzdłuż cichych uliczek w dzielnicach mieszkaniowych. Nieprzerwany sznur czarnych zmierzał ze wszystkich stron w kierunku placu. Ustał wszelki ruch kołowy. Jezdnie były zablokowane. Kupcy parkowali w odległości wielu przecznic od swoich sklepów. Burmistrz stał na środku trawnika, załamując ręce i błagając Ozziego, by coś zrobił. Wokół niego tłoczyły się tysiące czarnych, krzycząc unisono. Ozzie spytał burmistrza, czy życzy sobie, by aresztował wszystkich, którzy znajdują się na trawniku przed sądem.

Noose zatrzymał się na stacji obsługi, kilometr na południe od aresztu, i dalej poszedł na piechotę razem z grupką czarnych. Przyglądali mu się z zaciekawieniem, ale nie odezwali się ani słowem. Nikomu nie przyszło do głowy, że spogląda na sędziego. Buckley i Musgrove zostawili auto na ulicy Adamsa. Klnąc, ruszyli w stronę placu. Zauważyli rumowisko na miejscu, gdzie niedawno stał dom Jake'a, ale nie poruszyli tego tematu. Byli zbyt pochłonięci złorzeczeniem.

Eskortowany przez policję stanową autobus dotarł do Clanton dwadzieścia po dziewiątej. Czternastu pasażerów autobusu z niedowierzaniem obserwowało przez przyciemnione szyby to, co się dzieje wokół sądu.

Woźny Pate z trudem zaprowadził spokój na zapełnionej do ostatniego miejsca sali rozpraw i Noose powitał ławę przysięgłych.

Przeprosił za sytuację panującą w mieście, ale nie ma wpływu na to, co dzieje się na zewnątrz. Jeśli nie chcą niczego mu zakomunikować, mogą kontynuować swoje obrady.

– Bardzo dobrze, proszę przejść do pokoju obrad i zabrać się do pracy. Spotkamy się ponownie tuż przed lunchem.

442

Sędziowie przysięgli udali się do swego pokoju. Dzieci Haileyów siedziały razem z ojcem przy stole obrony. Publiczność, niemal wyłącznie murzyńska, pozostała na swoich miejscach i zaczęła rozmawiać. Jake wrócił do biura.

Przewodniczący Acker siedział przy końcu długiego, zakurzonego stołu i myślał o setkach, może tysiącach mieszkańców okręgu Ford, którzy zasiadali kiedyś w tym pokoju, wokół tego samego stołu, próbując wydać sprawiedliwy werdykt. Dumę z faktu, że został członkiem ławy przysięgłych w tym głośnym procesie, w znacznym stopniu stłumiło to, co spotkało go ostatniego wieczoru. Zastanawiał się, ilu jego poprzednikom grożono śmiercią. Doszedł do wniosku, że musiało ich być kilku.

Pozostali sędziowie nalewali sobie kawę i wolno siadali wokół stołu. U Clyde'a Sisco pokój ten wywoływał przyjemne wspomnienia. Kiedy ostatnim razem wykonywał zaszczytne obowiązki członka ławy przysięgłych, zajęcie to okazało się dla niego niezwykle intratne; rozkoszował się myślą o kolejnej godziwej zapłacie za wydanie następnego sprawiedliwego werdyktu. Jego posłaniec nie zdołał się z nim skontaktować.

– W jaki sposób proponują państwo kontynuować obrady? – spytał przewodniczący.

Rita Mae Plunk sprawiała wrażenie osoby wyjątkowo zawziętej i bezkompromisowej. Była prostą kobietą, porzuconą przez męża; mieszkała w przyczepie kempingowej z dwoma synami, którzy nie ukrywali nienawiści do Carla Lee Haileya. Było parę spraw, które chciała zrzucić ze swojej wielkiej piersi.

– Mam kilka wątpliwości, którymi chciałabym się podzielić – poinformowała Ackera.

– Świetnie. Może w takim razie zaczniemy od pani, a później kolejno wypowiedzą się wszyscy pozostali.

– Wczoraj, podczas pierwszego głosowania, opowiedziałam się za winą oskarżonego i następnym razem będę głosowała tak samo. Nie pojmuję, jak ktokolwiek może głosować za jego uniewinnieniem, i chciałabym, by ktoś z państwa wyjaśnił mi, jak można głosować na korzyść tego czarnucha!

– Zabraniam pani używać tego słowa! – krzyknęła Wanda Womack.

– Będę mówiła „czarnuch", jeśli zechcę, a pani nie może mi niczego zabronić – odparła Rita Mae.

– Proszę nie używać tego słowa – powiedziała Frances McGowan.

– Uważam je za obraźliwe – oświadczyła Wanda Womack.

– Czarnuch, czarnuch, czarnuch, czarnuch, czarnuch, czarnuch – krzyknęła Rita na cały pokój.

– Miłe panie, proszę się uspokoić – zwrócił im uwagę Clyde Sisco.

– Chwileczkę – powiedział przewodniczący. – Pani Plunk, bądźmy szczerzy, dobrze? Większość z nas od czasu do czasu używa tego słowa. Ale dla wielu ludzi jest ono obraźliwe i myślę, że to dobry pomysł, by nie używać go podczas naszych obrad. I bez tego mamy dość problemów. Czy zgadzają się państwo ze mną?

Wszyscy oprócz Rity Mae skinęli głowami.

Sue Williams zdecydowała się zabrać głos. Była atrakcyjną kobietą około czterdziestki. Pracowała w okręgowym wydziale opieki społecznej.

– Wczoraj wstrzymałam się od głosu, ale w głębi serca współczuję panu Haileyowi. Mam córkę i gdyby została zgwałcona, wywarłoby to ogromny wpływ na stan mojego umysłu. Potrafię zrozumieć, że w takiej sytuacji ojciec może się załamać, i uważam za niesłuszne z naszej strony osądzać czyn pana Haileya tak, jakby oskarżony działał zupełnie racjonalnie.

– Uważa pani, że był niepoczytalny? – spytała Reba Betts, wczoraj niezdecydowana.

– Nie jestem pewna. Ale wiem, że nie był całkiem świadom tego, co czyni. Nie mógł być.

– Czyli wierzy pani temu głupiemu konowałowi, który zeznawał na jego korzyść? – spytała Rita Mae.

– Tak. Był nie mniej wiarygodny od lekarza wezwanego przez oskarżenie.

– Podobały mi się jego buty – powiedział Clyde Sisco. Nikt się nie roześmiał.

– Ale to przecież skazaniec – oświadczyła Rita Mae. – Okłamał nas i próbował to ukryć. Nie można wierzyć ani jednemu jego słowu.

– Miał stosunek z niepełnoletnią dziewczyną – powiedział Clyde. – Jeśli to przestępstwo, to wiele osób spośród tu zebranych też zasłużyło sobie na wyrok.

Jego żart znów skwitowano milczeniem. Clyde postanowił przez jakiś czas siedzieć cicho.

– Później tę dziewczynę poślubił – przypomniała Donna Lou Peck, wczoraj niezdecydowana.

Wszyscy po kolei wygłaszali swoje opinie i odpowiadali na pytania. Obstający przy winie oskarżonego starannie unikali słowa „czarnuch". Linia podziału zarysowała się wyraźniej. Wyglądało na to, że większość wczorajszych niezdecydowanych skłania się do uznania oskarżonego za winnego. Drobiazgowe przygotowanie się Carla Lee do zabójstwa, sprawdzenie, którędy będą wyprowadzani oskarżeni, zdobycie M-16 – wszystko to wskazywało na działanie z premedytacją. Gdyby przyłapał ich, gdy gwałcili jego córkę i zabił na miejscu, nie uważaliby go za winnego. Ale fakt, że przez sześć dni szykował się do tego, by zabić, nie dał się pogodzić z tezą o nie-poczytalności.

Wanda Womack, Sue Williams i Clyde Sisco skłaniali się ku uniewinnieniu Haileya, pozostali byli za jego skazaniem. Barry Acker nie chciał zająć jasnego stanowiska.

Agee rozwinął długi, biało-niebieski transparent z napisem: „Uwolnić Carla Lee". Pastorzy ustawili się piętnastkami, czekając, aż za nimi uformuje się pochód. Demonstranci zebrali się na środku ulicy Jacksona, przed budynkiem sądu. Agee wykrzykiwał instrukcje. Tysiące czarnych ustawiły się ciasno tuż za duchownymi i procesja ruszyła. Manifestanci posuwali się wzdłuż ulicy Jacksona, później skręcili w lewo, w ulicę Caffeya stanowiącą zachodnią pierzeję placu. Agee prowadził maszerujących, wykrzykując dobrze już im znane zawołanie bojowe: „Uwolnić Carla Lee! Uwolnić Carla Lee!" Skandowali to raz za razem, a ich głosy wywierały paraliżujący efekt na wszystkich, którzy je słyszeli. W miarę przesuwania się demonstrantów pochód stawał się coraz liczniejszy i bardziej hałaśliwy.

Węsząc niebezpieczeństwo, kupcy pozamykali swoje sklepy i wrócili do domowych pieleszy. Wyciągnęli polisy, by sprawdzić, czy są ubezpieczeni od szkód powstałych w wyniku ulicznych zamieszek. Zielone mundury żołnierzy utonęły w morzu czarnych postaci. Pułkownik, pocąc się ze zdenerwowania, rozkazał oddziałom otoczyć gmach sądu i nie ustępować ani na krok. Kiedy Agee wraz z maszerującymi skręcał w ulicę Waszyngtona, Ozzie spotkał się z garstką członków Klanu. W sposób szczery, a zarazem dyplomatyczny przekonał ich, że w każdej chwili sytuacja może się wymknąć spod kontroli i wówczas nie zagwarantuje im bezpieczeństwa. Potwierdził ich prawo do gromadzenia się, przypomniał, że już dali wyraz swojemu stanowisku, i zaproponował, by opuścili plac, zanim zaczną się kłopoty. Zbili się w kupkę i zniknęli.

Kiedy demonstranci przechodzili pod oknami pokoju sędziów przysięgłych, cała dwunastka wyjrzała przez okna. Od okrzyków manifestantów dźwięczały szyby w oknach. Słowa, wypowiadane do tuby, słychać było tak, jakby nadawane były przez głośnik wiszący u sufitu. Sędziowie z niedowierzaniem patrzyli na czarny tłum, wypełniający całą ulicę. Czoło pochodu skręciło za rogiem w Cleya. Ponad głowami demonstrujących chwiały się rozmaite tablice, wykonane własnym przemysłem, z wypisanymi żądaniami uwolnienia oskarżonego.

– Nie przypuszczałam, że w okręgu Ford jest aż tylu czarnuchów – powiedziała Rita Mae Plunk. W tej chwili pozostałych jedenastu sędziów myślało o tym samym.

Buckley miotał się jak szalony. Razem z Musgrove'em obserwowali plac z okien biblioteki na drugim piętrze.

– Nie przypuszczałem, że w okręgu Ford jest aż tylu czarnuchów – odezwał się Musgrove.

– Ktoś tu skrzyknął ich wszystkich. Ciekaw jestem, czyja to robota.

– Prawdopodobnie Brigance'a.

– Tak, najpewniej. Bardzo mu na rękę, że zaczęli całą tę szopkę akurat podczas obrad ławy przysięgłych. Na dole musi być z pięć tysięcy Murzynów.

– Co najmniej.

Noose i pan Pate obserwowali wszystko i przysłuchiwali się okrzykom z okien gabinetu na pierwszym piętrze. Pan sędzia nie był zbyt szczęśliwy. Martwił się o ławę przysięgłych.

– Nie rozumiem, jak mogą się skoncentrować na swoim zadaniu, kiedy na zewnątrz panuje takie zamieszanie.

– Idealnie wybrali sobie porę, prawda, panie sędzio? – zauważył Pate.

– Tak, trzeba im to szczerze przyznać.

– Nie myślałem, że w okręgu jest aż tylu czarnych.

Odszukanie prawników i zaprowadzenie porządku w sali rozpraw zabrało panu Pate i Jean Gillespie dwadzieścia minut.

Kiedy zapanował wreszcie względny spokój, sędziowie przysięgli zajęli swoje miejsca. Nie uśmiechali się.

Noose odchrząknął.

– Panie i panowie, pora na lunch. Nie spodziewam się, by mieli nam państwo coś do zakomunikowania.

Barry Acker przecząco pokręcił głową.

– Domyślałem się tego. Proponuję przerwę na lunch. Zdaję sobie sprawę z tego, że nie wolno państwu opuszczać gmachu sądu, ale chciałbym, by podczas przerwy przynajmniej przestali państwo myśleć o procesie i spokojnie zjedli posiłek. Przepraszam za to zamieszanie na zewnątrz, ale mówiąc szczerze, nic nie mogę na to poradzić. Ogłaszam przerwę do trzynastej trzydzieści.

W pokoju sędziowskim Buckley dał upust swej wściekłości.

– To czyste szaleństwo, panie sędzio! Wykluczone, by ława przysięgłych przy całym tym harmiderze panującym na zewnątrz mogła się skupić. To celowa próba wywarcia wpływu na sędziów przysięgłych.

– Też mi się to nie podoba – odpowiedział Noose.

– Wszystko to zostało ukartowane, panie sędzio! To celowa robota! – krzyczał Buckley.

– Nie najlepiej to wszystko wygląda – zgodził się Noose.
– Jestem niemal zdecydowany wystąpić o unieważnienie procesu!
– Nie wyrażę na to zgody. Chciał pan coś powiedzieć, Jake?
Jake uśmiechał się przez chwilę, w końcu powiedział:
– Uwolnić Carla Lee.
– Bardzo śmieszne – burknął Buckley. – Prawdopodobnie sam pan to wszystko zorganizował.
– Nie. Proszę sobie przypomnieć, panie Buckley, że próbowałem temu zapobiec. Wielokrotnie prosiłem o zmianę właściwości miejscowej sądu. Wielokrotnie oświadczałem, że proces nie powinien odbywać się w tym mieście. To pan, panie Buckley, upierał się, by sprawa sądzona była tutaj, a pan, panie sędzio, odmawiał zgody na przeniesienie procesu gdzie indziej. Wasze narzekania teraz brzmią dość dziwnie.
Jake'a aż zdumiała własna impertynencja. Buckley mruknął coś i wyjrzał przez okno.
– Spójrzcie na nich. Dzikie czarnuchy. Musi ich być tam z dziesięć tysięcy.
Podczas lunchu dziesięć tysięcy urosło do piętnastu tysięcy.
Samochody z różnych zakątków stanu – niektóre nawet z sąsiedniego Tennessee – zatrzymywały się przy zjazdach z autostrady, poza granicami miasta. Ludzie szli pięć kilometrów w prażącym słońcu, by dołączyć do wiecujących wokół sądu. Agee zarządził przerwę na lunch i na placu ucichło.
Czarni zachowywali się spokojnie. Otworzyli swoje koszyki z żywnością i dzielili się jedzeniem między sobą. Niektórzy schronili się w cieniu, ale na placu było za mało drzew. Inni krążyli po budynku sądu w poszukiwaniu zimnej wody i toalet. Jeszcze inni spacerowali chodnikami i spoglądali na wystawy nieczynnych sklepów i magazynów. Obawiając się kłopotów ze strony dzikiej hordy, właściciele Coffee Shop i Tea Shoppe zamknęli swoje lokale w porze lunchu. Przed kafeterią U Claude'a kolejka ciągnęła się niemal do następnej przecznicy.
Jake, Harry Rex i Lucien siedzieli na balkonie, obserwując rozgrywającą się poniżej scenę. Na stoliku stał dzbanek ze świeżo przyrządzoną margaritą, której systematycznie ubywało. Od czasu do czasu przyłączali się do demonstrantów, krzycząc: „Uwolnić Carla Lee!" lub nucąc *We shall overcome*. Tylko Lucien znał słowa pieśni. Nauczył się ich w latach sześćdziesiątych, podczas niezapomnianych dni walk o prawa obywatelskie, i utrzymywał, że jest jedynym białym mieszkańcem okręgu Ford, który zna wszystkie zwrotki. Wyjaśnił między jednym a drugim drinkiem, że w owych czasach, po tym, jak w jego parafii przegłosowano wniosek o wykluczenie wszystkich czarnych, zaczął nawet chodzić do kościoła dla czarnych. Zrezygnował, gdy po trzygodzinnym nabożeństwie wypadł mu dysk. Doszedł do wniosku, że

biali nie są stworzeni do tego, by w taki sposób oddawać cześć Bogu. Jednak nie zaprzestał wspierać ich finansowo.

Od czasu do czasu w pobliżu biura Jake'a pojawiały się ekipy telewizyjne, zadając jakieś pytania. Jake udawał, że nie słyszy, a potem wrzeszczał: „Uwolnić Carla Lee!"

Punktualnie o trzynastej trzydzieści Agee sięgnął po swoją tubę, rozwinął transparent, ustawił w szeregu wszystkich pastorów i zebrał maszerujących. Zaintonował hymn i procesja znów ruszyła wzdłuż ulicy Jacksona, następnie skręciła w Caffeya i dalej okrążała plac. Po każdym okrążeniu przybywało maszerujących i krzyczeli jeszcze głośniej.

Kiedy Reba Betts, dotąd niezdecydowana, postanowiła głosować za uniewinnieniem oskarżonego, w pokoju sędziów przysięgłych przez piętnaście minut panowało milczenie. Powiedziała, że gdyby została zgwałcona, sama chyba roztrzaskałaby gwałcicielowi łeb, jeśli nadarzyłaby się po temu okazja. Było teraz pięć do pięciu i dwoje niezdecydowanych. Wydawało się, że osiągnięcie jednomyślności jest wykluczone. Przewodniczący dalej zwlekał z powzięciem decyzji. Biedna, stara Eula Dell Yates raz była za skazaniem, raz za uniewinnieniem, i wszyscy wiedzieli, że ostatecznie będzie głosowała tak jak większość. Stała przy oknie i zalewała się łzami. Clyde Sisco odprowadził ją na fotel. Chciała wrócić do domu. Powiedziała, że czuje się jak więzień.

Okrzyki maszerujących zaczęły robić swoje. Kiedy pod oknami przechodziło czoło pochodu, lęk w małej sali osiągnął zenit. Acker poprosił o spokój i wszyscy czekali niecierpliwie, póki hałas dobiegający z zewnątrz się nie zmniejszy. Ani na moment nie cichł zupełnie. Carol Corman pierwsza zapytała, czy nie grozi im przypadkiem jakieś niebezpieczeństwo. Po raz pierwszy od tygodnia powrót do sennego motelu wydał im się nagle bardzo pociągającą perspektywą.

Trzy godziny wysłuchiwania nieustannych okrzyków nadszarpnęły nerwy wszystkich. Przewodniczący zaproponował, by porozmawiali o rodzinach i poczekali do piątej, póki nie wezwie ich Noose.

Bernice Toole, która niezupełnie przekonana głosowała za skazaniem, zaproponowała coś, o czym myśleli wszyscy, ale czego nikt nie śmiał powiedzieć na głos.

– Dlaczego nie mamy przyznać się sędziemu, że stanęliśmy w martwym punkcie?

– Ogłosi unieważnienie procesu, prawda? – spytała Jo Ann Gates.

– Tak – odpowiedział przewodniczący. – Za kilka miesięcy odbędzie się kolejny proces. A może damy sobie dziś spokój i spróbujemy ponownie wszystko rozważyć jutro?

Zgodzili się. Nie byli jeszcze gotowi się poddać. Eula Dell chlipała cichutko.

O szesnastej Carl Lee razem z dzieciakami podszedł do jednego z wysokich okien, które ciągnęły się po obu stronach sali rozpraw.

Otworzył okno, skinął do zastępcy szeryfa i wyszedł na balkon. Trzymając Tonyę, obserwował tłumy.

Dostrzegli go. Zaczęli wykrzykiwać jego imię i pobiegli w jego stronę. Agee poprowadził maszerujących przez trawnik. Pod małym balkonem zebrał się tłum czarnych. Przepychali się, by lepiej zobaczyć swego bohatera.

– Uwolnić Carla Lee!

– Uwolnić Carla Lee!

Pomachał swoim sojusznikom. Pocałował córeczkę i uściskał synów. Powiedział dzieciakom, by też pomachały.

Jake wraz ze swymi wiernymi druhami wykorzystał to małe zamieszanie, by przemknąć przez plac do budynku sądu. Zadzwoniła Jean Gillespie. Noose chciał się spotkać z obu prawnikami. Był zaniepokojony. Buckley szalał.

– Domagam się unieważnienia procesu! Domagam się unieważnienia procesu! – wrzeszczał do Noose'a w chwili, kiedy do pokoju wchodził Jake.

– Może pan jedynie zgłosić wniosek o unieważnienie procesu, panie gubernatorze. Nie ma pan prawa niczego żądać – powiedział Jake, patrząc na niego zimnym wzrokiem.

– Wynoś się do diabła, Brigance! Sam to wszystko ukartowałeś! Zainscenizowałeś tę farsę. To wszystko twoje czarnuchy.

– Gdzie jest protokolantka? – spytał Jake. – Chcę, by to umieszczono w protokole.

– Panowie, panowie – powiedział Noose. – Zachowujmy się jak profesjonaliści.

– Panie sędzio, oskarżenie zgłasza wniosek o unieważnienie procesu – powiedział Buckley oficjalnym tonem.

– Oddalam wniosek.

– W porządku. W takim razie oskarżenie prosi o zezwolenie ławie przysięgłych na kontynuowanie obrad poza budynkiem sądu.

– O, to bardzo interesujący wniosek – powiedział Noose.

– Nie widzę powodu, by nie mogli się naradzać w motelu. Jest tam spokojnie i tylko kilka osób wie, gdzie to jest – oświadczył z przekonaniem Buckley.

– Co pan na to, Jake? – zwrócił się Noose do adwokata.

– Zwracam uwagę, że prawo nie zezwala panu na przenoszenie obrad poza gmach sądu. – Jake sięgnął do kieszeni i wyciągnął kilka złożonych kartek papieru. Rzucił je na biurko. – Sprawa przeciwko Dobose'owi z 1963 roku, toczona w okręgu Linwood. Podczas fali upałów wysiadła klimatyzacja w budynku sądu okręgowego. Sędzia, mimo sprzeciwu obrony, pozwolił ławie przysięgłych obradować w miejscowej bibliotece. Sędziowie przysięgli orzekli winę oskarżonego. Podczas apelacji Sąd Najwyższy doszedł do wniosku, że decyzja sędziego była błędna i że przekroczył on swoje kompetencje. Sąd w swojej wykładni jasno stwierdził, że obrady ławy przysięgłych muszą się odbywać w oddanym im do dyspozycji pomieszczeniu w budynku sądu. Nie wolno ich nigdzie przenosić.

Noose przeczytał uważnie opis sprawy i wręczył go Musgrove'owi.

– Proszę przygotować salę rozpraw – polecił woźnemu.

Z wyjątkiem dziennikarzy, wszyscy obecni w sali byli czarni.

Sędziowie przysięgli sprawiali wrażenie zmęczonych i spiętych.

– Rozumiem, że nie mają państwo jeszcze werdyktu – zapytał Noose.

– Nie, proszę pana – odparł przewodniczący.

– Proszę mi pozwolić zadać następujące pytanie. Nie wnikając w szczegóły, proszę mi powiedzieć, czy osiągnęli państwo punkt uniemożliwiający kontynuowanie obrad?

– Rozmawialiśmy o tym, Wysoki Sądzie. Chcielibyśmy się już dziś rozejść, porządnie w nocy wypocząć i spróbować jutro od nowa. Nie jesteśmy jeszcze gotowi się poddać.

– Cieszę się, że to słyszę. Ubolewam z powodu tych hałasów na zewnątrz, ale jak już mówiłem, nic nie mogę na nie poradzić. Przykro mi. Muszą państwo starać się nie zwracać na nie uwagi. Czy są jeszcze jakieś pytania?

– Nie, proszę pana.

– Świetnie. Ogłaszam przerwę do jutra do dziewiątej rano.

Carl Lee pociągnął Jake'a za rękaw.

– Co to wszystko znaczy?

– To znaczy, że znaleźli się w martwym punkcie. Może jest sześć do sześciu, albo jedenaście do jednego przeciwko tobie lub jedenaście do jednego za twoim zwolnieniem. Więc nie podniecaj się tak.

Barry Acker dopadł woźnego i wręczył mu złożoną kartkę. Było na niej napisane:

„Luann!

Weź dzieciaki i wyjedź do matki. Nic nikomu nie mów. Pozostań tam, póki się to wszystko nie skończy. Zrób, jak napisałem. Zaczyna być niebezpiecznie.

Barry"

– Czy może pan to dzisiaj przekazać mojej żonie? Nasz numer telefonu 881-0774.

– Oczywiście – oświadczył woźny.

Tim Nunley, mechanik ze stacji Chevroleta, były klient Jake'a Brigance'a i bywalec kafeterii, siedział na kanapie w domku zaszytym gdzieś w głębi lasu i pił piwo. Przysłuchiwał się swym coraz bardziej pijanym towarzyszom – członkom Klanu, pomstującym na czarnuchów. Od czasu do czasu również przyłączał się do ich przekleństw. Zauważył, że od dwóch dni szepczą po kątach i czuł, że coś się szykuje. Zaczął pilniej nadstawiać ucha.

Wstał po następne piwo. Niespodziewanie trzej kamraci rzucili się na niego i przyparli do ściany. Zaczęli go okładać pięściami i kopać. Dotkliwie pobitemu zakneblowali usta, związali ręce i wywlekli na zewnątrz. Zaciągnęli go żwirową drogą na tę samą polankę, na której niedawno przyjmowany był na członka Klanu. Podpalili krzyż, a mężczyznę przywiązali do słupa i zdarli z niego ubranie. Chłostali go, póki ramiona, plecy i nogi Nunleya nie zmieniły się w krwawą miazgę.

Kilkunastu jego byłych kamratów w niemym przerażeniu obserwowało, jak pal i bezwładne ciało oblano benzyną. Przywódca, ten z batogiem, stał obok ofiary przez całą wieczność. Odczytał wyrok śmierci, a potem rzucił zapałkę.

Myszka Miki został uciszony.

Spakowali swoje płaszcze i rozjechali się do domów. Większość z nich już nigdy nie pojawi się w okręgu Ford.

Rozdział 43

Środa. Po raz pierwszy od wielu tygodni Jake spał dłużej niż osiem godzin. Usnął na kanapie w swoim gabinecie. O piątej obudziły go głosy żołnierzy przygotowujących się na najgorsze. Był wypoczęty, ale na myśl, że prawdopodobnie nadszedł decydujący dzień procesu, serce zaczęło mu walić jak oszalałe. W łazience na dole ogolił się i wziął prysznic. Włożył najlepszy garnitur Stana Atcavage'a, granatowy, całoroczny. Był trochę za krótki i zbyt luźny, ale nie leżał najgorzej. Jake pomyślał o pogorzelisku na ulicy Adamsa, potem o Carli i znów poczuł gwałtowny skurcz żołądka. Pobiegł po gazetę.

Na pierwszych stronach dzienników Memphis, Jackson i Tupelo opublikowano identyczne zdjęcie Carla Lee z córką na balkoniku. Machał do tłumu czarnych. Nie było żadnej wzmianki o jego domu. Jake poczuł ulgę i nagle ogarnął go wilczy głód.

Dell powitała go jak cudem odnalezionego syna. Zdjęła fartuch i usiadła razem z nim przy stoliku w rogu sali. Kiedy w kafeterii zaczęli pojawiać się stali klienci, na widok Brigance'a zatrzymywali się i klepali go po ramieniu.

Cieszyli się, że znów go widzą. Brakowało im go i wszyscy trzymali za niego kciuki. Dell powiedziała, że wygląda bardzo mizernie, więc zamówił prawie wszystko, co było w karcie dań.

– Słuchaj, Jake, czy dziś znów pojawią się ci wszyscy czarni? – spytał Bert West.

– Prawdopodobnie tak – odparł, zabierając się do naleśników.

– Słyszałem, że dziś zamierzają ściągnąć jeszcze więcej demonstrantów – powiedział Andy Rennick. – Wszystkie murzyńskie rozgłośnie na północy Missisipi namawiają swoich słuchaczy, by przyjechali do Clanton.

Wspaniale, pomyślał Jake. Skropił jajecznicę odrobiną tabasco.

– Czy sędziowie przysięgli słyszą te wszystkie wrzaski? – spytał Bert.

– Z całą pewnością – odparł Jake. – Przecież właśnie dlatego czarni tak się wydzierają. A tamci nie są głusi.

– Na pewno są zaniepokojeni.

Jake miał taką nadzieję.

– A jak tam rodzina? – spytała cicho Dell.

– Myślę, że dobrze. Co wieczór dzwonię do Carli.

– Boi się?

– Jest przerażona.

– Co ci ostatnio zrobili?

– Od niedzielnego ranka nic.

– Powiedziałeś Carli o pożarze?

Jake pokręcił głową.

– Mój ty biedaku.

– Nic mi nie będzie. O czym się tu mówi?

– Wczoraj w porze lunchu zamknęliśmy lokal. Na placu było tylu czarnych, że baliśmy się jakichś rozruchów. Dziś od rana będziemy uważnie śledzić rozwój sytuacji i niewykluczone, że w południe znów zamkniemy kafeterię. Jake, co się stanie, jeśli Carla Lee uznają za winnego?

– Może być niewesoło.

Siedział przez godzinę i odpowiadał na pytania. Kiedy zaczęli się pojawiać nieznajomi, Jake przeprosił obecnych i wyszedł.

Pozostało mu tylko czekanie. Siedział na balkonie, pił kawę, palił cygaro i obserwował gwardzistów. Myślał o swojej dotychczasowej praktyce adwokackiej; o małej, spokojnej kancelarii z jedną sekretarką i o klientach, którzy zabiegali o to, by ich reprezentował. O umieszczeniu spraw na wokandzie i przesłuchaniach w areszcie. O zwykłych rzeczach, jak rodzina, dom i niedzielne nabożeństwo. Nie był stworzony do występowania w wielkich sprawach.

Pierwszy autobus pojawił się o wpół do ósmej i zaraz został zatrzymany przez żołnierzy. Otworzono drzwi i niekończący się potok czarnych, taszczących składane krzesła oraz kosze z prowiantem, skierował się w stronę trawników. Przez godzinę Jake wypuszczał dym z cygara i obserwował z ogromną satysfakcją, jak plac zapełnia się hałaśliwymi, ale spokojnymi demonstrantami. Pastorzy stawili się w komplecie; kierowali ludzką falą, zapewniając Ozziego oraz pułkownika, że wszyscy manifestanci są pokojowo nastawieni. Ozzie im wierzył. Pułkownik zdradzał wyraźne zdenerwowanie. O dziewiątej ulice były pełne demonstrantów. Ktoś wypatrzył autobus. „Jadą!" – wrzasnął Agee do mikrofonu. Tłum pognał na róg Jacksona i Quincy'ego. Żołnierze, policjanci i zastępcy szeryfa utworzyli ruchomy pierścień wokół autobusu, torując mu drogę wśród tłumu do tylnego wejścia do sądu.

Eula Dell Yates zaczęła głośno płakać. Clyde Sisco siedział przy oknie i trzymał ją za rękę. Pozostali spoglądali z przerażeniem, jak autokar centymetr za centymetrem posuwał się przez plac. Uzbrojeni żołnierze utworzyli szpaler od drzwi autobusu do budynku sądu. Ozzie wsiadł do autobusu. Przekrzykując gwar, zapewnił wszystkich, że sytuacja jest pod kontrolą. Poprosił, by możliwie najszybszym krokiem podążyli za nim.

Woźny zamknął drzwi za sędziami przysięgłymi. Stłoczyli się wokół dzbanka z kawą. Tylko Eula Dell siedziała samotnie w kącie, cicho popłakując i wzdrygając się za każdym razem, gdy z dołu dobiegało: „Uwolnić Carla Lee!".

– Obojętne mi, co postanowimy – powiedziała. – Naprawdę całkowicie mi obojętne, ale dłużej już tego nie wytrzymam. Osiem dni nie widziałam rodziny, a teraz jeszcze całe to szaleństwo. Ostatniej nocy nie zmrużyłam oka. – Zaczęła głośniej płakać. – Obawiam się, że znalazłam się na krawędzi załamania nerwowego. Chcę stąd wyjść.

Clyde wręczył jej chusteczkę jednorazową i pogłaskał po ramieniu.

Jo Ann Gates, niezbyt zdecydowanie opowiadająca się za skazaniem, była gotowa zmienić zdanie, byleby tylko to wszystko się już skończyło.

– Ja też ostatniej nocy nie spałam. Nie przeżyję kolejnego takiego dnia, jak wczorajszy. Chcę wrócić do domu, do moich dzieci.

Barry Acker stał obok okna i myślał o zamieszkach, które wybuchną po ogłoszeniu werdyktu skazującego. W całym centrum nie zostanie oszczędzony ani jeden dom, nie wyłączając gmachu sądu. Wątpił, czy ktokolwiek zatroszczy się o bezpieczeństwo sędziów przysięgłych po wydaniu przez nich werdyktu. Prawdopodobnie nie uda im się nawet dostać do autobusu. Na szczęście jego żona razem z dziećmi poleciała już do bezpiecznego Arkansas.

– Czuję się jak zakładnik – powiedziała Bernice Toole, zdecydowanie opowiadająca się za winą oskarżonego. – Jeśli Hailey zostanie skazany, ten motłoch w ułamku sekundy wtargnie do sądu. Boję się.

Clyde wręczył jej pudełko z chusteczkami.

– Obojętne mi, co zadecydujemy – zaczęła zdesperowana Eula Dell. – Chcę się stąd jak najszybciej wydostać. Naprawdę obojętne mi, czy go skażemy, czy też puścimy wolno, ale zróbmy coś. Czuję, że wkrótce puszczą mi nerwy.

Wanda Womack wstała i nerwowo odchrząknęła. Poprosiła o uwagę.

– Mam propozycję – powiedziała wolno – która być może pozwoli nam zakończyć to wszystko.

Eula Dell przestała płakać, a Barry Acker wrócił na swoje miejsce. Wszyscy skierowali wzrok na Wandę.

– Ostatniej nocy, kiedy nie mogłam usnąć, przyszedł mi do głowy pewien pomysł. Pragnę go państwu przedstawić pod rozwagę. To, co chcę zaproponować, może okazać się niełatwe. Może nas wszystkich zmusić do spojrzenia w głąb naszych serc i dusz. Ale mimo to proszę was, byście zdobyli się na ten wysiłek. I jeśli każdy z nas zachowa się szczerze sam wobec siebie, to myślę, że jeszcze przed południem będziemy mogli zakończyć obrady.

Jedyne dźwięki w pokoju pochodziły z ulicy.

– W tej chwili jesteśmy podzieleni równo. Możemy powiedzieć sędziemu Noose'owi, że znaleźliśmy się w martwym punkcie. Ogłosi unieważnienie procesu i wrócimy do domów. Za kilka miesięcy cały ten spektakl rozegra się od nowa. Hailey znów będzie sądzony, w tej samej sali rozpraw, przed tym samym sędzią, choć przez inną ławę przysięgłych, wybraną spośród mieszkańców naszego okręgu, spośród naszych przyjaciół, współmałżonków i rodziców. Będą to tacy sami ludzie jak my. Zostanie przed nimi postawione to samo zadanie, a przecież nie są mądrzejsi od nas.

Mamy obowiązek wydać werdykt. Byłoby niemoralne z naszej strony uchylić się przed tym obowiązkiem i obarczyć nim następną ławę przysięgłych. Czy zgadzają się państwo ze mną?

Milcząco się zgodzili.

– Dobrze. Oto moja propozycja. Chcę, byście razem ze mną coś sobie wyobrazili. Chcę, byście uruchomili swoją wyobraźnię. Zamknijcie oczy i mnie posłuchajcie.

Posłusznie zamknęli oczy. Warto było spróbować wszystkiego.

Jake leżał na kanapie w swoim gabinecie i słuchał opowieści Luciena o jego sławnym ojcu i dziadku, o ich szeroko znanej kancelarii adwokackiej oraz o ludziach, których wyrolowali z pieniędzy i ziemi.

– Wszystko, co odziedziczyłem, zdobyli moi przodkowie! – wrzasnął. – Kantowali, kogo się tylko dało!

Harry Rex zaniósł się nieopanowanym śmiechem. Jake słyszał już wcześniej te historyjki, ale zawsze były zabawne i za każdym razem trochę inne.

– A co z opóźnionym w rozwoju synem Ethel? – spytał Jake.

– Nie wyrażaj się w ten sposób o moim przyrodnim bracie – zaprotestował Lucien. – Jest najmądrzejszy z całej rodziny. Nie ulega wątpliwości, że jest moim bratem. Tata zatrudnił Ethel, gdy miała siedemnaście lat, i możecie wierzyć albo nie, ale całkiem nieźle wtedy wyglądała. Ethel Twitty była najbardziej seksowną dziewczyną w okręgu Ford. Mój tata nie mógł się jej oprzeć. Jak człowiek sobie teraz o tym pomyśli, wydaje mu się to odrażające, ale taka była prawda.

– To wstrętne – powiedział Jake.

– Miała dom pełen dzieciaków, a dwoje z nich było uderzająco podobnych do mnie, szczególnie ten matoł. Wtedy wydawało mi się to bardzo krępujące.

– A co na to twoja matka? – spytał Harry Rex.

– To jedna z tych dystyngowanych dam z Południa, których głównym zmartwieniem było ustalenie, w czyich żyłach płynie błękitna krew. W okolicy mieszkało niezbyt wielu przedstawicieli arystokracji, więc większość czasu spędzała w Memphis. Chciała wywrzeć wrażenie na plantatorach bawełny i zostać przez nich zaakceptowana. Niemałą część swego dzieciństwa spędziłem w hotelu Peabody, paradując w wykrochmalonej na sztywno koszuli z małą, czerwoną muszką i starając się zachowywać tak, jak przystoi dzieciom bogatych rodziców. Nienawidziłem tego i niezbyt wiele przywiązania okazywałem swej matce. Wiedziała o Ethel, ale akceptowała to. Powiedziała staruszkowi, by zachował dyskrecję i nie wprawiał rodziny w zakłopotanie. Był więc dyskretny.

– Kiedy umarła twoja matka?

– Sześć miesięcy wcześniej, nim ojciec zginął w katastrofie lotniczej.

– Na co? – spytał Harry Rex.

– Na tryper. Zaraziła się od parobka.

– Lucien! Mówisz poważnie?

– Na raka. Chorowała trzy lata, ale do samego końca zachowywała się dystyngowanie.

– Kiedy stałeś się czarną owcą rodziny? – spytał Jake.

– Myślę, że wszystko zaczęło się, kiedy poszedłem do pierwszej klasy. Mój wuj był właścicielem ogromnej plantacji na południe od miasta, na której zatrudniał Murzynów. Działo się to w okresie wielkiego kryzysu. Większość swego dzieciństwa spędziłem u niego, bo mój ojciec był zbyt zajęty pracą w kancelarii, a matka zaaferowana organizowaniem klubów dla znudzonych dam. Zostałem wychowany przez czarne służące i miałem czarnych towarzyszy zabaw. Moim najlepszym przyjacielem był Willie Ray Wilbanks. Nie żartuję. Mój pradziadek kupił jego pradziadka. Po zniesieniu niewolnictwa większość czarnych zachowała nazwiska rodzin, które były do tej pory ich właścicielami. Co mieli zrobić? Dlatego mieszka tu tylu czarnych Wilbanksów. Prawie wszyscy niewolnicy w okręgu Ford należeli do nas i dlatego większość z nich przyjęła nazwisko Wilbanks.

– Prawdopodobnie z niektórymi jesteś spokrewniony – powiedział Jake.

– Biorąc pod uwagę wybujały temperament moich przodków, prawdopodobnie jestem spokrewniony z nimi wszystkimi.

Zadzwonił telefon. Znieruchomieli, wpatrując się w aparat. Jake usiadł i wstrzymał oddech. Harry Rex podniósł słuchawkę, ale po chwili ją odłożył.

– Pomyłka – powiedział.

Przyjrzeli się sobie uważnie, a potem uśmiechnęli z ulgą.

– No to wracajmy do twojej opowieści – odezwał się Jake.

– Dobra. Kiedy nadeszła pora, by iść do szkoły, Willie Ray i reszta moich kumpli wsiedli do autobusu, zdążającego do szkoły dla czarnych. Ja też wskoczyłem za nimi, ale kierowca wziął mnie ostrożnie za rękę i wyprowadził. Płakałem i tupałem, a wuj zabrał mnie do domu i powiedział do mojej matki: „Lucien wsiadł do autobusu szkolnego dla czarnuchów". Była przerażona i zbiła mój biedny tyłeczek. Staruszek też mnie sprał, ale wiele lat później przyznał, że rozbawiła go ta sprawa. A więc poszedłem do szkoły dla białych, gdzie zawsze pozostałem synem bogaczy. Wszyscy nienawidzili dzieci bogatych rodziców, szczególnie w takim biednym mieście jak Clanton. Nie powiem, żebym był milutkim chłopaczkiem, ale nienawidzili mnie przede wszystkim za to, że mieliśmy pieniądze. Oto czemu nigdy nie przywiązywałem zbytniej wagi do forsy. Wtedy zaczął się objawiać mój brak przystosowania. W pierwszej klasie. Postanowiłem, że nie będę taki jak matka, która na wszystko się krzywiła i z góry spoglądała na świat. A mój staruszek zawsze zbyt wiele pracował, by cieszyć się życiem. Powiedziałem sobie: gwiżdżę na to. Chcę się w życiu trochę zabawić.

Jake przeciągnął się i zamknął oczy.

– Denerwujesz się? – spytał Lucien.

– Chciałbym to już mieć za sobą.

Znów zadzwonił telefon i Lucien złapał słuchawkę. Przez chwilę słuchał uważnie, po czym ją odłożył.

– Kto to był? – zapytał Harry Rex.

Jake usiadł i spojrzał na Luciena. A więc nadeszła ta chwila.

– Jean Gillespie. Ława przysięgłych jest gotowa.

– O mój Boże – powiedział Jake, pocierając skronie.

– Posłuchaj mnie, Jake – pouczył go Lucien. – Miliony osób będą świadkami tego, co się za chwilę stanie. Zachowaj spokój. Uważaj na słowa.

– A co ja mam robić? – jęknął Harry Rex. – Dostałem mdłości.

– Lucien, taka rada w twoich ustach brzmi nieco dziwnie – powiedział Jake, zapinając marynarkę pożyczoną od Stana.

456

– Pokaż wszystkim swoją klasę. Jeśli wygrasz, uważaj, co będziesz mówił dziennikarzom. Bądź pewny siebie i podziękuj ławie przysięgłych. Jeśli przegrasz...

– Jeśli przegrasz – przerwał mu Harry Rex – uciekaj ile sił w nogach, bo te czarnuchy wedrą się do budynku sądu.

– Słabo mi – powiedział Jake.

Agee wszedł na podwyższenie, sklecone przed głównym wejściem do sądu, i ogłosił, że ława przysięgłych zakończyła obrady. Poprosił o ciszę i natychmiast tłum zamilkł. Podeszli do wejścia. Agee poprosił ich, by padli na kolana i zmówili modlitwę. Posłusznie uklękli i zaczęli się żarliwie modlić. Wszyscy mężczyźni, kobiety i dzieci na placu przed sądem pokłonili się Bogu i błagali Go, by puścił wolno ich bohatera.

Żołnierze stali zbici w grupki i też modlili się o uniewinnienie oskarżonego.

Ozzie i Moss Junior zasiedli w sali rozpraw. Pod ścianami i wzdłuż głównego przejścia rozstawili zastępców i rezerwistów. Jake wszedł i spojrzał na Carla Lee, siedzącego przy stole obrony. Popatrzył na publiczność. Wiele osób się modliło. Wiele zagryzało palce. Gwen ocierała łzy. Lester bojaźliwie spojrzał na Jake'a.

Dzieci były przestraszone.

Noose zasiadł w swoim fotelu i w sali zapanowała pełna napięcia cisza. Z zewnątrz nie dobiegał żaden dźwięk. Dwadzieścia tysięcy czarnych klęczało na ziemi niczym muzułmanie. W sali i na dworze było cicho jak makiem zasiał.

– Powiadomiono mnie, że ława przysięgłych jest gotowa do ogłoszenia werdyktu. Czy to prawda, panie Pate? Za chwilę poprosimy sędziów przysięgłych na salę rozpraw, ale przedtem chciałbym zrobić kilka uwag. Nie będę tolerował żadnych żywiołowych wybuchów emocji. Polecę szeryfowi usunąć z sali każdego, kto zakłóci spokój. Jeśli zajdzie taka potrzeba, nakażę całkowicie opróżnić salę. Panie Pate, proszę wprowadzić sędziów przysięgłych.

Otworzyły się drzwi i wydawało się, że minęła cała godzina, nim w progu pojawiła się Eula Dell Yates. W jej oczach błyszczały łzy. Jake spuścił głowę. Carl Lee gapił się dzielnie na portret Roberta E. Lee wiszący nad głową Noose'a.

Niezgrabnie zajmowali swoje miejsca. Sprawiali wrażenie zdenerwowanych, spiętych, przestraszonych. Większość kobiet płakała. Jake'a ogarnęły mdłości. Barry Acker trzymał kartkę, w którą wpatrywali się z napięciem wszyscy obecni.

– Panie i panowie, czy wydali państwo werdykt?

– Tak, proszę pana – powiedział przewodniczący piskliwym, zdenerwowanym głosem.

– Proszę go wręczyć urzędniczce.

Jean Gillespie wzięła kartkę i podała ją sędziemu. Wydawało się, że Noose czyta ją całą wieczność.

– Pod względem formalnym jest w porządku – powiedział w końcu.

Eula Dell zalewała się łzami. W sali słychać było tylko jej pociąganie nosem. Jo Ann Gates i Bernice Toole trzymały chusteczki przy oczach. Ten płacz mógł oznaczać tylko jedno. Jake obiecał sobie kiedyś, że przed odczytaniem werdyktu nie spojrzy na ławę przysięgłych, ale okazało się to niewykonalne. Podczas pierwszej sprawy karnej, w której bronił, sędziowie przysięgli zajmując swoje miejsca, uśmiechali się uprzejmie. Jake nabrał wtedy pewności, że uniewinnią oskarżonego. Kilka sekund później przekonał się, że te uśmiechy oznaczały radość z faktu, że przestępca przestanie krążyć po ulicach miasta. Od tamtego procesu obiecał sobie, że nie będzie patrzył na sędziów przysięgłych przed odczytaniem ich werdyktu. Ale nigdy nie dotrzymywał danego sobie słowa. Chciałby ujrzeć jakieś porozumiewawcze mrugnięcie lub uniesiony kciuk, ale nigdy nic takiego nie miało miejsca.

Noose spojrzał na Carla Lee.

– Proszę oskarżonego o powstanie.

Jake wiedział, że w języku angielskim istnieją bardziej przerażające polecenia, ale dla adwokata te słowa w owej szczególnej chwili miały wyjątkową wagę. Jego klient stał drżący, wzbudzając litość.

Jake zamknął oczy i wstrzymał oddech. Ręce mu się trzęsły, żołądek podszedł pod samo gardło.

Noose z powrotem wręczył werdykt Jean Gillespie.

– Proszę go odczytać.

Rozłożyła kartkę i stanęła twarzą do oskarżonego.

– Ława przysięgłych orzeka, że oskarżony jest niewinny zarzucanych mu czynów z uwagi na swoją niepoczytalność.

Carl Lee odwrócił się i jednym susem dopadł barierki. Tonya i chłopcy zeskoczyli z ławki i rzucili mu się na szyję. Na sali rozpraw wybuchła wrzawa. Gwen krzyknęła i zalała się łzami. Ukryła twarz na ramieniu Lestera. Pastorzy wstali, unieśli wzrok do góry i zakrzyknęli: „Alleluja!”, „Niech będzie Jezus Chrystus uwielbiony” oraz „Boże! Boże! Boże!”

Nikt nie zwracał uwagi na upomnienia Noose'a. Bez przekonania stukał młotkiem i mówił: „Proszę o zachowanie spokoju”. Nikt go nawet nie słyszał w tym rozgardiaszu, ale sądząc po minie sędziego – z prawdziwą przyjemnością obserwował całe to zamieszanie.

Jake siedział odrętwiały, bez życia, sparaliżowany. Zdobył się jedynie na słaby uśmiech, skierowany w stronę ławy przysięgłych.

Do oczu napłynęły mu łzy, usta się trzęsły, ale postanowił, że nie zrobi z siebie widowiska. Skinął zapłakanej Jean Gillespie i po prostu siedział przy stole obrony, kiwając głową i próbując się uśmiechać, niezdolny do niczego więcej. Kątem oka widział Musgrove'a i Buckleya, zbierających swoje papiery, notatniki oraz Bardzo Ważne Dokumenty i wrzucających wszystko do teczek. Okaż im miłosierdzie, powiedział sobie.

Jakiś nastolatek przedarł się między dwoma zastępcami szeryfa, pomknął do drzwi i gnając przez rotundę, wrzeszczał: „Niewinny! Niewinny!". Wybiegł na mały balkon nad głównym wejściem i krzyknął do zebranych w dole tłumów: „Niewinny! Niewinny!". Odpowiedział mu ryk tysięcy gardeł.

– Spokój! Proszę zachować spokój! – powiedział Noose, kiedy przez okna wpadły na salę odgłosy reakcji zebranych przed sądem.

– Spokój! Proszę zachować spokój! – Jeszcze przez minutę tolerował gwar podnieconych głosów, wreszcie zwrócił się do szeryfa o przywrócenie porządku. Ozzie uniósł ręce i zaapelował o spokój. Brawa, dziękczynne okrzyki do niebios i śmiechy szybko ucichły. Carl Lee puścił dzieci i wrócił na swoje miejsce. Usiadł blisko swego adwokata i objął go ramieniem, jednocześnie śmiejąc się i płacząc.

Noose uśmiechnął się do oskarżonego.

– Panie Hailey, oskarżenie wniesione przeciwko panu zostało rozpatrzone przez dwunastu obywateli naszego okręgu, którzy doszli do wniosku, że jest pan niewinny. Nie przypominam sobie, by któryś z występujących w tej sali biegłych oświadczył, że jest pan niebezpieczny dla otoczenia i wymaga leczenia psychiatrycznego. Jest pan wolny.

Sędzia spojrzał na prawników.

– Jeśli nie ma żadnych pytań, zawieszam obrady sądu do 15 sierpnia.

Rodzina i przyjaciele zaczęli obsypywać Carla Lee pocałunkami. Ściskali go i siebie nawzajem, obejmowali Jake'a. Płakali, nie wstydząc się łez, i wychwalali Boga. Zapewniali Jake'a, że go kochają.

Dziennikarze napierali na barierkę, zasypując Brigance'a pytaniami. Uniósł ręce do góry i oświadczył, że teraz nic im nie powie, ale o drugiej po południu w jego biurze odbędzie się konferencja prasowa.

Buckley i Musgrove wyszli bocznymi drzwiami. Sędziów przysięgłych zamknięto w ich sali. Mieli tam poczekać na autobus, który po raz ostatni zawiezie ich do motelu. Barry Acker poprosił o rozmowę z szeryfem. Ozzie spotkał się z nim w korytarzu, wysłuchał uważnie i obiecał, że odeskortuje go do domu i zapewni całodobową ochronę.

Dziennikarze przypuścili szturm na Carla Lee.

– Chcę wrócić do domu – powtarzał w kółko. – Chcę wrócić do domu.

Na trawniku przed sądem przystąpiono do świętowania na całego. Śpiewano, tańczono, płakano, poklepywano się po plecach, obejmowano, dziękowano, gratulowano sobie, śmiano się, weselono, skandowano, ściskano dłonie. Wychwalano niebiosa w jednym chóralnym, zgiełkliwym, głośnym hymnie. Wszyscy zebrali się przed sądem i czekali na pojawienie się bohatera. Ich cierpliwość zaczęła się wyczerpywać. Po trzydziestu minutach wykrzykiwania „Chcemy Carla Lee! Chcemy Carla Lee!" Hailey ukazał się w drzwiach sądu. Powitał go rozdzierający uszy, wstrząsający ziemią wrzask. Przeciskał się wolno przez tłum razem ze swym adwokatem i rodziną. Stanął na najwyższym stopniu, tuż za kolumnadą, gdzie na podeście z dykty ustawiono setki mikrofonów. Wybuchy radości i okrzyki wydobywające się z dwudziestu tysięcy gardeł zagłuszały wszystko. Carl Lee objął swego adwokata i razem pomachali w stronę falującego morza głów.

Pytania armii dziennikarzy były zupełnie niezrozumiałe. Od czasu do czasu Jake przestawał machać i wykrzykiwał komunikat na temat konferencji prasowej, która odbędzie się o czternastej w jego biurze.

Carl Lee objął żonę oraz dzieci i razem machali do tłumu. Aplauz nie ustawał. Jake wyślizgnął się i wrócił do sądu. Tam odszukał Harry'ego Reksa i Luciena, czekających w kącie, z dala od szalejących z radości tłumów.

– Chodźmy stąd – krzyknął Jake. Zaczęli się przepychać przez ciżbę w korytarzu, kierując się do tylnego wyjścia. Jake dostrzegł na chodniku przed swym biurem tłum dziennikarzy.

– Gdzie zaparkowałeś? – spytał Luciena. Wilbanks wskazał na boczną uliczkę. Zniknęli wszyscy za kafeterią.

Sallie usmażyła kotlety wieprzowe i zielone pomidory. Podała im jedzenie na werandzie. Lucien wyciągnął butelkę drogiego szampana, przysięgając, że trzymał go właśnie na tę okazję. Harry Rex jadł palcami, z takim zapałem ogryzając kości, jakby od miesiąca nie miał nic w ustach. Jake grzebał w talerzu i pił lodowatego szampana. Po dwóch kieliszkach uśmiechnął się, spoglądając gdzieś w dal. Rozkoszował się tą chwilą.

– Ale masz głupią minę – powiedział Harry Rex z ustami pełnymi jedzenia.

– Zamknij się, Harry Rex – powiedział Lucien. – Niech się cieszy najpiękniejszą godziną w swoim życiu.

– Widać, że się cieszy. Spójrz tylko na ten uśmieszek.

– Co mam powiedzieć dziennikarzom? – spytał Jake.

– Powiedz im, że potrzebni ci nowi klienci – poradził mu Harry Rex.

– Nie będzie teraz miał problemów z klientami – oświadczył Lucien. – Ustawią się w ogonku na chodniku, czekając, żeby Jake ich przyjął.

– Dlaczego nie chciałeś rozmawiać z dziennikarzami w sądzie? Kamery pracowały pełną parą. Zacząłem nawet coś do nich mówić – powiedział Harry Rex.

– Jestem pewien, że nie było to nic mądrego – zauważył Lucien.

– Mam ich teraz na każde swoje skinienie – ucieszył się Jake. – Nigdzie się nie ruszą. Możemy zbić fortunę, sprzedając bilety na konferencję prasową.

– Jake, czy mogę przyjść posłuchać? Proszę cię, Jake! – odezwał się Harry Rex błagalnym tonem.

ROZDZIAŁ 44

Zaczęli się sprzeczać, czy jechać rzęchowatym fordem, czy poobijanym małym porsche. Jake oświadczył, żeby nie liczyli na to, iż weźmie swój wóz. Harry przeklinał najgłośniej, więc władowali się do jego forda bronco. Lucien znalazł dla siebie kawałek miejsca z tyłu. Jake usiadł z przodu i mówił Harry'emu Reksowi, którędy ma się przebijać. Zdecydowali się na boczne uliczki, by ominąć główną falę pojazdów opuszczających miasto. Szosa była zatłoczona, więc Jake polecił swojemu szoferowi wybierać żwirowe drogi. Znaleźli się w końcu na jakiejś porządnej szosie i pomknęli w stronę jeziora.

– Lucien, mam do ciebie jedno pytanie – odezwał się Jake.

– Zamieniam się w słuch.

– I żądam uczciwej odpowiedzi.

– Dobra.

– Czy ubiłeś interes z Sisco?

– Nie, mój chłopcze, zwycięstwo zawdzięczasz wyłącznie sobie.

– Możesz przysiąc?

– Przysięgam na Boga. Na Biblię.

Jake pragnął mu wierzyć, toteż nie pytał więcej. Jechali w milczeniu, w nieznośnym skwarze, i cierpieli, słuchając, jak Harry Rex wtóruje jakiemuś piosenkarzowi. Jake niespodziewanie wskazał przecznicę przed nimi. Harry Rex nacisnął hamulce, gwałtownie skręcił w lewo i ruszył żwirową drogą.

– Dokąd jedziemy? – spytał Lucien.

– Poczekaj chwilkę – powiedział Jake, spoglądając w stronę szeregu domów po prawej stronie. Wskazał na drugi z kolei. Harry Rex skręcił na podjazd i zaparkował w cieniu drzewa. Jake wysiadł, rozejrzał się po podwórzu, a potem skierował w stronę wejścia.

Zapukał do drzwi.

W progu stanął nieznany mu mężczyzna.

– O co chodzi?

– Nazywam się Jake Brigance i…

Nieznajomy otworzył drzwi na całą szerokość, wybiegł na ganek i ujął Jake'a za rękę.

– Miło mi pana poznać, Jake. Nazywam się Mack Loyd Crowell. Byłem kiedyś członkiem wielkiej ławy przysięgłych, która wstępnie rozpatrywała sprawę Haileya. Niewiele brakowało, by odstąpiła od wysunięcia oskarżenia przeciwko niemu. Świetnie się pan spisał. Jestem z pana dumny.

Jake uścisnął mu dłoń i powtórzył jego nazwisko. Nagle skojarzył sobie, skąd je zna. Mack Loyd Crowell, człowiek, który kazał Buckleyowi zamknąć się i siedzieć cicho.

– Ach, Mack Loyd, przypominam sobie. Dziękuję panu.

Jake spojrzał przez drzwi.

– Szuka pan Wandy? – spytał Crowell.

– Tak. Właśnie tędy przejeżdżałem i…

– Trafił pan pod właściwy adres. Mieszka tutaj, zresztą ja też spędzam tu większość czasu. Wprawdzie nie mamy ślubu, ale mieszkamy razem. Wanda zdrzemnęła się. Jest trochę zmęczona.

– Proszę jej nie budzić – powiedział Jake.

– Wszystko mi opowiedziała. To jej zawdzięcza pan zwycięstwo.

– W jaki sposób tego dokonała?

– Poprosiła sędziów przysięgłych, by zamknęli oczy i jej posłuchali. Powiedziała im, by wyobrazili sobie, że ta mała dziewczynka ma jasne włosy i niebieskie oczy, a ci dwaj gwałciciele są Murzynami, że przywiązali jej prawą stopę do drzewa, a lewą do kołka w płocie, że zgwałcili ją kilka razy i obsypywali wyzwiskami dlatego, że jest biała. Dalej kazała im wyobrazić sobie tę małą dziewczynkę, leżącą w lesie i wołającą swego tatusia, gdy napastnicy kopali ją w twarz, łamiąc kości szczęk i nos. A potem chciała, by wyobrazili sobie dwóch pijanych czarnych, wylewających na nią piwo i sikających prosto na jej twarz, zaśmiewających się przy tym jak para idiotów. Wreszcie zaproponowała, by wyobrazili sobie, że ta mała dziewczynka jest ich córką. W końcu zażądała, by postąpili uczciwie względem samych siebie i napisali na kartce papieru, czy zabiliby tych czarnych drani, gdyby nadarzyła im się okazja.

Przeprowadzili tajne głosowanie. Cała dwunastka chciała zabić gwałcicieli. Przewodniczący podliczył głosy. Dwanaście do zera.

Wanda powiedziała, że nawet gdyby miała siedzieć w tym pokoju do samego Bożego Narodzenia, nie będzie głosowała za skazaniem oskarżonego, i jeśli wszyscy są uczciwi wobec samych siebie, powinni czuć to samo, co ona. Dziesięć osób zgodziło się z nią, ale jedna kobieta miała odmienne zdanie. Pozostali zaczęli na nią tak krzyczeć, że w końcu się poddała.

Jake słuchał każdego słowa, wstrzymując oddech. Nagle dobiegł go jakiś szmer. W drzwiach ukazała się Wanda Womack. Uśmiechnęła się do niego, a w oczach błysnęły jej łzy. Patrzył na nią, ale nie był w stanie wydusić z siebie ani słowa. Zagryzł usta.

– Dziękuję – wyrzekł w końcu cicho. Kobieta otarła oczy i odpowiedziała mu skinieniem głowy.

Po obu stronach ulicy Crafta, na wschód i na zachód od podjazdu do domu Haileyów, stały dziesiątki samochodów. Na długim, frontowym podwórzu, również pełnym pojazdów, bawiły się dzieci, a ich rodzice siedzieli w cieniu drzew lub na maskach wozów. Harry Rex zaparkował w rowie obok skrzynki pocztowej.

Tłum ruszył ławą na powitanie obrońcy Carla Lee. Lester objął go i powiedział:

– Udało ci się, znów ci się udało.

Uścisnęli sobie dłonie i poklepywali się po plecach, idąc przez podwórze w stronę ganku. Agee otoczył Jake'a ramieniem, składając Bogu dzięki za pomyślne zakończenie procesu. Carl Lee zeskoczył z huśtawki i zszedł po schodach, a za nim podążyli jego bliscy i przyjaciele. Wszyscy otoczyli dwóch mężczyzn stojących twarzą w twarz. Carl Lee i Jake ujęli się za ręce i uśmiechnęli się do siebie, próbując znaleźć odpowiednie słowa. Objęli się. Tłum zaczął klaskać i krzyczeć.

– Dziękuję ci, Jake – powiedział cicho Carl Lee.

Adwokat i jego klient przysiedli na huśtawce i zaczęli odpowiadać na pytania. Lucien i Harry Rex przyłączyli się do Lestera i kilku jego przyjaciół siedzących w cieniu drzewa i popijających coś. Tonya wraz z setką innych dzieciaków biegała i skakała po podwórku.

O wpół do trzeciej Jake usiadł za swoim biurkiem i wykręcił numer do Carli. Harry Rex i Lucien kończyli margaritę, upijając się w szybkim tempie. Jake ograniczał się do kawy. Powiedział swojej żonie, że za trzy godziny wylatuje z Memphis i o dziesiątej będzie w Karolinie Północnej. Nie, nic mu nie jest, uspokoił ją. Wszystko w porządku i cieszy się, że ma już to wszystko za sobą. W jego sali konferencyjnej siedzi kilkunastu dziennikarzy, więc niech nie przegapi wieczornych wiadomości. Spotka się z nimi na bardzo krótko i zaraz potem pojedzie do Memphis. Powiedział, że ją kocha, że stęsknił się za nią i że wkrótce się zobaczą. Odłożył słuchawkę.

Do Ellen zadzwoni jutro.

– Dlaczego wyjeżdżasz już dzisiaj? – spytał Lucien.

– Jesteś głupi, Jake, po prostu głupi. W zasięgu ręki masz setki dziennikarzy, a tymczasem opuszczasz miasto. Jesteś głupcem, zwyczajnym głupcem – krzyczał Harry Rex.

Jake wstał.

– Jak wyglądam?

– Jak ostatni kretyn, jeśli zamierzasz teraz wyjechać – odparł Harry Rex.

– Pokręć się tu przez kilka dni – prosił go Lucien. – To okazja, jaka ci się nie trafi już nigdy w życiu. Proszę cię, Jake.

– Spokojnie, moi drodzy. Za chwilę spotkam się z przedstawicielami prasy, pozwolę sobie zrobić parę zdjęć, odpowiem na kilka głupich pytań, a potem wyjeżdżam z miasta.

– Oszalałeś, Jake – oświadczył Harry Rex.

– To prawda – powiedział Lucien.

Jake spojrzał w lustro, poprawił krawat Stana i uśmiechnął się do swych przyjaciół.

– Dziękuję wam za wszystko. Naprawdę. Dostałem za ten proces dziewięćset dolarów i zamierzam całą tę zawrotną kwotę przepuścić razem z wami, co do centa .

Rozlali resztę margarity, wypili ją, a potem zeszli za Jakiem Brigance'em maszerującym na spotkanie z dziennikarzami.